普通高等学校汉语言文学专业21世纪课程国标教材 | 总主编 ◎肖百容

中国现代文学作品选读

主编◎肖百容
编者◎肖百容 张 弛 王雨佳

湖南师范大学出版社
·长沙·

图书在版编目（CIP）数据

中国现代文学作品选读 / 肖百容主编. --长沙：湖南师范大学出版社，2025.6. -- ISBN 978-7-5648-5880-3

Ⅰ. I206.6

中国国家版本馆 CIP 数据核字第 2025AZ8103 号

中国现代文学作品选读
Zhongguo Xiandai Wenxue Zuopin Xuandu

肖百容　主编

◇出 版 人：吴真文
◇策划组稿：李　阳
◇责任编辑：刘　葭　李　阳
◇责任校对：李　开
◇出版发行：湖南师范大学出版社
　　　　　　地址/长沙市岳麓区　邮编/410081
　　　　　　电话/0731-88873071　0731-88873070
　　　　　　网址/https：//press.hunnu.edu.cn
◇经销：新华书店
◇印刷：长沙市宏发印刷有限公司
◇开本：787 mm×1092 mm　1/16
◇印张：37.75
◇字数：900 千字
◇版次：2025 年 6 月第 1 版
◇印次：2025 年 6 月第 1 次印刷
◇书号：ISBN 978-7-5648-5880-3
◇定价：118.00 元

凡购本书，如有缺页、倒页、脱页，由本社发行部调换。
投稿热线：0731-88872256　　微信：ly13975805626　　QQ：1349748847

总 序

  2018 年 1 月，教育部颁布《普通高等学校本科专业类教学质量国家标准（中国语言文学类）》（以下简称《国标》），提出要"坚持以马克思主义为指导，培养学生具有坚定正确的政治方向、扎实的中国语言文字基础和较高的文学修养，系统掌握中国语言文学的基本知识，具有较强的文学感悟能力、文献典籍阅读能力、审美鉴评能力和运用母语进行书面、口语表达的能力"。《国标》的实施，有助于科学、规范、有效地推进中国语言文学类本科专业建设和人才培养工作。

  湖南师范大学始终坚持将立德树人作为汉语言文学专业教学改革的根本旨归，以《国标》为指引，以传承和发展中华优秀传统文化为目标，以"读、说、写"三种核心能力为抓手，致力于培养卓越的中文人才。为了更好地贯彻落实《国标》，肖百容教授率领中国语言文学教学团队深入总结我国汉语言文学教育教学的实践与经验，组织精干力量编写了这套"普通高等学校汉语言文学专业 21 世纪课程国标教材"。可以说，这套国标教材既凝结了肖百容教授教学团队的集体智慧，也是湖南师范大学中国语言文学学科探索新时代汉语言文学教学改革、贯彻实施《国标》的努力实践。

  这套教材有三个鲜明特点：**一是人文性强**。人文性是汉语言文学教育的本质特点之一。当代世界面临的挑战与情况日益复杂，人文教育变得越发重要，汉语言文学教育更应注意引导学生树立积极向上的人生观及价值观，塑造健全的人格，使学生形成宽广而深邃的视野、充满理性智慧而不失人伦情感的生命立场、清醒地了解自我责任而能推己及人的生命关怀。**二是实用性强**。这套教材在内容上努力降低理论重心，以实用的知识点传授为主，注重行文的简洁明快，避免使用较为艰涩和过于学术化的表达。在课程设计上，不仅注重学生语言技能的培养，还通过中外文学史、中外文学作品选读、文学理论等课程的设置，培养学生具备较好的思维能力、文学赏析能力和人文素养，具有很强的现实针对性。**三是时代性强**。教材内容紧贴新时代人类命运共同体的构建和中华文化"走出去"的战略要求，在坚定文化自信的视域下，将中华优秀传统文化教育融入汉语言文学专业教学的全过程，积极推进专业教育与其他人文社会学科知识教育双向融合，有利于培养"内外会通"的高质量人才。

这套教材是《国标》实施以来，湖南师范大学文学院编写的第一套汉语言文学专业国标教材，希望这套教材能够为全国高校本科汉语言文学类专业建设和人才培养发挥更加重要的作用。

肖百容

2025 年 3 月于湖南师范大学文学院

目 录

小 说

鲁　迅	狂人日记	(1)
	孤独者	(6)
	伤逝——涓生的手记	(18)
	铸剑	(28)
郁达夫	沉沦	(39)
	春风沉醉的晚上	(58)
冰　心	超人	(66)
许地山	缀网劳蛛	(70)
叶绍钧	潘先生在难中	(81)
废　名	竹林的故事	(91)
王鲁彦	菊英的出嫁	(95)
台静农	拜堂	(101)
凌叔华	酒后	(105)
丁　玲	莎菲女士的日记	(109)
	我在霞村的时候	(130)
柔　石	为奴隶的母亲	(142)
茅　盾	春蚕	(155)
巴　金	寒夜（故事梗概）	(168)
老　舍	骆驼祥子（故事梗概）	(170)
吴组缃	菉竹山房	(171)
张天翼	华威先生	(176)
	包氏父子	(181)

- 1 -

萧　红	生死场（故事梗概）	（205）
	小城三月	（206）
刘呐鸥	两个时间的不感症者	（220）
穆时英	夜总会里的五个人	（225）
施蛰存	梅雨之夕	（239）
沈从文	边城（故事梗概）	（246）
	丈夫	（247）
李劼人	死水微澜（故事梗概）	（258）
沙　汀	在其香居茶馆里	（259）
路　翎	财主底儿女们（故事梗概）	（268）
张爱玲	倾城之恋	（270）
徐　訏	阿剌伯海的女神	（293）
钱锺书	围城（故事梗概）	（308）
赵树理	小二黑结婚	（310）
孙　犁	荷花淀——白洋淀纪事之二	（319）
周立波	暴风骤雨（故事梗概）	（324）

诗　歌

胡　适	一颗星儿	（325）
刘半农	相隔一层纸	（326）
郭沫若	天狗	（326）
	炉中煤——眷念祖国的情绪	（328）
	凤凰涅槃——一名"菲尼克司的科美体"	（329）
汪静之	蕙的风	（337）
冯　至	蚕马	（338）
	十四行集	（343）
闻一多	死水	（346）
	口供	（347）
	心跳	（348）
	奇迹	（349）
徐志摩	雪花的快乐	（351）
	再别康桥	（352）
	云游	（354）
李金发	弃妇	（355）

	有感	(356)
陈梦家	一朵野花	(357)
	三月	(358)
殷　夫	血字	(359)
戴望舒	雨巷	(361)
	寻梦者	(363)
	断指	(364)
	我用残损的手掌	(365)
臧克家	春鸟	(367)
卞之琳	尺八	(368)
	淘气	(369)
田　间	给战斗者	(370)
艾　青	大堰河——我的保姆	(380)
	太阳	(384)
	我爱这土地	(385)
何其芳	预言	(386)
	生活是多么广阔	(387)
绿　原	憎恨	(388)
辛　笛	风景	(390)
穆　旦	春	(391)
	诗八首	(392)
郑　敏	金黄的稻束	(395)

散　文

鲁　迅	灯下漫笔	(397)
	春末闲谈	(401)
	小品文的危机	(404)
	秋夜	(406)
胡　适	差不多先生传	(408)
周作人	故乡的野菜	(409)
	谈酒	(411)
	乌篷船	(413)
冰　心	寄小读者（通讯七）	(414)
朱自清	给亡妇	(417)

许地山	落花生	（419）
徐志摩	我所知道的康桥	（420）
丰子恺	给我的孩子们	（426）
茅　盾	卖豆腐的哨子	（428）
瞿秋白	一种云	（430）
郁达夫	钓台的春昼	（431）
林语堂	《人间世》发刊词	（435）
	秋天的况味	（436）
朱光潜	"当局者迷，旁观者清"——艺术和实际人生的距离	（438）
夏丏尊	白马湖之冬	（442）
何其芳	雨前	（444）
李健吾	切梦刀	（446）
梁实秋	雅舍	（449）
巴　金	爱尔克的灯光	（451）
陆　蠡	囚绿记	（455）
夏　衍	包身工	（457）
老　舍	想北平	（465）
聂绀弩	蛇与塔	（467）
孙　犁	织席记	（469）

戏　剧

田　汉	名优之死（故事梗概）	（471）
洪　深	五奎桥（故事梗概）	（471）
曹　禺	雷雨（节选）	（472）
	日出（故事梗概）	（533）
	北京人（节选）	（534）
夏　衍	上海屋檐下（节选）	（570）
郭沫若	屈原（节选）	（584）
丁　毅　贺敬之	白毛女（故事梗概）	（593）
陈白尘	升官图（故事梗概）	（594）

| 后记 | | （595） |

小说

鲁 迅

狂人日记

　　某君昆仲，今隐其名，皆余昔日在中学校时良友；分隔多年，消息渐阙。日前偶闻其一大病；适归故乡，迂道往访，则仅晤一人，言病者其弟也。劳君远道来视，然已早愈，赴某地候补矣。因大笑，出示日记二册，谓可见当日病状，不妨献诸旧友。持归阅一过，知所患盖"迫害狂"之类。语颇错杂无伦次，又多荒唐之言；亦不著月日，惟墨色字体不一，知非一时所书。间亦有略具联络者，今撮录一篇，以供医家研究。记中语误，一字不易；惟人名虽皆村人，不为世间所知，无关大体，然亦悉易去。至于书名，则本人愈后所题，不复改也。七年四月二日识。

一

　　今天晚上，很好的月光。
　　我不见他，已是三十多年；今天见了，精神分外爽快。才知道以前的三十多年，全是发昏；然而须十分小心。不然，那赵家的狗，何以看我两眼呢？
　　我怕得有理。

二

　　今天全没月光，我知道不妙。早上小心出门，赵贵翁的眼色便怪：似乎怕我，似乎想害我。还有七八个人，交头接耳的议论我，又怕我看见。一路上的人，都是如此。其中最凶的一个人，张着嘴，对我笑了一笑；我便从头直冷到脚跟，晓得他们布置，都已妥当了。
　　我可不怕，仍旧走我的路。前面一伙小孩子，也在那里议论我；眼色也同赵贵翁一样，脸色也都铁青。我想我同小孩子有什么仇，他也这样。忍不住大声说，"你告诉我！"他们可就跑了。
　　我想：我同赵贵翁有什么仇，同路上的人又有什么仇；只有廿年以前，把古久先生的陈年流水簿子，踹了一脚，古久先生很不高兴。赵贵翁虽然不认识他，一定也听到风声，代抱不平；约定路上的人，同我作冤对。但是小孩子呢？那时候，他们还没有出世，何以今天也睁着怪眼睛，似乎怕我，似乎想害我。这真教我怕，教我纳罕而且伤心。

我明白了。这是他们娘老子教的！

三

晚上总是睡不着。凡事须得研究，才会明白。

他们——也有给知县打枷过的，也有给绅士掌过嘴的，也有衙役占了他妻子的，也有老子娘被债主逼死的；他们那时候的脸色，全没有昨天这么怕，也没有这么凶。

最奇怪的是昨天街上的那个女人，打他儿子，嘴里说道，"老子呀！我要咬你几口才出气！"他眼睛却看着我。我出了一惊，遮掩不住；那青面獠牙的一伙人，便都哄笑起来。陈老五赶上前，硬把我拖回家中了。

拖我回家，家里的人都装作不认识我；他们的眼色，也全同别人一样。进了书房，便反扣上门，宛然是关了一只鸡鸭。这一件事，越教我猜不出底细。

前几天，狼子村的佃户来告荒，对我大哥说，他们村里的一个大恶人，给大家打死了；几个人便挖出他的心肝来，用油煎炒了吃，可以壮壮胆子。我插了一句嘴，佃户和大哥便都看我几眼。今天才晓得他们的眼光，全同外面的那伙人一模一样。

想起来，我从顶上直冷到脚跟。

他们会吃人，就未必不会吃我。

你看那女人"咬你几口"的话，和一伙青面獠牙人的笑，和前天佃户的话，明明是暗号。我看出他话中全是毒，笑中全是刀。他们的牙齿，全是白厉厉的排着，这就是吃人的家伙。

照我自己想，虽然不是恶人，自从踹了古家的簿子，可就难说了。他们似乎别有心思，我全猜不出。况且他们一翻脸，便说人是恶人。我还记得大哥教我做论，无论怎样好人，翻他几句，他便打上几个圈；原谅坏人几句，他便说"翻天妙手，与众不同"。我那里猜得到他们的心思，究竟怎样；况且是要吃的时候。

凡事总须研究，才会明白。古来时常吃人，我也还记得，可是不甚清楚。我翻开历史一查，这历史没有年代，歪歪斜斜的每叶上都写着"仁义道德"几个字。我横竖睡不着，仔细看了半夜，才从字缝里看出字来，满本都写着两个字是"吃人"！

书上写着这许多字，佃户说了这许多话，却都笑吟吟的睁着怪眼睛看我。

我也是人，他们想要吃我了！

四

早上，我静坐了一会。陈老五送进饭来，一碗菜，一碗蒸鱼；这鱼的眼睛，白而且硬，张着嘴，同那一伙想吃人的人一样。吃了几筷，滑溜溜的不知是鱼是人，便把他兜肚连肠的吐出。

我说"老五，对大哥说，我闷得慌，想到园里走走。"老五不答应，走了，停一会，可就来开了门。

我也不动，研究他们如何摆布我；知道他们一定不肯放松。果然！我大哥引了一个老头子，慢慢走来；他满眼凶光，怕我看出，只是低头向着地，从眼镜横边暗暗看我。大哥说，"今天你仿佛很好。"我说"是的。"大哥说，"今天请何先生来，给你诊一诊。"我说"可以！"其实我岂不知道这老头子是刽子手扮的！无非借了看脉这名目，揣一揣肥瘠：因这功劳，也分一片肉吃。我也不怕；虽然不吃人，胆子却比他们还壮。伸出两个拳头，看他如何下手。老头子坐着，闭了眼睛，摸了好一会，呆了好一会；便张开他鬼眼睛说，"不要乱想。静静的养几天，就好了。"

不要乱想，静静的养！养肥了，他们是自然可以多吃；我有什么好处，怎么会"好了"？他们这群人，又想吃人，又是鬼鬼祟祟，想法子遮掩，不敢直捷下手，真要令我笑死。我忍不住，便放声大笑起来，十分快活。自己晓得这笑声里面，有的是义勇和正气。老头子和大哥，都失了色，被我这勇气正气镇压住了。

但是我有勇气，他们便越想吃我，沾光一点这勇气。老头子跨出门，走不多远，便低声对大哥说道，"赶紧吃罢！"大哥点点头。原来也有你！这一件大发见，虽似意外，也在意中：合伙吃我的人，便是我的哥哥！

吃人的是我哥哥！

我是吃人的人的兄弟！

我自己被人吃了，可仍然是吃人的人的兄弟！

五

这几天是退一步想：假使那老头子不是刽子手扮的，真是医生，也仍然是吃人的人。他们的祖师李时珍做的"本草什么"上，明明写着人肉可以煎吃；他还能说自己不吃人么？

至于我家大哥，也毫不冤枉他。他对我讲书的时候，亲口说过可以"易子而食"；又一回偶然议论起一个不好的人，他便说不但该杀，还当"食肉寝皮"。我那时年纪还小，心跳了好半天。前天狼子村佃户来说吃心肝的事，他也毫不奇怪，不住的点头。可见心思是同从前一样狠。既然可以"易子而食"，便什么都易得，什么人都吃得。我从前单听他讲道理，也胡涂过去；现在晓得他讲道理的时候，不但唇边还抹着人油，而且心里满装着吃人的意思。

六

黑漆漆的，不知是日是夜。赵家的狗又叫起来了。

狮子似的凶心，兔子的怯弱，狐狸的狡猾，……

七

我晓得他们的方法，直捷杀了，是不肯的，而且也不敢，怕有祸祟。所以他们大家连络，布满了罗网，逼我自戕。试看前几天街上男女的样子，和这几天我大哥的作为，便足可悟出八九分了。最好是解下腰带，挂在梁上，自己紧紧勒死；他们没有杀人的罪名，又偿了心愿，自然都欢天喜地的发出一种呜呜咽咽的笑声。否则惊吓忧愁死了，虽则略瘦，也还可以首肯几下。

他们是只会吃死肉的！——记得什么书上说，有一种东西，叫"海乙那"的，眼光

中国现代文学作品选读

和样子都很难看；时常吃死肉，连极大的骨头，都细细嚼烂，咽下肚子去，想起来也教人害怕。"海乙那"是狼的亲眷，狼是狗的本家。前天赵家的狗，看我几眼，可见他也同谋，早已接洽。老头子眼看着地，岂能瞒得我过。

最可怜的是我的大哥，他也是人，何以毫不害怕；而且合伙吃我呢？还是历来惯了，不以为非呢？还是丧了良心，明知故犯呢？

我诅咒吃人的人，先从他起头；要劝转吃人的人，也先从他下手。

八

其实这种道理，到了现在，他们也该早已懂得，……

忽然来了一个人；年纪不过二十左右，相貌是不很看得清楚，满面笑容，对了我点头，他的笑也不像真笑。我便问他，"吃人的事，对么？"他仍然笑着说，"不是荒年，怎么会吃人。"我立刻就晓得，他也是一伙，喜欢吃人的；便自勇气百倍，偏要问他。

"对么？"

"这等事问他什么。你真会……说笑话。……今天天气很好。"

天气是好，月色也很亮了。可是我要问你，"对么？"

他不以为然了。含含胡胡的答道，"不……"

"不对？他们何以竟吃？！"

"没有的事……"

"没有的事？狼子村现吃；还有书上都写着，通红斩新！"

他便变了脸，铁一般青。睁着眼说，"有许有的，这是从来如此……"

"从来如此，便对么？"

"我不同你讲这些道理；总之你不该说，你说便是你错！"

我直跳起来，张开眼，这人便不见了。全身出了一大片汗。他的年纪，比我大哥小得远，居然也是一伙；这一定是他娘老子先教的。还怕已经教给他儿子了；所以连小孩子，也都恶狠狠的看我。

九

自己想吃人，又怕被别人吃了，都用着疑心极深的眼光，面面相觑。……

去了这心思，放心做事走路吃饭睡觉，何等舒服。这只是一条门槛，一个关头。他们可是父子兄弟夫妇朋友师生仇敌和各不相识的人，都结成一伙，互相劝勉，互相牵掣，死也不肯跨过这一步。

十

大清早，去寻我大哥；他立在堂门外看天，我便走到他背后，拦住门，格外沉静，格外和气的对他说，

"大哥，我有话告诉你。"

"你说就是，"他赶紧回过脸来，点点头。

"我只有几句话，可是说不出来。大哥，大约当初野蛮的人，都吃过一点人。后来因为心思不同，有的不吃人了，一味要好，便变了人，变了真的人。有的却还吃，——也

同虫子一样，有的变了鱼鸟猴子，一直变到人。有的不要好，至今还是虫子。这吃人的人比不吃人的人，何等惭愧。怕比虫子的惭愧猴子，还差得很远很远。

易牙蒸了他儿子，给桀纣吃，还是一直从前的事。谁晓得从盘古开辟天地以后，一直吃到易牙的儿子；从易牙的儿子，一直吃到徐锡林；从徐锡林，又一直吃到狼子村捉住的人。去年城里杀了犯人，还有一个生痨病的人，用馒头蘸血舐。

他们要吃我，你一个人，原也无法可想；然而又何必去入伙。吃人的人，什么事做不出；他们会吃我，也会吃你，一伙里面，也会自吃。但只要转一步，只要立刻改了，也就人人太平。虽然从来如此，我们今天也可以格外要好，说是不能！大哥，我相信你能说，前天佃户要减租，你说过不能。"

当初，他还只是冷笑，随后眼光便凶狠起来，一到说破他们的隐情，那就满脸都变成青色了。大门外立着一伙人，赵贵翁和他的狗，也在里面，都探头探脑的挨进来。有的是看不出面貌，似乎用布蒙着；有的是仍旧青面獠牙，抿着嘴笑。我认识他们是一伙，都是吃人的人。可是也晓得他们心思很不一样，一种是以为从来如此，应该吃的；一种是知道不该吃，可是仍然要吃，又怕别人说破他，所以听了我的话，越发气愤不过，可是抿着嘴冷笑。

这时候，大哥也忽然显出凶相，高声喝道，

"都出去！疯子有什么好看！"

这时候，我又懂得一件他们的巧妙了。他们岂但不肯改，而且早已布置；预备下一个疯子的名目罩上我。将来吃了，不但太平无事，怕还会有人见情。佃户说的大家吃了一个恶人，正是这方法。这是他们的老谱！

陈老五也气愤愤的直走进来。如何按得住我的口，我偏要对这伙人说，

"你们可以改了，从真心改起！要晓得将来容不得吃人的人，活在世上。

你们要不改，自己也会吃尽。即使生得多，也会给真的人除灭了，同猎人打完狼子一样！——同虫子一样！"

那一伙人，都被陈老五赶走了。大哥也不知那里去了。陈老五劝我回屋子里去。屋里面全是黑沉沉的。横梁和椽子都在头上发抖；抖了一会，就大起来，堆在我身上。

万分沉重，动弹不得；他的意思是要我死。我晓得他的沉重是假的，便挣扎出来，出了一身汗。可是偏要说，

"你们立刻改了，从真心改起！你们要晓得将来是容不得吃人的人，……"

十一

太阳也不出，门也不开，日日是两顿饭。

我捏起筷子，便想起我大哥；晓得妹子死掉的缘故，也全在他。那时我妹子才五岁，可爱可怜的样子，还在眼前。母亲哭个不住，他却劝母亲不要哭；大约因为自己吃了，哭起来不免有点过意不去。如果还能过意不去，……

妹子是被大哥吃了，母亲知道没有，我可不得而知。

母亲想也知道；不过哭的时候，却并没有说明，大约也以为应当的了。记得我四五岁时，坐在堂前乘凉，大哥说爷娘生病，做儿子的须割下一片肉来，煮熟了请他吃，才

算好人;母亲也没有说不行。一片吃得,整个的自然也吃得。但是那天的哭法,现在想起来,实在还教人伤心,这真是奇极的事!

十二

不能想了。

四千年来的时时吃人的地方,今天才明白,我也在其中混了多年;大哥正管着家务,妹子恰恰死了,他未必不和在饭菜里,暗暗给我们吃。

我未必无意之中,不吃了我妹子的几片肉,现在也轮到我自己,……

有了四千年吃人履历的我,当初虽然不知道,现在明白,难见真的人!

十三

没有吃过人的孩子,或者还有?

救救孩子……

(一九一八年四月)
(原载于1918年5月15日《新青年》四卷五号)

☞ 提示

《狂人日记》写于1918年,是鲁迅发表的第一篇白话小说,也被认为是中国现代小说史上第一篇白话小说,主旨在揭露家族制度和礼教的弊害。狂人在日记中宣称中国历史每一页上都写着"仁义道德",但字缝里写的都是两个字——吃人。吃人既是实指,同时也是象征。

小说采用了白话日记前加一个文言小序的方式,使小说的叙述方式显示出一定的复杂性,因而也显现出多重主题。两重叙述视角构成紧张、反讽的关系。小序陈述了《狂人日记》之名是狂人病愈后自己所题,并且狂人已经重新进入正常的社会秩序,赴某地候补去了。一方面,十三则日记揭示了中国文化和历史背后隐藏的吃人实质,另一方面,又表达了作者对于启蒙者被社会所同化的认识和隐忧。这使得这篇小说对于历史和启蒙者两个方面进行反省,达到了同时代人没有达到的思想深度;而叙事方式的选择,意味着鲁迅创造了一种最能显现其人生体验和认识深度的形式。

孤独者

一

我和魏连殳相识一场,回想起来倒也别致,竟是以送殓始,以送殓终。

那时我在S城,就时时听到人们提起他的名字,都说他很有些古怪:所学的是动物学,却到中学堂去做历史教员;对人总是爱理不理的,却常喜欢管别人的闲事;常说家庭应该破坏,一领薪水却一定立即寄给他的祖母,一日也不拖延。此外还有许多零碎的话柄；总之，在 S 城里也算是一个给人当作谈助的人。有一年的秋天，我在寒石山的一个亲戚家里闲住；他们就姓魏，是连殳的本家。但他们却更不明白他，仿佛将他当作一个外国人看待，说是"同我们都异样的"。

这也不足为奇，中国的兴学虽说已经二十年了，寒石山却连小学也没有。全山村中，只有连殳是出外游学的学生，所以从村人看来，他确是一个异类；但也很妒羡，说他挣得许多钱。

到秋末，山村中痢疾流行了；我也自危，就想回到城中去。那时听说连殳的祖母就染了病，因为是老年，所以很沉重；山中又没有一个医生。所谓他的家属者，其实就只有一个这祖母，雇一名女工简单地过活；他幼小失了父母，就由这祖母抚养成人的。听说她先前也曾经吃过许多苦，现在可是安乐了。但因为他没有家小，家中究竟非常寂寞，这大概也就是大家所谓异样之一端罢。

寒石山离城是旱道一百里，水道七十里，专使人叫连殳去，往返至少就得四天。山村僻陋，这些事便算大家都要打听的大新闻，第二天便哄传她病势已经极重，专差也出发了；可是到四更天竟咽了气，最后的话，是："为什么不肯给我会一会连殳的呢？……"

族长，近房，他的祖母的母家的亲丁，闲人，聚集了一屋子，豫计连殳的到来，应该已是入殓的时候了。寿材寿衣早已做成，都无须筹画；他们的第一大问题是在怎样对付这"承重孙"，因为逆料他关于一切丧葬仪式，是一定要改变新花样的。聚议之后，大概商定了三大条件，要他必行。一是穿白，二跪拜，三是请和尚道士做法事。总而言之：是全都照旧。

他们既经议妥，便约定在连殳到家的那一天，一同聚在厅前，排成阵势，互相策应，并力作一回极严厉的谈判。村人们都咽着唾沫，新奇地听候消息；他们知道连殳是"吃洋教"的"新党"，向来就不讲什么道理，两面的争斗，大约总要开始的，或者还会酿成一种出人意外的奇观。

传说连殳的到家是下午，一进门，向他祖母的灵前只是弯了一弯腰。族长们便立刻照豫定计画进行，将他叫到大厅上，先说过一大篇冒头，然后引入本题，而且大家此唱彼和，七嘴八舌，使他得不到辩驳的机会。但终于话都说完了，沉默充满了全厅，人们全数悚然地紧看着他的嘴。只见连殳神色也不动，简单地回答道：

"都可以的。"

这又很出于他们的意外，大家的心的重担都放下了，但又似乎反加重，觉得太"异样"，倒很有些可虑似的。打听新闻的村人们也很失望，口口相传道，"奇怪！他说'都可以'哩！我们看去罢！"都可以就是照旧，本来是无足观了，但他们也还要看，黄昏之后，便欣欣然聚满了一堂前。

我也是去看的一个，先送了一份香烛；待到走到他家，已见连殳在给死者穿衣服了。原来他是一个短小瘦削的人，长方脸，蓬松的头发和浓黑的须眉占了一脸的小半，只见两眼在黑气里发光。那穿衣也穿得真好，井井有条，仿佛是一个大殓的专家，使旁观者不觉叹服。寒石山老例，当这些时候，无论如何，母家的亲丁是总要挑剔的；他却只是默默地，遇见怎么挑剔便怎么改，神色也不动。站在我前面的一个花白头发的老太太，便发出羡慕感叹的声音。

其次是拜；其次是哭，凡女人们都念念有词。其次入棺；其次又是拜；又是哭，直到钉好了棺盖。沉静了一瞬间，大家忽而扰动了，很有惊异和不满的形势。我也不由的突然觉到：连殳就始终没有落过一滴泪，只坐在草荐上，两眼在黑气里闪闪地发光。

大殓便在这惊异和不满的空气里面完毕。大家都怏怏地，似乎想走散，但连殳却还坐在草荐上沉思。忽然，他流下泪来了，接着就失声，立刻又变成长嚎，像一匹受伤的狼，当深夜在旷野中嗥叫，惨伤里夹杂着愤怒和悲哀。这模样，是老例上所没有的，先前也未曾豫防到，大家都手足无措了，迟疑了一会，就有几个人上前去劝止他，愈去愈多，终于挤成一大堆。但他却只是兀坐着号咷，铁塔似的动也不动。

大家又只得无趣地散开；他哭着，哭着，约有半点钟，这才突然停了下来，也不向吊客招呼，径自往家里走。接着就有前去窥探的人来报告：他走进他祖母的房里，躺在床上，而且，似乎就睡熟了。

隔了两日，是我要动身回城的前一天，便听到村人都遭了魔似的发议论，说连殳要将所有的器具大半烧给他祖母，余下的便分赠生时侍奉，死时送终的女工，并且连房屋也要无期地借给她居住了。亲戚本家都说到舌敝唇焦，也终于阻当不住。

恐怕大半也还是因为好奇心，我归途中经过他家的门口，便又顺便去吊慰。他穿了毛边的白衣出见，神色也还是那样，冷冷的。我很劝慰了一番；他却除了唯唯诺诺之外，只回答了一句话，是：

"多谢你的好意。"

二

我们第三次相见就在这年的冬初，S城的一个书铺子里，大家同时点了一点头，总算是认识了。但使我们接近起来的，是在这年底我失了职业之后。从此，我便常常访问连殳去。一则，自然是因为无聊赖；二则，因为听人说，他倒很亲近失意的人的，虽然素性这么冷。但是世事升沉无定，失意人也不会长是失意人，所以他也就很少长久的朋友。这传说果然不虚，我一投名片，他便接见了。两间连通的客厅，并无什么陈设，不过是桌椅之外，排列些书架，大家虽说他是一个可怕的"新党"，架上却不很有新书。他已经知道我失了职业；但套话一说就完，主客便只好默默地相对，逐渐沉闷起来。我只见他很快地吸完一枝烟，烟蒂要烧着手指了，才抛在地面上。

"吸烟罢。"他伸手取第二枝烟时，忽然说。

我便也取了一枝，吸着，讲些关于教书和书籍的，但也还觉得沉闷。我正想走时，门外一阵喧嚷和脚步声，四个男女孩子闯进来了。大的八九岁，小的四五岁，手脸和衣服都很脏，而且丑得可以。但是连殳的眼里却即刻发出欢喜的光来了，连忙站起，向客厅间壁的房里走，一面说道：

"大良，二良，都来！你们昨天要的口琴，我已经买来了。"

孩子们便跟着一齐拥进去，立刻又各人吹着一个口琴一拥而出，一出客厅门，不知怎的便打将起来，有一个哭了。

"一人一个，都一样的。不要争呵！"他还跟在后面嘱咐。

"这么多的一群孩子都是谁呢?"我问。

"是房主人的。他们都没有母亲,只有一个祖母。"

"房东只一个人么?"

"是的。他的妻子大概死了三四年了罢,没有续娶。——否则,便要不肯将余屋租给我似的单身人。"他说着,冷冷地微笑了。

我很想问他何以至今还是单身,但因为不很熟,终于不好开口。

只要和连殳一熟识,是很可以谈谈的。他议论非常多,而且往往颇奇警。使人不耐的倒是他的有些来客,大抵是读过《沉沦》的罢,时常自命为"不幸的青年"或是"零余者",螃蟹一般懒散而骄傲地堆在大椅子上,一面唉声叹气,一面皱着眉头吸烟。还有那房主的孩子们,总是互相争吵,打翻碗碟,硬讨点心,乱得人头昏。但连殳一见他们,却再不像平时那样的冷冷的了,看得比自己的性命还宝贵。听说有一回,三良发了红斑痧,竟急得他脸上的黑气愈见其黑了;不料那病是轻的,于是后来便被孩子们的祖母传作笑柄。

"孩子总是好的,他们全是天真……。"他似乎也觉得我有些不耐烦了,有一天特地乘机对我说。

"那也不尽然。"我只是随便回答他。

"不。大人的坏脾气,在孩子们是没有的。后来的坏,如你平日所攻击的坏,那是环境教坏的。原来却并不坏,天真……。我以为中国的可以希望,只在这一点。"

"不。如果孩子中没有坏根苗,大起来怎么会有坏花果?譬如一粒种子,正因为内中本含有枝叶花果的胚,长大时才能够发出这些东西来,何尝是无端……。"我因为闲着无事,便也如大人先生们一下野,就要吃素谈禅一样,正在看佛经。佛理自然是并不懂得的,但竟也不自检点,一味任意地说。

然而连殳气忿了,只看了我一眼,不再开口。我也猜不出他是无话可说呢,还是不屑辩。但见他又显出许久不见的冷冷的态度来,默默地连吸了两枝烟;待到他再取第三枝时,我便只好逃走了。

这仇恨是历了三月之久才消释的。原因大概是一半因为忘却,一半则他自己竟也被"天真"的孩子所仇视了,于是觉得我对于孩子的冒渎的话也情有可原。但这不过是我的推测。其时是在我的寓里的酒后,他似乎微露悲哀模样,半仰着头道:

"想起来真觉得有些奇怪。我到你这里来时,街上看见一个很小的小孩,拿了一片芦叶指着我道:杀!他还不很能走路……。"

"这是环境教坏的。"

我即刻很后悔我的话。但他却似乎并不介意,只竭力地喝酒,其间又竭力地吸烟。

"我倒忘了,还没有问你,"我便用别的话来支梧,"你是不大访问人的,怎么今天有这兴致来走走呢?我们相识有一年多了,你到我这里来却还是第一回。"

"我正要告诉你呢:你这几天切莫到我寓里来看我了。我的寓里正有很讨厌的一大一小在那里,都不像人!"

"一大一小?这是谁呢?"我有些诧异。

"是我的堂兄和他的小儿子。哈哈,儿子正如老子一般。"

"是上城来看你,带便玩玩的罢?"

"不。说是来和我商量,就要将这孩子过继给我的。"

"呵!过继给你?"我不禁惊叫了,"你不是还没有娶亲么?"

"他们知道我不娶的了。但这都没有什么关系。他们其实是要过继给我那一间寒石山的破屋子。我此外一无所有,你是知道的;钱一到手就化完。只有这一间破屋子。他们父子的一生的事业是在逐出那一个借住着的老女工。"

他那词气的冷峭,实在又使我悚然。但我还慰解他说:

"我看你的本家也还不至于此。他们不过思想略旧一点罢了。譬如,你那年大哭的时候,他们就都热心地围着使劲来劝你……。"

"我父亲死去之后,因为夺我屋子,要我在笔据上画花押,我大哭着的时候,他们也是这样热心地围着使劲来劝我……。"他两眼向上凝视,仿佛要在空中寻出那时的情景来。

"总而言之:关键就全在你没有孩子。你究竟为什么老不结婚的呢?"我忽而寻到了转舵的话,也是久已想问的话,觉得这时是最好的机会了。

他诧异地看着我,过了一会,眼光便移到他自己的膝髁上去了,于是就吸烟,没有回答。

三

但是,虽在这一种百无聊赖的境地中,也还不给连殳安住。渐渐地,小报上有匿名人来攻击他,学界上也常有关于他的流言,可是这已经并非先前似的单是话柄,大概是于他有损的了。我知道这是他近来喜欢发表文章的结果,倒也并不介意。S城人最不愿意有人发些没有顾忌的议论,一有,一定要暗暗地来叮他,这是向来如此的,连殳自己也知道。但到春天,忽然听说他已被校长辞退了。这却使我觉得有些兀突;其实,这也是向来如此的,不过因为我希望着自己认识的人能够幸免,所以就以为兀突罢了,S城人倒并非这一回特别恶。

其时我正忙着自己的生计,一面又在接洽本年秋天到山阳去当教员的事,竟没有工夫去访问他。待到有些余暇的时候,离他被辞退那时大约快有三个月了,可是还没有发生访问连殳的意思。有一天,我路过大街,偶然在旧书摊前停留,却不禁使我觉得震悚,因为在那里陈列着的一部汲古阁初印本《史记索隐》,正是连殳的书。他喜欢书,但不是藏书家,这种本子,在他是算作贵重的善本,非万不得已,不肯轻易变卖的。难道他失业刚才两三月,就一贫至此么?虽然他向来一有钱即随手散去,没有什么贮蓄。于是我便决意访问连殳去,顺便在街上买了一瓶烧酒,两包花生米,两个熏鱼头。

他的房门关闭着,叫了两声,不见答应。我疑心他睡着了,更加大声地叫,并且伸手拍着房门。

"出去了罢!"大良们的祖母,那三角眼的胖女人,从对面的窗口探出她花白的头来,也大声说,不耐烦似的。

"那里去了呢?"我问。

"那里去了？谁知道呢？——他能到那里去呢，你等着就是，一会儿总会回来的。"

我便推开门走进他的客厅去。真是"一日不见，如隔三秋"，满眼是凄凉和空空洞洞，不但器具所余无几了，连书籍也只剩了在S城决没有人会要的几本洋装书。屋中间的圆桌还在，先前曾经常常围绕着忧郁慷慨的青年，怀才不遇的奇士和腌臢吵闹的孩子们的，现在却见得很闲静，只在面上蒙着一层薄薄的灰尘。我就在桌上放了酒瓶和纸包，拖过一把椅子来，靠桌旁对着房门坐下。

的确不过是"一会儿"，房门一开，一个人悄悄地阴影似的进来了，正是连殳。也许是傍晚之故罢，看去仿佛比先前黑，但神情却还是那样。

"呵！你在这里？来得多久了？"他似乎有些喜欢。

"并没有多久。"我说，"你到那里去了？"

"并没有到那里去，不过随便走走。"

他也拖过椅子来，在桌旁坐下；我们便开始喝烧酒，一面谈些关于他的失业的事。但他却不愿意多谈这些；他以为这是意料中的事，也是自己时常遇到的事，无足怪，而且无可谈的。他照例只是一意喝烧酒，并且依然发些关于社会和历史的议论。不知怎地我此时看见空空的书架，也记起汲古阁初印本的《史记索隐》，忽而感到一种淡漠的孤寂和悲哀。

"你的客厅这么荒凉……。近来客人不多了么？"

"没有了。他们以为我心境不佳，来也无意味。心境不佳，实在是可以给人们不舒服的。冬天的公园，就没有人去……。"他连喝两口酒，默默地想着，突然，仰起脸来看着我问道，"你在图谋的职业也还是毫无把握罢？……"

我虽然明知他已经有些酒意，但也不禁愤然，正想发话，只见他侧耳一听，便抓起一把花生米，出去了。门外是大良们笑嚷的声音。

但他一出去，孩子们的声音便寂然，而且似乎都走了。他还追上去，说些话，却不听得有回答。他也就阴影似的悄悄地回来，仍将一把花生米放在纸包里。

"连我的东西也不要吃了。"他低声，嘲笑似的说。

"连殳，"我很觉得悲凉，却强装着微笑，说，"我以为你太自寻苦恼了。你看得人间太坏……。"

他冷冷的笑了一笑。

"我的话还没有完哩。你对于我们，偶而来访问你的我们，也以为因为闲着无事，所以来你这里，将你当作消遣的资料的罢？"

"并不。但有时也这样想。或者寻些谈资。"

"那你可错误了。人们其实并不这样。你实在亲手造了独头茧，将自己裹在里面了。你应该将世间看得光明些。"我叹惜着说。

"也许如此罢。但是，你说：那丝是怎么来的？——自然，世上也尽有这样的人，譬如，我的祖母就是。我虽然没有分得她的血液，却也许会继承她的运命。然而这也没有什么要紧，我早已豫先一起哭过了……。"

我即刻记起他祖母大殓时候的情景来，如在眼前一样。

"我总不解你那时的大哭……。"于是鹘突地问了。

"我的祖母入殓的时候罢?是的,你不解的。"他一面点灯,一面冷静地说,"你的和我交往,我想,还正因为那时的哭哩。你不知道,这祖母,是我父亲的继母;他的生母,他三岁时候就死去了。"他想着,默默地喝酒,吃完了一个熏鱼头。

"那些往事,我原是不知道的。只是我从小时候就觉得不可解。那时我的父亲还在,家景也还好,正月间一定要悬挂祖像,盛大地供养起来。看着这许多盛装的画像,在我那时似乎是不可多得的眼福。但那时,抱着我的一个女工总指了一幅像说:'这是你自己的祖母。拜拜罢,保佑你生龙活虎似的大得快。'我真不懂得我明明有着一个祖母,怎么又会有什么'自己的祖母'来。可是我爱这'自己的祖母',她不比家里的祖母一般老;她年青,好看,穿着描金的红衣服,戴着珠冠,和我母亲的像差不多。我看她时,她的眼睛也注视我,而且口角上渐渐增了笑影:我知道她一定也是极其爱我的。"

"然而我也爱那家里的,终日坐在窗下慢慢地做针线的祖母。虽然无论我怎样高兴地在她面前玩笑,叫她,也不能引她欢笑,常使我觉得冷冷地,和别人的祖母们有些不同。但我还爱她。可是到后来,我逐渐疏远她了;这也并非因为年纪大了,已经知道她不是我父亲的生母的缘故,倒是看久了终日终年的做针线,机器似的,自然免不了要发烦。但她却还是先前一样,做针线;管理我,也爱护我,虽然少见笑容,却也不加呵斥。直到我父亲去世,还是这样;后来呢,我们几乎全靠她做针线过活了,自然更这样,直到我进学堂……。"

灯火销沉下去了,煤油已经将涸,他便站起,从书架下摸出一个小小的洋铁壶来添煤油。

"只这一月里,煤油已经涨价两次了……。"他旋好了灯头,慢慢地说。"生活要日见其困难起来。——她后来还是这样,直到我毕业,有了事做,生活比先前安定些;恐怕还直到她生病,实在打熬不住了,只得躺下的时候罢……。"

"她的晚年,据我想,是总算不很辛苦的,享寿也不小了,正无须我来下泪。况且哭的人不是多着么?连先前竭力欺凌她的人们也哭,至少是脸上很惨然。哈哈!……可是我那时不知怎地,将她的一生缩在眼前了,亲手造成孤独,又放在嘴里去咀嚼的人的一生。而且觉得这样的人还很多哩。这些人们,就使我要痛哭,但大半也还是因为我那时太过于感情用事……。"

"你现在对于我的意见,就是我先前对于她的意见。然而我的那时的意见,其实也不对的。便是我自己,从略知世事起,就的确逐渐和她疏远起来……。"

他沉默了,指间夹着烟卷,低了头,想着。灯火在微微地发抖。

"呵,人要使死后没有一个人为他哭,是不容易的事呵。"他自言自语似的说;略略一停,便仰起脸来向我道,"想来你也无法可想。我也还得赶紧寻点事情做……。"

"你再没有可托的朋友了么?"我这时正是无法可想,连自己。

"那倒大概还有几个的,可是他们的境遇都和我差不多……。"

我辞别连殳出门的时候,圆月已经升在中天了,是极静的夜。

四

　　山阳的教育事业的状况很不佳。我到校两月，得不到一文薪水，只得连烟卷也节省起来。但是学校里的人们，虽是月薪十五六元的小职员，也没有一个不是乐天知命的，仗着逐渐打熬成功的铜筋铁骨，面黄肌瘦地从早办公一直到夜，其间看见名位较高的人物，还得恭恭敬敬地站起，实在都是不必"衣食足而知礼节"的人民。我每看见这情状，不知怎的总记起连殳临别托付我的话来。他那时生计更其不堪了，窘相时时显露，看去似乎已没有往时的深沉，知道我就要动身，深夜来访，迟疑了许久，才吞吞吐吐地说道：

　　"不知道那边可有法子想？——便是钞写，一月二三十块钱的也可以的。我……。"

　　我很诧异了，还不料他竟肯这样的迁就，一时说不出话来。

　　"我……，我还得活几天……。"

　　"那边去看一看，一定竭力去设法罢。"

　　这是我当日一口承当的答话，后来常常自己听见，眼前也同时浮出连殳的相貌，而且吞吞吐吐地说道"我还得活几天"。到这些时，我便设法向各处推荐一番；但有什么效验呢，事少人多，结果是别人给我几句抱歉的话，我就给他几句抱歉的信。到一学期将完的时候，那情形就更加坏了起来。那地方的几个绅士所办的《学理周报》上，竟开始攻击我了，自然是决不指名的，但措辞很巧妙，使人一见就觉得我是在挑剔学潮，连推荐连殳的事，也算是呼朋引类。

　　我只好一动不动，除上课之外，便关起门来躲着，有时连烟卷的烟钻出窗隙去，也怕犯了挑剔学潮的嫌疑。连殳的事，自然更是无从说起了。这样地一直到深冬。

　　下了一天雪，到夜还没有止，屋外一切静极，静到要听出静的声音来。我在小小的灯火光中，闭目枯坐，如见雪花片片飘坠，来增补这一望无际的雪堆；故乡也准备过年了，人们忙得很；我自己还是一个儿童，在后园的平坦处和一伙小朋友塑雪罗汉。雪罗汉的眼睛是用两块小炭嵌出来的，颜色很黑，这一闪动，便变了连殳的眼睛。

　　"我还得活几天！"仍是这样的声音。

　　"为什么呢？"我无端地这样问，立刻连自己也觉得可笑了。

　　这可笑的问题使我清醒，坐直了身子，点起一枝烟卷来；推窗一望，雪果然下得更大了。听得有人叩门；不一会，一个人走进来，但是听熟的客寓杂役的脚步。他推开我的房门，交给我一封六寸多长的信，字迹很潦草，然而一瞥便认出"魏缄"两个字，是连殳寄来的。

　　这是从我离开S城以后他给我的第一封信。我知道他疏懒，本不以杳无消息为奇，但有时也颇怨他不给一点消息。待到接了这信，可又无端地觉得奇怪了，慌忙拆开来。里面也用了一样潦草的字体，写着这样的话：

　　"申飞……。

　　"我称你什么呢。我空着。你自己愿意称什么，你自己添上去罢。我都可以的。

　　"别后共得三信，没有复。这原因很简单：我连买邮票的钱也没有。

　　"你或者愿意知道些我的消息，现在简单告诉你罢：我失败了。先前，我自以为是失败者，现在知道那并不，现在才真是失败者了。先前，还有人愿意我活几天，我自己也还想活几天的时候，活不下去；现在，大可以无须了，然而要活下去……。

"然而就活下去么？

"愿意我活几天的，自己就活不下去。这人已被敌人诱杀了。谁杀的呢？谁也不知道。

"人生的变化多么迅速呵！这半年来，我几乎求乞了，实际，也可以算得已经求乞。然而我还有所为，我愿意为此求乞，为此冻馁，为此寂寞，为此辛苦。但灭亡是不愿意的。你看，有一个愿意我活几天的，那力量就这么大。然而现在是没有了，连这一个也没有了。同时，我自己也觉得不配活下去；别人呢？也不配的。同时，我自己又觉得偏要为不愿意我活下去的人们而活下去；好在愿意我好好地活下去的已经没有了，再没有谁痛心。使这样的人痛心，我是不愿意的。然而现在是没有了，连这一个也没有了。快活极了，舒服极了；我已经躬行我先前所憎恶，所反对的一切，拒斥我先前所崇仰，所主张的一切了。我已经真的失败，——然而我胜利了。

"你以为我发了疯么？你以为我成了英雄或伟人么？不，不的。这事情很简单：我近来已经做了杜师长的顾问，每月的薪水就有现洋八十元了。

"申飞……。

"你将以我为什么东西呢，你自己定就是，我都可以的。

"你大约还记得我旧时的客厅罢，我们在城中初见和将别时候的客厅。现在我还用着这客厅。这里有新的宾客，新的馈赠，新的颂扬，新的钻营，新的磕头和打拱，新的打牌和猜拳，新的冷眼和恶心，新的失眠和吐血……。

"你前信说你教书很不如意。你愿意也做顾问么？可以告诉我，我给你办。其实是做门房也不妨，一样地有新的宾客和新的馈赠，新的颂扬……。

"我这里下大雪了。你那里怎样？现在已是深夜，吐了两口血，使我清醒起来。记得你竟从秋天以来陆续给了我三封信，这是怎样的可以惊异的事呵。我必须寄给你一点消息，你或者不至于倒抽一口冷气罢。

"此后，我大约不再写信的了，我这习惯是你早已知道的。何时回来呢？倘早，当能相见。——但我想，我们大概究竟不是一路的；那么，请你忘记我罢。我从我的真心感谢你先前常替我筹划生计。但是现在忘记我罢；我现在已经'好'了。

连殳，十二月十四日。"

虽然并不使我"倒抽一口冷气"，但草草一看之后，又细看了一遍，却总有些不舒服，而同时可又夹杂些快意和高兴；又想，他的生计总算已经不成问题，我的担子也可以放下了，虽然在我这一面始终不过是无法可想。忽而又想写一封信回答他，但又觉得没有话说，于是这意思也立即消失了。

我的确渐渐地在忘却他。在我的记忆中，他的面貌也不再时常出现。但得信之后不到十天，S城的学理七日报社忽然接续着邮寄他们的《学理七日报》来了。我是不大看这些东西的，不过既经寄到，也就随手翻翻。这却使我记起连殳来，因为里面常有关于他的诗文，如《雪夜谒连殳先生》，《连殳顾问高斋雅集》等等；有一回，《学理闲谭》

小说

里还津津地叙述他先前所被传为笑柄的事,称作"逸闻",言外大有"且夫非常之人,必能行非常之事"的意思。

不知怎地虽然因此记起,但他的面貌却总是逐渐模糊;然而又似乎和我日加密切起来,往往无端感到一种连自己也莫明其妙的不安和极轻微的震颤。幸而到了秋季,这《学理七日报》就不寄来了;山阳的《学理周刊》上却又按期登起一篇长论文:《流言即事实论》。里面还说,关于某君们的流言,已在公正士绅间盛传了。这是专指几个人的,有我在内;我只好极小心,照例连吸烟卷的烟也谨防飞散。小心是一种忙的苦痛,因此会百事俱废,自然也无暇记得连殳。总之:我其实已经将他忘却了。

但我也终于敷衍不到暑假,五月底,便离开了山阳。

五

从山阳到历城,又到太谷,一总转了大半年,终于寻不出什么事情做,我便又决计回S城去了。到时是春初的下午,天气欲雨不雨,一切都罩在灰色中;旧寓里还有空房,仍然住下。在道上,就想起连殳的了,到后,便决定晚饭后去看他。我提着两包闻喜名产的煮饼,走了许多潮湿的路,让道给许多拦路高卧的狗,这才总算到了连殳的门前。里面仿佛特别明亮似的。我想,一做顾问,连寓里也格外光亮起来了,不觉在暗中一笑。但仰面一看,门旁却白白的,分明贴着一张斜角纸。我又想,大良们的祖母死了罢;同时也跨进门,一直向里面走。

微光所照的院子里,放着一具棺材,旁边站一个穿军衣的兵或是马弁,还有一个和他谈话的,看时却是大良的祖母;另外还闲站着几个短衣的粗人。我的心即刻跳起来了。她也转过脸来凝视我。

"阿呀!您回来了?何不早几天……。"她忽而大叫起来。

"谁……谁没有了?"我其实是已经大概知道的了,但还是问。

"魏大人,前天没有的。"

我四顾,客厅里暗沉沉的,大约只有一盏灯;正屋里却挂着白的孝帏,几个孩子聚在屋外,就是大良二良们。

"他停在那里,"大良的祖母走向前,指着说,"魏大人恭喜之后,我把正屋也租给他了;他现在就停在那里。"

孝帏上没有别的,前面是一张条桌,一张方桌;方桌上摆着十来碗饭菜。我刚跨进门,当面忽然现出两个穿白长衫的来拦住了,瞪了死鱼似的眼睛,从中发出惊疑的光来,钉住了我的脸。我慌忙说明我和连殳的关系,大良的祖母也来从旁证实,他们的手和眼光这才逐渐弛缓下去,默许我近前去鞠躬。

我一鞠躬,地下忽然有人呜呜的哭起来了,定神看时,一个十多岁的孩子伏在草荐上,也是白衣服,头发剪得很光的头上还络着一大绺苎麻丝。

我和他们寒暄后,知道一个是连殳的从堂兄弟,要算最亲的了;一个是远房侄子。我请求看一看故人,他们去竭力拦阻,说是"不敢当"的。然而终于被我说服了,将孝帏揭起。

这回我会见了死的连殳。但是奇怪!他虽然穿一套皱的短衫裤,大襟上还有血迹,脸上也瘦削得不堪，然而面目却还是先前那样的面目，宁静地闭着嘴，合着眼，睡着似的，几乎要使我伸手到他鼻子前面，去试探他可是其实还在呼吸着。

一切是死一般静，死的人和活的人。我退开了，他的从堂兄弟却又来周旋，说"舍弟"正在年富力强，前程无限的时候，竟遽尔"作古"了，这不但是"衰宗"不幸，也太使朋友伤心。言外颇有替连殳道歉之意；这样地能说，在山乡中人是少有的。但此后也就沉默了，一切是死一般静，死的人和活的人。

我觉得很无聊，怎样的悲哀倒没有，便退到院子里，和大良们的祖母闲谈起来。知道入殓的时候是临近了，只待寿衣送到；钉棺材钉时，"子午卯酉"四生肖是必须躲避的。她谈得高兴了，说话滔滔地泉流似的涌出，说到他的病状，说到他生时的情景，也带些关于他的批评。

"你可知道魏大人自从交运之后，人就和先前两样了，脸也抬高起来，气昂昂的。对人也不再先前那么迂。你知道，他先前不是像一个哑子，见我是叫老太太的么？后来就叫'老家伙'。唉唉，真是有趣。人送他仙居术，他自己是不吃的，就摔在院子里，——就是这地方，——叫道，'老家伙，你吃去罢。'他交运之后，人来人往，我把正屋也让给他住了，自己便搬在这厢房里。他也真是一走红运，就与众不同，我们就常常这样说笑。要是你早来一个月，还赶得上看这里的热闹，三日两头的猜拳行令，说的说，笑的笑，唱的唱，做诗的做诗，打牌的打牌……。

"他先前怕孩子们比孩子们见了老子还怕，总是低声下气的。近来可也两样了，能说能闹，我们的大良们也很喜欢和他玩，一有空，便都到他的屋里去。他也用种种方法逗着玩；要他买东西，他就要孩子装一声狗叫，或者磕一个响头。哈哈，真是过得热闹。前两月二良要他买鞋，还磕了三个响头哩，哪，现在还穿着，没有破呢。"

一个穿白长衫的人出来了，她就住了口。我打听连殳的病症，她却不大清楚，只说大约是早已瘦了下去的罢，可是谁也没理会，因为他总是高高兴兴的。到一个多月前，这才听到他吐过几回血，但似乎也没有看医生；后来躺倒了；死去的前三天，就哑了喉咙，说不出一句话。十三大人从寒石山路远迢迢地上城来，问他可有存款，他一声也不响。十三大人疑心他装出来的。也有人说有些生痨病死的人是要说不出话来的，谁知道呢……。

"可是魏大人的脾气也太古怪，"她忽然低声说，"他就不肯积蓄一点，水似的花钱。十三大人还疑心我们得了什么好处。有什么屁好处呢？他就冤里冤枉糊里糊涂地花掉了。譬如买东西，今天买进，明天又卖出，弄破，真不知道是怎么一回事。待到死了下来，什么也没有，都糟掉了。要不然，今天也不至于这样地冷静……。

"他就是胡闹，不想办一点正经事。我是想到过的，也劝过他。这么年纪了，应该成家；照现在的样子，结一门亲很容易；如果没有门当户对的，先买几个姨太太也可以：人是总应该像个样子的。可是他一听到就笑起来，说道，'老家伙，你还是总替别人惦记着这等事么？'你看，他近来就浮而不实，不把人的好话当好话听。要是早听了我的话，现在何至于独自冷清清地在阴间摸索，至少，也可以听到几声亲人的哭声……。"

一个店伙背了衣服来了。三个亲人便检出里衣，走进帏后去。不多久，孝帏揭起了，里衣已经换好，接着是加外衣。这很出我意外。一条土黄的军裤穿上了，嵌着很宽的红条，其次穿上去的是军衣，金闪闪的肩章，也不知道是什么品级，那里来的品级。到入棺，是连殳很不妥帖地躺着，脚边放一双黄皮鞋，腰边放一柄纸糊的指挥刀，骨瘦如柴的灰黑的脸旁，是一顶金边的军帽。

三个亲人扶着棺沿哭了一场，止哭拭泪；头上络麻线的孩子退出去了，三良也避去，大约都是属"子午卯酉"之一的。

粗人扛起棺盖来，我走近去最后看一看永别的连殳。

他在不妥帖的衣冠中，安静地躺着，合了眼，闭着嘴，口角间仿佛含着冰冷的微笑，冷笑着这可笑的死尸。

敲钉的声音一响，哭声也同时迸出来。这哭声使我不能听完，只好退到院子里；顺脚一走，不觉出了大门了。潮湿的路极其分明，仰看太空，浓云已经散去，挂着一轮圆月，散出冷静的光辉。

我快步走着，仿佛要从一种沉重的东西中冲出，但是不能够。耳朵中有什么挣扎着，久之，久之，终于挣扎出来了，隐约像是长嗥，像一匹受伤的狼，当深夜在旷野中嗥叫，惨伤里夹杂着愤怒和悲哀。

我的心也就轻松起来，坦然地在潮湿的石路上走，月光底下。

（一九二五年十月十七日毕。）

（1926年8月收入《彷徨》）

提示

《孤独者》写于1925年，主旨是描述启蒙者在蒙昧环境中的孤独体验，以及其失败的命运，较多地投射了鲁迅自己的生存体验，也表现了他对启蒙前途的深刻认识。

魏连殳因为接受了新的文化观念和价值观念，被故乡人视为异类，并且一度失去了赖以生活的工作，由此看到人间的冷漠，承受着巨大的生活压力和精神压力，原先所坚守的启蒙者的理想崩溃，走向绝望，于是对这个世界施行报复，同时也进行自我毁灭，躬行其先前所反对的一切。魏连殳由接受理想到走向绝望、自我毁灭、报复社会的悲观显现了启蒙者的悲剧——几乎是难以规避的悲剧；同时也写出了其复杂深刻的生存体验。

小说以"我"为叙述者，叙述魏连殳的一生，"我"和魏连殳的思想之间构成一种对话的关系，形成小说的复调性质：对启蒙主义的向往与怀疑，这怀疑一方面既是自我怀疑——启蒙者是否有能力实行启蒙，另一方面也是怀疑大众既然无可救药，是否有必要去进行启蒙；同时，对这种怀疑本身以及由此引起的绝望也发生怀疑。

伤 逝
——涓生的手记

　　如果我能够，我要写下我的悔恨和悲哀，为子君，为自己。

　　会馆里的被遗忘在偏僻里的破屋是这样地寂静和空虚。时光过得真快，我爱子君，仗着她逃出这寂静和空虚，已经满一年了。事情又这么不凑巧，我重来时，偏偏空着的又只有这一间屋。依然是这样的破窗，这样的窗外的半枯的槐树和老紫藤，这样的窗前的方桌，这样的败壁，这样的靠壁的板床。深夜中独自躺在床上，就如我未曾和子君同居以前一般，过去一年中的时光全被消灭，全未有过，我并没有曾经从这破屋子搬出，在吉兆胡同创立了满怀希望的小小的家庭。

　　不但如此。在一年之前，这寂静和空虚是并不这样的，常常含着期待；期待子君的到来。在久待的焦躁中，一听到皮鞋的高底尖触着砖路的清响，是怎样地使我骤然生动起来呵！于是就看见带着笑窝的苍白的圆脸，苍白的瘦的臂膊，布的有条纹的衫子，玄色的裙。她又带了窗外的半枯的槐树的新叶来，使我看见，还有挂在铁似的老干上的一房一房的紫白的藤花。

　　然而现在呢，只有寂静和空虚依旧，子君却决不再来了，而且永远，永远地！……

　　子君不在我这破屋里时，我什么也看不见。在百无聊赖中，随手抓过一本书来，科学也好，文学也好，横竖什么都一样；看下去，看下去，忽而自己觉得，已经翻了十多页了，但是毫不记得书上所说的事。只是耳朵却分外地灵，仿佛听到大门外一切往来的履声，从中便有子君的，而且橐橐地逐渐临近，——但是，往往又逐渐渺茫，终于消失在别的步声的杂沓中了。我憎恶那不像子君鞋声的穿布底鞋的长班的儿子，我憎恶那太像子君鞋声的常常穿着新皮鞋的邻院的搽雪花膏的小东西！

　　莫非她翻了车么？莫非她被电车撞伤了么？……

　　我便要取了帽子去看她，然而她的胞叔就曾经当面骂过我。

　　蓦然，她的鞋声近来了，一步响于一步，迎出去时，却已经走过紫藤棚下，脸上带着微笑的酒窝。她在她叔子的家里大约并未受气；我的心宁帖了，默默地相视片时之后，破屋里便渐渐充满了我的语声，谈家庭专制，谈打破旧习惯，谈男女平等，谈伊孛生①，谈泰戈尔，谈雪莱……。她总是微笑点头，两眼里弥漫着稚气的好奇的光泽。壁上就钉着一张铜板的雪莱半身像，是从杂志上裁下来的，是他的最美的一张像。当我指给她看时，她却只草草一看，便低了头，似乎不好意思了。这些地方，子君就大概还未脱尽旧思想的束缚，——我后来也想，倒不如换一张雪莱淹死在海里的记念像或是伊孛生的罢；但也终于没有换，现在是连这一张也不知那里去了。

---

　　① 伊孛生，通译易卜生，挪威剧作家。

"我是我自己的,他们谁也没有干涉我的权利!"

这是我们交际了半年,又谈起她在这里的胞叔和在家的父亲时,她默想了一会之后,分明地,坚决地,沉静地说了出来的话。其时是我已经说尽了我的意见,我的身世,我的缺点,很少隐瞒;她也完全了解的了。这几句话很震动了我的灵魂,此后许多天还在耳中发响,而且说不出的狂喜,知道中国女性,并不如厌世家所说那样的无法可施,在不远的将来,便要看见辉煌的曙色的。

送她出门,照例是相离十多步远;照例是那鲇鱼须的老东西的脸又紧贴在脏的窗玻璃上了,连鼻尖都挤成一个小平面;到外院,照例又是明晃晃的玻璃窗里的那小东西的脸,加厚的雪花膏。她目不斜视地骄傲地走了,没有看见;我骄傲地回来。

"我是我自己的,他们谁也没有干涉我的权利!"这彻底的思想就在她的脑里,比我还透澈,坚强得多。半瓶雪花膏和鼻尖的小平面,于她能算什么东西呢?

我已经记不清那时怎样地将我的纯真热烈的爱表示给她。岂但现在,那时的事后便已模糊,夜间回想,早只剩了一些断片了;同居以后一两月,便连这些断片也化作无可追踪的梦影。我只记得那时以前的十几天,曾经很仔细地研究过表示的态度,排列过措辞的先后,以及倘或遭了拒绝以后的情形。可是临时似乎都无用,在慌张中,身不由己地竟用了在电影上见过的方法了。后来一想到,就使我很愧恧,但在记忆上却偏只有这一点永远留遗,至今还如暗室的孤灯一般,照见我含泪握着她的手,一条腿跪了下去……。

不但我自己的,便是子君的言语举动,我那时就没有看得分明;仅知道她已经允许我了。但也还仿佛记得她脸色变成青白,后来又渐渐转作绯红,——没有见过,也没有再见的绯红;孩子似的眼里射出悲喜,但是夹着惊疑的光,虽然力避我的视线,张皇地似乎要破窗飞去。然而我知道她已经允许我了,没有知道她怎样说或是没有说。

她却是什么都记得:我的言辞,竟至于读熟了的一般,能够滔滔背诵;我的举动,就如有一张我所看不见的影片挂在眼下,叙述得如生,很细微,自然连那使我不愿再想的浅薄的电影的一闪。夜阑人静,是相对温习的时候了,我常是被质问,被考验,并且被命复述当时的言语,然而常须由她补足,由她纠正,像一个丁等的学生。

这温习后来也渐渐稀疏起来。但我只要看见她两眼注视空中,出神似的凝想着,于是神色越加柔和,笑窝也深下去,便知道她又在自修旧课了,只是我很怕她看到我那可笑的电影的一闪。但我又知道,她一定要看见,而且也非看不可的。

然而她并不觉得可笑。即使我自己以为可笑,甚而至于可鄙的,她也毫不以为可笑。这事我知道得很清楚,因为她爱我,是这样地热烈,这样地纯真。

去年的暮春是最为幸福,也是最为忙碌的时光。我的心平静下去了,但又有别一部分和身体一同忙碌起来。我们这时才在路上同行,也到过几回公园,最多的是寻住所。我觉得在路上时时遇到探索,讥笑,猥亵和轻蔑的眼光,一不小心,便使我的全身有些瑟缩,只得即刻提起我的骄傲和反抗来支持。她却是大无畏的,对于这些全不关心,只是镇静地缓缓前行,坦然如入无人之境。

寻住所实在不是容易事,大半是被托辞拒绝,小半是我们以为不相宜。起先我们选择得很苛酷,——也非苛酷,因为看去大抵不像是我们的安身之所;后来,便只要他们能相容了。看了二十多处,这才得到可以暂且敷衍的处所,是吉兆胡同一所小屋里的两间南屋;主人是一个小官,然而倒是明白人,自住着正屋和厢房。他只有夫人和一个不到周岁的女孩子,雇一个乡下的女工,只要孩子不啼哭,是极其安闲幽静的。

我们的家具很简单,但已经用去了我的筹来的款子的大半;子君还卖掉了她唯一的金戒指和耳环。我拦阻她,还是定要卖,我也就不再坚持下去了:我知道不给她加入一点股分去,她是住不舒服的。

和她的叔子,她早经闹开,至于使他气愤到不再认她做侄女;我也陆续和几个自以为忠告,其实是替我胆怯,或者竟是嫉妒的朋友绝了交。然而这倒很清静。每日办公散后,虽然已近黄昏,车夫又一定走得这样慢,但究竟还有二人相对的时候。我们先是沉默的相视,接着是放怀而亲密的交谈,后来又是沉默。大家低头沉思着,却并未想着什么事。我也渐渐清醒地读遍了她的身体,她的灵魂,不过三星期,我似乎于她已经更加了解,揭去许多先前以为了解而现在看来却是隔膜,即所谓真的隔膜了。

子君也逐日活泼起来。但她并不爱花,我在庙会时买来的两盆小草花,四天不浇,枯死在壁角了,我又没有照顾一切的闲暇。然而她爱动物,也许是从官太太那里传染的罢,不一月,我们的眷属便骤然加得很多,四只小油鸡,在小院子里和房主人的十多只在一同走。但她们却认识鸡的相貌,各知道那一只是自家的。还有一只花白的叭儿狗,从庙会买来,记得似乎原有名字,子君却给它另起了一个,叫作阿随。我就叫它阿随,但我不喜欢这名字。

这是真的,爱情必须时时更新,生长,创造。我和子君说起这,她也领会地点点头。

唉唉,那是怎样的宁静而幸福的夜呵!

安宁和幸福是要凝固的,永久是这样的安宁和幸福。我们在会馆里时,还偶有议论的冲突和意思的误会,自从到吉兆胡同以来,连这一点也没有了;我们只在灯下对坐的怀旧谭中,回味那时冲突以后的和解的重生一般的乐趣。

子君竟胖了起来,脸色也红活了;可惜的是忙。管了家务便连谈天的工夫也没有,何况读书和散步。我们常说,我们总还得雇一个女工。

这就使我也一样地不快活,傍晚回来,常见她包藏着不快活的颜色,尤其使我不乐的是她要装作勉强的笑容。幸而探听出来了,也还是和那小官太太的暗斗,导火线便是两家的小油鸡。但又何必硬不告诉我呢?人总该有一个独立的家庭。这样的处所,是不能居住的。

我的路也铸定了,每星期中的六天,是由家到局,又由局到家。在局里便坐在办公桌前钞,钞,钞些公文和信件;在家里是和她相对或帮她生白炉子,煮饭,蒸馒头。我的学会了煮饭,就在这时候。

但我的食品却比在会馆里时好得多了。做菜虽不是子君的特长,然而她于此却倾注着全力;对于她的日夜的操心,使我也不能不一同操心,来算作分甘共苦。况且她又这样地终日汗流满面,短发都粘在脑额上;两只手又只是这样地粗糙起来。

况且还要饲阿随,饲油鸡,……都是非她不可的工作。

我曾经忠告她:我不吃,倒也罢了;却万不可这样地操劳。她只看了我一眼,不开口,神色却似乎有点凄然;我也只好不开口。然而她还是这样地操劳。

我所豫期的打击果然到来。双十节的前一晚,我呆坐着,她在洗碗。听到打门声,我去开门时,是局里的信差,交给我一张油印的纸条。我就有些料到了,到灯下去一看,果然,印着的就是:

> 奉
> 局长谕史涓生着毋庸到局办事
>   秘书处启 十月九号

这在会馆里时,我就早已料到了;那雪花膏便是局长的儿子的赌友,一定要去添些谣言,设法报告的。到现在才发生效验,已经要算是很晚的了。其实这在我不能算是一个打击,因为我早就决定,可以给别人去钞写,或者教读,或者虽然费力,也还可以译点书,况且《自由之友》的总编辑便是见过几次的熟人,两月前还通过信。但我的心却跳跃着。那么一个无畏的子君也变了色,尤其使我痛心:她近来似乎也较为怯弱了。

"那算什么。哼,我们干新的。我们……。"她说。

她的话没有说完;不知怎地,那声音在我听去却只是浮浮的;灯光也觉得格外黯淡。人们真是可笑的动物,一点极微末的小事情,便会受着很深的影响。我们先是默默地相视,逐渐商量起来,终于决定将现有的钱竭力节省,一面登"小广告"去寻求钞写和教读,一面写信给《自由之友》的总编辑,说明我目下的遭遇,请他收用我的译本,给我帮一点艰辛时候的忙。

"说做,就做罢!来开一条新的路!"

我立刻转身向了书案,推开盛香油的瓶子和醋碟,子君便送过那黯淡的灯来。我先拟广告;其次是选定可译的书,迁移以来未曾翻阅过,每本的头上都满漫着灰尘了;最后才写信。

我很费踌蹰,不知道怎样措辞好,当停笔凝思的时候,转眼去一瞥她的脸,在昏暗的灯光下,又很见得凄然。我真不料这样微细的小事情,竟会给坚决的、无畏的子君以这么显著的变化。她近来实在变得很怯弱了,但也并不是今夜才开始的。我的心因此更缭乱,忽然有安宁的生活的影像——会馆里的破屋的寂静,在眼前一闪,刚刚想定睛凝视,却又看见了昏暗的灯光。

许久之后,信也写成了,是一封颇长的信;很觉得疲劳,仿佛近来自己也较为怯弱了。于是我们决定,广告和发信,就在明日一同实行。大家不约而同地伸直了腰肢,在无言中,似乎又都感到彼此的坚忍倔强的精神,还看见从新萌芽起来的将来的希望。

外来的打击其实倒是振作了我们的新精神。局里的生活,原如鸟贩子手里的禽鸟一般,仅有一点小米维系残生,决不会肥胖;日子一久,只落得麻痹了翅子,即使放出笼外,早已不能奋飞。现在总算脱出这牢笼了,我从此要在新的开阔的天空中翱翔,趁我还未忘却了我的翅子的扇动。

　　小广告是一时自然不会发生效力的;但译书也不是容易事,先前看过,以为已经懂得的,一动手,却疑难百出了,进行得很慢。然而我决计努力地做,一本半新的字典,不到半月,边上便有了一大片乌黑的指痕,这就证明着我的工作的切实。《自由之友》的总编辑曾经说过,他的刊物是决不会埋没好稿子的。

　　可惜的是我没有一间静室,子君又没有先前那么幽静,善于体贴了,屋子里总是散乱着碗碟,弥漫着煤烟,使人不能安心做事,但是这自然还只能怨我自己无力置一间书斋。然而又加以阿随,加以油鸡们。加以油鸡们又大起来了,更容易成为两家争吵的引线。

　　加以每日的"川流不息"的吃饭;子君的功业,仿佛就完全建立在这吃饭中。吃了筹钱,筹来吃饭,还要喂阿随,饲油鸡;她似乎将先前所知道的全都忘掉了,也不想到我的构思就常常为了这催促吃饭而打断。即使在坐中给看一点怒色,她总是不改变,仍然毫无感触似的大嚼起来。

　　使她明白了我的工作不能受规定的吃饭的束缚,就费去五星期。她明白之后,大约很不高兴罢,可是没有说。我的工作果然从此较为迅速地进行,不久就共译了五万言,只要润色一回,便可以和做好的两篇小品,一同寄给《自由之友》去。只是吃饭却依然给我苦恼。菜冷,是无妨的,然而竟不够;有时连饭也不够,虽然我因为终日坐在家里用脑,饭量已经比先前要减少得多。这是先去喂了阿随了,有时还并那近来连自己也轻易不吃的羊肉。她说,阿随实在瘦得太可怜,房东太太还因此嗤笑我们了,她受不住这样的奚落。

　　于是吃我残饭的便只有油鸡们。这是我积久才看出来的,但同时也如赫胥黎的论定"人类在宇宙间的位置"一般,自觉了我在这里的位置:不过是叭儿狗和油鸡之间。

　　后来,经多次的抗争和催逼,油鸡们也逐渐成为肴馔,我们和阿随都享用了十多日的鲜肥;可是其实都很瘦,因为它们早已每日只能得到几粒高粱了。从此便清静得多。只有子君很颓唐,似乎常觉得凄苦和无聊,至于不大愿意开口。我想,人是多么容易改变呵!

　　但是阿随也将留不住了。我们已经不能再希望从什么地方会有来信,子君也早没有一点食物可以引它打拱或直立起来。冬季又逼近得这么快,火炉就要成为很大的问题;它的食量,在我们其实早是一个极易觉得的很重的负担。于是连它也留不住了。

　　倘使插了草标到庙市去出卖,也许能得几文钱罢,然而我们都不能,也不愿这样做。终于是用包袱蒙着头,由我带到西郊去放掉了,还要追上来,便推在一个并不很深的土坑里。

　　我一回寓,觉得又清静得多多了;但子君的凄惨的神色,却使我很吃惊。那是没有见过的神色,自然是为阿随。但又何至于此呢?我还没有说起推在土坑里的事。

到夜间,在她的凄惨的神色中,加上冰冷的分子了。

"奇怪。——子君,你怎么今天这样儿了?"我忍不住问。

"什么?"她连看也不看我。

"你的脸色……。"

"没有什么,——什么也没有。"

我终于从她言动上看出,她大概已经认定我是一个忍心的人。其实,我一个人,是容易生活的,虽然因为骄傲,向来不与世交来往,迁居以后,也疏远了所有旧识的人,然而只要能远走高飞,生路还宽广得很。现在忍受着这生活压迫的苦痛,大半倒是为她,便是放掉阿随,也何尝不如此。但子君的识见却似乎只是浅薄起来,竟至于连这一点也想不到了。

我拣了一个机会,将这些道理暗示她;她领会似的点头。然而看她后来的情形,她是没有懂,或者是并不相信的。

天气的冷和神情的冷,逼迫我不能在家庭中安身。但是往那里去呢?大道上,公园里,虽然没有冰冷的神情,冷风究竟也刺得人皮肤欲裂。我终于在通俗图书馆里觅得了我的天堂。

那里无须买票;阅书室里又装着两个铁火炉。纵使不过是烧着不死不活的煤的火炉,但单是看见装着它,精神上也就总觉得有些温暖。书却无可看:旧的陈腐,新的是几乎没有的。

好在我到那里去也并非为看书。另外时常还有几个人,多则十余人,都是单薄衣裳,正如我,各人看各人的书,作为取暖的口实。这于我尤为合式。道路上容易遇见熟人,得到轻蔑的一瞥,但此地却决无那样的横祸,因为他们是永远围在别的铁炉旁,或者靠在自家的白炉边的。

那里虽然没有书给我看,却还有安闲容得我想。待到孤身枯坐,回忆从前,这才觉得大半年来,只为了爱,——盲目的爱,——而将别的人生的要义全盘疏忽了。第一,便是生活。人必生活着,爱才有所附丽。世界上并非没有为了奋斗者而开的活路;我也还未忘却翅子的扇动,虽然比先前已经颓唐得多……。

屋子和读者渐渐消失了,我看见怒涛中的渔夫,战壕中的兵士,摩托车①中的贵人,洋场上的投机家,深山密林中的豪杰,讲台上的教授,昏夜的运动者和深夜的偷儿……。子君,——不在近旁。她的勇气都失掉了,只为着阿随悲愤,为着做饭出神;然而奇怪的是倒也并不怎样瘦损……。

冷了起来,火炉里的不死不活的几片硬煤,也终于烧尽了,已是闭馆的时候。又须回到吉兆胡同,领略冰冷的颜色去了。近来也间或遇到温暖的神情,但这却反而增加我的苦痛。记得有一夜,子君的眼里忽而又发出久已不见的稚气的光来,笑着和我谈到还

---

① 当时对小汽车的称呼。

在会馆时候的情形，时时又很带些恐怖的神色。我知道我近来的超过她的冷漠，已经引起她的忧疑来，只得也勉力谈笑，想给她一点慰藉。然而我的笑貌一上脸，我的话一出口，却即刻变为空虚，这空虚又即刻发生反响，回向我的耳目里，给我一个难堪的恶毒的冷嘲。

子君似乎也觉得的，从此便失掉了她往常的麻木似的镇静，虽然竭力掩饰，总还是时时露出忧疑的神色来，但对我却温和得多了。

我要明告她，但我还没有敢，当决心要说的时候，看见她孩子一般的眼色，就使我只得暂且改作勉强的欢容。但是这又即刻来冷嘲我，并使我失却那冷漠的镇静。

她从此又开始了往事的温习和新的考验，逼我做出许多虚伪的温存的答案来，将温存示给她，虚伪的草稿便写在自己的心上。我的心渐被这些草稿填满了，常觉得难于呼吸。我在苦恼中常常想，说真实自然须有极大的勇气的；假如没有这勇气，而苟安于虚伪，那也便是不能开辟新的生路的人。不独不是这个，连这人也未尝有！

子君有怨色，在早晨，极冷的早晨，这是从未见过的，但也许是从我看来的怨色。我那时冷冷地气愤和暗笑了；她所磨练的思想和豁达无畏的言论，到底也还是一个空虚，而对于这空虚却并未自觉。她早已什么书也不看，已不知道人的生活的第一着是求生，向着这求生的道路，是必须携手同行，或奋身孤往的了，倘使只知道捶着一个人的衣角，那便是虽战士也难于战斗，只得一同灭亡。

我觉得新的希望就只在我们的分离；她应该决然舍去，——我也突然想到她的死，然而立刻自责，忏悔了。幸而是早晨，时间正多，我可以说我的真实。我们的新的道路的开辟，便在这一遭。

我和她闲谈，故意地引起我们的往事，提到文艺，于是涉及外国的文人，文人的作品：《诺拉》①，《海的女人》。称扬诺拉的果决……。也还是去年在会馆的破屋里讲过的那些话，但现在已经变成空虚，从我的嘴传入自己的耳中，时时疑心有一个隐形的坏孩子，在背后恶意地刻毒地学舌。

她还是点头答应着倾听，后来沉默了。我也就断续地说完了我的话，连余音都消失在虚空中了。

"是的。"她又沉默了一会，说，"但是，……涓生，我觉得你近来很两样了。可是的？你，——你老实告诉我。"

我觉得这似乎给了我当头一击，但也立即定了神，说出我的意见和主张来：新的路的开辟，新的生活的再造，为的是免得一同灭亡。

临末，我用了十分的决心，加上这几句话：

"……况且你已经可以无须顾虑，勇往直前了。你要我老实说；是的，人是不该虚伪的。我老实说罢：因为，因为我已经不爱你了！但这于你倒好得多，因为你更可以毫无挂念地做事……。"

---

① 通译《娜拉》（又译作《玩偶之家》）。

我同时豫期着大的变故的到来,然而只有沉默。她脸色陡然变成灰黄,死了似的;瞬间便又苏生,眼里也发了稚气的闪闪的光泽。这眼光射向四处,正如孩子在饥渴中寻求着慈爱的母亲,但只在空中寻求,恐怖地回避着我的眼。

我不能看下去了,幸而是早晨,我冒着寒风径奔通俗图书馆。

在那里看见《自由之友》,我的小品文都登出了。这使我一惊,仿佛得了一点生气。我想,生活的路还很多,——但是,现在这样也还是不行的。

我开始去访问久已不相闻问的熟人,但这也不过一两次;他们的屋子自然是暖和的,我在骨髓中却觉得寒冽。夜间,便蜷伏在比冰还冷的冷屋中。

冰的针刺着我的灵魂,使我永远苦于麻木的疼痛。生活的路还很多,我也还没有忘却翅子的扇动,我想。——我突然想到她的死,然而立刻自责,忏悔了。

在通俗图书馆里往往瞥见一闪的光明,新的生路横在前面。她勇猛地觉悟了,毅然走出这冰冷的家,而且,——毫无怨恨的神色。我便轻如行云,漂浮空际,上有蔚蓝的天,下是深山大海,广厦高楼,战场,摩托车,洋场,公馆,晴明的闹市,黑暗的夜……。

而且,真的,我预感得这新生活便要来到了。

我们总算度过了这极难忍受的冬天,这北京的冬天;就如蜻蜓落在恶作剧的坏孩子的手里一般,被系着细线,尽情玩弄,虐待,虽然幸而没有送掉性命,结果也还是躺在地上,只争着一个迟早之间。

写给《自由之友》的总编辑已经有三封信,这才得到回信,信封里只有两张书券:两角的和三角的。我却单是催,就用了九分的邮票,一天的饥饿,又都白挨给于己一无所得的空虚了。

然而觉得要来的事,却终于来到了。

这是冬春之交的事,风已没有这么冷,我也更久地在外面徘徊;待到回家,大概已经昏黑。就在这样一个昏黑的晚上,我照常没精打采地回来,一看见寓所的门,也照常更加丧气,使脚步放得更缓。但终于走进自己的屋子里了,没有灯火;摸火柴点起来时,是异样的寂寞和空虚!

正在错愕中,官太太便到窗外来叫我出去。

"今天子君的父亲来到这里,将她接回去了。"她很简单地说。

这似乎又不是意料中的事,我便如脑后受了一击,无言地站着。

"她去了么?"过了些时,我只问出这样一句话。

"她去了。"

"她,——她可说什么?"

"没说什么。单是托我见你回来时告诉你,说她去了。"

我不信;但是屋子里是异样的寂寞和空虚。我遍看各处,寻觅子君;只见几件破旧而黯淡的家具,都显得极其清疏,在证明着它们毫无隐匿一人一物的能力。我转念寻信或她留下的字迹,也没有;只是盐和干辣椒,面粉,半株白菜,却聚集在一处了,旁边还有几十枚铜元。这是我们两人生活材料的全副,现在她就郑重地将这留给我一个人,在不言中,教我借此去维持较久的生活。

我似乎被周围所排挤,奔到院子中间,有昏黑在我的周围;正屋的纸窗上映出明亮的灯光,他们正在逗着孩子玩笑。我的心也沉静下来,觉得在沉重的迫压中,渐渐隐约地现出脱走的路径:深山大泽,洋场,电灯下的盛筵,壕沟,最黑最黑的深夜,利刃的一击,毫无声响的脚步……。

心地有些轻松,舒展了,想到旅费,并且嘘一口气。

躺着,在合着的眼前经过的预想的前途,不到半夜已经现尽;暗中忽然仿佛看见一堆食物,这之后,便浮出一个子君的灰黄的脸来,睁了孩子气的眼睛,恳托似的看着我。我一定神,什么也没有了。

但我的心却又觉得沉重。我为什么偏不忍耐几天,要这样急急地告诉她真话的呢?现在她知道,她以后所有的只是她父亲——儿女的债主——的烈日一般的严威和旁人的赛过冰霜的冷眼。此外便是虚空。负着虚空的重担,在严威和冷眼中走着所谓人生的路,这是怎么可怕的事呵!而况这路的尽头,又不过是——连墓碑也没有的坟墓。

我不应该将真实说给子君,我们相爱过,我应该永久奉献她我的说谎。如果真实可以宝贵,这在子君就不该是一个沉重的空虚。谎语当然也是一个空虚,然而临末,至多也不过这样地沉重。

我以为将真实说给子君,她便可以毫无顾虑,坚决地毅然前行,一如我们将要同居时那样。但这恐怕是我错误了。她当时的勇敢和无畏是因为爱。

我没有负着虚伪的重担的勇气,却将真实的重担卸给她了。她爱我之后,就要负了这重担,在严威和冷眼中走着所谓人生的路。

我想到她的死……。我看见我是一个卑怯者,应该被摈于强有力的人们,无论是真实者,虚伪者。然而她却自始至终,还希望我维持较久的生活……。

我要离开吉兆胡同,在这里是异样的空虚和寂寞。我想,只要离开这里,子君便如还在我的身边;至少,也如还在城中,有一天,将要出乎意表地访我,像住在会馆时候似的。

然而一切请托和书信,都是一无反响;我不得已,只好访问一个久不问候的世交去了。他是我伯父的幼年的同窗,以正经出名的拔贡①,寓京很久,交流也广阔的。

大概因为衣服的破旧罢,一登门便很遭门房的白眼。好容易才相见,也还相识,但是很冷落。我们的往事,他全都知道了。

"自然,你也不能在这里了,"他听了我托他在别处觅事之后,冷冷地说,"但那里去呢?很难。——你那,什么呢,你的朋友罢,子君,你可知道,她死了。"

我惊得没有话。

---

① 清科举考试制度中,在规定的年限(原定六年,后改为十二年)选拔"文行兼优"的秀才,保送到京师,贡入国子监,称为"拔贡"。

"真的?"我终于不自觉地问。

"哈哈。自然真的。我家的王升的家,就和她家同村。"

"但是,——不知道是怎么死的?"

"谁知道呢。总之是死了就是了。"

我已经忘却了怎样辞别他,回到自己的寓所。我知道他是不说谎话的;子君总不会再来的了,像去年那样。她虽是想在严威和冷眼中负着虚空的重担来走所谓人生的路,也已经不能。她的命运,已经决定她在我所给与的真实——无爱的人间死了!

自然,我不能在这里了;但是,"那里去呢?"

四围是广大的空虚,还有死的寂静。死于无爱的人们的眼前的黑暗,我仿佛一一看见,还听得一切苦闷和绝望的挣扎的声音。

我还期待着新的东西到来,无名的,意外的。但一天一天,无非是死的寂静。

我比先前已经不大出门,只坐卧在广大的空虚里,一任这死的寂静侵蚀着我的灵魂。死的寂静有时也自己战栗,自己退藏,于是在这绝续之交,便闪出无名的,意外的,新的期待。

一天是阴沉的上午,太阳还不能从云里面挣扎出来,连空气都疲乏着。耳中听到细碎的步声和咻咻的鼻息,使我睁开眼。大致一看,屋子里还是空虚;但偶然看到地面,却盘旋着一匹小小的动物,瘦弱的,半死的,满身灰土的……。

我一细看,我的心就一停,接着便直跳起来。

那是阿随。它回来了。

我的离开吉兆胡同,也不单是为了房主们和他家女工的冷眼,大半就为着这阿随。但是,"那里去呢?"新的生路自然还很多,我约略知道,也间或依稀看见,觉得就在我面前,然而我还没有知道跨进那里去的第一步的方法。

经过许多回的思量和比较,也还只有会馆是还能相容的地方。依然是这样的破屋,这样的板床,这样的半枯的槐树和紫藤,但那时使我希望,欢欣,爱,生活的,却全都逝去了,只有一个虚空,我用真实去换来的虚空存在。

新的生路还很多,我必须跨进去,因为我还活着。但我还不知道怎样跨出那第一步。有时,仿佛看见那生路就像一条灰白的长蛇,自己蜿蜒地向我奔来,我等着,等着,看看临近,但忽然便消失在黑暗里了。

初春的夜,还是那么长。长久的枯坐中记起上午在街头所见的葬式,前面是纸人纸马,后面是唱歌一般的哭声。我现在已经知道他们的聪明了,这是多么轻松简捷的事。

然而子君的葬式却又在我的眼前,是独自负着虚空的重担,在灰白的长路上前行,而又即刻消失在周围的严威和冷眼里了。

我愿意真有所谓鬼魂,真有所谓地狱,那么,即使在孽风怒吼之中,我也将寻觅子君,当面说出我的悔恨和悲哀,祈求她的饶恕;否则,地狱的毒焰将围绕我,猛烈地烧尽我的悔恨和悲哀。

我将在孽风和毒焰中拥抱子君,乞她宽容,或者使她快意……。

但是,这却更虚空于新的生路;现在所有的只是初春的夜,竟还是那么长。我活着,我总得向着新的生路跨出去,那第一步,——却不过是写下我的悔恨和悲哀,为子君,为自己。

我仍然只有唱歌一般的哭声,给子君送葬,葬在遗忘中。

我要遗忘;我为自己,并且要不再想到这用了遗忘给子君送葬。

我要向着新的生路跨进第一步去,我要将真实深深地藏在心的创伤中,默默地前行,用遗忘和说谎做我的前导……。

(一九二五年十月二十一日毕。)

(1926 年 8 月收入《彷徨》)

☞ **提示**

《伤逝》写于1925年,是鲁迅小说中唯一的爱情题材小说。小说以"涓生的手记"的形式,回顾了涓生和子君的爱情历程和悲剧结果,尤着力抒写了涓生的悲痛和悔恨,不仅仅叙述了一个爱情悲剧,而且写出了涓生自我反省的精神深度。

《伤逝》一方面揭示了爱情需要的社会经济条件的缺乏,会给爱情带来致命的打击,另一方面也显出了爱情需要时时更新和发展才能保持下去,爱情不只是一个思想观念的解放问题,也是一个社会解放的问题。但小说更着力地显露了涓生在处理他与子君关系上的软弱和自私,及由此带给他的心理重负和精神压力,当他以子君的生命为代价,换取自己的独立与自由时,他没有清楚地意识到这种人生选择将会带来的道德重负,尽管这种选择看似有充足的理由,实际上却造成了涓生自己的痛苦和空虚。

小说的叙述有着强烈的感情与冷峻的理性交织,构成具有冲击力的精神画卷,使得这篇小说有了不同于其他爱情小说的特点。

铸 剑[①]

一

眉间尺刚和他的母亲睡下,老鼠便出来咬锅盖,使他听得发烦。他轻轻地叱了几声,最初还有些效验,后来是简直不理他了,格支格支地径自咬。他又不敢大声赶,怕惊醒了白天做得劳乏,晚上一躺就睡着了的母亲。

许多时光之后,平静了;他也想睡去。忽然,扑通一声,惊得他又睁开眼。同时听

[①] 本篇取材于历史传说中眉间尺替父复仇的故事,魏曹丕著《列异传》、晋干宝著《搜神记》、后汉赵晔著《楚王铸剑记》中都有记载。

到沙沙地响，是爪子抓着瓦器的声音。

"好！该死！"他想着，心里非常高兴，一面就轻轻地坐起来。

他跨下床，借着月光走向门背后，摸到钻火家伙，点上松明，向水瓮里一照。果然，一匹很大的老鼠落在那里面了；但是，存水已经不多，爬不出来，只沿着水瓮内壁，抓着，团团地转圈子。

"活该！"他一想到夜夜咬家具，闹得他不能安稳睡觉的便是它们，很觉得畅快。他将松明插在土墙的小孔里，赏玩着；然而那圆睁的小眼睛，又使他发生了憎恨，伸手抽出一根芦柴，将它直按到水底去。过了一会，才放手，那老鼠也随着浮了上来，还是抓着瓮壁转圈子。只是抓劲已经没有先前似的有力，眼睛也淹在水里面，单露出一点尖尖的通红的小鼻子，咻咻地急促地喘气。

他近来很有点不大喜欢红鼻子的人。但这回见了这尖尖的小红鼻子，却忽然觉得它可怜了，就又用那芦柴，伸到它的肚下去，老鼠抓着，歇了一回力，便沿着芦干爬了上来。待到他看见全身，——湿淋淋的黑毛，大的肚子，蚯蚓似的尾巴，——便又觉得可恨可憎得很，慌忙将芦柴一抖，扑通一声，老鼠又落在水瓮里，他接着就用芦柴在它头上捣了几下，叫它赶快沉下去。

换了六回松明之后，那老鼠已经不能动弹，不过沉浮在水中间，有时还向水面微微一跳。眉间尺又觉得很可怜，随即折断芦柴，好容易将它夹了出来，放在地面上。老鼠先是丝毫不动，后来才有一点呼吸；又许多时，四只脚运动了，一翻身，似乎要站起来逃走。这使眉间尺大吃一惊，不觉提起左脚，一脚踏下去。只听得吱的一声，他蹲下去仔细看时，只见口角上微有鲜血，大概是死掉了。

他又觉得很可怜，仿佛自己作了大恶似的，非常难受。他蹲着，呆看着，站不起来。

"尺儿，你在做什么？"他的母亲已经醒来了，在床上问。

"老鼠……。"他慌忙站起，回转身去，却只答了两个字。

"是的，老鼠。这我知道。可是你在做什么？杀它呢，还是在救它？"

他没有回答。松明烧尽了；他默默地立在暗中，渐看见月光的皎洁。

"唉！"他的母亲叹息说，"一交子时①，你就是十六岁了，性情还是那样，不冷不热地，一点也不变。看来，你的父亲的仇是没有人报的了。"

他看见他的母亲坐在灰白色的月影中，仿佛身体都在颤动；低微的声音里，含着无限的悲哀，使他冷得毛骨悚然，而一转眼间，又觉得热血在全身中忽然腾沸。

"父亲的仇？父亲有什么仇呢？"他前进几步，惊急地问。

"有的。还要你去报。我早想告诉你的了；只因为你太小，没有说。现在你已经成人了，却还是那样的性情。这教我怎么办呢？你似的性情，能行大事的么？"

"能。说罢，母亲。我要改过……。"

"自然。我也只得说。你必须改过……。那么，走过来罢。"

---

① "一交子时"：一到子时。子时，古时以十二支（子、丑、寅、卯、辰、巳、午、未、申、酉、戌、亥）记时，子时是夜半十一时至一时。

他走过去；他的母亲端坐在床上，在暗白的月影里，两眼发出闪闪的光芒。

"听哪！"她严肃地说，"你的父亲原是一个铸剑的名工，天下第一。他的工具，我早已都卖掉了来救了穷了，你已经看不见一点遗迹；但他是一个世上无二的铸剑的名工。二十年前，王妃生下了一块铁，听说是抱了一回铁柱之后受孕的，是一块纯青透明的铁。大王知道是异宝，便决计用来铸一把剑，想用它保国，用它杀敌，用它防身。不幸你的父亲那时偏偏入了选，便将铁捧回家里来，日日夜夜地锻炼，费了整三年的精神，炼成两把剑。

"当最末次开炉的那一日，是怎样地骇人的景象呵！哗拉拉地腾上一道白气的时候，地面也觉得动摇。那白气到天半便变成白云，罩住了这处所，渐渐现出绯红颜色，映得一切都如桃花。我家的漆黑的炉子里，是躺着通红的两把剑。你父亲用井华水慢慢地滴下去，那剑嘶嘶地吼着，慢慢转成青色了。这样地七日七夜，就看不见了剑，仔细看时，却还在炉底里，纯青的，透明的，正像两条冰。

"大欢喜的光采，便从你父亲的眼睛里四射出来；他取起剑，拂拭着，拂拭着。然而悲惨的皱纹，却也从他的眉头和嘴角出现了。他将那两把剑分装在两个匣子里。

"'你只要看这几天的景象，就明白无论是谁，都知道剑已炼就的了。'他悄悄地对我说。'一到明天，我必须去献给大王。但献剑的一天，也就是我命尽的日子。怕我们从此要长别了。'

"'你……。'我很骇异，猜不透他的意思，不知怎么说的好。我只是这样地说：'你这回有了这么大的功劳……。'

"'唉！你怎么知道呢！'他说。'大王是向来善于猜疑，又极残忍的。这回我给他炼成了世间无二的剑，他一定要杀掉我，免得我再去给别人炼剑，来和他匹敌，或者超过他。'

"我掉泪了。

"'你不要悲哀。这是无法逃避的。眼泪决不能洗掉运命。我可是早已有准备在这里了！'他的眼里忽然发出电火似的光芒，将一个剑匣放在我膝上。'这是雄剑。'他说。'你收着。明天，我只将这雌剑献给大王去。倘若我一去竟不回来了呢，那是我一定不再在人间了。你不是怀孕已经五六个月了么？不要悲哀；待生了孩子，好好地抚养。一到成人之后，你便交给他这雄剑，教他砍在大王的颈子上，给我报仇！'"

"那天父亲回来了没有呢？"眉间尺赶紧问。

"没有回来！"她冷静地说。"我四处打听，也杳无消息。后来听得人说，第一个用血来饲你父亲自己炼成的剑的人，就是他自己——你的父亲。还怕他鬼魂作怪，将他的身首分埋在前门和后苑了！"

眉间尺忽然全身都如烧着猛火，自己觉得每一枝毛发上都仿佛闪出火星来。他的双拳，在暗中捏得格格地作响。

他的母亲站起了，揭去床头的木板，下床点了松明，到门背后取过一把锄，交给眉间尺道："掘下去！"

眉间尺心跳着，但很沉静的一锄一锄轻轻地掘下去。掘出来的都是黄土，约到五尺多深，土色有些不同了，似乎是烂掉的材木。

"看罢！要小心！"他的母亲说。

眉间尺伏在掘开的洞穴旁边，伸手下去，谨慎小心地撮开烂树，待到指尖一冷，有如触着冰雪的时候，那纯青透明的剑也出现了。他看清了剑靶，捏着，提了出来。

窗外的星月和屋里的松明似乎都骤然失了光辉，惟有青光充塞宇内。那剑便溶在这青光中，看去好像一无所有。眉间尺凝神细视，这才仿佛看见长五尺余，却并不见得怎样锋利，剑口反而有些浑圆，正如一片韭叶。

"你从此要改变你的优柔的性情，用这剑报仇去！"他的母亲说。

"我已经改变了我的优柔的性情，要用这剑报仇去！"

"但愿如此。你穿了青衣，背上这剑，衣剑一色，谁也看不分明的。衣服我已经做在这里，明天就上你的路去罢。不要记念我！"她向床后的破衣箱一指，说。

眉间尺取出新衣，试去一穿，长短正很合式。他便重新叠好，裹了剑，放在枕边，沉静地躺下。他觉得自己已经改变了优柔的性情；他决心要并无心事一般，倒头便睡，清晨醒来，毫不改变常态，从容地去寻他不共戴天的仇雠。

但他醒着。他翻来复去，总想坐起来。他听到他母亲的失望的轻轻的长叹。他听到最初的鸡鸣；他知道已交子时，自己是上了十六岁了。

二

当眉间尺肿着眼眶，头也不回的跨出门外，穿着青衣，背着青剑，迈开大步，径奔城中的时候，东方还没有露出阳光。杉树林的每一片叶尖，都挂着露珠，其中隐藏着夜气。但是，待到走到树林的那一头，露珠里却闪出各样的光辉，渐渐幻成晓色了。远望前面，便依稀看见灰黑色的城墙和雉堞。

和挑葱卖菜的一同混入城里，街市上已经很热闹。男人们一排一排的呆站着；女人们也时时从门里探出头来。她们大半也肿着眼眶；蓬着头；黄黄的脸，连脂粉也不及涂抹。

眉间尺预觉到将有巨变降临，他们便都是焦躁而忍耐地等候着这巨变的。

他径自向前走；一个孩子突然跑过来，几乎碰着他背上的剑尖，使他吓出了一身汗。转出北方，离王宫不远，人们就挤得密密层层，都伸着脖子。人丛中还有女人和孩子哭嚷的声音。他怕那看不见的雄剑伤了人，不敢挤进去；然而人们却又在背后拥上来。他只得宛转地退避；面前只看见人们的背脊和伸长的脖子。

忽然，前面的人们都陆续跪倒了；远远地有两匹马并着跑过来。此后是拿着木棍、戈、刀、弓弩、旌旗的武人，走得满路黄尘滚滚。又来了一辆四匹马拉的大车，上面坐着一队人，有的打钟击鼓，有的嘴上吹着不知道叫什么名目的劳什子。此后又是车，里面的人都穿画衣，不是老头子，便是矮胖子，个个满脸油汗。接着又是一队拿刀枪剑戟的骑士。跪着的人们便都伏下去了。这时眉间尺正看见一辆黄盖的大车驰来，正中坐着一个画衣的胖子，花白胡子，小脑袋；腰间还依稀看见佩着和他背上一样的青剑。

他不觉全身一冷，但立刻又灼热起来，像是猛火焚烧着。他一面伸手向肩头捏住剑柄，一面提起脚，便从伏着的人们的脖子的空处跨出去。

但他只走得五六步，就跌了一个倒栽葱，因为有人突然捏住了他的一只脚。这一跌又正压在一个干瘪脸的少年身上；他正怕剑尖伤了他，吃惊地起来看的时候，肋下就挨了很重的两拳。他也不暇计较，再望路上，不但黄盖车已经走过，连拥护的骑士也过去了一大阵了。

路旁的一切人们也都爬起来。干瘪脸的少年却还扭住了眉间尺的衣领，不肯放手，说被他压坏了贵重的丹田，必须保险，倘若不到八十岁便死掉了，就得抵命。闲人们又即刻围上来，呆看着，但谁也不开口；后来有人从旁笑骂了几句，却全是附和干瘪脸少年的。眉间尺遇到了这样的敌人，真是怒不得，笑不得，只觉得无聊，却又脱身不得。这样地经过了煮熟一锅小米的时光，眉间尺早已焦躁得浑身发火，看的人却仍不见减，还是津津有味似的。

前面的人圈子动摇了，挤进一个黑色的人来，黑须黑眼睛，瘦得如铁。他并不言语，只向眉间尺冷冷地一笑，一面举手轻轻地一拨干瘪脸少年的下巴，并且看定了他的脸。那少年也向他看了一会，不觉慢慢地松了手，溜走了；那人也就溜走了；看的人们也都无聊地走散。只有几个人还来问眉间尺的年纪，住址，家里可有姊姊。眉间尺都不理他们。

他向南走着；心里想，城市中这么热闹，容易误伤，还不如在南门外等候他回来，给父亲报仇罢，那地方是地旷人稀，实在很便于施展。这时满城都议论着国王的游山，仪仗，威严，自己得见国王的荣耀，以及俯伏得有怎么低，应该采作国民的模范等等，很像蜜蜂的排衙。直至将近南门，这才渐渐地冷静。

他走出城外，坐在一株大桑树下，取出两个馒头来充了饥；吃着的时候忽然记起母亲来，不觉眼鼻一酸，然后此后倒也没有什么。周围是一步一步地静下去了，他至于很分明地听到自己的呼吸。

天色愈暗，他也愈不安，尽目力望着前方，毫不见有国王回来的影子。上城卖菜的村人，一个个挑着空担出城回家去了。

人迹绝了许久之后，忽然从城里闪出那一个黑色的人来。

"走罢，眉间尺！国王在捉你了！"他说，声音好像鸱鸮。

眉间尺浑身一颤，中了魔似的，立即跟着他走；后来是飞奔。他站定了喘息许多时，才明白已经到了杉树林边。后面远处有银白的条纹，是月亮已从那边出现；前面却仅有两点磷火一般的那黑色人的眼光。

"你怎么认识我？……"他极其惶骇地问。

"哈哈！我一向认识你。"那人的声音说。"我知道你背着雄剑，要给你的父亲报仇，我也知道你报不成。岂但报不成；今天已经有人告密，你的仇人早从东门还宫，下令捕拿你了。"

眉间尺不觉伤心起来。

"唉唉，母亲的叹息是无怪的。"他低声说。

"但她只知道一半。她不知道我要给你报仇。"

"你么？你肯给我报仇么，义士？"

"阿，你不要用这称呼来冤枉我。"

"那么，你同情于我们孤儿寡妇？……"

"唉，孩子，你再不要提这些受了污辱的名称。"他严冷地说，"仗义，同情，那些东西，先前曾经干净过，现在却都成了放鬼债的资本。我的心里全没有你所谓的那些。我只不过要给你报仇！"

"好。但你怎么给我报仇呢？"

"只要你给我两件东西。"两粒磷火下的声音说。"那两件么？你听着：一是你的剑，二是你的头！"

眉间尺虽然觉得奇怪，有些狐疑，却并不吃惊。他一时开不得口。

"你不要疑心我将骗取你的性命和宝贝。"暗中的声音又严冷地说。"这事全由你。你信我，我便去；你不信，我便住。"

"但你为什么给我去报仇的呢？你认识我的父亲么？"

"我一向认识你的父亲，也如一向认识你一样。但我要报仇，却并不为此。聪明的孩子，告诉你罢。你还不知道么，我怎么地善于报仇。你的就是我的；他也就是我。我的魂灵上是有这么多的，人我所加的伤，我已经憎恶了我自己！"

暗中的声音刚刚停止，眉间尺便举手向肩头抽取青色的剑，顺手从后项窝向前一削，头颅坠在地面的青苔上，一面将剑交给黑色人。

"呵呵！"他一手接剑，一手捏着头发，提起眉间尺的头来，对着那热的死掉的嘴唇，接吻两次，并且冷冷地尖利地笑。

笑声即刻散布在杉树林中，深处随着有一群磷火似的眼光闪动，倏忽临近，听到咻咻的饿狼的喘息。第一口撕尽了眉间尺的青衣，第二口便身体全都不见了，血痕也顷刻舔尽，只微微听得咀嚼骨头的声音。

最先头的一匹大狼就向黑色人扑过来。他用青剑一挥，狼头便坠在地面的青苔上。别的狼们第一口撕尽了它的皮，第二口便身体全都不见了，血痕也顷刻舔尽，只微微听得咀嚼骨头的声音。

他已经掣起地上的青衣，包了眉间尺的头，和青剑都背在背脊上，回转身，在暗中向王城扬长地走去。

狼们站定了，耸着肩，伸出舌头，咻咻地喘着，放着绿的眼光看他扬长地走。

他在暗中向王城扬长地走去，发出尖利的声音唱着歌：——

哈哈爱兮爱乎爱乎！
爱青剑兮一个仇人自屠。
夥颐连翩兮多少一夫。
一夫爱青剑兮呜呼不孤。
头换头兮两个仇人自屠。
一夫则无兮爱乎呜呼！
爱乎呜呼兮呜呼阿呼，
阿呼呜呼兮呜呼呜呼！①

---

① 关于这首和以下几首歌词，1936年3月鲁迅在给日本人增田涉的信中说："这是奇异的人和头所唱的歌，像我们这样普通的人，当然不容易理解。"

三

　　游山并不能使国王觉得有趣；加上了路上将有刺客的密报，更使他扫兴而还。那夜他很生气，说是连第九个妃子的头发，也没有昨天那样的黑得好看了。幸而她撒娇坐在他的御膝上，特别扭了七十多回，这才使龙眉之间的皱纹渐渐地舒展。

　　午后，国王一起身，就又有些不高兴，待到用过午膳，简直现出怒容来。

　　"唉唉！无聊！"他打一个大呵欠之后，高声说。

　　上自王后，下至弄臣，看见这情形，都不觉手足无措。白须老臣的讲道，矮胖侏儒的打诨，王是早已听厌的了；近来便是走索、缘竿、抛丸、倒立、吞刀、吐火等等奇妙的把戏，也都看得毫无意味。他常常要发怒；一发怒，便按着青剑，总想寻点小错处，杀掉几个人。

　　偷空在宫外闲游的两个小宦官，刚刚回来，一看见宫里面大家的愁苦的情形，便知道又是照例的祸事临头了，一个吓得面如土色；一个却像是大有把握一般，不慌不忙，跑到国王的面前，俯伏着，说道：

　　"奴才刚才访得一个异人，很有异术，可以给大王解闷，因此特来奏闻。"

　　"什么？！"王说。他的话是一向很短的。

　　"那是一个黑瘦的，乞丐似的男子。穿一身青衣，背着一个圆圆的青包裹；嘴里唱着胡诌的歌。人问他。他说善于玩把戏，空前绝后，举世无双，人们从来就没有看见过；一见之后，便即解烦释闷，天下太平。但大家要他玩，他却又不肯。说是第一须有一条金龙，第二须有一个金鼎。……"

　　"金龙？我是的。金鼎？我有。"

　　"奴才也正是这样想。……"

　　"传进来！"

　　话声未绝，四个武士便跟着那小宦官疾趋而出。上自王后，下至弄臣，个个喜形于色。他们都愿意这把戏玩得解愁释闷，天下太平；即使玩不成，这回也有了那乞丐似的黑瘦男子来受祸，他们只要能挨到传了进来的时候就好了。

　　并不要许多工夫，就望见六个人向金阶趋进。先头是宦官，后面是四个武士，中间夹着一个黑色人。待到近来时，那人的衣服却是青的，须、眉、头发都黑；瘦得颧骨、眼圈骨、眉棱骨都高高地突出来。他恭敬地跪着俯伏下去时，果然看见背上有一个圆圆的小包袱，青色布，上面还画上一些暗红色的花纹。

　　"奏来！"王暴躁地说。他见他家伙简单，以为他未必会玩什么好把戏。

　　"臣名叫宴之敖者；生长汶汶乡①。少无职业；晚遇明师，教臣把戏，是一个孩子的头。这把戏一个人玩不起来，必须在金龙之前，摆一个金鼎，注满清水，用兽炭煎熬。于是放下孩子的头去，一到水沸，这头便随波上下，跳舞百端，且发妙音，欢喜歌唱。这歌舞为一人所见，便解愁释闷，为万民所见，便天下太平。"

　　"玩来！"王大声命令说。

---

① "宴之敖者"和"汶汶乡"都是虚拟的人名和地名。

并不要许多工夫,一个煮牛的大金鼎便摆在殿外,注满水,下面堆了兽炭,点起火来。那黑色人站在旁边,见炭火一红,便解下包袱,打开,两手捧出孩子的头来,高高举起。那头是秀眉长眼,皓齿红唇;脸带笑容;头发蓬松,正如青烟一阵。黑色人捧着向四面转了一圈,便伸手擎到鼎上,动着嘴唇说了几句不知什么话,随即将手一松,只听得扑通一声,坠入水中去了。水花同时溅起,足有五尺多高,此后是一切平静。

许多工夫,还无动静。国王首先暴躁起来,接着是王后和妃子,大臣,宦官们也都有些焦急,矮胖的侏儒们则已经开始冷笑了。王一见他们的冷笑,便觉自己受愚,回顾武士,想命令他们就将那欺君的莠民掷入牛鼎里去煮杀。

但同时就听得水沸声;炭火也正旺,映着那黑色人变成红黑,如铁的烧到微红。王刚又回过脸来,他也已经伸起两手向天,眼光向着无物,舞蹈着,忽地发出尖利的声音唱起歌来:

哈哈爱兮爱乎爱乎!
爱兮血兮兮谁乎独无。
民萌冥行兮一夫壶卢。
彼用百头颅,千头颅兮用万头颅!
我用一头颅兮而无万夫。
爱一头颅兮血乎呜呼!
血乎呜呼兮呜呼阿呼,
阿呼呜呼兮呜呼呜呼!

随着歌声,水就从鼎口涌起,上尖下广,像一座小山,但自水尖至鼎底,不住地回旋运动。那头即随水上上下下,转着圈子,一面又滴溜溜自己翻筋斗,人们还可以隐约看见他玩得高兴的笑容。过了些时,突然变了逆水的游泳,打旋子夹着穿梭,激得水花向四面飞溅,满庭洒下一阵热雨来。一个侏儒忽然叫了一声,用手摸着自己的鼻子。他不幸被热火烫了一下,又不耐痛,终于免不得出声叫苦了。

黑色人的歌声才停,那头也就在水中央停住,面向王殿,颜色转成端庄。这样的有十余瞬息之久,才慢慢地上下抖动;从抖动加速而为起伏的游泳,但不很快,态度很雍容。绕着水边一高一低地游了三匝,忽然睁大眼睛,漆黑的眼珠显得格外精采,同时也开口唱起歌来:

王泽流兮浩洋洋;
克服怨敌,怨敌克服兮,赫兮强!
宇宙有穷止兮万寿无疆。
幸我来也兮青其光!
青其光兮永不相忘。
异处异处兮堂哉皇!

> 堂哉皇哉兮嗳嗳唷，
> 嗟来归来，嗟来陪来兮青其光！

　　头忽然升到水的尖端停住；翻了几个筋斗之后，上下升降起来，眼珠向着左右瞥视，十分秀媚，嘴里仍然唱着歌：

> 阿呼呜呼兮呜呼呜呼，
> 爱乎呜呼兮呜呼阿呼！
> 血一头颅兮爱乎呜呼。
> 我用一头颅兮而无万夫！
> 彼用百头颅，千头颅……

　　唱到这里，是沉下去的时候，但不再浮上来了；歌词也不能辨别。涌起的水，也随着歌声的微弱，渐渐低落，像退潮一般，终至到鼎口以下，在远处什么也看不见。

　　"怎了？"等了一会，王不耐烦地问。

　　"大王，"那黑色人半跪着说。"他正在鼎底里作最神奇的团圆舞，不临近是看不见的。臣也没有法术使他上来，因为作团圆舞必须在鼎底里。"

　　王站起身，跨下金阶，冒着炎热立在鼎边，探头去看。只见水平如镜，那头仰面躺在水中间，两眼正看着他的脸。待到王的眼光射到他脸上时，他便嫣然一笑。这一笑使王觉得似曾相识，却又一时记不起是谁来。刚在惊疑，黑色人已经掣出了背着的青色的剑，只一挥，闪电般从后项窝直劈下去，扑通一声，王的头就落在鼎里了。

　　仇人相见，本来格外眼明，况且是相逢狭路。王头刚到水面，眉间尺的头便迎上来，狠命在他耳轮上咬了一口。鼎水即刻沸涌，澎湃有声；两头即在水中死战。约有二十回合，王头受了五个伤，眉间尺的头上却有七处。王又狡猾，总是设法绕到他的敌人的后面去。眉间尺偶一疏忽，终于被他咬住了后项窝，无法转身。这一回王的头可是咬定不放了，他只是连连蚕食进去；连鼎外面也仿佛听到孩子的失声叫痛的声音。

　　上自王后，下至弄臣，骇得凝结着的神色也应声活动起来，似乎感到暗无天日的悲哀，皮肤上都一粒一粒地起粟；然而又夹着秘密的欢喜，瞪了眼，像是等候着什么似的。

　　黑色人也仿佛有些惊慌，但是面不改色。他从从容容地伸开那捏着看不见的青剑的臂膊，如一段枯枝；伸长颈子，如在细看鼎底。臂膊忽然一弯，青剑便蓦地从他后面劈下，剑到头落，坠入鼎中，㴐的一声，雪白的水花向着空中同时四射。

　　他的头一入水，即刻直奔王头，一口咬住了王的鼻子，几乎要咬下来。王忍不住叫一声"阿唷"，将嘴一张，眉间尺的头就乘机挣脱了，一转脸倒将王的下巴下死劲咬住。他们不但都不放，还用全力上下一撕，撕得王头再也合不上嘴。于是他们就如饿鸡啄米一般，一顿乱咬，咬得王头眼歪鼻塌，满脸鳞伤。先前还会在鼎里面四处乱滚，后来只能躺着呻吟，到底是一声不响，只有出气，没有进气了。

　　黑色人和眉间尺的头也慢慢地住了嘴，离开王头，沿鼎壁游了一匝，看他可是装死还是真死。待到知道了王头确已断气，便四目相视，微微一笑，随即合上眼睛，仰面向天，沉到水底里去了。

四

烟消火灭；水波不兴。特别的寂静倒使殿上殿下的人们警醒。他们中的一个首先叫了一声，大家也立刻叠连惊叫起来；一个迈开腿向金鼎走去，大家便争先恐后地拥上去了。有挤在后面的，只能从人脖子的空隙间向里面窥探。

热气还炙得人脸上发烧。鼎里的水却一平如镜，上面浮着一层油，照出许多人脸孔：王后、王妃、武士、老臣、侏儒、太监。……

"阿呀，天哪！咱们大王的头还在里面哪，唉唉！"第六个妃子忽然发狂似的哭嚷起来。

上自王后，下至弄臣，也都恍然大悟，仓皇散开，急得手足无措，各自转了四五个圈子。一个最有谋略的老臣独又上前，伸手向鼎边一摸，然而浑身一抖，立刻缩了回来，伸出两个指头，放在口边吹个不住。

大家定了定神，便在殿门外商议打捞办法。约略费去了煮熟三锅小米的工夫，总算得到一种结果，是：到大厨房去调集了铁丝勺子，命武士协力捞起来。

器具不久就调集了，铁丝勺、漏勺、金盘、擦桌布，都放在鼎旁边。武士们便揎起衣袖，有用铁丝勺的，有用漏勺的，一齐恭行打捞。有勺子相触的声音，有勺子刮着金鼎的声音；水是随着勺子的搅动而旋绕着。好一会，一个武士的脸色忽而很端庄了，极小心地两手慢慢举起了勺子，水滴从勺孔中珠子一般漏下，勺里面便显出雪白的头骨来。大家惊叫了一声；他便将头骨倒在金盘里。

"阿呀！我的大王呀！"王后、妃子、老臣以至太监之类，都放声哭起来。但不久就陆续停止了，因为武士又捞起了一个同样的头骨。

他们泪眼模糊地四顾，只见武士们满脸油汗，还在打捞。此后捞出来的是一团糟的白头发和黑头发；还有几勺很短的东西，似乎是白胡须和黑胡须。此后又是一个头骨。此后是三枝簪。

直到鼎里面只剩下清汤，才始住手；将捞出的物件分盛了三金盘：一盘头骨，一盘须发，一盘簪。

"咱们大王只有一个头。那一个是咱们大王的呢？"第九个妃子焦急地问。

"是啊……。"老臣们都面面相觑。

"如果皮肉没有煮烂，那就容易辨别了。"一个侏儒跪着说。

大家只得平心静气，去细看那头骨，但是黑白大小，都差不多，连那孩子的头，也无从分辨。王后说王的右额上有一个疤，是做太子时候跌伤的，怕骨上也有痕迹。果然，侏儒在一个头骨上发现了；大家正在欢喜的时候，另外的一个侏儒却又在较黄的头骨的右额上看出相仿的瘢痕来。

"我有法子。"第三个王妃得意地说，"咱们大王的龙准是很高的。"

太监们即刻动手研究鼻准骨，有一个确也似乎比较地高，但究竟相差无几；最可惜的是右额上却并无跌伤的瘢痕。

"况且，"老臣们向太监说，"大王的后枕骨是这么尖的么？"

"奴才们向来就没有留心看过大王的后枕骨……。"

王后和妃子们也各自回想起来，有的说是尖的，有的说是平的。叫梳头太监来问的时候，却一句话也不说。

当夜便开了一个王公大臣会议，想决定那一个是王的头，但结果还同白天一样。并且连须、发也发生了问题。白的自然是王的，然而因为花白，所以黑的也很难处置。讨论了小半夜，只将几根红色的胡子选出；接着因为第九个王妃抗议，说她确曾看见王有几根通黄的胡子，现在怎么能知道决没有一根红的呢。于是也只好重行归并，作为疑案了。

到后半夜，还是毫无结果。大家却居然一面打呵欠，一面继续讨论，直到第二次鸡鸣，这才决定了一个最慎重妥善的办法，是：只能将三个头骨都和王的身体放在金棺里落葬。

七天之后是落葬的日期，合城很热闹。城里的人民，远处的人民，都奔来瞻仰国王的"大出丧"。天一亮，道上已经挤满了男男女女；中间还夹着许多祭桌。待到上午，清道的骑士才缓辔而来。又过了不少工夫，才看见仪仗，什么旌旗、木棍、戈戟、弓弩、黄钺之类；此后是四辆鼓吹车。再后面是黄盖随着路的不平而起伏着，并且渐渐近来了，于是现出灵车，上载金棺，棺里面藏着三个头和一个身体。

百姓都跪下去，祭桌便一列一列地在人丛中出现。几个义民很忠愤，咽着泪，怕那两个大逆不道的逆贼的魂灵，此时也和王一同享受祭礼，然而也无法可施。

此后是王后和许多王妃的车。百姓看她们，她们也看百姓，但哭着。此后是大臣、太监、侏儒等辈，都装着哀戚的颜色。只是百姓已经不看他们，连行列也挤得乱七八糟，不成样子了。

（一九二六年十月作。）

（原载于1927年4月25日、5月10日《莽原》半月刊第二卷第八、九期，题为《眉间尺》）

提示

《铸剑》写于1926年，原题《眉间尺》，表现了复仇的炽烈与冷峻。

小说创造了眉间尺、宴之敖两个复仇者形象。宴之敖曾被鲁迅用作笔名。眉间尺经历了从优柔寡断，具有怜悯之心而到毅然割下自己头颅为父报仇的精神历程。宴之敖是复仇精神与侠义精神的化身，冷峻似铁，坚毅如钢，舍身为眉间尺及一切受害者复仇，表现了鲁迅精神的某一方面。

小说以深沉炽烈的感情、丰富奇特的想象、离奇荒诞的情节，构成了一幅壮烈的复仇图景，尤其是写出金鼎沸水中头的歌舞和搏斗，极想象之奇观，表现了作者独特的精神内涵和审美倾向，奉献了前无古人的文学生存内容。小说在表现卓绝的复仇精神的同时，也描述和讽刺了麻木看客的平庸、无聊和奴性，构成强烈的对照。

郁达夫

沉 沦

一

他近来觉得孤冷得可怜。

他的早熟的性情，竟把他挤到与世人绝不相容的境地去，世人与他的中间介在的那一道屏障愈筑愈高了。

天气一天一天的清凉起来，他的学校开学之后，已经快半个月了。那一天正是九月的二十二日。

晴天一碧，万里无云，终古常新的皎日，依旧在她的轨道上，一程一程的在那里行走。从南方吹来的微风，同醒酒的琼浆一般，带着一种香气，一阵阵的拂上面来。在黄苍未熟的稻田中间，在弯曲同白线似的乡间的官道上面，他一个人手里捧了一本六寸长的 Wordsworth 的诗集，尽在那里缓缓的独步。在这大平原内，四面并无人影；不知从何处飞来的一声两声的远吠声，悠悠扬扬的传到他耳膜上来。他眼睛离开了书，同做梦似的向有犬吠声的地方看去，但看见了一丛杂树，几处人家，同鱼鳞似的屋瓦上，有一层薄薄的蜃气楼，同轻纱似的，在那里飘荡。

"Oh, you serene gossamer! You beautiful gossamer!"

这样的叫了一声，他的眼睛里就涌出了两行清泪来，他自己也不知道是什么缘故。

呆呆的看了好久，他忽然觉得背上有一阵紫色的气息吹来，息索的一响，道傍的一枝小草，竟把他的梦境打破了，他回转头来一看，那枝小草还是颠摇不已，一阵带着紫罗兰气息的和风，温微微的哼到他那苍白的脸上来。在这清和的早秋的世界里，在这澄清透明的以太（Ether）中，他的身体觉得同陶醉似的酥软起来。他好像是睡在慈母怀里的样子。他好像是梦到了桃花源里的样子。他好像是在南欧的海岸，躺在情人膝上，在那里贪午睡的样子。

他看看四边，觉得周围的草木，都在那里对他微笑。看看苍空，觉得悠久无穷的大自然，微微的在那里点头。一动也不动的向天看了一会，他觉得天空中，有一群小天神，背上插着了翅膀，肩上挂着了弓箭，在那里跳舞。他觉得乐极了。便不知不觉开了口，自言自语的说：

"这里就是你的避难所。世间的一般庸人都在那里妒忌你，轻笑你，愚弄你；只有这大自然，这终古常新的苍空皎日，这晚夏的微风，这初秋的清气，还是你的朋友，还是你的慈母，还是你的情人，你也不必再到世上去与那些轻薄的男女共处去，你就在这大自然的怀里，这纯极的乡间终老去罢。"

这样的说了一遍，他觉得自家可怜起来，好像有万千哀怨，横亘在胸中，一口说不出来的样子。含了一双清泪，他的眼睛又看到他手里的书上去。

> Behold her, single in the field,
> You solitary Highland lass!
> Reaping and singing by herself;
> Stop here, or gently pass!
> Alone she cuts, and binds the grain,
> And sings a melancholy strain;
> Oh, listen! for the vale profound,
> Is overflowing with the sound.

看了这一节之后，他又忽然翻过一张来，脱头脱脑的看到那第三节去。

> Will no one tell me what she sings?
> Perhaps the plaintive numbers flow
> For old, unhappy far-off things,
> And battle long ago:
> Or is it some more humble lay,
> Familiar matter of today?
> Some natural sorrow, loss, or pain,
> That has been and may be again!

  这也是他近来的一种习惯，看书的时候，并没有次序的。几百页的大书，更可不必说了，就是几十页的小册子，如爱美生的《自然论》（Emerson's "On Nature"）、沙罗的《逍遥游》（Thoreau's "Excursion"）之类，也没有完完全全从头至尾的读完一篇过。当他起初翻开一册书来看的时候，读了四行五行或一页二页，他每被那一本书感动，恨不得要一口气把那一本书吞下肚子里去的样子，到读了三页四页之后，他又生起一种怜惜的心来，他心里似乎说：

  "像这样的奇书，不应该一口气就把它念完，要留着细细儿的咀嚼才好。一下子就念完了之后，我的热望也就不得不消灭，那时候我就没有好望，没有梦想了，怎么使得呢？"

  他的脑里虽有这样的想头，其实他的心里早有一些儿厌倦起来，到了这时候，他总把那本书收过一边，不再看下去。过几天或者过几个钟头之后，他又用了满腔的热忱，同初读那一本书的时候一样的，去读另外的书去；几日前或者几点钟前那样的感动他的那一本书，就不得不被他遗忘了。

  放大了声音把渭迟渥斯的那两节读了一遍之后，他忽然想把这一首诗用中国文翻译出来：

  "孤寂的高原刈稻者"，他想想看，"The solitary highland reaper"诗题只有如此的译法。

"你看那个女孩儿,她只一个人在田里,
你看那边的那个高原的女孩儿,她只一个人冷清清地!
她一边刈稻,一边在那儿唱着不已:
她忽儿停了,忽而又过去了,轻盈体态,风光细腻!
她一个人,刈了,又重把稻儿捆起,
她唱的山歌,颇有些儿悲凉的情味;
听呀听呀!这幽谷深深,
全充满了她的歌唱的清音。

有人能说否,她唱的究竟是什么?
或者她那万千的痴话
是唱着前代的哀歌,
或者是前朝的战事、千兵万马;
或者是些坊间的俗曲,
便是目前的家常闲说?
或者是些天然的哀怨,必然的丧苦,自然的悲楚,
这些事虽是过去的回想,将来想亦必有人指诉。"

他一口气译了出来之后,忽又觉得无聊起来,便自嘲自骂的说道:

"这算是什么东西呀,岂不同教会里的赞美歌一样的乏味么?英国诗是英国诗,中国诗是中国诗,又何必译来对去呢!"

这样的说了一句,他不知不觉便微微儿的笑了起来。向四边一看,太阳已经打斜了;大平原的彼岸,西边的地平线上,有一座高山,浮在那里,饱受了一天残照,山的周围酝酿成一层朦朦胧胧的岚气,反射出一种紫红不红的颜色来。

他正在那里出神呆看的时候,哼的咳嗽了一声,他的背后忽然来了一个农夫。回头一看,他就把他脸上的笑容装改了一副忧郁的面色,好像他的笑容是怕被人看见的样子。

二

他的忧郁症愈闹愈甚了。

他觉得学校里的教科书,味同嚼蜡,毫无半点生趣。天气清朗的时候,他每捧了一本爱读的文学书,跑到人迹罕至的山腰水畔,去贪那孤寂的深味去。在万籁俱寂的瞬间,在天水相映的地方,他看看草木虫鱼,看看白云碧落,便觉得自家是一个孤高傲世的贤人,一个超然独立的隐者。有时在山中遇着一个农夫,他便把自己当作了 Zarathustra,把 Zarathustra 所说的话,也在心里对那农夫讲了。他的 Megalomania 也同他的 Hypochondria 成了正比例,一天一天的增加起来。他竟有连续四五天不上学校去听讲的时候。

有时候到学校里去,他每觉得众人都在那里凝视他的样子。他避来避去想避他的同学,然而无论到了什么地方,他的同学的眼光,总好像怀了恶意,射在他的背脊上面。

上课的时候，他虽然坐在全班学生的中间，然而总觉得孤独得很。在稠人广众之中，感得的这种孤独，倒比一个人在冷清的地方，感得的那种孤独，还更难受。看看他的同学们，一个个都是兴高采烈的在那里听先生的讲义，只有他一个人身体虽然坐在讲堂里头，心想却同飞云逝电一般，在那里作无边无际的空想。

好容易下课的钟声响了！先生退去之后，他的同学说笑的说笑，谈天的谈天，个个都同春来的燕雀似的，在那里作乐；只有他一个人锁了愁眉，舌根好像被千钧的巨石锤住的样子，兀的不作一声。他也很希望他的同学来对他讲些闲话，然而他的同学却都自家管自家的去寻欢乐去，一见了他那一副愁容，没有一个不抱头奔散的，因此他愈加怨他的同学了。

"他们都是日本人，他们都是我的仇敌，我总有一天来复仇，我总要复他们的仇。"

一到了悲愤的时候，他总这样的想的，然而到了安静之后，他又不得不嘲骂自家说：

"他们都是日本人，他们对你当然是没有同情的，因为你想得他们的同情，所以你怨他们，这岂不是你自家的错误么？"

他的同学中的好事者，有时候也有人来向他说笑的，他心里虽然非常感激，想同那一个人谈几句知心的话，然而口中总说不出什么话来，所以有几个解他的意的人，也不得不同他疏远了。

他的同学日本人在那里欢笑的时候，他总疑他们是在那里笑他，他就一霎时的红起脸来。他们在那里谈天的时候，若有偶然看他一眼的人，他又忽然红起脸来，以为他们是在那里讲他。他同他同学中间的距离，一天一天的远背起来，他的同学都以为他是爱孤独的人，所以谁也不敢来近他的身。

有一天放课之后，他挟了书包，回到他的旅馆里来，有三个日本学生系同他同路的。将要到他寄寓的旅馆的时候，前面忽然来了两个穿红裙的女学生。在这一区市外的地方，从没有女学生看见的，所以他一见了这两个女子，呼吸就紧缩起来。他们四个人同那两个女子擦过的时候，他的三个日本人的同学都问她们说：

"你们上那儿去？"

那两个女学生就作起娇声来回答说：

"不知道！"

"不知道！"

那三个日本学生都高笑起来，好像是很得意的样子，只有他一个人似乎是他自家同她们讲了话似的，害了羞，匆匆跑回旅馆里来。进了他自家的房，把书包用力的向席上一丢，他就在席上躺下了。他的胸前还在那里乱跳，用了一只手枕着头，一只手按着胸口，他便自嘲自骂的说：

"You coward fellow, you are too coward!"

"你这卑怯者！"

"你既然怕羞，何以又要后悔？

"既要后悔，何以当时你又没有那样的胆量？不同她们去讲一句话。

"Oh, coward, coward!"

说到这里，他忽然想起刚才那两个女学生的眼波来了。

那两双活泼泼的眼睛！

那两双眼睛里，确有惊喜的意思含在里头。然而再仔细想了一想，他又忽然叫起来说：

"呆人呆人！她们虽有意思，与你有什么相干？她们所送的秋波，不是单送给那三个日本人的么？唉！唉！她们已经知道了，已经知道我是支那人了，否则她们何以不来看我一眼呢！复仇复仇，我总要复他们的仇。"

说到这里，他那火热的颊上忽然滚了几颗冰冷的眼泪下来。他是伤心到极点了。这一天晚上，他记的日记说：

"我何苦要到日本来，我何苦要求学问。既然到了日本，那自然不得不被他们日本人轻侮的。中国呀中国！你怎么不富强起来，我不能再隐忍过去了。

"故乡岂不有明媚的山河，故乡岂不有如此的美女？我何苦要到这东海的岛国里来！

"到日本来倒也罢了，我何苦又要进这该死的高等学校。他们留了五个月学回去的人，岂不在那里享荣华安乐么？这五六年的岁月，教我怎么能捱得过去。受尽了千辛万苦，积了十数年的学识，我回国去，难道定能比他们来胡闹的留学生更强么？

"人生百岁，年少的时候，只有七八年的光景，这最纯最美的七八年，我就不得不在这无情的岛国里虚度过去，可怜我今年已经是二十一了。

"槁木的二十一岁！

"死灰的二十一岁！

"我真还不如变了矿物质的好，我大约没有开花的日子了。

"知识我也不要，名誉我也不要，我只要一个安慰我体谅我的'心'，一副白热的心肠！从这一副心肠里生出来的同情！从同情而来的爱情！

"我所要求的就是爱情！

"若有一个美人，能理解我的苦楚，她要我死，我也肯的。

"若有一个妇人，无论她是美是丑，能真心真意的爱我，我也愿意为她死的。

"我所要求的就是异性的爱情！

"苍天呀苍天，我并不要知识，我并不要名誉，我也不要那些无用的金钱，你若能赐我一个伊甸园内的'伊扶'，使她的肉体与心灵，全归我有，我就心满意足了。"

三

他的故乡，是富春江上的一个小市，去杭州水程不过八九十里。这一条江水，发源安徽，贯流全浙，江形曲折，风景常新，唐朝有一个诗人赞这条江水说"一川如画"。他十四岁的时候，请了一位先生写了这四个字，贴在他的书斋里，因为他的书斋的小窗，是朝着江面的。虽则这书斋结构不大，然而风雨晦明，春秋朝夕的风景，也还抵得过滕王高阁。在这小小的书斋里过了十几个春秋，他才跟了他的哥哥到日本来留学。

他三岁的时候就丧了父亲，那时候他家里困苦得不堪。好容易他长兄在日本 W 大学卒了业，回到北京，考了一个进士，分发在法部当差，不上两年，武昌的革命起来了。那时候他已在县立小学堂卒了业，正在那里换来换去的换中学堂。他家里的人都怪他无恒性,说他的心思太活;然而依他自己讲来,他以为他一个人同别的学生不同,不能按部就班的同他们同在一处求学的。所以他进了K府中学之后,不上半年又忽然转到H府中学来。在H府中学住了三个月,革命就起来了。H府中学停学之后,他依旧只能回到他那小小的书斋里来。第二年的春天,正是他十七岁的时候,他就进了大学的预科。这大学是在杭州城外,本来是美国长老会捐钱创办的,所以学校里浸润了一种专制的弊风,学生的自由,几乎被缩服得同针眼儿一般的小。礼拜三的晚上有什么祈祷会,礼拜日非但不准出去游玩,并且在家里看别的书也不准的,除了唱赞美诗祈祷之外,只许看新旧约书。每天早晨从九点钟到九点二十分,定要去做礼拜,不去做礼拜,就要扣分数记过。他虽然非常爱那学校近傍的山水景物,然而他的心里,总有些反抗的意思,因为他是一个爱自由的人,对那些迷信的管束,怎么也不甘心服从。住不上半年,那大学里的厨子,托了校长的势,竟打起学生来。学生中间有几个不服的,便去告诉校长,校长反说学生不是。他看看这些情形,实在是太无道理了,就立刻去告了退,仍复回家,到那小小的书斋里去。那时候已经是六月初了。

在家里住了三个多月,秋风吹到富春江上,两岸的绿树,就快凋落的时候,他又坐了帆船,下富春江,上杭州去。却好那时候石牌楼的W中学正在那里招插班生,他进去见了校长M氏,把他的经历说给了M氏夫妻听,M氏就许他插入最高的班里去。这W中学原来也是一个教会学校,校长M氏,也是一个糊涂的美国传教士,他看看这学校的内容倒比H大学不如了。与一位很卑鄙的教务长——原来这一位先生就是H大学的卒业生——闹了一场,第二年的春天,他就出来了。出了W中学,他看看杭州的学校,都不能如他的意,所以他就打算不再进别的学校去。

正是这个时候,他的长兄也在北京被人排斥了。原来他的长兄为人正直得很,在部里办事,铁面无私,并且比一般部内的人物又多了一些学识,所以部内上下,都忌惮他。有一天某次长的私人,来问他要一个位置,他执意不肯,因此次长就同他闹起意见来,过了几天他就辞了部里的职,改到司法界去做司法官去了。他的二兄那时候正在绍兴军队里作军官,这一位二兄军人习气颇深,挥金如土,专喜结交侠少。他们弟兄三人,到这时候都不能如意之所为,所以那一小市镇里的闲人都说他们的风水破了。

他回家之后,便整日整夜的蛰居在他那小小的书斋里。他父祖及他长兄所藏的书籍,就作了他的良师益友。他的日记上面,一天一天的记起诗来。有时候他也用了华丽的文章做起小说来,小说里就把他自己当作了一个多情的勇士,把他邻近的一个寡妇的两个女儿,当作了贵族的苗裔,把他故乡的风物,全编作了田园的清景;有兴的时候,他还把自家的小说,用单纯的外国文翻译起来;他的幻想,愈演愈大了,他的忧郁病的根苗,大约也就在这时候培养成功的。

在家里住了半年,到了七月中旬,他接到他长兄的来信说:

"院内近有派予赴日本考察司法事务之意,予已许院长以东行,大约此事不日可见命令。渡日之先,拟返里小住。三弟居家,断非上策,此次当偕伊赴日本也。"

他接到了这一封信之后,心中日日盼他长兄南来,到了九月下旬,他的兄嫂才自北京到家。住了一月,他就同他的长兄长嫂同到日本去了。

到了日本之后。他的 Dreams of the romantic age 尚未醒悟，模模糊糊的过了半载，他就考入了东京第一高等学校。这正是他十九岁的秋天。

第一高等学校开学的时候，他的长兄接到了院长的命令，要他回去。他的长兄便把他寄托在一家日本人的家里，几天之后，他的长兄长嫂和他的新生的侄女儿就回国去了。

东京的第一高等学校里有一班预备班，是为中国学生特设的。在这预科里预备一年，卒业之后，才能入各地高等学校的正科，与日本学生同学。他考入预科的时候，本来填的是文科，后来将在预科卒业的时候，他的长兄定要他改到医科去，他当时亦没有什么主见，就听了他长兄的话把文科改了。

预科卒业之后，他听说 N 市的高等学校是最新的，并且 N 市是日本产美人的地方，所以他就要求到 N 市的高等学校去。

四

他的二十岁的八月二十九日的晚上，他一个人从东京的中央车站乘了夜行车到 N 市去。

那一天大约刚是旧历的初三四的样子，同天鹅绒似的又蓝又紫的天空里，洒满了一天星斗。半痕新月，斜挂在西天角上，却似仙女的蛾眉，未加翠黛的样子。他一个人靠着三等车的车窗，默默的在那里数窗外人家的灯火。火车在暗黑的夜气中间，一程一程的进去，那大都市的星星灯火，也一点一点的朦胧起来，他的脑中忽然生了万千哀感，他的眼睛里就忽然觉得热起来了。

"Sentimental, too sentimental！"

这样的叫了一声，把眼睛揩了一下，他反而自家笑起自家来。

"你也没有情人留在东京，你也没有弟兄知己住在东京，你的眼泪究竟是为谁洒的呀！或者是对于你过去的生活的伤感，或者是对你二年间的生活的余情，然而你平时不是说不爱东京的么？

"唉，一年人住岂无情。

"黄莺住久浑相识，欲别频啼四五声！"

胡思乱想的寻思了一会，他又忽然想到初次赴新大陆去的清教徒的身上去。

"那些十字架下的流人，离开他故乡海岸的时候，大约也是悲壮淋漓，同我一样的。"

火车过了横滨，他的感情方才渐渐儿的平静起来。呆呆的坐了一忽，他就取了一张明信片出来，垫在海涅（Heine）的诗集上，用铅笔写了一首诗寄他东京的朋友。

蛾眉月上柳梢初，又向天涯别故居，四壁旗亭争赌酒，六街灯火远随车，乱离年少无多泪，行李家贫只旧书，后夜芦根秋水长，凭君南浦觅双鱼。

在朦胧的电灯光里，静悄悄的坐了一会，他又把海涅的诗集翻开来看了。

"Lebet wohl, ihr glatten Saele,
Glatte Herren, glatte Frauen!
Auf die Berge will ich steigen,
Lacend auf euch niederschauen！"

Aus Heines Buch der Lieder.

浮薄的鏖寰，
  无情的男女，
  你看那隐隐的青山，
  我欲乘风飞去，
  且住且住，
  我将从那绝顶的高峰，
  笑看你终归何处。

  单调的轮声，一声声连连续续的飞到他的耳膜上来，不上三十分钟他竟被这催眠的车轮声引诱到梦幻的仙境里去了。
  早晨五点钟的时候，天空渐渐儿的明亮起来。在车窗里向外一望，他只见一线青天还被夜色包住在那里。探头出去一看，一层薄雾，笼罩着一幅天然的画图，他心里想了一想：
  "原来今天又是清秋的好天气，我的福分真可算不薄了。"
  过了一个钟头，火车就到了N市的停车场。
  下了火车，在车站上遇见了一个日本学生；他看看那学生的制帽上也有两条白线，便知道他也是高等学校的学生。他走上前去，对那学生脱了一脱帽，问他说：
  "第X高等学校是在什么地方的？"
  那学生回答说：
  "我们一路去罢。"
  他就跟了那学生跑出火车站来，在火车站的前头，乘了电车。
  时光还早得很，N市的店家都还未曾起来。他同那日本学生坐了电车，经过了几条冷清的街巷，就在鹤舞公园前面下了车。他问那日本学生说：
  "学校还远得很么？"
  "还有二里多路。"
  穿过了公园，走到稻田中间的细路上的时候，他看看太阳已经起来了，稻上的露滴，还同明珠似的挂在那里。前面有一丛树林，树林阴里，疏疏落落的看得见几橡农舍。有两三条烟囱筒子，突出在农舍的上面，隐隐约约的浮在清晨的空气里。一缕两缕的青烟，同炉香似的在那里浮动，他知道农家已在那里炊早饭了。
  到学校近边的一家旅馆去一问，他一礼拜前头寄出的几件行李，早已经到在那里。原来那一家人家是住过中国留学生的，所以主人待他也很殷勤。在那一家旅馆里住下了之后，他觉得前途好像有许多欢乐在那里等他的样子。
  他的前途的希望，在第一天的晚上，就不得不被目前的实情嘲弄了。原来他的故里，也是一个小小的市镇。到了东京之后，在人山人海的中间，他虽然时常觉得孤独，然而东京的都市生活，同他幼时习惯尚无十分龃龉的地方。如今到了这N市的乡下之后，他的旅馆，是一家孤立的人家，四面并无邻舍，左首门外便是一条如发的大道，前后都是稻田，西面是一方池水，并且因为学校还没有开课，别的学生还没有到来，这一间宽旷的旅馆里，只住了他一个客人。白天倒还可以支吾过去，一到了晚上，他开窗一望，四面都是沉沉的黑影，并且因 N 市的附近是一大平原，所以望眼连天，四面并无遮障之处，远远里有一点灯火，明灭无常，森然有些鬼气。天花板里，又有许多虫鼠，息栗索落的在那里争食。窗外有几株梧桐，微风动叶，咖咖的响得不已，因为他住在二层楼上，所以梧桐的叶战声，近在他的耳边。他觉得害怕起来，几乎要哭出来了。他对于都市的怀乡病（Nostalgia）从未有比那一晚更甚的。

　　学校开了课，他朋友也渐渐儿的多起来。感受性非常强烈的他的性情，也同天空大地丛林野水融和了。不上半年，他竟变成了一个大自然的宠儿，一刻也离不了那天然的野趣了。

　　他的学校是在 N 市外，刚才说过市的附近是一大平原，所以四边的地平线，界限广大的很。那时候日本的工业还没有十分发达，人口也还没有增加得同目下一样，所以他的学校的近边，还多是丛林空地，小阜低岗。除了几家与学生做买卖的文房具店及菜馆之外，附近并没有居民。荒野的人间，只有几家为学生设的旅馆，同晓天的星影似的，散缀在麦田瓜地中的中央。晚饭毕后，披了黑呢的缦斗（le manteau），拿了爱读的书，在迟迟不落的夕照中间，散步逍遥，是非常快乐的。他的田园趣味，大约也是在这 Idyllic Wanderings 的中间养成的。

　　在生活竞争不十分猛烈，逍遥自在，同中古时代一样的时候，在风气纯良，不与市井小人同处，清闲雅淡的地方，过日子正如做梦一样。他到了 N 市之后，转瞬之间，已经有半年多了。

　　熏风日夜的吹来，草色渐渐儿的绿起来。旅馆近傍麦田里的麦穗，也一寸一寸的长起来了。草木虫鱼都化育起来，他的从始祖传来的苦闷也一日一日的增长起来，他每天早晨，在被窝里犯的罪恶，也一次一次的加起来了。

　　他本来是一个非常爱高尚爱洁净的人，然而一到了这邪念发生的时候，他的智力也无用了，他的良心也麻痹了，他从小服膺的"身体发肤不敢毁伤"的圣训，也不能顾全了。他犯了罪之后，每深自痛悔，切齿的说，下次总不再犯了，然而到了第二天的那个时候，种种幻想，又活泼泼的到他的眼前来。他平时所看见的"伊扶"的遗类，都赤裸裸的来引诱他。中年以后的妇人的形体，在他的脑里，比处女更有挑发他情动的地方。他苦闷一场，恶斗一场，终究不得不做她们的俘虏。这样的一次成了两次，两次之后，就成了习惯了。他犯罪之后，每到图书馆里去翻出医书来看，医书上都千篇一律的说，于身体最有害的就是这一种犯罪。从此之后，他的恐惧心也一天一天的增加起来了。有一天他不知道从什么地方得来的消息，好像是一本书上说，俄国近代文学的创设者 Gogol 也犯这一宗病，他到死竟没有改过来，他想到了 Gogol，心里就宽了一宽，因为这《死了的灵魂》的著者，也是同他一样的。然而这不过自家对自家的宽慰而已，他的胸里，总有一种非常的忧虑存在那里。

　　因为他是非常爱洁净的，所以他每天总要去洗澡一次；因为他是非常爱惜身体的，所以他每天总要去吃几个生鸡子和牛乳；然而他去洗澡或吃牛乳鸡子的时候，他总觉得惭愧得很，因为这都是他的犯罪的证据。

他觉得身体一天一天的衰弱起来，记忆力也一天一天的减退了。他又渐渐儿的生了一种怕见人面的心理，见了妇人女子的时候，他觉得更加难受。学校的教科书，他渐渐的嫌恶起来，法国自然派的小说，和中国那几本有名的诲淫小说，他念了又念，几乎记熟了。

有时候他忽然做出一首好诗来，他自家便喜欢得非常，以为他的脑力还没有破坏。那时候他每对着自家起誓说：

"我的脑力还可以使得，还能做得出这样的诗，我以后决不再犯罪了。过去的事实是没法，我以后总不再犯罪了。若从此自新，我的脑力，还是可以的。"

然而一到了紧迫的时候，他的誓言又忘了。

每礼拜四五，或每月的二十六七的时候，他索性尽意的贪起欢来。他的心里想，自下礼拜一或下月初一起，我总不犯罪了。有时候正合到礼拜六或月底的晚上，去剃头洗澡去，以为这就是改过自新的记号，然而过几天他又不得不吃鸡子和牛乳了。

他的自责心同恐惧心，竟一日也不使他安闲，他的忧郁症也从此厉害起来了。这样的状态继续了一二个月，他的学校里就放了暑假，暑假的两个月内，他受的苦闷，更甚于平时；到了学校开课的时候，他的两颊的颧骨更高起来；他的青灰色的眼窝更大起来，他的一双灵活的瞳人，变了同死鱼眼睛一样了。

五

秋天又到了。浩浩的苍空，一天一天的高起来，他的旅馆傍边的稻田，都带起黄金色来。朝夕的凉风，同刀也似的刺到人的心骨里去，大约秋冬的佳日，来也不远了。

一礼拜前的有一天午后，他拿了一本 Wordsworth 的诗集，在田塍路上逍遥漫步了半天。从那一天以后，他的循环性的忧郁症，尚未离他的身过。前几天在路上遇着的那两个女学生，常在他的脑里，不使他安静，想起那一天的事情，他还是一个人要红起脸来。

他近来无论上什么地方去，总觉得有坐立难安的样子。他上学校去的时候，觉得他的日本同学都似在那里排斥他。他的几个中国同学，也许久不去寻访了，因为去寻访了回来，他心里反觉得空虚。因为他的几个中国同学，怎么也不能理解他的心理，他去寻访的时候，总想得些同情回来的，然而到了那里，谈了几句之后，他又不得不自悔寻访错了。有时候和朋友讲得投机，他就任了一时的热意，把他的内外的生活都对朋友讲了出来，然而到了归途，他又自悔失言，心里的责备，倒反比不去访友的时候，更加厉害。他的几个中国朋友，因此都说他是染了神经病了。他听了这话之后，对了那几个中国同学，也同对日本学生一样，起了一种复仇的心。他同他的几个中国同学，一日一日的疏远起来。嗣后虽在路上，或在学校里遇见的时候，他同那几个中国同学，也不点头招呼。中国留学生开会的时候，他当然是不去出席的。因此他同他的几个同胞，竟宛然成了两家仇敌。

他的中国同学的里边，也有一个很奇怪的人，因为他自家的结婚有些道德上的罪恶，所以他专喜讲人家的丑事，以掩己之不善，说他是神经病，也是这一位同学说的。

他交游离绝之后，孤冷得几乎到将死的地步，幸而他住的旅馆里，还有一个主人的女儿，可以牵引他的心，否则他真只能自杀了。他旅馆的主人的女儿，今年正是十七岁，长方的脸儿,眼睛大得很,笑起来的时候,面上有两颗笑靥,嘴里有一颗金牙看得出来,因为她自家觉得她自家的笑容是非常可爱,所以她平时常在那里弄笑。

他心里虽然非常爱她,然而她送饭来或来替他铺被的时候,他总装出一种兀不可犯的样子来。他心里虽想对她讲几句话,然而一见了她,他总不能开口。她进他房里来的时候,他的呼吸竟急促到吐气不出的地步。他在她的面前实在是受苦不起了,所以近来她进他的房里来的时候,他每不得不跑出房外去。然而他思慕她的心情,却一天一天的浓厚起来。有一天礼拜六的晚上,旅馆里的学生,都上 N 市去行乐去了。他因为经济困难,所以吃了晚饭,上西面池上去走了一回,就回到旅舍里来枯坐。

回家来坐了一会,他觉得那空旷的二层楼上,只有他一个人在家。静悄悄的坐了半晌,坐得不耐烦起来的时候,他又想跑出外面去。然而要跑出外面去,不得不由主人的房门口经过,因为主人和他女儿的房,就在大门的边上。他记得刚才进来的时候,主人和他的女儿正在那里吃饭。他一想到经过她面前的时候的苦楚,就把跑出外面去的心思丢了。

拿出了一本 G. Gissing 的小说来读了三四页之后,静寂的空气里,忽然传了几声搅搅的泼水声音过来。他静静儿的听了一听,呼吸又一霎时的急了起来,面色也涨红了。迟疑了一会,他就轻轻的开了房门,拖鞋也不拖,幽脚幽手的走下扶梯去。轻轻的开了便所的门,他尽兀自的站在便所的玻璃窗口偷看。原来他旅馆里的浴室,就在便所的间壁,从便所的玻璃窗看去,浴室里的动静了了可看。他起初以为看一看就可以走的,然而到了一看之后,他竟同被钉子钉住的一样,动也不能动了。

那一双雪样的乳峰!

那一双肥白的大腿!

这全身的曲线!

呼气也不呼,仔仔细细的看了一会,他面上的筋肉,都发起痉挛来了。愈看愈颤得厉害,他那发颤的前额部竟同玻璃窗冲击了一下。被蒸气包住的那赤裸裸的"伊扶"便发了娇声问说:

"是谁呀?……"

他一声也不响,急忙跳出了便所,就三脚两步的跑上楼上去了。

他跑到了房里,面上同火烧的一样,口也干渴了。一边他自家打自家的嘴巴,一边就把他的被窝拿出来睡了。他在被窝里翻来复去,总睡不着,便立起了两耳,听起楼下的动静来。他听听泼水的声音也息了,浴室的门开了之后,他听见她的脚步声好像是走上楼来的样子。用被包着了头,他心里的耳朵明明告诉他说:

"她已经立在门外了。"

他觉得全身的血液,都在往上奔注的样子。心里怕得非常,羞得非常,也喜欢得非常。然而若有人问他,他无论如何,总不肯承认说,这时候他是喜欢的。

他屏住了气息,尖着了两耳听了一会,觉得门外并无动静,又故意咳嗽了一声,门外亦无声响,他正在那里疑惑的时候,忽听见她的声音,在楼下同她的父亲在那里说话。他手里捏了一把冷汗,拼命想听出她的话来,然而无论如何总听不清楚。停了一会,她

的父亲高声笑了起来,他把被蒙头的一罩,咬紧了牙齿说:

"她告诉了他了!她告诉了他了!"

这一天的晚上他一刻也不曾睡着。第二天的早晨,天亮的时候,他就惊心吊胆的走下楼来。洗了手面,刷了牙,趁主人和他的女儿还没有起来之先,他就同逃也似的出了那个旅馆,跑到外面来。

官道上的沙尘,染了朝露,还未曾干着。太阳已经起来了。他不问皂白,便一直的往东走去。远远有一个农夫,拖了一车野菜慢慢的走来。那农夫同他擦过的时候,忽然对他说:

"你早啊!"

他倒惊了一跳,那清瘦的脸上,又起了一层红潮,胸前又乱跳起来,他心里想:

"难道这农夫也知道了么?"

无头无脑的跑了好久,他回转头来看看他的学校,已经远得很了,举头看看,太阳也升高了。他摸摸表看,那银饼大的表,也不在身边。从太阳的角度看起来,大约已经是九点钟前后的样子。他虽然觉得饥饿得很,然而无论如何,总不愿意再回到那旅馆里去,同主人和他的女儿相见。想去买些零食充一充饥,然而他摸摸自家的袋看,袋里只剩了一角二分钱在那里。他到一家乡下的杂货店内,尽那一角二分钱,买了些零碎的食物,想去寻一处无人看见的地方去吃。走到了一处两路交叉的十字路口,他朝南的一望,只见与他的去路横交的那一条自北趋南的通路上,行人稀少得很。那一条路是向南的斜低下去的,两面更有高壁在那里;他知道这路是从一条小山中开辟出来的。他刚才走来的那条大道,便是这山的岭脊,十字路当作了中心,与岭脊上的那条大道相交的横路,是两边低斜下去的。在十字路口迟疑了一会,他就取了那一条向南斜下的路走去。走尽了两面的高壁,他的去路就穿入大平原去,直通到彼岸的市内。平原的彼岸有一簇深林,划在碧空的心里,他心里想:

"这大约就是 A 神宫了。"

他走尽了两面的高壁,向左手斜面上一望,见沿高壁的那山面上有一道女墙,围住着几间茅舍,茅舍的门上悬着"香雪海"三字的一方匾额。他离开了正路,走上几步,到那女墙的门前,顺手的向门一推,那两扇柴门竟自开了。他就随随便便的踏了进去。门内有一条曲径,自门口通过了斜面,直达到山上去的。曲径的两旁,有许多老苍的梅树种在那里,他知道这就是梅林了。顺了那一条曲径,往北的从斜面上走到山顶的时候,一片同图画似的平地,展开在他的眼前。这园自从山脚上起,跨有朝南的半山斜面,同顶上的一块平地,布置得非常幽雅。

山顶平地的西面是千仞的绝壁,与隔岸的绝壁相对峙,两壁的中间,便是他刚走过的那一条自北趋南的通路。背临着那绝壁,有一间楼屋、几间平屋造在那里。因为这几间屋,门窗都闭在那里,他所以知道这定是为梅花开日,卖酒食用的。楼屋的前面,有一块草地,草地中间,有几方白石,围成了一个花园,圈子里,卧着一枝老梅,那草地的南尽头,山顶的平地正要向南斜下去的地方,有一块石碑立在那里,系记这梅林的历史。他在碑前的草地上坐下之后,就把买来的零食拿出来吃了。

吃了之后，他兀兀的在草地上坐了一会。四面并无人声，远远的树枝上，时有一声两声的鸟鸣声飞来。他仰起头来看看澄清的碧落，同那皎洁的日轮，觉得四面的树枝房屋，小草飞禽，都一样的在和平的太阳光里，受大自然的化育。他那昨天晚上的犯罪的记忆，正同远海的帆影一般，不知消失到那里去了。

这梅林的平地上和斜面上，又来又去的曲径很多。他站起来走来走去的走了一会，方晓得斜面上梅树的中间，更有一间平屋造在那里。从这一间房屋往东的走去几步，有眼古井，埋在松叶堆中。他摇摇井上的唧筒看，呷呷的响了几声，却抽不起水来。他心里想：

"这园大约只有梅花开的时候，开放一下，平时总没有人住的。"

想到这里他又自言自语的说：

"既然空在这里，我何妨去问园主人去借住借住。"想定了主意，他就跑下山来，打算去寻园主人去。他将走到门口的时候，却好遇见了一个五十来岁的农夫走进园来。他对那农夫道歉之后，就问他说：

"这园是谁的，你可知道？"

"这园是我经管的。"

"你住在什么地方的？"

"我住在路的那面。"

一边这样的说，一边那农民指着通路西边的一间小屋给他看。他向西一看，果然在西边的高壁尽头的地方，有一间小屋在那里。他点了点头，又问说：

"你可以把园内的那间楼屋租给我住住么？"

"可是可以的，你只一个人么？"

"我只一个人。"

"那你可不必搬来的。"

"这是什么缘故呢？"

"你们学校里的学生，已经有几次搬来过了，大约都因为冷静不过，住不上十天，就搬走的。"

"我可同别人不同，你但能租给我，我是不怕冷静的。"

"这样那里有不租的道理，你想什么时候搬来？"

"就是今天午后罢。"

"可以的，可以的。"

"请你就替我扫一扫干净，免得搬来之后着忙。"

"可以可以。再会！"

"再会！"

六

搬进了山上梅园之后，他的忧郁症（hypochondria）又变起形状来了。

他同他的北京的长兄，为了一些儿细事，竟生起龃龉来。他发了一封长长的信，寄到北京，同他的长兄绝了交。

那一封信发出之后，他呆呆的在楼前草地上想了许多时候。他自家想想看，他便是世界上最不幸的人了。其实这一次的决裂，是发始于他的。同室操戈，事更甚于他姓之相争。自此之后，他恨他的长兄竟同蛇蝎一样。他被他人欺侮的时候，每把他长兄拿出来作比：

"自家的弟兄，尚且如此，何况他人呢！"

他每达到这一个结论的时候，必尽把他长兄待他苛刻的事情，细细回想出来。把各种过去的事迹列举出来之后，就把他长兄判决是一个恶人，他自家是一个善人。他又把自家的好处列举出来，把他所受的苦处，夸大的细数起来。他证明得自家是一个世界上最苦的人的时候，他的眼泪就同瀑布似的流下来。他在那里哭的时候，空中好像有一种柔和的声音在对他说：

"啊呀，哭的是你么？那真是冤屈了你了。像你这样的善人，受世人的那样的虐待，这可真是冤屈了你了。罢了罢了，这也是天命，你别再哭了，怕伤害了你的身体！"

他心里一听到这一种声音，就舒畅起来。他觉得悲苦的中间，也有无穷的甘味在那里。

他因为想复他长兄的仇，所以就把所学的医科丢弃了，改入文科里去。他的意思，以为医科是他长兄要他改的，仍旧改回文科，就是对他长兄宣战的一种明示。并且他由医科改入文科，在高等学校须迟卒业一年。他心里想，迟卒业一年，就是早死一岁，你若因此迟了一年，就到死可以对你长兄含一种敌意。因为他恐怕一二年之后，他们兄弟两人的感情，仍旧要和好起来；所以这一次的转科，便是帮他永久敌视他长兄的一个手段。

气候渐渐儿的寒冷起来，他搬上山来之后，已经有一个月了。几日来天气阴郁，灰色的层云，天天挂在空中。寒冷的北风吹来的时候，梅林的树叶，每息索索的飞掉下来。

初搬来的时候，他卖了些旧书，买了许多炊饭的器具，自家烧了一个月饭，因为天冷了，他也懒得烧了。他每天的伙食，就一切包给了山脚下的园丁家包办，所以他近来只同退院的闲僧一样，除了怨人骂己之外，更没有别的事情了。

有一天早晨，他清早的起来，把朝东的窗门开了之后，他看见前面的地平线上有几缕红云，在那里浮荡。东天半角，反照出一种银红的灰色。因为昨天下了一天微雨，所以他看了这清新的旭日，比平日更添了几分欢喜。他走到山的斜面上，从那古井里汲了水，洗了手面之后，觉得满身的气力，一霎时都回复了转来的样子。他便跑上楼，拿了一本黄仲则的诗集下来，一边高声朗读，一边尽在那梅林的曲径里，跑来跑去的跑圈子。不多一会，太阳起来了。

从他住的山顶向南方看去，眼下看得出一大平原。平原里的稻田，都尚未收割起。金黄的谷色，以绀碧的天空作了背景，反映着一天太阳的晨光，那风景正同看密来（Millet）的田园清画一般。他觉得自家好像已经变了几千年前的原始基督教徒的样子，对了这自然的默示，他不觉笑起自家的气量狭小起来。

"饶赦了！饶赦了！你们世人得罪于我的地方，我都饶赦了你们罢，来，你们来。都来同我讲和罢!"手里拿着那一本诗集,眼里浮着了两泓清泪,正对了那平原的秋色,呆呆的立在那里想这些事情的时候,他忽听见他的近边,有两人在那里低声的说:

"今晚上你一定要来的哩!"

这分明是男子的声音。

"我是非常想来的,但是恐怕……"

他听了这娇滴滴的女子的声音之后,好像是被电气贯穿了的样子,觉得自家的血液循环都停止了。原来他的身边有一丛长大的苇草生在那里,他立在苇草的右面,那一男一女,大约是在苇草的左面,所以他们两个还不晓得隔着苇草,有人站在那里。那男人又说:

"你心真好,请你今晚上来罢,我们到如今还没在被窝里XX。"

"……"

他忽然听见两人的嘴唇,灼灼的好像在那里吮吸的样子。他同偷了食的野狗一样,就惊心吊胆的把身子屈倒去听了。

"你去死罢,你去死罢,你怎么会下流到这样的地步!"

他心里虽然如此的在那里痛骂自己,然而他那一双尖着的耳朵,却一言半语也不愿意遗漏,用了全部精神在那里听着。

地上的落叶索息索息的响了一下。

解衣带的声音。

男人嘶嘶的吐了几口气。

舌头吮吸的声音。

女人半轻半重,断断续续的说:

"你!……你!……你快……快XX罢。……别……别……别被人……被人看见了。"

他的面色,一霎时的变了灰色了。他的眼睛同火也似的红了起来。他的上颚骨同下颚骨呷呷的发起颤来。他再也站不住了。他想跑开去,但是他的两只脚,总不听他的话。他苦闷了一场,听听两人出去了之后,就同落水的猫狗一样,回到楼上房里去,拿出被窝来睡了。

七

他饭也不吃,一直在被窝里睡到午后四点钟的时候才起来。那时候夕阳洒满了远近。平原的彼岸的树林里,有一带苍烟,悠悠扬扬的笼罩在那里。他跟跟跄跄的走下了山,上了那一条自北趋南的大道,穿过了那平原,无头无绪的尽是向南的走去。走尽了平原,他已经到了神宫前的电车停留处了。那时候却好从南面有一乘电车到来,他不知不觉就跳了上去,既不知道他究竟为什么要乘电车,也不知道这电车是往什么地方去的。

走了十五六分钟,电车停了,开车的教他换车,他就换了一乘车。走了二三十分钟,电车又停了,他听见说是终点了,他就走了下来。他的面前就是筑港了。

前面一片汪洋的大海,横在午后的太阳光里,在那里微笑。超海而南有一发青山,隐隐的浮在透明的空气里,西边是一脉长堤,直驰到海湾的心里去。堤外有一处灯台,同巨人似的,立在那里。几艘空船和几只舢板,轻轻的在系着的地方浮荡。海中近岸的地方,有许多浮标,饱受了斜阳,红红的浮在那里。远处风来,带着几句单调的话声,既听不清楚是什么话，也不知道是从那里来的。

他在岸边上走来走去走了一会，忽听见那一边传过了一阵击磬的声音。他跑过去一看，原来是为唤渡船而发的。他立了一会，看有一只小火轮从对岸过来了。跟着了一个四五十岁的工人，他也进了那只小火轮去坐下了。

渡到东岸之后，上岸走了几步，他看见靠岸有一家大庄子在那里。大门开得很大，庭内的假山花草，布置得楚楚可爱。他不问是非，就蹀了进去。走不上几步，他忽听得前面家中有女人的娇声叫他说：

"请进来吓！"

他不觉惊了一下，就呆呆的站住了。他心里想：

"这大约就是卖酒食的人家，但是我听见说，这样的地方，总有妓女在那里的。"

一想到这里，他的精神就抖擞起来，好像是一桶冷水浇上身来的样子。他的面色立时变了。要想进去又不能进去，要想出来又不得出来，可怜他那同兔儿似的小胆，同猿猴似的淫心，竟把他陷到一个大大的难境里去了。

"进来吓！请进来吓！"

里面又娇滴滴的叫了起来，带着笑声。

"可恶东西，你们竟敢欺我胆小么！"

这样的怒了一下，他的面色更同火也似的烧了起来。咬紧了牙齿，把脚在地上轻轻的蹬了一蹬，他就捏了两个拳头，向前进去，好像是对了那几个年轻的侍女宣战的样子。但是他那青一阵红一阵的面色，和他的面上的微微儿在那里震动的筋肉，总隐藏不过。他走到那几个侍女的面前的时候，几乎要同小孩似的哭出来了。

"请上来！"

"请上来！"

他硬了头皮，跟了一个十七八岁的侍女走上楼去，那时候他的精神已经有些镇静下来了。走了几步，经过一条暗暗的夹道的时候，一阵恼人的花粉香气，同日本女人特有的一种肉的香味，和头发上的香油气息合作了一处，哼的扑上他的鼻孔来。他立刻觉得头晕起来，眼睛里看见了几颗火星，向后边跌也似的退了一步。他再定睛一看，只见他的前面黑暗暗的中间，有一长圆形的女人粉面，堆着了微笑，在那里问他说：

"你！你还是上靠海的地方去呢？还是怎样？"

他觉得女人口里吐出来的气息，也热和和的哼上他的面来。他不知不觉把这气息深深的吸了一口。他的意识，感觉到他这行为的时候，他的面色又立刻红了起来。他不得已只能含含糊糊的答应她说：

"上靠海的房间里去。"

进了一间靠海的小房间，那侍女便问他要什么菜。他就回答说：

"随便拿几样来吧。"

"酒要不要？"

"要的。"

那侍女出去之后，他就站起来推开了纸窗，从外边放了一阵空气进来。因为房里的空气，沉浊得很，他刚才在夹道中闻过的那一阵女人香味，还剩在那里，他实在是被这一阵气味压迫不过了。

一湾大海，静静的浮在他的面前。外边好像是起了微风的样子，一片一片的海浪，受了阳光的返照，同金鱼的鱼鳞似的，在那里微动。他立在窗前看了一会，低声的吟了一句诗出来：

"夕阳红上海边楼。"

他向西的一望，见太阳离西南的地平线只有一丈多高了。呆呆的看了一会，他的心思怎么也离不开刚才的那个侍女。她的口里的头上的面上的和身体上的那一种香味，怎么也不容他的心思想别的东西。他才知道他想吟诗的心是假的，想女人的肉体的心是真的了。

停了一会，那侍女把酒菜搬了进来，跪坐在他的面前，亲亲热热的替他上酒。他心里想仔仔细细的看她一看，把他的心里的苦闷都告诉了她，然而他的眼睛怎么也不敢平视她一眼，他的舌根怎么也不能摇动一摇动。他不过同哑子一样，偷看看她那搁在膝上一双纤嫩的白手，同衣缝里露出来的一条粉红的围裙角。

原来日本的妇人都不穿裤子，身上贴肉只围着一条短短的围裙。外边就是一件长袖的衣服，衣服上也没有钮扣，腰里只缚着一条一尺多宽的带子，后面结着一个方结。她们走路的时候，前面的衣服每一步一步的掀开来，所以红色的围裙，同肥白的腿肉，每能偷看。这是日本女子特别的美处；他在路上遇见女子的时候，注意的就是这些地方。他切齿的痛骂自己，畜生！狗贼！卑怯的人！也便是这个时候。

他看了那侍女的围裙角，心头便乱跳起来，愈想同她说话，但愈觉得讲不出话来。大约那侍女是看得不耐烦起来了，便轻轻的问他说：

"你府上是什么地方？"

一听了这一句话，他那清瘦苍白的面上，又起了一层红色；含含糊糊的回答了一声，他呐呐的总说不出清晰的回话来。可怜他又站在断头台上了。

原来日本人轻视中国人，同我们轻视猪狗一样。日本人都叫中国人作"支那人"，这"支那人"三字，在日本，比我们骂人的"贱贼"还更难听，如今在一个如花的少女前头，他不得不自认说"我是支那人"了。

"中国呀中国，你怎么不强大起来！"

他全身发起抖来，他的眼泪又快滚下来了。

那侍女看他发颤发得厉害，就想让他一个人在这里喝酒，好教他把精神安镇安镇，所以对他说：

"酒就快没有了，我再去拿一瓶来罢？"

停了一会他听得那侍女的脚步声又走上楼来。他以为她是上他这里来的，所以就把衣服整了一整，姿势改了一改。但是他被她欺骗了。她原来是领了两三个另外的客人，上间壁的那一间房间里去的。那两三个客人都在那里对那侍女取笑，那侍女也娇滴滴的说：

"别胡闹了，间壁还有客人在那里。"

他听了就立刻发起怒来。他心里骂他们说：

"狗才！俗物！你们都敢来欺侮我么？复仇复仇，我总要复你们的仇。世间那里有真心的女子!那侍女的负心东西,你竟敢把我丢了?罢了罢了,我也不爱女人了,我再也不爱女人了。我就爱我的祖国,我就把我的祖国当作了情人罢。"

他马上就想跑回去发愤用功。但是他的心里,却很羡慕那间壁的几个俗物。他的心里,还有一处地方在那里盼望那个侍女再回到他这里来。

他按住了怒,默默的喝干了几杯酒,觉得身上热起来。打开了窗门,他看太阳就快要下山去了。又连饮了几杯,他觉得他面前的海景都朦胧起来。西面堤外的灯台的黑影,长大了许多。一层茫茫的薄雾,把海天融混作了一处。在这一层浑沌不明的薄纱影里,西方的将落不落的太阳,好像在那里惜别的样子。他看了一会,不知道是什么缘故,只觉得好笑。呵呵的笑了一回,他用手擦擦自家那火热的双颊,便自言自语的说:

"醉了醉了!"

那侍女果然进来了。见他红了脸,立在窗口在那里痴笑,便问他说:

"窗开了这样大,你不冷的么?"

"不冷不冷,这样好的落照,谁舍得不看呢?"

"你真是一个诗人呀!酒拿来了。"

"诗人!我本来是一个诗人。你去把纸笔拿了来,我马上写首诗给你看看。"

那侍女出去了之后,他自家觉得奇怪起来。他心里想:

"我怎么会变了这样大胆的?"

痛饮了几杯新拿来的热酒,他更觉得快活起来,又禁不得呵呵笑了一阵。他听见间壁房间里的那几个俗物,高声的唱起日本歌来,他也放大了嗓子唱着说:

"醉拍阑干酒意寒,江湖寥落又冬残,剧怜鹦鹉中州骨,未拜长沙太傅官,一饭千金图报易,几人五噫出关难,茫茫烟水回头望,也为神州泪暗弹。"

高声的念了几遍,他就在席上醉倒了。

八

一醉醒来,他看看自家睡在一条红绸的被里,被上有一种奇怪的香气。这一间房间也不很大,但已不是白天的那一间房间了。房中挂着一张十烛光的电灯,枕头边上摆着了一壶茶,两只杯子。他倒了二三杯茶,喝了之后,就跟跟跄跄的走到房外去。他开了门,却好白天的那侍女也跑过来了。她问他说:

"你!你醒了么?"

他点了一点头,笑微微的回答说:

"醒了。便所是在什么地方的?"

"我领你去吧。"

他就跟了她去。他走过日间的那条夹道的时候,电灯点得明亮得很。远近有许多歌唱的声音,三弦的声音,大笑的声音传到他的耳朵里来。白天的情节,他都想出来了。一想到酒醉之后,他对那侍女说的那些话的时候,他觉得面上又发起烧来。

从厕所回到房里之后,他问那侍女说:

"这被是你的么?"

侍女笑着说:

"是的。"

"现在是什么时候了?"

"大约是八点四五十分的样子。"

"你去开了账来罢!"

"是。"

他付清了账,又拿了一张纸币给那侍女,他的手不觉微颤起来。那侍女说:

"我是不要的。"

他知道她是嫌少了。他的面色又涨红了,袋里摸来摸去,只有一张纸币了,他就拿了出来给她说:

"你别嫌少了,请你收了罢。"

他的手震动得更加厉害,他的话声也颤动起来了。那侍女对他看了一眼,就低声的说:

"谢谢!"

他直的跑下了楼,套上了皮鞋,就走到外面来。

外面冷得非常,这一天大约是旧历的初八九的样子。半轮寒月,高挂在天空的左半边。淡青的圆形盖里,也有几点疏星,散在那里。

他在海边上走了一回,看看远岸的渔灯,同鬼火似的在那里招引他。细浪中间,映着了银色的月光,好像是山鬼的眼波,在那里开闭的样子。不知是什么道理,他忽想跳入海里去死了。

他摸摸身边看,乘电车的钱也没有了。想想白天的事情看,他又不得不痛骂自己。

"我怎么会走上那样的地方去的?我已经变了一个最下等的人了。悔也无及,悔也无及。我就在这里死了罢。我所求的爱情,大约是求不到的了。没有爱情的生涯,岂不同死灰一样么?唉,这干燥的生涯,这干燥的生涯,世上的人又都在那里仇视我,欺侮我,连我自家的亲弟兄,自家的手足,都在那里排挤我到这世界外去。我将何以为生,我又何必生存在这多苦的世界里呢!"

想到这里,他的眼泪就连连续续的滴了下来。他那灰白的面色,竟同死人没有分别了。他也不举起手来揩揩眼泪,月光射到他的面上,两条泪线,倒变了叶上的朝露一样的放起光来。他回转头来,看看他自家的又瘦又长的影子,就觉得心痛起来。

"可怜你这清影,跟了我二十一年,如今这大海就是你的葬身地了。我的身子,虽然被人家欺辱,我可不该累你也瘦弱到这步田地的。影子呀影子,你饶了我罢!"

他向西面一看,那灯台的光,一霎变了红一霎变了绿的在那里尽它的本职。那绿的光射到海面上的时候,海面就现出一条淡青的路来。再向西天一看,他只见西方青苍苍的天底下,有一颗明星,在那里摇动。

"那一颗摇摇不定的明星的底下,就是我的故国。也就是我的生地。我在那一颗星的底下,也曾送过十八个秋冬,我的乡土吓,我如今再也不能见你的面了。"

他一边走着,一边尽在那里自伤自悼的想这些伤心的哀话。走了一会,再向那西方的明星看了一眼,他的眼泪便同骤雨似的落下来了。他觉得四边的景物,都模糊起来。

中国现代文学作品选读

把眼泪揩了一下,立住了脚,长叹了一声,他便断断续续的说:

"祖国呀祖国!我的死是你害我的!"

"你快富起来!强起来罢!"

"你还有许多儿女在那里受苦呢!"

一九二一年五月九日改作

(选自郁达夫《沉沦》,泰东图书局一九二一年版)

提示

《沉沦》写于1921年,是郁达夫的代表作,写出了"五四"一代青年的性的苦闷与作为"多余人"的心理痛苦。

小说主人公"他"留学日本,感受到种族歧视和社会歧视,形成了忧郁、多疑、自卑、神经质而近于变态的性格,在男女两性关系上尤其明显。"他"一方面接受了个性解放思想,有着强烈的性本能冲动,另一方面又在特定的社会处境中得不到满足,受到压抑,尤其受到自己已经形成的道德观的压抑,导致心理变态,最后投身大海。小说通过对主人公的塑造,表现了当时一代青年普遍的心理状态,试图引起社会的关注,正视人性被旧的伦理观念所压抑的问题。

《沉沦》是自叙传小说,作者大胆地采用自己的生活体验,揭示重大的社会问题,对心理的描写坦率、真诚,无所掩饰,表现了第一代新文学作家敢于正视现实、正视自身的勇气和社会良知。

春风沉醉的晚上

一

在沪上闲居了半年,因为失业的结果,我的寓所迁移了三处。最初我住在静安寺路南的一间同鸟笼似的永也没有太阳晒着的自由的监房里。这些自由的监房的住民,除了几个同强盗小窃一样的凶恶裁缝之外,都是些可怜的无名文士,我当时所以送了那地方一个 Yellow Grub Street① 的称号。在这 Grub Street 里住了一个月,房租忽涨了价,我就不得不拖了几本破书,搬上跑马厅附近一家相识的栈房里去。后来在这栈房里又受了种种逼迫,不得不搬了,我便在外白渡桥北岸的邓脱路中间,日新里对面的贫民窟里,寻了一间小小的房,迁移了过去。

邓脱路的这几排房子,从地上量到屋顶,只有一丈几尺高。我住的楼上的那间房间,更是矮小得不堪。若站在楼板上升一升懒腰,两只手就要把灰黑的屋顶穿通的。从前面的衖里踱进了那房子的门,便是房主的住房。在破布洋铁罐玻璃瓶旧铁器堆满的中间,

---

① 黄种人的寒士街。(按:寒士街系伦敦以往的一条街名。)

侧着身子走进两步，就有一张中间有几根横档跌落的梯子靠墙摆在那里。用了这张梯子往上面的黑黝黝的一个二尺宽的洞里一接，即能走上楼去。黑沉沉的这层楼上，本来只有猫额那样大，房主人却把它隔成了两间小房，外面一间是一个N烟公司的女工住在那里，我所租的是梯子口头的那间小房，因为外间的住者要从我的房里出入，所以我的每月的房租要比外间的便宜几角小洋。

我的房主，是一个五十来岁的弯腰老人。他的脸上的青黄色里，映射着一层暗黑的油光。两只眼睛是一只大一只小，颧骨很高，额上颊上的几条皱纹里满砌着煤灰，好像每天早晨洗也洗不掉的样子。他每日于八九点钟的时候起来，咳嗽一阵，便挑了一双竹篮出去，到午后的三四点钟总仍旧是挑了一双空篮回来的，有时挑了满担回来的时候，他的竹篮里便是那些破布破铁器玻璃瓶之类。像这样的晚上，他必要去买些酒来喝喝，一个人坐在床沿上瞎骂出许多不可捉摸的话来。

我与间壁的同寓者的第一次相遇，是在搬来的那天午后。春天的急景已经快晚了的五点钟的时候，我点了一枝蜡烛，在那里安放几本刚从栈房里搬过来的破书。先把它们叠成了两方堆，一堆小些，一堆大些，然后把两个二尺长的装画的画架覆在大一点的那堆书上。因为我的器具都卖完了，这一堆书和画架白天要当写字台，晚上可当床睡的。摆好了画架的板，我就朝着了这张由书叠成的桌子，坐在小一点的那堆书上吸烟，我的背系朝着梯子的接口的。我一边吸烟，一边在那里呆看放在桌上的蜡烛火，忽而听见梯子口上起了响动。回头一看，我只见了一个自家的扩大的投射影子，此外什么也辨不出来，但我的听觉分明告诉我说："有人上来了。"我向暗中凝视了几秒钟，一个圆形灰白的面貌，半截纤细的女人的身体，方才映到我的眼帘上来。一见了她的容貌我就知道她是我的间壁的同居者了。因为我来找房子的时候，那房主的老人便告诉我说，这屋里除了他一个人外，楼上只住着一个女工。我一则喜欢房价的便宜，二则喜欢这屋里没有别的女人小孩，所以立刻就租定了的。等她走上了梯子，我才站起来对她点了点头说：

"对不起，我是今朝才搬来的，以后要请你照应。"

她听了我这话，也并不回答，放了一双漆黑的大眼，对我深深的看了一眼，就走上她的门口去开了锁，进房去了。我与她不过这样的见了一面，不晓是什么原因，我只觉得她是一个可怜的女子。她的高高的鼻梁，灰白长圆的面貌，清瘦不高的身体，好像都是表明她是可怜的特征，但是当时正为了生活问题在那里操心的我，也无暇去怜惜。

在这贫民窟里过了一个多礼拜，她每天早晨七点钟去上工和午后六点多钟下工回来，总只见我呆呆的对着了蜡烛或油灯坐在那堆书上。大约她的好奇心被我那痴不痴呆不呆的态度挑动了罢。有一天她下了工走上楼来的时候，我依旧和第一天一样的站起来让她过去。她走到了我的身边忽而停住了脚。看了我一眼，吞吞吐吐好像怕什么似的问我说：

"你天天在这里看的是什么书？"

（她操的是柔和的苏州音，听了这一种声音以后的感觉，是怎么也写不出来的，所以我只能把她的言语译成普通的白话。）

我听了她的话，反而脸上涨红了。因为我天天呆坐在那里，面前虽则有几本外国书摊着，其实我的脑筋昏乱得很，就是一行一句也看不进去。有时候我只用了想象在书的上一行与下一行中间的空白里，填些奇异的模型进去。有时候我只把书里边的插画翻开来看看，就了那些插画演绎些不近人情的幻想出来。我那时候的身体因为失眠与营养不良的结果，实际上已经成了病的状态了。况且又因为我的唯一的财产的一件棉袍子已经破得不堪，白天不能走出外面去散步和房里全没有光线进来，不论白天晚上，都要点着油灯或蜡烛的缘故，非但我的全部健康不如常人，就是我的眼睛和脚力，也局部的非常萎缩了。在这样状态下的我，听了她这一问，如何能够不红起脸来呢？所以我只是含含糊糊的回答说：

"我并不在看书，不过什么也不做呆坐在这里，样子一定不好看，所以把这几本书摊放着的。"

她听了这话，又深深的看了我一眼，作了一种不了解的形容，依旧的走到她的房里去了。

那几天里，若说我完全什么事情也不去找什么事情也不曾干，却是假的。有时候，我的脑筋稍微清新一点，也曾译过几首英法的小诗，和几篇不满四千字的德国的短篇小说，于晚上大家睡熟的时候，不声不响的出去投邮，在寄投给各新开的书局。因为当时我的各方面就职的希望，早已经完全断绝了，只有这一方面，还能靠了我的枯燥的脑筋，想想法子看。万一中了他们编辑先生的意，把我译的东西登了出来，也不难得着几块钱的酬报。所以我自迁移到邓脱路以后，当她第一次同我讲话的时候，这样的译稿已经发出了三四次了。

二

在乱昏昏的上海租界里住着，四季的变迁和日子的过去是不容易觉得的。我搬到了邓脱路的贫民窟之后，只觉得身上穿在那里的那件破棉袍子一天一天的重了起来，热了起来，所以我心里想：

"大约春光也已经老透了罢！"

但是囊中很羞涩的我，也不能上什么地方去旅行一次，日夜只是在那暗室的灯光下呆坐。有一天大约是午后了，我也是这样的坐在那里，间壁的同住者忽而手里拿了两包用纸包好的物件走了上来，我站起来让她走的时候，她把手里的纸包放了一包在我的书桌上说：

"这一包是葡萄浆的面包，请你收藏着，明天好吃的。另外我还有一包香蕉买在这里，请你到我房里来一道吃罢！"

我替她拿住了纸包，她就开了门邀我进她的房里去，共住了这十几天，她好像已经信用我是一个忠厚的人的样子。我见她初见我的时候脸上流露出来的那一种疑惧的形容完全没有了。我进了她的房里，才知道天还未暗，因为她的房里有一扇朝南的窗，太阳返射的光线从这窗里投射进来，照见了小小的一间房，由二条板铺成的一张床，一张黑漆的半桌，一只板箱，和一条圆凳。床上虽则没有帐子，但堆着有二条洁净的青布被褥。半桌上有一只小洋铁箱摆在那里，大约是她的梳头器具，洋铁箱上已经有许多油污的点子了。她一边把堆在圆凳上的几件半旧的洋布棉袄，粗布裤等收在床上，一边就让我坐下。我看了她那殷勤待我的样子，心里倒不好意思起来，所以就对她说：

小说

"我们本来住在一处,何必这样的客气。"

"我并不客气,但是你每天当我回来的时候,总站起来让我,我却觉得对不起得很。"

这样的说着,她就把一包香蕉打开来让我吃。她自家也拿了一只,在床上坐下,一边吃一边问我说:

"你何以只住在家里,不出去找点事情做做?"

"我原是这样的想,但是找来找去总找不着事情。"

"你有朋友么?"

"朋友是有的,但是到了这样的时候,他们都不和我来往了。"

"你进过学堂么?"

"我在外国的学堂里曾经念过几年书。"

"你家在什么地方?何以不回家去?"

她问到了这里,我忽而感觉到我自己的现状了。因为自去年以来,我只是一日一日的萎靡下去,差不多把"我是什么人?""我现在所处的是怎么一种境遇?""我的心里还是悲还是喜?"这些观念都忘掉了。经她这一问,我重新把半年来困苦的情形一层一层的想了出来。所以听她的问话以后,我只是呆呆的看她,半晌说不出话来。她看了我这个样子,以为我也是一个无家可归的流浪人。脸上就立时起了一种孤寂的表情,微微的叹着说:

"唉!你也是同我一样的么?"

微微的叹了一声之后,她就不说话了。我看她的眼圈上有些潮红起来,所以就想了一个另外的问题问她说:

"你在工厂里做的是什么工作?"

"是包纸烟的。"

"一天作几个钟头工?"

"早晨七点钟起,晚上六点钟止,中午休息一个钟头,每天一共要作十个钟头的工。少作一点钟就要扣钱的。"

"扣多少钱?"

"每月九块钱,所以是三块钱十天,三分大洋一个钟头。"

"饭钱多少?"

"四块钱一月。"

"这样算起来,每月一个钟点也不休息,除了饭钱,可省下五块钱来。够你付房钱买衣服的么?"

"哪里够呢!并且那管理人要……啊啊!……我……我所以非常恨工厂的。你吃烟的么?"

"吃的。"

"我劝你顶好还是不吃。就吃也不要去吃我们工厂的烟。我真恨死它在这里。"

我看看她那一种切齿怨恨的样子,就不愿意再说下去。把手里捏着的半个吃剩的香蕉咬了几口,向四边一看,觉得她的房里也有些灰黑了,我站起来道了谢,就走回到了我自己的房里。她大约作工倦了的缘故,每天回来大概是马上就入睡的,只有这一晚上,

— 61 —

她在房里好像是直到半夜还没有就寝。从这一回之后,她每天回来,总和我说几句话。我从她自家的口里听得,知道她姓陈,名叫二妹,是苏州东乡人,从小系在上海乡下长大的,她父亲也是纸烟工厂的工人,但是去年秋天死了。她本来和她父亲同住在那间房里,每天同上工厂去的,现在却只剩了她一个人了。她父亲死后的一个多月,她早晨上工厂去也一路哭了去,晚上回来也一路哭了回来的。她今年十七岁,也无兄弟姊妹,也无近亲的亲戚。她父亲死后的葬殓等事,是他于未死之前把十五块钱交给楼下的老人,托这老人包办的。她说:

"楼下的老人倒是一个好人,对我从来没有起过坏心,所以我得同父亲在日一样的去作工,不过工厂的一个姓李的管理人却坏得很,知道我父亲死了,就天天的想戏弄我。"

她自家和她父亲的身世,我差不多全知道了,但她母亲是如何的一个人?死了呢还是活在哪里?假使还活着,住在什么地方?等等,她却从来还没有说及过。

三

天气好像变了。几日来我那独有的世界,黑暗的小房里的腐浊的空气,同蒸笼里的蒸气一样,蒸得人头昏欲晕,我每年在春夏之交要发的神经衰弱的重症,遇了这样的气候,就要使我变成半狂。所以我这几天来到了晚上,等马路上人静之后,也常常想出去散步去。一个人在马路上从狭隘的深蓝天空里看看群星,慢慢的向前行走,一边作些漫无涯涘的空想,倒是于我的身体很有利益。当这样的无可奈何,春风沉醉的晚上,我每要在各处乱走,走到天将明的时候才回家里。我这样的走倦了回去就睡,一睡直可睡到第二天的日中,有几次竟要睡到二妹下工回来的前后方才起来,睡眠一足,我的健康状态也渐渐的回复起来了。平时只能消化半磅面包的我的胃部,自从我的深夜游行的练习开始之后,进步得几乎能容纳面包一磅之。这事在经济上虽则是一大打击,但我的脑筋,受了这些滋养,似乎比从前稍能统一。我于游行回来之后,就睡之前,却做成了几篇 Allan Poe①式的短篇小说,自家看看,也不很坏。我改了几次,抄了几次,一一投邮寄出之后,心里虽然起了些微细的希望,但是想想前几回的译稿的绝无消息,过了几天,也便把它们忘了。

邻住者的二妹,这几天来,当她早晨出去上工的时候,我总在那里酣睡,只有午后下工回来的时候,有几次有见面的机会,但是不晓是什么原因,我觉得她对我的态度,又回到从前初见面的时候的疑惧状态去了。有时候她深深的看我一眼,她的黑晶晶,水汪汪的眼睛里,似乎是满含着责备我规劝我的意思。

我搬到这贫民窟里住后,约莫已经有二十多天的样子,一天午后我正点上蜡烛,在那里看一本从旧书铺里买来的小说的时候,二妹却急急忙忙的走上楼来对我说:

"楼下有一个送信的在那里,要你拿了印子去拿信。"

她对我讲这话的时候,她的疑惧我的态度更表示得明显,她好像在那里说:"呵呵!你的事件是发觉了啊!"我对她这种态度,心里非常痛恨,所以就气急了一点,回答她说:

"我有什么信?不是我的!"

---

① 即爱伦·坡,美国小说家。

她听了我这气愤愤的回答，更好像是得了胜利似的，脸上忽涌出了一种冷笑说：

"你自家去看罢！你的事情，只有你自家知道的！"

同时我听见楼底下门口果真有一个邮差似的人在催着说：

"挂号信！"

我把信取来一看，心里就突突的跳了几跳，原来我前回寄去的一篇德文短篇的译稿，已经在某杂志上发表了，信中寄来的是五圆钱的一张汇票。我囊里正是将空的时候，有了这五圆钱，非但月底要预付的来月的房金可以无忧，并且付过房金以后，还可以维持几天食料，当时这五圆钱对我的效用的扩大，是谁也能推想得出来的。

第二天午后，我上邮局去取了钱，在太阳晒着的大街上走了一会，忽而觉得身上就淋出了许多汗来。我向我前后左右的行人一看，复向我自家的身上一看，就不知不觉的把头低俯了下去。我颈上头上的汗珠，更同盛雨似的，一颗一颗的钻出来了。因为当我在深夜游行的时候，天上并没有太阳，并且料峭的春寒，于东方微白的残夜，老在静寂的街巷中留着，所以我穿的那件破棉袍子，还觉得不十分与节季违异。如今到了阳和的春日晒着的这日中，我还不能自觉，依旧穿了这件夜游的敝袍，在大街上阔步，与前后左右的和节季同时进行的我的同类一比，我哪得不自惭形秽呢？我一时竟忘了几日后不得不付的房金，忘了囊中本来将尽的些微的积聚，便慢慢的走上了闸路的估衣铺去。好久不在天日之下行走的我，看看街上来往的汽车人力车，车中坐着的华美的少年男女，和马路两边的绸缎铺金银铺窗里的丰丽的陈设，听听四面的同蜂衙似的嘈杂的人声，脚步声，车铃声，一时倒也觉得是身到了大罗天上的样子。我忘记了我自家的存在，也想和我的同胞一样的欢歌欣舞起来，我的嘴里便不知不觉的唱起几句久忘了的京调来了。这一时的涅槃幻境，当我想横越过马路，转入闸路去的时候，忽而被一阵铃声惊破了。我抬起头来一看，我的面前正冲来了一乘无轨电车，车头上站着的那肥胖的机器手，伏出了半身，怒目的大声骂我说：

"猪头三！侬（你）艾（眼）睛勿散（生）咯！跌杀时，叫旺（黄）够（狗）来抵侬（你）命噢！"

我呆呆的站住了脚，目送那无轨电车尾后卷起了一道灰尘，向北过去之后，不知是从何处发出来的感情，忽而竟禁不住哈哈哈哈的笑了几声。等得四面的人注视我的时候，我才红了脸慢慢的走向了闸路里去。

我在几家估衣铺里，问了些夹衫的价钱，还了他们一个我所能出的数目，几个估衣铺的店员，好像是一个师父教出的样子，都摆下了脸面，嘲弄着说：

"侬（你）寻萨咯（什么）凯（开）心！马（买）勿起好勿要马（买）咯！"

一直问到五马路边上的一家小铺子里，我看看夹衫是怎么也买不成了，才买定了一件竹布单衫，马上就把它换上。手里拿了一包换下的棉袍子，默默的走回家来。一边我心里却在打算：

"横竖是不够用了，我索性来痛快的用它一下罢。"同时我又想起了那天二妹送我的面包香蕉等物。不等第二次的回想我就寻着了一家卖糖食的店，进去买了一块钱巧格力香蕉糖鸡蛋糕等杂食。站在那店里，等店员在那里替我包好来的时候，我忽而想起我有一月多不洗澡了,今天不如顺便也去洗一个澡罢。

　　洗好了澡,拿了一包棉袍子和一包糖食,回到邓脱路的时候,马路两旁的店家,已经上电灯了。街上来往的行人也很稀少,一阵从黄浦江上吹来的日暮的凉风,吹得我打了几个冷嚏。我回到了我的房里,把蜡烛点上。向二妹的房门一照,知道她还没有回来。那时候我腹中虽则饥饿得很,但我刚买来的那包糖食怎么也不愿意打开来。因为我想等二妹回来同她一道吃。我一边拿出书来看,一边口里尽在咽唾液下去。等了许多时候,二妹终不回来,我的疲倦不知什么时候出来战胜了我,就靠在书堆上睡着了。

四

　　二妹回来的响动把我惊醒的时候,我见我面前的一枝十二盎司一包的洋蜡烛已经点去了二寸的样子,我问她是什么时候了?她说:

　　"十点的汽管刚刚放过。"

　　"你何以今天回来得这样迟?"

　　"厂里因为销路大了,要我们作夜工。工钱是增加的,不过人太累了。"

　　"那你可以不去做的。"

　　"但是工人不够,不做是不行的。"

　　她讲到这里,忽而滚了两粒眼泪出来,我以为她是作工作得倦了,故而动了伤感,一边心里虽在可怜她,但一边看了她这同小孩似的脾气,却也感着了些儿快乐。把糖食包打开,请她吃了几颗之后,我就劝她说:

　　"初作夜工的时候不惯,所以觉得困倦,作惯了以后,也没有什么的。"

　　她默默的坐在我的半高的由书叠成的桌上,吃了几颗巧格力,对我看了几眼,好像是有话说不出来的样子。我就催她说:

　　"你有什么话说?"

　　她又沉默了一会,便断断续续的问我说:

　　"我……我……早想问你了,这几天晚上,你每晚在外边,可在与坏人作伙友么?"

　　我听了她这话,倒吃了一惊,她好像在疑我天天晚上在外面与小窃恶棍混在一块。她看我呆了不答,便以为我的行为真的被她看破了,所以就柔柔和和的连续着说:

　　"你何苦要吃这样好的东西,要穿这样好的衣服。你可知道这事情是靠不住的。万一被人家捉了去,你还有什么面目做人。过去的事情不必去说它,以后我请你改过了罢。……"

　　我尽是张大了眼睛张大了嘴呆呆的在看她,因为她的思想太奇怪了,使我无从辩解起。她沉默了数秒钟,又接着说:

　　"就以你吸的烟而论,每天若戒绝了不吸,岂不可省几个铜子。我早就劝你不要吸烟,尤其是不要吸我那所痛恨的N工厂的烟,你总是不听。"

　　她讲到了这里,又忽而落了几滴眼泪。我知道这是她为怨恨N工厂而滴的眼泪,但我的心里,怎么也不许我这样的想,我总要把它们当作因规劝我而洒的。我静静儿的想了一回,等她的神经镇静下去之后,就把昨天的那封挂号信的来由说给她听,又把今天的取钱买物的事情说了一遍。最后更将我的神经衰弱症和每晚何以必要出去散步的原因说了。她听了我这一番辩解,就信用了我,等我说完之后,她颊上忽而起了两点红晕,把眼睛低下去看看桌上，好像是怕羞似的说：

"噢，我错怪你了，我错怪你了。请你不要多心，我本来是没有歹意的。因为你的行为太奇怪了，所以我想到了邪路里去。你若能好好儿的用功，岂不是很好么？你刚才说的那——叫什么的——东西，能够卖五块钱，要是每天能做一个，多么好呢？"

我看了她这种单纯的态度，心里忽而起了一种不可思议的感情，我想把两只手伸出去拥抱她一回，但是我的理性却命令我说：

"你莫再作孽了！你可知道你现在处的是什么境遇，你想把这纯洁的处女毒杀了么？恶魔，恶魔，你现在是没有爱人的资格的呀！"

我当那种感情起来的时候，曾把眼睛闭上了几秒钟，等听了理性的命令以后，我的眼睛又开了开来，我觉得我的周围，忽而比前几秒钟更光明了。对她微微的笑了一笑，我就催她说：

"夜也深了，你该去睡了吧！明天你还要上工去的呢！我从今天起，就答应你把纸烟戒下来吧。"

她听了我这话，就站了起来，很喜欢的回到她的房里去睡了。

她去之后，我又换上一枝洋蜡烛，静静儿的想了许多事情：

"我的劳动的结果，第一次得来的这五块钱已经用去了三块了。连我原有的一块多钱合起来，付房钱之后，只能省下二三角小洋来，如何是好呢！

"就把这破棉袍子去当吧！但是当铺里恐怕不要。

"这女孩子真是可怜，但我现在的境遇，可是还赶她不上，她是不想做工而工作要强迫她做，我是想找一点工作，终于找不到。就去作筋肉的劳动吧！啊啊，但是我这一双弱腕，怕吃不下一部黄包车的重力。

"自杀！我有勇气，早就干了。现在还能想到这两个字，足证我的志气还没有完全消磨尽哩！

"哈哈哈哈！今天的那无轨电车的机器手！他骂我什么来？

"黄狗，黄狗倒是一个好名词。

"………"

我想了许多零乱断续的思想，终究没有一个好法子，可以救我出目下的穷状来。听见工厂的汽笛，好像在报十二点钟了，我就站了起来，换上了白天那件破棉袍子，仍复吹熄了蜡烛，走出外面去散步去。

贫民窟里的人已经睡眠静了。对面日新里的一排临邓脱路的洋楼里，还有几家点着了红绿的电灯，在那里弹罢拉拉衣加①。一声二声清脆的歌音，带着哀调，从静寂的深夜的冷空气里传到我的耳膜上来，这大约是俄国的漂泊的少女，在那里卖钱的歌唱。天上罩满了灰白的薄云，同腐烂的尸体似的沉沉的盖在那里。云层破处也能看得出一点两点星来，但星的近处，黝黝看得出来的天色，好像有无限的哀愁蕴藏着的样子。

一九二三年七月十五日

---

① 拉拉衣加：俄式三弦琴。

提示

《春风沉醉的晚上》写于1923年,表达了郁达夫对于下层劳动者的同情,以及同病相怜的感情状况。小说有较强的自叙传特点。

小说叙述了作为知识分子的"我"与女工陈二妹的交往过程。受尽压榨、孤苦无依的陈二妹对穷困潦倒、谋食无门的"我",由开始疑惧、戒备,继而同情、依赖、责备、规劝,发展到最后消除了误会,建立了友谊。而"我"对陈二妹的关心、爱护,也由感动、有所回报,达到心灵的净化,增加了生活的动力。本文通过这一交往过程,展现了陈二妹善良、正直的心灵,以及反抗压迫的倔强意志,也表现了不同阶层的人相互扶持、相互激励的特殊友谊。

冰 心

超 人

何彬是一个冷心肠的青年,从来没有人看见他和人有什么来往。他住的那一座大楼上,同居的人很多,他却都不理人家,也不和人家在一间食堂里吃饭,偶然出入遇见了,轻易也不招呼。邮差来的时候,许多青年欢喜跳跃着去接他们的信;何彬却永远得不着一封信。他除了每天在局里办事,和同事们说几句公事上的话;以及房东程姥姥替他端饭的时候,也说几句照例的应酬话,此外就不开口了。

他不但是和人没有交际,凡带一点生气的东西,他都不爱;屋里连一朵花,一根草,都没有,冷阴阴的如同山洞一般。书架上却堆满了书。他从局里低头独步的回来,关上门,摘下帽子,便坐在书桌旁边,随手拿起一本书来,无意识的看着,偶然觉得疲倦了,也站起来在屋里走了几转,或是拉开帘幕望了一望,但不多一会儿,便又闭上了。

程姥姥总算是他另眼看待的一个人;她端进饭去,有时便站在一边,絮絮叨叨的和他说话,也问他为何这样孤零。她问上几十句,何彬偶然答应几句说:"世界是虚空的,人生是无意识的。人和人,和宇宙,和万物的聚合,都不过如同演剧一般:上了台是父子母女,亲密的了不得;下了台,摘了假面具,便各自散了。哭一场也是这么一回事,笑一场也是这么一回事,与其互相牵连,不如互相遗弃;而且尼采说得好,爱和怜悯都是恶……"程姥姥听着虽然不很明白,却也懂得一半,便笑道:"要这样,活在世上有什么意思?死了,灭了,岂不更好,何必穿衣吃饭?"他微笑道:"这样,岂不又太把自己和世界都看重了。不如行云流水似的,随他去就完了。"程姥姥还要往下说话,看见何彬面色冷然,低着头只管吃饭,也便不敢言语。

这一夜他忽然醒了。听得对面楼下凄惨的呻吟着,这痛苦的声音,断断续续的,在这沉寂的黑夜里只管颤动。他虽然毫不动心,却也搅得他一夜睡不着。月光如水,从窗纱外泻将进来,他想起了许多幼年的事情,——慈爱的母亲,天上的繁星,院子里的花……他的脑子累极了,极力的想摈绝这些思想,无奈这些事只管奔凑了来,直到天明,才微微的合一合眼。

他听了三夜的呻吟,看了三夜的月,想了三夜的往事。——

眠食都失了次序,眼圈儿也黑了,脸色也惨白了。偶然照了照镜子,自己也微微的吃了一惊,他每天还是机械似的做他的事——然而在他空洞洞的脑子里,凭空添了一个深夜的病人。

第七天早起,他忽然问程姥姥对面楼下的病人是谁?程姥姥一面惊讶着,一面说:"那是厨房里跑街的孩子禄儿,那天上街去了,不知道为什么把腿摔坏了,自己买块膏药贴上了,还是不好,每夜呻吟的就是他。这孩子真可怜,今年才十二岁呢,素日他勤勤恳恳极疼人的……"何彬自己只管穿衣戴帽,好像没有听见似的,自己走到门边。程姥姥也住了口,端起碗来,刚要出门;何彬慢慢的从袋里拿出一张钞票来,递给程姥姥说:"给那禄儿罢,叫他请大夫治一治。"说完了,头也不回,径自走了。——程姥姥一看那巨大的数目,不禁愕然,何先生也会动起慈悲念头来,这是破天荒的事情呵!她端着碗,站在门口,只管出神。

呻吟的声音,渐渐的轻了,月儿也渐渐的缺了。何彬还是朦朦胧胧的——慈爱的母亲,天上的繁星,院子里的花……他的脑子累极了,竭力的想摈绝这些思想,无奈这些事只管奔凑了来。

过了几天,呻吟的声音住了,夜色依旧沉寂着,何彬依旧"至人无梦"的睡着。前几夜的思想,不过如同晓月的微光,照在冰山的峰尖上,一会儿就过去了。

程姥姥带着禄儿几次来叩他的门,要跟他道谢;他好像忘记了似的,冷冷的抬起头来看了一看,又摇了摇头,仍去看他的书。禄儿仰着黑胖的脸,在门外张着,几乎要哭了出来。

这一天晚饭的时候,何彬告诉程姥姥说他要调到别的局里去了,后天早晨便要起身,请她将房租饭钱,都清算一下。程姥姥觉得很失意,这样清净的住客,是少有的,然而究竟留他不得,便连忙和他道喜;他略略的点一点头,便回身去收拾他的书籍。

他觉得很疲倦,一会儿便睡下了。——忽然听得自己的门钮动了几下,接着又听见似乎有人用手推的样子。他不言不动,只静静的卧着,一会儿也便渺无声息。

第二天他自己又关着门忙了一天,程姥姥要帮助他,他也不肯,只说有事的时候再烦她。程姥姥下楼之后,他忽然想起一件事来,绳子忘了买了。慢慢的开了门,只见人影儿一闪,再看时,禄儿在对面门后藏着呢。他踌躇着四围看了一看,一个仆人都没有,便唤:"禄儿,你替我买几根绳子来。"禄儿趑趄的走过去,欢天喜地的接了钱,如飞走下楼去。

不一会儿,禄儿跑的通红的脸,喘息着走上来,一只手拿着绳子,一只手背在身后,微微露着一两点金黄色的星儿。他递过了绳子,仰着头似乎要说话,那只手也渐渐的回过来。何彬却不理会,拿着绳子自己走进去了。

他忙着都收拾好了，握着手周围看了看，屋子空洞洞的——睡下的时候，他觉得热极了，便又起来，将窗户和门，都开了一缝，凉风来回的吹着。

"依旧热得很。脑筋似乎很杂乱，屋子似乎太空沉。——累了两天了，起居上自然有些反常。但是为何又想起深夜的病人。——慈爱的……不想了，烦闷的很！"

微微的风，吹扬着他额前的短发，吹干了他头上的汗珠，也渐渐的将他搁进梦里去。

四面的白壁，一天的微光，屋角几堆的黑影。时间一分一分的过去了。

慈爱的母亲，满天的繁星，院子里的花。不想了——烦闷……闷……

黑影漫上屋顶去，什么都看不见了，时间一分一分的过去了。

风大了，那壁厢放起光明。繁星历乱的飞舞进来。星光中间，缓缓的走进一个白衣的妇女，右手撩着裙子，左手按着额前。走近了，清香随将过来；渐渐的俯下身来看着，静穆不动的看着，——目光里充满了爱。

神经一时都麻木了！起来罢，不能，这是摇篮里，呀！母亲——慈爱的母亲。

母亲呵！我要起来坐在你的怀里，你抱我起来坐在你的怀里。

母亲呵！我们只是互相牵连，永远不互相遗弃。

渐渐的向后退了，目光仍旧充满了爱。模糊了，星落如雨，横飞着都聚到屋角的黑影上。——

"母亲呵，别走，别走！……"

十几年来隐藏起来的爱的神情，又呈露在何彬的脸上；十几年来不见点滴的泪儿，也珍珠般散落了下来。

清香还在，白衣的人儿还在。微微的睁开眼，四面的白壁，一天的微光，屋角的几堆黑影上，送过清香来。——刚动了一动，忽然觉得有一个小人儿，蹑手蹑脚的走了出去，临到门口，还回过小脸儿来，望了一望。他是深夜的病人——是禄儿。

何彬竭力的坐起来。那边捆好了的书籍上面，放着一篮金黄色的花儿。他穿着单衣走了过去，花篮底下还压着一张纸，上面大字纵横，借着微光看时，上面是：

我也不知道怎样可以报先生的恩德。我在先生门口看了几次，桌子上都没有摆着花儿。——这里有的是卖花的，不知道先生见过没有？——这篮子里的花，我也不知道是什么名字，是我自己种的，倒是香得很，我最爱他。我想先生也必是爱他。我早就要送给先生了，但是总没有机会。昨天听见先生要走了，所以赶紧送来。

我想先生一定是不要的。然而我有一个母亲，她因为爱我的缘故，也很感激先生。先生有母亲么？她一定是爱先生的。这样我的母亲和先生的母亲是好朋友了。所以先生必要收母亲的朋友的儿子的东西。

禄儿叩上

何彬看完了，捧着花儿，回到床前，什么定力都尽了，不禁呜呜咽咽的痛哭起来。

清香还在，母亲走了！——窗内窗外，互相辉映的，只有月光，星光，泪光。

早晨程姥姥进来的时候，只见何彬都穿着好了，帽儿戴得很低，背着脸站在窗前。

程姥姥陪笑着问他用不用点心，他摇了摇头。——车也来了，箱子也都搬下去了，何彬泪痕满面，静默无声的谢了谢程姥姥，提着一篮的花儿，遂从此上车走了。

禄儿站在程姥姥的旁边，两个人的脸上，都堆着惊讶的颜色。看着车尘远了，程姥姥才回头对禄儿说："你去把那间空屋子收拾收拾，再锁上门罢，钥匙在门上呢。"

屋里空洞洞的，床上却放着一张纸，写着：

小朋友禄儿：

我先要深深的向你谢罪，我的恩德，就是我的罪恶。你说你要报答我，我还不知道我应当怎样的报答你呢！

你深夜的呻吟，使我想起了许多的往事。头一件就是我的母亲，她的爱可以使我止水似的感情，重要荡漾起来。我这十几年来，错认了世界是虚空的，人生是无意识的，爱和怜悯都是恶德。我给你那医药费，里面不含着丝毫的爱和怜悯，不过是拒绝你的呻吟，拒绝我的母亲，拒绝了宇宙和人生，拒绝了爱和怜悯。上帝呵！这是什么念头呵！

我再深深地感谢你从天真里指示我的那几句话。小朋友呵！不错的，世界上的母亲和母亲都是好朋友，世界上的儿子和儿子也都是好朋友，都是互相牵连，不是互相遗弃的。

你送给我那一篮花之先，我母亲已经先来了。她带了你的爱来感动我。我必不忘记你的花和你的爱，也请你不要忘了，你的花和你的爱，是借着你朋友的母亲带了来的！

我是冒罪丛过的，我是空无所有的，更没有东西配送给你。——然而这时伴着我的，却有悔罪的泪光，半弦的月光，灿烂的星光。宇宙间只有他们是纯洁无疵的。我要用一缕柔丝，将泪珠儿穿起，系在弦月的两端，摘下满天的星儿来盛在弦月的圆凹里，不也是一篮金黄色的花儿么？他的香气，就是悔罪的人呼吁的言词，请你收了罢。只有这一篮花配送给你！

天已明了，我要走了。没有别的话说了，我只感谢你，小朋友，再见！再见！世界上的儿子和儿子都是好朋友，我们永远是牵连着呵！

何彬草

我写了这一大段，你未必都认得都懂得；然而你也用不着都懂得，因为你懂得的，比我多得多了！又及。

"他送给我的那一篮花儿呢？"禄儿仰着黑胖的脸儿，呆呆的望着天上。

（原载于1921年4月10日《小说月报》12卷4号。后收入《超人》，上海商务印书馆1923年5月初版）

☞ 提示

小说写的是"五四"退潮后，一个在现实面前碰了壁因而悲观恨世的青年，终于重新振作精神，积极面对世界、面对人生的故事。

中国现代文学作品选读

　　主人公何彬是一个"冷心肠的青年"，对世界和人生抱着冷漠甚至否定的态度，"拒绝"一切爱和怜悯，独往独来，与世隔绝。没料到一个十二岁的孩子禄儿的彻夜呻吟，引起了他的深深的同情，禄儿送来的鲜花和字条唤醒了他"十几年来隐藏起来的爱"。——"头一件"就是使他想起了母爱。正是母爱的重新唤起，何彬的"止水似的感情，重要荡漾起来"，于是改变了对世界、对人生的看法：世上人与人之间，"都是互相牵连，不是互相遗弃的"。

　　本篇是冰心早期最具典型性的"问题小说"的代表作。小说提出的是"五四"退潮后坠入悲观厌世境地的青年的出路这样一个具有普遍意义的社会问题，答案是母爱和童心。小说标题中的"超人"并非尼采提倡的"超人"。作者并不相信世上有"超人"，主人公只是因对世界和人生失望而受了尼采的"爱和怜悯都是恶"的消极影响，这种影响终究抵挡不住"爱的哲学"的威力。正是"爱的哲学"使何彬获得救赎。

许地山

缀网劳蛛

"我像蜘蛛，
　　　命运就是我底网。"
我把网结好，
　　　还住在中央。

呀，我底网甚时节受了损伤！
　　　这一坏，教我怎地生长？
生的巨灵说："补缀补缀罢，
　　　世间没有一个不破的网。"

我再结网时，
　　　要结在玳瑁梁栋
　　　　珠玑帘栊；
或结在断井颓垣
　　　荒烟蔓草中呢？
生的巨灵按手在我头上说：
　　　"自己选择去罢，
　　　你所在的地方无不兴隆、亨通。"

虽然，我再结的网还是像从前那么脆弱，
　　敌不过外力冲撞；
我网底形式还要像从前那么整齐——
　　平行的丝连成八角、十二角的形状吗？
他把"生的万花筒"交给我，说：
"望里看罢，
　　你爱怎样，就结成怎样。"

呀，万花筒里等等的形状和颜色
　　仍与从前没有什么差别！
求你再把第二个给我，
　　我好谨慎地选择。
"呦呦！贪得而无智的小虫！
　　自而今回溯到濛鸿，
　　　　从没有说过里面有个形式与前相同。
去罢，生的结构都由这几十颗'彩琉璃屑'幻成种种，
　　不必再看第二个生的万花筒。"

　　那晚上底月色格外明朗，只是不时来些微风把满园底花影移动得不歇地作响。素光从椰叶下来，正射在尚洁和她底客人史夫人身上。她们二人底容貌，在这时候自然不能认得十分清楚，但是二人对谈的声音却像幽谷底回响，没有一点模糊。

　　周围的东西都沉默着，像要让她们密谈一般：树上底鸟儿把喙插在翅膀底下；草里底虫儿也不敢做声；就是尚洁身边那只玉狸，也当主人所发的声音为催眠歌，只管齁齁地沉睡着。她用纤手抚着玉狸，目光注在她底客人身上，懒懒地说："夺魁嫂子，外间的闲话是听不得的。这事我全不计较——我虽不信定命的说法，然而事情怎样来，我就怎样对付，毋庸在事前预先谋定什么方法。"

　　她底客人听了这场冷静的话，心里很是着急，说："你对于自己底前程太不注意了！若是一个人没有长久的顾虑，就免不了遇着危险，外人底话虽不足信，可是你得把你底态度显示得明了一点，教人不疑惑你才是。"

　　尚洁索性把玉狸抱在怀里，低着头，只管摩弄。一会儿，她才冷笑了一声，说："吓吓，夺魁嫂子，你底话差了，危险不是顾虑所能闪避的。后一小时的事情，我们也不敢说准知道，那里能顾到三四个月、三两年那么长久呢？你能保我待一会不遇着危险，能保我今夜里睡得平安么？纵使我准知道今晚上会遇着危险，现在的谋虑也未必来得及。我们都在云雾里走，离身二三尺以外，谁还能知道前途的光景呢？经里说：'不要为明日自夸，因为一日要生何事，你尚且不能知道。'这句话，你忘了么？……唉，我们都是从渺茫中来，在渺茫中住，望渺茫中去。若是怕在这条云封雾锁的生命路程里走动，莫如

止住你底脚步；若是你有漫游的兴趣，纵然前途和四围的光景暧昧，不能使你赏心快意，你也是要走的。横竖是往前走，顾虑什么？

"我们从前的事，也许你和一般侨寓此地的人都不十分知道。我不愿意破坏自己底名誉，也不忍教他出丑。你既是要我把态度显示出来，我就得略把前事说一点给你听，可是要求你暂时守这个秘密。

"论理，我也不是他底……"

史夫人没等她说完，早把身子挺起来，作很惊讶的样子，回头用焦急的声音说："什么？这又奇怪了！"

"这倒不是怪事，且听我说下去。你听这一点，就知道我底全意思了。我本是人家底童养媳，一向就不曾和人行过婚礼——那就是说，夫妇底名分，在我身上用不着。当时，我并不是爱他，不过要仗着他底帮助，救我脱出残暴的婆家。走到这个地方，依着时势的境遇，使我不能不认他为夫……"

"原来你们底家有这样特别的历史。……那么，你对于长孙先生可以说没有精神的关系，不过是不自然的结合罢了。"

尚洁庄重地回答说："你底意思是说我们没有爱情么？诚然，我从不曾在别人身上用过一点男女底爱情；别人给我的，我也不曾辨别过那是真的，这是假的。夫妇，不过是名义上的事；爱与不爱，只能稍微影响一点精神底生活，和家庭底组织是毫无关系的。

"他怎样想法子要奉承我，凡认识我的人都觉得出来。然而我却没有领他底情，因为他从没有把自己底行为检点一下。他底嗜好多，脾气坏，是你所知道的。我一到会堂去，每听到人家说我是长孙可望底妻子，就非常的惭愧。我常想着从不自爱的人所给的爱情都是假的。

"我虽然不爱他，然而家里的事，我认为应当替他做的，我也乐意去做。因为家庭是公的，爱情是私的。我们两人底关系，实在就是这样。外人说我和谭先生的事，全是不对的。我底家庭已经成为这样，我又怎能把它破坏呢？"

史夫人说："我现在才看出你们底真相，我也回去告诉史先生，教他不要多信闲话。我知道你是好人，是一个纯良的女子，神必保佑你。"说着，用手轻轻地拍一拍尚洁底肩膀，就站立起来告辞。

尚洁陪她在花荫底下走着，一面说："我很愿意你把这事底原委单说给史先生知道。至于外间传说我和谭先生有秘密的关系，说我是淫妇，我都不介意。连他也好几天不回来啦。我估量他是为这事生气，可是我并不辩白。世上没有一个人能够把真心拿出来给人家看；纵然能够拿出来，人家也看不明白，那么，我又何必多费唇舌呢？人对于一件事情一存了成见，就不容易把真相观察出来。凡是人都有成见，同一件事，必会生出歧异的评判，这也是难怪的。我不管人家怎样批评我，也不管他怎样疑惑我，我只求自己无愧，对得住天上底星辰和地下底蝼蚁便了。你放心罢，等到事情临到我身上，我自有方法对付。我底意思就是这样，若是有工夫，改天再谈罢。"

她送客人出门，就把玉貍抱到自己房里。那时已经不早，月光从窗户进来，歇在椅桌、枕席之上，把房里的东西染得和铅制的一般。她伸手向床边按了一按铃子，须臾，女佣妥娘就上来。她问:"佩荷姑娘睡了么?"妥娘在门边回答说:"早就睡了。消夜已预备好了,端上来不?"她说着,顺手把电灯拧着,一时满屋里都著上颜色了。

在灯光之下,才看见尚洁斜倚在床上。流动的眼睛,软润的额颊,玉葱似的鼻,柳叶似的眉,桃绽似的唇,衬着蓬乱的头发……凡形体上各样的美都凑合在她头上。她底身体,修短也很合度。从她口里发出来的声音,都合音节,就是不懂音乐的人,一听了她底话语,也能得着许多默感。她见妥娘把灯拧亮了,就说:"把它拧灭了吧。光太强了,更不舒服。方才我也忘了留史夫人在这里消夜。我不觉得十分饥饿,不必端上来,你们可以自己方便去。把东西收拾清楚,随着给我点一支洋烛上来。"

妥娘遵从她底命令,立刻把灯灭了,接着说:"相公今晚上也许又不回来,可以把大门扣上吗?"

"是,我想他永远不回来了。你们吃完,就把门关好,各自歇息去罢,夜很深了。"

尚洁独坐在那间充满月亮的房里,桌上一支洋烛已燃过三分之二,轻风频拂火焰,眼看那支发光的小东西要泪尽了。她于是起来,把烛火移到屋角一个窗户前头的小几上。那里有一个软垫,几上搁几本经典和祈祷文。她每夜睡前的功课就是跪在那垫上默记三两节经句,或是诵几句祷词。别的事情,也许她会忘记,惟独这圣事是她所不敢忽略的。她跪在那里冥想了许久,睁眼一看,火光已不知道在什么时候从烛台上逃走了。

她立起来,把卧具整理妥当,就躺下睡觉。可是她怎能睡着呢?呀,月亮也循着宾客底礼,不敢相扰,慢慢地辞了她,走到园里和它底草花朋友、木石知交周旋去了!

月亮虽然辞去,她还不转眼地望着窗外的天空,像要诉她心中底秘密一般。她正在床上辗来转去,忽听园里"嚯哗"一声,响得很厉害。她起来,走到窗边,往外一望,但见一重一重的树影和夜雾把园里盖得非常严密,教她看不见什么。于是她蹑步下楼,唤醒妥娘,命她到园里去察看那怪声底出处。妥娘自己一个人那里敢出去;她走到门房把团哥叫醒,央他一同到围墙边察一察。团哥也就起来了。

妥娘去不多会,便进来回话。她笑着说:"你猜是什么呢?原来是一个蹇运的窃贼摔倒在我们底墙根。他底腿已摔坏了,脑袋也撞伤了,流得满地都是血,动也动不得了。团哥拿着一枝荆条正在抽他哪。"

尚洁听了,一霎时前所有的恐怖情绪一时尽变为慈祥的心意。她等不得回答妥娘,便跑到墙根。团哥还在那里,"你这该死的东西……不知厉害的坏种!……"一句一鞭,打骂得很高兴。尚洁一到,就止住他,还命他和妥娘把受伤的贼扛到屋里来。她吩咐让他躺在贵妃榻上。仆人们都显出不愿意的样子,因为他们想着一个贼人不应该受这么好的待遇。

尚洁看出他们底意思,便说:"一个人走到做贼的地步是最可怜悯的,若是你们不得着好机会,也许……"她说到这里,觉得有点失言,教她底佣人听了不舒服,就改过一句说话:"若是你们明白他底境遇,也许会体贴他。我见了一个受伤的人,无论如何,总得救护的。你们常常听见'救苦救难'的话,遇着忧患的时候,有时也会脱口地说出来,为何不从'他是苦难人'那方面体贴他呢?你们不要怕他底血沾脏了那垫子,尽管扶他躺下罢。"团哥只得扶他躺下,口里沉吟地说:"我们还得为他请医生去吗?"

"且慢，你把灯移近一点，待我来看一看。救伤的事，我还在行。妥娘，你上楼去把我们那个'常备药箱'捧下来。"又对团哥说："你去倒一盆清水来罢。"

仆人都遵命各自干事去了。那贼虽闭着眼，方才尚洁所说的话，却能听得分明。他心里底感激可使他自忘是个罪人，反觉他是世界里一个最能得人爱惜的青年。这样的待遇，也许就是他生平第一次得着的。他呻吟了一下，用低沉的声音说："慈悲的太太，菩萨保佑慈悲的太太！"

那人底太阳边受了一伤很重，腿部倒不十分厉害。她用药棉蘸水轻轻地把伤处周围的血迹涤净，再用绷带裹好。等到事情做得清楚，天早已亮了。

她正转身要上楼去换衣服，蓦听得外面敲门的声很急，就止步问说："谁这么早就来敲门呢？"

"是警察罢。"

妥娘提起这四个字，教她很着急。她说："谁去告诉警察呢？"那贼躺在贵妃榻上，一听见警察要来，恨不能立刻起来跪在地上求恩。但这样的行动已从他那双劳倦的眼睛表白出来了。尚洁跑到他跟前，安慰他说："我没有叫人去报警察……"正说到这里，那从门外来的脚步已经踏进来。

来的并不是警察，却是这家底主人长孙可望。他见尚洁穿着一件睡衣站在那里和一个躺着的男子说话，心里底无名业火已从身上八万四千个毛孔里发射出来。他第一句就问："那人是谁？"

这个问实在教尚洁不容易回答，因为她从不曾问过那受伤者的名字，也不便说他是贼。

"他……他是受伤的人……"

可望不等说完，便拉住她底手，说："你办的事，我早已知道。这几天不回来，正要侦察你底动静，今天可给我撞见了。我何尝辜负你呢？……一同上去罢，我们可以慢慢地谈。"不由分说，拉着她就往上跑。

妥娘在旁边，看得情急，就大声嚷着："他是贼！"

"我是贼，我是贼！"那可怜的人也嚷了两声。可望只对着他冷笑，说："我明知道你是贼。不必报名，你且歇一歇罢。"

一到卧房里，可望就说："我且问你，我有什么对你不起的地方？你要入学堂，我便立刻送你去；要到礼拜堂听道，我便特地为你预备车马。现在你有学问了，也入教了；我且问你，学堂教你这样做，教堂教你这样做么？"

他底话意是要诘问她为什么变心，因为他许久就听见人说尚洁嫌他鄙陋不文，要离弃他去嫁给一个姓谭的。夜间的事，他一概不知，他进门一看尚洁底神色，老以为她所做的是一段爱情把戏。在尚洁方面，以为他是不喜欢她这样待遇窃贼。她底慈悲性情是上天所赋的，她也觉得这样办，于自己底信仰和所受的教育没有冲突，就回答说："是的，学堂教我这样做，教会也教我这样做。你敢是……"

"是吗？"可望喝了一声，猛将怀中小刀取出来向尚洁底肩膀上一击。这不幸的妇人立时倒在地上，那玉白的面庞已像渍在胭脂膏里一样。

她不说什么,但用一种沉静的和无抵抗的态度,就足以感动那愚顽的凶手。可望当此情景,心中恐怖的情绪已把凶猛的怒气克服了。他不再有什么动作,只站在一边出神。他看尚洁动也不动一下,估量她是死了;那时,他觉得自己底罪恶压住他,不许再逗留在那里,便溜烟似地望外跑。

妥娘见他跑了,知道楼上必有事故,就赶紧上来。她看尚洁那样子,不由得"啊,天公!"喊了一声,一面上去,要把她搀扶起来。尚洁这时,眼睛略略睁开,像要对她说什么,只是说不出。她指着肩膀示意,妥娘才看见一把小刀插在她肩上。妥娘底手便即酥软,周身发抖,待要扶她,也没有气力了。她含泪对着主妇说:"容我去请医生罢。"

"史……史……"妥娘知道她是要请史夫人来,便回答说:"好,我也去请史夫人来。"她教团哥看门,自己雇一辆车找救星去了。

医生把尚洁扶到床上,慢慢施行手术;赶到史夫人来时,所有的事情都弄清楚啦。医生对史夫人说:"长孙夫人底伤不甚要紧,保养一两个星期便可复元。幸而那刀从肩胛骨外面脱出来,没有伤到肺叶——那两个创口是不要紧的。"

医生辞去以后,史夫人便坐在床沿用法子安慰她。这时,尚洁底精神稍微恢复,就对她底知交说:"我不能多说话,只求你把底下那个受伤的人先送到公医院去;其余的,待我好了再给你说。……唉,我底嫂子,我现在不能离开你,你这几天得和我同在一块儿住。"

史夫人一进门就不明白底下为什么躺着一个受伤的男子。妥娘去时,也没有对她详细地说。她看见尚洁这个样子,又不便往下问。但尚洁底颖悟性从不会被刀所伤,她早明白史夫人猜不透这个闷葫芦,就说:"我现在没有气力给你细说,你可以向妥娘打听去。就要速速去办,若是他回来,便要害了他底性命。"

史夫人照她所吩咐的去做;回来,就陪着她在房里,没有回家。那四岁的女孩佩荷更不知道这是怎么一回事,还是啼啼笑笑,过她底平安日子。

一个星期,两个星期,在她病中默默地过去。她也渐次复元了。她想许久没有到园里去,就央求史夫人扶着她慢慢走出来。她们穿过那晚上谈话的柳荫,来到园边一个小亭下,就歇在那里。她们坐的地方满开了玫瑰,那清静温香的景色委实可以消灭一切忧闷和病害。

"我已忘了我们这里有这么些好花,待一会,可以折几枝带回屋里。"

"你且歇歇,我为你选择几枝罢。"史夫人说时,便起来折花。尚洁见她脚下有一朵很大的花,就指着说:"你看,你脚下有一朵很大、很好看的,为什么不把它摘下?"

史夫人低头一看,用手把花提起来,便叹了一口气。

"怎么啦?"

史夫人说:"这花不好。"因为那花只剩地上那一半,还有一边是被虫伤了。她怕说出伤字,要伤尚洁底心,所以这样回答。但尚洁看的明明是一朵好花,直教递过来给她看。

"夺魁嫂,你说它不好么?我在此中找出道理咧!这花虽然被虫伤了一半,还开得这么好看,可见人底命运也是如此——若不把他底生命完全夺去,虽然不完全,也可以得着生活上一部分的美满,你以为如何呢?"

史夫人知道她联想到自己底事情上头,只回答说:"那是当然的,命运底偃蹇和亨通,于我们底生活没有多大关系。"

谈话之间,妥娘领着史夺魁先生进来。他向尚洁和他底妻子问好过,便坐在她们对面一张凳上。史夫人不管她丈夫要说什么,头一句就问:"事情怎样解决呢?"

史先生说:"我正是为这事情来给长孙夫人一个信。昨天在会堂里有一个很激烈的纷争,因为有些人说可望底举动是长孙夫人迫他做成的,应当剥夺她赴圣筵的权利。我和我奉真牧师在席间极力申辩,终归无效。"他望着尚洁说:"圣筵赴与不赴也不要紧。因为我们底信仰决不能为仪式所束缚;我们底行为,只求对得起良心就算了。"

"因为我没有把那可怜的人交给警察,便责罚我么?"

史先生摇头说:"不,不,现在的问题不在那事上头。前天可望寄一封长信到会里,说到你怎样对他不住,怎样想弃绝他去嫁给别人。他对于你和某人、某人往来的地点、时间都说出来。且说,他不愿意再见你底面;若不与你离婚,他永不回家。信他所说的人很多,我们怎样申辩也挽不过来。我们虽然知道事实不是如此,可是不能找出什么凭据来证明。我现在正要告诉你,若是要到法庭去的话,我可以帮你底忙。这里不像我们祖国,公庭上没有女人说话的地位。况且他底买卖起先都是你拿资本出来;要离异时,照法律,最少总得把财产分一半给你。……像这样的男子,不要他也罢了。"

尚洁说:"那事实现在不必分辩,我早已对嫂子说明了。会里因为信条底缘故,说我底行为不合道理,便禁止我赴圣筵——这是他们所信的,我有什么可说的呢!"她说到末一句,声音便低下了。她底颜色很像为同会底人误解她和误解道理惋惜。

"唉,同一样道理,为何信仰的人会不一样?"

她听了史先生这话,便兴奋起来,说:"这何必问?你不常听见人说:'水是一样,牛喝了便成乳汁,蛇喝了便成毒液'吗?我管保我所得能化为乳汁,那能干涉人家所得的变成毒液呢?若是到法庭去的话,倒也不必。我本没有正式和他行过婚礼,自毋须乎在法庭上公布离婚。若说他不愿意再见我底面,我尽可以搬出去。财产是生活的赘瘤,不要也罢,和他争什么?……他赐给我的恩惠已是不少,留着给他……"

"可是你一把财产全部让给他,你立刻就不能生活。还有佩荷呢?"

尚洁沉吟半晌便说:"不妨,我私下也曾积聚些少,只不能支持到一年罢了。但不论如何,我总得自己挣扎。至于佩荷……"她又沉思了一会,才续下去说:"好罢,看他底意思怎样,若是他愿意把那孩子留住,我也不和他争。我自己一个人离开这里就是。"

他们夫妇二人深知道尚洁底性情,知道她很有主意,用不着别人指导。并且她在无论什么事情上头都用一种宗教底精神去安排。她底态度常显出十分冷静和沉毅,做出来的事,有时超乎常人意料之外。

史先生深信她能够解决自己将来的生活,一听了她底话,便不再说什么,只略略把眉头皱了一下而已。史夫人在这两三个星期间,也很为她费了些筹划。他们有一所别业在土华地方,早就想教尚洁到那里去养病;到现在她才开口说:"尚洁妹子,我知道你一定有更好的主意,不过你底身体还不甚复原,不能立刻出去做什么事情,何不到我们底别庄里静养一下，过几个月再行打算？"史先生接着对他妻子说："这也好。只怕路途远一点，由海船去，最快也得两天才可以到。但我们都是惯于出门的人，海涛底颠簸当然不能制服我们。若是要去的话，你可以陪着去，省得寂寞了长孙夫人。"

尚洁也想找一个静养的地方，不意他们夫妇那么仗义，所以不待踌躇便应许了。她不愿意为自己底缘故教别人麻烦，因此不让史夫人跟着前去。她说："寂寞的生活是我尝惯的。史嫂子在家里也有许多当办的事情，那里能够和我同行？还是我自己去好一点。我很感谢你们二位底高谊，要怎样表示我底谢忱，我却不懂得；就是懂，也不能表示得万分之一。我只说一声'感激莫名'便了。史先生，烦你再去问他要怎样处置佩荷，等这事弄清楚，我便要动身。"她说着，就从方才摘下的玫瑰中间选出一朵好看的递给史先生，教他插在胸前底钮门上。不久，史先生也就起立告辞，替她办交涉去了。

土华在马来半岛底西岸，地方虽然不大，风景倒还幽致。那海里出的珠宝不少，所以住在那里的多半是搜宝之客。尚洁住的地方就在海边一丛棕林里。在她底门外，不时看见采珠底船往来于金的塔尖和银的浪头之间。这采珠底工夫赐给她许多教训。因为她这几个月来常想着人生就同入海采珠一样；整天冒险入海里去，要得着多少，得着什么，采珠者一点把握也没有。但是这个感想决不会妨害她底生命。她见那些人每天迷蒙蒙地搜求，不久就理会她在世间的历程也和采珠底工作一样。要得着多少，得着什么，虽然不在她底权能之下，可是她每天总得入海一遭，因为她底本分就是如此。

她对于前途不但没有一点灰心，且要更加奋勉。可望虽是剥夺她们母女的关系，不许佩荷跟着她，然而她仍不忍弃掉她底责任，每月要托人暗地里把吃的用的送到故家去给她女儿。

她现在已变主妇底地位为一个珠商底记室了。住在那里的人，都说她是人家底弃妇，就看轻她，所以她所交游的都是珠船里的工人。那班没有思想的男子在休息的时候，便因着她底姿色争来找她开心。但她底威仪常是调伏这班人的邪念，教他们转过心来承认她是他们底师保。

她一连三年，除干她底正事以外，就是教她那班朋友说几句英吉利语，念些少经文，知道些少常识。在她底团体里，使令、供养，无不如意。若说过快活日子，能像她这样，也就不劣了。

虽然如此，她还是有缺陷的。社会地位，没有她底分；家庭生活，也没有她底分；我们想想，她心里到底有什么感觉？前一项，于她是不甚重要的；后一项，可就缭乱她底衷肠了！史夫人虽常寄信给她，然而她不见信则已，一见了信，那种说不出来的伤感就加增千百倍。

她一想起她底家庭，每要在树林里徘徊，树上底蚱蜢常要幻成她女儿底声音对她说："母思儿耶？母思儿耶？"这本不是奇迹，因为发声者无情，听音者有意；她不但对于那些小虫底声音是这样，即如一切的声音和颜色，偶一触着她底感官，便幻成她底家庭了。

她坐在林下，遥望着无涯的波浪，一度一度地掀到岸边，常觉得她底女儿踏着浪花踊跃而来，这也不止一次了。那天，她又坐在那里，手拿着一张佩荷底小照，那是史夫人最近给她寄来的。她翻来翻去地看，看得眼昏了。她猛一抬头，又得着常时所现的异象。她看见一个人携着她底女儿从海边上来，穿过林樾，一直走到跟前。那人说："长孙夫人，许久不见，贵体康健啊！我领你底女儿来找你哪。"

尚洁此时，展一展眼睛，才理会果然是史先生携着佩荷找她来。她不等回答史先生底话，便上前用力搂住佩荷；她底哭声从她爱心的深密处殷雷似地震发出来。佩荷因为不认得她，害怕起来，也放声哭了一场。史先生不知道感触了什么，也在旁边只尽管擦眼泪。

这三种不同情绪的哭泣止了以后，尚洁就呜咽地问史先生说："我实在喜欢。想不到你会来探望我，更想不到佩荷也能来！……"她要问的话很多，一时摸不着头绪。只搂定佩荷，眼看着史先生出神。

史先生很庄重地说："夫人，我给你报好消息来了。"

"好消息？"

"你且镇定一下，等我细细地告诉你。我们一得着这消息，我底妻子就教我和佩荷一同来找你。这奇事，我们以前都不知道，到前十几天才听见我奉真牧师说的。我牧师自那年为你底事卸职后，他底生活，你已经知道了。"

"是，我知道。他不是白天做裁缝匠，晚间还做制饼师吗？我信得过，神必要帮助他，因为神底儿子说：'为义受逼迫的人是有福的。'他底事业还顺利吗？"

"倒没有什么过不去的地方。他不但日夜劳动，在合宜的时候，还到处去传福音哪。他现在不用这样地吃苦，因为他底老教会看他底行为，请他回国仍旧当牧师去，在前一个星期已经动身了。"

"是吗！谢谢神！他必不能长久地受苦。"

"就是因为我牧师回国的事，我才能到这里来。你知道长孙先生也受了他底感化么？这事详细地说起来，倒是一种神迹。我现在来，也是为告诉你这件事。

前几天，长孙先生忽然到我家里找我。他一向就和我们很生疏，好几年也不过访一次，所以这次的来，教我们很诧异。他第一句就问你底近况如何，且诉说他底懊悔。他说这反悔是忽然的，是我牧师警醒他的。现在我就将他底话，照样地说一遍给你听——

'在这两三年间，我牧师常来找我谈话，有时也请我到他底面包房里去听他讲道。我和他来往那么些次，就觉得他是我底好师傅。我每有难决的事情或疑虑的问题，都去请教他。我自前年生事，二人分离以后，每疑惑尚洁官底操守，又常听见家里佣人思念她的话，心里就十分懊悔。但我总想着，男人说话将军箭，事已做出，那里还有脸皮收回来？本是打算给它一个错到底的。然而日子越久，我就越觉得不对。到我牧师要走，最末次命我去领教训的时候，讲了一章经，教我很受感动。散会后，他对我说，他盼望我做的是请尚洁官回来。他又念《马可福音》十章给我听，我自得着那教训以后，越觉得我很卑鄙、凶残、淫秽，很对不住她。现在要求你先把佩荷带去见她，盼望她为女儿的缘故赦免我。你们可以先走，我随后也要亲自前往。'

他说懊悔的话很多，我也不能细说了。等他来时，容他自己对你细说罢。我很奇怪我牧师对于这事，以前一点也没有对我说过，到要走时，才略提一提；反教他来到我那里去，这不是神迹吗？"

尚洁听了这一席话，却没有显出特别愉悦的神色，只说："我底行为本不求人知道，也不是为要得人家的怜恤和赞美；人家怎样待我，我就怎样受，从来是不计较的。别人伤害我，我还饶恕，何况是他呢？我知道自己底卤莽，是一件极可喜的事。——你愿意到我屋里去看一看吗？我们一同走走罢。"

他们一面走，一面谈。史先生问起她在这里的事业如何，她不愿意把所经历的种种苦处尽说出来，只说："我来这里，几年的工夫也不算浪费，因为我已找着了许多失掉的珠子了！那些灵性的珠子，自然不如入海去探求那么容易，然而我竟能得着二三十颗。此外，没有什么可以告诉你。"

尚洁把她底事情结束停当，等可望不来，打算要和史先生一同回去。正要到珠船里和她底朋友们告辞，在路上就遇见可望跟着一个本地人从对面来。她认得是可望，就堆着笑容，抢前几步去迎他，说："可望君，平安哪！"可望一见她，也就深深地行了一个敬礼，说："可敬的妇人，我所做的一切事都是伤害我底身体，和你我二人底感情，此后我再不敢了。我知道我多多地得罪你，实在不配再见你底面，盼望你不要把我底过失记在心中。今天来到这里，为的是要表明我悔改底行为；还要请你回去管理一切所有的。你现在要到那里去呢？我想你可以和史先生先行动身，我随后回来。"

尚洁见他那番诚恳的态度，比起从前，简直是两个人，心里自然满是愉快，且暗自谢她底神在他身上所显的奇迹。她说："呀！往事如梦中之烟，早已在虚幻里消散了，何必重行提起呢？凡人都不可积聚日间的怨恨、怒气和一切伤心的事到夜里，何况是隔了好几年的事？请你把那些事情搁在脑后罢。我本想到船里去，向我那班同工底人辞行。你怎样不和我们一起回去，还有别的事情要办么？史先生现时在他底别业——就是我住的地方——我们一同到那里去罢，待一会，再出来辞行。"

"不必，不必。你可以去你的，我自己去找他就可以。因为我还有些正当的事情要办。恐怕不能和你们一同回去；什么事，以后我才教你知道。"

"那么，你教这土人领你去罢，从这里走不远就是。我先到船里，回头再和你细谈。再见哪！"

她从土华回来，先住在史先生家里，意思是要等可望来到，一同搬回她底旧房子去。谁知等了好几天，也不见他底影。她才知道可望在土华所说的话意有所含蓄。可是他到那里去呢？去干什么呢？她正想着，史先生拿了一封信进来对她说："夫人，你不必等可望了，明后天就搬回去罢。他寄给我这一封信说，他有许多对不起你的地方，都是出于激烈的爱情所致，因他爱你的缘故，所以伤了你。现在他要把从前邪恶的行为和暴躁的脾气改过来，且要偿还你这几年来所受的苦楚，故不得不暂时离开你。他已经到槟榔屿了。他不直接写信给你的缘故，是怕你伤心，故此写给我，教我安慰你；他还说从前一切的产业都是你的，他不应独自霸占了许久，要求你尽量地享用，直等到他回来。

"这样看来，不如你先搬回去，我这里派人去找他回来如何？唉，想不到他一会儿就能悔改到这步田地！"

她遇事本来很沉静，史先生说时，她底颜色从不曾显出什么变态，只说："为爱情么？为爱而离开我么？这是当然的，爱情本如极利的斧子，用来剥削命运常比用来整理命运的时候多一些。他既然规定他自己底行程，又何必费工夫去寻找他呢？我是没有成见的，事情怎样来，我怎样对付就是。"

尚洁搬回来那天，可巧下了一点雨，好像上天使园里的花木特地沐浴得很妍净来迎接它们底旧主人一样。她进门时，妥娘正在整理厅堂，一见她来，便嚷着："奶奶，你回来了！我们很想念你哪！你底房间乱得很，等我把各样东西安排好再上去。先到花园里去看看罢，你手植各样的花木都长大了。后面那棵释迦头长得像罗伞一样，结果也不少，去看看罢。史夫人早和佩荷姑娘来了，她们现时也在园里。"

她和妥娘说了几句话，便到园里。一拐弯，就看见史夫人和佩荷坐在树荫底下一张凳上——那就是几年前，她要被刺那夜，和史夫人坐着谈话的地方。她走来，又和史夫人并肩坐在那里。史夫人说来说去，无非是安慰她的话。她像不信自己这样的命运不甚好，也不信史夫人用定命论底解释来安慰她，就可以使她满足。然而她一时不能说出合宜的话，教史夫人明白她心中毫无忧郁在内。她无意中一抬头，看见佩荷拿着树枝把结在玫瑰花上一个蜘蛛网撩破了一大部分。她注神许久，就想出一个意思来。

她说："呀，我给这个比喻，你就明白我底意思。

"我像蜘蛛，命运就是我底网。蜘蛛把一切有毒无毒的昆虫吃入肚里，回头把网组织起来。它第一次放出来的游丝，不晓得要被风吹到多么远；可是等到粘着别的东西的时候，它底网便成了。

"它不晓得那网什么时候会破，和怎样破法。一旦破了，它还暂时安安然然地藏起来；等有机会再结一个好的。

"它底破网留在树梢上，还不失为一个网。太阳从上头照下来，把各条细丝映成七色；有时粘上些少水珠，更显得灿烂可爱。

"人和他底命运，又何尝不是这样？所有的网都是自己组织得来，或完或缺，只能听其自然罢了。"

史夫人还要说时，妥娘来说屋子已收拾好了，请她们进去看看。于是，她们一面谈，一面离开那里。

园里没人，寂静了许久。方才那只蜘蛛悄悄地从叶底出来，向着网底破裂处，一步一步，慢慢补缀。它补这个干什么？因为它是蜘蛛，不得不如此！

（原载于一九二二年二月十日《小说月报》第十三卷第二期）

☞ **提示**

这是"五四"以后最早出现的具有浓厚宗教色彩的小说。

作品通过对一个虔诚的基督教徒的一段遭遇的描述，和对她的"宗教精神"的渲染，提出人生命运一如蜘蛛缀网这样一个饱含宗教哲学意蕴的命题。

一个月色明朗清幽的夜晚，花园里只有两个女人的谈话声，像幽谷的回响。史夺魁夫人耐心地劝说尚洁：注意外面的风言风语，不要因为与丈夫长孙可望的关系不和而影响自己的名誉和前程。尚洁对此"全不计较"，在她看来，人"都是从渺茫中来，在渺茫中住，望渺茫中去"，谁料会遇到什么危险；纵使会遇险，"谋虑也未必来得及"，还是听其自然吧。尚洁还坦然地向史夫人谈出了她的家庭的底细：她原是童养媳，仗着长孙可望的帮助，挣脱了残暴的婆家；但"我并不是爱他"，何况他"嗜好多，脾气坏"，每听人家说她是长孙的妻子，"就非常的惭愧"。不过，她决不会破坏这个家庭，外间的传言全不合事实。

送走史夫人，尚洁回到卧室，做完祷告刚睡下，就听见花园里有响声，原来是仆人抓住了跌伤的窃贼，在不停地抽打。出于"救苦救难"之心，尚洁叫仆人把窃贼抬到她的房里，亲自为他治伤。次晨长孙回家，发现妻子身着睡衣跟躺在贵妃榻上的男人说话，不禁火上心来，猛从怀中抽刀刺去，尚洁立时倒地。经两个星期养治，尚洁渐次复元，不料更大的打击袭来：教会剥夺她赴圣筵的权利，长孙提出离婚。尚洁"十分冷静和沉寂"，忍受着这一切，同时舍弃财产（长孙经商的资本全出自尚洁），离别女儿，去到马来半岛西岸土华的偏地与采珠工人过着艰苦的生活。正是这三年，她觉得没有浪费："我已找着了许多失掉的珠子"——"那些灵性的珠子"！

后来长孙可望在牧师的感召下"警醒"，非常懊悔，便去接尚洁回家。尚洁丝毫"没有显出特别的愉悦的神色"，因为她为人处世从来"都用一种宗教底精神去安排"；对眼前的这一变化，她想的是："我底行为本不求人知道，也不是为要得人家的怜悯和赞美；人家怎样待我，我就怎样受，从来是不计较的。"回到家里，尚洁对史夫人说了一段意味深长的话："我像蜘蛛，命运就是我底网。""所有的网都是自己组织起来，或完或缺，只能听其自然罢了。"——"人和他的命运，又何尝不是这样？"

叶绍钧

潘先生在难中

一

车站里挤满了人，各有各的心事，都现出异样的神色。脚夫的两手插在号衣的口袋里，睡着一般地站着；他们知道可以得到特别收入的时间离得还远，也犯不着老早放出精神来。空气沉闷得很，人们略微感到呼吸受压迫，大概快要下雨了。电灯亮了一会了，仿佛比平时昏黄一点，望去好像一切的人物都在雾里梦里。

揭示处的黑漆板上标明西来的快车须迟到四点钟。这个报告在几点钟以前早就教人家看熟了，现在便同风化了的戏单一样，没有一个人再望它一眼。像这种报告，在这一个礼拜里，几乎每天每趟的行车都有；大家也习以为当然了。

不知几多人心系着的来车居然到了，闷闷的一个车站就一变而为扰扰的境界。来客的安心，候客者的快意，以及脚夫的小小发财，我们且都不提。单讲一位从让里来的潘先生。他当火车没有驶进月台之先，早已安排得十分周妥：他领头，右手提着个黑漆皮包，左手牵着个七岁的孩子；七岁的孩子牵着他哥哥（今年九岁），哥哥又牵着他母亲。潘先生说人多照顾不齐，这么牵着，首尾一气，犹如一条蛇，什么地方都好钻了。他又屡次叮嘱，教大家握得紧紧，切勿放手；尚恐大家万一忘了，又屡次摇荡他的左手，意思是教把这警告打电报一般一站一站递过去。

首尾一气诚然不错，可是也不能全然没有弊病。火车将停时，所有的客人和东西都要涌向车门，潘先生一家的那条蛇就有点尾大不掉了。他用黑漆皮包做前锋，胸腹部用力向前抵，居然进展到距车门只两个窗洞的地位。但是他的七岁的孩子还在距车门四个窗洞的地方，被挤在好些客人和坐椅之间，一动不能动；两臂一前一后，伸得很长，前后的牵引力都很大，似乎快要把胳臂拉了去的样子。他急得直喊，"啊！我的胳臂！我的胳臂！"

一些客人听见了带哭的喊声，方才知道腰下挤着个孩子；留心一看，见他们四个人一串，手联手牵着。一个客人呵斥道，"赶快放手；要不然，把孩子拉做两半了！"

"怎么的，孩子不抱在手里！"又一个客人用鄙夷的声气自语，一方面他仍注意在攫得向前行进的机会。

"不，"潘先生心想他们的话不对，牵着自有牵着的妙用；再转一念，妙用岂是人人能够了解的，向他们辩白，也不过徒费唇舌，不如省些精神罢：就把以下的话咽了下去。而七岁的孩子还是"胳臂！胳臂！"喊着。潘先生前进后退都没有希望，只得自己失约，先放了手，随即惊惶地发命令道，"你们看着我！你们看着我！"

车轮一顿，在轨道上站定了；车门里弹出去似地跳下了许多人。潘先生觉得前头松动了些；但是后面的力量突然增加，他的脚作不得一点主，只得向前推移；要回转头来招呼自己的队伍，也不得自由，于是对着前面的人的后脑叫喊，"你们跟着我！你们跟着我！"

他居然从车门里被弹出来了。旋转身子一看，后面没有他的儿子同夫人。心知他们还挤在车中，守住车门老等总是稳当的办法。又下来了百多人，方才看见脚踏上人丛中现出七岁的孩子的上半身，承着电灯光，面目作哭泣的形相。他走前去，几次被跳下来的客人冲回，才用左臂把孩子抱了下来。再等了一会，潘师母同九岁的孩子也下来了；她吁吁地呼着气，连喊，"哎唷，哎唷，"凄然的眼光相着潘先生的脸，似乎要求抚慰的孩子。

潘先生到底镇定，看见自己的队伍全下来了，重又发命令道，"我们仍旧像刚才一样联起来。你们看月台上的人这么多，收票处又挤得厉害，要不是联着，就走散了！"

七岁的孩子觉得害怕，拦住他的膝头说，"爸爸，抱。"

"没用的东西！"潘先生颇有点愤怒，但随即耐住，蹲下身子把孩子抱了起来。同时关照大的孩子拉他的长衫的后幅，一手要紧紧牵着母亲，因为他自己两只手都不空了。

潘师母从来不曾受过这样的困累，好容易下了车，却还有可怕的拥挤在前头，不禁发怨道，"早知道这样子，宁可死在家里，再也不要逃难了！"

"悔什么！"潘先生一半发气，一半又觉得怜惜。"到了这里，懊悔也是没用。并且，性命到底安全了。走罢，当心脚下。"于是四个一串向人丛中蹒跚地移过去。

一阵的拥挤，潘先生像在梦里似的，出了收票处的隘口。他仿佛急流里的一滴水滴，没有回旋转侧的余地，只有顺着大众的势，脚不点地地走。一会儿已经出了车站的铁栅栏，跨过了电车轨道，来到水门汀的人行道上。慌忙地回转身来，只见数不清的给电灯光耀得发白的面孔以及数不清的提箱与包裹，一齐向自己这边涌来，忽然觉得长衫后幅上的小手没有了，不知什么时候放了的；心头怅惘到不可言说，只是无意识地把身子乱转。转了几回，一丝踪影也没有。家破人亡之感立时袭进他的心，禁不住渗出两滴眼泪来，望出去电灯人形都有点模糊了。

幸而抱着的孩子眼光敏锐，他瞥见母亲的疏疏的额发，便认识了，举起手来指点道，"妈妈，那边。"

潘先生一喜；但是还有点不大相信，眼睛凑近孩子的衣衫擦了擦，然后望去。搜寻了一会，果然看见他的夫人呆鼠一般在人丛中瞎撞，前面护着那大的孩子，他们还没跨过电车轨道呢。他便向前迎上去，连喊"阿大"，把他们引到刚才站定的人行道上。于是放下手中的孩子，舒畅地吐一口气，一手抹着脸上的汗说，"现在好了！"的确好了，只要跨出那一道铁栅栏，就有人保险，什么兵火焚掠都遭逢不到；而已经散失的一妻一子，又幸运得很，一寻即着：岂不是四条性命，一个皮包，都从毁灭和危难之中捡了回来么？岂不是"现在好了"？

"黄包车！"潘先生很入调地喊。

车夫们听见了，一齐拉着车围拢来，问他到什么地方。

他稍微昂起了头，似乎增加了好几分威严，伸出两个指头扬着说，"只消两辆！两辆！"他想了一想，继续说，"十个铜子，四马路，去的就去！"这分明表示他是个"老上海"。

辩论了好一会，终于讲定十二个铜子一辆。潘师母带着大的孩子坐一辆，潘先生带着小的孩子同黑漆皮包坐一辆。

车夫刚要拔脚前奔，一个背枪的印度巡捕一条胳臂在前面一横，只得缩住了。小的孩子看这个人的形相可怕，不由得回过脸来，贴着父亲的胸际。

潘先生领悟了，连忙解释道，"不要害怕，那就是印度巡捕，你看他的红包头。我们因为本地没有他，所以要逃到这里来；他背着枪保护我们。他的胡子很好玩的，你可以看一看，同罗汉的胡子一个样子。"

孩子总觉得怕，便是同罗汉一样的胡子也不想看。直到听见当当的声音，才从侧边斜睨过去，只见很亮很亮的一个房间一闪就过去了；那边一家家都是花花灿灿的，都点得亮亮的，他于是不再贴着父亲的胸际。

到了四马路，一连问了八九家旅馆，都大大的写着"客满"的牌子；而且一望而知情商也没用，因为客堂里都搭起床铺，可知确实是住满了。最后到一家也标着"客满"，但是一个伙计懒懒地开口道，"找房间么？"

"是找房间，这里还有么？"一缕安慰的心直透潘先生的周身，仿佛到了家似的。

"有是有一间，客人刚刚搬走，他自己租了房子了。你先生若是迟来一刻，说不定就没有了。"

"那一间就归我们住好了。"他放了小的孩子,回身去扶下夫人同大的孩子来,说,"我们总算运气好,居然有房间住了!"随即付车钱,慷慨地照原价加上一个铜子;他相信运气好的时候多给人一些好处,以后好运气会连续而来的。但是车夫偏不知足,说跟着他们回来回去走了这多时,非加上五个铜子不可。结果旅馆里的伙计出来调停,潘先生又多破费了四个铜子。

这房间就在楼下,有一张床,一盏电灯,一张桌子,两把椅子,此外就只有烟雾一般的一房间的空气了。潘先生一家跟着茶房走进去时,立刻闻到刺鼻的油腥味,中间又混着阵阵的尿臭。潘先生不快地自语道,"讨厌的气味!"随即听见隔壁有食料投下油锅的声音,才知道那里是厨房。再一想时,气味虽讨厌,究比吃枪子睡露天好多了;也就觉得没有什么,舒舒泰泰地在一把椅子上坐下。

"用晚饭吧?"茶房放下皮包回头问。

"我要吃火腿汤淘饭,"小的孩子咬着指头说。

潘师母马上对他看个白眼,凛然说,"火腿汤淘饭!是逃难呢,有得吃就好了,还要这样那样点戏!"

大的孩子也不知道看看风色,央着潘先生说,"今天到上海了,你给我吃大菜。"

潘师母竟然发怒了,她回头呵斥道,"你们都是没有心肝的,只配什么也没得吃,活活地饿……"

潘先生有点儿窘,却作没事的样子说,"小孩子懂得什么。"便分付茶房道,"我们在路上吃了东西了,现在只消来两客蛋炒饭。"

茶房似答非答地一点头就走,刚出房门,潘先生又把他喊回来道,"带一斤绍兴,一毛钱熏鱼来。"

茶房的脚声听不见了,潘先生舒快地对潘师母道,"这一刻该得乐一乐,喝一杯了。你想,从兵祸凶险的地方,来到这绝无其事的境界,第一件可乐。刚才你们忽然离开了我,找了半天找不见,真把我急死了;倒是阿二乖觉(他说着,把阿二拖在身边,一手轻轻地拍着),他一眼便看见了你,于是我迎上来,这是第二件可乐。乐哉乐哉,陶陶酌一杯。"他作举杯就口的样子,迷迷地笑着。

潘师母不响,她正想着家里呢。细软的虽然已经带在皮包里,寄到教堂里去了,但是留下的东西究竟还不少。不知王妈到底可靠不可靠;又不知隔壁那家穷人家有没有知道他们一家都出来了,只剩个王妈在家里看守;又不知王妈睡觉时,会不会忘了关上一扇门或是一扇窗。她又想起院子里的三只母鸡,没有完工的阿二的裤子,厨房里的一碗白燖鸭……真同通了电一般,一刻之间,种种的事情都涌上心头,觉得异样地不舒服;便叹口气道,"不知弄到怎样呢!"

两个孩子都怀着失望的心情,茫昧地觉得这样的上海没有平时父母嘴里的上海来得好玩而有味。

疏疏的雨点从窗外洒进来,潘先生站起来说,"果真下雨了,幸亏在这时候下,"就把窗子关上。突然看见原先给窗子掩没的旅客须知单,他便想起一件顶紧要的事情,一眼不眨地直望那单子。

"不折不扣，两块！"他惊讶地喊。回转头时，眼珠瞪视着潘师母，一段舌头从嘴里伸了出来。

二

第二天早上，走廊中茶房们正蜷在几条长凳上熟睡，狭得只有一条的天井上面很少有晨光透下来，几许房间里的电灯还是昏黄地亮着。但是潘先生夫妇两个已经在那里谈话了；两个孩子希望今天的上海或许比昨晚的好一点，也醒了一会了，只因父母教他们再睡一会，所以还躺在床上，彼此呵痒为戏。

"我说你一定不要回去，"潘师母焦心地说。"这报上的话，知道它靠得住靠不住。既然千难万难地逃了出来，那有立刻又回去的道理！"

"料是我早先也料到的。顾局长的脾气就是一点不肯马虎。'地方上又没有战事，学自然照常要开的，'这句话确然是他的声口。这个通信员我也认识，就是教育局里的职员，又那里会靠不住？回去是一定要回去的。"

"你要晓得，回去危险呢！"潘师母凄然地说。"说不定三天两天他们就会打到我们那地方去，你就是回去开学，有什么学生来念书？就是不打到我们那地方，将来教育局长怪你为什么不开学时，你也有话回答。你只要问他，到底性命要紧还是学堂要紧？他也是一条性命，想来决不会对你过不去。"

"你懂得什么！"潘先生颇怀着鄙薄的意思。"这种话只配躲在家里，伏在床角里，由你这种女人去说；你道我们也说得出口么！你切不要拦阻我（这时候他已转为抚慰的声调），回去是一定要回去的；但是包你没有一点危险，我自有保全自己的法子。而且（他自喜心思灵捷，微微笑着），你不是很不放心家里的东西么？我回去了，就可以自己照看，你也能定心定意住在这里了。等到时局平定了，我马上来接你们回去。"

潘师母知道丈夫的回去是万无挽回的了。回去可以照看东西固然很好；但是风声这样紧，一去之后，犹如珠子抛在海里，谁保得定必能捞回来呢！生离死别的哀感涌上心头，她再不敢正眼看她的丈夫，眼泪早在眼角边偷偷地想跑出来了。她又立刻想起这个场面不大吉利，现在并没有什么不好的事情，怎么能凄惨地流起眼泪来。于是勉强忍住眼泪，聊作自慰的请求道，"那么你去看看情形，假使教育局长并没有照常开学这句话，要是还来得及，你就搭了今天下午的车来，不然，搭了明天的早车来。你要知道（她到底忍不住，一滴眼泪落在手背，立刻在衫子上擦去了），我不放心呢！"

潘先生心里也着实有点烦乱，局长的意思照常开学，自己万无主张暂缓开学之理，回去当然是天经地义，但是又怎么放得下这里！看他夫人这样的依依之情，断然一走，未免太没有恩义。又况一个女人两个孩子都是很懦弱的，一无依傍，寄住在外边，怎能断言决没有意外？他这样想时，不禁深深地发恨：恨这人那人调兵遣将，预备作战，恨教育局长主张照常开课，又恨自己没有个已经成年，可以帮助一臂的儿子。

但是他究竟不比女人，他更从利害远近种种方面着想，觉得回去终于是天经地义。便把恼恨搁在一旁，脸上也不露一毫形色，顺着夫人的口气点头道，"假若打听明白局长并没有这个意思，依你的话，就搭了下午的车来。"

两个孩子约略听得回去和再来的话，小的就伏在床沿作娇道，"我也要回去。"

"我同爸爸妈妈回去,剩下你独个儿住在这里,"大的孩子扮着鬼脸说。

小的听着,便迫紧喉咙叫唤,作啼哭的腔调,小手擦着眉眼的部分,但眼睛里实在没有眼泪。

"你们都跟着妈妈留在这里,"潘先生提高了声音说。"再不许胡闹了,好好儿起来等吃早饭吧。"说罢,又嘱咐了潘师母几句,径出雇车,赶往车站。

模糊地听得行人在那里说铁路已断火车不开的话,潘先生想,"火车如果不开,倒死了我的心,就是立刻免职也只得由他了。"同时又觉得这消息很使他失望;又想他要是运气好,未必会逢到这等失望的事,那么行人的话也未必可靠。欲决此疑,只希望车夫三步并作一步跑。

他的运气诚然不坏,赶到车站一看,并没有火车不开的通告;揭示处只标明夜车要迟四点钟才到,这时候还没到呢。买票处绝不拥挤,时时有一两个人前去买票。聚集在站中的人却不少,一半是候客的,一半是来看看的,也有带着照相器具的,专等夜车到时摄取车站拥挤的情形,好作《风云变幻史》的一页。行李房满满地堆着箱子铺盖,各色各样,几乎碰到铅皮的屋顶。

他心中似乎很安慰,又似乎有点儿怅惘,顿了一顿,终于前去买了一张三等票,就走入车厢里坐着。晴明的阳光照得一车通亮,可是不嫌燠热;坐位很宽舒,勉强要躺躺也可以。他想,"这是难得逢到的。倘若心里没有事,真是一趟愉快的旅行呢。"

这趟车一路耽搁,听候军人的命令,等待兵车的通过。开到让里,已是下午三点过了。潘先生下了车,急忙赶到家,看见大门紧紧关着,心便一定,原来昨天再三叮嘱王妈的就是这一件。

扣了十几下,王妈方才把门开了。一见潘先生,出惊地说,"怎么,先生回来了!不用逃难了么?"

潘先生含糊回答了她;奔进里面四周一看,便开了房门的锁,直闯进去上下左右打量着。没有变更,一点没有变更,什么都同昨天一样。于是他吊起的半个心放下来了。还有半个心没放下,便又锁上房门,回身出门;吩咐王妈道,"你照旧好好把门关上了。"

王妈摸不清头绪,关了门进去只是思索。她想主人们一定就住在本地,恐怕她也要跟去,所以骗她说逃到上海去。"不然,怎么先生又回来了?奶奶同两个孩子不同来,又躲在什么地方呢?但是,他们为什么不让我跟去?这自然嫌得人多了不好。——他们一定就住在那洋人的红房子里,那些兵都讲通的,打起仗来不打那红房子。——其实就是老实告诉我,要我跟去,我也不高兴去呢。我在这里一点也不怕;如果打仗打到这里来,反正我的老衣早就做好了。"她随即想起甥女儿送她的一双绣花鞋真好看,穿了那双鞋上西方,阎王一定另眼相看;于是她感到一种微妙的舒快,不再想主人究竟在那里的问题。

潘先生出门,就去访那当通信员的教育局职员,问他局长究竟有没有照常开学的意思。那人回答道,"怎么没有?他还说有些教员只顾逃难,不顾职务,这就是表示教育的事业不配他们干的;乘此淘汰一下也是好处。"潘先生听了,仿佛觉得一凛;但又赞赏自己有主意,决定从上海回来到底是不错的。一口气奔到自己的学校里,提起笔来就起草送给学生家属的通告。通告中说兵乱虽然可虑,子弟的教育犹如布帛菽粟,是一天一刻不可废弃的,现在暑假期满,学校照常开学。从前欧洲大战的时候,人家天空里布着御防炸弹的网,下面学校里却依然在那里上课:这种非常的精神,我们应当不让他们专美于前。希望家长们能够体谅这一层意思,若无其事地依旧把子弟送来:这不仅是家庭和学校的益处,也是地方和国家的荣誉。

他起好草稿,往复看了三遍,觉得再没有可以增损,局长看见了,至少也得说一声"先得我心"。便得意地誊上蜡纸,又自己动手印刷了百多张,派校役向一个个学生家里送去。公事算是完毕了,开始想到私事:既要开学,上海是去不成了,他们母子三个住在旅馆里怎么挨得下去!但也没有办法,惟有教他们一切留意,安心住着。于是蘸着刚才的残墨写寄与夫人的信。

下一天,他从茶馆里得到确实的信息,铁路真个不通了。他心头突然一沉,似乎觉得最亲热的一妻两儿忽地乘风飘去,飘得很远,几乎至于渺茫。没精没采地踱到学校里,校役回报昨天的使命道,"昨天出去送通告,有二十多家关上了大门,打也打不开,只好从门缝里塞进去。有三十多家只有佣人在家里,主人逃到上海去了,孩子当然跟了去,不一定几时才能回来念书。其余的都说知道了;有的又说性命还保不定安全,读书的事再说罢。"

"哦,知道了。"潘先生并不留心在这些上边,更深的忧虑正萦绕在他的心头。他抽完了一支烟卷以后,应走的路途决定了,便赶到红十字会分会的办事处。

他缴纳会费愿做会员;又宣称自己的学校房屋还宽敞,愿意作为妇女收容所,到万一的时候收容妇女。这是慈善的举措,当然受热诚的欢迎,更兼潘先生本来是体面的大家知道的人物。办事处就给他红十字的旗子,好在学校门前张起来;又给他红十字的徽章,标明他是红十字会的一员。

潘先生接旗子和徽章在手,像捧着救命的神符,心头起一种神秘的快慰:"现在什么都安全了!但是……"想到这里,便笑向办事处的职员道,"多给我一面旗,几个徽章罢。"他的理由是学校还有个侧门,也得张一面旗,而徽章这东西太小巧,恐怕偶尔遗失了,不如多备几个在那里。

办事员同他说笑话,这东西又不好吃的,拿着玩也没有什么意思,多拿几个也只作一个会员,不如不要多拿罢。但是终于依他的话给了他。

两面红十字旗立刻在新秋的轻风中招展,可是学校的侧门上并没有旗,原来移到潘先生家的大门上去了。一个红十字徽章早已缀上潘先生的衣襟,闪耀着慈善庄严的光,给与潘先生一种新的勇气。其余几个呢,重重包裹,藏在潘先生贴身小衫的一个口袋里。他想,"一个是她的,一个是阿大的,一个是阿二的。"虽然他们远处在那渺茫难接的上海,但是仿佛给他们加保了一重险,他们也就各各增加一种新的勇气。

三

碧庄地方两军开火了。

让里的人家很少有开门的,店铺自然更不用说,路上时时有兵士经过。他们快要开拔到前方去,觉得最高的权威附灵在自己身上,什么东西都不在眼里,只要高兴提起脚来踩,都可以踩做泥团踩做粉。这就来了拉夫的事情:恐怕被拉的人乘隙脱逃,便用长绳一个联一个拴着胳臂,几个弟兄在前,几个弟兄在后,一串一串牵着走。因此,大家对于出门这件事都觉得危惧,万不得已时,也只从小巷僻路走,甚至佩着红十字徽章如潘先生之辈,也不免怀着戒心,不敢大模大样地踱来踱去。于是让里的街道见得又清静又宽阔了。

上海的报纸好几天没来。本地的军事机关却常常有前方的战报公布出来,无非是些"敌军大败,我军进展若干里"的话。街头巷口贴出一张新鲜的战报时,也有些人慢慢聚集拢来,注目看着。但大家看罢以后依然不能定心,好似这布告背后还有许多话没说出来,于是怅怅地各自散了,眉头照旧皱着。

这几天潘先生无聊极了。最难堪的,自然是妻儿远离,而且消息不通,而且似乎有永远难通的朕兆。次之便是自身的问题,"碧庄冲过来只一百多里路,这徽章虽说有用处,可是没有人写过笔据,万一没有用,又向谁去说话?——枪子炮弹劫掠放火都是真家伙,不是耍的,到底要多打听多走门路才行。"他于是这里那里探听前方的消息,只要这消息与外间传说的不同,便觉得真实的成分越多,即根据着盘算对于自身的利害。街上如其有一个人神色仓皇急忙行走时,他便突地一惊,以为这个人一定探得确实而又可怕的消息了;只因与他不相识,"什么!"一声就在喉际咽住了。

红十字会派人在前方办理救护的事情,常有人搭着兵车回来,要打听消息自然最可靠了。潘先生虽然是个会员,却不常到办事处去探听,以为这样就是对公众表示胆怯,很不好意思。然而红十字会究竟是可以得到真消息的机关,舍此他求未免有点傻,于是每天傍晚到姓吴的办事员家里去打听。姓吴的告诉他没有什么,或者说前方抵住在那里,他才透了口气回家。

这一天傍晚,潘先生又到姓吴的家里;等了好久,姓吴的才从外面走进来。

"没有什么吧?"潘先生急切地问。"照布告上说,昨天正向对方总攻击呢。"

"不行,"姓吴的忧愁地说;但随即咽住了,捻着唇边仅有的几根二三分长的髭须。

"什么!"潘先生心头突地跳起来,周身有一种拘牵不自由的感觉。

姓吴的悄悄地回答,似乎防着人家偷听了去的样子,"确实的消息,正安(距碧庄八里的一个镇)今天早上失守了!"

"啊!"潘先生发狂似地喊出来。顿了一顿,回身就走,一壁说道,"我回去了!"

路上的电灯似乎特别昏暗,背后又仿佛有人追赶着的样子,惴惴地,歪斜的急步赶到了家,叮嘱王妈道,"你关着门安睡好了,我今夜有事,不回来住了。"他看见衣橱里有一件绉纱的旧棉袍,当时没收拾在寄出去的箱子里,丢了也可惜;又有孩子的几件布夹衫,仔细看时还可以穿穿;又有潘师母的一条旧绸裙,她不一定舍得便不要它:便胡乱包在一起,提着出门。

"车!车!福星街红房子,一毛钱。"

"那里有一毛钱的?"车夫懒懒地说。"你看这几天路上有几辆车?不是拼死寻饭吃的,早就躲起来了。随你要不要,三毛钱。"

"就是三毛钱,"潘先生迎上去,跨上脚踏坐稳了,"你也得依着我,跑得快一点!"

"潘先生,你到那里去?"一个姓黄的同业在途中瞥见了他,站定了问。

"哦，先生，到那边……"潘先生失措地回答，也不辨这是谁的声音；忽然想起回答那人实是多事——车轮滚得绝快，那人决不会赶上来再问，——便缩住了。

红房子里早已住满了人，大都是十天以前就搬来的，儿啼人语，灯火这边那边亮着，颇有点热闹的气象。主人翁见面之后，说，"这里实在没有余屋了。但是先生的东西都寄在这里，也不好拒绝。刚才有几位匆忙地赶来，也因不好拒绝，权且把一间做厨房的厢房让他们安顿。现在去同他们商量，总可以多插你先生一个。"

"商量商量总可以，"潘先生到了家似地安慰。"何况在这样时候。我也不预备睡觉，随便坐坐就得了。"

他提着包裹跨进厢房的当儿，以为自己受惊太厉害了，眼睛生了翳，因而引起错觉；但是闭一闭眼睛再睁开来时，所见依然如前，这靠窗坐着，在那里同对面的人谈话，上唇翘起两笔浓须的，不就是教育局长么？

他顿时踌躇起来，已跨进去的一只脚想要缩出来，又似乎不大好。那局长也望见了他，尴尬的脸上故作笑容说，"潘先生，你来了，进来坐坐。"主人翁听了，知道他们是相识的，转身自去。

"局长先在这里了。还方便吧，再容一个人？"

"我们只三个人，当然还可以容你。我们带着席子；好在天气不很凉，可以轮流躺着歇歇。"

潘先生觉得今晚上局长特别可亲，全不像平日那副庄严的神态，便忘形地直跨进去说，"那么不客气，就要陪三位先生过一夜了。"

这厢房不很宽阔。地上铺着一张席子，一个戴眼镜的中年人坐在上面，略微有疲倦的神色，但绝无欲睡的意思。锅灶等东西贴着一壁。靠窗一排摆着三只凳子，局长坐一只，头发梳得很光的二十多岁的人，局长的表弟，坐一只，一只空着。那边的墙角有一只柳条箱，三个衣包，大概就是三位先生带来的。仅仅这些，房间里已没有空地了。电灯的光本来很弱，又蒙上了一层灰尘，照得房间里的人物都昏黯模糊。

潘先生也把衣包放在那边的墙角，与三位的东西合伙。回过来谦逊地坐上那只空凳子。局长给他介绍了自己的同伴，随说，"你也听到了正安的消息么？"

"是呀，正安。正安失守，碧庄未必靠得住呢。"

"大概这方面对于南路很疏忽，正安失守，便是明证。那方面从正安袭取碧庄是最便当的，说不定此刻已被他们得手了。要是这样，不堪设想！"

"要是这样，这里非糜烂不可！"

"但是，这方面的杜统帅不是庸碌无能的人，他是著名善于用兵的，大约见得到这一层，总有方法抵挡得住。也许就此反守为攻，势如破竹，直捣那方面的巢穴呢。"

"若能这样，战事便收场了，那就好了！——我们办学的就可以开起学来，照常进行。"

局长一听到办学，立刻感到自己的尊严，捻着浓须叹道，"别的不要讲，这一场战争，大大小小的学生吃亏不小呢！"他把坐在这间小厢房里的局促不舒的感觉忘了，仿佛堂皇地坐在教育局的办公室里。

坐在席子上的中年人仰起头来含恨似地说，"那方面的朱统帅实在可恶！这方面打过去，他抵抗些什么，——他没有不终于吃败仗的。他若肯漂亮点儿让了，战事早就没有了。"

"他是傻子，"局长的表弟顺着说，"不到尽头不肯死心的。只是连累了我们，这当儿坐在这又暗又窄的房间里。"他带着玩笑的神气。

潘先生却想念远在上海的妻儿来了。他不知道他们可安好，不知道他们出了什么乱子没有，不知道他们此刻睡了不曾，抓既抓不到，想像也极模糊；因而想自己的被累要算最深重了，凄然望着窗外的小院子默不作声。

"不知道到底怎么样呢！"他又转而想到那个可怕的消息以及意料所及的危险，不自主地吐露了这一句。

"难说，"局长表示富有经验的样子说。"用兵全在趁一个机，机是刻刻变化的，也许竟不为我们所料，此刻已……所以我们……"他对着中年人一笑。

中年人，局长的表弟同潘先生三个已经领会局长这一笑的意味；大家想坐在这地方总不至于有什么，也各安慰地一笑。

小院子里长满了草，是蚊虫同各种小虫的安适的国土。厢房里灯光亮着，虫子齐飞了进来。四位怀着惊恐的先生就够受用了；扑头扑面的全是那些小东西，蚊虫突然一针，痛得直跳起来。又时时停语侧耳，惶惶地听外边有没有枪声或人众的喧哗。睡眠当然是无望了，只实做了局长所说的轮流躺着歇歇。

下一天清晨，潘先生的眼球上添了几缕红丝；风吹过来，觉得身上很凉。他急欲知道外面的情形，独个儿闪出红房子的大门。路上同平时的早晨一样，街犬竖起了尾巴高兴地这头那头望，偶尔走过一两个睡眼惺忪的人。他走过去，转入又一条街，也听不见什么特别的风声。回想昨夜的匆忙情形，不禁心里好笑。但是再一转念，又觉得实在并无可笑，小心一点总比冒险好。

二十余天之后，战事停止了。大众点头自慰道，"这就好了！只要不打仗，什么都平安了！"但是潘先生还不大满意，铁路还没通，不能就把避居上海的妻儿接回来。信是来过两封了，但简略得很，比不看更教他想念。他又恨自己到底没有先见之明；不然，这一笔冤枉的逃难费可以省下，又免得几十天的孤单。

他知道教育局里一定要提到开学的事情了，便前去打听。跨进招待室，看见局里的几个职员在那里裁纸磨墨，像是办喜事的样子。

一个职员喊道，"巧得很，潘先生来了！你写得一手好颜字，这个差使就请你当了吧。"

"这么大的字，非得潘先生写不可，"其余几个人附和着。

"写什么东西？我完全茫然。"

"我们这里正筹备欢迎杜统帅凯旋的事务。车站的两头要搭起四个彩牌坊，让杜统帅的花车在中间通过。现在要写的就是牌坊上的几个字。"

"我那里配写这上边的字？"

"当仁不让，""一致推举，"几个人一哄地说；笔杆便送到潘先生手里。

潘先生觉得这当儿很有点意味，接了笔便在墨盆里蘸墨汁。凝想一下，提起笔来在蜡笺上一并排写"功高岳牧"四个大字。第二张写的是"威镇东南"。又写第三张，是

"德隆恩溥"。——他写到"溥"字，仿佛看见许多影片，拉夫，开炮，焚烧房屋，奸淫妇人，菜色的男女，腐烂的死尸，在眼前一闪。

旁边看写字的一个人赞叹说，"这一句更见恳切。字也越来越好了。"

"看他对上一句什么，"又一个说。

1924.11.27

（原载于一九二五年一月十日《小说月报》第十六卷第一期）

☞ 提示

20年代初，军阀混战频仍。江南城镇让里的一位小学教员潘先生听说战火迫近，慌乱中挈妇将雏，十分狼狈地"从兵祸凶险的地方，来到这绝无其事的境界"——相距不到半天车程的上海的租界。次晨他忽然决定独自回家，因为教育局长说过暑假过后要照常开学。既得保住位置，又放心不下妻儿，他在心绪"烦乱"中回到让里。好在平安无事，家里"一点没有变更，什么都同昨天一样"。他从教育局的职员那里询知：局长的意思仍是"照常开学"，并且严厉指责有些教员"只顾逃难，不顾职务"，该"乘此淘汰一下"。潘先生先是"一凛"，旋又"赞赏"回家举措的高明，火速返校印发开学通告，动员家长以"家庭和学校的益处""地方和国家的荣誉"为重，送子弟入学，心想此举定可赢得局长的"先得我心"的称赞。不料通告刚发，又传来铁路真个不通的消息；在"更深的忧虑"中，潘先生采取预先设想的一着：到红十字会去，缴纳会费，求当会员，弄一个"救命的神符"。这时，离让里百里之遥的碧庄交火了，潘先生更是惴惴不安，匆匆往洋人的"红房子"避难。——十天来，红房子住满了人，原来教育局长早就躲进了这里！

过了二十多天，战事停止了。潘先生第一个行动是前往教育局寻讯开学日期，免受"淘汰"之难。在教育局搭造牌坊欢迎杜统帅凯旋的筹备活动中，潘先生"当仁不让"地大书"很有点意味"的几张横幅："功高岳牧""威镇东南""德隆恩溥"……

这篇带有"'问题小说'的倾向"的作品，是叶绍钧早期代表作。茅盾后来回顾文学研究会作家的小说创作时说："冷静地谛视人生，客观的地，写实地，描写着灰色的卑琐人生的，是叶绍钧。"这是对以本篇为代表的叶氏早期小说特色的精辟概括。

废 名

竹林的故事

出城一条河，过河西走，坝脚下有一簇竹林，竹林里露出一重茅屋，茅屋两边都是菜园；十二年前，它们的主人是一个很和气的汉子，大家呼他老程。

那时我们是专门请一位先生在祠堂里讲《了凡纲鉴》，为得拣到这菜园来割菜，因而结识了老程，老程有一个小姑娘，非常的害羞而又爱笑，我们以后就借了割菜来逗她玩笑。我们起初不知道她的名字，问她，她笑而不答，有一回见了老程呼"阿三"，我才挽住她的手："哈哈，三姑娘！"我们从此就呼她三姑娘。从名字看来，三姑娘应该还有姊妹或兄弟，然而我们除掉她的爸爸同妈妈，实在没有看见别的谁。

一天我们的先生不在家，我们大家聚在门口掷瓦片，老程家的捏着香纸走我们的面前过去，不一刻又望见她转来，不笔直的循走原路，勉强带笑的弯近我们："先生！替我看看这签。"我们围着念菩萨的绝句，问道："你求的是什么呢？"她对我们诉一大串，我们才知道她的阿三头上本来还有两个姑娘，而现在只要让她有这一个，不再三朝两病的就好了。

老程除了种菜，也还打鱼卖。四五月间，淫雨之后，河里满河山水，他照例拿着摇网走到河边的一个草墩上——这墩也就是老程家的洗衣裳的地方，因为太阳射不到这来，一边一棵树交荫着成一座天然的凉棚。水涨了，搓衣的石头沉在河底，呈现绿团团的坡，刚刚高过水面，老程老像乘着划船一般站在上面把摇网朝水里兜来兜去；倘若兜着了，那就不移地的转过身倒在挖就了的荡里，——三姑娘的小小的手掌，这时跟着她的欢跃的叫声热闹起来，一直等到蹦跳蹦跳好容易给捉住了，才又坐下草地望着爸爸。

流水潺潺，摇网从水里探起，一滴滴的水点打在水上，浸在水当中的枝条也冲击着嚓嚓作响。三姑娘渐渐把爸爸站在那里都忘掉了，只是不住的抠土，嘴里还低声的歌唱；头毛低到眼边，才把脑壳一扬，不觉也就瞥到那滔滔水流上的一堆白沫，顿时兴奋起来，然而立刻不见了，偏头又给树叶子遮住了——使得眼光回复到爸爸的身上，是突然一声"啊呀"！这回是一尾大鱼！而妈妈也沿坝走来，说盐钵里的盐怕还够不了一飨饭。

老程由街转头，茅屋顶上正在冒烟，叱咤一声，躲在园里吃菜的猪飞奔的跑，——三姑娘也就出来了，老程从荷包里掏出一把大红头绳："阿三，这个打辫好吗？"三姑娘抢在手上，一面还接下酒壶，奔向灶角里去。"留到端午扎艾蒿，别糟蹋了！"妈妈这样答应着，随即把酒壶伸到灶孔烫。三姑娘到房里去了一会又出来，见了妈妈抽筷子，便赶快拿出杯子——家里只有这一个，老是归三姑娘照管——踮着脚送在桌上；然而老程终于还是要亲自朝中间挪一挪，然后又取出壶来。"爸爸喝酒，我吃豆腐干！"老程实在用不着下酒的菜，对着三姑娘慢慢的喝了。

三姑娘八岁的时候，就能够代替妈妈洗衣。然而绿团团的坡上，从此也不见老程的踪迹了——这只要看竹林的那边河坝倾斜成一块平坦的上面，高耸着一个不毛的同教书先生（自然不是我们的先生）用的戒方一般模样的土堆，堆前竖着三四根只有杪梢还没有斩去的枝桠吊着被雨粘住的纸幡残片的竹竿，就可以知道是什么意义。

老程家的已经是四十岁的婆婆，就在平常，穿的衣服也都是青蓝大布，现在不过系鞋的带子也不用那水红颜色的罢了，所以并不现得十分异样。独有三姑娘的黑地绿花鞋的尖头蒙上一层白布，虽然更现得好看，却叫人见了也同三姑娘自己一样懒懒的没有话可说了。

然而那也并非是长久的情形。母女都是那样勤敏，家事的兴旺，正如这块小天地，春天来了，林里的竹子，园里的菜，都一天一天的绿得可爱。老程的死却正相反，一天比一天淡漠起来，只有鹞鹰在屋头上打圈子，妈妈呼喊女儿道，"去，去看坦里放的鸡娃，"三姑娘才走到竹林那边，知道这里睡的是爸爸了。到后来，青草铺平了一切，连曾经有个爸爸这件事实几乎也没有了。

正二月间城里赛龙灯，大街小巷，真是人山人海。最多的还要算邻近各村上的女人，她们像一阵旋风，大大小小牵成一串从这街冲到那街，街上的汉子也借这个机会撞一撞她们的奶。然而能够看得见三姑娘同三姑娘的妈妈吗？不，一回也没有看见！锣鼓喧天，惊不了她母女两个，正如惊不了栖在竹林的雀子。鸡上埘的时候，比这里更西也是住在坝下的堂嫂子们，顺便也邀请一声"三姐"，三姑娘总是微笑的推辞。妈妈则极力鼓励着一路去，三姑娘送客到坝上，也跟着出来，看到底攀缠着走了不；然而别人的渐渐走得远了，自己的不还是影子一般的依在身边吗？

三姑娘的拒绝，本是很自然的，妈妈的神情反而有点莫名其妙了！用询问的眼光朝妈妈脸上一瞧，——却也正在瞧过来，于是又掉头望着嫂子们走去的方向：

"有什么可看？成群打阵，好像是发了疯的！"

这话本来想使妈妈热闹起来，而妈妈依然是无精打采沉着面孔。河里没有水，平沙一片，现得这坝从远远看来是蜿蜒着一条蛇。站在上面的人，更小到同一颗黑子了。由这里望过去，半圆形的城门，也低斜得快要同地面合成了一起；木桥俨然是画中见过的，而往来蠕动都在沙滩；在坝上分明数得清楚，及至到了沙滩，一转眼就失了心目中的标记，只觉得一簇簇的仿佛是远山上的树林罢了。至于聒聒的喧声，却比站在近旁更能入耳，虽然听不着说的是什么，听者的心早被他牵引了去了。竹林里也同平常一样，雀子在奏他们的晚歌，然而对于听惯了的人只能够增加静寂。

打破这静寂的终于还是妈妈：

"阿三！我就是死了也不怕猫跳！你老这样守着我，到底……"

妈妈不作声，三姑娘抱歉似的不安，突然来了这埋怨，刚才的事倒好像给一阵风赶跑了，增长了一番力气娇恼着：

"到底！这也什么到底不到底！我不欢喜玩！"

三姑娘同妈妈间的争吵，其原因都出在自己的过于乖巧，比如每天清早起来，把房里的家具抹得干净，妈妈却说，"乡户人家呵，要这样？"偶然一出门做客，只对着镜子把散在额上的头毛梳理一梳理，妈妈却硬从盒子里拿出一枝花来。现在站在坝上，眶子里的眼泪快要迸出来了，妈妈才不作声。这时节难为的是妈妈了，皱着眉头不转睛的望，而三姑娘老不抬头！待到点燃了案上的灯，才知道已经走进了茅屋，这期间的时刻竟是在梦中过去了。

灯光下也立刻照见了三姑娘，拿一束稻草，一菜篮适才饭后同妈妈在园里割回的白菜，坐下板凳三棵捆成一把。

"妈妈，这比以前大得多了！两棵怕就有一斤。"

妈妈哪想到屋里还放着明天早晨要卖的菜呢？三姑娘本不依恃妈妈的帮忙，妈妈终于不出声的叹一口气伴着三姑娘捆了。

三姑娘不上街看灯,然而当年背在爸爸的背上是看过了多少次的,所以听了敲在城里响在城外的锣鼓,都能够在记忆中画出是怎样的情境来。"再是上东门,再是在衙门口领赏……"忖着声音所来的地方自言自语的这样猜。妈妈正在做嫂子的时候,也是一样的欢喜赶热闹,那情绪也许比三姑娘更记得清白,然而对于三姑娘的仿佛亲临一般的高兴,只是无意的吐出来几声"是"——这几乎要使得三姑娘稀奇得伸起腰来了:"刚才还催我去玩哩!"

三姑娘实在是站起来了,一二三四的点着把数,然后又一把把的摆在菜篮,以便于明天一大早挑上街去卖。

见了三姑娘活泼泼的肩上一担菜,一定要奇怪,昨夜晚为什么那样没出息,不在火烛之下现一现那黑然而美的瓜子模样的面庞的呢?不——倘若奇怪,只有自己的妈妈。人一见了三姑娘挑菜,就只有三姑娘同三姑娘的菜,其余的什么也不记得,因为耽误了一刻,三姑娘的菜就买不到手;三姑娘的白菜原是这样好,隔夜没有浸水,煮起来比别人的多,吃起来比别人的甜了。

我在祠堂里呆呆住了六年之久,三姑娘最后留给我的印象,也就在卖菜这一件事。

三姑娘这时已经是十二三岁的姑娘,因为是暑天,穿的是竹布单衣,颜色淡得同月色一般——这自然是旧的了,然而倘若是新的,怕没有这样合式,不过这也不能够说定,因为我们从没有看见三姑娘穿过新衣:总之三姑娘是好看罢了。三姑娘在我们的眼睛里同我们的先生一样熟,所不同的,我们一望见先生就往里跑,望见三姑娘都不知不觉的站在那里笑。然而三姑娘是这样淑静,愈走近我们,我们的热闹便愈是消灭下去,等到我们从她的篮里拣起菜来,又从自己的荷包里掏出了铜子,简直是犯了罪孽似的觉得这太对不起三姑娘了。而三姑娘始终是很习惯的,接下铜子又把菜篮肩上。

一天三姑娘是卖青椒。这时青椒出世还不久,我们大家商议买四两来煮鱼吃——鲜青椒煮鲜鱼,是再好吃没有的。三姑娘在用秤称,我们都高兴的了不得,有的说买鲫鱼,有的说鲫鱼还不及鳊鱼。其中有一位是最会说笑的,向着三姑娘道:

"三姑娘,你多称一两,回头我们的饭熟了,你也来吃,好不好呢?"

三姑娘笑了:

"吃先生们的一餐饭使不得?难道就要我出东西?"

我们大家也都笑了;不提防三姑娘果然从篮子里抓起一把掷在原来称就了的堆里。

"三姑娘是不吃我们的饭的,妈妈在家里等吃饭。我们没有什么谢三姑娘,只望三姑娘将来碰一个好姑爷。"

我这样说。然而三姑娘也就赶跑了。

从此我没有见到三姑娘。到今年,我远道回家过清明,阴雾天气,打算去郊外看烧香,走到坝上,远远望见竹林,我的记忆又好像一塘春水,被微风吹起波皱了。正在徘徊,从竹林上坝的小径,走来两个妇人,一个站住了,前面的一个且走且回应,而我即刻认定了是三姑娘!

"我的三姐,就有这样忙,端午中秋接不来,为得先人来了饭也不吃!"

那妇人的话也分明听到。

再没有别的声息:三姑娘的鞋踏着沙土。我急于要走过竹林看看,然而也暂时面对流水,让三姑娘低头过去。

1924 年 10 月

(原载于一九二五年二月《语丝》第十四期)

提示

《竹林的故事》写于 1924 年,是废名早年的代表作。

小说以散文的笔调与结构叙述了一个没有中心情节的故事,写出了一个清纯自然的少女——三姑娘的形象,显示了乡间生活的宁静淡泊,也抒发出一种追怀伤逝的惘然情调,从某种意义上表达出作者对于充满田园牧歌情调的桃花源式生活的向往。三姑娘生在清流旁,长在竹林里,恬淡淳朴,纯真自然,与世无争,透着脱欲的灵气。

废名把他的人生理想与中国诗歌中的抒情传统融入小说写作中,形成自己独特的乡土小说风格和现代文学史上的小说抒情传统,淡化了小说的故事性和传奇性,表现了在现代生活中对田园生活的怅惘情怀。

王鲁彦

菊英的出嫁

菊英离开她已有整整的十年了。这十年中她不知道滴了多少眼泪,瘦了多少肌肉了,为了菊英,为了她的心肝儿。

人家的女儿都在自己的娘身边长大,时时刻刻倚傍着自己的娘,"阿姆阿姆"的喊。只有她的菊英,她的心肝儿,不在她的身边长大,不在她的身边倚傍着喊"阿姆阿姆"。

人家的女儿离开娘的也有,例如出了嫁,她便不和娘住在一起。但做娘的仍可以看见她的女儿,她可以到女儿那边去,女儿可以到她这里来。即使女儿被丈夫带到远处去了,做娘的可以写信给女儿,女儿也可以写信给娘,娘不能见女儿的面,女儿可以寄一张相片给娘。现在只有她,菊英的娘,十年中不曾见过菊英,不曾收到菊英一封信,甚至一张相片。十年以前,她又不曾给菊英照过相。

她能知道她的菊英现在的情形吗?菊英的口角露着微笑?菊英的眼边留着泪痕?菊英的世界是一个光明的?是一个黑暗的?有神在保佑菊英?有恶鬼在捉弄菊英?菊英肥了?菊英瘦了?或者病了?——这种种,只有天知道!

但是菊英长得高了,发育成熟了,她相信是一定的。无论男子或女子,到了十七八岁时候想要一个老婆或老公,她相信是必然的。她确信——这用不着问菊英——菊英现在非常的需要一个丈夫了。菊英现在一定感觉到非常的寂寞,非常的孤单。菊英所呼吸的空气一定是沉重的，闷人的。菊英一定非常的苦恼，非常的忧郁。菊英一定感觉到了活着没有趣味。或者——她想——菊英甚至于想自杀了。要把她的心肝儿菊英从悲观的，绝望的，危险的地方拖到乐观的，希望的，平安的地方，她知道不是威吓，不是理论，不是劝告，不是母爱，所能济事；唯一的方法是给菊英一个老公，一个年青的老公。自然，菊英绝不至于说自己的苦恼是因为没有老公；或者菊英竟当真的不晓得自己的苦恼是因何而起的也未可知。但是给菊英一个老公，必可除却菊英的寂寞，菊英的孤单。他会给菊英许多温和的安慰和许多的快乐。菊英的身体有了托付，灵魂有了依附，便会快活起来，不至于再陷入这样危险的地方去了。问一个十七八岁的女子要不要老公，这是不会得到"要"字的回答的。不论她平日如何注意男子，喜欢男子，想念男子，或甚至已爱上了一个男子，你都无须多礼。菊英的娘明白这个道理，所以也毅然的把女儿的责任照着向来的风俗放在自己的肩上了。她已经耗费了许多心血。五六年前，一听见媒人来说某人要给儿子讨一个老婆，她便要冒风冒雨，跋山涉水的去东西打听。于今，她心满意足了，她找到了一个非常好的女婿。虽然她现在看不见女婿，但是女婿在七八岁时照的一张相片，她看见过。他生的非常的秀丽，显见得是一个聪明的孩子。因了媒人的说合，她已和他的爹娘订了婚约。他的家里很有钱，聘金的多少是用不着开口的。四百元大洋已做一次送来。她现在正忙着办嫁妆，她的力量能好到什么地步，她便好到什么地步。这样，她才心安，才觉得对得住女儿。

　　菊英的爹是一个商人。虽然他并不懂得洋文，但是因为他老成忠厚，森森煤油公司的外国人遂把银根托付了他，请他做经理。他的薪水不多，每月只有三十元，但每年年底的花红往往超过他一年的薪水。他在森森公司五年，手头已有数千元的积蓄。菊英的娘对于穿吃，非常的俭省。虽然菊英的爹不时一百元二百元的从远处带来给她，但她总是不肯做一件好的衣服，买一点好的小菜。她身体很不强健，屡因稍微过度的劳动或心中有点不乐，她的大腿腰背便会酸起来，太阳心口会痛起来，牙齿会浮肿起来，眼睛会模糊起来。但是她虽然这样的多病，她总是不肯雇一个女人，甚至一个工钱极便宜的小女孩。她往往带着病还要工作。腰和背尽管酸痛，她有衣服要洗时，还是不肯在家用水缸里的水洗——她说水缸里的水是备紧要时用的——一定要跑到河边，走下那高高低低摇动而且狭窄的一级一级的埠头，跪倒在最末的一级，弯着酸痛的腰和背，用力的洗她的衣服。眼睛尽管起了红丝，模糊而且疼痛，有什么衣或鞋要做时，她还是要带上眼镜，勉强的做她的衣或鞋。她的几种病所以成为医不好的老病，而且一天比一天厉害了下去，未始不是她过度的勉强支持所致。菊英的爹和邻居都屡次劝她雇一个女工，不要这样过度的操劳，但她总是不肯。她知道别人的劝告是对的。她知道自己的身体一天不如一天的缘故。但是她以为自己是不要紧的，不论多病或不寿。她以为要紧的是，赶快给女儿嫁一个老公，给儿子讨一个老婆，而且都要热热闹闹阔阔绰绰的举办。菊英的娘和爹，一个千辛万苦的在家工作，一个飘海过洋的在外面经商，一大半是为的儿女的大事。如果儿女的婚姻草草的了事，他们的心中便要生出非常的不安。因为他们觉得儿女的婚嫁，是做爹娘责任内应尽的事，做儿女的除了拜堂以外，可以袖手旁观。不能使喜事热闹阔绰，他们便觉得对不住儿女。人家女儿多的，也须东挪西扯的弄一点钱来尽力的把她们一个一个,热热闹闹阔绰绰的嫁出去,何况他们除了菊英没有第二个女儿,而且菊英又是娘所最爱的心肝儿。

尽她所有的力给菊英预备嫁妆,是她的责任,又是她十分的心愿。

哈,这样好的嫁妆,菊英还会不喜欢吗?人家还会不称赞吗?你看,那一种不完备?那一种不漂亮?那一种不值钱?

大略的说一说:金簪二枚,银簪珠簪各一枚。金银发钗各二枚。挖耳,金的二个,银的一个。金的,银的和钻石的耳环各两副。金戒指四枚,又钻石的两枚。手镯三对,金的倒有二对。自内至外,四季衣服粗穿的具备三套四套,细穿的各二套。凡丝罗缎如纺绸等衣服皆在粗穿之列。棉被八条,湖绉的占了四条。毡子四条,外国绒的占了两条。十字布乌贼枕六对,两面都挑出山水人物。大床一张,衣橱二个,方桌及琴桌各一个。椅,凳,茶几及各种木器,都用花梨木和其他上等的硬木做成,或雕刻,或嵌镶,都非常细致,全件漆上淡黄,金黄和淡红等各种颜色。玻璃的橱头箱中的镴器光彩夺目。大小的蜡烛台六副,最大的每只重十二斤。其余日用的各种小件没有一件不精致,新奇,值钱。在种种不能详说(就是菊英的娘也不能一一记得清楚)的东西之外,还随去良田十亩,每亩约计价一百二十元。

吉期近了,有许多嫁妆都须在前几天送到男家去,菊英的娘愈加一天比一天忙碌起来。一切的事情都要经过她的考虑,她的点督,或亲自动手。但是尽管日夜的忙碌,她总是不觉得容易疲倦,她的身体反而比平时强健了数倍。她心中非常的快活。人家都由"阿姆"而至"丈姆",由"丈姆"而至"外婆",她以前看着好不难过,现在她可也轮到了!邻居亲戚们知道罢,菊英的娘不是一个没有福气的人!

她进进出出总是看见菊英一脸的笑容。"是的呀,喜期近了呢,我的心肝儿!"她暗暗的对菊英说。菊英的两颊上突然飞出来两朵红云。"是一个好看的郎君哩!聪明的郎君哩!你到他的家里去,做'他的人'去!让你日日夜夜跟着他,守着他,让他日日夜夜陪着你,抱着你!"菊英羞得抱住了头想逃走了。"好好的服侍他,"她又庄重的训导菊英说:"依从他,不要使他不高兴。欢欢喜喜的明年就给他生一个儿子!对于公婆要孝顺,要周到。对于其他的长者要恭敬,幼者要和蔼。不要被人家说半句坏话,给娘争气,给自己争气,牢牢的记着!……"

音乐热闹的奏着,渐渐由远而近了。住在街上的人家都晓得菊英的轿子出了门。菊英的出嫁比别人要热闹,要阔绰,他们都知道。他们都预先扶老携幼的在街上等候着观看。

最先走过的是两个送嫂①。她们的背上各斜披着一幅大红绫子,送嫂约过去有半里远近,队伍就到了。为首的是两盏红字的大灯笼。灯笼后八面旗子,八个吹手。随后便是一长排精制的,逼真的,各色纸童,纸婢,纸马,纸轿,纸桌,纸椅,纸箱,纸屋,

---

① 送嫂专于婚丧时服侍女客,及平日与妇人绞面毛,其丈夫多为吹手兼轿夫,或管庙祠。此处系用为至男家报喜,及服侍新娘子之用。

以及许多纸做的器具。后面一顶鼓阁①两杠纸铺陈②,两杠真铺陈。铺陈后一顶香亭,香亭后才是菊英的轿子,这轿子与平常的花轿不同,不是红色,却是青色,四维着彩。轿后十几个人抬着一口十分沉重的棺材,这就是菊英的灵柩。棺材在一套呆大的格子架中,架上盖着红色的绒毡,四面结着彩,后面跟送着两个坐轿的,和许多预备在中途折回的,步行的孩子。

看的人都说菊英的娘办得好,称赞她平日能吃苦耐劳。她们又谈到菊英的聪明和新郎生前的漂亮,都说配合得当。

这时,菊英的娘在家里哭得昏去了。娘的心中是这样的悲苦,娘从此连心肝儿的棺材也要永久看不见了。菊英幼时是何等的好看,何等的聪明,又是何等的听娘话!她才学会走路,尚不能说话的时候,一举一动已很可爱了。来了一位客,娘喊她去行个礼,她便过去弯了一弯腰。客给她糖或饼吃,她红了脸不肯去接,但看着娘,她说"接了罢,谢谢!"她便用两手捧了,弯了一弯腰。她随后便走到她的身边,放了一点在自己的口里,拿了一点给娘吃,娘说,"娘不要吃,"她便"嗯"的响了一声,露出不高兴的样子,高高的举着手,硬要娘吃,娘接了放在口里,她便高兴得伏在娘的膝上嘻嘻的笑了。那时她的爹不走运,跑到千里迢迢的云南去做生意,半年六个月没有家信,四年没有回家,也没有半边烂钱寄回来。娘和她的祖母千辛万苦的给人家做粗做细,赚来养她,她六岁时自己学磨纸③,七岁绣花,学做小脚娘子④的衣裤,八岁便能帮娘磨纸,挑花边了。她不同别的孩子去玩耍,也不噪吃闲食,只是整天的坐在房子里做工。她离不开娘,娘离不开她。她是娘的肉,她是娘的唯一的心肝儿!好几次,娘想到她的爹不走运,娘和祖母日日夜夜低着头的给人家做苦工,还不能多赚一点钱,做一件好看的新衣服给她穿,买点好吃的糖果给她吃,反而要她日日夜夜的帮着娘做苦工,娘的心酸了起来,忽然抱着她哭了。她看见娘哭,也就放声大哭起来。娘没有告诉她,娘想些什么,但是娘的心酸苦了,她也酸苦了。夜间娘要她早一点睡,她总是说做完了这一点。娘恐怕她疲倦,但是她反说娘一定疲倦了,她说娘的事情比她多。她好几次的对娘说,"阿姆,我再过几年,人高了,气力大了,我来代你煮饭。你太苦了,又要做这个,又要做那个。"娘笑了,娘抱着她说,"好的,我的肉!"这时,眼泪几乎从娘的眼中滚出来了。娘有时心中悲伤不过,脸上露着愁容,一言不发的独自坐着,她便走了过来,靠着娘站着说,"阿姆,我猜阿爹明天要回来了。"她看见娘病了,躺在床上,她的脸上的笑容就没有了。她没有心思再做工,她但整天的坐在娘的床边,牵着娘的手,或给娘敲背,或给娘敲腿。八年来,娘没有打过她一下,骂过她半句,她实在也无须娘用指尖去轻轻的触一触!菩萨,娘是敬重的,娘没有做过一件秽渎菩萨的事情。但是,天呵!为什么不留心肝儿在娘的身边呢?那时虽是娘不小心,但也是为的她苦得太可怜了,所以娘才要她跟着祖母到表兄弟那里去吃喜酒,好趁此热热闹闹,开开心。谁能够晓得反而害了她呢?早知这

---

① 鼓阁系一种轿子的形式,内置乐器数种,以一人司之,与轿后数人之乐相和。
② 见《许是不至于罢》。
③ 磨纸,即磨锡箔。
④ "小脚娘子"系女孩以各色布自做的女玩偶,以其小脚,故名。

样,咳,何必要她去呢!她原是不肯去的:"阿姆不去,我也不去。"她对娘这样说。但是又有吃,又好看,又好耍,做娘的怎么不该劝她偶尔的去一次呢?"那末只有阿姆一个人在家了,"她固执不过娘,便答应了,但她又加上这一句。娘愿意离开她吗?娘能离开她吗?天呵,她去了八天,娘已经尽够苦恼了!她的爹在千里迢迢的地方,钱也没有,信也没有,人又不回来,娘日日夜夜在愁城中做苦工,还有什么生趣?娘的唯一的安慰只有这一个心肝儿,没有她,娘早就不想再活下去了。第九天,她跟着祖母回来了。娘是这样的喜欢:好像娘的灵魂失去了又回来一般!她一看见娘便喊着"阿姆",跑到娘的身边来。娘把她抱了起来,她便用手臂挽住了娘的颈,将面颊贴到娘的脸上来。她问她去了八天喜欢不喜欢,她说,"喜欢,只是阿姆不在那里没有十分趣味。"娘摸她的手,看她的脸,觉得反而比先瘦了。娘心中有点不乐。过了一会,她咳嗽了几声,娘没有留意。谁知过了一会,她又咳嗽了。娘连忙问她咳嗽了几天,她说两天。娘问她身体好过不好过,她说好过,只是咳了又咳,有点讨厌。娘听了有点懊悔,忙到街上去买了两个铜子的苏梗来泡茶给她吃。她把新娘子生得什么样子,穿什么好的衣服,闹房时怎样,以及种种事情讲给她听,她的确很喜欢,她讲起来津津有味。第二天早晨,她的声音有点哑了,娘很担忧。但因为要预备早饭,娘没有仔细的问她,娘烧饭时,她还代娘扫了房中的地。吃饭时,她看她吃不下去,两颊有点红色,忙去摸她的头,她的头发烧了。娘问她还有什么地方难过,她说喉咙有点痛。这一来,娘懊悔得不得了,娘觉得以先不该要她去。祖母愈加懊悔,她说不知道那里疏忽了,竟使她受了寒,咳嗽而至于喉痛。娘放下饭碗,看她的喉咙,她的喉咙已如血一般红了。收拾过饭碗,娘又喊她到屋外去,给她仔细的看。这时,娘看见她喉咙的右边起了一个小小的雪白的点子。娘不晓得这是什么病,娘只知道喉病是极危险的。娘的心跳了起来,祖母也非常的担忧。娘又问她,那一天便觉得喉咙不好过了,这时她才告诉说,前天就觉得有点干燥了似的。娘连忙喊了一只划船,带她到四里远的一个喉科医生那里去。医生的话,骇死了娘,他说这是白喉,已起了两三天了。"白喉!"这是一个可怕的名字!娘听见许多人说,生这病的人都是一礼拜就死的!医生要把一根明晃晃的东西拿到她的喉咙里去搽药,她怕,她闭着嘴不肯。娘劝她说这不痛的,但是她依然不肯。最后,娘急得哭了:"为了阿姆呀,我的肉!"于是她也哭了,她依了娘的话,让医生搽了一次药。回来时,医生又给了一包吃的和漱的药。

第二天,她更加厉害了:声音愈加哑,咳嗽愈加多,喉咙里面起了一层白的薄膜,白点愈加多,人愈发烧了。娘和祖母都非常的害怕。一个邻居的来说,昨天的医生不大好,他是中医,这种病应该早点请西医。西医最好的办法是打药水针,只要病人在二十四点钟内不至于窒息,药水针便可保好。娘虽然不大相信西医,但是眼见得中医医不好,也就不得不去试一试。首善医院是在万邱山那边,娘想顺路去求药,便带了香烛和香灰去①。她怕中医,一定更怕西医,娘只好不告诉她到医院里,只说到万邱山求药去。她相信了娘的话,和娘坐着船去了。但是到要上岸的时候,她明白了。因为她到过万邱山

---

① 求药者将香灰供神前,求神于冥冥中赐药于香灰上,持回与病人吞服。

两次，医院的样子与万邱山一点也不像，她哭了，她无论如何不肯上岸去。娘劝她，两个划船的也劝她说，不医是不会好的，你不好，娘也不能活了，她总是不肯。划船的想把她抱上岸去，她用手乱打乱挣，哑着声音号哭得更厉害了，娘看着心中非常的不好过，又想到外国医生的厉害，怕要开刀做什么，她既一定不肯去，不如依了她，因此只到万邱山去求了药回来。第三天早晨，她的呼吸是这样的困难：喉咙中发出嘶嘶的声音，好像有什么塞住了喉咙一般，咳嗽愈厉害，她的脸色非常的青白。她瘦了许多，她有二天没有吃饭了。娘的心如烈火一般的烧着，只会抱着流泪。祖母也没有一点主意，也只会流眼泪了。许多人说可以拿荸荠汁，莱菔汁，给她吃，娘也一一的依着办来给她吃过。但是第四天早晨，她的喉咙中声音响得如猪的一般了。说话的声音已经听不清楚。嘴巴大大的开着，鼻子跟着呼吸很快的一开一开。咳嗽的非常厉害。脸色又是青又是白，两颊陷了进去。下颚变得又长又尖，两眼呆呆的圆睁着，凹了进去，眼白青白的失了光，眼珠暗淡的不活泼了——像山羊的面孔！死相！娘怕看了。娘看起来，心要碎了！但是娘肯甘心吗？娘肯看着她死吗？娘肯舍却心肝儿吗？不的！娘是无论如何也要想法子的！娘没有钱，娘去借了钱来请医生。内科医生请来了两个，都说是肺风，各人开了一个方子。娘又暗自的跪倒在灶前，眼泪如潮一般的流了出来，对灶君菩萨许了高王经三千，吃斋一年的愿，求灶君菩萨的保佑。娘又诚心的在房中暗祝说，如果有客①在房中请求饶恕了她。今晚瘥了，今晚就烧五十锭，直到完全好了，摆一桌十六大碗的羹饭。上半天，那个要娘送她到医院去看的邻居又来了。他说今天再不去请医生来打药水针，一定不会好了。他说他亲眼看见过医好几个人，如果她在二十四点钟内不至于"走"②，打了这药水针一定保好。请医院的医生来，必须喊轿子给他，打针和药钱都贵，他说总须六元钱才能请来，他既然这样说，娘在走投无路的时候也必须试一试看。娘没有钱，也没有地方可以再借了，娘只有把自己的皮袄③托人拿去当了请医生。皮袄还有什么用处呢，她如果没有法子救了，娘还能活下去吗？吃中饭的时候，医生请来了。他说不应该这样迟才去请他，现在须看今夜的十二点钟了，过了这一关便可放心。她听见，哭了，紧紧的挽住了娘的头颈。她心里非常的清白。她怕打针，几个人硬按住了她，医生便在她的屁股上打了一针，灌了一瓶药水进去。——但是，命运注定了，还有什么用处呢！咳，娘是该要这样可怜的！下半天，她的呼吸渐渐透不转来，就在夜间十一点钟……天呀！

（选自《柚子》集，一九二六年十月北新书局出版）

☛ 提示

　　这是王鲁彦收入其《柚子》集（1926）中的一个作品，写于 1925 年，是其代表作之一。

---

　　① "客"，对鬼尊称之词。
　　② "走"即死，避讳也。
　　③ 宁波人好体面，虽极穷也必尽力挪借购置美服，故菊英的娘尚有花缎皮缎及华丝葛（后音）裙子。

小说作者借助冥婚——即为夭折的男女举行婚礼——的民间习俗，表现了一个母亲对夭折了的女儿——菊英的爱。

辛劳多病的母亲时常沉浸在对女儿的怀念中，试图满足想象中生活在阴间的女儿的一切愿望，于是找到了一家为儿子死去而伤心的人家，缔结了婚约，以隆重的仪式把女儿嫁了过去，以缓解心中的悲痛与思念。小说在题材的选取上有其独特之处，在对母亲心态的表现上也合乎情理，表现了母亲之情深；但在叙述方式和对民俗文化的描写上尚不够成熟。

台静农

拜 堂

黄昏的时候，汪二将蓝布夹小袄托蒋大的屋里人①当了四百大钱。拿了这些钱一气跑到吴三元的杂货店，一屁股坐在柜台前破旧的大椅上，椅子被坐得格格地响。

"那里来，老二？"吴家二掌柜问。

"从家里来。你给我请三股香，数二十张黄表。"

"弄什么呢？"

"人家下书子②，托我买的。"

"那么不要蜡烛吗？"

"他妈的，将蜡烛忘了，那么就给我拿一对蜡烛罢。"

吴家二掌柜将香表蜡烛裹在一起，算了账，付了钱。汪二在回家的路上走着，心里默默地想：同嫂子拜堂成亲，世上虽然有，总不算好事。哥哥死了才一年，就这样了，真有些对不住。转而想，要不是嫂子天天催，也就可以不用磕头③，糊里糊涂地算了。不过她说得也有理：肚子眼看一天大似一天，要是生了一男半女，到底算谁的呢？不如率性磕了头，遮遮羞，反正人家是笑话了。

走到家，将香纸放在泥砌的供桌上。嫂子坐在门口迎着亮上鞋。

"都齐备了么？"她停了针向着汪二问。

"都齐备了，香，烛，黄表。"汪二蹲在地上，一面答，一面擦了火柴吸起旱烟来。

"为什么不买炮呢？"

"你怕人家不晓得么，还要放炮！"

"那么你不放炮，就能将人家瞒住了？"她深深地叹了一口气。"既然丢了丑，总得

---

① 屋里人即内人。
② 下书子即过婚书。
③ 磕头即拜堂。

图个吉利，将来日子长，要过活的。我想哈①要买两张灯红纸，将窗户糊糊。"

"俺爹可用告诉他呢？"

"告诉他作什么？死多活少的，他也管不了这些，他天天只晓得问人要钱灌酒。"她愤愤地说。"夜里哈少不掉牵亲②的，我想找赵二的家里同田大娘，你去同她两个说一声。"

"我不去，不好意思的。"

"哼，"她向他重重地看了一眼。"要讲意思，就不该作这样丢脸的事！"她冷悄地说。

这时候，汪二的父亲缓缓地回来了。右手提了小酒壶，左手端着一个白碗，碗里放着小块豆腐。他将酒壶放在供桌上，看见了那包香纸，于是不高兴地说：

"妈的，买这些东西作什么？"

汪二不理他，仍旧吸烟。

"又是许你妈的什么愿，一点本事都没有，许愿就能保佑你发财了？"

汪二还是不理他。他找了一双筷子，慢慢地在拌豆腐，预备下酒。全室都沉默了，除了筷子捣碗声，汪二的吸旱烟声，和汪大嫂的上鞋声。

镇上已经打了二更，人们大半都睡了，全镇归于静默。

她趁着夜静，提了篾编的小灯笼，悄悄地往田大娘那里去。才走到田家荻柴门的时候，已听着屋里纺线的声音，她知道田大娘还没有睡。

"大娘，你开开门。哈在纺线呢。"她站在门外说。

"是汪大嫂么？在那里来呢，二更都打了？"田大娘早已停止纺线，开开门，一面向她招呼。

她坐在田大娘纺线的小椅上，半晌没有说话，田大娘很奇怪，也不好问。终于她说了：

"大娘，我有点事……就是……"她未说出又停住了。"真是丑事，现在同汪二这样了。大娘，真是丑事，如今有了四个月的胎了。"她头是深深地低着，声音也随之低微。"我不恨我的命该受苦，只恨汪大丢了我，使人孤零零地，又没有婆婆，只这一个死多活少的公公。……我好几回就想上吊死去，……"

"嗳，汪大嫂你怎么这样说！小家小户守什么？况且又没有个牵头③；就是大家的少奶奶，又有几个能守得住的？"

"现在真没有脸见人……"她的声音有些哽咽了。

"是不是想打算出门呢？本来应该出门，找个不缺吃不缺喝的人家。"

"不呀，汪二说不如磕个头，我想也只有这一条路。我来就是想找大娘你去。"

"要我牵亲么？"

"说到牵亲，真丢脸，不过要拜天地，总得要旁人的；要是不恭不敬地也不好，将来

---

① 哈作还解。
② 牵亲即傧相。
③ 牵头指儿女。

日子长，哈要过活的。"

"那么，总得哈要找一个人，我一个也不大好。"

"是的，我想找赵二嫂。"

"对啦，她很相宜，我们一阵去。"田大娘说着，在房里摸了一件半旧的老蓝布褂穿了。

这深夜的静寂的帷幕，将大地紧紧地包围着，人们都酣卧在梦乡里，谁也不知道大地上有这么两个女人，依着这小小的灯笼的微光，在这漆黑的帷幕中走动。

渐渐地走到了，不见赵二嫂屋里的灯光，也听不见房内有什么声音，知道他们是早已睡了。

"赵二嫂，你睡了么？"田大娘悄悄地走到窗户外说。

"是谁呀？"赵二嫂丈夫的口音。

"是田大娘么？"赵二嫂接着问。

"是的，二嫂你开开门，有话跟你说。"

赵二嫂将门开开，汪大嫂就便上前招呼：

"二嫂已经睡了，又麻烦你开门。"

"怎么，你两个吗，这夜黑头①从那里来呢？"赵二嫂很惊奇地问。"你俩请到屋里坐，我来点灯。"

"不用，不用，你来我跟你说！"田大娘一把拉了她到门口一棵柳树的底下，低声地说了她们的来意。结果赵二嫂说：

"我去，我去，等我换件褂子。"

少顷，她们三个一起在这黑的路上缓缓走着了，灯笼残烛的微光，更加黯弱。柳条迎着夜风摇摆，荻柴沙沙地响，好像幽灵出现在黑夜中的一种阴森的可怕，顿时使这三个女人不禁地感觉着恐怖的侵袭。汪大嫂更是胆小，几乎全身战栗得要叫起来了。

到了汪大嫂家以后，烛已熄灭，只剩了烛烬上一点火星了。汪二将茶已煮好，正在等着；汪大嫂端了茶敬奉这两位来客。赵二嫂于是问：

"什么时候拜堂呢？"

"就是半夜子时罢，我想。"田大娘说。

"你两位看着罢，要是子时，就到了，马上要打三更的。"汪二说。

"那么，你就净净手，烧香罢。"赵二嫂说着，忽然看见汪大嫂还穿着孝。"你这白鞋怎么成，有黑鞋么？"

"有的，今天下晚才赶着上起来的。"她说了，便到房里换鞋去了。

"扎头绳也要换大红的，要是有花，哈要戴几朵。"田大娘一面说着，一面到了房里帮着她去打扮。

---

① 夜黑头即黑夜。

汪二将香烛都已烧着，黄表预备好了。供桌捡得干干净净的。于是轻轻地跑到东边墙外半间破屋里，看看他的爹爹是不是睡熟了，听在打鼾，倒放下心。

赵二嫂因为没有红毡子，不得已将汪大嫂床上破席子拿出铺在地上。汪二也穿了一件蓝布大褂，将过年的洋缎小帽戴上，帽上小红结，系了几条水红线；因为没有红丝线，就用几条棉线替代了。汪大嫂也穿戴着周周正正地同了田大娘走出来。

烛光映着陈旧褪色的天地牌，两人恭敬地站在席上，顿时显出庄严和寂静。

"站好了，男左女右，我来烧黄表。"田大娘说着，向前将表对着烛焰燃起，又回到汪大嫂身边。"磕罢，天地三个头。"赵二嫂说。

汪大嫂本来是经过一次的，也倒不用人扶持；听赵二嫂说了以后，静静地和汪二磕了三个头。

"祖宗三个头。"

汪大嫂和汪二，仍旧静静地磕了三个头。

"爹爹呢，请来，磕一个头。"

"爹爹睡了，不要惊动罢，他的脾气又不好。"汪二低声说。

"好罢，那就给他老人家磕一个堆着罢。"

"再给阴间的妈妈磕一个。"

"哈有……给阴间的哥哥也磕一个。"

忽而汪大嫂的眼泪扑的落下地了，全身是颤动和抽搐；汪二也木然地站着，颜色变得可怕。全室中的情调，顿成了阴森惨淡。双烛的光辉，竟黯了下去，大家都张皇失措了。终于田大娘说：

"总得图个吉利，将来哈要过活的！"

汪大嫂不得已，忍住了眼泪，同了汪二，又呆呆地磕了一个头。

第二天清晨，汪二的爹爹，提了小酒壶，买了一个油条，坐在茶馆里。

"给你老头道喜呀，老二安了家。①"推车的吴三说。

"道他妈的喜，俺不问他妈的这些屁事！"汪二的爹爹愤然地说。"以前我叫汪二将这小寡妇卖了，凑个生意本。他妈的，他不听，居然他两个弄起来了！"

"也好。不然，老二到那里安家去，这个年头？"拎画眉笼的齐二爷庄重地说。

"好在肥水不落外人田。"好像摆花生摊的小金从后面这样说。

汪二的爹爹没有听见，低着头还是默默地喝他的酒。

一九二七年六月六日

☞ 提示

《拜堂》写于1927年，是乡土小说作家台静农的代表作，具有乡土小说的典型特征。

《拜堂》叙述了年轻困窘的汪二与已有身孕的寡嫂草草拜堂成亲的经过。叔嫂二人

---

① 安了家即娶了妻子。

为遮羞，也为了度日，图吉利，决定拜堂成亲，由于他们生活拮据，又感觉对不起大哥，虽尽可能按规矩习俗办喜事，但仍掩盖不住寒伧悲凉的气氛。小说在对民风民俗的描写中，表现了穷鄙乡村中穷苦者暗淡凄楚的生活状态，也揭示了他们压抑痛苦、苦苦挣扎的求生意态。

小说以"请牵亲"与"拜堂"两个场景为结构中心，在短小篇幅内白描出乡土民俗和人物心态，语言简练有力，表达感情与渲染气氛准确生动，于喜事中见悲剧色彩，形成沉郁的风格。

凌叔华

酒　后

夜深客散了。客厅中大椅上醉倒一个三十多岁的男子，酣然沉睡；火炉旁坐着一对青年夫妇，面上都挂着酒晕，在那儿切切细语；室中充满了沉寂甜美的空气。那个女子忽站起来道：

"我们俩真大意，子仪睡在那里，也不曾给他盖上点。等我拿块毛毡来，你和他盖上罢。把那边电灯都灭了罢，免得照住他的眼，睡的不舒服。"

"让我去拿罢，"男子赶紧也站起来说。

女子并不答言转身已把毡子抱来，说：

"轻轻的给他脱了鞋子罢。把毡子打开，盖着他的肩膀和脚，让他舒舒服服的睡觉。"她看着那男子与那睡着的人脱了鞋，盖好了毡子，又说道：

"我们还是坐在这里罢。他一会儿醒了一定要茶要水的。他刚才说他不回家了，这里的大椅比他家的床还舒服多呢。"她说着又坐下，"咳！他的家庭也真没味儿，他真可怜。"

男子仍旧傍他妻子坐着，室中只余一盏带穗的小电灯，很是昏暗；壁炉的火，发出那橘红色柔光射在他俩的笑容上；几上盆梅，因屋子里温度高，大放温馨甜醉的香味。那男子望着他的妻子，眯着眼含笑道：

"采苕，我也醉了。"

"你不是说你没喝多少酒吗？"女子微笑说。

"我不是酒醉，我是被这些环境弄醉了。……我的眼，鼻，耳，口——灵魂都醉了，……我的心更醉了——你摸摸它跳的多么快！"他说着便靠紧采苕那边坐。

采苕似笑非笑的看一看他，随后却望着那睡倒的人，说：

"你还不认账喝醉了呢。你听听你自己又把那些耳，鼻，口，目，灵魂，心等等字眼全数的搬出来了。只是你的脸不像子仪那样红,他今天可真醉了。"

男子似乎没听见他的妻子说什么,仍旧眯着醉眼,拉着她的手,说:

"亲爱的,叫我怎样能不整个人醉起来呢?如此人儿,如此良宵,如此幽美的屋子,都让我享到!平常在这样一间美好舒服的房子里坐着,看着样样东西都是我心上人儿布置过的,已经使我心醉,我远远的望见你来,我的心便摇摇无主了。现在我眼前坐着的是天仙,住的是纯美之宫,耳中听的,就是我灵府的雅乐,鼻子闻到的——销魂的香泽,别说梅花、玫瑰的甜馨比不上,就拿荷花的味儿比,亦嫌带些荷叶的苦味呢。我的口——才刚尝了我心上人儿特出心裁做的佳味,——哦,我还可以尝那似花香非花香,似糖甜非糖甜,似甘酒非……"

"够了,够了,你真醉了,好好的又扯上这些小说式的话来逗我。说话小点声音罢,看吵醒子仪。"

他拿他夫人的手热烈的嗅了几嗅,又抬头望着她道:

"你也有点醉罢?这腮上薄薄的酒晕,什么花比得上这可爱的颜色呢?——桃花?我嫌她太俗。牡丹?太艳。菊花?太冷。梅花?也太瘦。都比不上。"说着他又靠近坐一些,"呀!不用讲别的!就拿这两道眉来说罢,什么东西比得上呢?拿远山比——我嫌她太淡;蛾眉,太弯,柳叶,太直,新月,太寒。都不对,都不对。眉的美真不亚于眼的美,为什么平时人总说不到眉呢?"

采苕今晚似乎不像平常那样,把永璋说的话,一个个字都饮下心坎中去,她的眼时时望着那睡倒的人,至此方用话止住永璋道:

"我的头今晚也昏昏的。我喝了酒不爱说话,你却滔滔不绝,不觉得渴吗?"

永璋余兴未尽,摇摇头还接续说:

"采苕,我说真话,眉的美也是很要紧的。可是平常初次见面的,看不到眉的好丑,这须在静夜相对的时候,才觉得到呢。唉,你的眉,真是出奇的好看!"

"永璋,我不理你了,你尽是拿我开玩笑。"她微耸双眉说着,转过身去背着永璋。

"我那里敢?"他急忙分辩,用手轻轻扳转采苕来。"我现在赞美大自然打发这样一个仙子下凡,让我供奉亲近,我诚心供奉还来不及,那里敢开玩笑……我相信一个人外表真美的,心灵也一定会美。比如你的心灵,那一时不给我愉快,让我赞美。就这屋子说,那一样不是经你的手动才被人赞美的。若是有人拿一个王位来换,不用说我这个爱人,就是这屋里东西,我一定送他进疯人院去。"

采苕此时似乎听而不闻的样子,带些酒意的枕她的头在永璋的肩上,望着那边睡倒的。永璋仍接续说:

"哦,大后天便是新年,我可以孝敬你一点什么东西?你给我这许多的荣誉和幸福,就今晚说一通晚,也讲不出百分之一来。亲爱的,快告诉我,你想要一样什么东西?不要顾惜钱。你想要的东西,花钱我是最高兴的。"

采苕听了,想了一想,后来仍望着那睡倒的人。此时子仪正睡的沉酣,两颊红的像浸了胭脂一般,那双充满神秘思想的眼,很舒适的微微闭着;两道乌黑的眉,很清楚的直向鬓角分列；他的嘴，平日常充满了诙谐和议论的，此时正弯弯的轻轻的合着，腮边盈盈带着浅笑；这样子实在平常采苕没看见过。他的容仪平时都是非常恭谨斯文，永没像过酒后这样温润优美。采苕怔怔的望了一回，脸上忽然热起来，她答说：

"我什么也不要，我只要你答应这一样东西……只要一秒钟。"

"请快点说，"永璋很高兴的说："我的东西都是你的一样。别说一秒钟，千万年都可以的。"

"我要——我有些不好意思说。"

"不要紧。"

"他……"

"他一定不会醒的，你放心说罢。"

"我，我只想闻一闻他的脸，你许不许？"

"真的吗，采苕？"

"真的！实在真的！"

"真的？那怎么行？……你今晚也喝醉了罢？"

"没有喝醉，我没有喝醉。我说给你听，我为什么发生这样要求，你就会得答应我了。我自从认识子仪就非常钦佩他；他的举止容仪，他的言谈笔墨，他的待人接物，都是时时使我倾心的。因为他是有了妻子的人，我永远没敢露过半句爱慕他的话。他处在一个很不如意的家庭，我是可怜他。"

"他对我很赞你，很羡慕我。因为羡慕我的人太多了，我也没理会。我也知道你很钦佩他，不过不知道你这样倾心。"

"小点声音。让我说完我的心事——我天生有一种爱好文墨的奇怪脾气，你是知道的，见了十分奇妙的文章，都想到作者的丰仪，文笔美妙的，他的丰采言语却不定美好，只有他——实在使我倾心的，咳，他那一样都好！……我向来不敢对人提过这话，恐怕俗人误会。今天他酒后的言语风采，都更使我心醉。我想到他家中烦闷情况——一个毫没有情感的女人，一些只知道伸手要钱的不相干的婶娘叔父，又不由得动了深切的怜惜。……他真可怜！……亲爱的，他这样一个高尚优美的人，没有人会怜爱他，真是憾事！"

"哦！所以你要去 Kiss 他，采苕？"

"唔，也因为刚才我愈看他，愈动了我深切的不可制止的怜惜情感，我才觉得不舒服，如果我不能表示出来。"她紧紧的拉住永璋的手道："你一定得答应我。"

永璋面上现出很为难态度，仍含笑答道：

"采苕，你另想一个要求可以吗？我不能答应你……"采苕不等他说完，便截住他的话道：

"我信你是最爱我的，为什么竟不能应允我这要求？……就是子仪，你也非常爱他，……"

"亲爱的，你真是喝醉了。夫妻的爱和朋友的爱是不同的呀！可是，我也不明白为什么我很喜欢你同我一样的爱我的朋友，却不能允许你去和他接吻。"永璋连忙分说。

"我没有喝醉,真没醉,"采苕急急说道,"你得答应我,只要去 Kiss 他一秒钟,我便心下舒服了。你难道还信不过我吗?"她看住永璋。

永璋看她非常坚决的神气,答道:

"信不过你是没有的话,只是我觉得我不能答应你这个要求。"

"既然不是不信得过我,你为什么不答应我?"她站起来很恳切的说。

"你真的非去 Kiss 他不可吗?"

"是的,我总不能舒服,如果我不能去 Kiss 他一次。"

"好吧!"永璋很果决的说。

她站起来走了两步,忽然又回来拉永璋道,

"你陪我走过去。"

"我坐在这边等你,不是一样,怕什么,得要人陪?"

"不,你得陪我去。"

"我不能陪你去。况且,我如果陪了你去,好像我不大信任你似的,你想想对不对?"

她不答的走去,忽然又站住说:

"我心跳的厉害,你不要走开。"

"好,我答应了在这边陪你的。"

"我去了,"她说完便轻轻的走向子仪睡倒的大椅边去,愈走近,子仪的面目愈现清楚,采苕心跳的速度愈增。及至她走到大椅前,她的心跳度数竟因繁密而增声响。她此时脸上奇热,心内奇跳,怔怔的看住子仪,一会儿她脸上热退了,心内亦猛然停止了强密的跳。她便三步并两步的走回永璋身前,一语不发,低头坐下。永璋看着她急问道,

"怎么了,采苕?"

"没什么。我不要 Kiss 他了。"

(原载于《现代评论》1925 年 1 月 10 日第 1 卷第 5 期)

☞ 提示

《酒后》写于 1925 年,是能够显示凌叔华小说风格的作品。

小说写一对知识青年夫妇请一朋友在家喝酒,朋友醉卧椅上,夫妇也微醉,妻子因爱慕客人风度,与丈夫商议让她趁客人醉卧时吻一下客人,丈夫犹疑后答应,而妻子最终放弃要求的故事。

小说以细微的情节、细腻的笔触写出青年夫妇的酒后心态及略有出格的举动,表现受新文化运动影响的新一代知识者的新的心理状态和夫妻关系。作者善于捕捉人物的心态,也敢于表现有违于传统伦理观点的心理活动和道德观念,显示出她对人性的理解。

丁 玲

莎菲女士的日记

十二月二十四

今天又刮风！天还没亮，就被风刮醒了。伙计又跑进来生炉。我知道，我是怎样都不能再睡得着了的。我也知道，不起来，便会头昏。睡在被窝里是太爱想到一些奇奇怪怪的事上去。医生说顶好能多睡，多吃，莫看书，莫想事，偏这就不能，夜晚总得到两三点才能睡着，天不亮又醒了。象这样刮风天，真不能不令人想到许多使人焦躁的事。并且一刮风，就不能出去玩，关在屋子里面没有书看，还能做些什么！一个人能呆呆的坐着，等时间的过去吗？我是每天都在等着，挨着，只想这冬天快点过去；天气一暖和我咳嗽总可好些，那时候，要回南便回南，要进学校便进学校，但这冬天可太长了。

太阳照到纸窗上时，我是在煨第三次牛奶。昨天煨了四次。次数虽煨很多，却不定是要吃，这只不过是一个人在刮风天为免除烦恼的养气法子。这固然可以混去一小点时间，但有时却又不能不令人更加生气，所以上星期整整的有七天没玩它，不过在没想出别的法子时，是又不能不借重它来象一个老年人耐心着消磨时间。

报来了，便看报，顺着次序看那大号字标题的国内新闻，然后又看国外要闻，本埠琐闻……把教育界，党化教育，经济界，九六公债盘价……全看完，还要再去温习一次昨天前天已看熟了的那些招男女，编级新生的广告，那些为分家产起诉的启事，连那些什么六○六，百灵机，美容药水，开明戏，真光电影……都熟了了过后才懒懒的丢开报纸。自然，有时是会发现点新的广告，但也除不了是些绸缎铺五年六年纪念的减价，恕讣不周的讣闻之类。

报看完，想不出能找点什么事做，只好一人坐在火炉旁生气。气的事，也是天天气惯了的。天天一听到从窗外走廊上传来的那些住客们喊伙计的声音，便头痛，那声音真是又粗，又大，又嘎，又单调："伙计。开壶！"或是"脸水，伙计！"这是谁也可以想象出来的一种难听的声音。还有，那楼下电话也是不断的有人在那电机旁大声的说话，没有一些声息时，又会感到寂沉沉的可怕，尤其是那四堵粉垩的墙。它们呆呆的把你眼睛挡住，无论你坐在那方：逃到床上躺着吧，那同样的白垩的天花板，便沉沉的把你压住。真找不出一件是能令人不生嫌厌的心的；如同那麻脸伙计，那有抹布味的饭菜，那扫不干净的窗格上的沙土，那洗脸台上的镜子——这是一面可以把你的脸拖到一尺多长的镜子，不过只要你肯稍微一偏你的头，那你的脸又会扁的使你自己也害怕——……这都是可以令人生气了又生气。也许这只我一人如是。但我却宁肯能找到些新的不快活，不满足；只是新的，无论好坏，似乎都隔得我太远了。

吃过午饭，苇弟便来了，我一听到他那特有的急遽的皮鞋声已从走廊的那端传来时，我的心似乎便从一种窒息中透出一口气来的感到舒适。但我却不会表示，所以当苇弟进来时，我只能默默地望着他；他反以为我又在烦恼，握紧我一双手，"姊姊，姊姊"那样不断的叫着。我，我自然笑了！我笑的什么呢，我知道，在那两颗只望到我眼睛下面的跳动的眸子中，我准懂得那收藏在眼帘下面，不愿给人知道的是些什么东西！这是有多么久了，你，苇弟，你在爱我！但他捉住过我吗？自然，我是不能负一点责，一个女人是应当这样。其实，我算够忠厚了；我不相信会有第二个女人这样不捉弄他的，并且我还在确确实实的可怜他，竟有时忍不住想去指点他："苇弟，你不可以换个方法吗？这样是只能反使我不高兴的……"对的，假使苇弟能够再聪明一点，我是可以比较喜欢他些，但他却只能如此忠实的去表现他的真挚！

苇弟看见我笑了，便很满足。跳过床头去脱大氅，还脱下他那顶大皮帽来。假使他这时再掉过头来望我一下，我想他一定可以从我的眼睛里得些不快活去。为什么他不可以再多的懂得我些呢？

我总愿意有那末一个人能了解得我清清楚楚的，如若不懂得我，我要那些爱，那些体贴做什么？偏偏我的父亲，我的姊姊，我的朋友都能如此盲目地爱惜我，我真不知他们所爱惜我的是些什么；爱我的骄纵，爱我的脾气，爱我的肺病吗？有时我为这些生气，伤心，但他们却都更容让我，更爱我，说一些错到更能使我想打他们的一些安慰话。我真愿意在这种时候会有人懂得我，便骂我，我也可以快乐而骄傲了。

没有人来理我，看我，我是会想念人家，或恼恨人家，但有人来后，我不觉得又会给人一些难堪，这也是无法的事。近来为要磨练自己，常常话到口边便咽住，怕又在无意中竟刺着了别人的隐处，虽说是开玩笑。因为如此，所以这是可以想象出来的，我是拿一种什么样的心情在陪苇弟坐。但苇弟若站起身来喊走时，我是又会因怕寂寞而感到怅惘，而恨起他来。这个，苇弟是早就知道了的。所以他一直到晚上十点钟才回去。不过我却不骗人，并不骗自己，我清白，苇弟不走，不特于他没有益处，反只能让我更觉得他太容易支使，或竟更可怜他的太不会爱的技巧了。

十二月二十八

今天我请毓芳同云霖看电影。毓芳却邀了剑如来。我气得只想哭，但我却纵声的笑了。剑如，她是够多么可以损害我自尊之心的；我因为她的容貌，举止，无一不象我幼时所最投洽的一个朋友，所以我竟不觉的时常在追随她，她又特意给了我许多敢于亲近她的勇气，但后来，我却遭受了一种不可忍耐的待遇，无论什么时候想起，我都会痛恨我那过去的，已不可追悔的无赖行为：在一个星期中我曾足足的给了她八封长信，而未曾给人理睬过。毓芳真不知想的那一股劲，明知我已不愿再剔起从前的事，却故意要邀着她来，象有心要挑逗我的愤恨一样，我真气了。

我的笑，毓芳和云霖是不会留意这有什么变异，但剑如，她是能感觉得；可是她会装，装糊涂，同我毫无芥蒂的说话。我预备骂她几句，不过话只到口边便想到我为自己定下的戒条。并且做得太认真，怕越令人得意。所以我又忍下心去同她们玩。

到真光时，还很早，在门口又遇着一群同乡的小姐们，我真厌恶那些惯做的笑靥，我不去理她们，并且我无缘无故的生气到那许多去看电影的人，我乘毓芳同她们说到热闹中，我丢下我所请的客，悄悄回来了。

除了我自己，是没有人会原谅我的。谁也在批评我，谁也不知道我在人前所忍受的一些人们给我的感触。别人说我怪僻，他们哪里知道我却时常在讨人好，讨人欢喜，不过人们太不肯鼓励我去说那太违我心的话，常常给我机会，让我反省到我自己的行为，让我离人们却更远了。

夜深时，全公寓都静静的，我躺在床上好久了。我清清白白的想透了一些事，我还能伤心什么呢？

十二月二十九

一早毓芳就来电话，毓芳是好人，她不会扯谎。大约剑如是真病。毓芳说，起病是为我，要我去，剑如将向我解释。毓芳错了，剑如也错了，莎菲不是欢喜听人解释的人，根本我就否认宇宙间要解释。朋友们好，便好；合不来时，给别人点苦头吃，也是正大光明的事。我还以为我够大量，太没报复人了。剑如既为我病，我倒快活，我曾会拒绝听别人为我而病的消息。并且剑如病，还可以减少点我从前自怨自艾的烦恼。

我真不知应怎样才能分析出我自己来。有时为一朵被风吹散了的白云，会感到一种渺茫的，不可捉摸的难过，但看到一个二十多岁的男子（苇弟其实还大我四岁）把眼泪一颗一颗掉到我手背时，却象野人一样的在得意的笑了。苇弟是从东城买了许多信纸信封来我这里玩，为了他很快乐，在笑，我便故意去捉弄，看到他哭了，我却快意起来，并且说："请珍重点你的眼泪吧，不要以为姊姊是象别的女人一样脆弱得受不起一颗眼泪……""还要哭，请你转家去哭，我看见眼泪就讨厌……"自然，他不走，不分辩，不负气，只蜷在椅角边老老实实无声的去流那不知从哪里得来的那末多的眼泪。我，自然，得意够了，是又会惭愧起来，于是用着姊姊的态度去喊他洗脸，抚摩他的头发。他镶着泪珠又笑了。

在一个老实人面前，我是已尽自己的残酷天性去折磨了他，但当他走后，我真又想能抓回他来，只请求他一句："我知道自己的罪过，请不要再爱这样一个不配承受那真挚的爱的女人了吧！"

一月一号

我不知道那些热闹的人们是怎样的过年法，我是只在牛奶中加了一个鸡子，鸡子还是昨天苇弟拿来的，一共是二十个，昨天煨了七个茶卤蛋，剩下的十三个，大约总够我两星期来吃它。若吃午饭时，苇弟会来，则一定有两个罐头的希望。我真希望他来。因为想到苇弟来，所以我便上单牌楼去买了四盒糖，两包点心，一篓桔子和苹果，是预备他来时给他吃的。我是准断定今天只有他才能来。

但午饭吃过了，苇弟却没来。

我一共写了五封信，都是用前几天苇弟买来的好纸好笔。但我想能接得几个美丽的画片，却不能。连几个最爱弄这个玩艺儿的姊姊们都把我这应得的一份儿忘了。不得画片，不希罕，单单只忘了我，却是可气的事。不过为了自己从不曾给人拜过一次年，算了，这也是应该的。

晚饭还是我一人独吃，我烦恼透了。

夜晚毓芳云霖却来了，还引来一个高个儿少年，我只想他们才真算幸福：毓芳有云霖爱她，她满意，他也满意。幸福不是在有爱人，是在两人都无更大的欲望，商商量量平平和和的过日子。自然，也有人将不屑于这平庸，但那只是另外那人的，却与我的毓芳无关。

毓芳是好人，因为她有云霖，所以她"愿天下有情人皆成眷属"。她去年曾替玛丽作过一次恋爱婚姻介绍者。她又希望我能同苇弟好。因此她一来便问苇弟。但她却和云霖及那高个儿把我给苇弟买的东西吃完了。

那高个儿可真漂亮，这是我第一次感觉到男人的美上面，从来我是没有留心到。只以为一个男人的本行是在会说话，会看眼色，会小心就够了。今天我看了这高个儿，才懂得男人是另铸有一种高贵的模型，我看出那衬在他面前的云霖显得多么委琐，多么呆拙……我真要可怜云霖，假使他知道了他在这个人前所衬出的不幸时，他将怎样伤心他那些所有的粗丑的眼神，举止。我更不知当毓芳拿着这一高一矮的男人相比时，是会起一种什么情感！

他，这生人，我将怎样去形容他的美呢？固然，他的颀长的身躯，白嫩的面庞，薄薄的小嘴唇，柔软的头发，都足以闪耀人的眼睛，但他却还另外有一种说不出，捉不到的丰仪来煽动你的心，如同，当我请问他的名字时，他是会用那种我想不到的不急遽的态度递过那只擎有名片的手来。我抬起头去，呀，我看见那两个鲜红的，嫩腻的，深深凹进的嘴角了。我能告诉人吗：我是用一种小儿要糖果的心情在望着那惹人的两个小东西？但我知道在这个社会里面是不会准许任我去取得我所要的来满足我的冲动，我的欲望，无论这是于人并不损害的事，所以我只得忍耐着，低下头去，默默的去念名片上的字：

"凌吉士，新加坡……"

凌吉士，他是能那样毫无拘束的在我这儿谈笑，象是在一个很熟的朋友处，难道我能说他这是有意来捉弄一个胆小的人？我是为要强迫的去拒绝引诱，从不敢把眼光抬平去一望那可爱慕的火炉的一角。并且害得两只从不知羞耻的破烂拖鞋，也逼着我不准走到桌前的灯光处。我并且生气我自己：怎么我只会那样拘束，不调皮的在应对？平日看不起别人的交际法，今天才知道自己是还只能显得又呆，又呆，又傻气。唉，他一定以为我是一个乡下才出来的姑娘了！

云霖同毓芳两人看见我木木的，以为我不欢喜这生人，常常去打断他的说话，不久带着他走了。这个我也能感激他们的好意吗？我望着那一高两矮的影子在楼下院子中消失时，我真不愿再回到这留得有那人的靴印，那人的声音，和那人吃剩的饼屑的屋子。

一月三号

这两夜通宵通宵的咳嗽。对于药，简直就不会有信仰，药与病不是已毫无关系吗？我明明已厌烦了那苦水，但却又按时去吃它，假使连药也不吃，我更能拿什么来希望我的病呢？神要人忍耐着生活，便安排许多痛苦在死的前面，使人不敢走拢死去。我呢，我是更为了我这短促的不久的生，所以我越求生的利害；不是我怕死，是我总觉得我还没享有我生的一切。我要，我要使我快乐。无论在白天，在夜晚，我都是在梦想可以使我没有什么遗憾在我死的时候的一些事情。我想我能睡在一间极精致的卧房的睡榻上，有我的姊姊们跪在榻前的熊皮毡子上为我祈祷，父亲悄悄的朝着窗外叹息，我读着许多封从那些爱我的人儿们寄来的长信，朋友们都纪念我流着忠实的眼泪……我迫切的需要这人间感情，想占有许多不可能的东西。但人们给我的是什么呢？整整又两天，又一人幽囚在公寓里，没有一个人来，也没有一封信来，我躺在床上咳嗽，坐在火炉旁咳嗽，走到桌子前也咳嗽，还想念这些可恨的人们……其实是还收到一封信的，不过这除了更加我一些不快外，也只不过是加我不快。这是在一年前曾骚扰过我的一个安徽粗壮男人所寄来，我没看完就扯了。我真肉麻那满纸的"爱呀爱的"！我厌恨我不喜欢的人们的殷勤……

我，我能说得出我真实的需要，是些什么呢？

一月四号

事情不知错到什么地方去了。我为什么会想到搬家，并且在糊里糊涂中欺骗了云霖，好象扯谎也是本能一样，所以在今天能毫不费力地便使用了。假使云霖知道了莎菲也会哄骗他，他不知应如何伤心：莎菲是他们那样爱惜的一个小妹妹。自然我不是安心的，并且我现在在后悔，但我能决定吗，搬呢，还是不搬？

我是不能不向我自己说："你是在想念那高个儿的影子呢！"是的，这几天几夜我是无时不神往那些足以诱惑我的。为什么他不在这几天中单独来会我呢？他应当知道他是不该让我如此的去思慕他。他应当来看我，说他也想念我才对。假使他来，我是不会拒绝去听他所说的一些爱慕我的话，我还将令他知道我所要的是些什么。但他却不来。我估定这象传奇中的事是难实现了。难道我去找他吗？一个女人这样放肆，是不会得好结果的。何况还要别人能尊敬我呢。我想不出好法子来，只好先去到云霖处试一试，所以吃过午饭，我便冒风向东城去。

云霖是京都大学的学生，他的住房便租在一家间于京都大学一院和二院之间青年胡同里。我到他那里时，幸好他没出去，毓芳也没来。云霖当然很诧异我在大风天出来，我说是到德国医院看病，顺便来这里。他也就毫不疑惑的，又来问我的病状，我却把话头故意引到那天晚上。不费一点气力，我便已打探得那人儿是住在第四寄宿舍，位置是在京都大学二院隔壁的。不久，我于是又叹起气来，我用了许多言辞把在西城公寓里的生活，描摹得怎样的寂寞，黯淡，我又扯谎，说我唯一只想能贴近毓芳（我已知道毓芳已预备搬来云霖处）。我要求云霖同我往近处找房。云霖是当然高兴这差事，不会迟疑的。

在找房的时候，凑巧竟碰着了凌吉士。他也陪着我们。我真高兴，高兴使我胆大了，我狠狠的望了他几次，他没有觉得，他问我的病，我说全好了，他不信似地在笑。

我看上一间又低，又小，又霉的东房，这在云霖的隔壁一家叫大元的公寓里。他和云霖都说太湿，我却执意要在第二天便搬来，理由是那边太使我厌倦，而我急切的又要依着毓芳。云霖无法，也就答应了。还说好第二天一早他和毓芳过来替我帮忙。

我能告诉人，我单单选上这房子的用意吗？它是位置在第四寄宿舍和云霖住所之间的。

他不曾向我告别，所以我又转云霖处，我尽所有的大胆在谈笑。我把他什么细小处都审视遍了。我觉得都有我嘴唇放上去的需要。他不会也想到我是在打量他，盘算他吗？后来我特意说我想请他替我补英文，云霖笑，他听后却受窘了，不好意思的在含含糊糊的回答，于是我向心里说，这还不是一个坏蛋呢，那样高大的一个男人却还会红脸？因此我的狂热更炎炽了。但我不愿让人懂得我，看得我太容易，所以我就驱遣我自己，很早的就回来了。

现在仔细一想，我唯恐我的任性，将把我送到更坏的地方去，暂时且住在这有洋炉的房里吧，难道我能说得上我是爱上了那南洋人吗？我还一丝一毫都不知道他呢。什么那嘴唇，那眉梢，那眼角，那指尖……多无意识！这并不是一个人所应需的，我着魔了，会想到那上面。我决计不搬，一心一意来养病。

我决定了。我懊悔，我懊悔我白天所做的一些不是，一个正经女人所做不出来的。

一月六号

都奇怪我，听说我搬了家，南城的金，英，西城的江，周，都来到我这低湿的小房里。我笑着，有时在床上打滚，她们都说我越小孩气了，我更大笑起来，我只想告诉她们我想的是什么。下午苇弟也来了。苇弟最不快活我搬家，因为我未曾同他商量，并且离他更远了。他见着云霖时，竟不理我。云霖摸不着他为什么生气，望着我，他却更板起脸孔，我好笑，我自己说："可怜，冤枉他了，一个好人。"

毓芳不再向我说剑如。她决定两三天便搬来云霖处，因为她觉得我既这样想傍着她住，她不能让我一人寂寂寞寞的住在这里。她和云霖待我更比以前亲热。

一月十号

这几天我都见着凌吉士，但他从没同我多说过几句话，他是决不先提到补英文事。我看见他一天要两次的往云霖处跑，我发笑，我准断定他以前一定不会同云霖如此亲密的。我没有一次邀请他来我那儿去玩，虽说他问了几次搬了家如何，我都装出不懂的样儿笑一下便算回答。我是把所有的心计都放在这上面用，好象同着什么东西搏斗一样。我要着那样东西，我还不愿意去取得，我务必想方设计的让他自己送来。是的，我了解自己，不过是一个女性十足的女人，女人是只把心思放到她要征服的男人们身上。我要占有他，我要他无条件的献上他的心，跪着求我赐给他的吻呢。我简直疯癫了，反反复复的只想着我所要施行的手段的步骤，我简直癫了！

毓芳、云霖看不出我的兴奋来，只说我病快好了。我也正不愿意他们知道，说我病好，我就假装着高兴。

一月十二

毓芳已搬来，云霖却又搬走了。宇宙间竟会生出这样一对人来，为怕生小孩，便不肯住在一起。我猜想他们是连自己也不敢断定：当两人抱在一床时是不会另外又干出些别的事来，所以只好预先防范，不给那肉体接触的机会。至于那单独在一房时的拥抱和亲嘴，是不会发生危险，所以悄悄来表演几次，便不在禁止之列。我忍不住嘲笑他们了，这禁欲主义者！为什么会不需要拥抱那爱人的裸露的身体？为什么要压制住这爱的表现？为什么在两人还没有睡在一个被窝里以前，会想到那些不相干足以担心的事？我不相信恋爱是如此的理智，如此的科学！

他俩不生气我的嘲笑，他俩还骄傲着他们的纯洁，而笑我小孩气呢。我体会得出他们的心情，但她不能解释宇宙间所发生的许许多多奇怪的事。

这夜我在云霖处（现在要说毓芳处了）坐到夜晚十点钟才回来，说了许多关于鬼怪的故事。

鬼怪这东西，我是在一点点大的时候，坐在姨妈怀里听姨爹讲《聊斋》是常事，并且一到夜里就爱听。至于怕，又是另外一件不愿告人的。因为一说怕，准就听不成，姨爹便会踱过对面书房去，小孩就不准下床了。到进了学校，又从先生口里得知点科学常识，为了信服我们那位周麻子二先生，所以连书本也信服，从此鬼怪便不屑于害怕了。近来人是更在长高长大，说起来，总是否认有鬼怪的，但鸡粟却不肯因为不信便不出来，寒毛一个个也会竖起的。不过每次同人一说到鬼怪时，别人是不知道我正在想拗开些说到别的闲话上去，为的怕夜里一个人睡在被窝里时想到死去了的姨爹姨妈就伤心。

回来时，我看到那黑魆魆的小胡同，真有点胆悸。我想，假使在哪个角落里露出一个大黄脸，或伸来一只毛手，又是在这样象冻住了冷巷里，我不会以为是意外。但看到身边的这高大汉子（凌吉士）做镖手，大约总可靠，所以当毓芳问我时，我只答应"不怕，不怕"。

云霖也同我们出来，他回他的新房子去，他走向南，我们向北，所以只走了三四步，便听不清那橡皮的鞋底在泥板上发出的声音。

他伸来一只手，拢住了我的腰：

"莎菲，你一定怕哟！"

我想挣，但挣不掉。

我的头停在他的胁前，我想，如若在亮处，看起来，我会象个什么东西，被挟在比我高一个头还多的人腕中。

我把身一蹲，便窜出来了，他也松了手陪我站在大门边打门。

小胡同里是黑极了，但他的眼睛是望到何处，我却能很清楚的看见。心微微有点跳，等着开门。

"莎菲，你怕哟！"

门闩已在响，是伙计在问谁。我朝他说：

"再——"

他猛的却握住我的手，我也无力再说下去。

伙计看到我身后的大人，露着诧异。

到单独只剩两人在一房时，我的大胆，已经是变得毫无用处了。想故意说几句客套话，也不会，只说"请坐吧"，自己便去洗脸。

鬼怪的事，已不知忘掉到什么地方去了。

"莎菲！你还高兴读英文吗？"他忽然问。

这是他来找我，提头到英文，自然他未必欢喜白白牺牲时间去替人补课，这意思，在一个二十岁的女人面前，怎能瞒过，我笑了（这是只在心里笑）。我说：

"蠢得很，怕读不好，丢人。"

他不说话，把我桌上摆的照片拿来玩弄着，这照片是我姊姊的一个刚满一岁的女儿的。

我洗完脸，坐在桌子那头。

他望望我，便又去望那小女孩，然后又望我。是的，这小女孩长的真象我。于是我问他：

"好玩吗？你说象我不象？"

"她，谁呀？"显然，这声音就表示着非常之认真。

"你说可爱不可爱？"

他只追问着是谁。

忽的，我明白了他意思，我又想扯谎了。

"我的，"于是我把象片抢过来吻着。

他信了，我竟愚弄了他，我得意我的不诚实。

这得意，似乎便能减少他的妩媚，他的英爽。要是不，为什么当他显出那天真的诧愕时，我会忽略了他的那眼睛，我会忘掉了他那嘴唇，否则，这得意一定将冷淡下我的热情来。

然而当他走后，我却懊悔了。那不是明明安放着许多机会吗？我只要在他按住我手的当儿，另做出一种眼色，让他懂得他是不会遭拒绝，那他一定可以还会做出一些比较大胆的事。这种两性间的大胆，我想只要不厌烦那人，是也会象把肉体来融化了的感到快乐，是无疑。但我为什么要给人一些严厉，一些端庄呢？唉，我搬到这破房子里来，到底为的是些什么呢？

一月十五

近来我是不算寂寞了，白天便在隔壁玩，晚上又有一个新鲜的朋友陪我谈话。但我的病却越深了。这真不能不令我灰心，我要什么呢，什么也于我无益。难道我有所眷恋吗？一切又是多么的可笑，但死却不期然的会让我一想到便伤心。每次看见那克利大夫的脸色，我便想：是的，我懂得，你尽管说吧，是不是我已没有希望了？但我却拿笑代替了我的哭。谁能知道我在夜深流出的眼泪的分量！

几夜，凌吉士都接着接着来，他告人说是在替我补英文。云霖问我，我只好不答应。晚上我拿一本 *Poor People* 放在他面前，他真个便教起我来。我只好又把书丢开，我说："以后你不要再向人说在替我补英文吧，我病，谁也不会相信这事的。"他赶忙便说：

"莎菲，我不可以等你病好些就教你吗？莎菲，只要你喜欢。"

这新朋友似乎是来得如此够人爱，但我却不知怎的，反而懒于注意到这些事。我每夜看到他丝毫得不着高兴的出去，心里总觉得有点歉仄：我只好在他穿大氅的当儿向他说："原谅我吧，我是有病！"他会错了我的意思，以为我同他客气。"病有什么要紧呢，我是不怕传染的。"后来我仔细一想，也许这话是另含得有别的意思，我真不敢断定人的所作所为是象可以想象出来的那样单纯。

一月十六

今天接到蕴姊从上海来的信，更把我引到百无可望的境地。我那里还能找得几句话去安慰她呢？她信里说："我的生命，我的爱，都于我无益了……"那她是更不必需要我的安慰，我为她而流的眼泪了。唉！但从她信中，我可以揣想得出她婚后的生活，虽说她未肯明明的表白出来。神为什么要去捉弄这些在爱中的人儿？蕴姊是最神经质，最热情的人，自然她是更受不住那渐渐的冷淡，那已遮饰不住的虚情……我想要蕴姊来北京，不过这是做得到的吗？这还是疑问。

苇弟来的时候，我把蕴姊的信给他看：他真难过，因为那使我蕴姊感到生之无趣的人，不幸便是苇弟的哥哥。于是我又向他说了我许多新得的"人生哲学"的意义；他又尽他唯一的本能在哭。我只是很冷静的去看他怎样使眼睛变红，怎样拿手去擦干，并且我在他那些举动中，加上许多残酷的解释。我未曾想到在人世中，他是一个例外的老实人，不久，我一个人悄悄的跑出去了。

为要躲避一切的熟人，深夜我才独自从冷寂寂的公园里转来，我不知怎样的度过那些时间，我只想："多无意义啊！倒不如早死了干净……"

一月十七

我想：也许我是发狂了！假使是真发狂，我倒愿意。我想，能够得到那地步，我总可以不会再感到这人的麻烦了吧……

足足有半年为病而禁绝了的酒，今天又开始痛饮了。明明看到那吐出来的是比酒还红的血。但我心却象有什么别的东西主宰一样，似乎这酒便可在今晚致死我一样，我是不愿再去细想那些纠纠葛葛的事……

一月十八

现在我还睡在这床上，但不久就将与这屋分别了，也许是永别，我断得定我还有那样能再亲我这枕头，这棉被……的幸福吗？毓芳，云霖，苇弟，金，夏，都保守着一种沉默围绕着我坐着，焦急的等着天明了好送我进医院去。我是在他们忧愁的低语中醒来的，我不愿说话，我细想昨天下午的事，我闻到屋子中所遗留下来的酒气和腥气，才觉得心是正在剧烈的痛，于是眼泪便汹涌了。因了他们的沉默，因了他们脸上所显现出来的凄惨和黯淡，我似乎感到这便是我死的预兆。假设我便如此长睡不醒了呢，是不是他们也将是如此的沉默的围绕着我僵硬的尸体？他们看见我醒了，便都走拢来问我。这时我真感到了那可怕的死别！我握着他们。仔细望着他们每个的脸，似乎要将这记忆永远保存着。他们便都把眼泪滴到我手上，好象觉得我就要长远的离开他们而走向死之国一样。尤其是苇弟，哭得现出丑的脸。唉，我想：朋友啊，请给我一点快乐吧……于是我反而笑了。我请他们替我清理一下东西，他们便在床铺底下拖出那口大藤箱来，在箱子里有几捆花手绢的小包，我说："这我要的，随着我进'协和'吧。"他们便递给我，我又给他们看，原来都满满是信札，我又向他们笑："这，你们的也在内！"他们才似乎也快乐些了。苇弟又忙着从抽屉里递给我一本照片，是要我也带去的样子，我更笑了。这里面有七八张是苇弟的单像，我又特容许了苇弟接吻在我手上，并握着我的手在他脸上摩擦，于是这屋子才不至于象真的有个僵尸停着的一样，天光这时也慢慢显出了鱼肚白。他们又忙乱了，慌着在各处找洋车。于是我病院的生活便开始了。

三月四号

接蕴姊死电是二十天以前的事，而我的病却又一天有希望一天了。所以在一号又由送我进院的几人把我送转公寓来，房子已打扫得干干净净。又因为怕我冷，特生了一个小小的洋炉，我真不知应怎样才能表示我的感谢，尤其是苇弟和毓芳。金和周又在我这儿住了两夜才走，都充当我的看护，我是每日都躺着，简直舒服得不象住公寓，同在家里也差不了什么了！毓芳还决定再陪我住几天，等天气还暖和点便替我上西山去找房子，我便好专心去养病，我也真想能离开北京，可恨阳历三月了，还如是之冷！毓芳硬要住在这儿，我也不好十分拒绝，所以前两天为金和周搭的一个小铺又不能撤了。

近来在病院却把我自己的心又医转了，这实实在在却是这些朋友们的温情把它又重暖了起来，又觉得这宇宙还充满着爱呢。尤其是凌吉士，当他走到医院去看我时，我便觉得很骄傲，我想他那种丰仪才够去看一个在病院女友的病，并且我也懂得，那些看护妇都在羡慕着我呢。有一天，那个很漂亮的密司杨问我：

"那高个儿，是你的什么人呢？"

"朋友！"我是忽略了她问的无礼。

"同乡吗？"

"不，他是南洋的华侨。"

"那末是同学？"

"也不是。"

于是她狡猾的笑了，"就仅是朋友吗？"

自然，我可以不必脸红，并且还可以警诫她几句，但我却惭愧了。她看到我闭着眼装要睡的狼狈样儿，便很得意的笑着走去。后来我一直都恼着她。并且为了躲避麻烦，有人问起苇弟时，我便扯谎说是我的哥哥。有一个同周很好的小伙子，我便说是同乡，或是亲戚的乱扯。

当毓芳上课去后，我一人留在房里时，我就去翻在一月多中所收到的信，我又很快活，很满足，还有许多人在记念我呢。我是需要别人记念的，总觉得能多得点好意就好。父亲是更不必说，又寄了一张像来，只有白头发似乎又多了几根。姊姊们都好，可惜就为小孩们忙得很，不能多替我写信。

信还没看完，凌吉士又来了。我想站起来，但他却把我按住。他握着我的手时，我快活得真想哭了。我说：

"你想没想到我又会回转这屋子呢？"

他只瞅着那侧面的小铺，表示一种不高兴的样子，于是我告诉他从前的那两位客已走了，这是特为毓芳预备的。

他听了便向我说他今晚不愿再来，怕毓芳会厌烦他。于是我的心里更充满乐意了，"难道你就不怕我厌烦吗？"

他坐在床头更长篇的述说他这一个多月中的生活，还怎样和云霖冲突，闹意见，因为他赞成我早些出院，而云霖执着说不能出来。毓芳也附着云霖，他懂得他认识我的时间太少，说话自然不会起影响，所以以后他不管这事了，并且在院中一和云霖碰见，自己便先回来了。

我懂得他的意思，但我却装着说：

"你还说云霖，不是云霖我还不会出院呢，住在里面真舒服多了。"

于是我又看见他默默的把头掉到一边去，不答应我的话。

他算着毓芳快来时，便走了，还悄悄告诉我说等明天再来。果然，不久毓芳便回来了。毓芳不会问，我也不告诉她，并且她为我的病，不愿同我多说话，怕我费神，我更乐得藉此可以多去想些另外的小闲事。

三月六号

当毓芳上课去后，把我一人撂在房里时，我便会想起这所谓男女间的怪事；其实，在这上面，不是我爱自夸，我所受的训练，至少也有我几个朋友们的相加或相乘，但近来我却非常之不能了解了。当独自同着那高个儿时，我的心便会跳起来，又是羞惭，又是害怕，而他呢，他只是那样随便的坐着，类乎天真的讲他过去的历史，有时是握我的手，但这也不过是非常之自然，然而我的手便不会很安静的被握在那大手中，是慢慢的会发烧。并且一当他站起身预备走时，不由的我心便慌张了，好象我将跌入那可怕的不安中，于是我盯着他看，真说不清那眼光是求怜，还是怨恨；但他却忽略了我这眼光，偶尔懂得了，也只说："毓芳要来了哟！"我应当怎样说呢？他是在怕毓芳！自然，我也曾不愿有人知道我暗地一人所想的一些不近情理的事，不过近来我又感得我有别人了解我感情的必要；几次我向毓芳含糊的说起我的心境，她还是只那样忠实的替我盖被子，留心到我的药，我真不能不有点烦闷了。

三月八号

毓芳已搬回去，苇弟却只想代替那看护的差事。我知道，如若苇弟来，一定比毓芳还好，夜晚想茶吃时，总不至于因听到那浓睡中的鼾声而不愿搅扰人而把头缩进被窝里算了；但我自然拒绝他这好意，他又固执着，我只好说："你在这里，我有许多不方便，并且病呢，也好了。"他还要证明间壁的屋子是空着，他可以住间壁，我正在无法时，凌吉士却来了，我以为他们还不认识，而凌吉士已握着苇弟的手，说是在医院已见过两次。苇弟只冷冷的不理他，我笑着对凌吉士说："这是我的弟弟，小孩子，不懂交际，你常来同他玩罢。"苇弟真的变成了小孩子,丧着脸站起身就走了。我因为有人在面前,便感得不快,也只好掩藏住,并且觉得有点对凌吉士不住,但他却毫没介意,反问我:"不是他姓白吗,怎会变成你的弟弟?"于是我笑了:"那末你是只准姓凌的人叫你做哥哥弟弟的!"于是他也笑了。

近来的青年人在一处时,便老喜欢研究到这一个"爱"字。虽说有时我也似乎懂得点,不过终究还是不很说得清。至于男女间的一些小动作,似乎我又太看得明白了。也许便是因为我懂得了这些小动作,而于"爱"才反迷糊,才没有勇气鼓吹恋爱,才不敢相信自己还是一个纯洁的够人爱的小女子,并且才会怀疑到世人所谓的"爱",以及我所接受的"爱"……

在我刚稍微有点懂事的时候,便给爱我的人把我苦够了,给许多无事的人以诬蔑我、凌辱我的机会,以至我顶亲密的小伴侣们也疏远了。后来又为了爱的胁迫,使我害怕得离开了我的学校。以后,人虽说一天天大了,但总常常感到那些无味的纠缠,因此有时不特怀疑到所谓"爱",竟会不屑于这种亲密。苇弟他说他爱我,为什么他只会常常给我一些难过呢?譬如今晚,他又来了,来了便哭,并且似乎带了很浓的兴味来哭一样,无论我说:"你怎么了,说呀!""我求你,说话呀,苇弟!……"他都不理会。这是从未有的事,我尽我的脑力也猜想不出他所骤遭的这灾祸。我应当把不幸朝哪一方去揣测呢?后来,大约他是哭够了,于是才大声说:"我不喜欢他!""这又是谁欺侮了你呢?这样大嚷大闹的?""我不喜欢那高个子!那同你好的!"哦,我这才知道原来还是呕我的气。我不觉得会笑了。这种无味的嫉妒,这种自私的占有,便是所谓爱吗?我发笑,而这笑,自然不会安慰到那有野心的男人的。并且因了我不屑的态度,更激起他那不可抑制的怒气。我看着他那放亮的眼光,我以为他要噬人了,我想:"来吧!"但他却又低下头去哭了,还揩着眼泪,踉跄的走出去。

这种表示,也许是称为狂热的,真率的爱的表现吧,但苇弟却毫不加思索地来使用在我面前,自然是只会失败;并不是我愿意别人虚伪点,做作点,在爱上,我只觉得想靠这种小孩般举动来打动我的心,是全无用。或者这因为我的心生来便如此硬;那我之种种不惬于人意而得来烦恼和伤心,也是应该的。

苇弟一走,自自然然我把我自己的心意去揣摩,去仔细回忆到那一种温柔的,大方的,坦白而又多情的态度上去,光这态度已够人欣赏得象吃醉一般的感到那融融的蜜意,于是我拿了一张画片,写了几个字,命伙计即刻送到第四寄宿舍去。

三月九号

我看见安安闲闲坐在我房里的凌吉士,不禁又可怜到苇弟,我祝祷世人不要象我一样,忽略了蔑视了那可贵的真诚而把自己陷到那不可拔的渺茫的悲境里;我更愿有那末一个真诚纯洁的女郎去饱领苇弟的爱,并填实苇弟所感得的空虚啊!

三月十三

好几天又不提笔,不知还是因为我心情不好,或是找不出所谓的情绪。我只知道,从昨天来我是更只想哭了。别人看到我哭,便以为我在想家,想到病,看见我笑呢,又以为我快乐了，还欣庆着这健康的光芒……但所谓朋友皆如是，我能告谁以我的不屑流泪，而又无力笑出的痴呆心境？并且因我看清了自己在人间的种种不愿舍弃的热望以及每次追求而得来的懊丧，所以连自己也不愿再同情这未能悟彻所引起的伤心，更哪能捉住一管笔去详细写出自怨和自恨呢！

是的，我好象又在发牢骚了。但这只是隐忍着在心头而反复向自己说，似乎还无碍。因为我并未曾有过那种胆量，给人看我的蹙紧眉头，和听我的叹气，虽说人们早已无条件的赠送过我以"狷傲""怪僻"等等好字眼。其实，我并不是要发牢骚，我只想哭，想有那末一个人来让我倒在他怀里哭，并告诉他："我又糟踏我自己了！"不过谁能了解我，抱我，抚慰我呢？是以我只能在笑声中咽住"我又糟踏我自己了"的哭声。

我到底又为了什么呢，这真好难说！自然我是未曾有过一刻私自承认我是爱恋上那高个儿了的，但他之在我的心心念念中怎地又蕴蓄着一种分析不清的意义。虽说他那颀长的身躯，嫩玫瑰般的脸庞，柔软的眼波，惹人的嘴角，是可以诱惑许多爱美的女子，并以他那娇贵的态度倾倒那些还有情爱的。但我岂肯为了这些无意识的引诱而迷恋到一个十足的南洋人！真的，在他最近的谈话中，我懂得了他的可怜的思想：他需要的是什么？是金钱，是在客厅中能应酬他买卖中朋友们的年青太太，是几个穿得很标致的白胖儿子。他的爱情是什么？是拿金钱在妓院中，去挥霍而得来的一时肉感的享受，和坐在软软的沙发上，拥着香喷喷的肉体，嘴抽着烟卷，同朋友们任意谈笑，还把左腿叠压在右膝上；不高兴时，便拉倒，回到家里老婆那里去。热心于演讲辩论会，网球比赛，留学哈佛，做外交官，公使大臣，或继承父亲的职业，做橡树生意，成资本家……这便是他的志趣！他除了不满于他父亲未曾给他过多的钱以外，便什么都是可使他在一夜不会做梦的睡觉；如有，便也只是嫌北京好看的女人太少，让他有时也会厌腻起游艺园，戏场，电影院，公园来……唉，我能说什么呢？当我明白了那使我爱慕的一个高贵的美型里，是安置着如此的一个卑劣灵魂，并且无缘无故还接受过他的许多亲密。这亲密，还值不了在他从妓院中挥霍里剩余下的一半！想起那落在我发际的吻来，真使我悔恨到想哭了！我岂不是把我献给他任他来玩弄我来比拟到卖笑的姊姊中去！这只能责备我自己使我更难受，假设只要我自己肯，肯把严厉的拒绝放到我眸子中去，我敢相信，他不会那样大胆，并且我也敢相信，他所以不会那样大胆，是由于他还未曾有过那恋爱的火焰燃炽……唉！我应该怎样来诅咒我自己了！

三月十四

这是爱吗，也许要爱才具有如此的魔力，不是，为什么一个人的思想会变幻得如此不可测！当我睡去的时候，我看不起那美人，但刚从梦里醒来，一揉开睡眼，便又思念那市侩了。我想：他今天会来吗？什么时候呢？早晨，过午，晚上？于是我跳下床来急忙的洗脸，铺床，还把昨夜丢在地下的一本大书捡起，不住的在边缘处摩挲着，这是凌吉士昨夜遗忘在这儿的一本《威尔逊演讲录》。

三月十四晚上

我是有如此一个美的梦想，这梦想是凌吉士所给我的。然而同时又为他而破灭。所以我因了他才能满饮着青春的醇酒，在爱情的微笑中度过了清晨；但因了他，我认识了"人生"这玩艺，而灰心而又想到死；至于痛恨到自己甘于堕落，所招来的，简直只是最轻的刑罚！真的，有时我为愿保存我所爱的，我竟想到"我有没有力去杀死一个人呢？"

我想遍了，我觉得为了保存我的美梦，为了免除使我生活的力一天天减少，顶好是即刻上西山好，但毓芳告诉我，说她所托找房子的那位住在西山的朋友还没有回信来，我又怎好再去询问或催促呢？不过我决心了，我决心让那高小子来尝一尝我的不柔顺，不近情理的倨傲和侮弄。

三月十七

那天晚上苇弟赌着气回去，今天又小小心心的自己来和解，我不觉笑了，并感到他的可爱。如若一个女人只要能找得一个忠实的男伴，做一身的归落，我想谁也没有我苇弟可靠。我笑问："苇弟，还恨姊姊不呢？"于是他羞惭的说："不敢。姊姊，你了解我罢！我是除了希冀你不会摈弃我以外不敢有别的念头的。一切只要你好，你快乐就够了！"这还不真挚吗？这还不动人吗？比起那白脸庞红嘴唇的如何？但是后来我说："苇弟，你好，你将来一定是一切都会很满你意的。"他却露出凄然的一笑。"永世也不会！——但愿如你所说……"这又是什么呢？又是给我难受一下！我恨不得跪在他面前求他只赐我以弟弟或朋友的爱罢！单单为了我的自私，我愿我少些纠葛，多快乐点。苇弟爱我，并会说那样好听的话，但他忽略了。第一他应当真的减少他的热望，第二他也应隐藏起他的爱来。我为了这个老实的男人，所感到无能的抱歉，真也够受的了。

三月十八

我又托夏在替我往西山找房了。

三月十九

凌吉士居然已几日不来我这里了。自然，我不会打扮，不会应酬，不会治理家事，我有肺病，无钱，他来我这里做什么！我本无须乎要他来，但他真的不来了却又更令我伤心，更证实他以前的轻薄。难道他也是如苇弟一样老实，当他看到我写给他的字条："我有病，请不要再来找我"就信为是真话，竟不敢违背，而果真不来么？这又使我只想再见他一面，到底审看一下这高大的怪物是怎样的在觑看我。

三月二十

今天我在云霖处跑了三次，都未曾遇见我想见的人，似乎云霖也有点疑惑，所以他问我这几天见着凌吉士没有。我只好又怅怅的跑回来。我实在焦烦得很，我敢自己欺自己说我这几日没有思念到他吗？

晚上七点钟的时候，毓芳和云霖来邀我到京都大学第三院去听英语辩论会，并且乙组的组长便是凌吉士。我一听到这消息，心就立刻怦怦的跳起来。我只得拿病来推辞了这善意的邀请。我这无用的弱者。我没有胆量去承受那激动，我还是希望我能不见着他。不过在他俩走时，我却又请他俩致意到凌吉士，说我问候他。唉，这又是多无意识啊！

三月二十一

在我刚吃过鸡子牛奶，一种熟悉的叩门声便响着，在纸格上还印上一个颀长的黑影。我只想跳过去开门，但不知为一种什么情感所支使，我咽着气，低下头去了。

"莎菲，起来没有？"这声音是如此柔嫩，令我一听到会想哭。

为了知道我已坐在椅子上吗？为了知道我无能发气和拒绝吗？他轻轻的托开门便走进来了。我不敢仰起我滋润的眼皮来。

"病好些没有，刚起来吗？"

我答不出一句话。

"你真在生我的气啊！莎菲，你厌恶我。我只好走了。莎菲！"

他走，于我自然很合适，但我又猛然抬起头拿眼皮止住了他开门的手。

谁说他不是一个坏蛋呢，他懂得了。他敢于把我的双手握得紧紧的。他说：

"莎菲，你捉弄我了。每天我走你门前过，都不敢进来，不是云霖告诉我说你不会生我气，那我今天还不进房。你，莎菲，你厌烦我不呢？"

谁都可以体会得出来，假使他这时敢于拥抱住我，狂乱地吻我，我一定会倒在他手腕上哭了出来："我爱你啊！我爱你的呵！"但他却如此的冷淡，冷得使我又恨他了。然而我心里又在想："来呀，抱我，我要接吻在你脸上咧！"自然，他依旧还握着我的手，把眼光紧盯在我脸上，然而我搜遍了，在他的各种表示中，我得不着我所等待于他的赐与。为什么他仅仅只懂得我的无用，我的可轻侮，而不够了解他之在我心中所占的是一种怎样的地位！我恨不得用脚尖踢他出去，不过我又为了另一种情绪所支配，我向他摇了头，表示是不厌烦他的来到。

于是我又很柔顺的接受了他许多浅薄的情意，听他又说着那些使他津津有回味的卑劣享乐，以及"赚钱和花钱"的人生意义。并承认他暗示我许多做女人的本分。这些又使我看不起他，暗骂他，嘲笑他，我拿我的拳头，隐隐痛击我的心，但当他扬扬地走出我房时，我受逼得又想哭了。因为我压制住我那狂热的欲念，我未曾请求他多留一会儿。

唉，他走了！

三月二十一夜

在去年这时候，我过的是一种什么生活！为了有蕴姊千依百顺的疼我，我便装病躺在床上不肯起来。为了想受蕴姊抚摩我，便因那着急无以安慰我而流泪的滋味，我伏在桌上想到一些不满意的事而哼哼唧唧的哭。便有时因在整日静寂的沉思里得了点哀戚，但这种淡淡的凄凉，却更令我舍不得去扰乱这情调，似乎在这里面我也可以味出一缕甜意一样的，至于在夜深了的法国公园，听躺在草地上的蕴姊唱《牡丹亭》，那又是更不愿想到的事了。假使她不会被神捉弄般的去爱上那苍白脸色的男人，她一定不会死去的这样快，我当然不会一人漂流到北京，无亲无爱的在病中挣扎，虽说有几个朋友，他们也很体惜我，但在我所感应得出的我和他们的关系能和蕴姊的爱在一个天平上相称吗？想起蕴姊，我是真应当象从前在蕴姊面前撒娇一样的纵声大哭，不过这一年来，因为多懂得了一些事，虽说时时想哭却又咽住了，怕让人知道了厌烦。近来呢，我更是不知为了什么只能焦急。而想得点空闲去思虑一下我所做的，我所想的，关于我的身体，我的名誉，我的前途的好处和歹处的时间也没有，整天把紊乱的脑筋只放到一个我不愿想到的去处，因为便是我想逃避的，所以越把我弄成焦烦苦恼得不堪言说！但我除了说"死了也活该！"是不能再希冀什么了。我能求得一些同情和慰藉吗？然而我们似乎在向人乞怜了。

　　晚饭一吃过，毓芳便和云霖来我这儿坐，到九点我还不肯放他俩走。我知道，毓芳碍住面子只好又坐下来，云霖借口要预备明天的课，执意一人走回去了。于是我隐隐的向毓芳吐露我近来所感得的窘状，我只想她能懂得这事，并且能硬自作主来把我的生活改变一下，做我自己所不能胜任的。但她完全把话听到反面去了。她忠实的告诫我："莎菲，我觉得你太不老实，自然你不是有意，你可太不留心你的眼波了。你要知道，凌吉士他们比不得在上海同我们玩耍的那群孩子，他们很少机会同女人接近，受不起一点好意的，你不要令他将来感到失望和痛苦。我知道，你那里会爱到他呢？"这错误是不是又该归到我，假设我不想求助于她而向她饶舌，是不是她不会说出这更令我生气，更令我伤心的话来？我噎着气又笑了："芳姊，不要把我说得太坏了吓！"

　　毓芳愿意留下住一夜时，我又赶着她走了。

　　象那些才女们，因为得了一点点不很受用，便能"我是多愁善感呀"，"悲哀呀我的心……""……"做出许多新旧的诗。我呢，没出息的，白白被这些诗境困着，连想以哭代替诗句来表现一下我的情感的搏斗都不能。光在这上面，为了不如人，也应摆开一切去努力做人才对，便还退一千步说，为了自己的热闹，得一群浅薄眼光之赞颂，我总也不该拿不起笔或枪来。真的便把自己陷到比死还难忍的苦境里，单单为了那个男人的柔发，红唇……？

　　我又梦想到欧洲中古的骑士风度，这拿来比拟是不会有错，如其是有人看到凌吉士过的。他又能把那东方特长的温柔保留着。神把什么好的，都慨然赐给他了，但神为什么不再给一点聪明呢？他还不懂得真的爱情呢，他确是不懂得，虽说他已有了妻（今夜毓芳告我的），虽说他，曾在新加坡乘着脚踏车追赶坐洋车的女人，因而恋爱过一小段时间，虽说他曾在"韩家潭"住过夜。但他真得到一个女人的爱过么？他爱过一个女人么？我敢说不曾！

　　一种奇怪的思想又在我脑中燃炽了。我决定来教教这大学生。这宇宙并不是象他所懂的那样简单的啊！

三月二十二

　　在心的忙乱中，我勉强竟写了这些日记了。早先是因为蕴姊写信来要，再三再四的，我只好开始来写。现在是蕴姊又死了好久，我还舍不得不继续下去，心想便为了蕴姊在世时所谆谆向我说的一些话而便永远写下去做纪念蕴姊也好。所以无论我那样不愿提笔，也只得胡乱画下一页半页的字来。本来是睡了的，但望到挂在壁上蕴姊的像，忍不住又爬起，为免掉想念蕴姊的难受而提笔了。自然，这日记，我总是觉得除了蕴姊我不愿给任何人看。第一是因为这是特为了蕴姊要知道我的生活而记下的一些琐琐碎碎的事，二来我也怕别人给一些理智的面孔给我看，好更刺透我的心；似乎我自己也会因了别人所尊崇的道德而真的也感到象犯下罪一样的难受。所以这黑皮的小本子我是许久以来都安放在枕头底下的垫被的下层。今天不幸我却违背我的初意了，然而也是不得已，虽说似乎是出于毫未思考。原因是苇弟近来非常误解我，以至常常使得他自己不安，而又常常波及我。我相信在我平日的一举一动中，我都很能表示出我的态度来。为什么他懂不了我的意思呢？难道我能直接地说明，和阻止他的爱吗？我常常想，假设这不是苇弟而是另外一个人，我将会知道应怎样处置是最合法的。偏偏又是如此能令我忍不下心去的一个好人！我无法了，我只好把我的日记给他看。让他知道他之在我的心里是怎样的无希望，并知道我是如何凉薄的反反复复的不足爱的女人。假设苇弟知道我，我自然是会将他当做我唯一可诉心肺的朋友，我会热诚的拥着他同他接吻。我将替他愿望那世界上最可爱，最美的女人……日记，苇弟是看过一遍，又一遍了，虽说他曾经哭过，但态度非常镇静，是出我意料之外的。我说：

"懂得了姊姊吗？"

他点头。

"相信姊姊吗？"

"关于那方面的？"

于是我懂得那点头的意义。谁能懂得我呢，便能懂得了这只能表现我万分之一的日记，也只能令我看到这有限的而伤心哟！何况，希求人了解，而以想方设计用文字来反复说明的日记给人看，已够是多么可伤心的事！并且，后来苇弟还怕我以为他未曾懂得我，于是不住的说：

"你爱他！你爱他！我不配你！"

我真想一赌气扯了这日记。我能说我没有糟踏这日记吗？我只好向苇弟说："我要睡了，明天再来罢。"

在人里面，真不必求什么！这不是顶可怕的吗？假设蕴姊在，看见我这日记，我知道，她是会抱着我哭："莎菲，我的莎菲！我为什么不再变得伟大点，让我的莎菲不至于这样苦啊……"但蕴姊已死了，我拿着这日记应怎样的来痛哭才对！

三月二十三

凌吉士向我说："莎菲！你真是一个奇怪的女子。"我了解这并不是懂得了我的什么而说出的一句赞叹。他所以为奇怪的，无非是看见我的破烂的手套，搜不出香水的抽屉，无缘无故扯碎了的新棉袍，保存着一些旧的小玩具，……还有什么？听见些不常的笑声，至于别的，他便无能去体会了，我也从未向他说过一句我自己的话。譬如他说"我以后要努力赚钱呀"，我便笑；他说到邀起几个朋友在公园追着女学生时，"莎菲，那真有趣"，我也笑。自然，他所说的奇怪，只是一种在他生活习惯上不常见的奇怪。并且我也很伤心，我无能使他了解我而敬重我。我又什么也不希求了，除了往西山去。我想到我过去的一切妄想，我好笑！

三月二十四

一当他单独在我面前时，我觑着那脸庞，聆着那音乐般的声音，我心便在忍受那感情的鞭打!为什么不扑过去吻住他的嘴唇,他的眉梢,他的……无论什么地方?真的,有时话都到口边了:"我的王!准许我亲一下吧!"但又受理智,不,我就从没有过理智,是受另一种自尊的情感所裁制而又咽住了。唉!无论他的思想是怎样坏,而他使我如此癫狂的动情,是曾有过而无疑,那我为什么不承认我是爱上他了咧?并且,我敢断定,假使他能把我紧紧的拥抱着,让我吻遍他全身,然后他把我丢下海去,丢下火去,我都会快乐的闭着眼等待那可以永久保藏我那爱情的死的来到。唉!我竟爱他了,我要他给我一个好好的死就够了……

三月二十四夜深

我决心了。我为拯救我自己被一种色的诱惑而堕落,我明早便会到夏那儿去,以免看见了凌吉士又痛苦,这痛苦已缠缚我如是之久了!

三月二十六

为了一种纠缠而去,但又遭逢着另一种纠缠,使我不得不又急速的转来了。在我去夏那儿的第二天,梦如便也去了。虽说她是看另一人去的,但使我很感到不快活。夜晚,她大发其对感情的一种新近所获得的议论,隐隐的含着讥刺向我,我默然。为不愿让她更得意,我睁着眼,睡在夏的床上等到了天明,我才又忍着气转来……

毓芳告诉我,说西山房子已找好了,并且又另外替我邀了一个女伴,也是养病的,而这女伴同毓芳又算是一个很好的朋友,听到这消息,应该是很欢喜吧,但我刚刚在眉头舒展了一点喜色,而一种黯然的凄凉便罩上了。虽说我从小便离开家,在外面混,但都有我的亲戚朋友随着我,这次上西山,固然说起来离城只有几十里,但在我,一个活了二十岁的人,开始一人跑到陌生的地方去,还是第一次,假使我竟无声无息的死在那山上,谁是第一个发现我死尸的?我能担保我不会死在那里吗?也许别人会笑我担忧到这些小事,而我却真的哭过,当我问毓芳舍不舍得我时,而毓芳却笑,笑我问小孩话,说是这一点点路有什么舍不得,直到毓芳准许了我每礼拜上山一次,我才不好意思的揩干眼泪。

下午我到苇弟那儿去了,苇弟也说他一礼拜上山一次,填毓芳不去的空日。

回来已夜了,我一人寂寂寞寞的在收拾东西,想到我要离开北京的这些朋友们,我又哭了。但一想到朋友们都未曾向我流泪,我又擦去我脸上的泪痕。我是将一人寂寂寞寞的又离开这古城了。

在寂寞里,我又想到凌吉士,其实,话不是这样说,凌吉士简直不能说"想起""又想起",完全是整天都在系念到他,只能说:"又来讲我的凌吉士吧。"这几天我故意造成的离别,在我是不可计的损失,我本想放松了他,而我把他捏得更紧了。我既不能把他从我心里压根儿拔去,我为什么要躲避着不见他的面呢?这真使我懊恼,我不能便如此同他离别,这样寂寂寞寞的走上西山……

三月二十七

一早毓芳便上西山了,去替我布置房子,说好明天我便去。我为她这番盛情,我应怎样去找那些没有的字来表示我的感谢。我本想再呆一天在城里,便也不好说出了。

我正焦急的时候，凌吉士才来，我握紧他双手，他说："莎菲！几天没见你了！"

我很愿意在这时我能哭得出来，抱着他哭，但眼泪只能噙在眼里，我只好又笑了。他听见明天我要上山时，他显出的那惊诧和一种嗟叹，又很安慰到我，于是我真的笑了。他见到我笑，便把我的手反捏得紧紧的，紧得使我生痛。怨恨似的说：

"你笑！你笑！"

这痛，是我从没有过的舒适，好象心里也正锥下去一个什么东西，我很想倒下他的手腕去，而这时苇弟却来了。

苇弟知道我恨他来，而他偏不走。我向着凌吉士使眼色，我说："这点钟有课吧"，于是我送凌吉士出来。他问我明早什么时候走，我告他；我问他还来不来呢，他说回头便来；于是我望着他快乐了，我忘了他是怎样可鄙的人格，和美的相貌了，这时他在我的眼里，是一个传奇中的情人。哈，莎菲有一个情人了！……

三月二十七晚

自从我赶走苇弟到这时已是整整五个钟头了。在这五点钟里，我应怎样才想得出一个恰合的名字来称呼它？象热锅上的蚂蚁在这小房子里不安的坐下，又躺下，又站起，又跑到门缝边瞧，但是——他一定不来了，他一定不来了，于是我又想哭，哭我走得这样凄凉，北京城就没有一个人陪我一哭吗？是的，我是应该离开这冷酷的北京的，为什么我要舍不得这板床，这油腻的书桌，这三条腿的椅子……是的，明早我就要走了，北京的朋友们不会再腻烦莎菲的病，为了朋友们轻快的舒适，莎菲便为朋友们死在西山也是该的！但都能如此的让莎菲一人得不着一点热情孤孤寂寂的上山去，想来莎菲便不死，也不会有损害或激动于人心吧……不想了！不想！有什么可想的？假使莎菲不如此贪心在攫取感情，那莎菲不是便很可满足于那些眉目间的同情了吗？……

关于朋友，我不说了。我知道永世也不会使莎菲感到满足这人间的友谊的！

但我能满足些什么呢？凌吉士答应我来，而这时已晚上九点了。纵是他来了，我便会很快乐吗？他会给我所需要的吗？……

想起他不来，我又该痛恨我自己了！在很早的从前，我懂得对付那一种男人便应用那一种态度，而到现在反蠢了。当我问他还来不来时，我怎能显露出那希求的眼光，在一个漂亮人面前，是不应老实，让人瞧不起……但我爱他，为什么我要使用技巧？我不能直接向他表明我的爱吗？并且我觉得只要于人无损，便吻人一百下，为什么便不可以被准许呢？

他既答应来，而又失信，显见得是在戏弄我。朋友，留点好意在莎菲走时，总不至于象是一种损失吧。

今夜我简直狂了。语言，文字是怎样在这时显得无用！我心象被许多小老鼠啃着一样，又象一盆火在心里燃烧。我想把什么东西都摔破，又想冒着夜气在外面乱跑去，我无法制止我狂热的感情的激荡，我便躺在这热情的针毡上，反过去也刺着，翻过来也刺着，似乎我又是在油锅里听到那油沸的响声，感到浑身的灼热……为什么我不跑出去呢？我等着一种渺茫的无意义的希望到来！哈……想到那红唇，我又癫了！假使这希望是可能的话——我独自又忍不住笑，我再三再四反复问我自己："爱他吗？"我更笑了。莎菲不会傻到如此地步去爱上那南洋人，难道因了我不承认我的爱，便不可以被人准许做一点儿于人也无损的事？

假使今夜他竟不来，我怎能甘心便恝然上西山去……

唉！九点半了！

九点四十分了！

三月二十八晨三时

莎菲生活在世上，所要人们的了解她体会她的心太热烈太恳切了，所以长远的沉溺在失望的苦恼中，但除了自己，谁能够知道她所流出的眼泪的分量？

在这本日记里，与其说是莎菲生活的一段记录，不如直接算为莎菲眼泪的第一个点滴，是在莎菲心上，才觉得更切实，然而这本日记现在是要收束了，因为莎菲已无需乎此——用眼泪来泄愤和安慰，这原因是对于一切都觉得无意识，流泪更是这无意识的极深的表白。可是在这最后一页的日记上，莎菲应该用快乐的心情来庆祝，她是从最大的那失望中，蓦然得到的满足，这满足似乎要使人快乐得到死才对。但是我，我只从那满足中感到胜利，从这胜利中得到凄凉，而更深的认识我自己的可怜处，可笑处，因此把我的这几月来所萦萦于梦想的一点"美"反缥缈了，——这个美便是那高个儿的丰仪！

我应该怎样来解释呢？一个完全癫狂于男人仪表上的女人的心理！自然我不会爱他，这不会爱，很容易说明，就是在他丰仪的里面躺着一个何等卑丑的灵魂！可是我又倾慕他，思念他，甚至于没有他，我就失掉一切生活意义的保障了；并且我常常想，假使有那末一日，我和他的嘴唇合拢来，密密的，那我的身体就从这心的狂笑中瓦解去，也愿意。其实，单单能获得骑士一般的那人儿的温柔的一抚摩，随便他的手尖触到我身上的任何部分，因此就牺牲一切，我也肯。

我应当发癫，因为这些幻想中的异迹，梦似的，终于毫无困难的都给我得到了。但是从这中间，我所感得的是我所想象的那些会醉我灵魂的幸福么？不啊！

当他——凌吉士——在晚间十点钟来到的时候，开始向我嗫嚅的表白，说他是如何的在想我……还使我心动过好几次；但不久我看到他那被情欲在燃烧的眼睛，我就害怕了。于是从他那卑劣的思想中所发出的更丑的誓语，又振起我的自尊心来！假使他把这串浅薄肉麻的情话去对别个女人说，一定是很动听的。可以得一个所谓的爱的心吧。但他却向我，就由这些话语的力，把我推得隔他更远了。唉，可怕的男子！神既然赋与你这样的一副美形，却又暗暗的捉弄你，把那样一个毫不相称的灵魂放到你人生的顶上！你以为我所希望的是"家庭"吗？我所欢喜的是"金钱"吗？我所骄傲的是"地位"吗？"你，在我面前，是显得多么可怜的一个男子啊！"我真要为他的不幸而痛哭，然而他依样把眼光镇住我脸上，是被情欲之火燃烧得如何的怕人！倘若他只限于肉感的满足，那末倒可以用他的色来摧残我的心；但他却哭声的向我说："莎菲，你信我，我是不会负你的！"啊，可怜的人！他还不知道在他面前的这女人，是用如何的轻蔑去可怜他的使用这些做作，这些话！我竟忍不住而笑出声来，说他也知道爱，会爱我，这只是近于开玩笑！那情欲之火的巢穴——

那两只灼闪的眼睛,不正在宣布他除了可鄙的浅薄的需要,别的一切都不知道么?

"喂,聪明一点,走开吧,韩家潭那个地方才是你寻乐的场所!"我既然认清他,我就应该这样说,教这个人类中最劣种的人儿滚出去,然而,虽说我暗暗地在嘲笑他,但当他大胆地贸然伸开手臂来拥我时,我竟又忘记了一切,我临时失掉了我所有的一些自尊和骄傲,我是完全被那仅有的一副好丰仪迷住了,在我心中,我只想,"紧些!多抱我一会吧,明早我便走了!"假使我那时还有一点自制力,我该会想到他的美形以外的那东西,而把他象一块石头般,丢到房外去。

唉!我能用什么言语或心情来痛悔?他,凌吉士,这样一个可鄙的人,吻我了!我静静默默的承受着!但那时,在一个温润的软热的东西放到我脸上,我心中得到的是什么呢?我不能象别的女人一样会晕倒在她那爱人的臂膀里!我是张大着眼睛望他,我想:"我胜利了!我胜利了!"因为他所以使我迷恋的那东西,在吻我时,我已知道是如何的滋味——我同时鄙夷我自己了!于是我忽然伤心起来,我把他用力推开,我哭了。

他也许忽略了我的眼泪,以为他的嘴唇是给我如何的温软,如何的嫩腻,是把我的心融醉到发迷的状态里吧,所以他又挨我坐着,继续的说了许多所谓爱情表白的肉麻话。"何必把你那令人惋惜处暴露得无余呢?"我真这样的又可怜起他来。

我说:"不要乱想吧,说不定明天我便死去了!"

他听着,谁知道他对于这话是得到怎样的感触?他又吻我,但我躲开了,于是那嘴唇便落到我的手上……

我决心了,因为这时我有的是充足的清晰的脑力,我要他走,他带点抱怨颜色,缠着我。我想,"为什么你也是这样傻劲呢?"他于是直挨到夜十二点半钟才走。

他走后,我想起适间的事情。我就用所有的力量,来痛击我的心!为什么呢,给一个如此我看不起的男人接吻?既不爱他,还嘲笑他,又让他来拥抱?真的,单凭了一种骑士般的风度,就能使我堕落到如此地步么?

总之,我是给我自己糟踏了,一个人的仇敌就是自己,我的天,这有什么法子去报复而偿还一切的损失?

好在在这宇宙间,我的生命只是我自己的玩品,我已浪费得尽够了,那末因这一番经历而使我更陷到极深的悲境里去,似乎也不成一个重大的事件。

但是我不愿留在北京,西山更不愿去了,我决计搭车南下,在无人认识的地方,浪费我生命的余剩;因此我的心从伤痛中又兴奋起来,我狂笑的怜惜自己:

"悄悄地活下去,悄悄地死去,啊!我可怜你,莎菲!"

(选自一九二八年二月十日《小说月报》第十九卷第二号)

☞ **提示**

如何理解、评价莎菲形象,一直是现代文学史上的一个难点。茅盾主要从社会分析学角度认为莎菲是一个"心灵上负着时代苦闷的创伤的青年女性的叛逆的绝叫者";杨义则认为丁玲的此作"为蜕变中的个性主义唱了一曲格调凄厉而充满才情的哀歌";日本学者青野繁治以较为纯粹的心理学理论分析莎菲的矛盾表现了青年成长过程中的"同一性危机"。

从表层意义看,莎菲至少具有以下几个特征。第一,莎菲是与封建传统女性迥异的现代新女性。"迥异"体现在思想、观念、个性、气质、行为方式诸多方面,其"新"主要以五四个性解放思潮为指针。莎菲厌恶平庸懦弱、老实顺从的传统人品形态,而是狷傲自负、倔强任性,将自我推崇到至高无上的地位。第二,莎菲是一个理想主义者,对凌吉士、苇弟的最终拒斥表明了她宁为玉碎、不为瓦全的理想主义人生态度,绝非轻浮浅薄之辈。第三,莎菲的身上同时存在着感情的放纵和理智的鞭挞的"情智"矛盾。旧道德禁锢的解除和生命本能冲动的外化以及任性的性格,使她放纵感情并为自己的各种行为(有些甚至是病态的举动)进行辩护;而理想的人生模式以及潜意识中的传统道德和现存社会规范(如"正经女子"的内涵)又使她严厉自责,她因此始终处于痛苦之中。第四,苦闷。这是莎菲的情绪基调。在社会上找不到出路,理想难于实现,生活矛盾无法解决,自己常无从分析、把握、支配自己,都促成了莎菲的苦闷;强烈的个性,又使她成为苦闷的绝叫者。第五,莎菲是一个远离时代、社会的个人主义者。她一切以自我为中心,自以为是,常把自己凌驾于他人之上,与周围环境格格不入。很显然,在莎菲的性格特征里,交融着她追求个性解放的可贵品格和人生歧途,她在"张扬自我"的同时显露出她的正面性格与负面性格。再深一层看她,她的曲折纷乱的爱情追求中体现了一种"莎菲精神":蕴蓄全部热情,坚忍不拔、锲而不舍地追求理想。她的执著态度以及在追求的路途中迷乱痛苦而终至超越一切的复杂历程,隐含了人类数千年历史发展的基本精神。正是在这个意义上看,莎菲形象具有超越时空的艺术生命力,打动了一代又一代读者的心。

我在霞村的时候

因为政治部太嘈杂,莫俞同志决定要把我送到邻村去暂住,实际我的身体已经复原了,不过既然有安静的地方暂时休养,趁这机会整理一下近三月来的笔记,觉得也很好,我便答应他到霞村去住两个星期,那里离政治部有三十里路。

同去的还有一位宣传科的女同志,她大约有些工作,她不是个好说话的人,所以一路显得很寂寞。加上她是一个"改组派"的脚,我的精神又不大好,我们上午就出发,太阳快下山了,才到达目的地。

远远看这村子,也同其他村子差不多。但我知道,这村子里还有一个未被毁去的建筑得很美丽的天主教堂和一个小小的松林,我就将住在靠山的松林里,从这里可以直望到教堂。现在已经看到靠山的几排整齐的窑洞和窑洞上的绿色的树林,我觉得很满意这村子。

从我的女伴口里，我认为这村子是很热闹的；但当我们走进村口时，却连一个小孩子，一只狗也没有碰到，只是几片枯叶轻轻地被风卷起，飞不多远又坠下来了。

"这里从先是小学堂，自从去年鬼子来后就毁了，你看那边台阶，那是一个很大的教室呢。"阿桂（我的女伴）告诉我，她显得有些激动，不象白天那样沉默了。她接着又指着一个空空的大院子："一年半前这里可热闹呢，同志们天天晚饭后就在这里打球。"

她又急起来了："怎么今天这里没有人呢？我们是先到村公所去，还是到山上去呢？咱们的行李也不知道捎到什么地方去了，总得先闹清才好。"

村公所大门墙上，贴了很多白纸条，上面写着"××会办事处"、"××会霞村分会"、"……"。但我们到了里边，却静悄悄地找不到一个人，几张横七竖八的桌子空空的摆在那里。我们正奇怪，匆匆地跑来一个人，他看了一看我，似乎想问什么，接着又把话咽下去了，还想往外跑，但被我们叫住了。

他只好连连地答应我们："我们的人嘛，都到村西口去了。行李？嗯，是有行李，老早就抬到山上了，是刘二妈家里。"他一边说一边也打量着我们。

我们知道了他是农救会的人，便要求他陪同我们一道上山去，并且要他把我写给这边一个同志的条子送去。

他答应替我们送条子，却不肯陪我们，而且显得有点不耐烦的样子，把我们丢下独自跑走了。

街上也是静悄悄的，有几家在关门，有几家门还开着，里边黑漆漆的，我们也没有找到人。幸好阿桂对这村子还熟，她引导着我走上山，这时已经黑下来了，冬天的阳光是下去得快的。

山不高，沿着山脚上去，错错落落有很多石砌的窑洞，也常有人站在空坪上眺望着。阿桂明知没有到，但一碰着人便要问：

"刘二妈的家是这样走的么？""刘二妈的家还有多远？""请你告诉我怎样到刘二妈的家里？"或是问："你看见有行李送到刘二妈家去过么？刘二妈在家么？"

回答总是使我们满意的，这些满意的回答一直把我们送到最远的、最高的刘家院子里，两只小狗最先走出来欢迎我们。

接着有人出来问了。一听说是我，便又出来了两个人，他们掌着灯把我们送进一个院子，到了一个靠东的窑洞里。这窑洞里面很空，靠窗的炕上堆得有我的铺盖卷和一口小皮箱，还有阿桂的一条被子。

他们里面有认识阿桂的，拉着她的手问长问短的，后来索性把阿桂拉出去了。我一个人留在这屋子里，只好整理铺盖。我刚要躺下去，她们又涌进来了。有一个青年媳妇托着一缸面条，阿桂、刘二妈和另外一个小姑娘拿着碗、筷和一碟子葱同辣椒，小姑娘又捧来一盆燃得红红的火。

她们殷勤地督促着我吃面，也摸我的两手、两臂。刘二妈和那媳妇也都坐上炕来了。她们露出一种神秘的神气，又接着谈讲着她们适才所谈到的一个问题。我先还以为她们所诧异的是我，慢慢我觉得不是这样的，她们只热心于一点，那就是她们谈话的内容。我只无头无尾的听见几句，也弄不清，尤其是刘二妈说话之中，常常要把声音压低，象怕什么人听见似的那么耳语着。阿桂已经完全变了，她仿佛满能干的，很爱说话，而且也能听人说话的样子，她表现出很能把握住别人说话的中心意思。另外两人不大说什么，不时也补充一两句，却那么聚精会神地听着，深怕遗漏去一字似的。

忽然院子里发生一阵嘈杂的声音，不知有多少人在同时说话，也不知道闯进了多少人。刘二妈几人慌慌张张的都爬下炕去往外跑，我也莫名其妙地跟着跑到外边去看。这时院子里实在完全黑了，有两个纸糊的红灯笼在人丛中摇晃，我挤到人堆里去瞧，什么也看不见，他们也是无所谓的在挤着而已，他们都想说什么，都又不说，只听见一些极简单的对话，而这些对话只有更把人弄糊涂的：

"玉娃，你也来了么？"

"看见没有？"

"看见了，我有些怕。"

"怕什么，不也是人，更标致了呢。"

我开始以为是谁家要娶新娘子了，他们回答我不是的；我又以为是俘虏兵到了，却还不是的。我跟着人走到中间的窑门口，却见窑里挤得满满的是人，而且烟雾沉沉地看不清，我只好又退出来。人似乎也在慢慢地退去了，院子里空旷了许多。

我不能睡去，便在灯底下整理着小箱子，翻着那些练习簿、相片，又削着几支铅笔。我显得有些疲乏，却又感觉着一种新的生活要到来以前的那种昂奋。我分配着我的时间，我要从明天起遵守规定下来的生活秩序，这时却有一个男人嗓子在门外响起了：

"还没有睡么？××同志。"

还没有等到我答应，这人便进来了，是一个二十岁左右的、还文雅的乡下人。

"莫主任的信我老早就看到了，这地方还比较安静，凡事放心，都有我，要什么尽管问刘二妈。莫主任说你要在这里住两个星期，行，要是住得还好，欢迎你多住一阵。我就住在邻院，下边的那几个窑，有事就叫这里的人找我。"

他不肯上炕来坐，地下又没有凳子，我便也跳下炕去：

"呵，你就是马同志，我给你的一个条子收到了么？请坐下来谈谈吧。"

我知道他在这村子上负点责，是一个未毕业的初中学生。

"他们告诉我，你写了很多书，可惜我们这里没有买，我都没有见到。"他望了望炕上开着口的小箱子。

我们话题一转到这里的学习情形时，他便又说："等你休息几天后，我们一定请你做一个报告；群众的也好，训练班的也好，总之，你一定得帮助我们，我们这里最难的工作便是'文化娱乐'。"

象这样的青年人我在前方看了很多很多，当刚刚接触他们的时候常常感到惊讶，觉得这些同自己有一点距离的青年们实在变得很快，我又把话拉回来。

"刚才，他们发生了什么事么？"

"刘大妈的女儿贞贞回来了。想不到她才了不起呢。"即刻我感到在他的眼睛里面多了一样东西,那里面放射着愉快的、热情的光辉。

我正要问下去时,他却又加上说明了:"她是从日本人那里回来的,她已经在那里干了一年多了。"

"呵!"我不禁也惊叫起来了。

他打算再告诉我一些什么时,外边有人在叫他了,他只好对我说明天他一定叫贞贞来找我。而且他还提起我注意似的,说贞贞那里"材料"一定很多的。

很晚阿桂才回来睡,她躺到床上老是翻来覆去地睡不着,不住地唉声叹气。我虽说已经疲倦到极点了,仍希望她能告诉我一些关于今晚上的事情。

"不,××同志!我不能说,我真难受,我明天告诉你吧,呵!我们女人真作孽呀!"于是她把被蒙着头,动也不动,也再没有叹息,我不知道她什么时候才睡着的。

第二天一早我到屋外去散步,不觉得就走到村子底下去了。我走进了一家杂货铺,一方面是休息,一方面买了他们很多枣子,是打算送给刘二妈家里煮稀饭吃的。那杂货铺老板听我说住在刘二妈家里,便挤着那双小眼睛,有趣地低声问我道:

"她那侄女儿你看见么?听说病得连鼻子也没有了,那是给鬼子糟蹋的呀。"他又转过脸去朝站在里边门口的他的老婆说:"亏她有脸面回家来,真是她爹刘福生的报应。"

"那娃儿向来就风风雪雪的,你没有看见她早前就在街上浪来浪去,她不是同夏大宝打得火热么?要不是夏大宝穷,她不老早就嫁给他了么?"那老婆子拉着衣角走了出来。

"谣言可多呢,"他转过脸来抢着又说。这次他的眼睛已不再眨动了,却做出一副正经的样子:"听说起码一百个男人总'睡'过,哼,还做了日本官太太,这种缺德的婆娘,是不该让她回来的。"

我忍住了气,因为不愿同他吵,就走出来了。我并没有再看他,但我感觉到他又眯着那小眼睛很得意地望着我的背影。

走到天主堂转角的地方,又听到有两个打水的妇人在谈着,一个说:

"还找过陆神父,一定要做姑姑,陆神父问她理由,她不说,只哭,知道那里边闹的什么把戏,现在呢,弄得比破鞋还不如……"

另一个便又说:"昨天他们告诉我,说走起路来一跛一跛的,唉,怎么好意思见人!"

"有人告诉我,说她手上还戴得有金戒指,是鬼子送的哪!"

"说是还到大同去过,很远的,见过一些世面,鬼子话也会说哪。……"

这散步于我是不愉快的,我便走回家来了。这时阿桂已不在家,我就独自坐在窑洞里读一本小册子。

我把眼睛从书上抬起来,看见靠墙立着两个粮食篓子,那大约很有历史的吧,它的颜色同墙壁一般黑,我把一块活动的窗户纸掀开,看见一片灰色的天(已经不是昨天来时的天气了)和一片扫得很干净的土地,从那地的尽头,伸出几株枯枝的树,疏疏朗朗地划在那死寂的铅色的天上。

院子里没有什么人走动。

我又把小箱子打开，取出纸笔来写了两封信。怎么阿桂还没回来呢？我忘记她是有工作的，而且我以为她将与我住下去似的了。

冬天的日子本来是很短的，但这时我却以为它比夏天的还长呢。

后来我看见那小姑娘出来了，于是跳下炕到门外去招呼她，她只望着我笑了一笑，便跑到另外一个窑洞里去了。我在院子里走了两个圈，看见一只苍鹰飞到教堂的树林子里边去了。那院子里有很多大树。

我又在院子里走起来，走到靠右边的尽头，我听见有哭泣的声音，是一个女人，而且在压抑住自己，时时都在擤鼻涕。

我努力地排遣自己，思索着这次来的目的和计划，我一定要好好休养，而且按着自己规定的时间去生活。于是我又回到房子里来了，既然不能睡，而写笔记又是多么无聊呵！

幸好不久刘二妈来看我了，她一进来，那小姑娘跟着也来了，后来那媳妇也来了。她们都坐到我的炕上，围着一个小火盆。那小姑娘便察看着那小方炕桌上的我的用具。

"那时谁也顾不到谁，"刘二妈述说着一年半前鬼子打到霞村来的事，"咱们住在山上的还好点，跑得快，村底下的人家有好些都没有跑走，也是命定下的，早不早迟不迟，这天咱们家的贞贞却跑到天主堂去了，后来才知道她是找那个外国神父要做姑姑去的，为的也是风声不好，她爹正在替她讲亲事，是西柳村一家米铺的小老板，年纪快三十了，填房，家道厚实，咱们都说好，就只贞贞自己不愿意，她向着她爹哭过。别的事她爹都能依她，就只这件事老头子不让，咱们老大又没儿，总企望把女儿许个好人家。谁知道贞贞却赌气跑到天主堂去了，就那一忽儿，落在火坑了哪，您说做娘老子的怎不伤心……"

"哭的是她的娘么？"

"就是她娘。"

"你的侄女儿呢？"

"侄女儿么，到底是年轻人，昨天回来哭了一场，今天又欢天喜地到会上去了，才十八岁呢。"

"听说做过日本人太太，真的么？"

"这就难说了，咱也摸不清，谣言自然是多得很，病是已经弄上身了，到那种地方，还保得住干净么？小老板的那头亲事，还不吹了，谁还肯要鬼子用过的女人！的确确是有病，昨天晚上她自己也说了。她这一跑，真变了，她说起鬼子来就象说到家常便饭似的，才十八岁呢，已经一点也不害臊了。"

"夏大宝今天还来过呢，娘！"那媳妇悄声地说着，用探问的眼睛望着二妈。

"夏大宝是谁呢？"

"是村底下磨房里的一个小伙计，早先小的时候同咱们贞贞同过一年学，两个要好得很，可是他家穷，连咱们家也不如，他正经也不敢怎样的，偏偏咱们贞贞痴心痴意，总要去缠着他，一来又怪了他；要去做姑姑也还不是为了他？自从贞贞给日本鬼弄去后，他倒常来看看咱们老大两口子。起先咱们大爹一见他就气，有时骂他，他也不说什么，骂走了第二次又来，倒是一个有良心的孩子，现在自卫队当一个小排长呢。他今天又来了，好象向咱们大妈求亲来着呢，只听见她哭，后来他也哭着走了。"

"他知不知道你侄女儿的情形呢？"

"怎会不知道？这村子里就没有人不清楚，全比咱们自己还清楚呢。"

"娘，人都说夏大宝是个傻孩子呢。"

"嗯，这孩子总算有良心，咱是愿意这头亲事的。自从鬼子来后，谁还再是有钱的人呢？看老大两口子的口气，也是答应的。唉，要不是这孩子，谁肯来要呢？莫说有病，名声就实在够受了。"

"就是那个穿深蓝色短棉袄，戴一顶古铜色翻边毡帽的。"小姑娘闪着好奇的眼光，似乎也很了解这回事。

在我记忆里出现了这样一个人影：今天清晨我出外散步的时候，看见了这么一个年轻的小伙子，有着一副很机伶也很忠厚的面孔，他站在我们院子外边，却又并不打算走进来的样子；约莫当我回家时，又看他从后边的松林里走出来。我只以为是这院子里人或邻院的人，我那时并没有很注意他，现在想起来，倒觉得的确是一个短小精悍、很不坏的年轻人。

我的休养计划怕不能完成了，为什么我的思绪这样的乱？我并不着急于要见什么人，但我幻想中的故事是不断的增加着。

阿桂现出一副很明白我的神气，望着我笑了一下便走出去了。

我明白了她的意思，于是来回在炕上忙碌了一番；觉得我们的铺、灯、火都明亮了许多。我刚把茶缸子搁在火上的时候，果然阿桂已经回到门口了，我听见她后边还跟得有人。

"有客人来了，××同志！"阿桂还没有说完，便听见另外一个声音噗哧一笑："嘻……"

在房门口我握住了这并不熟识的人的手了。她的手滚烫，使我不能不略微吃惊。她跟着阿桂爬上炕去时，在她的背上，长长的垂着一条发辫。

这间使我感到非常沉闷的窑洞，在这新来者的眼里，却很新鲜似的，她用满有兴致的眼光环绕地探视着。她身子稍稍向后仰地坐在我的对面，两手分开撑住她坐的铺盖上，并不打算说什么话似的，最后把眼光安详地落在我的脸上了。阴影把她的眼睛画得很长，下巴很尖。虽在很浓厚的阴影之下的眼睛，那眼珠却被灯光和火光照得很明亮，就象两扇在夏天的野外屋宇里洞开的窗子，是那么坦白，没有尘垢。

我也不知道如何来开始我们的谈话，怎么能不碰着她的伤口，不会损害到她的自尊心。我便先从缸子里倒了一杯已经热了的茶。

"你是南方人吧？我猜你是的，你不象咱们省里的人。"倒是贞贞先说了。

"你见过很多南方人么？"我想最好随她高兴说什么我就跟着说什么。

"不,"她摇着头,仍旧盯着我瞧,"我只见过几个,总是有些不同。我喜欢你们那里人,南方的女人都能念很多很多的书,不象咱们,我愿意跟你学,你教我好么?"

我答应她之后忽的她又说了:"日本的女人也都会念很多很多书,那些鬼子兵都藏得有几封写得漂亮的信:有的是他们的婆姨来的,有的是相好来的,也有不认识的姑娘们写信给他们,还夹上一张照片,写了好些肉麻的话,也不知道她们是不是真心,总哄得那些鬼子当宝贝似的揣在怀里。"

"听说你会说日本话,是么?"

在她脸上轻微地闪露了一下羞赧的颜色,接着又很坦然的说下去:"时间太久了,跑来跑去一年多,多少就会了一点儿,懂得他们说话很有用处。"

"你跟着他们跑了很多地方么?"

"不是老跟着一个队伍跑的,人家总以为我做了鬼子官太太,享富贵荣华,实际我跑回来过两次,连现在这回是第三次了。后来我是被派去的,也是没有办法,我在那里熟,工作重要,一时又找不到别的人。现在他们不再派我去了,要替我治病。也好,我也挂牵我的爹娘,回来看看他们。可是娘真没有办法,没有儿女是哭,有了儿女还是哭。"

"你一定吃了很多的苦吧。"

"她吃的苦真是想也想不到,"阿桂露出一副难受的样子,象要哭似的,"做了女人真倒霉,贞贞你再说吧。"她更挤拢去,紧靠她身边。

"苦么,"贞贞象回忆着一件辽远的事一样,"现在也说不清,有些是当时难受,于今想来也没有什么;有些是当时倒也马马虎虎的过去了,回想起来却实在伤心呢,一年多,日子也就过去了。这次一路回来,好些人都奇怪地望着我。就说这村子的人吧,都把我当一个外路人,有亲热我的,也有逃避我的。再说家里几个人吧,还不都一样,谁都偷偷地瞧我,没有人把我当原来的贞贞看了。我变了么,想来想去,我一点也没有变,要说,也就心变硬一点罢了。人在那种地方住过,不硬一点心肠还行么,也是因为没有办法,逼得那么做的哪!"

一点有病的样子也没有,她的脸色红润,声音清晰,不显得拘束,也不觉得粗野。她并不含有一点夸张,也使人感觉不到她有什么牢骚,或是悲凉的意味,我忍不住要问到她的病了。

"人大约总是这样,哪怕到了更坏的地方,还不是只得这样,硬着头皮挺着腰肢过下去,难道死了不成? 后来我同咱们自己人有了联系,就更不怕了。我看见日本鬼子吃败仗,游击队四处活动,人心一天天好起来,我想我吃点苦,也划得来,我总得找活路,还要活得有意思,除非万不得已。所以他们说要替我治病,我想也好,治了总好些。这几天病倒不觉得什么了,路过张家驿时,住了两天,他们替我打了两次药针,又给了一些药我吃。只有今年秋天的时候,那才厉害,人家说我肚子里面烂了,又赶上有一个消息要立刻送回来,找不到一个能代替的人,那晚上摸黑我一个人来回走了三十里,走一步,痛一步,只想坐着不走了。要是别的不关紧要的事,我一定不走回去了,可是这不行哪,唉,又怕被鬼子认出来,又怕误了时间,后来整整睡了一个星期,才又拖着起了身。一条命要死好象也不大容易,你说是么?"

她并没有等我的答复,却又继续说下去了。

有的时候,她停顿下来,在这时间,她也望望我们,也许是在我们脸上找点反应,也许她只是思索着别的。看得出阿桂比贞贞显得更难受,阿桂大半的时候沉默着,有时说几句话,她说的话总只为的传达出她的无限的同情,但她沉默时,却更显得她为贞贞的话所震慑住了,她的灵魂被压抑,她感受了贞贞过去所受的那些苦难。

我以为那说话的人丝毫没有想到要博得别人的同情,纵是别人正为她分担了那些罪过,她似乎也没有感觉到,同时也正因为如此,就使人觉得更可同情了。如果她说起她这段历史的时候,并不是象现在这样,心平气和,甚至使你以为她是在说旁人那样,那是宁肯听她哭一场,哪怕你自己也陪着她哭,都是觉得好受些的。

后来阿桂倒哭了,贞贞反来劝她。我本有许多话准备同贞贞说的,也说不出口了,我愿意保持住我的沉默。当她走后,我强制自己在灯下读了一个钟头的书,连睡得那么邻近的阿桂,也不看她一眼,或问她一句,哪怕她老是翻来覆去的睡不着,一声一声地叹息着。

以后贞贞每天都来我这里闲谈,她不只是说她自己,也常常很好奇地问我许多那些不属于她的生活中的事。有时我的话说得很远,她便显得很吃力地听着,却是非常要听的。我们也一同走到村底下去,年轻人都对她很好;自然都是那些活动分子。但象杂货店老板那一类的人,总是铁青着脸孔,冷冷地望着我们,他们嫌厌她,卑视她,而且连我也当着不是同类的人的样子看待了。尤其那一些妇女们,因为有了她才发生对自己的崇敬,才看出自己的圣洁来,因为自己没有被敌人强奸而骄傲了。

阿桂走了之后,我们的关系就更密切了,谁都不能缺少谁似的,一忽儿不见就会彼此挂念。我喜欢那种有热情的,有血肉的,有快乐,有忧愁,又有明朗的性格的人;而她就正是这样。我们的闲谈常常占去了很多时间,我总以为那些谈天,于我的学习和修养,都是非常有帮助的。可是日子一天天过去,贞贞对我并不完全坦白的事,竟被我发觉了;但我绝不会对她有一丝怨恨,而且我将永远不去触她这秘密,每个人一定有着某些最不愿告诉人的东西深埋在心中,这是指属于私人感情的事,既与旁人毫无关系,也不会关系于她个人的道德。

到了我快走的那几天,贞贞忽然显得很烦躁,并没有什么事,也不象打算要同我谈什么的,却很频繁的到我屋里来,总是心神不宁的,坐立不安的,一会儿又走了。我知道她这几天吃得很少,甚至常常不吃东西。我问过她的病,我清楚她现在所担受的烦扰,决不只是肉体上的。她来了,有时还说几句毫无次序的话;有时似乎要求我说一点什么,做出一副要听的神气。但我也看得出她在想一些别的,那些不愿让人知道的,她是正在掩饰着这种心情,装出无所谓的样子。

有两次,我看见那显得很精悍的年轻小伙子从贞贞母亲的窑中出来,我曾把他给我的印象和贞贞一道比较,我以为我非常同情他,尤其当现在的贞贞被很多人糟蹋过,染上了不名誉的、难医的病症的时候，他还能耐心的来看她，向她的父母提出要求，他不嫌弃她，不怕别人笑骂。他一定觉得她这时更需要他，他明白一个男子在这样的时候对他相好的女人所应有的气概和责任。而贞贞呢，虽说在短短的时间中，找不出她有很多的伤感和怨恨，她从没有表示过她希望有一个男子来要她，或者就说是抚慰吧；但我也以为因为她是受过伤的，正因为她受伤太重，所以才养成她现在的强硬，她就有了一种无所求于人的样子。可是如果有些爱抚，非一般同情可比的怜惜，去温暖她的灵魂是好的。我喜欢她能哭一次，找到一个可以哭的地方去哭一次。我希望我有机会吃到这家人的喜酒，至少我也愿意听到一个喜讯再离开。

"然而贞贞在想着一些什么呢？这是不会拖延好久，也不应成为问题的。"我这样想着，也就不多去思索了。

刘二妈，她的小媳妇、小姑娘也来过我房子，估计她们的目的，无非想来报告些什么，有时也说一两句。但我总不给她们说话的机会，我以为凡是属于我朋友的事，如若朋友不告诉我，我又不直接问她，却在旁人那里去打听，是有损害于我的朋友和我自己，也是有损害于我们的友谊的。

就在那天黄昏，院子里又热闹起来了，人都聚集在那里走来走去，邻舍的人全来了，他们交头接耳，有的显得悲戚，也有的满感兴趣的样子。天气很冷，他们好奇的心却很热，他们在严寒底下耸着肩，弓着腰，笼着手，他们吹着气，在院子中你看我，我看你，好象在探索着很有趣的事似的。

开始我听见刘大妈的房子里有吵闹的声音，接着刘大妈哭了。后来还有男人哭的声音，我想是贞贞的父亲吧。接着又有摔碗的声音，我忍不住，分开看热闹的人冲进去了。

"你来的很好，你劝劝咱们贞贞吧。"刘二妈把我扯到里边去。

贞贞把脸藏在一头纷乱的长发里，望得见两颗狰狰的眼睛从里边望着众人。我走到她旁边便站住了。她似乎并没有感觉我的到来，或者也把我当作一个毫不足以介意的敌人之一罢了。她的样子完全变了，几乎使我不能在她的身上回想起一点点那些曾属于她的洒脱、明朗、愉快，她象一个被困的野兽，她象一个复仇的女神，她憎恨着谁呢，为什么要做出那么一副残酷的样子？

"你就这样的狠心，全不为娘老子着想，你全不想想这一年多来我为你受的罪……"刘大妈在炕上一边捶着一边骂，她的眼泪象雨点一样，有的落在炕上，有的落在地上，还有的就顺着脸往下流。

有好几个女人围着她，扯着她，她们不准她下炕来。我以为一个人当失去了自尊心，一任她的性情疯狂下去的时候，真是可怕。我想告诉她，你这样哭是没有用的，同时我也明白在这时是无论什么话都不会有效的。

老头子显得很衰老的样子，他垂着两手，叹着气。夏大宝坐在他旁边，用无可奈何的眼光望着两个老人。

"你总得说一句呀，你就不可怜可怜你的娘么？……"

"路走到尽头总要转弯的，水流到尽头也要转弯的，你就没有一点弯转么？何苦来呢?……"

一些女人们就这样劝贞贞。

我看出这事是不会如大家所希望的了。贞贞早已表示不要任何人可怜她,她也不可怜任何人。她是早已决定,没有转弯的,要说赌气,就算赌气吧。她现在是咬紧了牙关要坚持下去的神情。

她们听了我的劝告,让贞贞到我的房里边去休息,一切问题到晚上再谈。于是我便领着贞贞出来了。可是她并没有到我的房中去,她向后山跑了。

"这娃儿心事大呢!……"

"哼,瞧不起咱乡下人了……"

"这种破铜烂铁,还搭臭架子,活该夏大宝倒霉……"

聚集在院子中的人们纷纷议论着,看看已经没有什么好看的了,便也散去了。

我在院子中踌躇了一会,便决计到后山去。山上有些坟堆,坟周围都是松树,坟前边有些断了的石碑,一个人影也没有,连落叶的声音都没有。我从这边穿到那边,我叫着贞贞的名字,似乎有点回声,来安慰一下我的寂寞,但随即更显得万山的沉静。天边的红霞已经退尽了,四周围浮上一层寂静的、烟似的轻雾,绵延在远近的山的腰边。我焦急,我颓然坐在一块碑上,我盘旋着一个问题:再上山去呢,还是在这里等她呢?我希望我能替她分担些痛苦。

我看见一个影子从底下上来了,很快我便认识出就是夏大宝。我不做声,希望他没有看见我,让他直到上面去吧。但是他却在朝我走来。

"你找到了么?我到现在还没有看见她。"我不得不向他打个招呼。

他走到我面前,就在枯草地上坐下去。他沉默着,眼望着远方。

我微微有些局促。他的确还很年轻呢,他有两条细细的长眉,他的眼很大,现在却显得很呆板,他的小小的嘴紧闭着,也许在从前是很有趣的,但现在只充满着烦恼,压抑住痛苦的样子,他的鼻是很忠厚的,然而却有什么用?

"不要难受,也许明天就好了,今天晚上我定要劝她。"我只好安慰他。

"明天,明天,……她永远都会恨我的,我知道她恨我……"他的声音稍稍的有点儿哑,是一个沉郁的低音。

"不,她从没有向我表示过对人有什么恨。"我搜索着我的记忆,我并没有撒谎。

"她不会对你说的,她不会对任何人说的,她到死都不饶恕我的。"

"为什么她要恨你呢?"

"当然罗……"忽的他把脸朝着我,注视着我,"你说,我那时不过是一个穷小子,我能拐着她逃跑么?是不是我的罪?是么?"

他并没有等到我的答复就又说下去了,几乎是自语:"是我不好,还能说是我对么,难道不是我害了她么?假如我能象她那样有胆子,她是不会……"

"她的性格我懂得,她永远都要恨我的。你说,我应该怎样?她愿意我怎样?我如何能使她快乐?我这命是不值什么的,我在她面前也还有点用处么?你能告诉我么?我简直不知我应该怎样才好，唉，这日子真难受呀！还不如让鬼子抓去……"他不断的喃喃下去。

当我邀他一道回家去的时候，他站起来同我走了几步，却又停住了，他说他听见山上有声音。我只好鼓励他上山去，我直望到他的影子没入更厚的松林中去，才踏上回去的路，天色已经快要全黑了。

这天晚上我虽然睡得很迟，却没有得着什么消息，不知道他们怎样过的。

等不到吃早饭，我把行李都收拾好了。马同志答应今天来替我搬家。我准备回政治部去，并且回到延安去，因为敌人又要大举"扫荡"了，我的身体不准许我再留在这里，莫主任说无论如何要先把这些伤病员送走。我的心却有些空荡荡的，坚持着不回去么？身体又累着别人；回去么？何时再来呢？我正坐在我的铺上沉思着的时候，我觉得有人悄悄的走进我的窑洞。

她一耸身跳上炕来坐在我的对面了，我看见贞贞脸上稍稍的有点浮肿，我去握着那只伸在火上的手，那种特别使我感觉刺激的烫热又使我不安了，我意识到她有着不轻的病症。

"贞贞！我要走了，我们不知何时再能相会，我希望，你能听你娘……"

"我就是来告诉你的，"她一下就打断了我的话，"我明天也要动身了。我恨不得早一天离开这家。"

"真的么？"

"真的！"在她的脸上那种特有的明朗又显出来了。"他们叫我回……去治病。"

"呵！"我想我们也许要同道的，"你娘知道了么？"

"不，还不知道，只说治病，病好了再回来，她一定肯放我走的，在家里不是也没有好处么？"

我觉得她今天显得稀有的平静。我想起头天晚上夏大宝说的话了。我冒昧的便问她道：

"你的婚姻问题解决了么？"

"解决，不就是那么吗？"

"是听娘的话么？"我还不敢说出我对她的希望，我不愿想着那年轻人所给我的印象，我希望那年轻人有快乐的一天。

"听她们的话，我为什么要听她们的话，她们听过我的话么？"

"那末，你果真是和她们赌气么？"

"……"

"那末，……你真的恨夏大宝么？"

她半天没有回答我，后来她说了，说得更为平静的："恨他，我也说不上。我觉得我已经是一个有病的人了，我的确被很多鬼子糟蹋过，到底是多少，我也记不清了，总之，是一个不干净的人了。既然已经有了缺憾，就不想再有福气，我觉得活在不认识的人面前，忙忙碌碌的，比活在家里，比活在有亲人的地方好些。这次他们既然答应送我到延安去治病,那我就想留在那里学习,听说那里是大地方,学校多;什么人都可以学习的。大家扯在一堆并不会怎样好,那就还是分开,各奔各的前程。我这样打算是为了我自己;也为了旁人,所以我并不觉得有什么对不住人的地方,也没有什么高兴的地方。而且我想,到了延安,还另有一番新的气象。我还可以再重新作一个人,人也不一定就只是爹娘的,或自己的。别人说我年轻,见识短,脾气别扭,我也不辩,有些事情哪能让人人都知道呢?"

我觉得非常惊诧,新的东西又在她身上表现出来了。我觉得她的话的确值得我们研究,我当时只能说出我赞成她的打算的话。

我走的时候,她的家属在那里送我,只有她到公所里去了,也再没有看见夏大宝。我心里并没有难受,我仿佛看见了她的光明的前途,明天我将又见着她的,定会见着她的,而且还有好一阵时日我们不会分开了。果然,一走出她家的门,马同志便告诉了我关于她的决定,证实了她早上告诉我的话很快便会实现了。

(选自《丁玲文集》第三卷)

☞ 提示

1941年6月发表的《我在霞村的时候》以知识女性"我"为视点和感情褒贬的标杆,描写了农村妇女贞贞的生活遭遇。贞贞反抗封建包办婚姻逃出家门时不慎落入日寇魔掌,受尽蹂躏。一年后她想方设法逃出虎口回到家乡,得到的不是同情理解和援助,而是冷嘲热讽与白眼,尤其是妇女们:她们因为贞贞而感到自己"圣洁",对自己尊敬,为自己骄傲。尽管过去与贞贞恋爱的夏大宝仍真诚地向她求婚,但她不愿接受这近似怜悯的施舍,最后听从组织安排到延安去治病。小说写出了在当时政治上先进的解放区老百姓,在思想上却有着极为顽固浓厚的封建意识。他们将"贞洁"当作女性的唯一生命,对贞贞这样一个"叛女",一开始就没有好印象,继而对她的悲惨遭遇幸灾乐祸,甚至阿Q般地幻想自己地位陡增。作品沉重地表现了解放区农民在觉悟的过程中还有浓重的思想痼疾,与封建观念相交织的甚至还有人性的冷漠残忍。作者又特别写出贞贞在非人折磨的污浊泥淖里,坚强不屈、心向光明的坚忍而乐观的性格和精神力量。她并不让自己的心灵沉沦,而是挺直了腰,"我总是找活路,还要活得有意思",在人们的唾弃和白眼中,她压抑住自己刺心的忧伤,保持坦然平静。恶劣的环境、命运的捉弄与贞贞自身的精神性格构成一种反差,冯雪峰这样赞扬这个"小女子的灵魂":"作者所探究的一个'灵魂',原是一个并不深奥的,平常而不过有少许特征的灵魂罢了;但在非常的革命的展开和非常事件的遭遇下,这在落后的穷乡僻壤中的小女子的灵魂,却展开出她的丰富和有光芒的伟大。这灵魂遭受着破坏和极大的损伤,但就在被破坏和损伤中展开的像反射于沙漠下面似的那种光,清水似的清,刚刚被暴风刮过了以后的沙地似的那般广;而从她身内又不断地在生长出新的东西来,那可是更非庸庸俗俗的温温暾暾的人们所再能挨近去的新的力量和新的生活。"作者取其名为"贞贞",昭明了自己的感情态度。

柔 石

为奴隶的母亲

她底丈夫是一个皮贩，就是收集乡间各猎户底兽皮和牛皮，贩到大埠上出卖的人。但有时也兼做点农作，芒种的时节，便帮人家插秧，他能将每行插得非常直，假如有五人同在一丘水田内，他们一定叫他站在第一个做标准。然而境况总是不佳，债是年年积起来了。他大约就因为境况不佳，烟也吸了，酒也喝了，博也赌起来了。这样，竟使他变做一个非常凶狠而暴躁的男子，但也就更贫穷下去，连小小的移借，别人也不敢答应了。

在穷底结果的病以后，全身便变成枯黄色，脸孔黄的和小铜鼓一样，连眼白也黄了。别人说他是黄疸病，孩子们也就叫他"黄胖"了。有一天，他向他底妻说：

"再也没有办法了，这样下去，连小锅子也要卖去了。我想，还是从你的身上设法罢。你跟着我挨饿。有什么办法呢？"

"我的身上？……"

他底妻坐在灶后，怀里抱着她刚满五周岁的男小孩——孩子还在啜着奶，她讷讷地低声地问。

"你，是呀，"她的丈夫病后的无力的声音："我已经将你出典了……"

"什么呀！"他的妻子几乎昏去似的。

屋内是稍稍静寂了一息。他气喘着说：

"三天前，王狼来坐讨了半天的债回去以后，我也跟着他去，走到了九亩潭边，我很不想要做人了。但是坐在那株爬上去一纵身就可落在潭底里的树下，想来想去，总没有力气跳了。猫头鹰在耳朵边不住的啼，我的心被它叫寒起来，我只得回转身，但在路上，遇见了沈家婆，她问我，晚也晚了，在外边做什么。我就告诉她，请她代我借一笔款，或向什么人家的小姐借些衣服或首饰去暂时当一当，免得王狼的狼一般的绿眼睛天天在家里照耀。可是沈家婆向我笑道：

"'你还将妻养在家里做什么呢，你自己黄也黄到这个地步了？'"

"我低头站在她面前没有答，她又说：

"'儿子呢，你只有一个，舍不得。但妻——'

"我当时想，'莫非叫我卖去妻子么？'而她继续道：

"'但妻——虽然是结发的，穷了，就没有法。还养在家里做什么呢？'

"这样，她就直说出：'有一个秀才，因为没有儿子，年纪已五十岁了，想买一个妾；又因他的大妻不允许，只准他典一个，典三年或五年，叫我物色相当的女人：年纪约三十岁左右，养过两三个儿女的，人要沉默老实，又肯做事，还要对他底大妻肯低眉下首。这次是秀才娘子向我说的，假如条件合，肯出八十元或一百元的身价。我代她寻了好几天,总没有相当的女人。'她说:现在碰到我,想起了你来,样样都对的。当时问我的意见怎样,我一边掉了几滴泪,一边却被她催的答应她了。"

说到这里,他垂下头,声音很低弱,停止了。他的妻简直痴似的。话一句没有,又静寂了一息,他继续说:

"昨天,沈家婆到过秀才的家里,她说秀才很高兴,秀才娘子也喜欢,钱是一百元,年数呢,假如三年养不出儿子是五年。沈家婆并将日子也拣定了——本月十八,五天后。今天,她写典契去了。"

这时,他的妻简直连腑脏都颤抖,吞吐着问:"你为什么早不对我说?"

"昨天在你的面前旋了三个圈子,可是对你说不出。不过我仔细想,除出将你的身子设法外,再也没有办法了。"

"决定了么?"妇人战着牙齿问。

"只待典契写好。"

"倒霉的事情呀,我!——一点也没有别的方法了么?春宝底爸呀!"

春宝是她怀里孩子的名字。

"倒霉,我也想到过,可是穷了,我们又不肯死,有什么办法?今年,我怕连插秧也不能插了。"

"你也想到过春宝么?春宝还只有五岁,没有娘,他怎么好呢?"

"我领他便了。本来是已经断了奶的孩子。"

他似乎渐渐发怒了。也就走出门外去了。她,却呜呜咽咽地哭起来。

这时,在她过去的回忆里,却想起恰恰一年前的事:那时她生下了一个女儿,她简直如死去一般地卧在床上,死还是整个的,她那时却肢体分作四碎与五裂。刚落地的女婴,在地上的干草堆上叫,"呱呀,呱呀",声音很重的,手脚揪缩。脐带绕在她底身上,胎盘落在一边,她很想挣扎起来给她洗好,可是她底头昂起来,身子凝滞在床上。这样,她看见她的丈夫,这个凶狠的男子,飞红着脸,提了一桶沸水到女婴的旁边。她简直用了她一生底最后的力向他喊:"慢!慢……"但这个病前极凶狠的男子,没有一分钟商量的余地,也不答半句话,就将"呱呀,呱呀",声音很重地在叫着的女儿,刚出世的新生命,用他的粗暴的两手捧起来,如屠户捧将杀的小羊一般,"扑通",投下在沸水里了!除了沸水的溅声和皮肉吸收沸水的嘶声以外,女孩一声也不喊——她疑问地想,为什么也不重重地哭一声呢?竟这样不响地愿意冤枉的死去么?啊!——她转念,那是因为她自己当时昏过去的缘故,她当时剜去了心一般地昏去了。

想到这里,似乎泪竟干涸了。"唉!苦命呀!"她低低地叹息了一声。这时春宝拔去了奶头,向他底母亲的脸上看,一边叫"妈妈!妈妈!"

在她将离别底前一晚,她拣了房子的最黑暗处坐着。一盏油灯点在灶前,萤火那么的光亮。她,手里抱着春宝,将她底头贴在他底头发上。她底思想似乎浮漂在极远,可是她自己捉摸不定远在哪里。终于是慢慢地跑回来,跑到眼前,跑到她的孩子底身上。她向她的孩子低声叫:

"春宝,春宝!"

"妈妈,"孩子含着奶头答。

"妈妈明天要去了……"

"唔,"孩子似不十分懂得,本能地将头钻进他母亲底胸膛。

"妈妈不回来了,三年内不能回来了!"

她擦一擦眼睛,孩子放松口子问:

"妈妈哪里去呢?庙里么?"

"不是,三十里路外,一家姓李的。"

"我也去。"

"宝宝去不得的。"

"呃!"孩子反抗地,又吸着并不多的奶。

"你跟爸爸在家里,爸爸会照料宝宝的:同宝宝睡,也带宝宝玩,你听爸爸的话好了。过三年,……"她没有说完,孩子要哭似的说:

"爸爸要打我的!"

"爸爸不再打你了,"同时用她底左手抚摸着孩子底右额,在这上,有他父亲在杀死他刚生下的妹妹后第三天,用锄柄敲他,肿起而又平复了的伤痕。

她似还想要对孩子说话,她底丈夫踏进门了,他走到她底面前,一只手放在袋里,掏取着什么,一边说:

"钱已经拿来七十元了。还有三十要等你到了后十天付。"

停了一息说,"也答应轿子来接。"

又停了一息说,"也答应轿夫一早吃好早饭来。"

这样,他又离开了她,向门外走出去了。

这一晚,她和她底丈夫都没有吃晚饭。

第二天,春雨竟滴滴淅淅地落着。

轿子是一早就到了。可是这妇人,她却一夜不曾睡。她先将春宝底几件破衣服都修补好;春将完了,夏将到了,可是她,连孩子冬天用的破烂棉袄都拿出来,移交给他底父亲——实在,他已经在床上睡去了。以后,她坐在他底旁边,想对他说几句话,可是长夜是迟延着过去,她底话一句也说不出。而且,她大着胆向他叫了几声,发了几个听不清楚的音,声音在他底耳外,她也就睡下不说了。

等她蒙蒙胧胧地离开思索将要睡去,春宝又醒了。他就推叫他底母亲,要起来。以后当她给他穿衣服的时候,向他说:

"宝宝好好地在家里,不要哭,免得你爸爸打你。以后妈妈常买糖果来,买给宝宝吃,宝宝不要哭。"

而小孩竟不知道悲哀是什么一回事,张大口子"唉,唉"地唱起来了。她在他底唇边吻了一吻,又说:

"不要唱,你爸爸被你唱醒了。"

轿夫坐在门首的板凳上,抽着旱烟,说着他们自己要听的话。一息,邻村的沈家婆也赶到了。一个老妇人,熟识世故的媒婆,一进门,就拍拍她身上的雨点,向他们说:

"下雨了,下雨了,这是你们家里此后会有滋长的预兆。"

老妇人忙碌似的在屋内旋了几个圈,对孩子底父亲说了几句话,意思是讨酬报。因为这件契约之能定的如此顺利而合算,实在是她的力量。

"说实在话,春宝底爸呀,再加五十元,那老头子可以买一房妾了。"她说。于是又转向催促她——妇人却抱着春宝,这时坐着不动。老妇人声音很高地:

"轿夫要赶到他们家里吃中饭的,你快些预备走呀!"

可是妇人向她瞧了一瞧,似乎说:

"我实在不愿离开呢!让我饿死在这里罢!"

声音是在她底喉下,可是媒婆懂得了,走近到她前面,迷迷地向她笑说:

"你真是一个不懂事的丫头。黄胖还有什么东西给你呢?那边真是一份有吃有剩的人家,两百多亩田,经济很宽裕,房子是自己底,也雇着长工养着牛。大娘底性子是极好的,对人非常客气,每次看见人总给人一些吃的东西。那老头子——实在并不老,脸是很白白的,也没有留胡子,因为读了书,背有些偻偻的,斯文的模样。可是也不必多说,你一走下轿就看见的,我是一个从不说谎的媒婆。"

妇人拭一拭泪,极轻的:

"春宝……我怎么能抛开他呢!"

"不用想到春宝了,"老妇人一手放到她底肩上,脸凑近她和春宝。"有五岁了,古人说:'三周四岁离娘身',可以离开你了。只要你底肚子争些气,到那边,也养下一二个来,万事都好了。"

轿夫也在门首催起身了,他们噜苏着说:

"又不是新娘子,啼啼哭哭的。"

这样,老妇人将春宝从她底怀里拉去,一边说:

"春宝让我带去罢。"

小小的孩子也哭了,手脚乱舞的,可是老妇人终于给他拉到小门外去。当妇人走进轿门的时候,向他们说:

"带进屋里来罢,外边有雨呢。"

她底丈夫用手支着头坐着,一动没有动,而且也没有话。

两村的相隔有三十里路,可是轿夫的第二次将轿子放下肩,就到了。春天的细雨,从轿子的布篷里飘进,吹湿了她底衣衫。一个脸孔肥肥的,两眼很有心计的约摸有五十四五岁的老妇人来迎她,她想,这当然是大娘了。可是只向她满面羞涩地看一看,并没有叫。她很亲昵似地将她牵上沿阶,一个长长的瘦瘦的而面孔圆细的男人就从房里走出来。他向新来的少妇,仔细地瞧了瞧,堆出满脸的笑容来,向她问:

"这么早就到了么?可是打湿你底衣裳了。"

而那位老妇人，却简直没有顾到他底说话，也向她问：

"还有什么在轿里么？"

"没有什么了。"少妇答。

几位邻居的妇人站在大门外，探头张望的，可是她们走进屋里面了。

她自己也不知道这究竟为什么，她底心老是挂念着她底旧的家，掉不下她底春宝。这是真实而明显的，她应庆祝这将开始的三年的生活——这个家庭，和她所典给他的丈夫，都比曾经过去的要好，秀才确是一个温良和善的人，讲话是那么的低声，连大娘，实在也是一个出乎意料之外的妇人，她底态度之殷勤，和滔滔的一席话：说她和她丈夫底过去的生活之经过，从美满而漂亮的结婚生活起，一直到现在，中间的三十年。她曾做过一次的产，十五六年以前了，养下了一个男孩子，据她说，是一个极美丽又极聪明的婴儿，可是不到十个月，竟患了天花死去了。这样，以后就没有再养过第二个。在她底意思中，似乎——似乎，——早就叫她底丈夫娶一房妾，可是他，不知是爱她呢，还是没有相当的人——这一层她并没说清楚；于是，就一直到现在。这样，竟说得这个具着朴素的心地的她，一时酸，一会苦，一时甜上心头，一时又盐的压下去了。最后，这个老妇人并将她底希望也向她说出来了。她底脸是娇红的，可是老妇人说：

"你是养过三四个孩子的女人了，当然，你是知道什么的，你一定知道的还比我多。"

这样，她说着走开了。

当晚，秀才将家里底种种情形告诉她，实际，不过是向她夸耀或求媚罢了。她坐在一口橱子的旁边，这样的红的木橱，是她旧的家所没有的，她眼睛白晃晃地瞧着它。秀才也就坐在橱子底面前来，问她：

"你叫什么名字呢？"

她没有答，也并不笑，站起来，走到床底前面，秀才也跟到床旁边，带笑地问她：

"怕羞么？哈，你想你底丈夫么？哈，哈，现在我是你底丈夫了。"声音是轻轻的，又用手去牵她底袖子。"不要愁罢！你也想你底孩子的，是不是？不过——"

他没有说完，却又哈哈地笑了一声，他自己脱去他外面的长衫了。

她可以听见房外的大娘底声音在高声地骂着什么人，她一时听不出在骂谁，骂烧饭的女仆，又好象在骂她自己，可是因为她底怨恨，仿佛又是为她而发的。秀才在床上叫道：

"睡罢，她常是这么噜噜苏苏的。她以前很爱那个长工，因为长工要和烧饭的黄妈多说话，她却常要骂黄妈的。"

日子是一天天地过去了。旧的家，渐渐地在她底脑子里疏远了，而眼前，却一步步地亲近她使她熟悉。虽则，春宝底哭声有时竟在她底耳朵边响，梦中，她也几次的遇见过他了。可是梦是一个比一个缥缈，眼前的事务是一天比一天繁多。她知道这个老妇人是猜忌多心的，外表虽则对她还算大方，可是她底嫉妒的心是和侦探一样，监视着秀才对她的一举一动。有时，秀才从外面回来，先遇到了她而同她说话，老妇人就疑心有什么特别的东西买给她了，非在当晚，将秀才叫到她自己底房内去，狠狠地训斥一番不可。"你给狐狸迷着了么？""你应该称一称你自己底老骨头是多少重！"象这样的话，她耳闻到不止一次了。这样以后，她望见秀才从外面回来而旁边没有她坐着的时候，就非得急忙避开不可。即使她在旁边，有时也应该让开一些，但这种动作，她要做的非常自然，而且不能让旁人看出，否则，她又要向她发怒，说是她有意在旁人的前面暴露她大娘的丑恶，而且以后，竟将家里的许多杂务都堆积在她底身上，同一个女仆那么样。她还算是聪明的，有时老妇人底换下来的衣服放着，她也给她拿去洗了，虽然她说：

"我底衣服怎么要你洗呢？就是你自己底衣服，也可叫黄妈洗的。"可是接着说：

"妹妹呀，你最好到猪栏里去看一看，那两只猪为什么这样喝喝叫的，或者因为没有吃饭罢，黄妈总是不肯给它吃饱的。"

八个月了，那年冬天，她底胃却起了变化：老是不想吃饭，想吃新鲜的面，番薯等。但番薯或面吃了两餐，又不想吃，又想吃馄饨，多吃又要呕。而且还想吃南瓜和梅子——这是六月里的东西，真希奇，向哪里去找呢？秀才是知道在这个变化中所带来的预告了。他镇日的笑微微，能找到的东西，总忙着给她找来。他亲身给她到街上去买橘子，又托便人买了金柑来。他在廊沿下走来走去，口里念念有词的，不知说什么。他看她和黄妈磨过年的粉，但还没有磨了三升，就向她叫："歇一歇罢，长工也好磨的，年糕是人人要吃的。"

有时在夜里，人家谈着话，他却独自拿了一盏灯，在灯下，读起《诗经》来了："关关雎鸠，在河之洲，窈窕淑女，君子好逑——"

这时长工向他问："先生，你又不去考举人，还读它做什么呢？"

他却摸一摸没有胡子的口边，怡悦地说道：

"是呀，你也知道人生底快乐么？所谓'洞房花烛夜，金榜挂名时。'你也知道这两句话底意思么？这是人生底最快乐的两件事呀！可是我对于这两件事都过去了，我却还有比这两件更快乐的事呢！"

这样，除出他底两个妻以外，其余的人们都大笑了。

这些事，在老妇人的眼睛里看得非常气恼了。她起初闻到她底受孕也欢喜，以后看见秀才的这样奉承她，她却怨恨她自己肚子底不会还债了。有一次，次年三月了，这妇人因为身体感觉不舒服，头有些痛，睡了三天。秀才呢，也愿她歇息歇息，更不时的问她要什么，而老妇人却着实地发怒了。她说她装娇，噜噜苏苏地说了三天。她先是恶意地讥嘲她：说是一到秀才底家里就高贵起来了，什么腰酸呀，头痛呀，姨太太的架子都摆出来了；以前在她自己家里，她不相信她有这样的娇养，恐怕竟和街头的癞狗一样，肚子里有着一肚皮的小狗，临产了，还要到处的奔求着食物。现在呢，因为"老东西"——这是秀才的妻叫秀才的名字——趋奉了她，就装着娇滴滴的样子了。

"儿子，"她有一次在厨房里对黄妈说："谁没有养过呀？我也曾怀过十个月的孕的，不相信有这么的难受。而且，此刻的儿子，还在阎王的簿里，谁保的定生出来不是一只癞虾蟆？也等真的'鸟儿'从洞里钻出来看见了，才可在我底面前显威风，摆架子，此刻，不过是一块血的猫头鹰，就这么的装腔，也显得太早一点！"

当晚这妇人没有吃晚饭，这时她已经睡了，听了这一番婉转的冷嘲与热骂，她呜呜咽咽地低声哭泣了。秀才也带衣服坐在床上，听到浑身透着冷汗，发出抖来。他很想扣好衣服，重新走起来，去打她一顿，抓住她底头发，狠狠地打她一顿，泄泄他一肚皮的气。但不知怎样，似乎没有力量，连指也颤动，臂也酸软了。一边轻轻地叹息着说："唉，一向实在太对她好了。结婚了三十年，没有打过她一掌，简直连指甲都没有弹到她底皮肤上过，所以今日，竟和娘娘一般地难惹了。"

同时，他爬过到床底那端，她底身边，向她耳语说：

"不要哭罢，不要哭罢，随她吠去好了！她是阉过的母鸡，看见别人的孵卵是难受的。假如你这次真能养出一个男孩子来，我当送你两样宝贝——我有一只青玉的戒指，一只白玉的……"他没有说完，可是他忍不住听下门外他底大妻底喋喋的叽笑的声音，他急忙地脱去衣服，将头钻进被窝里去，凑向她的胸腔，一边说：

"我有白玉的……"

肚子一天天地膨胀的如斗那么大，老妇人终究也将产婆雇定了，而且在别人的面前，竟拿起花布来做婴儿用的衣服。

酷热的暑天到了尽头，旧历的六月，他们在希望的眼中过去了。秋开始，凉风拂拂地在乡镇上吹送。于是有一天，这全家的人们都到了希望底最高潮，屋里底空气完全地骚动起来。秀才底心更是异常的紧张，他在天井上不断的徘徊，手里捧着一本历书，好似要读得背诵那么的念去——"戊辰"，"甲戌"，"壬寅之年"，老是反复地轻轻地说着。有时候他底焦急的眼光向一间关了窗的房子望去——在这间房子内是有产母底低声呻吟的声音；有时他向天上望一望被云笼罩着的太阳，于是又走向房门口，向站在房门内的黄妈问：

"此刻如何？"

黄妈不住地点着头不做声响，一息，答：

"快下来了，快下来了。"

于是他又捧了那本历书，在廊下徘徊起来。

这样的情形，一直继续到黄昏底青烟在地面起来，灯光一盏盏的如春天的野花般在屋内开起，婴儿才落地了，是一个男的。婴儿的声音是很重地在屋内叫，秀才却坐在屋角里，几乎快乐到流出眼泪来了。全家的人都没有心思吃晚饭，在平淡的晚餐席上，秀才底大妻向佣人们说道：

"暂时瞒一瞒罢，给小猫头避避晦气；假如别人问起，也答养一个女的好了。"

他们都微笑地点点头。

一个月以后，婴儿底白嫩的小脸孔，已在秋天的阳光里照耀了。这个少妇给他哺着奶，邻舍的妇人围着他们瞧，有的称赞婴儿底鼻子好，有的称赞婴儿的口子好，有的称

赞婴儿底两耳好,更有的称赞婴儿底母亲,也比以前好,白而且壮了。老妇人却正和老祖母那么的吩咐着,保护着,这时开始说:

"够了,不要弄他哭了。"

关于孩子底名字,秀才是煞费苦心地想着,但总想不出一个相当的字来。据老妇人底意见,还是从"长命富贵"或"福禄寿喜"里拣一个字,最好还是"寿"字,或与"寿"同意义的字,如"其颐","彭祖"等。但秀才不同意,以为太通俗,人云亦云的名字。于是翻开了《易经》,《书经》向这里面找,但找了半月,一月,还没有恰贴的字。在他底意思:以为在这个名字内,一边要祝福孩子,一边要包含他底老而得子底蕴义,所以竟不容易找。这一天,他一边抱着三个月的婴儿,一边又向书里找名字,戴着一副眼镜,将书递到灯底旁边去。婴儿底母亲呆呆地坐在屋内底一边,不知思想着什么,却忽然开口说道:

"我想,还是叫他'秋宝'罢。"屋内的人们底几对眼睛都转向她,注意地静听着:"他不是生在秋天吗?秋天的宝贝——还是叫他'秋宝'罢。"

秀才立刻接着说道:"是呀,我真极费心思了。我年过半百,实在到了人生的秋期;孩子也正养在秋天;'秋'是万物成熟的季节,秋宝,实在是一个很好的名字呀!而且《书经》里没有载着么?'乃亦有秋',我真乃亦有'秋'了!"

接着,又称赞一通婴儿底母亲:说是呆读书实在无用,聪明是天生的。这些话,说的这妇人连坐着都觉得局促不安,垂下头,苦笑地又含泪的想:

"我不过因'春宝'想到罢了。"

秋宝是天天成长的非常可爱地离不开他底母亲了。他有出奇的大的眼睛,对陌生人是不倦地注视地瞧着,但对他底母亲,却远远地一眼就知道了。他整天抓住了他底母亲,虽则秀才是比她还爱他,但不喜欢父亲,秀才底大妻呢,表面也爱他,似爱他自己亲生的儿子一样,但在婴儿的大眼睛里,却看她似陌生人,也用奇怪的不倦的视法。可是他底执住他底母亲愈紧,而他底母亲离开这家的日子也愈近了。春天底口子咬住了冬天的尾巴;而夏天的脚又常是紧随着在春天身后的;这样,谁都将孩子母亲三年快到的问题横放在心头上。

秀才呢,因为爱子的关系,首先向他底大妻提出来了:他愿意再拿出一百元钱,将她永远买下来。可是他底大妻的回答是:

"你要买她,那先给我药死罢!"

秀才听到这句话,气的只向鼻孔放粗气,许久没有说;以后,他反而做着笑脸的:

"你想想孩子没有娘……?"

老妇人也尖利地冷笑地说:

"我不好算是他底娘么?"

在孩子底母亲的心呢,却正矛盾着这两种的冲突了:一边,她底脑里老是有"三年"这两个字,三年是容易过去的,于是她底生活便变做在秀才家里底佣人似的人了。

而且想象中的春宝,也同跟前的秋宝一样活泼可爱,她既舍不得秋宝,怎么就能舍得掉春宝呢?可是另一边,她实在愿意永远在这新的家里住下去,她想,春宝的爸爸不是一个长寿的人,他的病一定在三五年之内要将他带走到不可知的异国里去的,于是,她便要求她底第二个丈夫,将春宝也领过来,这样,春宝也在她底眼前。

有时,她倦坐在房外的沿廊下,初夏阳光,异常地能令人昏朦的起幻想,秋宝睡在她底怀里,含着她底乳,可是她觉得仿佛春宝同时也站在她底旁边,她伸出手去想将春宝抱近来,她还要对他们兄弟两人说几句话,可是身边是空空的。

在身边的较远的门口,却站着这位脸孔慈善而眼睛凶毒的老妇人,目光注视着她。这样,她也恍恍惚惚地敏悟:"还是早些脱离罢,她简直探子一样地监视着我了。"可是忽然怀内的孩子一叫,她却又什么也没有的只剩着眼前的事实来支配她了。

以后,秀才又将计划修改了一些,他想叫沈家婆来,叫她向秋宝的母亲底前夫去说,他愿否再拿进三十元——最多是五十元,将妻续典三年给秀才。秀才对他底大妻说:

"要是秋宝到五岁,是可以离开娘了。"

他底大妻正是手里捻着念佛珠,一边在念着"南无阿弥陀佛",一边答:

"她家里也还有前儿在,你也应放她和她底结发夫妇团聚一下罢。"

秀才低着头断断续续地仍然这样说:

"你想想秋宝两岁就没有娘……"

可是老妇人放下念佛珠说:"我会养的,我会管理他的,你怕我谋害了他么?"

秀才一听到末一句话,就拔步走开了。老妇人仍在后面说:

"这个儿子是帮我生的,秋宝是我的;绝种虽然是绝了你家的种,可是我却仍然吃着你家底饭。你真被迷了,老昏了,一点也不会想了。你还有几年好活,却要拼命拉她在身边?双连牌位,我是不愿意坐的!"

老妇人似乎还有许多刻毒的锐利的话,可是秀才远远走开听不见了。

在夏天,婴儿的头上生了一个疮,有时身体稍稍发些热,于是这个老妇人就到处地问菩萨,求佛药,给婴儿敷在疮上,或灌下肚里,婴儿的母亲觉得并不十分要紧,反而使这样小小的生命哭成一身的汗珠,她不愿意,或将吃了几口的药暗地里拿去倒掉了。于是这个老妇人就高声叹息,向秀才说:

"你看,她竟一点也不介意他的病,还说孩子是并不怎样瘦下去。爱在心里的是深的,专疼表面是假的。"

这样,妇人只有暗自挥泪,秀才也不说什么话了。

秋宝一周纪念的时候,这家是热闹的排了一天的酒宴,客人也到了三四十,有的送衣服,有的送面,有的送银制的狮狌,给婴儿挂在胸前的,有的送镀金的寿星老头儿,给孩子钉在帽上的,许多礼物,都在客人的袖子里带来了。他们祝愿着婴儿的飞黄腾达,赞颂着婴儿的长寿永生;主人的脸孔,竟是荣光照耀着,有如落日的云霞反映在他底颊上似的。

可是在这天,正当他们宴席将举行的黄昏时,来了一个客,从朦胧的暮光中向他们底天井走进,人们都注意他:一个憔悴异常的乡人,衣服补衲的,头发很长,在他底腋下,挟着一个纸包。主人骇异地迎上前去,问他是哪里人,他口吃似地答了,主人一时胡涂的,但立刻明白了,就是那个皮贩,主人便轻轻地说:

"你为什么也送东西来呢?你真不必的呀!"

来客胆怯地向四周看看,一边答说:

"要,要的……我来祝贺这个宝贝长寿千……"

他似没有说完,一边将腋下的纸包打开来了,手指颤动的打开了两三重的纸,于是拿出四只铜制镀银的字,一方寸那么大,是"寿比南山"四字。

秀才底大娘走来了,向他仔细一看,似乎不大高兴。秀才却将他招待到席上,客人们互相私语着。

两点钟的酒与肉,将人们弄得胡乱与狂热了:他们高声猜着拳,用大碗盛着酒互相比赛,闹得似乎房子都被震动了。只有那个皮贩,他虽然也喝了两杯酒,可是仍然坐着不动,客人们也不招呼他。等到兴尽了,于是各个草草地吃了一碗饭,互祝着好话,从三三两两的灯笼光影中,走散了。

而皮贩,却吃到最后,佣人来收拾羹碗了,他才离开了桌,走到廊下的黑暗处。在那里,他遇见了他底被典的妻。

"你也来做什么呢?"妇人问,语气是非常凄惨的。

"我哪里又愿意来,因为没有法子。"

"那末你为什么来的这样晚?"

"我哪里有买礼物的钱呀?!奔跑了一上午,哀求了一上午,又到城里买礼物,走得乏了,饿了,也迟了。"

妇人接着问:"春宝呢?"

男子沉吟了一息答:

"所以,我是为春宝来的。……"

"为春宝来的?"妇人惊异地回音似的问。

男人慢慢地说:

"从夏天来,春宝是瘦的异样了。到秋天竟病起来了。我又哪里有钱给他请医生吃药,所以现在,病是更厉害了!再不想法救救他,眼见得要死了!"静寂了一刻,继续说:"现在我是向你来借钱的……"

这时妇人底胸膛内,简直似有四五只猫在抓她,咬她,咀嚼着她底心脏一样。她恨不得哭出来,但在人们个个向秋宝祝颂的日子,她又怎么好跟在人们底声音后面叫哭呢?她吞下她底眼泪,向她底丈夫说:

"我又哪里有钱呢?我在这里,每月只给我两角钱的零用,我自己又哪里要用什么?悉数补在孩子底身上了。现在,怎么好呢?"

他们一时没有话,以后,妇人又问:

"此刻有什么人照顾着春宝呢?"

"托了一个邻舍。今晚,我仍旧想回家,我就要走了。"

他一边说着,一边揩着泪。女的同时哽咽着说:

"你等一下罢,我向他去借借看。"

她就走开了。

三天以后的一天晚上,秀才忽然问这妇人道:

"我给你的那只青玉戒指呢?"

"在那天夜里,给了他了。给了他拿去当了。"

"没有借你五块钱么?"秀才愤怒的。

妇人低着头停了一息答:

"五块钱怎么够呢!"

秀才接着叹息说:"总是前夫和前儿好,无论我对你怎么样!本来我很想再留你两年的,现在,你还是到明春就走罢!"

女人简直连泪也没有的呆着了。

几天后,他还向她那么的说:"那只戒指是宝贝,我给你是要你传给秋宝的,谁知你一下就拿去当了!幸得她不知道,要是知道了,有三个月好闹了!"

妇人是一天天的黄瘦了,没有精采的光芒在她底眼睛里起来,而讥谈与冷骂的声音又充塞在她底耳朵内了。她是时常记念着她底春宝的病的,探听着有没有从她底本乡来的朋友,也探听着有没有向她底本乡去的便客,她很想得到一个关于"春宝的身体已复原"的消息,可是消息总没有;她也想借两元钱或买点糖果去,方便的客人又没有,她不时的抱着秋宝在门首过去一些的大路边,眼睛望着来和去的路。这种情形却使秀才底大妻不舒服了,她时常对秀才说:

"她哪里愿意在这里呢,她是极想早些飞回去的。"

有几夜,她抱着秋宝在睡梦中突然喊起来,秋宝也被吓醒,哭起来了。秀才就追逼地问:

"你为什么?你为什么?"

可是女人拍着秋宝,口子哼哼的没有答。秀才继续说:

"梦着你底前儿死了么,那么地喊?连我都被你叫醒了。"

女人急忙地一边答:

"不,不,……好象在我底前面有一圹坟呢!"

秀才没有再讲话,而悲哀的幻象更在女人底前面展现开了,她要走向这坟去。

冬末了,催离别的小鸟已经到她的窗前不住地叫了。先是孩子断了奶,又叫道士们来给孩子度了一个关,于是孩子和他亲生的母亲的别离——永远的别离的命运就被注定了。

这一天,黄妈先悄悄地向秀才底大妻说:

"叫一顶轿子送她去么?"

秀才底大妻还是手里捻着念佛珠说:"走走好罢,到那边轿钱是那边付的,她又哪里有钱呢,听说她底亲夫连饭也没得吃,她不必摆阔了。路也不算远,我也是曾经走过三四十里路的人,她底脚比我大,半天可以到了。"

这天早晨当她给秋宝穿衣服的时候,她底泪如溪水那么地流下,孩子向她叫,"婶婶,婶婶",——因为老妇人要他叫她自己是"妈妈",只准叫她是"婶婶"——她向他哽咽地答应。她很想对他说几句话,意思是:

"别了,我底亲爱的儿子呀!你底妈妈待你是好的,你将来也好好地待还她罢,永远不要再记念我了!"可是她无论怎样也说不出。她也知道一周半的孩子是不会了解的。

秀才悄悄地走向她,从她背后的腋下伸进手来,在他底手内是十枚双毫角子,一边轻轻说:"拿去罢,这两块钱。"

妇人扣好了孩子底钮扣,就将角子塞在怀内的衣袋里。

老妇人又进来,注意着秀才走出去的背后,又向妇人说:

"秋宝给我抱去罢,免得你走时他哭。"

妇人不做声响,可是秋宝总不愿意,用手不住地拍在老妇人底脸上。于是老妇人生气地又说:

"那末你同他去吃早饭罢,吃了早饭交给我。"

黄妈拼命地劝她多吃饭,一边说:"半月来你就这样了,你真比来的时候还瘦了。你没有去照照镜子。今天,吃一碗下去罢,你还要走三十里路呢。"

她只不关紧要地说了一句:

"你对我真好!"

但是太阳是升的非常高了,一个很好的天气,秋宝还是不肯离开他底母亲,老妇人便狠狠地将他从她的怀里夺去,秋宝用小小的脚踢在老妇人底肚子上,用小小的拳头抓住她底头发,高声呼喊她,妇人在后面说:

"让我吃了中饭去罢。"

老妇人却转过头,汹汹地答:

"赶快打起你的包袱去罢,早晚总有一次的!"

孩子底哭声便在她底耳内渐渐远去了。

打包裹的时候,耳内是听着孩子底哭声。黄妈在旁边,一边劝慰着她,一边却看她打进什么去。终于,她挟着一只旧的包裹走了。

她离开他底大门时,听见她底秋宝的哭声,可是慢慢地远远地走了三里路了,还听见她底秋宝的哭声。

暖和的太阳所照耀着的路,在她底面前竟和天一样无穷止的长。当她走到一条河边的时候,她很想停止她底那么无力的脚步,向明澈可以照见自己底身子的水底跳下去了。但在水边坐了一会之后,她还得依前去的方向,移动她自己的影子。

太阳已经过午了,一个村里的年老的乡人告诉她,路还有十五里。于是她向那个老人说:"伯伯,请你代我就近叫一顶轿子罢,我是走不回去了!"

"你是有病的么？"老人问，

"是的。"

她那时坐在村口的凉亭里面。

"你从哪里来？"

妇人静默了一时答：

"我是向那里去的，早晨我以为自己会走的。"

老人怜悯地也没有多说话，就给她找了两位轿夫，一顶没篷的轿子。因为那是下秧的时节。

下午三四时的样子，一条狭窄而污秽的乡村小街上，抬过了一顶没篷的轿子。轿里躺着一个脸色枯萎如同一张干瘪的黄菜叶一样的中年妇人，两眼朦胧地颓唐地闭着。嘴里的呼吸只有微弱的吐出。街上的人们个个睁着惊异的目光，怜悯地凝视着过去。一群孩子们，争噪地跟在轿后，好象一件奇异的事情落到这沉寂的小村镇里来了。

春宝也是跟在轿后的孩子们中底一个，他还在似赶猪那么地哗着轿子走，可是当轿子一转一个弯，却是向他底家里去的路，他却伸直了两手而奇怪了，等到轿子到了他家里的门口，他简直呆似的远远地站在前面，背靠在一株柱子上，面向着轿，其余的孩子们胆怯地围在轿的两边。妇人走出来了，她昏迷的眼睛还认不清站在前面的，穿着褴褛的衣服，头发蓬乱的，身子和三年前一样的短小，那个八岁的孩子是她底春宝。突然，她哭出来的高叫了：

"春宝呀！"

一群孩子们，个个无意地吃了一惊，而春宝简直吓得躲进屋里，他父亲那里去了。

妇人在灰暗的屋内坐了许久许久，她和她的丈夫都没有一句话。夜色降落了，他下垂的头昂起来，向她说：

"烧饭吃罢！"

妇人就不得已地站起来，向屋角上旋转了一周，一点也没有力气地对她丈夫说：

"米缸里是空空的……"

男人冷笑了一声，答说：

"你真在大人家的家里生活过了！米，盛在那只香烟盒子内。"

当天晚上，男子向他底儿子说：

"春宝，跟你娘去睡！"

而春宝却靠在灶边哭起来了。他底母亲走近他，一边叫：

"春宝，宝宝！"

可是当她底手去抚摸他底时候，他又闪避开了。男子加上说：

"会生疏的那么快，一顿打呢！"

她眼睁睁地睡在一张龌龊的狭板床上，春宝陌生似的睡在她底身边。在她底已经麻木的脑内，仿佛秋宝肥白可爱地在她身边挣动着，她伸出双手想去抱，可是身边是春宝。这时，春宝睡着了，转了一个身，他底母亲紧紧底将他抱住，而孩子却从微弱的鼾声中，

| 154

脸伏在她的胸膛上,两手抚摸着她底两乳。

沉静而寒冷的死一般的长夜,似无限地拖延着,拖延着……

一九三〇年一月二十日

(选自一九三〇年三月一日《萌芽月刊》一卷三期)

☞ 提示

作于1930年的短篇小说《为奴隶的母亲》在国内引起了广泛的注意,在国外反响也很大。1934年,英国人马丁·劳伦斯编的《中国短篇小说》、美国人斯诺编的《现代中国短篇小说选》都将它选入。罗曼·罗兰看过这篇小说后说"这篇故事深深地感动了我"。故事描写春宝娘被丈夫出典给老秀才作生儿育女的工具,她在秀才家受尽欺凌,生下了儿子秋宝。当她把秋宝养大以后,却被一脚踢了出去,再次骨肉分离。回到家里,大儿子春宝骨瘦如柴,早已不认得妈妈了。小说着重表现了封建制度对人性的摧残这一重大主题,通过春宝娘想做妻子而不得,想做母亲而不能,最终被作为繁殖的工具,一经使用后便被遗弃的遭遇和她内心的痛苦,揭示了封建社会的吃人本质。作品以严峻深沉的笔触,通过对典妻制度的批判,深刻地揭露了封建社会的黑暗、封建制度的残酷、封建道德的虚伪,相当典型地反映了封建社会中国劳动妇女的悲惨命运。

茅 盾

春 蚕

一

老通宝坐在"塘路"边的一块石头上,长旱烟管斜摆在他身边。"清明"节后的太阳已经很有力量,老通宝背脊上热烘烘地,象背着一盆火。"塘路"上拉纤的快班船上的绍兴人只穿了一件蓝布单衫,敞开了大襟,弯着身子拉,额角上黄豆大的汗粒落到地下。

看着人家那样辛苦的劳动,老通宝觉得身上更加热了;热的有点儿发痒。他还穿着那件过冬的破棉袄,他的夹袄还在当铺里,却不防才得"清明"边,天就那么热。

"真是天也变了!"

老通宝心里说,就吐一口浓厚的唾沫。在他面前那条"官河"内,水是绿油油的,来往的船也不多,镜子一样的水面这里那里起了几道皱纹或是小小的旋涡,那时候,倒影在水里的泥岸和岸边成排的桑树,都晃乱成灰暗的一片。可是不会很长久的,渐渐儿那些树影又在水面上显现,一弯一曲地蠕动,象是醉汉,再过一会儿,终于站定了,依然是很清晰的倒影。那拳头模样的桠枝顶都已经簇生着小手指儿那么大的嫩绿叶。这密密层层的桑树，沿着那"官河"一直望去，好象没有尽头。田里现在还只有干裂的泥块，这一带，现在是桑树的势力！在老通宝背后，也是大片的桑树，矮矮的，静穆的，在热烘烘的太阳光下，似乎那"桑拳"上的嫩绿叶过一秒钟就会大一些。

离老通宝坐处不远，一所灰白色的楼房蹲在"塘路"边，那是茧厂。十多天前驻扎过军队，现在那边田里留着几条短短的战壕。那时都说东洋兵要打进来，镇上有钱人都逃光了；现在兵队又开走了，那座茧厂依旧空关在那里，等候春茧上市的时候再热闹一番。老通宝也听得镇上小陈老爷的儿子——陈大少爷说过，今年上海不太平，丝厂都关门，恐怕这里的茧厂也不能开。但老通宝是不肯相信的。他活了六十岁，反乱年头也经过好几个，从没有见过绿油油的桑叶白养在树上等到成了"枯叶"去喂羊吃；除非是"蚕花"不熟，但那是老天爷的"权柄"，谁又能够未卜先知？

"才得清明边，天就那么热！"

老通宝看着那些桑拳上怒茁的小绿叶儿，心里又这么想，同时有几分惊异，有几分快活。他还记得自己还是二十多岁少壮的时候，有一年也是"清明"边就得穿夹，后来就是"蚕花二十四分"，自己也就在这一年成了家。那时，他家正在"发"；他的父亲象一头老牛似的，什么都懂得，什么都做得；便是他那创家立业的祖父，虽说在长毛窝里吃过苦头，却也愈老愈硬朗。那时候，老陈老爷去世不久，小陈老爷还没抽上鸦片烟，"陈老爷家"也不是现在那么不象样的。老通宝相信自己一家和"陈老爷家"虽则一边是高门大户，而一边不过是种田人，然而两家的命运好象是一条线儿牵着。不但"长毛造反"那时候，老通宝的祖父和陈老爷同被长毛掳去，同在长毛窝里混上了六七年，不但他们俩同时从长毛营盘里逃了出来，而且偷得了长毛的许多金元宝——人家到现在还是这么说；并且老陈老爷做丝生意"发"起来的时候，老通宝家养蚕也是年年都好，十年中间挣得了二十亩的稻田和十多亩的桑地，还有三开间两进的一座平屋。这时候，老通宝家在东村庄上被人人所妒羡，也正象"老陈老爷"在镇上是数一数二的大户人家。可是以后，两家都不行了：老通宝现在已经没有自己的田地，反欠出三百多块钱的债，"老陈老爷"也早已完结。人家都说"长毛鬼"在阴间告了一状，阎罗王追还"陈老爷家"的金元宝横财，所以败的这么快。这个，老通宝也有几分相信：不是鬼使神差，好端端的小陈老爷怎么会抽上了鸦片烟？

可是老通宝死也想不明白为什么"陈老爷家"的"败"会牵动到他家。他确定知道自己家并没得过长毛的横财。虽则听死了的老头子说，好象那老祖父逃出长毛营盘的时候，不巧撞着了一个巡路的小长毛，当时没法，只好杀了他，——这是一个"结"！然而从老通宝懂事以来，他们家替这个小长毛鬼拜忏念佛烧纸锭，记不清有多少次了。这个小冤魂，理应早投凡胎。老通宝虽然不很记得祖父是怎样"做人"，但父亲的勤俭忠厚，他是亲眼看见的；他自己也是规矩人，他的儿子阿四，儿媳四大娘，都是勤俭的。就是小儿子阿多年纪青，有几分"不知苦辣"，可是毛头小伙子，大都这么着，算不得"败家相"！

老通宝抬起他那焦黄的皱脸，苦恼地望着他面前的那条河，河里的船，以及两岸的桑地。一切都和他二十多岁时差不了多少，然而"世界"到底变了。他自己家也要常常把南瓜当饭吃一天，而且又欠出了三百多块钱的债。

呜！呜，呜，呜，——

汽笛叫声突然从那边远远的河身的弯曲的地方传了来。就在那边，蹲着又一个茧厂，远望去隐约可见那整齐的石"帮岸"。一条柴油引擎的小轮船很威严地从那茧厂后驶出来，拖着三条大船，迎面向老通宝来了。满河平静的水立刻激起泼剌剌的波浪，一齐向两旁的泥岸卷过来。一条乡下"赤膊船"赶快拢岸，船上人揪住了泥岸上的树根，船和人都好象在那里打秋千。轧轧轧的轮机声和洋油臭，飞散在这和平的绿的田野。老通宝满脸恨意，看着这小轮船来，看着它过去，直到又转一个弯，呜呜呜地又叫了几声，就看不见。老通宝向来仇恨小轮船这一类洋鬼子的东西！他从没有见过洋鬼子，可是他从他的父亲嘴里知道老陈老爷见过洋鬼子：红眉毛，绿眼睛，走路时两条腿是直的。并且老陈老爷也是很恨洋鬼子，常常说"铜钿都被洋鬼子骗去了"。老通宝看见老陈老爷的时候，不过八九岁，——现在他所记得的关于老陈老爷的一切都是听来的，可是他想起了"铜钿都被洋鬼子骗去了"这句话，就仿佛看见了老陈老爷捋着胡子摇头的神气。

洋鬼子怎样就骗了钱去，老通宝不很明白，但他很相信老陈老爷的话一定不错。并且他自己也明明看到自从镇上有了洋纱，洋布，洋油，——这一类洋货，而且河里更有了小火轮船以后，他自己田里生出来的东西就一天一天不值钱，而镇上的东西却一天一天贵起来。他父亲留下来的一份家产就这么变小，变做没有，而且现在负了债。老通宝恨洋鬼子不是没有理由的！他这坚定的主张，在村坊上很有名。五年前，有人告诉他：朝代又改了，新朝代是要"打倒"洋鬼子的。老通宝不相信。为的他上镇去看见那新到的喊着"打倒洋鬼子"的年青人们都穿的洋鬼子衣服。他想来这伙年青人一定私通洋鬼子，却故意来骗乡下人。后来果然就不喊"打倒洋鬼子"了，而且镇上的东西更加一天一天贵起来，派到乡下人身上的捐税也更加多起来。老通宝深信这都是串通了洋鬼子干的。

然而更使老通宝去年几乎气成病的，是茧子也是洋种的卖得好价钱：洋种的茧子，一担要贵上十多块钱。素来和儿媳总还和睦的老通宝，在这件事上可就吵了架。儿媳四大娘去年就要养洋种的蚕。小儿子跟他嫂嫂是一路，那阿四虽然嘴里不多说，心里也是要洋种的。老通宝拗不过他们，末了只好让步。现在他家里有的三张蚕种，就是土种两张，洋种一张。

"世界真是越变越坏！过几年他们连桑叶都要洋种了！我活得厌了！"

老通宝看着那桑树，心里说，拿起身边的长旱烟管恨恨地敲着脚边的泥块。太阳现在正当他头顶，他的影子落在泥地上，短短地象一段乌焦木头，还穿着破棉袄的他，觉得浑身躁热起来了。他解开了大襟上的钮扣，又抓着衣角扇了几下，站起来回家去。

那一片桑树背后就是稻田。现在大部分是匀整的半翻着的燥裂的泥块。偶尔也有种了杂粮的，那黄金一般的菜花散出强烈的香味。那边远远地一簇房屋，就是老通宝他们住了三代的村坊，现在那些屋上都袅起了白的炊烟。

老通宝从桑林里走出来，到田塍上，转身又望那一片爆着嫩绿的桑树。忽然那边田野里跳跃着来了一个十来岁的男孩子，远远地就喊道：

"阿爹！妈等你吃中饭呢！"

"哦——"

老通宝知道是孙子小宝，随口应着，还是望着那一片桑林。才只得"清明"边，桑叶尖儿就抽得那么小指头儿似的，他一生就只见过两次。今年的蚕花，光景是好年成。三张蚕种，该可以采多少蚕子呢？只要不象去年，他家的债也许可以拨还一些罢。

小宝已经跑到他阿爹的身边了，也仰着脸看那绿绒似的桑拳头；忽然他跳起来拍着手唱道：

"清明削口。看蚕娘娘拍手！"①

老通宝的皱脸上露出笑容来了。他觉得这是一个好兆头。他把手放在小宝的"和尚头"上摩着，他的被穷苦弄麻木了的老心里勃然又生出新的希望来了。

二

天气继续暖和，太阳光催开了那些桑拳头上的小手指儿模样的嫩叶，现在都有小小的手掌那么大了。老通宝他们那村庄四周围的桑林似乎发长得更好，远望去象一片绿锦平铺在密密层层灰白色矮矮的篱笆上。"希望"在老通宝和一般农民们的心里一点一点一天一天强大。蚕事的动员令也在各方面发动了。藏在柴房里一年之久的养蚕用具都拿出来洗刷修补。那条穿村而过的小溪旁边，蠕动着村里的女人和孩子，工作着，嚷着，笑着。

这些女人和孩子们都不是十分健康的脸色，——从今年开春起，他们都只吃个半饱；他们身上穿的，也只是些破旧的衣服。实在他们的情形比叫化子好不了多少。然而他们的精神都很不差。他们有很大的忍耐力，又有很大的幻想。虽然他们都负了天天在增大的债，可是他们那简单的头脑老是这么想：只要蚕花熟，就好了！他们想象到一个月以后那些绿油油的桑叶就会变成雪白的茧子，于是又变成叮叮当当响的洋钱，他们虽然肚子里饿得咕咕地叫，却也忍不住要笑。

这些女人中间也就有老通宝的媳妇四大娘和那个十二岁的小宝。这娘儿俩已经洗好了那些"团匾"和"蚕箪"②，坐在小溪边的石头上撩起布衫角揩脸上的汗水。

"四阿嫂！你们今年也看（养）洋种么？"

小溪对岸的一群女人中间有一个二十岁左右的姑娘隔溪喊过来了。四大娘认得是隔溪的对门邻居陆福庆的妹子六宝。四大娘立刻把她的浓眉毛一挺，好象正想找人吵架似

---

① 这是老通宝所在那一带乡村关于"蚕事"的一种歌谣式的成语。所谓"削口"是方言，指桑叶抽芽如指；"清明削口"谓清明边桑已抽放如许大也。"看"亦是方言，意同"饲"或"育"。全句谓清明边桑叶开绽，则熟年可卜，故蚕妇拍手而喜。

② 老通宝乡里称那圆桌面那样大极像一个盘的竹器为"圆匾"；又一种略小而底部编成六角形网状大的，称为"箪"，方音读如"踏"；蚕初收蚁时，在"箪"中养育，呼为"蚕箪"，那是糊了纸的；这种纸通常称"糊箪纸"。

的嚷了起来：

"不要来问我！阿爹做主呢！——小宝的阿爹死不肯，只看了一张洋种！老糊涂的听得带一个洋字就好象见了七世冤家！洋钱，也是洋，他倒又要了！"

小溪旁那些女人们听得笑起来了。这时候有一个壮健的小伙子正从对岸的陆家稻场上走过，跑到溪边，跨上了那横在溪面用四根木头并排做成的雏形的"桥"。四大娘一眼看见，就丢开了"洋种"问题，高声喊道：

"多多弟！来帮我搬东西罢！这些匾，浸湿了，就象死狗一样重！"

小伙子阿多也不开口，走过来拿起五六只"团匾"，湿漉漉地顶在头上，却空着一双手，划浆似的荡着，就走了。这个阿多高兴起来时，什么事都肯做，碰到同村的女人们叫他帮忙拿什么重家伙，或是下溪去捞什么，他都肯！可是今天他大概有点不高兴，所以只顶了五六只"团匾"去，却空着一双手。那些女人们看着他戴了那特别大箬帽似的一叠"匾"，袅着腰，学镇上女人的样子走着，又都笑起来了。老通宝家紧邻的李根生的老婆荷花一边笑，一边叫道："喂，多多头！回来！也替我带一点儿去！"

"叫我一声好听的，我就给你拿。"

阿多也笑着回答，仍然走。转眼间就到了他家的廊下，就把头上的"团匾"放在廊檐口。

"那么，叫你一声干儿子！"

荷花说着就大声的笑起来，她那出众地白净然而扁得作怪的脸上看去就好象只有一张大嘴和眯紧了好象两条线一般的细眼睛。她原是镇上人家的婢女，嫁给那不声不响整天苦着脸的半老头子李根生还不满半年，可是她的爱和男人们胡调已经在村中很有名。

"不要脸的！"

忽然对岸那群女人中间有人轻声骂了一句。荷花的那对细眼睛立刻睁大了，怒声嚷道：

"骂哪一个？有本事，当面骂，不要躲！"

"你管得我？棺材横头踢一脚，死人肚里自得知：我就骂那不要脸的骚货！"

隔溪立刻回骂过来了，这就是那六宝，又一位村里有名淘气的大姑娘。

于是对骂之下，两边又泼水。爱闹的女人也夹在中间帮这边帮那边。小孩子们笑着狂呼，四大娘是老成的，提起她的"蚕簟"，喊着小宝，自回家去。阿多站在廊下看着笑。他知道为什么六宝要跟荷花吵架；他看着那"辣货"六宝挨骂，倒觉得很高兴。

老通宝掮着一架"蚕台"① 从屋子里出来。这三棱形家伙的木梗子有几条白蚂蚁蛀过了，怕的不牢，须得修补一下，看见阿多站在那里笑嘻嘻地望着外边的女人们吵架，老通宝的脸色就板起来了。他这"多多头"的小儿子不老成，他知道。尤其使他不高兴的，是多多也和紧邻的荷花说说笑笑。"那母狗是白虎星，惹上了她就得败家"，——老通宝时常这样警戒他的小儿子。

---

① "蚕台"是三棱式可以折起来的木架子，像三张梯连在一处的家伙；中分七八格，每格可放一圆匾。

"阿多！空手看野景么？阿四在后边扎'缀头'①，你去帮他！"

老通宝象一匹疯狗似的咆哮着，火红的眼睛一直盯住了阿多的身体，直到阿多走进屋里去，看不见了，老通宝方才提过那"蚕台"来反复审察，慢慢地动手修补。木匠生活，老通宝早年是会的；但近来他老了，手指头没有劲，他修了一会儿，抬起头来喘气，又望望屋里挂在竹竿上的三张蚕种。

四大娘就在廊檐口糊"蚕箪"。去年他们为的想省几百文钱，是买了旧报纸来糊的。老通宝直到现在还说是因为用了报纸——不惜字纸，所以去年他们的蚕花不好。今年是特地全家少吃一餐饭，省下钱来买了"糊箪纸"来了。四大娘把那鹅黄色坚韧的纸儿糊得很平贴，然后又照品字式糊上三张小小的花纸——那是跟"糊箪纸"一块儿买来的，一张印的花色是"聚宝盆"，另两张都是手执尖角旗的人儿骑在马上，据说是"蚕花太子"。

"四大娘！你爸爸做中人借来三十块钱，就只买了二十担叶。后来米又吃完了，怎么办？"

老通宝气喘喘地从他的工作里抬起头来，望着四大娘。那三十块钱是二分半的月息。总算有四大娘的父亲张财发做中人，那债主也就是张财发的东家"做好事"，这才只要了二分半的月息。期限是蚕事完后本利归清。

四大娘把糊好了的"蚕箪"放在太阳底下晒，好象生气似的说：

"都买了叶！又象去年那样多下来——"

"什么话！你倒先来发利市了！年年象去年么？自家只有十来担叶！三张布子（蚕种），十来担叶够么？"

"噢，噢；你总是不错的！我只晓得有米烧饭，没米饿肚子！"

四大娘气哄哄地回答：为了那"洋种"问题，她到现在常要和老通宝抬杠。

老通宝气得脸都紫了，两个人就此再没有一句话。

但是"收蚕"的时期一天一天逼近了。这二三十人家的小村落突然呈现了一种大紧张，大决心，大奋斗，同时又是大希望。人们似乎连肚子饿都忘记了。老通宝他们家东借一点，西赊一点，南瓜芋艿之类也算一顿，居然也一天一天过着来。也不仅老通宝他们，村里哪一家有两三石米放在家里呀！去年秋收固然还好，可是地主、债主、正税、杂捐，一层一层地剥来，早就完了。现在他们唯一的指望就是春蚕，一切临时借贷都是指明在这"春蚕收成"中偿还。

他们都怀着十分希望又十分恐惧的心情来准备这春蚕的大搏战！

"谷雨"节一天近一天了。村里二三十人家的"布子"都隐隐现出绿色来。女人们在稻场上碰见时，都匆忙地带焦灼而快乐的口气互相告诉道：

"六宝家快要'窝种'②了呀！"

---

① "缀头"也是方言，是稻草扎的，蚕在上面做茧子。

② "窝种"也是老通宝乡里的习惯，蚕种转成绿色后就得把来贴肉揾着，约三四天后，蚕蚁孵出，就可以"收蚕"。这工作是女人做的。"窝"是方音，意思"揾"也。

"荷花说她家明天就要'窝'了。有这么快!"

"黄道士去测一字,今年的青叶要贵到四洋!"

四大娘看自家的三张"布子"。不对!那黑芝麻似的一片细点子还是黑沉沉,不见绿影。她的丈夫阿四拿到亮处去细看,也找不出几点"绿"来。四大娘很着急。

"你就先'窝'起来罢!这余杭种,作兴是慢一点的。"

阿四看着他老婆,勉强自家宽慰。四大娘堵起了嘴巴不回答。

老通宝哭丧着干皱的老脸,没说什么,心里却觉得不妙。

幸而再过了一天,四大娘再细心看那"布子"时,哈,有几处转成绿色了!而且绿得很有光彩。四大娘立刻告诉了丈夫,告诉了老通宝,多多头,也告诉了她的儿子小宝。她就把那些布子贴肉揾在胸前,抱着吃奶的婴孩似的静静儿坐着。动也不敢多动了。夜间,她抱着那三张"布子"到被窝里,把阿四赶去和多多头做一床。那布子上密密麻麻的蚕子儿贴着肉,怪痒痒的;四大娘很快活,又有点儿害怕,她第一次怀孕时胎儿在肚子里动,她也是那么半惊半喜的!

全家都是惴惴不安地又很兴奋地等候"收蚕"。只有多多头例外。他说:今年蚕花一定好,可是想发财却是命里不曾来。老通宝骂他多嘴,他还是要说。

蚕房早已收拾好了。"窝种"的第二天,老通宝拿了一个大蒜头涂上一些泥,放在蚕房的墙脚边;这也是年年的惯例,但今番老通宝更加虔诚,手也抖了。去年他们"卜"①的非常灵验。可是去年那"灵验"现在老通宝想也不敢想。

现在这村里家家都在"窝种"了。稻场上和小溪边顿时少了那些女人们的踪迹。一个"戒严令"也在无形中颁布了:乡农们即使平日是最相好的,也不往来;人客来冲了蚕神不是玩的!他们至多在稻场低声交谈一二句就走开。这是个"神圣"的季节。

老通宝家的三张布子上也有些"乌娘"②蠕蠕地动了。于是全家的空气,突然紧张。那正是"谷雨"前一日。四大娘料来可以挨过了"谷雨"节那一天。③布子不须再"窝"了,很小心地放在"蚕房"里。老通宝偷眼扯一下那个躺在墙脚边的大蒜头,他心里就一跳。那大蒜头上只有一两茎绿芽!老通宝不敢再看,心里祷祝后天正午会有更多更多的绿芽。

终于"收蚕"的日子到了。四大娘心神不定地淘米烧饭,时时看饭锅上的热气有没有直冲上来。老通宝拿出预先买了来的香烛点起来,恭恭敬敬放在灶君神位前。阿四和阿多去到田里采野花。小宝帮着把灯芯草剪成细末子,又把采来的野花揉碎。一切都准备齐全了时,太阳也近午刻了,饭锅上水蒸气嘟嘟地直冲,四大娘立刻跳了起来,把

---

① 用大蒜头来"卜"蚕花好否,是老通宝乡里的迷信。收蚕前两三天,以大蒜涂泥置蚕房中,至收蚕那天拿来看,蒜叶多主蚕熟,少则不熟。

② 老通宝乡间称初生的蚕蚁为"乌娘";这也是方音。

③ 老通宝乡里的习惯,"收蚕"——即收蚁,须得避过谷雨那一天,或上或下都可以,但不能正在谷雨那一天。什么缘由,可不知道。

中国现代文学作品选读

"蚕花"① 和一对鹅毛插在发髻上，就到"蚕房"里。老通宝拿着秤杆，阿四拿了那揉碎的野花片儿和灯芯草碎末。四大娘揭开"布子"，就从阿四手里拿过那野花碎片和灯芯草末子撒在"布子"上，又接过老通宝手里的秤杆来，将"布子"挽在秤杆上，于是拔下发髻上的鹅毛在布子上轻轻儿拂！连野花片，灯芯草末子，连同"乌娘"，都拂在那"蚕箪"里了。一张，两张，……都拂过了；第三张是洋种，那就收在另一个"蚕箪"里。末了，四大娘又拔下发髻上那朵"蚕花"，跟鹅毛一块插在"蚕箪"的边儿上。

这是一个隆重的仪式！千百年相传的仪式！那好比是誓师典礼，以后就要开始花一个月光景和恶劣的天气和恶运以及和不知什么的连日连夜无休息的大决战！

"乌娘"在"蚕箪"里蠕动，样子非常强健；那黑色也是很正路的。四大娘和老通宝他们都放心地松了一口气。但当老通宝悄悄地把那个"命运"的大蒜头拿起来看时，他的脸色立刻变了！大蒜头上还只得三四茎嫩芽！天哪！难道又同去年一样？

三

然而那"命运"的大蒜头这次竟不灵验。老通宝家的蚕非常好！虽然头眠二眠的时候连天阴雨，气候是比"清明"边似乎还要冷一点，可是那些"宝宝"都很强健。

村里别人家的"宝宝"也都不差。紧张的快乐弥漫了全村庄，似乎那小溪里琤琤的流水也象是朗朗的笑声了。只有荷花家是例外。她们家看了一张"布子"，可是"出火"② 只称得二十斤；"大眠"快边，人们还看见他那不声不响晦气色的丈夫根生倾弃了三"蚕箪"在那小溪里。

这一件事，使得全村的妇人对于荷花家特别"戒严"。她们特地避路，不从荷花家门前走，远远的看见了荷花或是她那不声不响丈夫的影儿就赶快躲开；这些幸运的人儿就惟恐看了荷花他们一眼或是交谈半句话就传染了晦气来！

老通宝严禁他的儿子多多头跟荷花说话。——"你再跟那东西多嘴，我就告你忤逆！"老通宝站在廊檐外高声大气喊，故意要叫荷花他们听得。

小宝也受到严厉的嘱咐，不许跑到荷花家的门前，不许和他们说话。

阿多象一个聋子似的不理采老头子那早早夜夜的唠叨，他心里却在暗笑。全家中就只有他不大相信那些鬼禁忌。可是他也没有跟荷花说话，他忙都忙不过来。

"大眠"捉了毛三百斤，老通宝全家连十二岁的小宝也在内，都是两日两夜没有合眼。蚕是少见的好，活了六十岁的老通宝记得只有两次是同样的，一次就是他成家的那年，又一次是阿四出世的那一年。"大眠"以后的"宝宝"第一天就吃了七担叶，个个蚕是生青滚壮，然而老通宝全家都瘦了一圈，失眠的眼睛上布满了红丝。

谁也料得到这些"宝宝"上山前还得吃多少叶。老通宝和阿四商量了：

"陈大少爷借不出，还是再求发财的东家罢？"

"地头上还有十担叶，够一天。"

---

① "蚕花"是一种纸花，预先买下来的。作为迷信的仪式，各处小有不同。
② "出火"也是方言，是指"二眠"以后的"三眠"；因为"眠"时特别短，所以叫"出火"。

阿四回答，他委实是支撑不住了，他的一双眼皮象有几百斤只想合下来。老通宝却不耐烦了，怒声喝道：

"说什么梦话！刚吃了两天老蚕呢。明天不算，还得吃三天，还要三十担叶，三十担！"

这时外边稻场上忽然人声喧闹，阿多押了新发来的五担叶来了。于是老通宝和阿四的谈话打断，都出去"捋叶"。四大娘也慌忙从蚕房里钻出来。隔溪陆家养的蚕不多，那大姑娘六宝抽得出工夫，也来帮忙了。那时星光满天，微微有点风，村前村后都断断续续传来了吆喝和欢笑，中间有一个粗暴的声音嚷道：

"叶行情飞涨了！今天下午镇上开到四洋一担！"

老通宝偏偏听得了，心里急得什么似的。四块钱一担，三十担可要一百二十块呢，他哪来这许多钱！但是想到茧子总可以采五百多斤，就算五十块钱一百斤，也有这么二百五，他又心里一宽。那边"捋叶"的人堆里忽然又有一个小小的声音说：

"听说东路不大好，看看叶价钱涨不到多少的！"

老通宝认得这声音是陆家的六宝。这使他心里又一宽。

那六宝是和阿多同站在一个筐子边"捋叶"。在半明半暗的星光下，她和阿多靠得很近。忽然她觉得在那"杠条"①的隐蔽下，有一只手在她大腿上拧了一把。她好象知道是谁拧的，她忍住不笑，也不声张。蓦地那手又在她胸前摸了一把，六宝直跳起来，出惊地喊了一声：

"哎哟！"

"什么事？"

同在那筐子边捋叶的四大娘问了，抬起头来。六宝觉得自己脸上热烘烘的，她偷偷地瞪了阿多一眼，就赶快低下头，很快地捋叶，一面回答：

"没有什么。想来是毛毛虫刺了我一下。"

阿多咬住了嘴唇暗笑。虽然在这半个月来也是半饱而且少睡，他也瘦了许多了，他的精神可还是很饱满。老通宝那种忧愁，他是永远没有的。他永不相信靠一次蚕花好或是田里熟，他们就可以还清了债再有自己的田；他知道单靠勤俭工作，即使做到背脊骨折断也是不能翻身的。但是他仍旧很高兴地工作着，他觉得这也是一种快活，正象和六宝调情一样。

第二天早上，老通宝就到镇里去想法借钱来买叶。临走前，他和四大娘商量好，决定把他家那块出产十五担叶的桑地去抵押。这是他家最后的产业。

叶子又买来三十担。第一批的十担发来时，那些壮健的"宝宝"已经饿了半点钟了。"宝宝"们尖出了小嘴巴，向左向右乱晃，四大娘看得心酸。叶铺了上去，立刻蚕房里充满着萨萨的响声，人们说话也不大听得清。不多一会儿，那些"团匾"里立刻又全见白了，于是又铺上厚厚的一层叶。人们单是"上叶"也就忙得透不过气来。但这是

---

① "杠条"也是方言，指那些带叶的桑树枝条。通常采叶是连枝条剪下来的。

最后五分钟了，再得两天，"宝宝"可以上山。人们把剩余的精力榨出来拼死命干。

阿多虽然接连三日三夜没有睡，却还不见怎么倦，那一夜，就由他一个人在"蚕房"里守那上半夜，好让老通宝以及阿四夫妇都去歇一歇，那是个好月夜，稍稍有点冷。蚕房里煾了一个小小的火。阿多守到二更过，上了第二次叶，就蹲在那个"火"旁边听那些"宝宝"萨萨萨地吃叶。渐渐儿他的眼皮合上了。恍惚听得有门响，阿多的眼皮一跳，睁开眼来看了看，就又合上了。他耳朵里还听得萨萨萨的声音和屑索屑索的怪声。猛然一个跟踉，他的头在自己膝头上磕了一下，他惊醒过来，恰就听得蚕房的芦帘拍叉一声响，似乎还看见有人影一闪，阿多立刻跳起来，到外面一看，门是开着的，月光下稻场上有一个人正走向溪边去。阿多飞也似跳出去，还没有看清那人是谁，已经把那人抓过来摔在地下。他断定了这是一个贼。

"多多头！打死我也不怨你，只求你不要说出来！"

是荷花的声音，阿多听真了时不禁浑身的汗毛都竖了起来。月光下他又看见那扁得作怪的白脸儿上一对细圆的眼睛定定地看住了他。可是恐怖的意思那眼睛里也没有。阿多哼了一声，就问道：

"你偷什么？"

"我偷你们的宝宝！"

"放到哪里去了？"

"我扔到溪里去了！"

阿多现在也变了脸色。他这才知道这女人的恶意是要冲克他家的"宝宝"。

"你真心毒呀！我们家和你们可没有冤仇！"

"没有么？有的，有的！我家自管蚕花不好，可并没害了谁，你们都是好的！你们怎么把我当作白老虎，远远地望见我就别转了脸？你们不把我当人看待！"

那妇人说着就爬了起来，脸上的神气比什么都可怕。阿多瞅着那妇人好半晌，这才说道：

"我不打你，走你的罢！"

阿多头也不回的跑回家去，仍在"蚕房"里守着。他完全没有睡意了。他看那些"宝宝"，都是好好的。他并没想到荷花可恨或可怜，然而他不能忘记荷花那一番话；他觉得人和人中间有什么地方是永远弄不对的，可是他不能够明白想出来是什么地方，或是为什么。再过一会儿，他就什么都忘记了。"宝宝"是强健的，象有魔法似的吃了又吃，永远不会饱！

以后直到东方快打白了时，没有发生事故。老通宝和四大娘来替换阿多了，他们拿那些渐渐身体发白而变短了的"宝宝"在亮处照着，看是"有没有通"。他们的心被快活胀大了。但是太阳出山时四大娘到溪边汲水，却看见六宝满脸严重地跑过来悄悄地问道：

"昨夜二更过，三更不到，我远远地看见那骚货从你们家跑出来，阿多跟在后面，他们站在这里说了半天话呢！四阿嫂！你们怎么不管事呀？"

四大娘的脸色立刻变了，一句话也没说，提了水桶就回家去，先对丈夫说了，再对老通宝说。这东西竟偷进人家"蚕房"来了，那还了得！老通宝气得直跺脚，马上叫了阿多来查问。可是阿多不承认，说六宝是做梦见鬼。老通宝又去找六宝询问，六宝是一口咬定了看见的。老通宝没有主意，回家却看那"宝宝"，仍然是很健康，瞧不出一些败相来。

　　但是老通宝他们满心的欢喜却被这件事打消了。他们相信六宝的话不会毫无根据。他们唯一的希望是那骚货或者只在廊檐口和阿多鬼混了一阵。

　　"可是那大蒜头上的苗却当真只有三四茎呀！"

　　老通宝自心里这么想，觉得前途只是阴暗。可不是，吃了许多叶去，一直落来都很好，然而上了山却干僵了的事，也是常有的。不过老通宝无论如何不敢想到这上头去；他以为即使是肚子里想，也是不吉利。

四

　　"宝宝"都上山了，老通宝他们还是捏着一把汗。他们钱都花光了，精力也绞尽了，可是有没有报酬呢，到此时还没有把握。虽则如此，他们还是硬着头皮去干。"山棚"下熯了火，老通宝和阿四他们伛着腰慢慢地从这边蹲到那边，又从那边蹲到这边。他们听得山棚上有些屑屑索索的细声音，他们就忍不住想笑，过一会儿又不听得了，他们的心就重甸甸地往下沉了①。这样地，心里焦灼着，却不敢向山棚上望。偶或他们仰着的脸上淋到了一滴蚕尿了②，虽然觉得有点难过，他们心里却快活；他们巴不得多淋一些。

　　阿多早已偷偷地挑开"山棚"外围着的芦帘望过几次了。小小宝看见，就扭住了阿多，问"宝宝"有没有做茧子。阿多伸出舌头做一个鬼脸，不回答。

　　"上山"后三天，息火了。四大娘再也忍不住，也偷偷地挑开芦帘角看了一眼，她的心立刻卜卜地跳了。那是一片雪白，几乎连"缀头"都瞧不见；那是四大娘有生以来从没有见过的"好蚕花"呀！老通宝全家立刻充满了欢笑。现在他们一颗心定下来了！"宝宝"们有良心，四洋一担的叶不是白吃的；他们全家一个月的忍饿失眠总算不冤枉，天老爷有眼睛！

　　同样的欢笑声在村里到处都起来了。今年蚕花娘娘保佑这小小的村子。二三十人家都可以采到七八分，老通宝家更是比众不同，估量来总可以采一个十二三分。

　　小溪边和稻场上现在又充满了女人和孩子们。这些人都比一个月前瘦了许多，眼眶陷进了，嗓子也发沙，然而都很快活兴奋。她们嘈嘈地谈论那一个月内的"奋斗"时，她们的眼前便时时现出一堆堆雪白的洋钱，她们那快乐的心里便时时闪过了这样的盘算：夹衣和夏衣都在当铺里，这可先得赎出来；过端阳节也许可以吃一条黄鱼。

　　那晚上荷花和阿多的把戏也是她们谈话的资料。六宝见了人就宣传荷花的"不要脸，

---

① 他们……下沉了：蚕在山棚上受到热，就往"缀头"柴上爬，所以有屑索屑索的声音。这是蚕要做茧子时的第一步手续。爬不上去的，不是健康的蚕，多半不能作茧。

② 偶或……多淋一些：据说蚕作茧以前必撒一泡尿，而这尿是黄色的。

送上门去！"男人们听了就粗暴地笑着，女人们念一声佛，骂一句，又说老通宝家总算幸运，没有犯克，那是菩萨保佑，祖宗有灵！

接着是家家都"浪山头"了，各家的至亲好友都来"望山头"①。老通宝的亲家张财发带了小儿子阿九特地从镇上来到村里。他们带来的礼物，是软糕、线粉、梅子、枇杷，也有咸鱼。小小宝快活得好象雪天的小狗。

"通宝，你是卖茧子呢，还是自家做丝？"

张老头子拉老通宝到小溪边一棵杨柳树下坐了，这么悄悄地问。这张老头子张财发是出名"会寻快活"的人，他从镇上城隍庙前露天的"说书场"听来了一肚子的疙瘩东西；尤其烂熟的，是"十八路反王，七十二处烟尘"，程咬金卖柴扒，贩私盐出身，瓦岗寨作反王的《隋唐演义》。他向来说话"没正经"，老通宝是知道的；所以现在听得问是卖茧子或者自家做丝，老通宝并没把这话看重，只随口答道：

"自然卖茧子。"

张老头子却拍着大腿叹一口气。忽然他站了起来，用手指着村外那一片秃头桑林后面耸露出来的茧厂的风火墙说道：

"通宝！茧子是采了，那些茧厂的大门还关得紧洞洞呢！今年茧厂不开秤！——十八路反王早已下凡，李世民还没出世，世界不太平！今年茧厂关门，不做生意！"

老通宝忍不住笑了，他不肯相信，他怎么能够相信呢？难道那"五步一岗"似的比露天毛坑还要多的茧厂会一齐都关了门不做生意？况且听说和东洋人也已"讲拢"，不打仗了，茧厂里驻的兵早已开走。

张老头子也换了话，东拉西扯讲镇里的"新闻"，夹着许多"说书场"上听来的什么秦叔宝，程咬金。最后，他代他的东家催那三十块钱的债，为的他是"中人"。

然而老通宝到底有点不放心。他赶快跑出村去，看看"塘路"上最近的两个茧厂，果然大门紧闭，不见半个人；照往年说，此时应该早已摆开了柜台，挂起了一排乌亮亮的大秤。

老通宝心里也着慌了，但是回家去看见了那些雪白发光很厚实硬古古的茧子，他又忍不住嘻开了嘴。上好的茧子！会没有人要，他不相信。并且他还要忙着采茧，还要谢"蚕花利市"②，他渐渐不把茧厂的事放在心上了。

可是村里的空气一天一天不同了。才得笑了几声的人们现在又都是满脸的愁云。各处茧厂都没开门的消息陆续从镇上传来，从"塘路"上传来。往年这时候，"收茧人"象走马灯似的在村里巡回，今年没见半个"收茧人"，却换替着来了债主和催粮的差役。请债主们就收了茧子罢，债主们板起面孔不理。

全村子都是嚷骂，诅咒，和失望的叹息！人们做梦也不会想到今年"蚕花"好了，

---

① "浪山头"：在息火后一日举行，那时蚕已成茧，山棚四周的芦帘撤去。"浪"是"亮出来"的意思。"望山头"是来探望"山头"，有慰问祝颂的意义。"望山头"的礼物也有定规。

② "蚕花利市"：老通宝乡里的风俗，"大眠"以后得拜一次"利市"，采茧以后，也是一次。经济窘的人家只举行"谢蚕花利市"；"拜利市"也是方言，意即"酬神"。

他们的日子却比往年更加困难。这在他们是一个青天的霹雳！并且愈是象老通宝他们家似的，蚕愈养得多，愈好，就愈加困难，——"真正世界变了！"老通宝捶胸跺脚地没有办法，然而茧子是不能搁久了的，总得赶快想法：不是卖出去，就是自家做丝。村里有几家已经把多年不用的丝车拿出来修理，打算自家把茧做成了丝再说。六宝家也打算这么办。老通宝便也和儿子媳妇商量道：

"不卖茧子了，自家做丝！什么卖茧子，本来是洋鬼子行出来的！"

"我们有四百多斤茧子呢，你打算摆几部丝车呀！"

四大娘首先反对了。她这话也不错的。五百斤的茧子可不算少，自家做丝万万干不了。请帮手么？那又得花钱。阿四是和他老婆一条心。阿多抱怨老头子打错了主意，他说：

"早依了我的话，扣住自己的十五担叶，只看一张洋种，多么好！"

老通宝气得说不出话来。

终于一线希望忽又来了。同村的黄道士不知从哪里得的消息，说是无锡脚下的茧厂还是照常收茧。黄道士也是一样的种田人，并非吃十方的"道士"，向来和老通宝最说得来。于是老通宝去找黄道士详细问过了以后，便又和儿子阿四商量把茧子弄到无锡脚下去卖。老通宝虎起了脸，象吵架似的嚷道：

"水路去有三十多九呢①！来回得六天！他妈的！简直是充军！可是你有别的办法么？茧子当不得饭吃，蚕前的债又逼紧来！"

阿四也同意了。他们去借了一条赤膊船，买了几张芦席，赶那几天正是好晴，便带了阿多。他们这卖茧子的"远征军"就此出发。

五天以后，他们果然回来了；但不是空船，船里还有一筐茧子没有卖出。原来那三十多九水路远的茧厂挑剔得非常苛刻，洋种茧一担只有三十五元，土种茧一担二十元，薄茧不要。老通宝他们的茧子虽然是上好的货色，却也被茧厂里挑剩了那么一筐，再也不肯收买。老通宝他们实卖得一百十一块钱，除去路上盘川，就剩了整整的一百元，不够偿还买青叶所借的债！老通宝路上气得生病了，两个儿子扶他到家。

打回来的八九十斤茧子，四大娘只好自家做丝了。她到六宝家借了丝车，又忙了五六天。家里米又吃完了。叫阿四拿那丝上镇里去卖，没有人要，上当铺当铺也不收。说了多少好话，总算把清明前当在那里的一石米换了出来。

就是这么着，因为春蚕熟，老通宝一村的人都增加了债！老通宝家养了三张布子的蚕，又采了十多分的好茧子，就此白赔上十五担叶的桑地和三十块钱的债！一个月光景的忍饿熬夜还都不算！

一九三二年十一月一日

（选自一九三二年十一月一日《现代》第二卷第一册）

---

① 三十多九呢：老通宝乡间一带计算路程都以"九"计；"一九"就是九里，"十九"是九十里，"三十多九"就是三十多个"九里"。

提示

  由《春蚕》《秋收》《残冬》组成的农村三部曲,每篇各自独立又相互联系。作品生动反映了二十世纪三十年代初期半殖民地半封建旧农村的破产。

  《春蚕》着重描写了"一·二八"上海战事后老通宝在春蚕丰收成灾中的惨剧,揭示了农民贫困化的特定历史原因。老通宝正在勉力支持穷困生活之际,眼看蚕花好收成,于是"他的被穷苦麻木了的老心里勃然又生出新的希望来了",他"唯一的指望就是春蚕,一切临时借贷是指明在这'春蚕收成'中偿还"。果真春蚕丰收了,收成了五百斤的茧子,然而结局却是这样:"因为春蚕熟,老通宝一村的人都增加了债!老通宝家为的养了五张布子蚕,又采了十多分的好茧子,就此白赔上十五担叶的桑地和三十块钱的债!一个月光景的忍饿熬夜还都不算!"春蚕丰收成灾究竟是什么原因?小说说到"一·二八"淞沪抗战后,"丝厂都关门""茧厂也不能开"。这就是说上海的战争,日本帝国主义的入侵使那些搁浅了的中国丝厂无从通融款项来开车或收买新茧。小说还写到1929年以后的世界资本主义经济危机,日本帝国主义为了摆脱困境,极力扶助丝商,大肆倾销日本丝,中国"厂经"在纽约和里昂受了日本丝的压迫而陷于破产,国际经济危机波及上海,以致"银钱业都对受抵的大批陈丝茧皱眉头,是说'受累不堪'"。由于中国丝外销受到国际市场的严重影响,致使上海战争停火,也无法解决蚕茧销路问题。幸存的丝厂茧行为了要苟延残喘便加倍剥削蚕农,以为补偿。事实上,在春蚕上簇的时候,茧商们的托拉斯组织已经定下了茧价,注定了蚕农的亏本,而在中国又有"叶行"(它和茧行也常常是一体)操纵叶价,加重剥削,结果是春蚕愈熟,蚕农愈困顿。

  由此看来,春蚕丰收成灾的惨剧是由于世界资本主义经济恐慌的影响,日本帝国主义经济和军事侵略的压迫,以及中国商业资本家的残酷剥削造成的。在这三重压迫之下,中国的农村经济无法承受,只能走向破产。

巴　金

寒　夜（故事梗概）

  抗战后期的一个深秋的夜里,汪文宣躲过警报,回到凌乱、空寂、寒气逼人的家里。妻子曾树生前一天晚上和他吵架后,负气离开了家。他们都是大学毕业生,学教育的,有过自己的理想、抱负、追求和热情,但是,战争和不合理的社会把一切都夺走了,只留下贫困苍白的生活。

  第二天,汪文宣几次去大川银行找树生,请求妻子原谅他,跟他回家去。树生不愿意回去看婆婆的冷眼和讥讽责骂,继续那种争争吵吵的日子。文宣发现树生和一个三十多岁的男子一起上咖啡店去，心里非常痛苦。

汪文宣垂头丧气地回到又冷又暗的家里，母亲知道他去找过树生，怒气冲冲地指责他不该向妻子低头。她爱儿女，爱孙儿，却恨儿媳妇。因为儿媳妇对自己不恭顺，整天像"花瓶"那样在外头应酬，而且儿子爱她胜过爱自己，还因为她不是媒人做亲，花轿抬来的。汪文宣心烦意乱地从家里跑出来，在小酒馆里喝得酩酊大醉。

日子越来越艰难，汪文宣穷得连儿子的学费都缴不起，连妻子的生日蛋糕也买不起，却还要硬着头皮掏出最后一点钱凑份子给上司做寿。上司欺压他，同事看不起他，他一个可怜的小职员，谁也得罪不起，只好拼命挣扎着工作。生活像座山一样沉重地压在他身上，他终于病倒了，咳嗽、发烧、吐血。但是，他瞒着母亲和妻子，硬拖着病乏的身子去上班。他不能躺下，躺下就得饿死。

日本人日益逼近，银行里的陈主任——那个曾经和树生去咖啡店的人——运动升调为兰州的经理，要树生跟他一道去兰州。曾树生很矛盾，她并不甘愿当"花瓶"，扔不下善良、懦弱、多病的丈夫，也同情在贫困中受苦的婆婆，但她受不了婆婆的仇视，不愿在无休止的争吵和贫困痛苦中生活。在外头她想家，回到家里又感到空虚、寂寞、痛苦。

陈主任看出了树生的感情矛盾，乘机表白自己对她的爱，给她弄好了去兰州的飞机票。树生惶惑地站在人生的十字路口。汪文宣知道了这事，也劝树生走，他知道自己日子不多，不愿连累妻子。

为了给文宣治病，母亲卖掉了自己唯一的戒指——那是文宣的父亲送给她的纪念品。她从前是过惯舒服日子的，如今却像个老妈子一样，自己做饭、洗衣服、打扫房子，省下每一文钱，维持着艰难的生活。为了儿子，她什么苦都能吃，就是受不了儿媳妇的气，不愿看见儿子和媳妇在一块。她骂树生是花瓶，是儿子的姘头，叫她滚。

汪文宣的病越来越重，树生劝他去医院检查，他自知是肺病，检查了无非是听死刑宣告，他没有钱，既看不起病更养不起病。再说，他不愿多花妻子的钱，他不曾给她带来幸福，也不愿过多拖累她。因为生病，汪文宣终于被公司解雇了。

树生的调职通知书发下来了，为了摆脱永无休止的争吵，为了一家人的生活，也为了自己过得舒服一些，她走了，既痛苦，又带着一种解脱感。不久，她来了一封长信，倾诉她内心的痛苦，表示与文宣的夫妻关系结束了。不过，她仍然按月汇钱给文宣。

日本人投降了，抗战胜利了，满街是歌声、笑声、鞭炮声、锣鼓声，飞机在天上撒传单，人们在大街上游行。但是胜利没能挽救汪文宣，在他那间阴暗的小屋里，只有痛苦和哭泣。他一只手抓着母亲，一只手抓着儿子，在人们欢庆胜利的时候，凄惨地咽下了最后一口气。

两个月后，树生请假回家，才知道丈夫的死讯，婆婆和儿子也已搬走，不知去向。她茫然地徘徊着，不知道该去寻找儿子呢，还是回兰州去。寒夜太冷了，也太长了，她需要一点温暖。

老舍

骆驼祥子（故事梗概）

　　祥子在失去父母和几亩薄田之后，十八岁跑到北京来。他有力气，凡是卖力气吃饭的事，他几乎全做过，最后便决定以拉人力车为业。他咬牙苦干了整整三年，存足了一百元，买了一辆顶漂亮的新车，拉着它，他感到好像骑着名马那样痛快和骄傲。他幻想着照这样苦干下去，再买上一辆、二辆……就可以开车厂了。

　　一次，他连车带人被军阀的部队抓去。他每天拉着或挂着大兵们的东西，还得挑水、烧水、喂牲口。一天夜里，远处响起了炮声，他趁兵营混乱拉了三匹骆驼逃走。三匹骆驼卖了三十五元大洋，从此，他得了个"骆驼祥子"的外号。

　　人和车厂的老板刘四爷已经七十多岁了，年轻时当过兵，设过赌场，买卖过人口，放过阎王账，后来便开设了这个车厂。他的车租比别人贵，可是拉他的车的光棍可以在厂里住。祥子成了刘四爷车厂的一名车夫。

　　刘四爷没有儿子，只有个三十七八岁的女儿虎妞。她帮着父亲办事是个好帮手，可是丑陋横蛮，没人敢要她做太太。有一天，祥子深夜才收工，虎妞抹了胭脂，擦了粉，带着几分媚态，招呼祥子进她的房间，里面摆着酒菜，虎妞热情地劝祥子喝酒，祥子受了引诱，连喝了三盅，便和她发生了关系。第二天，祥子怀着羞愧离开了人和车厂，去给曹先生拉包月。曹先生和曹太太都非常和气，待他很好，他又想积钱买车，便买了个闷葫芦罐，把省下的钱一元一元地往里放。

　　一天，虎妞来找祥子，直着嗓门喊叫她已经怀孕，祥子呆住了。临走时她教他在父亲生日那天，给父亲磕三个头，讨老头子喜欢，再找个机会顺水推舟把他们的事情挑明。这一天晚上，祥子睡不着觉，觉得自己像掉在陷阱里，手脚被夹住，再也没法子跑了。

　　一天晚上，祥子拉着曹先生，一个侦探骑着自行车尾随他们，曹先生交代祥子把车拉到他的好朋友左先生那里逃避。祥子准备把曹太太也送到左宅，可他刚进门，便被那侦探抓住了。原来这人姓孙，是当初抓祥子的排长。孙侦探逼着祥子拿出闷葫芦罐，把他的钱连被褥都拿走了。曹先生去了上海，曹宅的人也都逃走了。第二天，祥子只得又回到人和车厂，决心把一切交给刘家父女了。虎妞看到他，对他非常亲热。

　　四爷的生日办得很热闹，但他想到没有儿子，心里不痛快，加上收到的寿礼不多，便迁怒到祥子和虎妞身上，要祥子滚蛋。虎妞趁势把自己怀孕的事公开，并说决心跟着祥子走。事情闹得很僵。虎妞向老头子要钱没有要到，便和祥子一起离开人和车厂，虎妞出钱在一个大杂院里租了房，让祥子从头到脚换个新，办了喜事。事后，虎妞才告诉祥子，她并没有真怀孕，只是在裤腰上塞了个枕头。祥子感到自己受了骗，十分讨厌虎妞。虎妞有四百元的私房钱，打算花完了再向她父亲服软，承受老头子的家业来。一天，祥子经过人和车厂，看见那"人和"已变"仁和"。原来刘四爷自虎妞走后，便把车厂让给另一家车主，自己带着钱享福去了。这一招使虎妞感到绝望，她没有能打听出父亲的下落，大哭了一阵以后，给祥子一百元向杂院里的二强子买了一辆车。不久，虎妞真的怀了孕，分娩时难产而死。祥子卖了车，埋葬了她。二强子的女儿小福子，原来被卖给一个军官，军官开差走了，小福子回到家里，一家人无法生活下去，小福子被迫当了暗娼。祥子喜欢她，但二强子却大骂祥子占便宜，祥子决定搬走，他告诉小福子，将来混好一点，一定来接她出去。

祥子又拉了包月，不幸被女主人夏姨太太引诱，得了淋病。从此，他吸烟、喝酒，越来越自怜、自私、偷懒，脾气也越来越坏了。

一天，他拉着一位客人，直到那客人说话时才发现是刘四爷，祥子立即要他下来，骂了他几句后拉着车便走，祥子感到吐了一口恶气，心里舒畅了许多。他又找到了曹先生，曹先生要他再拉包月，并允许用小福子做女仆，还答应让出一间屋子给他俩住。祥子兴高采烈地去找小福子，才知道她因不堪娼妓的非人生活而吊死在树林子里了。

祥子的一切希望归于幻灭。

吴组缃

菉竹山房

阴历五月初十日和阿圆到家，正是家乡所谓"火梅"天气：太阳和淫雨交替迫人，那苦况非身受的不能想象。母亲说，前些日子二姑姑托人传了口信来，问我们到家没有；说"我做姑姑的命不好，连侄儿侄媳也冷淡我"。意思之间，是要我和阿圆到她老人家村上去住些时候。

二姑姑家我只于年小时去过一次，至今十多年了。我连年羁留外乡，过的是电灯电影洋装书籍柏油马路的另一世界的生活。每当想起家乡，就如记忆一个年远的传说一样。我脑中的二姑姑家，到现在更是模糊得如云如烟。那座阴森敞大的三进大屋，那间摊乱着雨蚀虫蛀的古书的学房，以及后园中的池塘竹木，想起来都如依稀的梦境。

二姑姑的故事好似一个旧传奇的仿本。她的红颜时代我自然没有见过，但从后来我所见到的她的风度上看来：修长的身材，清癯白皙的脸庞，狭长而凄清的眼睛，以及沉默少言笑的阴暗调子，都和她的故事十分相称。

故事在这里不必说得太多。其实，我所知道的也就有限；因为家人长者都讳谈它。我所知道的一点点，都是日长月远，家人谈话中偶然流露出来，由零碎撷拾起来的。

多年以前，叔祖的学塾中有个聪明年少的门生，是个三代孤子。因为看见叔祖屋里的幛幔，笔套，与一幅大云锦上的刺绣，绣的都是各种姿态的美丽蝴蝶，心里对这绣蝴蝶的人起了羨慕之情；而這繡蝴蝶的姑娘因為聽叔祖常常誇說這人，心裡自然也早就有了這人。這故事中的主人以後是乘一個怎樣的機緣相見相識，我不知道，長輩們恐怕也少知道。在我所撿拾的零碎資料中，這以後便是這悲慘故事的頂峰：一個三春天氣的午間，冷清的後園的太湖石洞中，祖母因看牡丹花，拿住了一對倉惶失措的繫褲帶的頑皮孩子。

这幕才子佳人的喜剧闹了出来，人人夸说的绣蝴蝶的小姐一时连丫头也要加以鄙夷。放佚风流的叔祖虽从中尽力撮合周旋，但当时究未成功。若干年后，扬子江中八月大潮，风浪陡作，少年赴南京应考，船翻身亡。绣蝴蝶的小姐那时才十九岁，闻耗后，在桂花树下自缢，为园丁所见，救活了，没死。少年家觉得这小姐尚有稍些可风之处，商得了女家同意，大吹大擂接小姐过去迎了灵柩；麻衣红绣鞋，抱着灵牌参拜家堂祖庙，做了新娘。

这故事要不是二姑姑的，并不多么有趣；二姑姑要没这故事，我们这次也就不致急于要去。

母亲自然怂恿我们去。说我们是新结婚，也难得回家一次。二姑姑家孤寂了一辈子，如今如此想念我们，这点子人情是不能不尽的。但是阿圆却有点怕我们家乡的老太太。这些老太太——举个例，就如我的大伯娘，她老人家就最喜欢搂阿圆在膝上喊宝宝，亲她的脸，咬她的肉，摩挲她的臂膊；又要我和她接吻给她老人家看。一得闲空，就托支水烟袋坐在我们房里来，盯着眼看守着我们作迷迷笑脸，满口反覆地说些叫人红脸不好意思的夸羡话。这种种啰唆，我倒不大在意；可是阿圆就老被窘得脸红耳赤，不知该往那里躲。——因此，阿圆不愿去。

我知道弊病之所在，告诉阿圆：二姑姑不是这种善于表现的快乐天真的老太太。而且我会投年轻姑娘之所好，照二姑姑原来的故事又编上了许多的动人的穿插，说得阿圆感动得红了眼睛叹长气。听说二姑姑决不会给她那种啰唆，她的不愿去的心就完全消除；再听了二姑姑的故事，有趣得如从线装书中看下来的一样；又想到借此可以暂时躲避家下的老太太；而且又知道金燕村中风景好，菉竹山房的屋舍阴凉宽畅：于是阿圆不愿去的心，变成急于要去了。

我说金燕村，就是二姑姑的村；菉竹山房就是二姑姑的家宅。沿着荆溪的石堤走，走了七八里地，回环合抱的山峦渐渐拥挤，两岸葱翠古老的槐柳渐密，溪中黯赭色的大石渐多，哗哗的水激石块声越听越近。这段溪，便不叫荆溪，而是叫响潭。响潭的两岸，槐树柳树榆树更多更老更葱茏，两面缝合，荫罩着乱喷白色水沫的河面，一缕太阳光也晒不下来。沿着响潭两岸的树林中，疏疏落落点缀着二十多座白垩瓦屋。西岸上，紧临着响潭，那座白屋分外大；梅花窗的围墙上面探露着一丛竹子；竹子一半是绿色的，一半已开了花，变成槁色。——这座村子便是金燕村，这座大屋便是二姑姑的家宅菉竹山房。

阿圆是外乡生长的，从前只在中国山水画上见过的景子，一朝忽然身历其境，欣跃之情自然难言。我一时回想起平日见惯的西式房子，柏油马路，烟囱，工厂等等，也觉得是重入梦境，作了许多缥缈之想。

二姑姑多年不见，显见得老迈了。

"昨天夜里结了三颗大灯花，今朝喜鹊在屋脊上叫了三四次，我知道要来人。"

那只苍白皱摺的脸没多少表情。说话的语气，走路的步法，和她老人家的脸庞同一调子：阴暗，凄苦，迟钝。她引我们进到内屋里，自己跚跚颤颤地到房里去张罗果盘，吩咐丫头为我们打脸水。——这丫头叫兰花，本是我家的丫头，三十多岁了。二姑姑陪嫁丫头死去后，祖父便拨了身边的这丫头来服侍姑姑，和姑姑作伴。她陪姑姑住守这所大屋子已二十多年，跟姑姑念诗念经，学姑姑绣蝴蝶，她自己说不要成家的。

二姑姑说没指望我们来得如此快，房子都没打扫。领着我们参观全宅，顺便叫我们自己拣一间合意的住。四个人分作三排走，姑姑在前，我俩在次，兰花在最后。阿圆蹈着姑姑的步子走，显见得拘束不自在，不时昂头顾我，作有趣的会意之笑。我们都无话说。

屋子高大，阴森，也是和姑姑的人相谐调的。石阶，地砖，柱础，甚至板壁上，都染涂着一层深深浅浅的黯绿，是苔尘。一种与陈腐的土木之气混合的霉气扑满鼻官。每一进屋的梁上都吊有淡黄色的燕子窝，有的已剥落，只留着痕迹；有的正孵着雏儿，叫得分外响。

我们每走到一进房子，由兰花先上前开锁；因为除姑姑住的一头两间的正屋而外，其馀每一间房，每一道门都是上了锁的。看完了正屋，由侧门一条巷子走到花园中。邻着花园有座雅致的房，门额上写着"邀月"两个八分字。百叶窗，古瓶式的门，门上也有明瓦纸的册叶小窗。我爱这地方近花园，较别处明朗清新得多，和姑姑说，我们就住在这间房。姑姑叫兰花开了锁，两扇门一推开，就噗噗落下三只东西来：两只是壁虎，一只是蝙蝠。我们都怔了一怔。壁虎是悠悠地爬走了；兰花拾起那只大蝙蝠，轻轻放到墙隅里，呓语着似地念了一套怪话：

"福公公，你让让房，有贵客要在这里住。"

阿圆惊惶不安的样子，牵一牵我的衣角，意思大约是对着这些情景，不敢在这间屋里住。二姑姑年老还不失其敏感，不知怎样她老人家就窥知了阿圆的心事：

"不要紧。——这些房子，每年你姑爹回家时都打扫一次。停会，叫兰花再好好来收拾。福公公虎爷爷都会让出去的。"

又说：

"这间避月庐是你姑爹最喜欢的地方；去年你姑爹回来，叫我把它修葺一下。你看看，里面全是新崭崭。"

我探身进去张看，兜了一脸蜘蛛网。里面果然是新崭崭。墙上字画，桌上陈设，都很整齐。只是蒙上一层薄薄的尘灰罢了。

我们看兰花扎了竹叶把，拿了扫帚来打扫。二姑姑自回前进去了。阿圆用一个小孩子的神秘惊奇的表情问我说：

"怎么说姑爹？……"

兰花放下竹叶把，瞪着两只阴沉的眼睛低幽地告诉阿圆说：

"爷爷灵验得很啦！三朝两天来给奶奶托梦。我也常看见的，公子帽，宝蓝衫，常在这园里走。"

阿圆扭着我的袖口，只是向着兰花的两只眼睛瞪看。兰花打扫好屋子，又忙着抱被褥毯子席子为我们安排床铺。里墙边原有一张檀木榻，榻几上面摆着一套围棋子，一盘瓷制的大蟠桃。把棋子蟠桃连同榻几拿去，铺上被席，便是我们的床了。二姑姑珊珊颤颤地走来，拿着一顶蚊帐给我们看，说这是姑爹用的帐，是玻璃纱制的，问我们怕不怕招凉。我自然愿意要这顶凉快帐子；但是阿圆却望我瞪着眼，好象连这顶美丽的帐子也有可怕之处。

这屋子的陈设是非常美致的，只看墙上的点缀就知道。东墙上挂着四幅大锦屏，上面绣着"菉竹山房唱和诗"，边沿上密密齐齐地绣着各色的小蝴蝶，一眼看上去就觉得很灿烂。西墙上挂着一幅彩色的"锺馗捉鬼图"，两边有洪北江的"梅雪松风清几榻，天光云影护琴书"的对子。床榻对面的南墙上有百叶窗子可以看花园，窗下一书桌，桌上一个朱砂古瓶，瓶里插着马尾云拂。

我觉得这地方好。陈设既古色古香；而窗外一丛半绿半黄的修竹，和墙外隐约可听的响潭之水，越衬托得闲适恬静。

不久吃晚饭，我们都默然无话。我和阿圆是不知在姑姑面前该说些什么好；姑姑自己呢，是不肯多说话的。偌大屋子如一大座古墓，没一丝人声；只有堂厅里的燕子啾啾地叫。兰花向天井檐上张一张，自言自语地说：

"青姑娘还不回来呢！"

二姑姑也不答话，点点头。阿圆偷眼看着我。——其实我自己也正在纳罕着的。吃了饭，正洗脸，一只燕子由天井飞来，在屋里绕了一道，就钻进檐下的窝里去了。兰花停了碗，把筷子放在嘴沿上，低低地说：

"青姑娘，你到这时才回来。"悠悠地长叹一口气。

我释然，向阿圆笑笑；阿圆却不曾笑，只瞪着眼看兰花。

我说邀月庐清新明朗，那是指日间而言。谁知这天晚上，大雨复作；一盏三支灯草的豆油檠摇晃不定；远远正屋里二姑姑兰花低幽地念着晚经，听来简直是"秋坟鬼唱鲍家诗"；加以外面雨声虫声风弄竹声合奏起一支凄戾的交响曲，显得这周遭的确鬼趣殊多。也不知是循着怎样的一个线索，很自然地便和阿圆谈起"聊斋"的故事来。谈一回，她越靠紧我一些，两眼只瞪着西墙上的"锺馗捉鬼图"，额上鼻上渐渐全渍着汗珠。锺馗手下按着的那个鬼，披着发，撕开血盆口，露出两支大獠牙，栩栩欲活。我偶然瞥一眼，也不由得一惊。这时觉得那锺馗，那恶鬼，姑姑和兰花，连同我们自己俩，都成了鬼故事中人物了。

阿圆瑟缩地说："我想睡。"

她紧紧靠住我，我走一步，她走一步。睡到床上，自然很难睡着。不知辗转了多少时候，雨声渐止，月亮透过百叶窗，映照得满屋凄幽。一阵飒飒的风摇竹声后，忽然听得窗外有脚步之声。声音虽然轻微，但是入耳十分清楚。

"你……听见了……没有？"阿圆把头钻在我的腋下，喘息地低声问。

我也不禁毛骨悚然。

那声音渐听渐近，没有了；换上的是低沉的戚戚声，如鬼低诉。阿圆已浑身汗濡。我咳了一声，那声音突然寂止；听见这突然寂止，想起兰花日间所说的话，我也不由得不怕了。

半晌没有声息，紧张的心绪稍稍平缓，但是两人的神经都过分紧张，要想到梦乡去躲身，究竟不能办到。为要解除阿圆的恐怖，我找了些快乐高兴的话和她谈说。阿圆也就渐渐敢由我的腋下伸出头来了。我说：

"你想不想你的家？"

"想。"

"怕不怕了？"

"还有点怕。"

正答着话，她突然尖起嗓子大叫一声，搂住我，嚎啕，震抖，迫不成声：

"你……看……门上！……"

我看门上——门上那个册叶小窗露着一个鬼脸，向我们张望；月光斜映，隔着玻璃纱帐看得分外明晰。说时迟，那时快。那个鬼脸一晃，就沉下去不见了。我不知从那里涌上一股勇气，推开阿圆，三步跳去，拉开门。

门外是两个女鬼！

一个由通正屋的小巷窜远了；一个则因逃避不及，正在我的面前蹲着。

"是姑姑吗？"

"唔——"幽沉的一口气。

我抹着额上的冷汗，不禁轻松地笑了。我说：

"阿圆，莫怕了，是姑姑。"

一九三二，十一，二十六。
（选自《中国现代小说选·第3卷》）

☞ 提示

吴组缃（1908—1994），原名祖襄，安徽省泾县茂林村人。有短篇小说《西柳集》、长篇小说《山洪》等。

《菉竹山房》描述了封建社会的一个恋爱、婚姻悲剧，封建礼教毁灭了一对青年男女的幸福，使女主人公过了一辈子几乎是与世隔绝的孤寂似墓中人的生活。

《菉竹山房》是作家最富诗味的小说。主人公二姑姑曾是一个美丽聪慧的少女，她与叔祖学塾中的门生相恋相爱，野合于后花园石洞之中。后门生赴考途中船翻遇难，二姑姑则抱着灵牌做了新娘，在菉竹山房中打发寂寞的青春。小说的重点不在于描述这个带有古朴传奇风味的才子佳人相悦相恋的故事,而是借一对年轻夫妇探视二姑姑的所见所闻,把这个不幸妇人的寂寞心境,和箖竹山房那种重峦环抱、半园绿竹、曲径通幽、巨宅空旷的环境融合在一起,于一个被遗忘的人生角落中酿造着不容遗忘的心灵的诗。你看,那对青年夫妇居住到"邀月庐",一推门,就噗噗落下两只壁虎、一只蝙蝠,二姑姑却把这些低等动物,当做公公、爷爷一类尊长供奉。一个被封建礼教埋没了幸福、隔绝了人世的心灵,只能在灵魂不灭、万物皆灵的幻觉中,组织起一个鬼气森森的特殊世界。小说就这样从这种鬼趣中写出了人情味。小说"窥房"细节的描写,不仅把阴森恐怖的气氛渲染到极致,而又在艺术上出奇制胜,在思想上发人深思。"窥房"对于作为长辈的老太太来说,虽有悖于她的身份、年龄和情理,但却是人性的表现,在一个被封建礼教禁锢成鬼的躯壳中,显示出埋在心灵深处的灼热的人欲来,说明她内心深处仍有着对人的生活的羡慕和向往。

张天翼

华威先生

转弯抹角算起来——他算是我的一个亲戚。我叫他"华威先生"。他觉得这种称呼不大好。

"天翼兄你真是!"他说。"为什么一定要个'先生'呢。你应当叫我'威弟'。再不然叫我'阿威'。"

把这件事交涉过了之后,他立刻戴上了帽子:

"我们改日再谈好不好,天翼兄。我总想畅畅快快跟你谈一次——唉,可总是没有时间。今天刘主任起草了一个县长公余工作方案,硬要叫我参加意见,叫我替他修改。三点钟又还有一个集会。"

这里他摇摇头,没奈何地苦笑了一下。他声明他并不怕吃苦:在抗战时期大家都应当苦一点。不过——时间总要够支配呀。

"王委员又打了三个电报来,硬要请我到汉口去一趟,我怎么跑得开呢,我的天!"

于是匆匆忙忙跟我握了握手,跨上他的包车。

他永远挟着他的公文皮包。并且永远带着他那根老粗老粗的黑油油的手杖。左手无名指上带着他的结婚戒指。拿着雪茄的时候就叫这根无名指微微地弯着,而小指翘得高高的,构成一朵兰花的图样。

这个城市里的黄包车谁都不作兴跑,一脚一脚挺踏实地蹀着,好象饭后千步似的。可是包车例外:Ding ding, Ding ding, Ding ding!——一下子就抢到了前面。黄包车立刻就得往左边躲开，小推车马上打斜。担子很快地就让到路边。行人赶紧就避到两旁的店铺里去。

包车踏铃不断地响着。钢丝在闪着亮。还来不及看清楚——它就跑得老远老远的了，象闪电一样地快。

而——据这里有几位抗战工作者的上层分子的统计，跑得顶快的是那位华威先生的包车。

他的时间很要紧。他说过——

"我恨不得取消晚上睡觉的制度。我还希望一天不止二十四小时。救亡工作实在太多了。"

接着掏出表来看一看，他那一脸丰满的肌肉立刻紧张了起来。眉毛皱着，嘴唇使劲撮着，好象他在把全身的精力都要收敛到脸上似的。他立刻就走：他要到难民救济会去开会。

照例——会场里的人全到齐了坐在那里等着他。他在门口下车的时候总得顺便把踏铃踏它一下：Ding！

同志们彼此看看：唔，华威先生到会了。有几位透了一口气。有几位可就拉长了脸瞧着会场门口。有一位甚至于要准备决斗似的——抓着拳头瞪着眼。

华威先生的态度很庄严，用一种从容的步子走进去，他先前那副忙劲儿好象被他自己的庄严态度消解掉了。他在门口稍为停了一会儿，让大家好把他看个清楚，仿佛要唤起同志们的一种信任心，仿佛要给同志们一种担保——什么困难的大事也都可以放下心来。他并且还点点头。他眼睛并不对着谁，只看着天花板。他是在对整个集体打招呼。

会场里很静。会议就要开始。有谁在那里翻着什么纸张，窸窸窣窣的。

华威先生很客气地坐到一个冷角落里，离主席位子顶远的一角。他不大肯当主席。

"我不能当主席，"他拿着一枝雪茄烟打手势。"工人救亡工作协会的指导部今天开常会。通俗文化研究会的会议也是今天。伤兵工作团也要去的，等一下。你们知道我的时间不够支配：只容许我在这里讨论十分钟。我不能当主席。我想推举刘同志主席。"

说了就在嘴角上闪起一丝微笑，轻轻地拍几下手板。

主席报告的时候，华威先生不断地在那里括洋火点他的烟。把表放在面前，时不时象计算什么似地看看它。

"我提议！"他大声说。"我们的时间是很宝贵的：我希望主席尽可能报告得简单一点。我希望主席能够在两分钟之内报告完。"

他括了两分钟洋火之后，猛的站了起来。对那正在哇啦哇啦的主席摆摆手。

"好了，好了。虽然主席没有报告完，我已经明白了。我现在还要赴别的会，让我先发表一点意见。"

停了一停，抽两口雪茄，扫了大家一眼。

"我的意见很简单，只有两点，"他舔舔嘴唇。"第一点，就是——每个工作人员不能够怠工。而是相反，要加紧工作。这一点不必多说，你们都是很努力的青年，你们都能热心工作。我很感谢你们。但是还有一点——你们要时时刻刻不能忘记,那就是我要说的第二点。"

他又抽了两口烟,嘴里吐出来的可只有热气。这就又括了一根洋火。

"这第二点呢就是:青年工作人员要认定一个领导中心。你们只有在这一个领导中心的领导之下,大家团结起来,统一起来。也只有在一个领导中心的领导之下,救亡工作才能够展开。青年是努力的,是热心的,但是因为理解不够,工作经验不够,常常容易犯错误。要是上面没有一个领导中心,往往要弄得不可收拾。"

瞧瞧所有的脸色,他脸上的肌肉耸动了一下——表示一种微笑。他往下说:

"你们都是青年同志,所以我说得很坦白,很不客气,大家都要做救亡工作,没有什么客气可讲。我想你们诸位青年同志一定会接受我的意见。我很感激你们。好了,抱歉得很,我要先走一步。"

把帽子一戴,把皮包一挟,瞧着天花板点点头,挺着肚子走了出去。

到门口可又想起了一件什么事。他把当主席的同志拽开,小声儿谈了几句:

"你们工作——有什么困难没有?"他问。

"我刚才的报告提到了这一点,我们……"

华威先生伸出个食指顶着主席的胸脯:

"唔,唔,唔。我知道我知道。我没有多余的时间来谈这件事。以后——你们凡是想到的工作计划,你们可以到我家里去找我商量。"

坐在主席旁边那个长头发青年注意地看着他们,现在可忍不住插嘴了:

"星期三我们到华先生家里去过三次,华先生不在家……"

那位华先生冷冷地瞅他一眼,带着鼻音哼了一句——"唔,我有别的事,"又对主席低声说下去:

"要是我不在家,你们跟密司黄接头也可以。密司黄知道我的意见,她可以告诉你们。"

密司黄就是他的太太。他对第三者说起她来,总是这么称呼她的。

他交代过了这才真的走开。这就到了通俗文艺研究会的会场。他发现别人已经在那里开会,正有一个人在那里发表意见。他坐了下来,点着了雪茄,不高兴地拍了三下手板。

"主席!"他叫。"我因为今天另外还有一个集会,我不能等到终席。我现在有点意见,想要先提出来。"

于是他发表了两点意见:第一,他告诉大家——在座的人都是当地的文化人,文化人的工作是很重要的,应当加紧地做去。第二,文化人应当认清一个领导中心,文化人在当地的领导中心的领导之下团结起来,统一起来。

五点三刻他到了工人救亡协会指导部的会议室。

这回他脸上堆上了笑容,并且对每一个人点头。

"对不住得很,对不住得很:迟到了三刻钟。"

主席对他微笑一下,他还笑着伸了伸舌头,好象闯了祸怕挨骂似的。他四面瞧瞧形势,就拣在一个小胡子的旁边坐下来。

他带着很机密很严重的脸色——小声儿问那个小胡子:

"昨晚你喝醉了没有?"

"还好,不过头有点子晕。你呢?"

"我啊——我不该喝了那三杯猛酒,"他严肃地说。"尤其是汾酒,我不能猛喝。刘主任硬要我干掉——嗨,一回家就睡倒了。密司黄说要跟刘主任去算账呢:要质问他为什么要把我灌醉。你看!"

一谈了这些,他赶紧打开皮包,拿出一张纸条——写几个字递给了主席。

"请你稍为等一等,"主席打断了一个正在发言的人的话。"华威先生还有别的事情要走。现在他有点意见:要求先让他发表。"

华威先生点点头站了起来。

"主席!"腰板微微地一弯。"各位先生!"腰板微微地一弯。"兄弟首先要请各位原谅:我到会迟了一点,而又要提前退席。……"

随后他说出了他的意见。他声明——这个指导部是个领导机关,这个指导部应该时时刻刻起领导中心作用。

"群众是复杂的。尤其是现在的群众,分子非常复杂。我们要是不能起领导作用,那就很危险,很危险。事实上,此地各方面的工作也非有个领导中心不可。我们的担子真是太重了,但是我们不怕怎样的艰苦,也要把这担子担起来。"

他反复地说明了领导中心作用的重要,这就戴起帽子去赴一个宴会。他每天都这么忙着。要到刘主任那里去办事。要到各团体去开会。而且每天——不是别人请他吃饭,就是他请人吃饭。

华威太太每次遇到我,总是代替华威先生诉苦。

"唉,他真苦死了!工作这么多,连吃饭的工夫都没有。"

"他不可以少管一点,专门去做某一种工作么?"我问。

"怎么行呢?许多工作都要他去领导呀。"

可是有一次,华威先生简直吃了一大惊。妇女界有些人组织了一个战时保婴会,竟没有去找他!

"我知道你们委员会已经选出来了。我想还可以多添加几个。"

他看见对方在那里踌躇,他把下巴挂了下来:

"问题是在这一点:你们委员是不是能够真正领导这工作。你能不能够对我担保——你们会内没有不良分子?你能不能担保——你们以后工作不至于错误,不至于怠工?你能不能担保,你能不能?你能够担保的话,那我要请你写个书面的东西给我,以后万一——如果你们的工作出了毛病,那你就要负责。"

接着他又声明:这并不是他自己的意思。他不过是一个执行者。这里他食指点点对方胸脯:

"如果我刚才说的那些你们办不到,那不是就成了非法团体了么?"

这么谈判了两次,华威先生当了战时保婴会的委员。于是在委员会开会的时候,华威先生挟着皮包去坐这么五分钟,发表了一两点意见就跨上了包车。

有一天他请我吃晚饭。他说因为家乡带来了一块腊肉。

我到他家里的时候,他正在那里对两个学生样的人发脾气。

"你昨天为什么不去,为什么不去?"他吼着。"我叫你拖几个人去的。但是我在台上一开始演讲,一看——连你都没有去听!我真不懂你们干了些什么?"

"昨天——我到了新组织的一个难民读书会去的。"

华威先生猛地跳起来了。

"什么!什么!——新组织的一个难民读书会?怎么我不知道,怎么不告诉我?"

"我们那天大家决议了的。我来找过华先生,华先生又是不在家——"

"好啊,你们秘密行动!"他瞪着眼。"你老实告诉我——这个读书会到底是什么背景,你老实告诉我!"

对方似乎也动了火:

"什么背景呢,都是中华民族!部务会议议决的,什么秘密行动也没有。……华先生又不到会,开会也不终席,来找又找不到……我们总不能把工作停顿起来。"

华威先生把雪茄一摔,狠命在桌上捶了一拳:Dung!

"浑蛋!"他咬着牙,嘴唇在颤抖着。"你们小心!你们,哼,你们!你们!……"他倒到了沙发上,嘴巴痛苦地抽得歪着。"妈的!这个这个——你们青年!……"

五分钟之后他抬起头来,害怕似地四面看一看。那两个客人已经走了。他叹一口长气:

"唉,你看你看!天翼兄你看!现在的青年怎么办,现在的青年!"

这晚他没命地喝了许多酒,嘴里嘶嘶地骂着那些小伙子。他打碎了一只茶杯。密司黄扶着他上了床,他忽然打个寒噤说:

"明天十点钟有个集会……"

(选自《文艺阵地》1938年4月16日第一卷第一期)

提示

1938年初,张天翼发表名噪一时的《华威先生》。作家以"速写"的粗线条,勾描了"抗战工作者的上层分子"华威的外表:永远夹着他的公文皮包,永远带着那根老粗老粗的黑油油的手杖,左手无名指戴着他的结婚戒指,而拿雪茄的手则翘成一朵兰花的图样。他因为"抗战工作实在太多了"而忙碌无比,他"恨不得取消晚上睡觉的制度","还希望一天不止二十四小时"。他主要是忙于开会,一天开十几个会,总是迟到早退,坐着钢丝闪亮的包车来去匆匆。他赴会的目的在于推销其政治信条,要求所有的抗战团体"要认定一个领导中心",他四处揽权,而不具体地从事"某一种"工作。作者借此写出了一个挂着抗日招牌却不干抗日实事,拼命争夺统一战线领导权的国民党文化官僚形象。作品写出华威作为国民党官僚的政治野心和阴谋,更表现出他身上沉淀着的中国官僚的某些性格层面。他集社会中上层人物的虚伪势利、道貌岸然、色厉内荏之诸种恶俗于一身,显示了某一类国民的劣根性。

张天翼师承鲁迅批判国民劣根性的文学传统,而且把笔触伸向了更广阔的社会阶层,他的《华威先生》等代表作融道德讽刺、人性讽刺、文化讽刺、政治讽刺于一体,既令人捧腹又蕴蓄了酸甜苦辣的多重意味,既使人愤慨又启发人们进行由表及里的思考。

包氏父子

一

天气还那么冷。离过年还有半个多月。可是听说那些洋学堂就要开学了。

这就是说,包国维在家里年也不过地就得去上学!

公馆里许多人都不相信这回事。可是胡大把油腻腻的菜刀往砧板上一丢,拿围身布揩了揩手——伸出个中指,其余四个指头临空地扒了几扒:

"哄你们的是这个。你们不信问老包:是他告诉我的。他还说恐怕钱不够用,要问我借钱哩。"

大家把它当做一回事似地去到老包房里。

"怎么,你们包国维就要上学了么?"

"唔,"老包摸摸下巴上几根两分长的灰白胡子。

"怎么年也不过就去上书房?"

"不作兴过年末,这是新派,这是……。"

"洋学堂是不过年的,我晓得。洋学堂里出来就是洋老爷,要做大官哩。"

许多眼睛就钉到了那张方桌子上面:包国维是在这张桌上用功的。一排五颜六色的书。一些洋纸簿子。墨盒。洋笔。一个小瓶:李妈亲眼瞧见包国维蘸着这瓶酒写字过。一张包国维的照片:光亮亮的头发,溜着一双眼——爱笑不笑的。要不告诉你这是老包的儿子,你准得当他是谁家的大少爷哩。

别瞧老包那么个尖下巴,那张皱得打结的脸,他可偏偏有福气——那么个好儿子。

可是老包自己也就比别人强:他在这公馆伺候了三十年,谁都相信他。太太老爷他们一年到头不大在家里住,钥匙都交在老包手里。现在公馆里这些做客的姑太太,舅老爷,表少爷,也待老包客气,过年过节什么的——一赏就是三块五块。

"老包将来还要做这个哩,"胡大翘起个大拇指。

老包笑了笑。可是马上又拼命忍住肚子里的快活,摇摇脑袋,轻轻地嘘了口气:

"哪里谈得到这个。我只要包国维挣口气,象个人儿。不过——嗳,学费真不容易,学费。"

说了就瞧着胡大：看他懂不懂"学费"是什么东西。

"学费"倒不管它。可是为什么过年也得上学呢？

这天下午，寄到了包国维的成绩报告书。

老包小心地抽开抽屉，把老花眼镜拿出来带上，慢慢念着。象在研究一件了不起的东西，对信封瞧了老半天。两片薄薄的紫黑嘴唇在一开一合的，他从上面的地名读起，一直读到"省立××中学高中部缄"。

"露，封，挂，号，"他摸摸下巴。"露，封，……"

他仿佛还嫌信封上的字太少不够念似的，抬起脸来对天花板愣了会儿，才抽出信封里的东西。

天上糊满着云，白天里也象傍晚那么黑。老包走到窗子跟前，取下了眼镜瞧瞧天，才又架上去念成绩单。手微微地颤着，手里那几张纸就象被风吹着的水面似的。

成绩单上有五个"丁"。只一个"乙"——那是什么"体育"。

一张信纸上油印着密密的字：告诉他包国维本学期得留级。

老包把这两张纸读了二十多分钟。

"这是什么？"胡大一走进来就把脑袋凑到纸边。

"学堂里的。……不要吵，不要吵，还有一张。缴费单。"

这老头把眼睛睁大了许多。他想马上就看完这张纸，可是怎么也念不快。那纸上印着一条条格子，挤着些小字，他老把第一行的上半格接上了第二行的下半格。

"学费：四元。讲义费：十六元。……损失准备金。……图书馆费。……医……医……"

他用指甲一行行划着又念第二遍。他在嗓子里咕噜着，跟痰响混在了一起。读完一行，就瞧一瞧天。

"制服费！……制服费：二——二——二十元。……通学生除——除——除宿费膳费外，皆须……"

瞧瞧天。瞧瞧胡大。他不服气似地又把这些句子念一遍，可是一点也不含糊，还是这些字——一个个仿佛刻在石头上似的，陷到了纸里面。他对着胡大的脸子发楞：全身象有——不知道是一阵热，还是一阵冷，总而言之是似乎跳进了一桶水里。

"制服费！"

"什么？"胡大吃了一惊。

"唔，唔。唵。"

制服就是操衣，他知道。上半年不是做过了么？他本来算着这回一共得缴三十一块。可是这二十块钱的制服费一加，可就……

突然——磅！房门给谁踢开，撞到板壁上又弹了回来。

房里两个人吓了一大跳。一回头——一个小伙子跨到了房里。他的脸子我们认识的：就是桌上那张照片里的脸子，不过头发没那么光。

胡大拍着胸脯，脸上陪着笑：

"哦唷，吓我一跳，学堂里来么？"

那个没言语，只瞟了胡大一眼。接着把眉毛那么一扬，额上就显了几条横皱。眼睛扫到了他老子手里的东西。

"什么？"他问。

胡大悄悄地走了出去。

老头把眼镜取下来瞧着包国维，手里拿着的三张纸给他看。

包国维还是原来那姿势：两手插在裤袋里，那件自由呢的棉袍就短了好一截。象是因为衣领太高，那脖子就有点不能够随意转动，他只掉过小半张脸来瞅了一下。

"哼。"他两个嘴角往下弯着，没那回事似地跨到那张方桌跟前。他走起路来象个运动员，踏一步，他胸脯连着脑袋都得往前面摆一下，仿佛老是在跟别人打招呼似的。

老包瞧着他儿子的背：

"怎么又要留级？"

"郭纯也留级哩。"

那小伙子脸也没回过来，只把肚子贴着桌沿。他把身子往前一挺一挺的，那张方桌就咕咕咕地叫。

老包轻轻地问：

"你不是留过两次留级了么？"

没答腔，那个只在鼻孔里哼了一声。接着倒在桌边那张藤椅上，把膝头顶着桌沿，小腿一荡一荡的。他用右手抹了一下头发，就随便抽了一本花花绿绿的书来：《我见犹怜》。

沉默。

房里比先前又黑了点儿。地下砖头缝里在冒着冷气，老包两只脚仿佛踏在冷水里。

老包把眼镜放到那张条桌的抽屉里，嘴里小心地试探着说：

"你已经留过两次留级，怎么又……"

"他喜欢这样！"包国维叫了起来。"什么'留过两次留级'！他要留！他高兴留就留，我怎么知道！"

外面一阵皮鞋响：一听就知道这是那位表少爷。

包国维把眉毛扬着瞧着房门。表少爷故意要表示他有双硬底皮鞋，把步子很重地踏着，敲梆似地响着，一下下远去。包国维的小腿荡得利害起来，那双脚仿佛挺不服气——它只穿着一双胶底鞋。

老头有许多话要跟包国维说，可是别人眼睛钉到了书上：别打断他的用功。

包国维把顶着桌沿的膝头放下去，接着又抬起来。他肚子里慢慢念着《我见犹怜》，就是看到一个标点也得停顿一两秒钟。有时候他偷偷地瞟镜子一眼，用手抹抹头发。自己的脸子可不坏，不过嘴扁了点儿。只要他当上了篮球员，再象郭纯那么——把西装一穿，安淑真不怕不上手。安淑真准得对那些女生说：

"谁说包国维象瘪三！很漂亮哩。"

于是他和她去逛公园，去看电影。他自己就得把西装穿得笔挺的，头发涂着油，涂着蜡，一只手抓着安淑真的手，一只手抹抹头。……

他把《我见犹怜》一摔，抹了抹头发。

老包好容易等到包国维摔了书。

"这个——这个这个——那个制服费。……"

没人睬他，他就停了一会。他摸了三分钟下巴。于是他咳一声扫清嗓子里的痰，一板一眼地说着缴学费的事，生怕一个不留神就会说错似的。他的意思认为去年做的制服还是崭新的，把这理由对先生说一说，这回可以少缴这意外的二十块钱。不然——

"不然就要缴五十一块半。这五十一块半——现在只有——只有——戴老七的钱还没还，这回再加二十……你总还得买点书，你总得……。"

停停。他摸摸下巴，又独言独语地往下说：

"操衣是去年做的，穿起来还是象新的一样，穿起来。缴费的时候跟先生说说情，总好少缴……少缴……"

包国维跳了起来。

"你去缴，你去缴！我不高兴去说情！——人家看起来多寒伧！"

老包对于这个答复倒是满意的，他点点脑袋：

"唔，我去缴。缴到——缴到——唔，市民银行。"

儿子横了他一眼。他只顾自己往下说：

"市民银行在西大街吧？"

二

老包打市民银行走到学校里去。他手放在口袋里，紧紧地抓住那卷钞票。

银行里的人可跟他说不上情。把钞票一数：

"还少二十！"

"先生，包国维的操衣还是新的，这二十……"

"我们是替学校代收的。同我说没有用。"

钞票还了他，去接别人缴的费。

缴费的拥满了一屋子，都是象包国维么二十来岁一个的。他们听着老包说到"操衣"，就哄出了笑声。

"操衣！"

"这老头是替谁缴费的？"

"包国维，"一个带压发帽的瞅了一眼缴费单。

"包国维？"

老头对他们打招呼似地苦笑一下，接着他告诉别人——包国维上半年做了操衣的：那套操衣穿起来还是挺漂亮。

"可是现在又要缴，现在。你们都缴的么？"

那批小伙子笑着你瞧瞧我，我瞧瞧你，谁也没答。

老包四面瞧了会儿就走了出来：五六十双眼睛送着他。

"为什么要缴到银行里呢？"他埋怨似地想。

天上还是堆着云，也许得下雪。云薄的地方就隐隐瞧得见青色。有时候马路上也显着模糊的太阳影子。

老包走不快，可是踏得很吃力：他觉得身上那件油腻腻的破棉袍有几十斤重。棉鞋里也湿渌渌的叫他那双脚不大好受。鞋帮上虽然破了一个洞，可也不能透出点儿脚汗：这双棉鞋在他脚汗里泡过了三个冬天。

他想着对学堂里的先生该怎么说，怎么开口。他得跟他们谈谈道理，再说几句好话。先生总不比银行里的人那么不讲情面。

老包走得快了些，袖子上的补钉在袍子上也摩擦得起劲了点儿。

可是一走到学校里的注册处，他就不知道要怎么着才好。

这所办公室寂寞得象座破庙。一排木栏杆横在屋子中间，里面那些桌旁的位子都是空的。只有一位先生在打盹，肥肥的一大坯伏在桌子上，还打着鼾。

"先生。先生。"

叫了这么七八声，可没点儿动静。他用指节敲敲栏杆，脚在地板上轻轻地踏着。

这位先生要在哪一年才会醒呢？

他又喊了几声，指节在栏杆上也敲得更响了些。

桌子上那团肉动了几动，过会儿抬起个滚圆的脑袋来。

"你找谁？"皱着眉擦擦眼睛。

老包摸着下巴：

"我要找一位先生。我是——我是——我是包国维的家长。……"

那位先生没命的张大了嘴，趁势"噢"了一声：又象是答应他，又象是打呵欠。

"我是包国维的家长，我说那个制服费……"

"缴费么？——市民银行，市民银行！"

"我知道，我知道。不过我们包国维——包国维……"

老包结里结巴说上老半天，才说出了他的道理。一面还笑得满面的皱纹都堆起来——腮巴子挺吃力。

胖子伸了懒腰，咂咂嘴。

"我们是不管的。无论新学生老学生，制服一律要做。"

"包国维去年做了制服，只穿过一两天……"

"去年是去年，今年是今年，"他懒懒地拖过一张纸来，拿一支铅笔在上面写些什么。"今年制服改了样子，晓得吧。所以——所以——啊——噢——哦！"

打了个呵欠，那位先生又全神贯注在那张纸上。

他在写着什么呢？也许是在开个条子，说明白包国维的制服只穿过两次，这回不用再做，缴费让他少缴二十。

老包耐心儿等着。墙上的挂钟不快不慢地——的，嗒，的，嗒，的，嗒。

一分钟。二分钟。三分钟。五分钟。八分钟。

那位先生大概写完了。他拿起那张纸来看：嘴角勾起一丝微笑，象是他自己的得意之作。

纸上写着些什么：画着一满纸的乌龟！

老实说，老包对这些艺术是欣赏不上的。他嘘了口气，脸上还是那么费劲地笑着，跟着喊着"先生先生"。他不管对方听不听，话总得往下说。他象募捐人似的把先生说成一个大好老，菩萨心肠：不论怎样总得行行好，想想他老包的困难。话可说得不怎么顺嘴，舌子似乎给打了个结。笑得嘴角上的肌肉在一抽一抽的，眉毛也痉挛似地动着。

"先生你想想，我是——我是——我怎么有这许多钱呢：五十——五十——五十多块。我这件棉袍还是——还是——我这件棉袍穿过七年了。我只拿十块钱一个月，十块钱。我省吃省用，给我们包国维做——做……我还欠了债，我欠了……有几笔……有几笔是三分息。我……"

那位先生打定主意要发脾气。他把手里的纸一摔，猛地掉过脸来，皱着眉毛瞪着眼：

"跟我说这个有什么用！学校又不是慈善机关，你难道想叫我布施你么！——笑话！"

老包可楞住了。他腮巴子酸疼起来：他不知道还是让这笑容留着好，还是收了的好。他膝踝子抖索着。手扶着的这木栏杆，象铁打的似的那么冰。他看那先生又在纸上画着，他才掉转身来——慢慢往房门那儿走去。

儿子——怎么也得让他上学。可是过了明天再不缴费的话，包国维就得被除名。

"除名……除名……"老包的心脏上象长了一颗鸡眼。

除名之后往哪里上学呢？这孩子被两个学校退了学，好容易请大少爷关说，才考进了这省立中学的。

还是跟先生说说情。

"先生，先生，"老包又折了回来。"还有一句话请先生听听，一句话。……先生，先生！"

他等着：总有一个时候那先生会掉过脸来的。

"先生，那么——那么——先生，制服费慢一点缴。先缴三十——三十——先缴三十一块半行不行呢？等做制服的时候再——再……现在——现在实在是——实在是——现在——现在钱不够末。我实在是……"

"又来了，啧！"

先生表示"这真说不清"似地掉过脸去，过会又转过来：

"制服费是要先缴的：这是学校里的规矩，规矩，懂吧。总而言之，统而言之——各种费用都要一次缴齐，缴到市民银行里。通学生一共是五十一块五。过了明天上午不缴就除名。懂不懂，懂不懂：听懂了没有？"

"先生，不过——不过……"

"嗨，要命！我的话你懂了没有，懂了没有！尽说尽说有什么好处！真缠不明白！

……让你一个人去说罢!"

先生一站起来就走,出了那边的房门,接着那房门很响地一关——訇!墙也给震动了一下,那只挂钟就轻轻地"锵郎"一声。

给丢在屋子里的这个还想等人出来:一个人在栏杆边呆了十几分钟才走。

"呃,呃,唔。"

老包嗓子里响着,他自己也不知道在想着些什么。他仿佛觉得有一桩大祸要到来似的,可是没想到可怕。无论什么天大的事,那个困难时辰总会度过去的。他只一步步踏在人行路上,他几乎忘了他自己刚才做了什么事,也忘了会有一件什么祸事。他感觉到自己的脚呀手的都在打颤,可是走得并不吃力:那双穿着湿渌渌的破棉鞋的脚已经不是他的了。他瞧不见路上的人,要是有人撞着他,他就斜退两步。

街上有些汽车的喇叭叫,小贩子的大声嚷,都逗得他非常烦躁。

太阳打云的隙缝里露出了脸,横在他脚右边的影子折了一半在墙上。走呀走的那影子忽缩短起来移到了他后面:他转了弯。

对面有三个小伙子走过来,一面嘻嘻哈哈谈着。

老包喊了起来:

"包国维!"

他喊起他儿子来也是照着学堂里的规矩——连名带姓喊的。

包国维跟两个同学一块走着,手里还拿着一个纸袋子,打这里掏出什么红红绿绿的东西往嘴里送。那几个走起路来都是一样的姿势——齐脑袋到胸脯都是向前一摆一摆的。

"包国维!"

几个小伙子吃一惊似地站住了。包国维马上把刚才的笑脸收回,换上一副皱眉毛。他只回过半张脸来,把黑眼珠溜到了眼角上瞧着他的老子。

老包想把先前遇到的事告诉儿子,可是那些话凝成了冰,重重地堆在肚子里吐不出。他只不顺嘴地问:

"你今天——你今天——你什么时候回家?"

儿子把两个嘴角往下弯着,鼻孔里响了一声。

"高兴什么时候回家就回家!家里摆酒席等着我么!……我当是什么天大的事哩。这么一句话!"

掉转脸去瞧一下:两个同学走了两丈多远。包国维马上就用了跑长距离的姿势跑了上去。

"郭纯,郭纯,"他笑着用手攀到那个郭纯肩上。"刚才你还没说出来——孙桂云为什么……"

"刚才那老头儿是谁?"

"呃,不相干。"

他回头瞧一瞧:他老子的背影渐渐往后面移去。他感到轻松起来,放心地谈着。

"孙桂云放弃了短距离,总有点可惜,是吧。龚德铭你说是不是?"

叫做龚德铭的那个，只从郭纯拿着的纸袋里掏出一块东西来送进嘴里，没第二张嘴来答话。

他们转进了一条小胡同。

包国维两手插在裤袋里，谈到了孙桂云的篮球，接着又扯到了他们自己的篮球。他叹了口气，他觉得上次全市的篮球锦标赛，他们输给飞虎队可真输得伤心。他说得怪起劲的，眉毛扬得似乎要打眼睛上飞出去。

"我们喜马拉雅山队一定要挣口气：郭纯，你要叫队员大家都……"

郭纯是他们喜马拉雅山队的队长。

"你单是嘴里会说，"龚德铭用肘撞了包国维一下。

"哦，哪里！……我进步多了。是吧，我进步多了。郭纯，你说是不是。"

"唔，"郭纯鼻孔里应了一声，就哼起小调子来。

包国维象得了锦标，全身烫烫的。他想起了许多要说的话，忍不住迸出来：

"我这学期可以参加比赛了吧，我是……"

"那不要急。"

"怎么？"

"你投篮还不准。"

"不过我——我是——不过我 Pass 还 Pa' 得好……"

"Pa' 得好！"龚德铭叫了起来。"前天我 Pass 那个球给你，你还接不住。你还要……"

"喂，嘘，"郭纯压小着嗓子。

对面有两个女学生走了过来。

他们三个马上排得紧紧的，用着兵式操的步子。他们摆这种阵势可比什么都老练。他们想叫她们通不过：那两个女学生低着头让开，挨着墙走，他们也就挤到墙边去。

包国维笑得眼睛成了两道线：

"啧，啧，头发烫得多漂亮！"

她俩又让开，想挨着对面墙边走，可是他们又挤到对面去。郭纯溜尖着嗓子说：

"你们让我走哇。"

"你们让我走哇。"包国维象唱双簧似地也学了一句，对郭纯伸一伸舌子。

两个女学生脸通红，脑袋更低，仿佛要把头钻进自己的肚子里去。

郭纯对包国维撅撅嘴，翘翘下巴。

要是包国维在往日——遇见个把女的也没什么了不起，他顶多是瞧瞧，大声地说这个屁股真大，那个眼睛长得俏，如此而已。这回可不同。郭纯的意思很明白：他叫他包国维显点本事看看。郭纯干么不叫龚德铭——只叫他包国维去那个呢？

包国维觉得自己的身子飘了起来。他象个英雄似的——伸手在一个女学生的大腿上拧了一把。

女学生叫着。郭纯他们就大笑起来。

"包国维，好！"

三

一直到了郭纯的家里，包国维还在谈着他自己的得意之作。

"摸摸大腿是，哼，老行当！"

郭纯一到了自己家里就脱去大衣，对着镜子把领结理了一下，接着他瞧一瞧炉子里的火。不论包国维说得怎么起劲，他似乎都没听见，只是喊这个喊那个：叫老王来添煤，叫刘妈倒茶，叫阿秀拿拖鞋给他。于是倒到沙发上，拿一支烟抽着，让阿秀脱掉皮鞋把拖鞋套上去。包国维只好住了嘴，瞧着阿秀那双手——别瞧她是丫头，手倒挺白嫩的：那双手一拿起脱下的皮鞋，郭纯的手在她腮巴上扭了一下：

"拿出去上油！"

"少爷！"阿秀嘟哝着走了出去。

龚德铭只在桌边翻着书，那件皮袍在椅子上露出一大片里子——雪白的毛。

太阳光又隐了下去，郭纯就去把淡绿的窗档子拉开一下。

"龚德铭，你要不要去洗个脸？"

那个摇摇脑袋，把屁股在椅子上坐正些。可是包国维打算洗个脸。他就走到洗澡间。他象在自己家里那么熟。他挺老练地开了水龙头。他还得拣一块好胰子：他拿两盒胰子交换闻了一会儿，就用了黄色的那一块。

"这是什么肥皂？"

郭纯他们用的是这块肥皂。安淑真用的也准是这种肥皂。

这里东西可多着：香水，头发油，雪花精什么的。

洗脸的人细细地洗了十多分钟。

"郭纯，你头发天天搽油么？"他瞧着那十几个瓶子。

外面不知道答应了一声什么。

包国维拿梳子梳着头发，调嗓子似地又说：

"我有好几天不搽油了。"

接着他把动着的手停了一会：好听外面的答话。

"你用的是什么油？"——龚德铭的声音。

"我呀？我用的是——是——唔，也是司丹康。"

于是他就把司丹康涂在梳子上梳上去。他对着镜子细细地看：不叫翘起一根头发来。这么过了五六分钟，梳子才离开了头发。他对镜子正面瞧瞧，偏左瞧瞧，偏右瞧瞧。他抿一抿嘴。他脖子轻轻扭了一下。他笑了一笑。他眯眯眼睛。他扬扬眉毛，又皱着眉毛把脑袋斜着：不知道是什么根据，他老觉得一个美男子是该要有这么副嘴脸的。他眉毛淡得象两条影子，眉毛上……

雪花精没给涂匀，眉毛上一块白的：他搽这些东西的时候的确搽得过火了些。他就又拿起手巾来描花似地抹着。

凭良心说一句：他的脸子够得上说漂亮。只是鼻子扁了点儿。下巴有点往外突，下唇比上唇厚两倍：嘴也就显得瘪。这些可并不碍事。这回头发亮了些，脸子也白了些，还有种怪好闻的香味儿。哼，要是安淑真瞧见了……

可是他一对镜子站远一点，他就一阵冷。

他永远是这么一件自由呢的棉袍！永远是这么一件灰色不象灰色，蓝色不象蓝色的棉袍——大襟上还有这么多油斑！他这脑袋摆在这高领子上可真——

"真不称！"

包国维就象逃走似地冲出洗澡间：很响地关上了门。

一到郭纯房里，那两个仿佛故意跟包国维开玩笑，正起劲地谈着衣料：谈着西装裤的式样。郭纯开开柜子，拿出一套套的衣裳给龚德铭瞧。

"这套是我上星期做好的，"郭纯扳开一个大夹子，里面夹着三条裤：他抽出两条来。

龚德铭指指那个夹子：

"这种夹子其实没有什么用处：初用的时候弹簧还紧，用到后来越用越松，夹两条裤都嫌松。我是……"

"你猜这套做了几个钱。"

他俩象没瞧见包国维似的。包国维想：郭纯干么不问他包国维呢？他把脑袋凑过去细看了一会，手抹抹头发，毅然决然地说：

"五十二块！"

可是郭纯只瞧了他一眼。

接着郭纯和龚德铭由衣裳谈到了一年级的吕等男——郭纯说她对他很有点儿他妈的道理：你只看每次篮球比赛她总到场，郭纯一有了球投进了对方的篮里，吕等男就格外起劲地"啦"起来。郭纯嘻嘻哈哈地把这些事叙述了好些时候，直到中饭开上了桌子还没说完。

包国维紧瞧着郭纯，连吃饭都没上心吃。可是郭纯仿佛只说给龚德铭一个人听：把脸子对着龚德铭的脸子做工夫。包国维的眼珠子没放松一下，只是夹菜的时候才移开一会儿。他要叫郭纯记得他包国维也在旁边，他就故意把碗呀筷子的弄出响声。有时候郭纯的眼睛瞥到了他，他就笑出声来，"哈哈，他妈妈的！"或者用心地点点脑袋："唔，唔。"有时候他就仿佛大吃了一惊似的——"哦？"于是再等着郭纯第二次瞥过眼来。

"你要把她怎样？"龚德铭问。

"谁？"

"吕等男。"

说故事的人笑了一笑：

"什么怎样！上了钩，香香嘴，干一干，完事！"

忽然包国维大笑起来，全身都颤动着。

"真缺德，郭纯你这张嘴——你你！"

又笑。

这回郭纯显然有点高兴：他眼珠子在包国维脸上多钉了会儿。

那个笑得更起劲，直到吃完饭回到郭纯房里，他还是一阵一阵地打着哈哈。他抹抹眼泪，吃力地嘘了口气，又笑起来。

"郭纯你这张嘴！你真——他妈妈的真缺德！你……"

别人可谈到了性经验。龚德铭说他跟五个女人发生过关系，都是台基里的。可是郭纯有过一打：她们不一定是做这买卖的，他可也化了些个钱才能上手。有一个竟化了五百多块。

"别人说你同宋家璇有过……"龚德铭拿根牙签在桌上画着。

"是啊，就是她！"郭纯站了起来，压小着嗓子嚷。"肏妈的她肚子大了起来。她家里跟我下不去。后来软说硬做，给了五百块钱，完事。……嗨，我在我父亲那里骗这五百块的时候真不容易，肏妈的。拿到了手里我才放心。"

包国维打算插句把嘴，可是他没说话的材料。他想：

"现在要不要再笑一阵？"

他象打不定主意似地瞧瞧这样，瞧瞧那样。郭纯有那么多西装。郭纯有那么多女人跟他打交道。郭纯还是喜马拉雅山队的队长。郭纯问他父亲要钱——每次多少呢：三块五块的，或者十块二十块，再不然一百二百。

"一百二百！"

包国维闷闷地嘘了口气。他把脚伸了出去又缩回来。他希望永远坐在这么个地方，脚老是踏在地毯上。身上得穿着那套新西装，安淑真挨着他坐着。他愿意一年到头不出门，只是比赛篮球的时候才出去一下。

可是这是郭纯的家：包国维总得回到他自己的家里去的。

于是他把两只手插进裤袋里，上身往前面一摆一摆地走回自己的住处：把脚对房门一踢——磅！

屋子里坐着几个老包的朋友。包国维的那张藤椅被戴老七坐着。胡大在老包床上。他们起劲地谈着什么，可是一瞧见了包国维就都闭住了嘴。他们讨好似地对包国维装着笑脸。戴老七站起来退到老包床上坐着。

包国维扬着眉毛瞧了他们一眼，就坐到藤椅上，两条腿叠着——一摇一摇的。他拖一本书过来随便翻了几下，又拿这翻书的手抹抹头发。那本书就象有弹簧似地合上了。

什么东西都是黑黢黢的。熟猪肝色的板壁。深棕色的桌子。灰黑色的地。打窗子里射进来一些没精打采的亮，到那张方桌上就止了步。包国维的黢影象一大片黑纱似的——把里面坐在床上的几个人遮了起来。

沉默。

老包一个劲儿摸着下巴：几根灰白色的短胡子象坏了的牙刷一样。他还有许多话得跟戴老七他们说，可是这时候的空气紧得叫他发不出声音来。

倒是戴老七想把这难受的沉默打碎。他小声儿问：

"他什么时候上学？"

仿佛戳了老包一针似的：他全身震了一下。他那左手发脾气地用力扭着下巴，咬着牙说：

"后天。"

突然包国维把翻着的书一扔，就起身往房门口走。

谁都吓了一跳。

老包左手停在下巴下面，嘴呀眼睛的都用力地张着。他觉得他犯了个什么大过错，对不起他儿子。他用着讨饶的声调，轻轻地喊着包国维：

"你不是在那里用功的么，为什么又……"

"用功！屋子里吵得这样还用功！"

老头就要求什么似地瞧瞧大家。胡大低声地提议到他屋子里去，于是大家松了一口气，走出了房门。

包国维站在屋檐下，脸对着院子。

走路的人都非常小心，轻轻地踏着步：他们生怕碰到包国维身上。他们谁都低着脑袋，只有戴老七偷偷地在包国维光油油的头发上溜了一眼，他想：他搽的是不是广生行的生发油？

一到胡大房里，胡大可活泼起来。他给戴老七一支婴孩牌烟卷，他自己躺倒了板床上，掏了个烟屁股来点着，把脚搁在凳子上。

"我这公馆不错吧。这张床是我的。那张床是高升的。我要请包国维给我写个公馆条子。"

这间小屋子一瞧就得知道是胡大的公馆：什么东西都是油腻腻的。桌凳，床铺，板壁，都象没刮过的砧板。床上那些破被窝有股抹桌布的味儿。那本记菜账的簿子上打着一个个黑的螺纹印。

不知道为什么，大家都觉得坐在这儿倒舒服些。老包就又把说过十几遍的话对戴老七说起来。

"真是对你不住，真是。我实在是——我实在——你想想罢：算得好好的，凭空又要制服费。……"

"我倒没关系。不过陈三癞子……"

"我知道，我知道，"老包嘘了一口气。"你们生意也不大好：剃头店太多末。人家大剃头店一开，许多人看看你们店面小，都不肯到你们店里剃头。我知道的。你们这几年——这几年——我真对不住你，那笔钱——我如今还归不拢。"

这里他咳嗽起来。

胡大的烟烫着了自己的手指，他就把烟屁股一摔：

"我晓得戴老七是不要紧：他那笔钱今年不还也没有什么，对不对？"

"唔，"戴老七拚命抽了两口烟，"就是这句话。陈三癞子那笔钱我保不定，说不定他硬要还；我这个做中人的怕……"

"你去对他说说，你去对他说说。我并不是有钱不还，我实在是……"

"唔，我同陈三癞子说说看，"戴老七干笑了一下。

老包紧瞧着戴老七：他恨不得跳起来把戴老七拥抱一回。

屋子里全是烟，在空中滚着。老包又咳了几声。

"小谢那十块钱打会钱也请你去说一说，我这个月——咳哼，我这个月真还不起，我实在——咳哼，咳哼。你先说一声我再自己去跟他——跟他求情。"

"唔，我一定去说。小谢这个人倒不错，大概……"

于是老包又咳几声清清嗓子，拖泥带水地谈着他的景况：他向胡大借了二十块，向高升借了七块，向梁公馆的车夫借了五块。学堂里缴了费就只能剩十来块钱：还得买书，还得买点袜子什么的。一面说一面把眼睛附近的皱纹都挤了出来。

"你看看：这样省吃省用，还是——还是——你看：包国维连皮鞋都没有一双，包国维。"

这么一说了，老包就觉得什么天大的事也解决了似的。他算着一共借来了三十二块钱，把五十一快凑足了往市民银行一缴，他就什么都不怕。过年他还得拿十来块赏钱，这么着正够用。他舒舒服服过了这一下午。

心里一快活，他就忍不住要跟他儿子说说话。

"明天我们可以去缴费了，明天。……钱够是够用的，我在胡大那里——胡大他有……"

包国维抹一抹头发站了起来，自言自语地说：

"我要买一瓶头发油来。"

"什么油呢？"

"头发油！——搽头发的！"包国维翻着长桌子的抽屉，一脸的不耐烦。"三个抽屉都是这么乱七八糟，什么也找不着！真要命！真要命！什么东西都放在我的抽屉里！连老花眼镜……"

老包赶快地把他的眼镜拿出来：他四面瞧瞧，不知道要把眼镜放在什么地方才好。

四

第二天老包到市民银行去缴了费，顺便到了戴老七店里。回来的时候，他带了个小瓶子，里面有些红色的油。

公馆里的一些人问他：

"老包，这是什么？"

"我们包国维用的。"

"怎么，又是写洋字的么？"

老包笑了笑，把那瓶东西谨慎地捧到了房里。

儿子穿一件短棉袄在刷牙，扬着眉毛对那瓶子瞟了一眼。

"给你的，"老头把瓶子伸过去给他看。

"什么东西？"

"头发油。问戴老七讨来的。……闻闻看：香哩。"

"哼！"包国维掉过脸去刷他的牙。

那个愣了会儿。拿着瓶子的手临空着,不知道是伸过去的好,还是缩回来的好。

"你不是说要搽头发的油么?"

那个猛地把牙刷抽出来大叫着,喷了老包一脸白星子。

"我要的是司丹康!司丹康!司丹康!懂吧,司丹康!"

他瞧着他父亲那副脸子,就记起昨天这老头当着郭纯的面喊他——要跟他说话。他想叫老头往后在路上别跟他打招呼,可是这些话不知道要怎么开口。于是他更加生气:

"拿开!我用不着这种油!——多寒伧!"

包国维一直忿忿着,一洗了脸就冲了出去。

老包手里还拿着那个瓶子:他想把它放在桌子上,可是怕儿子回来了又得发脾气,摔掉可又舍不得。他开开瓶塞子闻了闻。他摸着下巴。他怎么也想不出包国维干么那么发火。

眼睛瞥到了镜子:自己脸上一脸的白斑。他把瓶子放到了床下,拿起条手巾来擦脸。

"包国维为什么生气呢?"

他细细想了好一会——看有没有亏待了他的包国维。他有时候一瞧见儿子发脾气,他胸脯就象给缚住了似的;他纵了他儿子——让他变得这么暴躁。可是他不说什么:他怕在儿子火头上浇了油,小伙子受不住,气坏了身体不是玩意帐。他自从女人一死,他同时也就做了包国维的娘,老子的气派消去了一大半,什么事都有点婆婆妈妈的。

可是有时候又觉得包国维可怜:要买这样没钱,要买那样没钱。这小伙子永远在这么一间霉味儿的屋子里用功,永远只有这么一张方桌给他看书写字。功课上用的东西那么多,可是永远只有这么三个抽屉给他放——做老子的还要把眼镜占他一点地方!

他长长地抽了一口气,又到厨房里去找胡大谈天。他肚子里许多话不能跟儿子说,只对胡大吐个痛快:胡大是他的知己。

胡大的话可真有道理。

"嗳,你呀,"胡大把油碗一个个揩一下放到案板上。"我问你:你将来要享你们包国维的福,是不是?"

停了会他又自己答。

"自然要享他的福。你那时候是这个,"翘翘大拇指。"现在他吃你的。往后你吃他的。你吃他的——你是老太爷:他给你吃好的穿好的,他伺候你得舒舒服服。现在他吃你的——你想想:你过的是什么日子!他没穿过件把讲究的,也没吃什么好的,一天到晚用功读书……"

老包用手指抹抹眼泪。他对不起包国维。他恨不得跑出去把那小伙子找回来,把他抱到怀里,亲他的腮巴子,亲他那双淡淡的眉毛,亲他那个突出的下巴。他得对儿子哭着:叫儿子原谅他——"我对不起你,我对不起你。"

他鼻尖上一阵酸疼,就又拿手去擦眼睛。

可是他嘴里的——又是一回事:

"不过他的脾气……"

"脾气？嗳——"胡大微笑着，怪对方不懂事似地把脑袋那么一仰。"年纪青青的谁没点儿火气？老包你年青的时候……谁都一样。你能怪他么？你叫高升评评看——我这话对不对。"

着，老包要的也不过这几句话。他自己懂得他的包国维，也希望别人懂得他的包国维。不然的话别人就得说："瞧瞧，那儿子对老子那么个劲儿，哼！"

现在别人可懂得了他的包国维。

老包快活得连心脏都痒了起来。他瞧瞧胡大，又瞧瞧高升。

高升到厨房里打开水来的，提着个洋铁壶站着听他们谈天，这里他很快地插进嘴来："本来是！青年小伙子谁都有火气。你瞧表少爷对姑太太那个狠劲儿罢。表少爷还穿得那么好，吃得那么好：比你们包国维舒服得多哩。姑太太还亏待了他么？他要使性子末。"

"可不是！"胡大拿手在围身布上擦了几下。

"唔。"忽然老包记了一件事。把刚要走的高升叫住：

"高升我问你：表少爷头上搽的什么油？"

"我不知道。我没瞧见他使什么油，只使上些雪花膏似的东西。"

"雪花膏也搽头发？"

"不是雪花膏，象雪花膏。"

"香不香？"

"香。"

包国维早晨说的那个什么"康！康！康！"——准是这么一件东西。

下午听着表少爷的皮鞋响了出去，老包就溜到了表少爷房里。雪花膏包国维也有，老包可认识。他除开那瓶雪花膏，把其余的瓶子都开开闻了一下。他拣上了那瓶顶香的拿到手里。

"不好。"

表少爷要查问起来，发见这瓶子在老包屋子里，那可糟了糕。他老包在公馆里三十来年，没干过一桩坏事。

他把瓶子又放下，愣了会儿。

"康！康！康！"

准是这个：只是瓶子上那些洋字儿他不认识。

忽然他有了主意：他拿一张洋纸，把瓶子里的东西没命地挖出许多放在纸上，小心地包着，偷偷地带到自己屋子里。

这回包国维可得高兴了。可是——

"现在他在什么地方？他还生不生气？"

包国维这时候在郭纯家里。包国维这时候一点也不生气。包国维并且还非常快活：郭纯允许了这学期让他做候补篮球员。包国维倒在沙发上。包国维不管那五六个同学怎么谈，他可想开去了。

"我什么时候可以正式参加比赛？"包国维问自己。

也许还得练习几个月。那时候跟飞虎队拼命，他包国维就得显点身手。他想象他们这喜马拉雅山队的姿势比这次全国运动会的河北队还好：一个个都会飞似的。顶好的当然是包国维。球一到了他手里，别人怎么也没办法。他不传递给自己人，只是一个人冲上去。对方当然得发急，想拦住他的球，可是他身子一旋，人和球都到了前面。……

他的身子就在沙发上转动了一下。

那时候当然有几千几万看球的人，大家都拍手——赞美他包国维的球艺。女生坐在看台上拼命打气：顶起劲的不用说——是安淑真，她脸都发紫。正在这一刹那，他包国维把球对篮里一扔：咚！——二分！

"喜马利亚——喜马利亚——啦啦啦！"

女生们发疯似地喊起来：叫得太快了点儿，把喜马拉雅说成了"喜马利亚"。

这么着他又投进了五个球，第一个时间里他得了十二分。

休息的时候他得把白绒运动衫穿起来。女生都围着他，她们在他跟前撒娇，谁也要挨近他，挨不到的就堵着嘴吃醋，也许还得打起架来。……

打架可不大那个。

不打架。他只要安淑真挨近他。空地方还多，再让几个漂亮点的挨近他也不碍事。于是安淑真拿汽水给他喝……

"汽水还不如桔子汁。"

就是桔子汁。什么牌子的？有一种牌子似乎叫做什么牛的。那不管他是公牛母牛，总而言之是桔子汁。一口气喝了两瓶，他手搭在安淑真肩上又上场。他一个人单枪匹马地又投进了七个球。啦，啦！

郭纯有没有投进球？……

他屁股在沙发上移动一下，瞧瞧郭纯。

好罢，就让郭纯得三分罢。三分：投进一个，罚中一个。

赛完了大家都把他举起来。真麻烦：十几个新闻记者都抢着要给他照相，明星公司又请他站在镜头前面——拍新闻片子！当天晚报上全登着他的照片，小姐奶奶们都把这剪下来钉在帐子里。谁都认识他包国维。所有的女学生都挤到电影院里去看他的新闻片，连希佛来的片子也没人爱看了。……

包国维站了起来，在桌上拿了一支烟点着又坐到沙发上。他心跳得很响。

别人说的话他全没听见，他只是想着那时候他得穿什么衣裳。当然是西装：有郭纯的那么多。他一天换一套，挟着安淑真在街上走，他还把安淑真带到家里去坐，他对她……

"家里去坐！"

忽然他给打了一拳似地难受起来。

他有那么一个家！黑黝黝的什么也瞧不明白，只有股霉味儿往鼻孔里钻。两张床摆成个 L 字，帐子成了黄灰色。全家只有一张藤椅子——说不定胡大那张油腻腻的屁股还坐在那上面哩。安淑真准得问这是谁。厨子！那老头儿是什么人：他是包国维的老子，刘公馆里的三十年的老听差，只会摸下巴，咳嗽，穿着那件破棉袍！……

包国维在肚子里很烦躁地说：

"不是这个家！不是这个家！"

他的家得有郭纯家里这么个样子。他的老子也不是那个老子：该是个胖胖的脸子，穿着灰鼠皮袍，嘴里衔着粗大的雪茄；也许还有点胡子；也许还带眼镜；说起话来笑嘻嘻的。于是安淑真在他家里一坐就是一整天。他开话匣子给她听："妹妹我爱你。"安淑真就全身都扭了起来。他就得理一理领结，到她跟前把……

突然有谁大叫起来：

"那不行那不行！"

包国维吓了一大跳。他惊醒了似地四面瞧瞧。

他是在郭纯家里。五六个同学在吵着笑着。龚德铭跟螃蟹摔跤玩，不知怎么一来螃蟹就大声嚷着。

"那不行！你们看龚德铭！嗨，我庞锡尔可不上你的当！"——他叫做庞锡尔，可是别人都喊他"螃蟹"。

包国维叹了口气，把烟屁股摔在痰盂里。

"我还要练习跑短距离，我每天……"

他将来得比刘长春还跑得快：打破了远东纪录。司令台报告成绩的时候……

可是他怎么也想象不下去：司令台的报告忽然变成了龚德铭的声音：

"这次不算，这次不算！你抓住了我的腿子，我……"

龚德铭被螃蟹摔到了地下。一屋子的笑声。

"再来，再来！"

"螃蟹是强得多！"

"哪里！"龚德铭喘着气。"他占了便宜。"

包国维大声笑起来。他抹抹头发，走过去拖龚德铭：

"再来，再来！"

"好了好了好了，"郭纯举着一只手。"再吵下去——我们的信写不下去了。"

"写信？"

包国维走到桌子跟前。桌子上铺着一张"明星笺"的信纸，一支钢笔在上面画着：李祝龄在写信。郭纯仆在旁边瞧着。

"写给谁？"包国维笑得露出了满嘴的牙齿。

钢笔在纸上动着：

"我的最爱的如花似月的玫瑰一般的等男妹妹呵"

接着——"擦达！"一声，画了个感叹符号。

吓，郭纯叫李祝龄代写情书！包国维可有点儿不高兴：郭纯干么不请他包国维来写呢?——郭纯觉得李祝龄比他包国维强么?包国维就慢慢放平了笑脸,把两个嘴角往下弯着,瞧着那张信纸。他一面在肚子里让那些写情书用的漂亮句子翻上翻下:他希望李祝龄写不出,至少也该写不好。他包国维看过一册《爱河中浮着的残玫瑰》,现在正读着《我见犹怜》,好句子多着哩。

不管李祝龄写不写得出,包国维总有点不舒服:郭纯只相信别人不相信他!可是打这学期起,郭纯得跟他一个人特别亲密:只有郭纯跟他留级,他俩还是同班。

包国维就掉转脑袋离开那张桌子。

那几个人谈到一个同学的父亲:一个小学教员,老穿着一件蓝布袍子。那老头想给儿子结婚,可是没子儿。

"哦,他么?"包国维插了进来,扬着眉毛,把两个嘴角使劲往下弯——下嘴唇就又加厚了两倍。"哈呀,那副寒伧样子!——看了真难过!"

可是别人象没听见似的,只瞟了他一眼,又谈到那穷同学有个好妹妹,在女中初中部,长得真——

"真漂亮!又肥:肥得不讨厌,妈的!"

包国维表示这些话太无聊似地笑一笑,就踱到柜子跟前打开柜门。他瞧着里面挂着的一套套西装:紫的,淡红的,酱色的,青的,绿的,枣红的,黑的。

这些衣裳的主人侧过脸来,注意地瞧着包国维。

看衣柜的人撅着嘴唇嘘口气,抹抹头发,拿下一条淡绿底子黄花的领带。他屁股靠在沙发的靠手上,对着镜子,规规矩矩在他棉袍的高领子上打起领结来。他瞧瞧大家的眼睛,他希望别人看着他。

看着他的只有郭纯。

"嗨,你这混蛋!"郭纯一把抢开那领带。"奋妈的把人家领带弄脏了!"

包国维吃力地笑着:

"哦唷,哦唷!"

"怎么!"郭纯脸色有几分认真。他把领带又挂到柜子里,用力地关上门。"你再偷——老子就揍你!"

"偷?"包国维轻轻地说。"哈哈哈。"

这笑容在包国维脸上费劲地保持了好些时候。腮巴子上的肌肉在打颤。他怕郭纯真的生了气,想去跟郭纯去搭几句,那个可一个劲儿仆在桌上瞧别人代写情书。

"他不理我了么?"

包国维等着:看郭纯到底睬不睬他。他用手擦擦脸,又抹抹头发。他站起来,又坐到靠手上。接着他又站起来踱了几步,就坐到螃蟹旁边。他手放在靠手上,过会儿把它移到自己腿上,两秒钟之后又把两手在胸脯前叉着。他脚伸了出去又退回来。他总是觉得不舒服。手叉在胸脯上似乎压紧着他的肺部,就又给搁到了靠手上。那双手简直没有什么地方可以放下。那双脚老缩着也有点发麻。他眼睛也不知道瞧着什么才合适:龚德铭他们只顾谈他们的,仿佛这世界上压根儿就没长出个包国维。

他想,他要不要插嘴呢?可是他们谈的他不懂:他们在谈上海的土耳其按摩院。

"这些话真无聊!"

站起来踱到桌子跟前。他不听他们的:他怕有谁忽然问他:"你到过上海没有,进过按摩院没有?"没有。"哈,多寒伧!"

他只等着郭纯瞥他一眼。他老偷偷地瞅着郭纯。到底郭纯跟他是要好的。

"喂,包国维你来看。"

叫他看写着的几句句子。

包国维了不起地惊叫起来:

"哦?……唔,唔。……哈哈哈。……"

"不错吧?"郭纯敲敲桌子。"我们李祝龄真是,噢,写情书的老手。"

郭纯不叫别人来看,只叫他包国维!他全身都发烫:郭纯不但还睬他,并且特别跟他好。他想跳一跳,他想把脚呀手的都运动个畅快。他应当表示他跟郭纯比谁都亲密——简直是自己一家人。于是他肩膀抽动着笑着。

"哈哈哈,吕等男一定是归你的!"

还轻轻地在郭纯腮巴子上拍拍。

那个把包国维没命地一推:

"嗨,你打人嘴巴子!"

包国维的后脑勺撞在柜子上。老实有点儿疼。他红着脸笑:

"这有什么要紧呢?"

郭纯五成开玩笑,五成正经地伸出拳头:

"你敢再动!"

大家都瞧着他们,有几个打着哈哈。

"好好好,别吵别吵,"包国维仿佛笑得喘不过气来似的声调。"我行个礼,好不好……呃,说句正经话:江朴真的想追吕等男么?"

郭纯还是跟他好的,郭纯就说着江朴追吕等男的事。郭纯用拳头敲敲桌子:要是江朴还那么不识相,他就得"武力解决"。郭纯象誓师似地谈着,眼睛睁得挺大:这双眼总不大瞥到包国维脸上来。

不过包国维很快活,他的话非常多。他给郭纯想了许多法子对付江朴。接着别人几句话一岔,不知怎么他就谈到了篮球,他主张篮球员应当每天匀下两小时功课来练习。

"这回一定要跟飞虎队拼一拼,是吧,郭纯你说是不是。我们篮球员每天应当许缺两个钟头的课来练习,我们篮球员要是……"

"你又不是篮球员,"龚德铭打断他,"又用不着你去赛。"

包国维的脸发烫:

"怎么不是的呢:我是候补球员。"

"做正式球员还早哩。要多练习,晓得吧。"

"我不是说的要练习么?"

郭纯不经心地点一点头。

于是包国维又活泼起来,再三地说:

"是吧,是吧,郭纯你说是不是,我的话对吧,是吧。"

包国维一直留着这活泼劲儿。他觉得他身子高了起来,大了起来。一回家就告诉他老子——他得做一件白绒的运动衫。

"运动衫是不能少的:我当了球员。还要做条猎裤。"

他打算到天气暖和的时候,就穿着绒衫和猎裤在街上走,没大衣不碍事。

"要多少钱?"老头又是摸着下巴。

"多少钱?我怎么知道!我又不是裁缝!"

"迟一下,好不好,家里的钱实在……"

"迟一下!说不定下个星期就要赛球,难道叫我不去赛么!"

"等过年罢,好不好?"

老包算着过年那天可以拿到十来块钱节赏。他瞧着儿子坐到了藤椅上,没说什么话,他才放了心。这回准得叫包国维高兴:这小伙子做他老包的儿子真太苦了。

包国维膝头顶着桌沿,手抹着头发,眼钉着窗子。

老头悄悄地拿出个纸包来:他早就想要给包国维看的,现在才有这机会。他把纸包打开闻一闻,香味还是那么浓,他就轻轻地把它放到那张方桌上。

"你看。"

"什么?这是?"

"你不是说要搽头发么?就是你说的那个康——康——"

包国维瞧了一下,用手指掂掂,忽然使劲地拿来往地下一摔:

"这是浆糊!"

可是开课的第二天,包国维到底买来了那瓶什么"康"。留级不用买书,老包留着的十多块钱就办了这些东西。老头一直不知道那"康"花了几个钱,只知道新买来的那双硬底皮鞋是八块半。给包国维的十几块,没交回一个铜子:老包想问问他,可是又想起了胡大那些话。

"唔,还是不问罢。"

五

过年那天包国维还得上学。公馆里那些人还是有点奇怪。

"真的年也不过就上学么?"

"哦,可不是么,"胡大胜利地说。

老包可得过年。这天下午,陈三癞子和戴老七来找老包:讨债。

"请你别见怪,我年关太紧,那笔钱要请你帮帮忙。"

"陈三，陈三，这回我亏空得一塌糊涂，这回：包国维学堂里……"

陈三癞子在那张藤椅上一坐，把腿子叠起来。他脸上的皮肉一丝也不动，只是说着他的苦处：并不是他陈三不买面子，可是他实在短钱用。那二十块钱请老包连本带利还他。

外面放爆竹响：劈劈拍拍的。

老包坐着的那张凳子象个火炉似的，他屁股热辣辣地发烫。他瞧瞧戴老七，戴老七把眼珠子移了开去。

那讨债的说不说得明白？要是他硬逼着要……

咳了一声，老包又把说过的说起来，他亏空得不小。本来算着钱刚够用，可是包国维学堂里忽然又得缴什么操衣钱。接着谈到送儿子上学不是容易的事，全靠几位知己朋友成全他。他说了几句就得顿一会儿，瞧着陈三癞子那个圆脑袋，于是咳清了嗓子又往下说。过会儿又怕两位客人的茶冷了，就提着宜兴壶来给倒茶：手老抖索着，壶嘴里出来的那线黄水就一扭一扭的，有时候还扭到了茶杯外面去。

那个只有一句话。

"哪里哪里。不论怎样要请你帮帮忙。"

老包愣了会儿。他那一脸皱纹都在颤动着。

屋子里有毕剥毕剥的响声：戴老七在弹着指甲。戴老七显然有点为难：他跟老包是好朋友，可是这笔钱是他做的中人。他眼睛老钉着地下的黑砖，仿佛没听见他们说话似的。等陈三癞子一开口，他就干咳几声。

三个人都闭了会儿嘴。外面爆竹零碎地响着，李妈哇啦哇啦地议论什么。

"怎么样？"陈三癞子的声音硬了些。"请你帮帮忙：早点了清这件事，我还有许多地方要走哩。"

"我实在……"

接着老包又把那些话反复地说着。

胡大走了进来，可是马上又退出去。

"胡大，进来坐坐罢。"

可是陈三癞子并不留点地步：他当着胡大的面也一样的说那些。他脸子还是那么绷着，只是声音硬得铁似的：

"帮个忙，大家客客气气。年三十大家闹到警察那里去也没有意思，对不对。老戴，大家留留面子罢：你是中人，你总会——我只好拜托你。"

戴老七把眼睛慢慢移到老包脸上：

"老包。……"

叫老包还怎么说呢？那二十块还不起是真的。他嘴唇轻轻地动着，可是没发出一点儿声音。肚子里说不出的不大好受，象吃过了一大包泻盐似的。

讨债的人老不走，过了什么两三分钟他就得——

"喂，到底怎样？请你不要开玩笑！"

这么着坐到四点钟左右，忽然省立中学一个校役送封信来：请包国维的家长和保证人马上到学校里去。

"什么事？"

"校长请你说话。"

可是陈三癞子不叫老包走。

"呃呃呃，你不能走！"——揪住老包的膀子。

"我去去就来，我去一下就……学堂里……学堂里……"

"那不行！"

那位校役可着急地催老包走。

陈三癞子拍拍胸脯：

"我跟你走！老戴你自然也要同去！"

他俩跟着老包到了学校里。那校役领老包走进训育处办公室。戴老七在外面走廊上踱着。陈三癞子从玻璃窗望着里面，不让眼睛放松一步：他怕老包打别的门逃走。

老包一走进训育处，可吃了一惊。

包国维和一个小伙子坐在角落里，脸色不大好看。包国维眼珠子生了根似地钉在墙上，耳朵边一块青的。可是头发还很亮：他搽过那什么"康"，只是没有那么整齐。

屋子里有许多人。老包想认出那注册处的胖子来，可是没瞧见。

校长在跟一个小伙子说话，脸上堆着笑。那小伙子一开口，校长就鞠躬地呵着腰："是，是，是。"可是他把老包从脑袋到破棉鞋打量了一会，他就怕脏似地皱着眉：

"你就是包国维的家长么？"

"唔，我是——我是——"

校长对训育主任翘翘下巴，又转过脸去跟小伙子谈起来。训育主任就跨到老包跟前，详详细细告诉他——包国维在学校里闯下了祸。一面说一面还把眼睛在老包全身上扫着，有时候瞟那边的包国维一眼。

事情是这样的。——

他们几个同学在练习篮球，江朴打那里走过，郭纯讥笑了他几句什么，他俩吵起嘴来，不过训育主任不大明白吵些什么，据说是为了爱人的事。

"于是乎庞锡尔——"训育主任指指包国维旁边那小伙子。

于是乎庞锡尔喊"打"。包国维冲过去撞了江朴一下。江朴只是和平地跟庞锡尔说好话。

"我是同郭纯吵嘴，你来多事干什么？"

包国维跳了起来：

"侮辱我们队长——就是侮辱我们全体篮球员！打！"

"打！"郭纯在旁边叫。"算我的！"

真的打了起来。包国维象有不共戴天之仇似地跟江朴拼命,庞锡尔也帮着打。江朴一倒,他俩的拳头就没命地捶下去。许多人一跑来,江朴可已经昏了过去,嘴里流着血。身上有许多伤:青的。校医说很危险,立刻用汽车把江朴送到医院里,一面打电话告诉江朴的家长。

"这位就是江朴的家长,"训育主任指指那位小伙子。

江朴的家长要向法院起诉,可是校长劝他和平解决。于是……

"于是乎提出三个条件,"训育主任用手指数着,"第一个要:要开除行凶的人。其次呢:江朴的医药费要包国维和庞锡尔担任。末了一个是:江朴倘有不测,他是要法律解决的。"

训育主任在这里停了会儿。

老包眼睛跟前发了一阵黑,耳朵里嗡的响了起来。他一屁股倒在椅子上。

所谓开除行凶的人,郭纯可没开除:要是开除了郭纯,郭纯的父亲得跟校长下不去。打算记两大过两小过,可是体育主任反对,结果就记了一个大过。

不过训育主任没跟老包谈这些,他只说到钱的事。

"庞锡尔已经交来了五十块钱——预备给江朴做医药费:以后不够再交来。现在请你来也是这件事,请你先交几个钱,请你……"

"什么?"

"请你先交几个钱,做江朴的医药费。"

老包的舌头仿佛不是他自己的了,他喃喃着:

"我的钱……我的钱……"

许多人都静静地瞧着他。

突然——老包象醒了过来似的,瞧瞧所有的脸子。他要起来又坐下去,接着又颤着站起来。他紧瞧着训育主任,瞧呀瞧的就猛地往前面一扑,没命地拖着训育主任的膀子,嘎着嗓子叫:

"包国维开除了!包国维开除了!……还要钱!还要钱!我哪里去找钱呢!我……我我我……我们包国维开除了!我们包国维……"

几个人把他拖到椅子上坐着。他没命地喘着气。两只抖索着的手抓着拳,一会儿又放开。嘴张得大大的,一个嘴角上有一小堆白沫。脑袋微微地动着,他瞧见别人的脑袋也都在这么动着。他觉得有个什么重东西在他身上滚着。他眼泪忽然线似地滚了下来,他赶紧拿手遮住眼睛。

"喂,"校长耐不住似地喊他。"你预备怎么办呢?……流眼泪有什么用。医药费总是要拿出来的。"

老包抽着声音:

"我没有钱,我没有……我欠债……我……我们包国维开除了。……"

"你没钱——可以去找保证人。保证人呢,他为什么没有来?"

"他到上海去了。"

"哼，"校长皱皱眉。"这么瞎填保证书！——凭这点就可以依法起诉！"

"先生，先生，"老包站起来向校长作揖，可是站不稳又坐倒在椅子上。"我实在——我实在——钱慢点交罢。"

"那也行，那么你去找个铺保。"

"我去找。"

"我们派个职员跟你去。宓先生，"翘翘下巴。一位先生就赶快带上帽子起身。校长点点头，"好，把包国维领走罢。"

可是老包到了门口又打转。他扑下去跪在校长跟前，眼泪象流水似的：

"先生，先生，为什么要开除包……包……叫他到哪里去呢，他是……他……不要开除他罢，不要开除他罢。……先生，先生，做做好事，不要……不要……"

"那——那是办不到的。"

"先生，先生！……"

这件事可说不回去的。老包给拉起来走了两步，他又记起了学费。

"学费还我么，学费？"

学费照例不还。二十块钱制服费呢？制服已经在做着，不能还。其余那些杂费什么的几块钱是该退还的，可是得扣着做江朴的医药费。

老包走了出来：门外面瞧热闹的学生们都用眼睛送他走。他后面紧跟着几个人：陈三癞子，戴老七，那位宓先生，包国维。

"戴老七做做好事，给我做个铺保罢。"

"嗳，你想想。陈三这二十块我做了保，现在还没下台哩。我也不干这呆事了。"

往哪里找铺保？他出了大门就愣了会儿。他身子摇摇的要倒下去。可是陈三癞子硬得铁似的声音又刺了过来：

"喂，到底怎样？我不能跟你尽走呀！"

包国维走到了前面：手插在裤袋里，齐脑袋到胸脯都往前一摆一摆的。发亮的皮鞋在人行路上响着，橐，橐，橐，橐，橐。

老包忽然想要把包国维搂起来：爷儿俩得抱着哭着——哭他们自己的运气不好。他加快了步子要追包国维，可是包国维走远了。街上许多的皮鞋响，辨不出哪是包国维的。前面有什么在一闪一闪地发亮：不知道还是包国维的头发，还是什么玻璃东西。

"包国维！……包……包……"

陈三癞子拼命揪了他一把：

"喂，喂，到底怎样！要是吃起官司来……"

那位宓先生揩揩额头，烦躁地说：

"你的铺保在哪里呀，我难道尽这样跟你跑，跟你……"

老包忽然瞧见许多黑东西在滚着，地呀天的都打起旋来，他自己的身子一会儿飘上了天,一会儿钻到了地底里。他嘴唇象念经似地动着,嘴巴成了白色。

"包国维开除了,开除……开除……赔钱……"

他脑袋摇摇的,身子跟着脑袋的方向——退了几步。他背撞到了墙上;腿子一软,一屁股就坐到了地下。

(选自1934年4月1日《文学》第二卷第四号)

提示

张天翼以社会下层的小人物如小市民、小公务员等"向上爬"的悲喜剧命运,写出现实生活中人性的萎缩、异化,尤其是其中隐含着的奴性化人格。封建等级制度以及由此繁衍出来的等级观念几千年来一直强有力地制约着中国人的精神世界,个人的价值似乎等同于社会地位的高低,要想证明自我的能力必得攀附做官的阶梯。张天翼瞅准了小人物之于"官"的莫可名状的崇奉心理,不惜代价的趋从行为,以及在此路途中演绎的一幕幕悲喜剧,并以此折射其人性的变异。《包氏父子》里的老包当了三十多年的仆役,唯一的愿望是儿子包国维"学而优则仕",做大官改换门庭,自己做大官的老太爷。为此他不惜一切代价,薪水微薄却千方百计地供儿子读书,想方设法满足儿子的所有要求。他是一个虽勤劳质朴却愚昧糊涂的老奴才。小包作为仆人的儿子,一面耳濡目染了资产阶级花花公子的生活,一面又没有条件涉足其中,现实导致了他畸形虚荣心和自卑感的滋长。在阔少爷面前,他是孬种奴才,在老父跟前则是飞扬跋扈的"太子",这是殖民地半殖民地都市土壤中滋生出来的更浅薄市侩的庸才,他丢弃了父辈们某些善良的品质而沾染了都市文明中的虚浮恶俗。如果说,作品对老包有较多的怜悯式的揶揄,那么,对小包则是无情、辛辣的嘲讽挖苦。

萧 红

生死场(故事梗概)

哈尔滨附近的一个偏僻山庄,二里半跛着脚漫山遍野地去寻找他心爱的山羊,找不到山羊,就把气撒到老婆身上。王婆在麦场上劳作着且诉说自己悲苦的遭遇,可谁也不知道她的故事中为何充满了愤恨的悲哀,然而王婆在讲述这些时,仿佛一个兴奋的幽灵,邻妇却为她摔死孩子感到惶恐不安。金枝委身于成业,成业的婶婶劝他尽快娶金枝。金枝的母亲已经察觉了女儿与成业的关系,关切地、气恼地数落着她。然而让人提心的事还是发生了,金枝怀孕了。二里半说媒却遭到金枝母亲拒绝,她不愿意女儿嫁到那样的人家；然而金枝只能向母亲坦白，她已经怀上成业的孩子了。

王婆对自己的老马有着无限的眷恋，然而为了生活却只好把它卖给屠场，但马还要跟着她回家，王婆哭得泪人似的痛苦万分。可她卖马的钱却被地主拿走了。

月英是村里最漂亮的女人，她有温和多情的眼睛，然而她家里最为贫穷，她的命运也最为不幸。她身患瘫病，被丈夫视为累赘，任其下身腐烂生蛆，活活烂死。

赵三和李青山等组织"镰刀会"，反对地主刘二爷增加地租，王婆鼓励他们能下手便下手，还从当"红胡子"的儿子那里弄来只老洋炮，夜里便教丈夫赵三怎样装火药怎样上炮弹。赵三想打折狗腿子的腿却打折了小偷的腿而入狱，刘二爷施小恩放出了赵三，赵三便对地主感恩戴德。

金枝为成业生下一个女孩，但小金枝来到人间才一个月，就被父亲摔死了。王婆的儿子因为反抗官府而被枪毙了，王婆悲痛欲绝，服毒自杀。但就在下葬的时候她又活过来了。女儿回来说要替哥哥报仇，她嘱咐女儿谁杀死你哥哥，你就要杀死谁。

发大水，瘟疫流行，大人小孩的尸体到处都是，二里半刚生的孩子也抛给了乱坟岗，这片土地依然在演绎着平凡的悲剧。

十年后，日本鬼子打进来了。凶残的日寇烧、杀、奸、掠无所不为，连十三岁的小丫头也惨遭奸污。然而村民们好像渐渐地从麻木的状态中醒悟了。赵三想起了战斗的伙伴李青山和"镰刀会"。在村民集会上，李青山用他那低沉浊重的声音表达着自己的愤怒与热情；男人女人，包括那些寡妇在荒凉的旷野里盟誓："千刀万剐也愿意！"赵三泪流满面，说他人老不能冲锋陷阵，但他生是中国人，死是中国鬼。

金枝成了寡妇，回到娘家不久后，她决定到都市里去谋生。然而她又能做什么呢？她开始时做一个贫苦的补衣妇，但她很快就被逼着卖身了。羞愤压迫着她，金枝勇敢地走进都市，羞恨又把她赶回了乡村。

日本鬼子在村里滥杀无辜。李青山也改变了先前对革命军的看法："革命军所好是他不胡乱干事，他们有纪律，这回我算相信，红胡子算完蛋：自己纷争，乱撞胡撞。"金枝想去做尼姑，但她想出家的庙庵已成废墟。何处是归宿？金枝四顾茫然。二里半把老山羊托付给赵三，依依惜别他的山羊，颠跛着不健全的双腿去追赶李青山他们去了。

小城三月

一

三月的原野已经绿了，像地衣那样绿，透出在这里，那里。郊原上的草，是必须转折了好几个弯儿才能钻出地面的，草儿头上还顶着那胀破了种粒的壳，发出一寸多高的芽子，欣幸的钻出了土皮。放牛的孩子，在掀起了墙脚片下面的瓦片时，找到了一片草芽了，孩子们到家里告诉妈妈，说："今天草芽出土了！"妈妈惊喜的说："那一定是向阳的地方！"抢根菜的白色的圆石似的籽儿在地上滚着，野孩子一升一斗的在拾。蒲公英发芽了,羊咩咩的叫,乌鸦绕着杨树林子飞,天气一天暖似一天,日子一寸一寸的都有意思。杨花满天照地的飞,像棉花似的。人们出门都是用手捉着,杨花挂着他了。草和牛粪都横在道上,放散着强烈的气味,远远的有用石子打船的声音,空空……的大响传来。

河冰发了,冰块顶着冰块,苦闷的又奔放的向下流。乌鸦站在冰块上寻觅小鱼吃,或者是还在冬眠的青蛙。

天气突然的热起来,说是"二八月,小阳春",自然冷天气还是要来的,但是这几天可热了。春天带着强烈的呼唤从这头走到那头……

小城里被杨花给装满了,在榆树还没变黄之前,大街小巷到处飞着,像纷纷落下的雪块……

春来了,人人像久久等待着一个大暴动,今天夜里就要举行,人人带着犯罪的心情,想参加到解放的尝试……春吹到每个人的心坎,带着呼唤,带着蛊惑……

我有一个姨,和我的堂哥哥大概是恋爱了。

姨母本来是很近的亲属,就是母亲的姊妹。但是我这个姨,她不是我的亲姨,她是我的继母的继母的女儿。那么她可算与我的继母有点血统的关系了,其实也是没有的。因为我这个外祖母已经做了寡妇之后才来到的外祖父家,翠姨就是这个外祖母的原来在另外的一家所生的女儿。

翠姨还有一个妹妹,她的妹妹小她两岁,大概是十七八岁,那么翠姨也就是十八九岁了。

翠姨生得并不是十分漂亮,但是她长得窈窕,走起路来沉静而且漂亮,讲起话来清楚的带着一种平静的感情。她伸手拿樱桃吃的时候,好像她的手指尖对那樱桃十分可怜的样子,她怕把它触坏了似的轻轻的捏着。

假若有人在她的背后招呼她一声,她若是正在走路,她就会停下,若是正在吃饭,就要把饭碗放下,而后把头向着自己的肩膀转过去,而全身并不大转,于是她自觉的闭合着嘴唇,像是有什么要说而一时说不出来似的……

而翠姨的妹妹,忘记了她叫什么名字,反正是一个大说大笑的,不十分修边幅,和她的姐姐完全不同。花的绿的,红的紫的,只要是市上流行的,她就不大加以选择,做起一件衣服来赶快就穿在身上。穿上了而后,到亲戚家去串门,人家恭维她的衣料怎样漂亮的时候,她总是说,和这完全一样的,还有一件,她给了她的姐姐了。

我到外祖父家去,外祖父家里没有像我一般大的女孩子陪着我玩,所以每当我去,外祖母总是把翠姨喊来陪我。

翠姨就住在外祖父的后院,隔着一道板墙,一招呼,听见就来了。

外祖父住的院子和翠姨住的院子,虽然只隔一道板墙,但是却没有门可通,所以还得绕到大街上去从正门进来。

因此有时翠姨先来到板墙这里,从板墙缝中和我打了招呼,而后回到屋去装饰了一番,才从大街上绕了个圈来到她母亲的家里。

 小说

翠姨很喜欢我，因为我在学堂里念书，而她没有，她想什么事我都比她明白。所以她总是有许多事务同我商量，看看我的意见如何。

到夜里，我住在外祖父家里了，她就陪着我也住下的。

每每从睡下了就谈，谈过了半夜，不知为什么总是谈不完……

开初谈的是衣服怎样穿，穿什么样的颜色的，穿什么样的料子。比如走路应该快或是应该慢，有时白天里她买了一个别针，到夜里她拿出来看看，问我这别针到底是好看或是不好看，那时候，大概是十五年前的时候，我们不知别处如何装扮一个女子，而在这个城里几乎个个都有一条宽大的绒绳结的披肩，蓝的，紫的，各色的也有，但最多多不过枣红色了。几乎在街上所见的都是枣红色的大披肩了。

哪怕红的绿的那么多，但总没有枣红色的最流行。

翠姨的妹妹有一张，翠姨有一张，我的所有的同学，几乎每个有一张。就连素不考究的外祖母的肩上也披着一张，只不过披的是蓝色的，没有敢用那最流行的枣红色的就是了。因为她总算年纪大了一点，对年轻人让了一步。

还有那时候都流行穿绒绳鞋，翠姨的妹妹就赶快的买了穿上。因为她那个人很粗心大意，好坏她不管，只是人家有她也有，别人是人穿衣裳，而翠姨的妹妹就好像被衣服所穿了似的，芜芜杂杂。但永远合乎着应有尽有的原则。

翠姨的妹妹的那绒绳鞋，买来了，穿上了。在地板上跑着，不大一会工夫，那每只鞋脸上系着的一只毛球，竟有一个毛球已经离开了鞋子，向上跳着，只还有一根绳连着，不然就要掉下来了。很好玩的，好像一颗大红枣被系到脚上去了。因为她的鞋子也是枣红色的。大家都在嘲笑她的鞋子一买回来就坏了。

翠姨，她没有买，她犹疑了好久，不管什么新样的东西到了，她总不是很快的就去买了来，也许她心里边早已经喜欢了，但是看上去她都像反对似的，好像她都不接受。

她必得等到许多人都开始采办了，这时候看样子，她才稍稍有些动心。

好比买绒绳鞋，夜里她和我谈话，问过我的意见，我也说是好看的，我有很多的同学，她们也都买了绒绳鞋。

第二天翠姨就要求我陪着她上街，先不告诉我去买什么，进了铺子选了半天别的，才问到我绒绳鞋。

走了几家铺子，都没有，都说是已经卖完了。我晓得店铺的人是这样瞎说的。表示他家这店铺平常总是最丰富的，只恰巧你要的这件东西，他就没有了。我劝翠姨说咱们慢慢的走，别家一定会有的。

我们是坐马车从街梢上的外祖父家来到街中心的。

见了第一家铺子，我们就下了马车。不用说，马车我们已经是付过了车钱的。等我们买好了东西回来的时候，会另外叫一辆的。因为我们不知道要有多久。大概看见什么好，虽然不需要也要买点，或是东西已经买全了不必要再多留连，也要留连一会，或是买东西的目的，本来只在一双鞋，而结果鞋子没有买到，反而罗里罗索的买回来许多用不着的东西。

这一天，我们辞退了马车，进了第一家店铺。

在别的大城市里没有这种情形，而在我家乡里往往是这样，坐了马车，虽然是付过了钱，让他自由去兜揽生意，但是他常常还仍旧等候在铺子的门外，等一出来，他仍旧请你坐他的车。

我们走进第一个铺子，一问没有。于是就看了些别的东西，从绸缎看到呢绒，从呢绒再看到绸缎，布匹是根本不看的，并不像母亲们进了店铺那样子，这个买去做被单，那个买去做棉袄的，因为我们管不了被单棉袄的事。母亲们一月不进店铺，一进店铺又是这个便宜应该买，那个不贵，也应该买。比方一块在夏天才用的花洋布，母亲们冬天里就买起来了，说是趁着便宜多买点，总是用得着的。而我们就不然了，我们是天天进店铺的，天天搜寻些个好看的，是贵的值钱的，平常时候，绝对的用不到想不到的。

那一天我们就买了许多花边回来，钉着光片的，带着琉璃的。说不上要做什么样的衣服才配得着这种花边。也许根本没有想到做衣服，就贸然的把花边买下了。一边买着，一边说好，翠姨说好，我也说好。到了后来，回到家里，当众打开了让大家评判，这个一言，那个一语，让大家说得也有一点没有主意了，心里已经五六分空虚了。于是赶快的收拾了起来，或者从别人的手中夺过来，把它包起来，说她们不识货，不让她们看了。

勉强说着：

"我们要做一件红金丝绒的袍子，把这个黑琉璃边镶上。"

或是：

"这红的我们送人去……"

这虽仍旧如此说，心里已经八九分空虚了，大概是这些所心爱的，从此就不会再出头露面的了。

在这小城里，商店究竟没有多少，到后来又加上看不到绒绳鞋，心里着急，也许跑得更快些，不一会工夫，只剩了三两家了。而那三两家，又偏偏是不常去的，铺子小，货物少。想来它那里也是一定不会有的了。

我们走进一个小铺子里去，果然有三四双非小即大，而且颜色都不好看。

翠姨有意要买，我就觉得奇怪，原来就不十分喜欢，既然没有好的，又为什么要买呢？让我说着，没有买成回家去了。

过了两天，我把买鞋子这件事情早就忘了。

翠姨忽然又提议要去买。

从此我知道了她的秘密，她早就爱上了那绒绳鞋了，不过她没有说出来就是，她的恋爱的秘密就是这样子的，她似乎要把它带到坟墓里去，一直不要说出口，好像天底下没有一个人值得听她的告诉……

在外边飞着满天的大雪，我和翠姨坐着马车去买绒绳鞋。我们身上围着皮褥子，赶车的车夫高高的坐在车夫台上，摇晃着身子唱着沙哑的山歌："喝咧咧……"耳边的风呜呜的啸着，从天上倾下来的大雪迷乱了我们的眼睛，远远的天隐在云雾里，我默默的祝福翠姨赶快买到可爱的绒绳鞋，我从心里愿意她得救……

市中心远远的朦朦胧胧的站着，行人很少，全街静悄无声。我们一家挨一家的问着，我比她更急切，我想赶快买到吧，我小心的盘问着那些店员们，我从来不放弃一个细微的机会，我鼓励翠姨，没有忘记一家。使她都有点儿诧异，我为什么忽然这样热心起来，但是我完全不管她的猜疑，我不顾一切的想在这小城里，找出一双绒绳鞋来。

只有我们的马车，因为载着翠姨的愿望，在街上奔驰得特别的清醒，又特别的快。雪下的更大了，街上什么人都没有了，只有我们两个人，催着车夫，跑来跑去。一直到天都很晚了，鞋子没有买到。翠姨深深的看到我的眼里说："我的命，不会好的。"我很想装出大人的样子，来安慰她，但是没有等到找出什么适当的话来，泪便流出来了。

二

翠姨以后也常来我家住着，是我的继母把她接来的。

因为她的妹妹订婚了，怕是她一旦的结了婚，忽然会剩下她一个人来，使她难过。因为她的家里并没有多少人，只有她的一个六十多岁的老祖父，再就是一个也是寡妇的伯母，带一个女儿。

堂姊妹本该在一起玩耍解闷的，但是因为性格的相差太远，一向是水火不同炉的过着日子。

她的堂妹妹，我见过，永久是穿着深色的衣裳，黑黑的脸，一天到晚陪着母亲坐在屋子里，母亲洗衣裳，她也洗衣裳，母亲哭，她也哭。也许她帮着母亲哭她死去的父亲，也许哭的是她们的家穷。那别人就不晓得了。

本来是一家的女儿，翠姨她们两姊妹却像有钱的人家的小姐，而那个堂妹妹，看上去却像乡下丫头。这一点使她得到常常到我们家里来住的权利。

她的亲妹妹订婚了，再过一年就出嫁了。在这一年中，妹妹大大的阔气了起来，因为婆家那方面一订了婚就来了聘礼。这个城里，从前不用大洋票，而用的是广信公司出的帖子，一百吊一千吊的论。她妹妹的聘礼大概是几万吊。所以她忽然不得了起来，今天买这样，明天买那样，花别针一个又一个的，丝头绳一团一团的，带穗的耳坠子，洋手表，样样都有了。每逢出街的时候，她和她的姐姐一道，现在总是她付车钱了，她的姐姐要付，她却百般的不肯，有时当着人面，姐姐一定要付，妹妹一定不肯，结果闹得很窘，姐姐无形中觉得一种权利被人剥夺了。

但是关于妹妹的订婚，翠姨一点也没有羡慕的心理。妹妹未来的丈夫，她是看过的，没有什么好看，很高，穿着蓝袍子黑马褂，好像商人，又像一个小土绅士。又加上翠姨太年轻了，想不到什么丈夫，什么结婚。

因此，虽然妹妹在她的旁边一天比一天的丰富起来，妹妹是有钱了，但是妹妹为什么有钱的，她没有考查过。

所以当妹妹尚未离开她之前，她绝对的没有重视"订婚"的事。

就是妹妹已经出嫁了，她也还是没有重视这"订婚"的事。

不过她常常的感到寂寞。她和妹妹出来进去的，因为家庭环境孤寂，竟好像一对双生子似的，而今去了一个。不但翠姨自己觉得单调，就是她的祖父也觉得她可怜。

所以自从她的妹妹嫁了，她就不大回家，总是住在她的母亲的家里，有时我的继母也把她接到我们家里。

翠姨非常聪明，她会弹大正琴，就是前些年所流行在中国的一种日本琴，她还会吹箫或是会吹笛子。不过弹那琴的时候却很多。住在我家里的时候，我家的伯父，每在晚饭之后必同我们玩这些乐器的。笛子，箫，日本琴，风琴，月琴，还有什么打琴。真正的西洋的乐器，可一样也没有。

在这种正玩得热闹的时候，翠姨也来参加了，翠姨弹了一个曲子，和我们大家立刻就配合上了。于是大家都觉得在我们那已经天天闹熟了的老调子之中，又多了一个新的花样。于是立刻我们就加倍的努力，正在吹笛子的把笛子吹得特别响，把笛膜振抖得似乎就要爆裂了似的滋滋的叫着。十岁的弟弟在吹口琴，他摇着头，好像要把那口琴吞下去似的，至于他吹的是什么调子，已经是没有人留意了。在大家忽然来了勇气的时候，似乎只需要这种胡闹。

而那按风琴的人，因为越按越快，到后来也许是已经找不到琴键了，只是那踏脚板越踏越快，踏的呜呜的响，好像有意要毁坏了那风琴，而想把风琴撕裂了一般的。

大概所奏的曲子是《梅花三弄》，也不知道接连的弹过了多少圈，看大家的意思都不想要停下来。不过到了后来，实在是气力没有了，找不着拍子的找不着拍子，跟不上调的跟不上调，于是在大笑之中，大家停下来了。

不知为什么，在这么快乐的调子里边，大家都有点伤心，也许是乐极生悲了，把我们都笑得一边流着眼泪，一边还笑。

正在这时候，我们往门窗处一看，我的最小的小弟弟，刚会走路，他也背着一个很大的破手风琴来参加了。

谁都知道，那手风琴从来也不会响的。把大家笑死了。在这回得到了快乐。

我的哥哥（伯父的儿子，钢琴弹得很好），吹箫吹得最好，这时候他放下了箫，对翠姨说："你来吹吧！"翠姨却没有言语，站起身来，跑到自己的屋子去了，我的哥哥，好久好久的看住那帘子。

三

翠姨在我家，和我住一个屋子。月明之夜，屋子照得通亮，翠姨和我谈话，往往谈到鸡叫，觉得也不过刚刚半夜。

鸡叫了，才说："快睡吧，天亮了。"

有的时候，一转身，她又问我：

"是不是一个人结婚太早不好，或许是女子结婚太早是不好的！"

我们以前谈了很多话，但没有谈到这些。

总是谈什么，衣服怎样穿，鞋子怎样买，颜色怎样配，买了毛线来，这毛线应该打个什么的花纹，买了帽子来，应该评判这帽子还微微有点缺点，这缺点究竟在什么地方！虽然说是不要紧，或者是一点关系也没有，但批评总是要批评的。

有时再谈得远一点，就是表姊妹之类订了婆家，或是什么亲戚的女儿出嫁了。或是什么耳闻的，听说的，新娘子和新姑爷闹别扭之类。

那个时候，我们的县里，早就有了洋学堂了，小学好几个，大学没有。只有一个男子中学，往往成为谈论的目标，谈论这个，不单是翠姨，外祖母，姑姑，姐姐之类，都愿意讲究这当地中学的学生。因为他们一切洋化，穿着裤子，把裤腿卷起来一寸，一张口格得毛宁①外国话，他们彼此一说话就答答答②，听说这是什么毛子话。而更奇怪的就是他们见了女人不怕羞。这一点，大家都批评说是不如从前了，从前的书生，一见了女人就脸红。

我家算是最开通的了，叔叔和哥哥他们都到北京和哈尔滨那些大地方去读书了，他们开了不少的眼界，回到家里来，大讲他们那里都是男孩子和女孩子同学。

这一题目，非常的新奇，开初都认为这是造了反。后来因为叔叔也常和女同学通信，因为叔叔在家庭里是有点地位的人。并且父亲从前也加入过国民党，革过命，所以这个家庭都"咸与维新"起来。

因此在我家里一切都是很随便的，逛公园，正月十五看花灯，都是不分男女，一齐去。

而且我家里设了网球场，一天到晚的打网球，亲戚家的男孩子来了，我们也一齐的打。

这都不谈，仍旧来谈翠姨。

翠姨听了很多的故事，关于男学生结婚事情，就是我们本县里，已经有几件事情不幸的了。有的结婚了，从此就不回家了，有的娶来了太太，把太太放在另一间屋子里住着，而且自己却永久住在书房里。

每逢讲到这些故事时，多半别人都是站在女的一面，说那男子都是念书念坏了，一看了那不识字的又不是女学生之类就生气。觉得处处都不如他。天天总说是婚姻不自由，可是自古至今，都是爹许娘配的，偏偏到了今天，都要自由，看吧，这还没有自由呢，就先来了花头故事了，娶了太太的不回家，或是把太太放在另一个屋子里。这些都是念书念坏了的。

翠姨听了许多别人家的评论。大概她心里边也有些不平，她就问我不读书是不是很坏的，我自然说是很坏的。而且她看了我们家里男孩子，女孩子通通到学堂去念书的。而且我们亲戚家的孩子也都是读书的。

因此她对我很佩服，因为我是读书的。

但是不久，翠姨就订婚了。就是她妹妹出嫁不久的事情。

她的未来的丈夫，我见过。在外祖父的家里。人长得又低又小，穿一身蓝布棉袍子，黑马褂，头上戴一顶赶大车的人所戴的五耳帽子。

当时翠姨也在的，但她不知道那是她的什么人，她只当是哪里来了这样一位乡下的

---

① 格得毛宁，英语 Good morning 的音译，意为早安。——编者注。
② 答答答，俄语 да，да，да 的音译，意为是的，对的。——编者注。

客人。外祖母偷着把我叫过去，特别告诉了我一番，这就是翠姨将来的丈夫。

不久翠姨就很有钱，她的丈夫的家里，比她妹妹丈夫的家里还更有钱得多。婆婆也是个寡妇，守着个独生的儿子。儿子才十七岁，是在乡下的私学馆里读书。

翠姨的母亲常常替翠姨解说，人矮点不要紧，岁数还小呢，再长上两三年两个人就一般高了。劝翠姨不要难过，婆家有钱就好的。聘礼的钱十多万都交过来了，而且就由外祖母的手亲自交给了翠姨，而且还有别的条件保障着，那就是说，三年之内绝对的不准娶亲，借着男的一方面年纪太小为辞，翠姨更愿意远远的推着。

翠姨自从订婚之后，是很有钱的了，什么新样子的东西一到，虽说不是一定抢先去买了来，总是过不了多久，箱子里就要有的了。那时候夏天最流行银灰色市布大衫，而翠姨的穿起来最好，因为她有好几件，穿过两次不新鲜就不要了，就只在家里穿，而出门就又去做一件新的。

那时候正流行着一种长穗的耳坠子，翠姨就有两对，一对红宝石的，一对绿的，而我的母亲才能有两对，而我才有一对。可见翠姨是顶阔气的了。

还有那时候就已经开始流行高跟鞋了。可是在我们本街上却不大有人穿，只有我的继母早就开始穿，其余就算是翠姨。并不是一定因为我的母亲有钱，也不是因为高跟鞋一定贵，只是女人们没有那么摩登的行为，或者说她们不很容易接受新的思想。

翠姨第一天穿起高跟鞋来，走路还很不安定，但到第二天就比较的习惯了。到了第三天，就是说以后，她就是跑起来也是很平稳的。而且走路的姿态更加可爱了。

我们有时也去打网球玩玩，球撞到她脸上的时候，她才用球拍遮了一下，否则她半天也打不到一个球。因为她一上了场站在白线上就是白线上，站在格子里就是格子里，她根本的不动。有的时候，她竟拿着网球拍子站着一边去看风景去。尤其是大家打完了网球，吃东西的吃东西去了，洗脸的洗脸去了，惟有她一个人站在短篱前面，向着远远的哈尔滨市影痴望着。

有一次我同翠姨一同去做客。我继母的族中娶媳妇。她们是八旗人，也就是满人，满人才讲究场面呢，所有的族中的年轻的媳妇都必得到场，而个个打扮得如花似玉。似乎咱们中国的社会，是没这么繁华的社交的场面的，也许那时候，我是小孩子，把什么都看得特别繁华，就只说女人们的衣服吧，就个个都穿得和现在西洋女人在夜会里边那么庄严。一律都穿着绣花大袄。而她们是八旗人，大袄的襟下一律的没有开口。而且很长。大袄的颜色枣红的居多，绛色的也有，玫瑰紫色的也有。而那上边绣的颜色，有的荷花，有的玫瑰，有的松竹梅，一句话，特别的繁华。

她们的脸上，都擦着白粉，她们的嘴上都染得桃红。

每逢一个客人到了门前，她们是要列着队出来迎接的，她们都是我的舅母，一个一个的上前来问候了我和翠姨。

翠姨早就熟识她们的，有的叫表嫂子，有的叫四嫂子。而在我，她们就都是一样的，好像小孩子的时候，所玩的用花纸剪的纸人，这个和那个都是一样，完全没有分别。都是花缎的袍子，都是白白的脸，都是很红的嘴唇。

就是这一次，翠姨出了风头了，她进到屋里，靠着一张大镜子旁坐下了。

女人们就忽然都上前来看她，也许她从来没有这么漂亮过；今天把别人都惊住了。

以我看翠姨还没有她从前漂亮呢，不过她们说翠姨漂亮得像棵新开的腊梅。翠姨从来不擦胭脂的，而那天又穿了一件为着将来作新娘子而准备的蓝色缎子满是金花的夹袍。

翠姨让她们围起看着，难为情了起来，站起来想要逃掉似的，迈着很勇敢的步子，茫然的往里边的房间里闪开了。

谁知那里边就是新房呢，于是许多的嫂嫂们，就哗然的叫着，说：

"翠姐姐不要急，明年就是个漂亮的新娘子，现在先试试去。"

当天吃饭饮酒的时候，许多客人从别的屋子来呆呆的望着翠姨。翠姨举着筷子，似乎是在思量着，保持着镇静的态度，用温和的眼光看着她们。仿佛她不晓得人们专门在看着她似的。但是别的女人们羡慕了翠姨半天了，脸上又都突然的冷落起来，觉得有什么话要说出，又都没有说，然后彼此对望着，笑了一下，吃菜了。

四

有一年冬天，刚过了年，翠姨就来到了我家。

伯父的儿子——我的哥哥，就正在我家里。

我的哥哥，人很漂亮，很直的鼻子，很黑的眼睛，嘴也好看，头发也梳得好看，人很长，走路很爽快。大概在我们所有的家族中，没有这么漂亮的人物。

冬天，学校放了寒假，所以来我们家里休息。大概不久，学校开学就要上学去了。哥哥是在哈尔滨读书。

我们的音乐会，自然要为这新来的角色而开了。翠姨也参加的。

于是非常的热闹，比方我的母亲，她一点也不懂这行，但是她也列了席，她坐在旁边观看，连家里的厨子，女工，都停下了工作来望着我们，似乎他们不是听什么乐器，而是在看人。我们聚满了一客厅。这些乐器的声音，大概很远的邻居都可以听到。

第二天邻居来串门的，就说：

"昨天晚上，你们家又是给谁祝寿？"

我们就说，是欢迎我们的刚到的哥哥。

因此我们家是很好玩的，很有趣的。不久就来到了正月十五看花灯的时节了。

我们家里自从父亲维新革命，总之在我们家里，兄弟姊妹，一律相待，有好玩的就一齐玩，有好看的就一齐去看。

伯父带着我们，哥哥，弟弟，姨……共八九个人，在大月亮地里往大街里跑去了。那路之滑，滑得不能站脚，而且高低不平。他们男孩子们跑在前面，而我们因为跑得慢就落了后。

于是那在前边的他们回头来嘲笑我们，说我们是小姐，说我们是娘娘。说我们走不动。

我们和翠姨早就连成一排向前冲去，但是不是我倒，就是她倒。到后来还是哥哥他们一个一个的来扶着我们，说是扶着未免的太示弱了，也不过就是和他们连成一排向前进着。

不一会到了市里，满路花灯。人山人海。又加上狮子，旱船，龙灯，秧歌，闹得眼也花起来，一时也数不清多少玩艺。哪里会来得及看，似乎只是在眼前一晃，就过去了，而一会别的又来了，又过去了。其实也不见得繁华得多么了不得，不过觉得世界上是不会比这个再繁华的了。

商店的门前，点着那么大的火把，好像热带的大椰子树似的，一个比一个亮。

我们进了一家商店，那是父亲的朋友开的。他们很好的招待我们，茶，点心，橘子，元宵。我们哪里吃得下去，听到门外一打鼓，就心慌了。而外边鼓和喇叭又那么多，一阵来了，一阵还没有去远，一阵又来了。

因为城本来是不大的，有许多熟人，也都是来看灯的都遇到了。其中我们本城里的在哈尔滨念书的几个男学生，他们也来看灯了。哥哥都认识他们。我也认识他们，因为这时候我们到哈尔滨念书去了。所以一遇到了我们，他们就和我们在一起，他们出去看灯，看了一会，又回到我们的地方，和伯父谈话，和哥哥谈话。我晓得他们，因为我们家比较有势力，他们是很愿和我们讲话的。

所以回家的一路上，又多了两个男孩子。

不管人讨厌不讨厌，他们穿的衣服总算都市化了。个个都穿着西装，戴着呢帽，外套都是到膝盖的地方，脚下很利落清爽。比起我们城里的那种怪样子的外套，好像大棉袍子似的好看得多了。而且颈间又都束着一条围巾，那围巾自然也是全丝全线的花纹。似乎一束起那围巾来，人就更显得庄严，漂亮。

翠姨觉得他们个个都很好看。

哥哥也穿的西装，自然哥哥也很好看。因此在路上她一直在看哥哥。

翠姨梳头梳得是很慢的，必定梳得一丝不乱，擦粉也要擦了洗掉，洗掉再擦，一直擦到认为满意为止。花灯节的第二天早晨她就梳得更慢，一边梳头一边在思量。本来按规矩每天吃早饭，必得三请两请才能出席，今天必得请到四次，她才来了。

我的伯父当年也是一位英雄，骑马，打枪绝对的好。后来虽然已经五十岁了，但是风采犹存。我们都爱伯父的，伯父从小也就爱我们。诗，词，文章，都是伯父教我们的。翠姨住在我们家里，伯父也很喜欢翠姨。今天早饭已经开好了。催了翠姨几次，翠姨总是不出来。

伯父说了一句："林黛玉……"

于是我们全家的人都笑了起来。

翠姨出来了，看见我们这样的笑，就问我们笑什么。我们没有人肯告诉她。翠姨知道一定是笑的她，她就说：

"你们赶快的告诉我，若不告诉我，今天我就不吃饭了，你们读书识字，我不懂，你们欺侮我……"

闹嚷了很久，还是我的哥哥讲给她听了。伯父当着自己的儿子面前到底有些难为情，喝了好些酒，总算是躲过去了。

翠姨从此想到了念书的问题，但是她已经二十岁了，上哪里去念书？上小学没有她这样大的学生，上中学，她是一字不识，怎样可以。所以仍旧住在我们家里。

弹琴，吹箫，看纸牌，我们一天到晚的玩着。我们玩的时候，全体参加，我的伯父，我的哥哥，我的母亲。

翠姨对我的哥哥没有什么特别的好，我的哥哥对翠姨就像对我们，也是完全的一样。

不过哥哥讲故事的时候，翠姨总比我们留心听些，那是因为她的年龄稍稍比我们大些，当然在理解力上，比我们更接近一些哥哥的了。哥哥对翠姨比对我们稍稍的客气一点。他和翠姨说话的时候，总是"是的""是的"的，而和我们说话则"对啦""对啦"。这显然因为翠姨是客人的关系，而且在名分上比他大。

不过有一天晚饭之后，翠姨和哥哥都没有了。每天饭后大概总要开个音乐会的。这一天也许因为伯父不在家，没有人领导的缘故。大家吃过也就散了。客厅里一个人也没有。我想找弟弟和我下一盘棋，弟弟也不见了。于是我就一个人在客厅里按起风琴来，玩了一下也觉得没趣。客厅是静得很的，在我关上了风琴盖子之后，我就听见了在后屋里，或者在我的房子里是有人的。

我想一定是翠姨在屋里。快去看看她，叫她出来张罗着看纸牌。

我跑进去一看，不单是翠姨，还有哥哥陪着她。

看见了我，翠姨就赶快的站起来说：

"我们去玩吧。"

哥哥也说：

"我们下棋去，下棋去。"

他们出来陪我来玩棋，这次哥哥总是输，从前是他回回赢我的，我觉得奇怪，但是心里高兴极了。

不久寒假终了，我就回到哈尔滨的学校念书去了。可是哥哥没有同来，因为他上半年生了点病，曾在医院里休养了一些时候，这次伯父主张他再请两个月的假，留在家里。

以后家里的事情，我就不大知道了。都是由哥哥或母亲讲给我听的。我走了以后，翠姨还住在家里。

后来母亲还告诉过，就是在翠姨还没有订婚之前，有过这样一件事情。我的族中有一个小叔叔，和哥哥一般大的年纪，说话口吃，没有风采，也是和哥哥在一个学校里读书。虽然他也到我们家里来过，但怕翠姨没有见过。那时外祖母就主张给翠姨提婚。那族中的祖母，一听就拒绝了，说是寡妇的儿子，命不好，也怕没有家教，何况父亲死了，母亲又出嫁了，好女不嫁二夫郎，这种人家的女儿，祖母不要。但是我母亲说，辈分合，他家还有钱，翠姨过门是一品当朝的日子，不会受气的。

这件事情翠姨是晓得的，而今天又见了我的哥哥，她不能不想哥哥大概是那样看她的。她自觉的觉得自己的命运不会好的，现在翠姨自己已经订了婚，是一个人的未婚妻。二则她是出了嫁的寡妇的女儿，她自己一天把这个背了不知有多少遍，她记得清清楚楚。

五

翠姨订婚，转眼三年了，正这时，翠姨的婆家，通了消息来，张罗要娶。她的母亲来接她回去整理嫁妆。

翠姨一听就得病了。

但没有几天，她的母亲就带着她到哈尔滨采办嫁妆去了。

偏偏那带着她采办嫁妆的向导又是哥哥给介绍来的他的同学。他们住在哈尔滨的秦家岗上，风景绝佳，是洋人最多的地方。那男学生们的宿舍里边，有暖气，洋床。翠姨带着哥哥的介绍信，像一个女同学似的被他们招待着。又加上已经学了俄国人的规矩，处处尊重女子，所以翠姨当然受了他们不少的尊敬，请她吃大菜，请她看电影。坐马车的时候，上车让她先上，下车的时候，人家扶她下来。她每一动别人都为她服务，外套一脱，就接过去了。她刚一表示要穿外套，就给她穿上了。

不用说，买嫁妆她是不痛快的，但那几天，她总算一生中最开心的时候。

她觉得到底是读大学的人好，不野蛮，不会对女人不客气，绝不能像她的妹夫常常打她的妹妹。

经这到哈尔滨去一买嫁妆，翠姨就更不愿意出嫁了。她一想那个又丑又小的男人，她就恐怖。

她回来的时候，母亲又接她来到我们家来住着，说她的家里又黑，又冷，说她太孤单可怜。我们家是一团暖气的。

到了后来，她的母亲发现她对于出嫁太不热心，该剪裁的衣裳，她不去剪裁。有一些零碎还要去买的，她也不去买。做母亲的总是常常要加以督促，后来就要接她回去，接到她的身边，好随时提醒她。她的母亲以为年轻的人必定要随时提醒的，不然总是贪玩。而况出嫁的日子又不远了，或者就是二三月。

想不到外祖母来接她的时候，她从心的不肯回去，她竟很勇敢的提出来她要读书的要求。她说她要念书，她想不到出嫁。

开初外祖母不肯，到后来，她说若是不让她读书，她是不出嫁的，外祖母知道她的心情，而且想起了很多可怕的事情……

外祖母没有办法，依了她。给她在家里请了一位老先生，就在自己家院子的空房子里边摆上了书桌，还有几个邻居家的姑娘，一齐念书。

翠姨白天念书，晚上回到外祖母家。

念了书，不多日子，人就开始咳嗽，而且整天的闷闷不乐。她的母亲问她，有什么不如意？陪嫁的东西买得不顺心吗？或者是想到我们家去玩吗？什么事都问到了。

翠姨摇着头不说什么。

过了一些日子，我的母亲去看翠姨，带着我的哥哥，他们一看见她，第一个印象，就觉得她苍白了不少。而且母亲断言的说，她活不久了。

大家都说是念书累的，外祖母也说是念书累的，没有什么要紧的，要出嫁的女儿们，总是先前瘦的，嫁过去就要胖了。

而翠姨自己则点点头，笑笑，不承认，也不加以否认。还是念书，也不到我们家来了，母亲接了几次，也不来，回说没有工夫。

翠姨越来越瘦了，哥哥去外祖母家看了她两次，也不过是吃饭，喝酒，应酬了一番。而且说是去看外祖母的。在这里年轻的男子，去拜访年轻的女子，是不可以的。哥哥回来也并不带回什么欢喜或是什么新的忧郁，还是一样和大家打牌下棋。

翠姨后来支持不了啦，躺下了，她的婆婆听说她病，就要娶她，因为花了钱，死了不是可惜了吗？这一种消息，翠姨听了病就更加严重。婆家一听她病重，立刻要娶她。因为在迷信中有这样一章，病新娘娶过来一冲，就冲好了。翠姨听了就只盼望赶快死，拼命的糟蹋自己的身体，想死得越快一点儿越好。

母亲记起了翠姨，叫哥哥去看翠姨。是我的母亲派哥哥去的，母亲拿了一些钱让哥哥给翠姨去，说是母亲送她在病中随便买点什么吃的。母亲晓得他们年轻人是很拘泥的，或者不好意思去看翠姨，也或者翠姨是很想看他的，他们好久不能看见了。同时翠姨不愿出嫁，母亲很久的就在心里边猜疑着他们了。

男子是不好去专访一位小姐的，这城里没有这样的风俗。母亲给了哥哥一件礼物，哥哥就可去了。

哥哥去的那天，她家里正没有人，只是她家的堂妹妹应接着这从未见过的生疏的年轻的客人。

那堂妹妹还没问清客人的来由，就往外跑，说是去找她们的祖父去，请他等一等。大概她想是凡男客就是来会祖父的。

客人只说了自己的名字，那女孩子连听也没有听就跑出去了。

哥哥正想，翠姨在什么地方？或者在里屋吗？翠姨大概听出什么人来了，她就在里边说：

"请进来。"

哥哥进去了，坐在翠姨的枕边，他要去摸一摸翠姨的前额，是否发热，他说：

"好了点吗？"

他刚一伸出手去，翠姨就突然的拉了他的手，而且大声的哭起来了，好像一颗心也哭出来了似的。哥哥没有准备，就很害怕，不知道说什么作什么。他不知道现在应该是保护翠姨的地位，还是保护自己的地位。同时听得见外边已经有人来，就要开门进来了。一定是翠姨的祖父。

翠姨平静的向他笑着，说：

"你来得很好，一定是姐姐告诉你来的，我心里永远纪念着她，她爱我一场，可惜我不能去看她了……我不能报答她了…不过我总会记起在她家里的日子的……她待我也许没有什么，但是我觉得已经太好了……我永远不会忘记的……我现在也不知道为什么，心里只想死得快一点就好，多活一天也是多余的……人家也许以为我是任性，其实是不对的，不知为什么，那家对我也是很好的，我要是过去，他们对我也会是很好的，但是我不愿意。我小时候，就不好，我的脾气总是不从心的事，我不愿意……这个脾气把我折磨到今天了……可是我怎能从心呢……真是笑话……谢谢姐姐她还惦着我……请你告诉她，我并不像她想的那么苦呢，我也很快乐……"翠姨痛苦的笑了一笑，"我心里很安静，而且我求的我都得到了……"

哥哥茫然的不知道说什么，这时祖父进来了。看了翠姨的热度，又感谢了我的母亲，对我哥哥的降临，感到荣幸。他说请我母亲放心吧，翠姨的病马上就会好的，好了就嫁过去。

哥哥看了翠姨就退出去了，从此再没有看见她。

哥哥后来提起翠姨常常落泪，他不知翠姨为什么死，大家也都心中纳闷。

尾　声

等我到春假回来，母亲还当我说：

"要是翠姨一定不愿意出嫁，那也是可以的，假如他们当我说。"

……

翠姨坟头的草籽已经发芽了，一掀一掀的和土粘成了一片，坟头显示淡淡的青色，常常会有白色的山羊跑过。

这时城里的街巷，又装满了春天。

暖和的太阳，又转回来了。

街上有提着筐子卖蒲公英的了，也有卖小根蒜的了。更有些孩子们他们按着时节去折了那刚发芽的柳条，正好可以拧成哨子，就含在嘴里满街的吹。声音有高有低，因为那哨子有粗有细。

大街小巷，到处的呜呜呜，呜呜呜。好像春天是从他们的手里招待回来了似的。

但是这为期甚短，一转眼，吹哨子的不见了。

接着杨花飞起来了，榆钱飘满了一地。

在我的家乡那里，春天是快的，五天不出屋，树发芽了，再过五天不看树，树长叶了，再过五天，这树就像绿得使人不认识它了。使人想，这棵树，就是前天的那棵树吗？自己回答自己，当然是的。春天就像跑的那么快。好像人能够看见似的，春天从老远的地方跑来了，跑到这个地方只向人的耳朵吹一句小小的声音："我来了呵"，而后很快的就跑过去了。

春，好像它不知多么忙迫，好像无论什么地方都在招呼它，假若它晚到一刻，阳光会变色的，大地会干成石头，尤其是树木，那真是好像再多一刻工夫也不能忍耐，假若春天稍稍在什么地方留连了一下，就会误了不少的生命。

春天为什么它不早一点来，来到我们这城里多住一些日子，而后再慢慢的到另外的一个城里去，在另外一个城里也多住一些日子。

但那是不能的了，春天的命运就是这么短。

年轻的姑娘们，她们三两成双，坐着马车，去选择衣料去了，因为就要换春装了。她们热心的弄着剪刀，打着衣样，想装成自己心中想得出的那么好，她们白天黑夜的忙着，不久春装换起来了，只是不见载着翠姨的马车来。

1941年夏，重抄。

（原载于1941年7月1日《时代文学》第一卷第二期）

提示

  萧红的风格魅力，几乎在她一出现时，即被鲁迅敏锐地觉察到了："北方人民的对于生的坚强，对于死的挣扎，却往往已经力透纸背；女性作者的细致观察和越轨的笔致，又增加了不少的明丽和新鲜。"鲁迅看到了萧红作为女作家既拥有女性特征又有超乎女性特征的某种合成的风度。

  一般的女性作家的作品往往能以委婉温情和细致绵密而感动读者，但能以这种力透纸背的坚定和粗放构成画面并给人以心灵震撼的女作家并不多。萧红的好处是她的亲身经历和痛苦的体验使她深知中国女性的苦难。因此，她对女性命运体察细微，而又有一种大的概括力。她笔下的人物都融进了她自己身世的体察，绵密细腻的描述中，时时透出某种凄婉的情绪，但又被明澈的觉悟推进到一个有着历史深度的宏伟气势的大背景中。

  萧红对于女性命运的总体思考是那个时代中的一道亮光。她从许多小人物特别是女性的受压抑中，看到了蕴藏着的反抗：她能够在坚定的对于旧势力的反抗中，抹上产生于感同身受的体验所透出的那种温柔委婉。这就是萧红的女性光芒对于"非女性"的笼罩和投射。《小城三月》的中心形象翠姨是一位并不十分漂亮但具有千般风情的内心极为丰富的女子。萧红在叙述翠姨的悲剧时，显然没有通常女性作家那般的耐心和仔细，她的描写甚至是相当"粗疏"的，她甚至没有正面描写翠姨的死亡。她在表达对翠姨之死的伤感时，语言也相当的节制，没有我们习常所见的情感泛滥，小说仿佛是一篇清清淡淡的抒情散文。萧红把浓郁的悲哀和沉重的抗议包孕在春天的轻松的调子之中，在这种早春的喜悦里，自然地夹缠着一缕淡淡的哀愁。也许在哀愁的背后，在人们看不见的地方，埋藏着这位叛逆女性的严正的抗议。但是，萧红仅仅用了最后一句"只是不见载着翠姨的马车来"，为这种永远的悼念，留下了长长的不可割断的余音。萧红便是这样得心应手地将力度蕴蓄或融会在女性的柔情之中。

刘呐鸥

两个时间的不感症者

  晴朗的午后。

  游倦了的白云两大片，流着光闪闪的汗珠，停留在对面高层建筑物造成的连山的头上。远远地眺望着这些都市的围墙，而在眼下俯瞰着一片旷大的青草原的一座高架台，这会早已被为赌心热狂了的人们滚成为蚁巢一般了。紧张变为失望的纸片，被人撕碎满在水门汀上。一面欢喜便变了多情的微风，把紧密地依贴着爱人身边的女人的绿裙翻开了。除了扒手和姨太太，望远镜和春大衣便是今天的两大客人。但是这单说他们的衣袋里还充满着五元钞票的话。尘埃，嘴沫，暗泪和马粪的臭气发散在郁悴的天空里，而跟人们的快意，紧张，失望，落胆，意外，欢喜造成一个饱和状态的氛围气。可是太得意的 Union Jack 却依然在美丽的青空中随风飘漾着朱红的微笑。There, they are off! 八匹特选的名马向前一趋，於是一哩一挂得的今天的最终赛便开始了。

这时极度的紧张已经旋风一般地捉住了站在台阶上人堆里的 H 的全身了。因为他把今天所赢的三四十张钞票想试个自己的运气，尽都买了一匹五号马的独赢。

——啊，三马落后了。

——不。三马是棕色的。

——你买七号吗？

——不，七号骑手靠不住，我买了五号。

虽然有人在身边交换着这样兴奋了的高声的会话，但是走不进 H 的耳里，他把垂下来的前发用手向后搔上去，仍把眼睛钉住在草原的那面一堆移动着的红红绿绿的人马。

忽然一阵 Cyclamen 的香味使他的头转过去了。不晓得几时背后来了这一个温柔的货色，当他回头时眼睛里便映入一位 sportive 的近代型女性。透亮的法国绸下，有弹力的肌肉好像跟着轻微运动一块儿颤动着。

视线容易地接触了。小的樱桃儿一绽裂微笑便从碧湖里射过来。H 只觉眼睛有点不能从那被 opera bag 稍为遮着的，从灰黑色的袜子透出来的两只白膝头离开，但是另外一个强烈的意识却还占住在他的脑里。

Come on Onta……！

——Bravo，大拉司！

一阵轰音把他唤到周围不安的空气和嚣声中，随后一团的速力便在他眼前箭一般的穿过了。五号马不是确在前头吗！这突然的意识真使他全身的神经战动起来。他不觉喝了个彩。於是便紧握着手里的纸票，推出了人堆，不顾前后的跑到台下的支付处去。

H 把支付窗口占住了时，随后早就暴风一般地吹上了一团的人，个个脸上都有点悦色。不知道分配多少，这就像是他们这会唯一的关心。但 H，隐忍着背后的人们的压力，思想已经飞到这钱拿到时的用法去了。

——先生，这个替我拿一拿好吗？

忽然身边有凉爽的声音，有轻推他肩膀的手。H 翻过身来看铁栏外站的是刚才在台上对他微笑的女人。她眼里表示着一种好朋友的亲密。H 虽然被她这唐突的请求吓了一下，但是马上便显出对于女人殷勤的样子说：

——好的好的，你也买了五号？

女人用微笑答着，把素手里的几张青票子递给了他，便移着奢华的身子避开了这些暴力的人们。等不上两三分钟分牌人就来了。于是一句"二十五元！"便从嘴里走过了嘴里。洋钱和银角在柜上作响着，算盘就开始活动了。

好容易把将近一千元的钞票拿到，脱出了人群，就走向站在人们不挤的地方的她去。

一个等待着的微笑。
　　——谢谢你！
　　——不客气。真挤得要命。
　　H略举起帽子，重新的表示了个敬意，便从衣袋里抽出手帕来拭着额角上的汗珠。
　　——那么，怎样办呢，就在这儿吗！
　　H示着手里的一束钞票说。
　　——怎么可以呢，坐也不能坐。
　　哼，H心里想一想，这么爽快又漂亮的一个女儿，把她当做一根手杖带在马路上走一走倒是不错的。如果她……肯呢，就把这一束碰运气的意外钱整束的送给了她也没有什么关系。他心里这样下了一个决意，于是便说：
　　夫人，不，小姐是一个人来的吗？
　　——可不是呢！
　　——那么，找个地方休息去，可以罢？
　　——也好的，我此刻并不忙。
　　——那么，那边街角有家美国人的吃茶店，那面很清净，冰淇淋也很讲究。
　　——那可以随便的。
　　她说着时忽被一个匆忙的人从背后推了一下，险些碰到H的身上来。H忙把她的手腕握定，但她却一点不露什么感情，反紧地挟住了他的腕，恋人一般地拉着便走。
　　失了气力的人们和急忙算着钞票的人们都流向南面的大门口去了。一刻钟前还是那么紧张的场内，此刻已变成像抽去了气的气球一般地消沉着，只剩着这些恶运的纸票的碎片随风旋舞。不一会两个新侣伴便跟着一群人走出马臭很重的马霍路上来了。
　　——那么，就从这面走一走吧，热闹一点。
　　坐了半个钟头，用冷的饮料医过了渴，从吃茶店走出马路上来的H们已经是几年的亲友了。知道散步在近代的恋爱是个不能缺的因素，因为它是不长久的爱情的存在的唯一的示威，所以他一出来便这样提议。他想，这么美丽的午后，又有这么解事的伴侣是应该demonstrate的。怀里又有了这么多的钱，就是她要去停留在大商店的玻璃橱前不走也是不怕她的。
　　残日还抚摩着西洋梧桐新绿的梢头。铺道是擦了油一样地光滑的。轻快地，活泼地，两个人的蹬音在水门汀上律韵地响着。一个穿着黄土色制服的外国兵带着个半东方种的女人前面来了。他们也是今天新交的一对呢！在这都市一切都是暂时和方便，比较地不变的就算这从街上竖起来的建筑物的断崖吧，但这也不过是四五十年的存在呢。H这样想着，一会便觉得身边热闹起来了。这是因为他们已经走进了商业区的原故。
　　在马路的交叉处停留着好些甲虫似的汽车。"Fontegnac 1929"的一辆稍为诱惑了H的眼睛，但他是不会忘记身边的fair sex的。他一手扶助着她，横断了马路，于是便用最优雅的动作把她像手杖一般地从左腕搬过了右腕。市内三大怪物的百货店便在眼前了。

从赛马场到吃茶店，从吃茶店到热闹的马路上并不是什么稀奇的道程，可是好出风头的地方往往不是好的散步道。不意从前头来的一个青年瞧了瞧 H 所带的女人，便展着猜疑的眼睛，在他们的跟前站定了。

——还早呢，T，已经来了吗！

尚且是女人先开口：

——这是 H。我们是赛马回来的。这是 T。

H 感觉着了这突然的三角关系的苦味，轻轻对 T 点一点头便向女人问：

——你和 T 先生有什么约没有？

——有是有的，可是……我们一块走吧。

T 好像有点不服，但也没有法子，只得便这样提议：

——那么，就到这儿的茶舞去，好吗？

H 是只好随便了。他真不懂这女人跟人家有了约怎么不早点说。这样答应了自己两个人的散步，这会又另外地钩起一个旁的人来。

五分钟之后他们就坐在微昏的舞场的一角了。茶舞好像正在酣热中。客人，舞女和音乐队员都呈着热烘烘的样子，H 把周围看了一看，觉得雾围气还好，很可以坐坐，但他总想这些懂也不懂什么的，年纪过轻的舞女真是不能适他的口味。他实在没有意思跳舞，可是他对于这女人的兴味并没有失去。或者在华尔兹的旋律中把她抱住在怀里，再开始强要的交涉吧。这样他想着，于是便把稍累了的身体用强烈的黑咖啡鼓励起来。

——怎么样，赛马好玩吗？

一会儿 T 对女人问。

——不是赛马好玩，看人和赢钱好玩呵。

——你赢了吗，多少？

——我倒不怎么，H 赢得多呢。

向 H 投过来的一双神妙的眼睛。

——H 先生赢了多少？

——没有的。不过玩意儿。

H 把这个裹在时髦的西装里的青年仔细一看，觉得仿佛是见过了的。大概总不外是跑跳舞场和影戏院的人吧。但是当他想到这人跟女人不晓得有什么关系，却就郁悴起来了。他觉得三个人的茶会总是扫兴的。

忽然光线一变，勃路斯的音乐开始了。T 并不客气，只说声对不住便拉了女人跳了去，H 只凝视着他们两个人身体在微光下高低上下地旋转着律动着，一会提起杯子去把塞住了的感情灌下去。他真想喝点强的阿尔柯尔了。在急了的心里，等待的时间真是难过。

但是华尔兹下次便来了。H 抑止着暴跳的神经，把未爆发的感情尽放在腕里，把一个柔软的身体一抱便说：

——我们慢慢地来吧。

——你欢喜跳华尔兹吗？

——并不，但是我要跟你说的话，不是华尔兹却说不出来。

——你要跟我说什么？

——你愿意听吗？

——你说呀。

——我说你很漂亮。

——我以为……

——我说我很爱你。一见便爱了你。

H钉了她一眼，紧抱着她，转了两个轮，继续地说，

——我翻头看见了你时，真不晓得看你好还是看马好了。

——我可不是一样吗。你看见我的时候，我已经看着你好一会了。你那兴奋的样子，真比一匹可爱的骏马好看啊！你的眼睛太好了。

她说着便把脸凑上他的脸去。

——T是你的什么人？

——你问他干什么呢？

——……

——不是像你一样是我的朋友吗？

——我说，可不可不留他在这儿，我们走了？

——你没有权力说这话呵。我和他是先约。我应许你的时间早已过了呢？

——那么，你说我的眼睛好有什么用？

——啊，真是小孩。谁叫你这样手足鲁钝。什么吃冰淇淋啦散步啦，一大堆唠苏。你知道 love-making 是应该在汽车上风里干的吗？郊外是有绿荫的呵。我还未曾跟一个 gentleman 一块儿过过三个钟头以上呵。这是破例呵。

H觉得华尔兹真像变了狐步舞了。他这会才摸出这怀里的人是什么一个女性。但是这时还不慢呢。他想他自己的男性魅力总不会在T之下的。可是音乐却已经停止了。他们回到桌子时，T只一个人无聊地抽着香烟。于是他们饮，抽，谈，舞的过了一个多钟头时，忽然女人看看腕上的表说：

——那么，你们都在这儿玩玩去吧，我先走了。

——怎么，怎么啦？

H、T两个人同一个声音，同样展着怪异的眼睛。

——不，我约一个人吃饭去，我要去换衣衫。你们坐坐去不是很好吗，那面几个女人都是很可爱的。

——但是，我们的约怎么了呢！今夜我已经去定好了呵。

——呵呵，老T，谁约了你今夜不今夜。你的时候，你不自己享用，还要跳什么舞。你就把老H赶了走，他敢说什么。是吗，老H，可是我们再见吧！

于是她凑近 H 的耳边，"你的眼睛真好呵，不是老 T 在这儿我一定非给它一只一个吻不可"这样细声地说了几句话，微笑着拿起 Opera-bag 来，便留着两个呆得出神的人走去了。

(选自《都市风景线》，水沫书店 1930 年 4 月出版)

☞ 提示

刘呐鸥的小说大多写的是影戏院、赛马场、舞会、酒馆、霓虹灯、火车之类，声色犬马吞噬了人的理性，纸醉金迷搅动了人的情欲。一种急迫的机械文明的节奏，使人不知何所来，不知何所去，不知昨天和明天，只知尽情地享有今天。《两个时间的不感症者》就是这一方面的代表性作品。在旋风般的赛马场上，一位青年绅士赢了一千元。他与身旁那位近代型女性素昧平生，却很自然地邀请她进了茶店，几杯咖啡之后，他们便成了非常密切的情侣了。他们携手同进舞场，她却与预约好的另一个舞伴翩翩起舞了，使这位想把碰运气赢来的一千元花在她身上的绅士，感到了三角关系的苦味。跳完舞，她又匆匆换衣，去赴另一个男人的饭局，而把这两个男人丢在舞厅里不管，因为她"还没有跟一个绅士一块儿过过三个钟头以上"，舞场上还有几个很可爱的女人可供这二位享受。在这种招之即来、挥之即去的闪电式的爱情游戏中，男女间的心是隔膜的，感情是露水一般的。

小说在艺术上最突出的特点，一是将主观感觉、主观印象渗透、融合到对客体的描写中去，如"流着闪闪的汗珠"的白云，"一面欢喜便变了多情的微风"等等，都是视觉、听觉、触觉的客体化、对象化，使艺术描写具有更强的可感性，具有强烈的主观立体感。

穆时英

夜总会里的五个人

一　五个从生活里跌下来的人

一九三二年四月六日星期六下午：

金业交易所里边挤满了红着眼珠子的人。

标金的跌风用一小时一百基罗米突的速度吹着把那些人吹成野兽，吹去了理性，吹去了神经。

胡均益满不在乎地笑。他说：

"怕什么呢?再过五分钟就转涨风了!"

过了五分钟,——

"六百两进关了!"

交易所里又起了谣言:"东洋大地震!"

"八十七两!"

"三十二两!"

"七钱三!"

(一个穿毛葛袍子,嘴犄角儿咬着象牙烟嘴的中年人猛的晕倒了。)

标金的跌风加速地吹着。

再过五分钟,胡均益把上排的牙齿,咬着下嘴唇——

嘴唇碎了的时候,八十万家产也叫标金的跌风吹破了。

嘴唇碎了的时候,一颗坚强的近代商人的心也碎了。

一九三二年四月六日星期六下午:

郑萍坐在校园里的池旁。一对对的恋人从他前面走过去。他睁着眼看;他在等,等着林妮娜。

昨天晚上他送了只歌谱去,在底下注着:

"如果你还允许我活下去的话,请你明天下午到校园里的池旁来。为了你,我是连头发也愁白了!"

林妮娜并没有把歌谱退回来——一晚上,郑萍的头发又变黑啦。

今天他吃了饭就在这儿等,一面等,一面想:

"把一个钟头分为六十分钟,一分钟分为六十秒,那种分法是不正确的。要不然,为什么我只等了一点半钟,就觉得胡髭又在长起来了呢?"

林妮娜来了,和那个长腿汪一同地。

"Hey,阿萍,等谁呀?"长腿汪装鬼脸。

林妮娜歪着脑袋不看他。

他哼着歌谱里的句子:

"陌生人啊!

从前我叫你我的恋人,

现在你说我是陌生人!

陌生人啊!

从前你说我是你的奴隶,

现在你说我是陌生人!

陌生人啊……"

林妮娜拉了长腿汪往外走,长腿汪回过脑袋来再向他装鬼脸。他把上面的牙齿,咬着下嘴唇:——

嘴唇碎了的时候,郑萍的头发又白了。

嘴唇碎了的时候,郑萍的胡髭又从皮肉里边钻出来了。

一九三二年四月六日星期六下午:

霞飞路,从欧洲移殖过来的街道。

在浸透了金黄色的太阳光和铺满了阔树叶影子的街道上走着。在前面走着的一个年轻人忽然回过脑袋来看了她一眼,便和旁边的还有一个年轻人说起话来。

她连忙竖起耳朵来听:

年轻人甲——"五年前顶抖的黄黛茜吗!"

年轻人乙——"好眼福!生得真……阿门!"

年轻人甲——"可惜我们出世太晚了!阿门!女人是过不得五年的!"

猛的觉得有条蛇咬住了她的心,便横冲到对面的街道上去。一抬脑袋瞧见橱窗里自家儿的影子——青春是从自家儿身上飞到别人身上去了。

"女人是过不得五年的!"

便把上面的牙齿咬紧了下嘴唇:——

嘴唇碎了的时候,心给那蛇吞了。

嘴唇碎了的时候,她又跑进买装饰品的法国铺子里去了。

一九三二年四月六日星期六下午:

季洁的书房里。

书架上放满了各种版本的莎士比亚的 Hamlet,日译本、德译本、法译本、俄译本、西班牙译本……甚至于土耳其文的译本。

季洁坐在那儿抽烟,瞧着那烟往上腾,飘着,飘着。忽然他觉得全宇宙都化了烟往上腾——各种版本的 Hamlet 张着嘴跟他说起话来啦:

"你是什么?我是什么?什么是你?什么是我?"

季洁把上面的牙齿咬着下嘴唇。

"你是什么?我是什么?什么是你?什么是我?"

嘴唇碎了的时候,各种版本的 Hamlet 笑了。

嘴唇碎了的时候,他自家儿也变了烟往上腾了。

一九三二年四月六日——星期六下午

市政府。

一等书记缪宗旦忽然接到市长的手书。

在这儿干了五年,市长换了不少,他却生了根似地,只会往上长,没降过一次级,可是也从没接到过市长的手书。

在这儿干了五年,每天用正楷写小字,坐沙发,喝清茶,看本埠增刊,从不迟到,从不早走,把一肚皮的野心,梦想,和罗曼史全扔了。

在这儿干了五年,从没接到过市长的手书!今儿忽然接到了市长的手书,便怀着那种谨慎心情拆了开来。谁知道呢?是封撤职书。

一回儿,地球的末日到啦!

他不相信:

"我做错了什么事呢?"

再看了两遍,撤职书还是撤职书。

他把上面的牙齿咬着下嘴唇:——

嘴唇破了的时候,墨盒里的墨他不用再磨了。

嘴唇破了的时候,会计科主任把他的薪水送来了。

二　星期六晚上

厚玻璃的旋转门:停着的时候,像荷兰的风车;动着的时候,像水晶柱子。

五点到六点,全上海几十万辆的汽车从东部往西部冲锋。

可是办公处的旋转门像了风车,饭店的旋转门便像了水晶柱子。人在街头站住了,交通灯的红光潮在身上泛溢着,汽车从鼻子前擦过去。水晶柱子似的旋转门一停,人马上就鱼似地游进去。

星期六晚上的节目单是:

1. 一顿丰盛的晚宴,里边要有冰水和冰淇淋;
2. 找恋人;
3. 进夜总会;
4. 一顿滋补的点心,冰水,冰淇淋和水果绝对禁止。

(附注:醒回来是礼拜一了——因为礼拜日是公息日。)

吃完了 Chicken à la king 是水果,是黑咖啡。恋人是 Chicken à la king 那么娇嫩的,水果那么新鲜的。可是她的灵魂是咖啡那么黑色的……伊甸园里逃出来的蛇啊!

星期六晚上的世界是在爵士的轴子上回旋着的"卡通"的地球,那么轻快,那么疯狂地;没有了地心吸力,一切都建筑在空中。

星期六的晚上,是没有理性的日子。

星期六的晚上,是法官也想犯罪的日子。

星期六的晚上,是上帝进地狱的日子。

带着女人的人全忘了民法上的诱奸律,每一个让男子带着的女子全说自己还不满十八岁,在暗地里伸一伸舌尖儿。开着车的人全忘了在前面走着的,因为他的眼珠子正在玩赏着恋人身上的风景线,他的手却变了触角。

星期六的晚上,不做贼的人也偷了东西,顶爽直的人也满肚皮是阴谋,基督教徒说了谎话,老年人拼着命吃返老还童药,老练的女人全预备了 Kissproof 的点唇膏。……

街:——

(普益地产公司每年纯利达资本三分之一

100 000 两

东三省沦亡了吗

没有 东三省的义军还在雪地和日寇作殊死战

同胞们快来加入月捐会

《大陆报》销路已达五万份

一九三三年宝塔克

自由吃排）

"《大晚夜报》！"卖报的孩子张着蓝嘴，嘴里有蓝的牙齿和蓝的舌尖儿，他对面的那只蓝霓虹灯的高跟儿鞋尖正冲着他的嘴。

"《大晚夜报》！"忽然他又有了红嘴，从嘴里伸出舌尖儿来，对面的那只大酒瓶里倒出葡萄酒来了。

红的街，绿的街，蓝的街，紫的街……强烈的色调化装着的都市啊！霓虹灯跳跃着——五色的光潮，变化着的光潮，没有色的光潮——泛滥着光潮的天空，天空中有了酒，有了烟，有了高跟儿鞋，也有了钟……

请喝白马牌威士忌酒……吉士烟不伤吸者咽喉……

亚力山大鞋店，约翰生酒铺，拉萨罗烟商，德茜音乐铺，朱古力糖果铺，国泰大戏院，汉密而登旅社……

回旋着，永远回旋着的霓虹灯——

忽然霓虹灯固定了：

"皇后夜总会"

玻璃门开的时候，露着张印度人的脸；印度人不见了，玻璃门也关啦。门前站着个穿蓝褂子的人，手里拿着许多白哈吧狗儿，吱吱地叫着。

一只大青蛙，睁着两支大圆眼爬过来啦，肚子贴着地，在玻璃门前吱的停了下来。低着脑袋，从车门里出来了那么漂亮的一位小姐，后边儿跟着钻出来了一位穿晚礼服的绅士，马上把小姐的胳膊拉上了。

"咱们买个哈吧狗儿。"

绅士马上掏出一块钱来，拿了支哈吧狗给小姐。

"怎么谢我？"

小姐一缩脖子，把舌尖冲着他一吐，绉着鼻子做了个鬼脸。

"Charming, dear！"

便按着哈吧狗儿的肚子，让它吱吱地叫着，跑了进去。

三 五个快乐的人

白的台布，白的台布，白的台布，白的台布……白的——

白的台布上面放着：黑的啤酒，黑的咖啡，……黑的，黑的……

白的台布旁边坐着的穿晚礼服的男子：黑的和白的一堆：黑头发，白脸，黑眼珠子，白领子，黑领结，白浆褶衬衫，黑外褂，白背心，黑裤子……黑的和白的……

白的台布后边站着侍者,白衣服,黑帽子,白裤子上一条黑镶边……

白人的快乐,黑人的悲哀。非洲黑人吃人典礼的音乐,那大雷和小雷似的鼓声,一只大号角呜呀呜的,中间那片地板上,一排没落的斯拉夫公主们在跳着黑人的跴跶舞,一条条白的腿在黑缎裹着的身子下面弹着:——

得得得——得达!

又是黑和白的一堆!为什么在她们的胸前给镶上两块白的缎子,小腹那儿镶上一块白的缎子呢?跳着,斯拉夫的公主们;跳着,白的腿,白的胸噗儿和白的小腹;跳着,白的和黑的一堆……白的和黑的一堆。全场的人全害了疟疾。疟疾的音乐啊,非洲的林莽里是有毒蚊子的。

哈吧狗从扶梯那儿叫上来。玻璃门开啦,小姐在前面,绅士在后面。

"你瞧,彭洛夫班的猎舞!"

"真不错!"绅士说。

舞客的对话:

"瞧,胡均益!胡均益来了。"

"站在门口的那个中年人吗?"

"正是。"

"旁边那个女的是谁呢?"

"黄黛茜吗!嗳,你这人怎么的!黄黛茜也不认识。"

"黄黛茜那会不认识。这不是黄黛茜!"

"怎么不是?谁说不是?我跟你赌!"

"黄黛茜没这么年青!这不是黄黛茜!"

"怎么没这么年青,她还不过三十岁左右吗!"

"那边儿那个女的有三十岁吗?二十岁还不到——"

"我不跟你争。我说是黄黛茜,你说不是,我跟你赌一瓶葡萄汁。你再仔细瞧瞧。"

黄黛茜的脸正在笑着,在玛瑙希拉式的短发下面,眼只有了一只,眼角边有了好多皱纹,却巧妙地在黑眼皮和长眉尖中间隐没啦。她有一只高鼻子,把嘴旁的皱纹用阴影来遮了。可是那只眼里的憔悴味是即使笑也是遮不了的。

号角急促地吹着,半截白半截黑的斯拉夫公主们一个个的,从中间那片地板上,溜到白台布里边,一个个在穿晚礼服的男子中间溶化啦。一声小铜钹像玻璃盘子掉在地上似地,那最后一个斯拉夫公主便矮了半截,接着就不见了。

一阵拍手,屋顶要会给炸破了似的。

黄黛茜把哈吧狗儿往胡均益身上一扔,拍起手来,胡均益连忙把拍着的手接住了那支狗,哈哈地笑着。

顾客的对说:

"行,我跟你赌!我说那女的不是黄黛茜——嗳,慢着,我说黄黛茜没那么年轻,我说她已经快三十岁了。你说她是黄黛茜。你去问她,她要是没到二十五岁的话,那就不是黄黛茜，你输我一瓶葡萄汁。"

"她要是过了二十五岁的话呢？"

"我输你一瓶。"

"行！说了不准翻悔，啊？"

"还用说吗？快去！"

黄黛茜和胡均益坐在白台布旁边，一个侍者正在她旁边用白手巾包着酒瓶把橙黄色的酒倒到高脚杯里。胡均益看着酒说：

"酒那么红的嘴唇啊！你嘴里的酒是比酒还醉人的。"

"顽皮！"

"是一只歌谱里的句子呢。"

哈，哈，哈！

"对不起，请问你现在是二十岁还是三十岁？"

黄黛茜回过脑袋来，却见顾客甲立在她后边儿。她不明白他是在跟谁讲话，只望着他。

"我说，请问你今年是二十岁还是三十岁？因为我和我的朋友在——"

"什么话，你说？"

"我问你今年是二十岁？还是——"

黄黛茜觉得白天的那条蛇又咬住她的心了，猛的跳起来，拍，给了一个耳刮子，马上把手缩回来，咬着嘴唇，把脑袋伏在桌上哭啦。

胡均益站起来道："你是什么意思？"

顾客甲把左手掩着左面的腮帮儿："对不起，请原谅我，我认错人了。"鞠了一个躬便走了。

"别放在心里，黛茜。这疯子看错人咧。"

"均益，我真的看着老了吗？"

"那里？那里！在我的眼里你永远是年青的！"

黄黛茜猛的笑了起来："在'你'的眼里我是永远年青的！哈哈，我是永远年青的！"把杯子提了起来。"庆祝我的青春啊！"喝完了酒便靠胡均益肩上笑开啦。

"黛茜怎么啦？你怎么啦？黛茜！瞧，你疯了！你疯了！"一面按着哈吧狗的肚子，吱吱地叫着。

"我才不疯呢！"猛的静了下来。过了回儿猛的又笑了起来，"我是永远年青的——咱们乐一晚上吧。"便拉着胡均益跑到场里去了。

留下了一只空台子。

旁边台子上的人悄悄地说着：

"这女的疯了不成！"

"不是黄黛茜吗？"

"正是她！究竟老了！"

"和她在一块儿的那男的很像胡均益，我有一次朋友请客，在酒席上碰到过他的。"

"可不正是他，金子大王胡均益。"

"这几天外面不是传得很厉害，说他做金子蚀光了吗？"

"我也听见人家这么说。可是，今天我还瞧见他坐了那辆'林肯'，陪了黄黛茜在公司里买了许多东西的——我想不见得一下子就蚀得光，他又不是第一天做金子。"

玻璃门又开了。和笑声一同进来的是一个二十二三岁的男子，还有一个差不多年纪的人扭着他的胳膊，一位很年轻的小姐摆着张焦急的脸，走在旁边儿，稍为在后边儿一点。那先进来的一个，瞧见了舞场经理的秃脑袋一抬手用大手指在光头皮上划了一下：

"光得可以！"

便哈哈地捧着肚子笑得往后倒。

大伙儿全回过脑袋来瞧他：

礼服胸前的衬衫上有了一堆酒渍，一丝头发拖在脑门上，眼珠子像发寒热似的有点儿润湿，红了两片腮帮儿，胸襟那儿的小口袋里胡乱地塞着条麻纱手帕。

"这小子喝多了酒咧！"

"喝得那个模样儿！"

秃脑袋上给划了一下的舞场经理跑过去帮着扶住他，一边问还有一个男子："郑先生在那儿喝了酒的？"

"在饭店里吗！喝得那个模样还硬要上这儿来。"忽然凑着他的耳朵道："你瞧见林小姐到这儿来没有，那个林妮娜？"

"在这里！"

"跟谁一同来的？"

这当儿，那边儿桌子上的一个女的跟桌子上的男子说："我们走吧？那醉鬼来了！"

"你怕郑萍吗？"

"不是怕他。喝醉了酒，给他侮辱了，划不来的。"

"要出去，不是得打他前边儿过吗？"

那女的便软着声音，说梦话似的道："我们去吧！"

男的把脑袋低着些，往前凑着些："行，亲爱的妮娜！"

妮娜笑了一下，便站起来往外走，男的跟在后边儿。

舞场经理拿嘴冲着他们一努："那边儿不是吗？"

和那个喝醉了的男子一同进来的那女子插进来道：

"真是他猜对了。那个不是长脚汪吗？"

"糟糕！冤家见面了！"

长脚汪和林妮娜走过来了。林妮娜看见了郑萍，低着脑袋，轻轻儿的喊："明新！"

"妮娜，我在这儿，别怕！"

郑萍正在那儿笑，笑着，笑着，不知怎么的笑出眼泪来啦，猛的从泪珠儿后边儿看出去，妮娜正冲着自家儿走来，乐得刚叫：

"妮——"

一擦泪，擦了眼泪却清清楚楚的瞧见妮娜挂在长脚汪的胳膊上，便：

"妮！——你！哼，什么东西！"胳膊一挣。

他的朋友连忙又扠住了他的胳膊："你瞧错人咧"，扠着他往前走。同来的那位小姐跟妮娜点了点头，妮娜浅浅儿的笑了笑，便低下脑袋和冲郑萍瞪眼的长脚汪走出去了，走到门口，开玻璃门出去。刚有一对男女从外面开玻璃门进来，门上的霓虹灯反映在玻璃上的光一闪——

一个思想在长脚汪的脑袋里一闪："那女的不正是从前扔过我的芝君吗？怎么和缪宗旦在一块儿？"

一个思想在芝君的脑袋里一闪："长脚汪又交了新朋友了！"

长脚汪推左面的那扇门，芝君推右边的一扇门，玻璃门一动，反映在玻璃上的霓虹灯光一闪，长脚汪马上扠着妮娜的胳膊肘，亲亲热热地叫一声："Dear！……"

芝君马上挂到缪宗旦的胳膊上，脑袋稍为抬了点儿：

"宗旦……"宗旦的脑袋里是："此致缪宗旦君，市长的手书，市长的手书，此致缪宗旦君……"

玻璃门一关上，门上的绿丝绒把长脚汪的一对和缪宗旦的一对隔开了。走到走廊里，正碰见打鼓的音乐师约翰生急急忙忙的跑出来，缪宗旦一扬手

"Hello, Johny！"

约翰生眼珠子歪了一下，便又往前走道："等回儿跟你谈。"

缪宗旦走到里边刚让芝君坐下，只看见对面桌子上一个头发散乱的人猛的一挣胳膊，碰在旁边桌上的酒杯上，橙黄色的酒跳了出来，跳到胡均益的腿上，胡均益正在那儿跟黄黛茜说话，黄黛茜却早已吓得跳了起来。

胡均益莫名其妙地站了起来："怎么会翻了的？"

黄黛茜瞧着郑萍，郑萍歪着眼道："哼，什么东西！"

他的朋友一面把他按住在椅子上，一面跟胡均益赔不是："对不起的很，他喝醉了。"

"不相干！"掏出手帕来问黄黛茜弄脏了衣服没有，忽然觉得自家的腿湿了，不由的笑了起来。

好几个白衣侍者围了上来，把他们遮着了。

这当儿约翰生走了来，在芝君的旁边坐了下来：

"怎么样，Baby？"

"多谢你，很好。"

"Johny, you look very sad！"

约翰生耸了耸肩膀，笑了笑。

"什么事？"

"我的妻子正在家生孩子，刚才打电话来叫我回去——你不是刚才瞧见我急急忙忙的跑出去吗？——我跟经理说，经理不让我回去。"说到这儿，一个侍者跑来道："密司特约翰生，电话。"他又急急忙忙的跑去了。

电灯亮了的时候,胡均益的桌子上又放上了橙黄色的酒,胡均益的脸又凑在黄黛茜的脸前面,郑萍摆着张愁白了头发的脸,默默地坐着,他的朋友拿手帕在擦汗。芝君觉得后边儿有人在瞧她,回过脑袋去,却是季洁,那两只眼珠子像黑夜似的,不知道那瞳子有多深,里边有些什么。

"坐过来吗?"

"不。我还是独自个儿坐。"

"怎么坐在角上呢?"

"我喜欢静。"

"独自个儿来的吗?"

"我爱孤独。"

他把眼光移了开去,慢慢地,像僵尸的眼光似地,注视着她的黑鞋跟,她不知怎么的哆嗦了一下,把脑袋回过来。

"谁?"缪宗旦问。

"我们校里的毕业生。我进一年级的时候,他是毕业班。"

缪宗旦在拗着火柴梗,一条条拗断了,放在烟灰缸里。

"宗旦,你今儿怎么的?"

"没怎么!"他伸了伸腰,抬起眼光来瞧着她。

"你可以结婚了,宗旦。"

"我没有钱。"

"市政府的薪水还不够用吗?你又能干。"

"能干——"把话咽住了,恰巧约翰生接了电话进来,走到他那儿:"怎么啦?"

约翰生站到他前面,慢慢儿的道:"生出来一个男孩子,可是死了。我的妻子晕了过去。他们叫我回去,我却不能回去。"

"晕了过去,怎么呢?"

"我不知道。"便默着,过了回儿才说道:"我要哭的时候人家叫我笑!"

"I'm sorry for you, Johny!"

"Let's cheer up!"一口喝干了一杯酒,站了起来,拍着自家儿的腿,跳着跳着道:"我生了翅膀,我会飞!啊,我会飞,我会飞!"便那么地跳着跳着的飞去啦。

芝君笑弯了腰,黛茜拿手帕掩着嘴,缪宗旦哈哈地大声儿的笑开啦。郑萍忽然也捧着肚子笑起来。胡均益赶忙把一口酒咽了下去跟着笑。

哈,哈,哈!哈,哈,哈!哈,哈,哈!哈,哈,哈!

黛茜把手帕不知扔到那儿去啦,脊梁盖儿靠着椅背,脸望着上面的红霓虹灯。大伙儿也跟着笑——张着的嘴,张着的嘴,张着的嘴……越看越不像嘴啦。每个人的脸全变了模样儿,郑萍有了个尖下巴,胡均益有了个圆下巴,缪宗旦的下巴和嘴分开了,像从喉结那儿生出来的,黛茜下巴下面全是皱纹。

只有季洁一个人不笑,静静地用解剖刀似的眼光望着他们,竖起了耳朵,在森林中的猎狗似的,想抓住每一个笑声。

缪宗旦瞧见了那解剖刀似的眼光,那竖着的耳朵,忽然他听见了自家儿的笑声,也听见了别人的笑声,心里想着:——"多怪的笑声啊!"

胡均益也瞧见了——"这是我在笑吗?"

黄黛茜朦胧地记起了小时候有一次从梦里醒来,看到那暗屋子,曾经大声地嚷过的——"怕!"

郑萍模模糊糊地——"这是人的声音吗?那些人怎么在笑的!"

一回儿这四个人全不笑了。四面还有些咽住了的,低低的笑声,没多久也没啦。深夜在森林里,没一点火,没一个人,想找些东西来倚靠,那么的又害怕又寂寞的心情侵袭着他们,小铜钹呛的一声儿,约翰生站在音乐台上:

"Cheer up, ladies and gentlemen!"

便咚咚地敲起大鼓来,那么急地,一阵有节律的旋风似的。一对对男女全给卷到场里去啦,就跟着那旋风转了起来。黄黛茜拖了胡均益就跑,缪宗旦把市长的手书也扔了,郑萍刚想站起来时,拽他进来的那位朋友已经把胳膊搁在那位小姐的腰上咧。

"全逃啦!全逃啦!"他猛的把手掩着脸,低下了脑袋,怀着逃不了的心境坐着。忽然他觉得自家儿心里清楚了起来,觉得自家儿一点也没有喝醉似的。抬起脑袋来,只见给自己打翻了酒杯的桌上的那位小姐正跟着那位中年绅士满场的跑,那样快的步武,疯狂似地。一对舞侣飞似的转到他前面,一转又不见啦。又是一对,又不见啦。"逃不了的!逃不了的!"一回脑袋想找地方儿躲似的,却瞧见季洁正在凝视着他,便走了过去道:"朋友,我讲笑话你听。"马上话匣子似的讲着话。季洁也不作声,只瞧着他,心里说:——"什么是你!什么是我!我是什么!你是什么!"

郑萍只见自家儿前面是化石和眼珠子,一动也不动的,他不管,一边讲,一边笑。

芝君和缪宗旦跳完了回来,坐在桌子上。芝君微微地喘着气,听郑萍的笑话,听了便低低的笑,还没笑完,又给缪宗旦拉了去啦。季洁的耳朵听着郑萍,手指却在那儿拗火柴梗,火柴梗完了,便拆火柴盒,火柴盒拆完了,便叫侍者再去拿。

侍者拿了盒新火柴来道:"先生,你的桌子全是拗断了的火柴梗了!"

"四秒钟可以把一根火柴拗成八根,一个钟头一盒半,现在是——现在是几点钟?"

"两点钟还差一点,先生。"

"那么,我拗断了六盒火柴,就可以走啦。"一面还是拗着火柴。

侍者白了他一眼便走了。

顾客的对话:

顾客丙——"那家伙倒有味儿,到这儿来拗火柴。买一块钱不是能在家里拗一天了吗?"

顾客丁——"吃了饭没事做,上这儿拗火柴来,倒是快乐人哪。"

顾客丙——"那喝醉了的傻瓜不乐吗?一进来就把人家的酒打翻了。还骂人家什么东西,现在可拼命和人家讲起笑话来咧。"

顾客丁——"这溜儿那几个全是快乐人!你瞧,黄黛茜和胡均益,还有他们对面的那两个,跳得多有劲!"

顾客丙——"可不是,不怕跳断腿似的。多晚了,现在?"

顾客丁——"两点多咧。"
顾客丙——"咱们走吧？人家多走了。"
玻璃门开了，一对男女，男的歪了领带，女的蓬了头发，跑出去啦。
玻璃门又开了，又是一对男女，男的歪了领带，女的蓬了头发，跑出去啦。
舞场慢慢儿的空了，显得很冷静的，只见经理来回的踱，露着发光的秃脑袋，一回儿红，一回儿绿，一回儿蓝，一回儿白。
胡均益坐了下来，拿手帕抹脖子里的汗道："我们停一支曲子，别跳吧？"
黄黛茜说："也好——不，为什么不跳呢？今儿我是二十八岁，明儿就是二十八岁零一天了！我得老一天了！我是一天比一天老的。女人是差不得一天的！为什么不跳呢，趁我还年轻？为什么不跳呢！"
"黛茜——"手帕还拿在手里，又给拉到场里去啦。

缪宗旦刚在跳着，看见上面横挂着的一串串汽球的绳子在往下松，马上跳上去抢到了一个，在芝君的脸上拍一下道："拿好了，这是世界！"芝君把汽球搁在他们的脸中间，笑着道：

"你在西半球，我在东半球！"
不知道是谁在他们的汽球上弹了一下，汽球碰的爆破啦。缪宗旦正在微微笑着的脸猛的一怔："这是世界！你瞧，那破了的汽球——破了的汽球啊！"猛的把胸噗儿推住了芝君的，滑冰似地往前溜，从人堆里，拐弯抹角的溜过去。
"算了吧，宗旦，我得跌死了！"芝君笑着喘气。
"不相干，现在三点多啦，四点关门，没多久了！跳吧！跳！"一下子碰在人家身上。"对不起！"又滑了过去。

季洁拗了一地的火柴——
一盒，两盒，三盒，四盒，五盒……
郑萍还在那儿讲笑话，他自家儿也不知道在讲什么，尽笑着，尽讲着。
一个侍者站在旁边打了呵欠。
郑萍猛的停住不讲了。
"嘴干了吗？"季洁不知怎么的会笑了起来。
郑萍不作声，哼着：
"陌生人啊！
从前我叫你我的恋人，
现在你说我是陌生人！
陌生人啊！
……"
季洁看了看表，便搓了搓手，放下了火柴："还有二十分钟咧。"
时间的足音在郑萍的心上悉悉地响着，每一秒钟像一只蚂蚁似地打他的心脏上面爬过去，一只一只地，那么快的，却又那么多，没结没完的——"妮娜抬着脑袋等长腿汪的嘴唇的姿态啊！过一秒钟，这姿态就会变的，再过一秒钟，又会变的，变到现在，不知从等吻的姿态换到那一种姿态啦。"觉得心脏慢慢儿的缩小了下来,"讲笑话吧!"可是连笑话也没有咧。

时间的足音在黄黛茜的心上悉悉地响着,每一秒钟像一只蚂蚁似地打她心脏上面爬过去,一只一只地,那么快的,却又那么多,没结没完的——"一秒钟比一秒钟老了!""女人是过不得五年的。"也许明天就成了个老太婆儿啦!觉的心脏慢慢儿的缩小了下来。"跳哇!"可是累得跳也跳不成了。

时间的足音在胡均益的心上悉悉地响着,每一秒钟像一只蚂蚁似地打他的心脏上面爬过去,一只一只地,那么快的,却又那么多,没结没完的……"天一亮,金子大王胡均益就是个破产的人了!法庭,拍卖行,牢狱……"觉得心脏慢慢儿的缩小了下来。他想起了床旁小几上的那瓶安眠药,餐间里那把割猪排的餐刀,外面汽车里在打瞌睡斯拉夫王子腰里的六寸手枪,那么黑的枪眼……"这小东西里边能有什么呢?"——渴望着睡觉,渴慕着那黑的枪眼。

时间的足音在缪宗旦的心上悉悉地响着,每一秒钟像一只蚂蚁似地打他的心脏上面爬过去,一只一只地,那么快的,却又那么多,没结没完的——"下礼拜起我是个自由人咧,我不用再写小楷,我不用再一清早赶到枫林桥去,不用再独自个坐在二十二路公共汽车里喝风,可不是吗?我是自由人啦!""觉得心脏慢慢儿的缩小了下来。"乐吧!喝个醉吧!明天起没有领薪水的日子了!"在市政府做事的谁能相信缪宗旦会有那堕落放浪的思想呢,那么个谨慎小心的人?不可能的事,可是不可能的也终有一天可能了!

白台布旁坐着的小姐们一个个站了起来,把手提袋拿到手里,打开来,把那面小镜子照着自家儿的鼻子擦粉,一面想:"像我那么可爱的人——"因为她们只看到自家儿的鼻子,或是一支眼珠子,或是一张嘴,或是一缕头发;没有看到自家儿整个的脸。绅士们全拿出烟来,擦火柴点他们的最后的一支。

音乐才放送着:

"晚安了,亲爱的!"俏皮的,短促的调子。

"最后一支曲子咧!"大伙儿全站起来舞着。场里只见一排排凌乱的白台布,拿着扫帚在暗角里等着的侍者们的打着呵欠的嘴,经理的秃脑袋这儿那儿的发着光,玻璃门开直了,一串串男女从梦里走到明亮的走廊里去。咚的一声儿大鼓,场里的白灯全亮啦,音乐台上的音乐师们低着身子收拾他们的乐器。拿着扫帚的侍者们全跑了出来,经理站在门口跟每个人道晚安,一回儿舞场就空了下来。剩下来的是一间空屋子,凌乱的,寂寞的,一片空的地板,白灯光把梦全赶走了。

缪宗旦站在自家儿的桌子旁边——"像一只爆了的汽球似的!"

黄黛茜望了他一眼——"像一只爆了的汽球似的。"

胡均益叹息了一下——"像一只爆了的汽球似的!"

郑萍按着自家儿酒后涨热的脑袋——"像一只爆了的汽球似的!"

季洁注视着挂在中间的那只大灯座——"像一只爆了的汽球似的。"

什么是汽球?什么是爆了的汽球?

约翰生皱着眉尖儿从外面慢慢儿的走进来。

"Good night, Johny!"缪宗旦说。

"我的妻子也死了!"

"I'm awfully sorry for you, Johny!"缪宗旦在他肩上拍了一下。

"你们预备走了吗?"

"走也是那么,不走也是那么!"

黄黛茜——"我随便跑那去,青春总不会回来的。"

郑萍——"我随便跑那去,妮娜总不会回来的。"

胡均益——"我随便跑那去,八十万家产总不会回来的。"

"等回儿,我再奏一支曲子,让你们跳,行不行?"

"行吧。"

约翰生走到音乐台那儿拿了只小提琴来,到舞场中间站住了,下巴扣着提琴,慢慢儿的,慢慢儿的拉了起来,从棕色的眼珠子里掉下来两颗泪珠到弦线上面。没了灵魂似的,三对疲倦的人,季洁和郑萍一同地,胡均益和黄黛茜一同地,缪宗旦和芝君一同地在他四面舞着。

猛的,硼!弦线断了一条。约翰生低着脑袋,垂下了手。

"I can't help!"

舞着的人也停了下来,望他。怔着。

郑萍耸了耸肩膀道:"No one can help!"

季洁忽然看看那条断了的弦线道:"C'est toune sa vie."

一个声音悄悄地在这五个人的耳旁吹嘘着:"No one can help!"

一声儿不言语的,像五个幽灵似地,带着疲倦的身子和疲倦的心一步步的走了出去。

在外面,在胡均益的汽车旁边,猛的碰的一声儿。

车胎?枪声?

金子大王胡均益躺在地上,太阳那儿一个枪洞,在血的下面,他的脸痛苦地皱着。黄黛茜吓呆在车厢里。许多人跑过来看,大声地问着,忙乱着,谈论着,太息着,又跑开去了。

天慢慢儿亮了起来,在皇后夜总会的门前,躺着胡均益的尸身,旁边站着五个人,约翰生,季洁,缪宗旦,黄黛茜,郑萍,默默地看着他。

四 四个送殡的人

一九三二年四月十日,四个人从万国公墓出来,他们去送胡均益入土的。这四个人是愁白了头发的郑萍,失了业的缪宗旦,二十八岁零四天的黄黛茜,睁着解剖刀似的眼珠子的季洁。

黄黛茜——"我真做人做疲倦了!"

缪宗旦——"他倒做完了人咧!能像他那么憩一下多好啊!"

郑萍——"我也有了颗老人的心了!"

季洁——"你们的话我全不懂。"

大家便默着。

一长串火车驶了过去,驶过去,驶过去,在悠长的铁轨上,嘟的叹了口气。
辽远的城市,辽远的旅程啊!
大家太息了一下,慢慢儿的走着——走着,走着。前面是一条悠长的,寥落的路……
辽远的城市,辽远的旅程啊!

一九三二·一二·二二

(选自《公墓》,现代书局一九三三年六月出版)

☞ 提示

《夜总会里的五个人》最初发表在1933年2月《现代》杂志第二卷第四期,后收入《公墓》。小说以一个周末的夜总会作为场景,从这个横切面反映了旧上海这个大都市的生活,可以说是上海的一个缩影。作品中的五个人都是现代都市病患者:一个是在交易所投机失败以致破产的资本家胡均益,一个是失了恋的大学生郑萍,一个是丢了职的市政府职员缪宗旦,一个是失去了青春的交际花黄黛茜,一个是整天研究《哈姆雷特》各种版本,迷失了方向,越研究越糊涂的学者季洁。他们都带着自己极大的苦恼,在星期六晚上涌进了夜总会,疯狂地跳着舞,从中寻求更大的刺激,一直跳到第二天黎明的最后一支乐曲为止。出门时,破了产的"金子大王"胡均益开枪自杀,其余人把他送进墓地,为他送葬。

小说在艺术上运用现代主义技巧,以快速的节奏、跳跃的电影艺术技巧及意识流等手法组织故事。作品一开篇用跳跃的镜头,依次展现了同一时间不同场合的五个人的各自不幸,这样作品就显得简洁、明快而富于层次。小说不断摇动快速的镜头,真切地展示了半殖民地都市的畸形繁华,又通过电影蒙太奇手法,展示都市病患者的行动与内心世界。同时,作品还运用了意象叠加和诗歌叠句的方法,使作品的内容得到进一步的强化,艺术效果更为强烈。

施蛰存

梅雨之夕

梅雨又淙淙地降下了。

对于雨,我倒并不觉得嫌厌,所嫌厌的是在雨中疾驰的摩托车的轮,它会得溅起泥水猛力地洒上我的衣裤,甚至会连嘴里也拜受了美味。我常常在办公室里,当公事空闲的时候,凝望着窗外淡白的空中的雨丝,对同事们谈起我对于这些自私的车轮的怨苦。下雨天是不必省钱的,你可以坐车,舒服些。他们会这样善意地劝告我。但我并不曾屈就了他们的好心,我不是为了省钱,我喜欢在滴沥的雨声中撑着伞回去。我的寓所离公司是很近的,所以我散工出来,便是电车也不必坐,此外还有一个我所以不喜欢在雨天坐车的理由,那是因为我还不曾有一件雨衣,而普通在雨天的电车里,几乎全是裹着雨衣的先生们,夫人们或小姐们,在这样一间狭窄的车厢里,滚来滚去的人身上全是水,我一定会虽然带着一把上等的伞,也不免满身淋漓地回到家里。况且尤其是在傍晚时分,街灯初上,沿着人行路用一些暂时安逸的心境去看看都市的雨景,虽然拖泥带水,也不失为一种自己的娱乐。在蒙雾中来来往往的车辆人物,全都消失了清晰的轮廓,广阔的路上倒映着许多黄色的灯光,间或有几条警灯的红色和绿色在闪烁着行人的眼睛。雨大的时候,很近的人语声,即使声音很高,也好像在半空中了。

人家时常举出这一端来说我太刻苦了,但他们不知道我会得从这里找出很大的乐趣来,即使偶尔有摩托车的轮溅满泥泞在我身上,我也并不曾因此而改了我的习惯。说是习惯,有什么不妥呢,这样的已经有三四年了。有时也偶尔想着总得买一件雨衣来,于是可以在雨天坐车,或者即使步行,也可以免得被泥水溅着了上衣,但到如今这仍然留在心里做一种生活上的希望。

在近来的连日的大雨里,我依然早上撑着伞上公司去,下午撑着伞回家,每天都是如此。

昨日下午,公事堆积得很多。到了四点钟,看看外面雨还是很大,便独自留下在公事房里,想索性再办了几桩,一来省得明天要更多地积起来,二来也借此避雨,等它小一些再走。这样地竟逗留到六点钟,雨早已止了。

走出外面,虽然已是满街灯火,但天色却转清朗了。曳着伞,避着檐滴,缓步过去,从江西路走到四川路桥,竟走了差不多有半点钟光景。邮政局的大钟已是六点二十五分了。未走上桥,天色早已重又冥晦下来,但我并没有介意,因为晓得是傍晚的时分了,刚走到桥头,急雨骤然从乌云中漏下来,潇潇的起着繁音。看下面北四川路上和苏州河两岸行人的纷纷乱窜乱避,只觉得连自己心里也有些着急。他们在着急些什么呢?他们也一定知道这降下来的是雨,对于他们没有生命上的危险,但何以要这样急迫地躲避呢?说是为了恐怕衣裳给淋湿了,但我分明看见手中持着伞的和身上披了雨衣的人也有些脚步跟跄了。我觉得至少这是一种无意识的纷乱。但要是我不会感觉到雨中闲行的滋味,我也是会得和这些人一样地急突地奔下桥去的。

何必这样的奔逃呢,前路也是在下着雨,张开我的伞来的时候,我这样漫想着。不觉已走过了天潼路口。大街上浩浩荡荡地降着雨,真是一个伟观,除间或有几辆摩托车,连续地冲破了雨仍旧钻进了雨中地疾驰过去之外,电车和人力车全不看见。我奇怪他们都躲到什么地方去了。至于人,行走着的几乎是没有,但在店铺的檐下或蔽荫下是可以一团一团地看得见,有伞的和无伞的,有雨衣的和无雨衣的,全都聚集着,用嫌厌的眼望着这奈何不得的雨。我不懂他们这些雨具是为了怎样的天气而买的。

至于我,已经走近文监师路了。我并没什么不舒服,我有一把好的伞,脸上绝不会给雨淋湿,脚上虽然觉得有点潮妞妞,但这至多是回家后换一双袜子的事。我且行且看着雨中的北四川路,觉得朦胧的颇有些诗意。但这里所说的"觉得",其实也并不是什么具体的思绪。除了"我该得在这里转弯了"之外，心中一些也不意识着什么。

从人行路上走出去，探头看看街上有没有往来的车辆，刚想穿过街去转入文监师路，但一辆先前并没有看见的电车已停在眼前。我止步了，依然退进到人行路上，在一支电杆边等候着这辆车的开出。在车停的时候，其实我是可以安心地对穿过去的，但我并不会这样做。我在上海住得很久，我懂得走路的规则，我为什么不在这个可以穿过去的时候走到对街去呢，我没知道。

我数着从头等车里下来的乘客。为什么不等三等车里下来的呢？这里并没有故意的挑选，头等坐在车底前部，下来的乘客刚在我面前，所以我可以很看得清楚。第一个，穿着红皮雨衣的俄罗斯人，第二个是中年的日本妇人，她急急地下了车，撑开了手里提着的东洋粗柄雨伞，缩着头鼠窜似地绕过车前，转进文监师路去了。我认识她，她是一家果子店的女店主。第三，第四，是像宁波人似的我国商人，他们都穿着绿色的橡皮华式雨衣。第五个下来的乘客，也即是末一个了，是一位姑娘。她手里没有伞，身上也没有穿雨衣，好像是在雨停止了之后上电车的，而不幸在到目的地的时候却下着这样的大雨。我猜想她一定是从很远的地方上车的，至少应当在卡德路以上的几站吧。

她走下车来，缩着瘦削的，但并不露骨的双肩，窘迫地走上人行路的时候，我开始注意着她的美丽了。美丽有许多方面，容颜的姣好固然一重要素，但风仪的温雅，肢体的停匀，甚至谈吐的不俗，至少是不惹厌，这些也有着份儿，而这个雨中的少女，我事后觉得她是全适合这几端的。

她向路的两边看了一看，又走到转角上看着文监师路。我晓得她是急于招呼一辆人力车。但我看，跟着她的眼光，大路上清寂地没有一辆车子徘徊着，而雨还尽量地落下来。她旋即回了转来，躲避在一家木器店的屋檐下，露着烦恼的眼色，并且蹙着细淡的修眉。

我也便退进在屋檐下，虽则电车已开出，路上空空地，我照理可以穿过去了。但我何以不穿过去，走上了归家的路呢！为了对于这个少女有什么依恋么？并不，绝没有这种依恋的意识。但这也决不是为了我家里有着等候我回去在灯下一同吃晚饭的妻，当时是连我已有妻的思想都不会有，面前有着一个美的对象，而又是在一重困难之中，孤寂地单身呆立着望这永远地，永远地垂下来的梅雨，只为了这些缘故，我不自觉地移动了脚步站在她旁边了。

虽然在屋檐下，虽然没有粗重的檐溜滴下来，但每一阵风会得把凉凉的雨丝吹向我们。我有着伞，我可以如中古时期骁勇的武士似地把伞当作盾牌，挡着扑面袭来的雨丝的箭，但这个少女却身上间歇地被淋得很湿了。薄薄的绸衣，黑色也没有效用了，两支手臂已被画出了它们的圆润。她屡次旋转身去，侧立着，避免轻薄的雨之侵袭她的前胸。肩臂上受些雨水，让衣裳贴着了肉倒不打紧吗？我曾偶尔这样想。

天晴的时候，马路上多的是兜搭生意的人力车。但现在需要它们的时候，却反而没有了。我想着人力车夫的不善于做生意，或许是因为需要的人太多了，供不应求，所以即是在这样繁盛的街上，也不见一辆车子的踪迹。或许车夫也都在避雨呢，这样大的雨，车夫不该避一避吗？对于人力车之有无，本来用不到关心的我，也忽然寻思起来，我并且还甚至觉得那些人力车夫是可恨的，为什么你们不拖着车子走过来接应这生意呢，这里有一位美丽的姑娘，正窘立在雨中等候着你们的任何一个。

如是想着，人力车终于没有踪迹。天色真的晚了。远处对街的店铺门前有几个短衣的男子已经等得不耐而冒着雨，他们是拼着淋湿一身衣裤的，跨着大步跑去了。我看这位少女的长眉已颦蹙得更紧，眸子莹然，像是心中很着急了。她的忧闷的眼光正与我的互相交换，在她眼里，我懂得我是正受着诧异，为什么你老是站在这里不走呢。你有着伞，并且穿着皮鞋，等什么人么？雨天在街路上等谁呢？眼睛这样锐利地看着我，不是没怀着好意么？从她将钉住着在我身上打量我的眼光移向着阴黑的天空的这个动作上，我肯定地猜测她是在这样想着。

我有着伞呢，而且大得足够容两个人的蔽荫的，我不懂何以这个意识不早就觉醒了我。但现在它觉醒了我将使我做什么呢？我可以用我的伞给她障住这样的淫雨，我可以陪伴她走一段路去找人力车，如果路不多，我可以送她到她的家，如果路很多，又有什么不成呢？我应当跨过这一箭路，去表白我的好意吗？好意，她不会有什么别方面的疑虑吗？或许她会得像刚才我所猜想着的那样误解了我，她便会得拒绝了我。难道她宁愿在这样不止的雨和风中，在冷静的夕暮的街头，独自个立到很迟吗？不啊！雨是不久就会停的，已经这样连续不断地降下了……多久了，我也完全忘记了时间的在雨水中间流过。我取出时计来，七点三十四分。一小时多了。不至于老是这样地降下来吧，看，排水沟已经来不及宣泄，多量的水已经积聚在它上面，打着旋涡，挣扎不得流下去的路，不久怕会溢上了人行道么？不会的，决不会有这样持久的雨，再停一会，她一定可以走了。即使雨不就停止，人力车大约总能够来一辆的。她一定会不管多大的代价坐了去的。然则我是应当走了么？应当走了？为什么不？……

这样地又十分钟过去了。我还没有走。雨没有住，车儿也没有影踪。她也依然焦灼地立着。我有一个残忍的好奇心，如她这样的在一重困难中，我要看她终于如何处理她自己。看着她这样窘急，怜悯和旁观的心里在我身中各占了一半。

她又在惊异地看着我。

忽然，我觉得，何以刚才会不觉得呢，我奇怪，她好像在等待我拿我的伞贡献给她，并且送她回去，不，不一定是回去，只是到她所需要到的地方去。你有伞，但你不走，你愿意分一半伞荫蔽我，但还在等待什么更适当的时候呢？她的眼光在对我这样说。

我脸红了，但并没有低下头去。

用羞赧来对付一个少女的注目，在结婚以后，我是不常有的。这是自己也随即觉得可怪了。我将用何种理由来譬解我的脸红呢？没有！但随即有一种男子的勇气升上来，我要求报复，这样说或许较严重了，但至少是要求着克服她的心在我身里急突地催促着。

终归是我移近了这少女，将我的伞分一半荫蔽她。

——小姐，车子恐怕一时不会得有，假如不妨碍，让我来送一送吧。我有着伞。

我想说送她回府，但随即想到她未必是在回家的路上，所以结果是这样两用地说了。当说着这些话的时候，我竭力做得神色泰然而她一定已看出了这勉强的安静的态度后面藏匿着的我的血脉之急流。

她凝视着我半微笑着。这样好久。她是在估量我这种举止的动机，上海是个坏地方，人与人都用一种不信任的思想交际着！她也许是正在自己委决不下，雨真的短时期内不会止么？人力车真的不会来一辆么？要不要借着他的伞姑且走起来呢？也许转一个弯就可以有人力车，也许就让他送到了。那不妨事么？……不妨事。遇见了认识人不会猜疑吗？……但天太晚了，雨并不觉得小一些。

于是她对我点了点头，极轻微地。

谢谢你。朱唇一启，她迸出柔软的苏州音。

转进靠西边的文监师路，响着雨声的伞下，在一个少女的旁边，我开始诧异我的奇遇。事情会得展开到这个现状吗？她是谁，在我身旁同走，并且让我用伞荫蔽着她，除了和我的妻之外，近几年来我并不曾有过这样的经历。我回转头去，向后面斜看，店铺里有许多人歇下了工作对我，或是我们，看着。隔着雨的帡幪，我看得见他们的可疑的脸色。我心里吃惊了，这里有着我认识的人吗？或是可有着认识她的人吗？……再回看她，她正低下着头，拣着踏脚地走。我的鼻刚接近她的鬒发，一阵香。无论认识我们之中任何一个人，看见了这样的我们的同行，会怎样想？……我将伞沉下了些，让它遮蔽到我们的眉额。人家除非低下身子来，不能看见我们的脸面。这样的举动，她似乎很中意。

我起先是走在她的右边，右手执着伞柄，为了要让她多得些荫蔽，手臂便凌空了。我开始觉得手臂酸痛，但并不以为是一种苦楚。我侧眼看她，我恨那个伞柄，它遮隔了我的视线。从侧面看，她并没有从正面看那样的美丽。但我却从此得到了一个新的发现：她很像一个人。谁？我搜寻着，我搜寻着，好像记得，岂但……几乎每日都在意中的，一个我认识的女子，像现在身旁并行着的这个一样的身材，差不多的面容，但何以现在百思不得了呢？……啊，是了，我奇怪为什么我竟会得想不起来，这是不可能的！我的初恋的那个少女，同学，邻居，她不是很像她吗？这样的从侧面看，我与她离别了好几年了，在我们相聚的最后一日，她还只有十四岁，——一年……二年……七年了呢。我结婚了，我没有再看见她，想来长成得更美丽了……但我并不是没有看见她长大起来，当我脑中浮起她的印象来的时候，她并不还保留着十四岁的少女姿态。我不时在梦里，睡梦或白日梦，看见她在长大起来，我会自己构成她是个美丽的二十岁年纪的少女。她有好的声音和姿态，当偶然悲哀的时候，她在我的幻觉里会得是一个妇人，或甚至是一个年轻的母亲。

但她何以这样的像她呢？这个容态，还保留十四岁时候的余影，难道就是她自己么？她为什么不会到上海来呢？是她！天下有这样容貌完全相同的人么？不知她认出了我没有……我应该问问她了。

小姐是苏州人么?

是的。

确然是她,罕有的机会啊!她几时到上海来的呢?她的家搬到上海来了吗?还是,哎,我怕,她嫁到上海来了呢?她一定已经忘记了我,否则她不会允许我送她走。……也许我的容貌有了改变,她不能再认识我,年数确是很久了。……但她知道我已经结婚吗?要是没有知道,而现在她认识了我,怎么办呢?我应当告诉她吗?如果这样是需要的,我将怎么措辞呢?……

我偶然向道旁一望,有一个女子倚在一家店里的柜上。用着忧郁的眼光。看着我,或者也许是在看着她。我忽然好像发现这是我的妻,她为什么在这里?我奇怪。

我们走在什么地方了。我留心看。小菜场。她恐怕快要到了。我应当不失了这个机会。我要晓得她更多一些,但要不要使我们继续已断的友谊呢,是的,至少也得是友谊?还是仍旧这样地让我在她的意识里只不过是一个不相识的帮助女子的善意的人呢?我开始踌躇了。我应当怎样做才是最适当的。

我似乎还应该知道她正要到那里去。她未必是归家去吧。家——要是父母的家倒也不妨事的,我可以进去,如像幼小的时候一样。但如果是她自己的家呢?我为什么不问她结婚了不曾呢……或许,连自己的家也不是,而是她的爱人的家呢,我看见一个文雅的青年绅士。我开始后悔了,为什么今天这样高兴,剩下妻在家里焦灼地等候着我,而来管人家的闲事呢。北四川路上,终于会有人力车往来的?即使我不这样地用我的伞伴送她,她也一定早已能雇到车子了。要不是自己觉得不便说出口,我是已经会得剩了她在雨中反身走了。

还是再考验一次吧。

小姐贵姓?

刘。

刘吗?一定是假的。她已经认出了我,她一定都知道了关于我的事,她哄我了。她不愿意再认识我了,便是友谊也不想继续了。女人!……她为什么改了姓呢?……也许这是她丈夫的姓?刘……刘什么?

这些思想的独白,并不占有了我多少时候。它们是很迅速地翻舞过我的心里,就在与这个好像有魅力的少女同行过一条马路的几分钟之内。我的眼不常离开她,雨到这时已在小下来也没有觉得。眼前好像来来往往的人在多起来了,人力车也恍惚看见了几辆。她为什么不雇车呢?或许快要到达她的目的地了。她会不会因为心里已认识了我,不敢相认,所以故意延滞着和我同走么?

一阵微风,将她的衣缘吹起,飘荡在身后。她扭过脸去避对面吹来的风,闭着眼睛,有些娇媚。这是很有诗兴的姿态,我记起日本画伯铃木春信的一帖题名叫"夜雨宫诣美人图"的画。提着灯笼,遮着被斜风细雨所撕破的伞,在夜的神社之前走着,衣裳和灯笼都给风吹卷着,侧转脸儿来避着风雨的威势,这是颇有些洒脱的感觉的。现在我留心到这方面了，她也有些这样的丰度。至于我自己，在旁人眼光里，或许成为她的丈夫或情人了，我很有些得意着这种自譬的假饰。是的，当我觉得她确是幼小时候初恋着的女伴的时候，我是如像真有这回事似的享受着这样的假饰。而从她鬓边颊上被潮润的风吹过来的粉香，我也闻嗅得出是和我妻所有的香味一样的。……我旋即想到古人有"担簦亲送绮罗人"那么一句诗，是很适合于今日的我的奇遇的。铃木画伯的名画又一度浮现上来了。但铃木的所画的美人并不和她有一些相像，倒是我妻的嘴唇却与画里的少女的嘴唇有些仿佛的。我再试一试对于她的凝视，奇怪啊，现在我觉得她并不是我适才所误会着的初恋的女伴了。她是另外一个不相干的少女。眉额、鼻子、颚骨，即使说是有年岁的改换，也绝对的找不出一些踪迹来。而我尤其嫌厌着她的嘴唇，侧看过去，似乎太厚一些了。

我忽然觉得很舒适，呼吸也更通畅了。我若有意无意地替她撑着伞，徐徐觉得手臂太酸痛之外，没什么感觉。在身旁由我伴送着的这个不相识的少女的形态，好似已经从我的心的樊笼中被释放了出去。我才觉得天已完全夜了，而伞上已听不到些微的雨声。

——谢谢你，不必送了，雨已经停了。

她在我耳朵边这样地嘤响。

我蓦然惊觉，收拢了手中的伞。一缕街灯的光射上了她的脸，显着橙子的颜色。她快要到了吗？可是她不愿意我伴她到目的地，所以趁此雨已停住的时候要辞别我吗？我能不能设法看一看她究竟到什么地方去呢？

——不要紧，假使没有妨碍，让我送到了吧。

——不敢当呀，我一个人可以走了，不必送吧。时光已是很晏了，真对不起得很呢。

看来是不愿我送的了。但假如还是下着大雨便怎么了呢？……我怨忿着不情的天气，何以不再下半小时雨呢，是的，只要再半小时就够了。一瞬间，我从她的对于我的凝视——那是为了要等候我的答话——中看出一种特殊的端庄，我觉得凛然，像雨中的风吹上我的肩膀，我想回答，但她已不再等候我。

——谢谢你，请回转，再会。……

她微微地侧面向我说着，跨前一步走了，没有再回转头来。我站在中路，看她的后影，旋即消失在黄昏里。我呆立着，直到一个人力车夫来向我兜揽生意。

在车上的我，好像飞行在一个醒觉之后就要忘记了的梦里。我似乎有一桩事情没有做完成，我心里有着一种牵挂。但这并不会很清晰地意识着。我几次想把手中的伞张起来，可是随即会自己失笑这是无意识的。并没有雨降下来，完全地晴了，而天空中也稀疏地有了几颗星。

下车了，我叩门。

——谁？

这是我在伞底下伴送着走的少女的声音！奇怪，她何以又会在我家里？……门开了。堂中灯火通明，背着灯光立在开着一半的大门边的，倒并不是那个少女。朦胧里，我认出她是那个倚在柜台上用嫉妒的眼光看着我和那个同行的少女的女子。我惝悦地走进门。在灯下，我很奇怪，为什么从我妻的脸色上再也找不出那个女子的幻影来。

妻问我何故归家这样的迟，我说遇到了朋友，在沙利文吃了些小点，因为等雨停止，所以坐得久了。为了要证实我这谎话，夜饭吃得很少。

（选自《梅雨之夕》，上海新中国书店1933年3月初版）

☞ 提示

《梅雨之夕》是施蛰存1929年的作品，曾收入《上元灯》初版，后又收入短篇小说集《梅雨之夕》。小说写的是：青年职员"我"，在一个梅雨之夜打着伞步行回家，在店铺屋檐下避雨时，邂逅一个没有带雨伞的美丽少女。"我"为她的姿色所动，主动共伞相送，雨停即分手。

小说故事情节淡化，人物性格模糊，而对人物潜意识、性意识的描写则非常成功。一次完全没有结果的萍水相逢，作者却把人物心理过程写得极为曲折细微而又富有层次。开头"我"是把姑娘作为美的对象来欣赏；以后侧面看姑娘的脸型仿佛像自己少年时代的女朋友而发问；再后来雨停了，姑娘道谢告别，男子心里竟埋怨老天爷何不再下半个小时雨；最后回到家里怅然若失，甚至有点失魂落魄。主人公多角度的意识流动与辐射，表现得曲折有致，引人入胜，具有强烈的艺术感染力。

沈从文

边　城（故事梗概）

二十世纪初叶，湘、川、黔交界的边城茶峒，地方安静和平，风俗淳朴。在绕城而过的河边渡口，有一座白塔，塔下住了一户人家，管渡船的老船工和他的外孙女翠翠相依为命。17年前，老船工的女儿与一个屯防军人唱歌相恋，却"结婚不成"，双双自杀殉情。

转眼间翠翠已长大成人。两年前端午节，翠翠在河边看龙舟竞流，与管码头的顺顺的儿子傩送邂逅。这件事留在翠翠心上，一直不能抹去。端午节又到了，爷孙俩进城看龙船，爷爷却半途被杨马兵邀去看新碾坊。这座碾坊是王团总给女儿作陪嫁的妆奁。傩送的哥哥天保也爱上了翠翠，托杨马兵向老船工探口风。老船工回答说，天保若要走"车路"，应由顺顺作主，请了媒人来说；若走"马路"，便应去渡口对面给翠翠唱歌，一切由翠翠作主。这时，在河边的翠翠却从几个乡下人口里，知道了团总欲以碾坊陪嫁，要傩送做女婿，心里充满了一种说不分明的东西。

顺顺当真请了媒人来提亲。爷爷问及翠翠时,由于翠翠明白了提亲的是天保,便总不作声。由翠翠想到她的母亲,老船工心里有点害怕。

傩送与天保知道了对方心事,相约一道去给翠翠唱歌,凭命运决定谁该得到翠翠。这天晚上,翠翠在睡梦中灵魂为一种美妙歌声浮起来了——唱歌的是傩送。天保知道自己与翠翠无缘,便怄气乘船下行,不料翻船落水死去。顺顺和傩送以为这是老船工做事弯弯曲曲造成的,对老船工冷淡了许多。同时,团总派人来探口风,想知道傩送愿不愿接受那座碾坊,却遭到傩送的拒绝。在与父亲吵了一阵后,傩送也坐船下桃源去了。在得知傩送出走与中寨人说傩送已决定要碾坊的谎言后,老船工像被一个闷拳打倒,在一个雷雨交加的晚上,伴随白塔的坍圮死去了。

忙完丧事,顺顺要接翠翠去他家住,翠翠却不愿进城,于是由杨马兵暂陪翠翠住在渡口。当翠翠从杨马兵口中明白了事情的前因后果及傩送是被逼着接受碾坊而赌气下行以后,哭了一个晚上。

到了冬天,白塔又重新修好了,但傩送依然不曾回到茶峒来。

翠翠依然住在渡口,等候傩送的归来。

"这个人也许永远不回来了,也许明天回来!"

丈 夫

落了春雨,一共有七天,河水涨大了。

河中涨了水,平常时节泊在河滩的烟船、妓船,离岸极近,全系在吊脚楼下的支柱上。

在楼上四海春茶馆喝茶的闲汉子,俯身临河一面窗口,可以望到对河宝塔边"烟雨红桃"好景致,也可以知道船上妇人陪客烧烟的情形。因为那么近,上下都方便,有喊熟人的声音,从上面或从下面喊叫,到后是互相见面了,谈话了,取了亲昵样子,骂着野话粗话,于是楼上人会了茶钱,从湿而发臭的甬道走去,从那些肮脏地方走到船上了。

上了船,花钱半元到五块,随心所欲吃烟睡觉,同妇人毫无拘束的放肆取乐。这些在船上生活的大臀肥身的年青乡下女人,就用一个妇人的好处,热忱而切实的服侍男子过夜。

船上人,把这件事也像其余地方一样称呼,这叫做"生意"。她们都是做生意而来的。在名分上,那名称与别的工作同样,既不和道德相冲突,也并不违反健康。她们从乡下来,从那些种田挖园的人家,离了乡村,离了石磨同小牛,离了那年青而强健的丈夫,跟随了一个同乡熟人,就来到这船上做生意了。做了生意,慢慢的变成为城市里人,慢慢的与乡村离远,慢慢的学会了一些只有城市里才需要的恶德,于是妇人就毁了。但那毁是慢慢的,因为很需要一些日子,所以谁也不去注意。而且也仍然不缺少在任何情形下还依旧好好的保留着那乡村纯朴气质的妇人。所以在市上的小河妓船上，决不会缺少年青女子的来路。

事情非常简单，一个不亟亟于生养孩子的妇人，到了城市，能够每月把从城市里两个晚上所得的钱，送给那留在乡下诚实耐劳、种田为生的丈夫，在那方面就可以过了好日子，名分不失，利益存在。所以许多年青的丈夫，在娶媳妇以后，把她送出来，自己留在家中耕田种地，安分过日子，也竟是极其平常的事情。

这种丈夫，到什么时候，想及那在船上做生意的年青的媳妇，或逢年过节，照规矩要见见媳妇的面了，媳妇不能回来，自己便换了一身浆洗干净的衣服，腰带上挂了那个工作时常不离口的烟袋，背了整箩整篓的红薯、糍粑之类，赶到市上来，像访远亲一样，从码头第一号船上问起，一直到认出自己女人所在的船上为止。问明白后，到了船上，小心小心的把一双布鞋放到舱外护板上，把带来的东西交给了女人，一面便用着吃惊的眼睛，搜索女人的全身。这时节，女人在丈夫眼下自然已完全不同了。

大而油光的发髻，用小镊子扯成的细细眉毛，脸上的白粉同绯红胭脂，以及那城市里人神气派头，城市里人的衣服，都一定使从乡下来的丈夫感到极大的惊讶，有点手足无措。那呆相是女人很容易清楚的。女人到后开了口，或者问："那次五块钱得了么？"或者问："我们那对猪养儿子了没有？"女人说话时口音自然也完全不同了，变成像城市里做太太的大方自由，完全不是在乡下做媳妇的羞涩畏缩神气了。

听女人问起钱，问起家乡豢养的猪，这做丈夫的看出自己做丈夫的身分，并不在这船上失去，看出这城里奶奶还不完全忘记乡下，胆子大了一点，慢慢的摸出烟管同火镰。第二次惊讶，是烟管忽然被女人夺去，即刻在那粗而厚大的手掌里，塞了一枝"哈德门"香烟的缘故。吃惊也仍然是暂时的事，于是这做丈夫的，一面吸烟一面谈话，……

到了晚上，吃过晚饭，仍然在吸那有新鲜趣味的香烟。来了客，一个船主或一个商人，穿生牛皮长统靴子，抱兜一角露出粗而发亮的银链，喝过一肚子烧酒，摇摇荡荡的上了船，一上船就大声的嚷要亲嘴要睡觉，那宏大而含胡的声音，那势派，都使这做丈夫的想起了村长同乡绅那些大人物的威风。于是这丈夫不必指点，也就知道往后舱钻去，躲到那后梢舱上去低低的喘气，一面把含在口上那枝卷烟摘下来，毫无目的地眺望河中暮景。夜中河上改变了，岸上河上已经全是灯火，这丈夫到这时节一定要想起家里的鸡同小猪，仿佛那些小小东西才是自己的朋友，仿佛那些才是亲人；如今和妻接近，与家庭却离得很远，淡淡的寂寞袭上了身，他愿意转去了。

当真转去没有？不。三十里路，路上有豺狗，有野猫，有查夜放哨的团丁，全是不好惹的东西，转去实在做不到。船上的大娘自然还得留他上"三元宫"看夜戏，到"四海春"去喝清茶。并且既然到了市上，大街上的灯同城市中的人更不可不去看看。于是留下了，坐在后舱独自看河中景致，等候大娘的空暇。到后要上岸时，就由船边小阳桥攀援篷架到船头；玩过后，仍然由那旧地方转到船上，小心小心使声音放轻，省得留在舱里躺到床上烧烟的客人发怒。

到要睡觉的时候，城里起了更，西梁山上的更鼓咚咚响了一会，悄悄的从板缝里看看客人还不走，丈夫没有什么话可说，就在梢舱上新棉絮里一个人睡了。半夜里，或者已睡着，或者还在胡思乱想，那媳妇抽空爬过了后舱，问是不是想吃一点糖。本来非常欢喜口含片糖的脾气，做媳妇的记得清楚明白，所以即或说已经睡觉，已经吃过，也仍然还是塞了一小片糖在口里。媳妇用着略略抱怨自己那种神气走去了。丈夫把糖含在口里，正像仅仅为了这一点理由，就得原谅媳妇的行为，尽她在前舱陪客，自己仍然很和平的睡觉了。

这样丈夫在黄庄多着！那里出强健女子同忠厚男人。地方实在太穷了，一点点收成照例要被上面的人拿去一大半，手足贴地的乡下人，任你如何勤省耐劳的干做，一年中四分之一时间，即或用红薯叶和糠灰拌和充饥，总还是不容易对付下去。地方虽在山中，离大河码头只二十里，由于习惯，女子出乡讨生活，男人通明白这做生意的一切利益，他懂事，女人名分仍然归他，养得儿子归他，有了钱，也总有一部分归他。

那些船只排列在河下，一个生人，数来数去是永远无法数清的。明白这数目，而且明白那秩序，记忆得出每一个船和摇船人样子，是五区一个老"水保"。

水保是个独眼睛的人，这独眼据说在年青时节因殴斗杀过一个水上恶人，因为杀人，同时也就被人把眼睛抠瞎了。但两只眼睛不能分明的，他一只眼睛却办到了。一个河里都由他管事。他的权力在这些小船上，比一个中国的皇帝、总统在地面上的权力还统一集中。

涨了河水，水保比平时似乎忙多了。由于责任，他得各处去看看，是不是有些船上做父母的上了岸，小孩子在哭奶了。是不是有些船上在吵架，需要排难解纷。是不是有些船因照料无人，有溜去的危险。在今天，这位大爷，并且要到各处去调查一些从岸上发生影响到了水面的事情。岸上这几天来出过三次小抢案，据公安局那方面人说，凡地上小缝小罅都找寻到了，还是毫无踪迹。地上小缝小罅都亏那些体面的在职公人员找过。于是水保的责任便到了。他得了通知，就是那些说谎话的公安局办事处通知，要他到半夜会同水面武装警察上船去搜索"歹人"。

水保得到这消息时是上半天。一个整白天他要做许多事情。他要先尽一些从平日受人款待好酒好肉而来的义务了，于是沿了河岸，从第一号船起始，每个船上去谈谈话。他得先调查一下，问问这船上是不是留容得有不端正的外乡人。

做水保的人照例是水上一霸，凡是属于水面上的事情他无有不知。这人本来就是一个吃水上饭的人，是立于法律同官府对面，按照习惯被官吏来利用，处治这水上一切的。但人一上了年纪，世界成天变，变去变来这人有了钱，成过家，喝点酒，生儿育女，生活安舒，慢慢的转成一个和平正直的人了。在职务上帮助官府，在感情上却亲近了船家。在这些情形上面他建设了一个道德的模范。他受人尊敬不下于官，却不让人害怕厌恶。他做了河船上许多妓女的干爹。由于这些社会习惯的联系，他的行为处事是靠在水上人一边的。

他这时节正从一个跳板上跃到一只新油漆过的"花船"头，那船位置在较清静的一家莲子铺吊脚楼下，他认得这只船归谁管业，一上船就喊"七丫头"。

没有声音，年青的女人不见出来，年老的掌班也不见出来。老年人很懂事情，以为或者是大白天有年青男子上船做呆事，就站在船头眺望，等了一会。

过一阵，他又喊了两声，又喊伯妈，喊五多：五多是船上的小毛头，年纪十二岁，人很瘦，声音尖锐，平时大人上了岸就守船，买东西煮饭，常常挨打，爱哭，过了一会儿又唱起小调来。但是喊过五多后，也仍然得不到结果。因为听到舱里又似乎实在有声音，像人出气，不像全上了岸，也不像全在做梦。水保就偻身窥觑船口，向暗处询问"是谁在里面"。

里面还是不敢作答。

水保有点生气了，大声的问："你是那一个？"

里面一个很生疏的男子声音，又虚又怯回答说："是我。"接着又说："都上岸去了。"

"都上岸么？"

"上岸了。她们……"

好像单单是这样答应，还深恐开罪了来人，这时觉得有一点义务要尽了，这男子于是从暗处爬出来，在舱口，小心小心扳着篷架，非常拘束的望着来人。

先是望到那一对峨然巍然似乎是用柿油涂过的猪皮靴子，上去一点是一个赭色柔软麂皮抱兜，再上去是一双迴环抱着的毛手，满是青筋黄毛，手上有颗其大无比的黄金戒指，再上去才是一块正四方形像是无数橘子皮拼合而成的脸膛。这男子，明白这是有身分的主顾了，就学着城市里人说话："大爷，您请里面坐坐，她们就回来。"

从那说话的声音，以及干浆衣服的风味上，这水保一望就明白这个人是才从乡下来的种田人。本来女人不在船就想走，但年青人忽然使他发生了兴味，他留着了。

"你从甚么地方来的？"他问他，为了不使人拘束，水保取的是做父亲的和平样子，望到这年青人。"我认不得你。"

他想了一下，好像也并不认得客人，就回答："我是昨天来的。"

"乡下麦子抽穗了没有？"

"麦子吗？水碾子前我们那麦子，哈，我们那猪，哈，我们那……"

这个人，像是忽然明白了答非所问，记起了自己是同一个有身分的城里人说话，不应当说"我们"，不应当说"我们水碾子"同"猪"。把字眼儿用错，所以再也接不下去了。

因为不说话，他就怯怯的望到水保微笑，他要人了解他，原谅他——他是一个正派人，并不敢有意张三拿四。

水保懂得这个意思的。且在这对话中，明白这是船上人的亲戚了，他问年青人："老七到什么地方去了？什么时候可以回来？"

这时节，这年青人答语小心了。他仍然说："是昨天来的。"他又告水保，他"昨天晚上来的"；末了才说，老七同掌班同五多上岸烧香去了，要他守船。因为守船必得把守船身分说出，他还告给了水保，他是老七的"汉子"。

因为老七平常喊水保都喊"干爹"，这干爹第一次认识了女婿，不必挽留，再说了几句话，不到一会儿，两人皆爬进舱中了。

舱中有个小小床铺，床上有锦绸同红色印花洋布铺盖，折叠得整整齐齐。来客照规矩应当坐在床沿。光线从舱口来，所以在外面以为舱中极黑，到里面却一切分明。

年青人，为客找烟卷，找自来火，毛脚毛手打翻了身边那个贮栗子的小坛子，圆而发乌金光泽的板栗便在薄明的船舱里各处滚去，年青人各处用手去捕捉，仍然放到小坛中去，也不知道应当请客人吃点东西。但客人却毫不客气，从舱板上把栗拾起咬破了吃，且说这风干的栗子真好。

"这个很好，你不欢喜么？"因为水保见到主人并不剥栗子吃。

"我欢喜。这是我屋后栗树上长的。去年生了好多，乖乖的从刺球里爆出来，我欢喜。"他笑了，近于提到自己儿子模样，很高兴说这个话。

"这样大栗子不容易得到。"

"我一个一个选出来的。"

"你选？"

"是的，因为老七欢喜吃这个，我才留下来。"

"你们那可有猴栗？"

"什么猴栗？"

水保就把故事所说的："猴子在大山上住，被人辱骂时，抛下拳大栗子打人。人想得到这栗子，就故意去山下骂丑话，预备拾栗子。"——说给乡下人听。

因为栗子，正苦无话可说的年青人，得到同情他的人了。他知道的乡下问题可多咧。于是他说到地名"栗坳"的新闻。又说到一种栗木作成的犁柄如何结实合用。这个人太需要说些家常了。昨天来一晚上都有客人吃酒烧烟，把自己关闭在小船后梢，同五多说话，五多却睡得成死猪。今天一早上，本来应当有机会同媳妇谈到乡下事情了，女人又说要上岸过七里桥烧香，派他一个人守船。坐船上等了半天，还不见人回，到后梢去看河上景致，一切新奇不同，只给自己发闷。先一时，正睡在舱里，就想这满江大水若到乡下去涨，鱼梁上不知道应当有多少鲤鱼上梁！把鱼捉来时，用柳条穿腮到太阳下去晒，正计算那数目，总算不清楚。忽然客人来到船上，似乎一切鱼都争着跳进水中去了。

来了客人，且在神气上看出来人是并不拒绝这些谈话的，所以这年青人，凡是预备到同自己媳妇在枕边诉说的各样事情，这时得到了一个好机会，都拿来同水保谈着。

他告给水保许多乡下情形，说到小猪捣乱的脾气，叫小猪名字是"乖乖"。又说到新由石匠整治过的那副石磨，顺便告给了一个石匠的笑话。又提起一把失去了多久的小镰刀，一把水保梦想不到的小镰刀，他说：

"你瞧，奇怪不奇怪？我赌咒我各处都找到了。我们的床下、门枋上、仓角里，什么不找到？它简直躲了。躲猫猫一样，不见了。我为这件事骂老七。老七哭过。可还是不见。鬼打岩，蒙蒙眼，原来它躲在屋梁上饭箩里！半年躲在饭箩里！它吃饭！一身锈得像生疮。这东西多坏多狡猾!我说这个你明白我没有?怎么会到饭箩里半年?那是一只做样子的东西,挂到斗窗上。我记起那事了,是我削楔子,手上刮了皮,流了血,生了大气,抖气把刀那么一丢。……到水上磨了半天,还不错;仍然能吃肉,你一不小心,就得流血。我还不曾同老七说起这个,她不会忘记那哭得伤心的一回事。找到了,哈哈,真找到了。"

"找到它就好了。"水保随便那么说着。

"是的,得到了它那是好的。因为我总疑心这东西是老七掉到溪里,不好意思说明。我知道她不骗我了。我明白了。我知道她受了冤屈,因为我说过:'找不出么?那我就要打人!'我并不曾动过手。可是生气时也真吓人。她哭了半夜!"

"你不是用得着它割草么?"

"嗨,那里,用处多咧。是小镰刀,那么精巧,你怎么说割草?那是削一点薯皮,刮刮箫,这些这些用的。小得很,值三百钱,钢火妙极了。我们都应当有这样一把刀,放到身边,不明白么?"

水保说:"明白明白,都应当有一把,我懂你这个话。"

他以为水保当真懂的,因此再说下去,什么也说到了,甚至于希望明年来一个小宝宝,这样只合宜于同自己的媳妇睡到一个枕头上商量的话也说到了。年青人毫无拘束的还加上许多粗话蠢话,说了半天,水保起身要走了,他记起问客人贵姓。

"大爷,您贵姓?留一个片子到这里,我好回话。"

"不用不用。你只告她有这么一个大个儿到过船上,穿这样大靴子,告她晚上不要接客,我要来,有事情。"

"不要接客,您要来?"

"就是这样说,我一定要来的。我还要请你喝酒。我们是朋友。"

"是朋友,是朋友。"

水保用他那大而厚的手掌,拍了一下年青人的肩膊,从船头跃上岸,走到别一个船上去了。

水保走去后,年青人就一面等候,一面猜想到这个大汉子是谁。他还是第一次和这样尊贵的人物谈话,他不会忘记这很好的印象的。人家今天不仅是和他谈话,还喊他做朋友,答应请他喝酒!他猜想这人一定是老七的熟客。他猜想老七一定得了这人许多钱。他忽然觉得愉快,感到要唱一个歌了,就轻轻的唱了一首山歌。用四溪人体裁,他唱的是"水涨了,鲤鱼上梁,大的有大草鞋那么大,小的有小草鞋那么小。"

但是等了一会,还不见老七回来,一个鬼也不回来,他又想起那大汉子的丰采言谈了。他记起那一双靴子,闪闪发光,以为不是极好的山柿油涂到上面,是不会如此体面好看的。他记起那黄而发沉的戒子,说不分明那将值多少钱,一点不明白那宝贝为什么如此可爱。他记起那伟人点头同发言,一个督抚的派头,一个省长的身分——这是老七的财神!他于是又唱了一首歌,用杨村人不庄重口吻,唱的是"山坳里团总烧炭,山脚里地保爬灰；爬灰红薯才肥，烧炭脸庞发黑。"

到午时，各处船上都已经有人在烧饭了。湿柴烧不燃，烟子各处窜，使人流泪打嚏。柴烟平铺到水面时如薄绸。听到河街馆子里大师傅用铲子敲打锅边的声音，听到邻船上白菜落锅的声音，老七还不见回来，可是船上烧湿柴的本领年青人还没有学会，小钢灶总是冷冷的不发吼。做了半天还是无结果，只有拿它放下了。

应当吃饭时候不得吃饭，人饿了，坐到小凳上敲打舱板，他仍然得想一点事情。一个不安分的估计在心上滋长了。正似乎为装满了钱钞便极其骄傲模样的抱兜，在他眼下再现时，把原有和平已失去了。一个用酒槽同红血所捏成的橘皮红色四方脸，也是极其讨厌的神气，保留在印象上。并且，要记忆有什么用？他记忆得到那嘱咐，是当到一个丈夫面前说的！"今晚上不要接客，我要来。"该死的话，是那么不客气的从那吃红薯的大口里说出！为什么要说这个？有什么理由要说这个？……

胡想使他心上增加了愤怒，饥饿重复揪着了这愤怒的心，便有一些原始人不缺少的情绪，在这个年青简单的人情绪中滋长不已。

他不能再唱一首歌了。喉咙为妒嫉所扼，唱不出什么歌。他不能再有什么快乐。按照一个种田人的脾气，他想到明天就要回家。

有了脾气，再来烧火，自然更不行了，于是把所有的柴全丢到河里去了。

"雷打你这柴！要你到洋里海里去！"

但那柴是在两三丈以外，便被别个船上的人捞起了的。那船上人似乎一切都准备好了，正等待一点从河面漂流而来的湿柴，把柴捞上，即刻就见到用废缆一段引火，且即刻满船发烟，火就带着小小爆裂声音燃好了。眼看这一切，新的愤怒使年青人感到羞辱，他想不必等待人回船就走路。

在街尾却遇到女人同小毛头五多两个人，正牵了手说着笑着走来。五多手上拿得有一把胡琴，崭新的样子，这是做梦也不曾遇到的一个好家伙！

"你走那里去？"

"我——要回去。"

"教你看船船也不看，要回去，甚么人得罪了你，这样小气？"

"我要回去，你让我回去。"

"回到船上去！"

看看媳妇，样子比说话还硬劲，并且看到那一张胡琴，明知道这是特别买来给他的，所以再不能坚持。摸了摸自己发烧的额角，幽幽的说："回去也好，回去也好。"就跟了媳妇的身后跑转船上。

掌班大娘也赶来了。原来提了一副猪肺，好像东西只是乘便偷来的，深恐被人追上带到衙门里去。所以跑得颧骨发了红，喘气不止。大娘一上船，女人在舱中就喊：

"大娘，你瞧，我家汉子想走！"

"谁说的，戏也不看就走！"

"我们到街口碰到他,他生气样子,一定是怪我们不早回来。"

"那是我的错;是菩萨的错;是屠户的错,我不该同屠户为一个钱吵闹半天,屠户不该肺里灌了这样多水。"

"是我的错。"陪男子在舱里的女人,这样说了一句话,坐下了。对面是男子汉,她于是有意的在把衣服解换时,露出极风情的红绫胸褡。胸褡上绣了"鸳鸯戏荷",是上月自己亲手新作的。

男子觑着不说话。有说不出的什么东西,在血里窜着涌着。

在后梢,听到大娘同五多谈着柴米。

"怎么,我们的柴都被谁偷去了?"

"米是谁淘好的?"

"一定是火烧不燃。……姊夫是乡下人,只会烧松香。"

"我们不是昨天才解散一捆柴么?"

"都完了。"

"去前面搬一捆,不要说了。"

"姊夫只知道淘米!"小五多一面说一面笑。

听到这些话的年青汉子,一句话不说,静静的坐在舱里,望着那一把新买来的胡琴。

女人说:"弦早配好了,试拉拉看。"

先是不作声,到后把琴搁在膝上,查看琴筒上的松香。调弦时,生疏的音响从指间流出,拉琴人便快乐的笑了。

不到一会满舱是烟,男子被女人喊出,依旧把琴拿到外面去,站在船头调弦。

到吃中饭时,五多说:

"姊夫你回头拉'孟姜女哭长城',我唱。"

"我不会拉!"

"我听说你拉得很好,你骗我,谎我。"

"我不骗你。我只会拉'娘送女'流水板。"

大娘说:"我听老七说你拉得好,所以到庙里,一见这琴,我想起你,才说就为姊夫买回去吧。真是运气,烂贱就买来了。这到乡里一块钱还恐怕买不到,不是么?"

"是的,值多少钱?"

"一吊六。他们都说值得!"

五多笑着搭嘴说:"谁那么说值得?"

大娘很生气的说:"毛丫头,谁说不值得?你知道什么?撕你的嘴!"五多把舌伸伸,表示口不关风说错了话。

原来这琴是从个卖琴熟人手上拿来,一个钱不花,听到大娘的谎话,五多分辩,大娘就骂五多。老七却笑了。男子以为这是笑大娘不懂事,所以也在一旁干笑着。

男子先把饭一骨碌吃完,就动手拉琴,新琴声音又清又亮。五多高兴到得意忘形,放下碗筷唱将起来,被大娘结结实实打了一筷子头,才忙着吃饭、收碗、洗锅子。

到了晚上，前舱盖了篷，男子拉琴，五多唱歌，老七也唱歌。美孚灯罩子有红纸剪成的遮光帽，全舱灯光红红的如过年办喜事，年青人在热闹中心上开了花。可是不多久，有兵士从河街过身，喝得烂醉，听到这声音了。

两个醉鬼踉踉跄跄到了船边，两手全是污泥，手扳船沿，像含胡桃那么混混胡胡的嚷叫：

"甚么人唱，报上名来！唱得好，赏一个五百。不听到么？老子赏你五百！"

里面琴声嘎然而止，沉静了下来。

醉鬼用脚不住踢船，篷篷篷发出钝而沉闷的声音。且想推篷，搜索不到篷盖接榫处，于是又叫嚷："不要赏么，婊子狗造的！装聋，装哑！甚么人敢在这里作乐？我们军长师长，都是混账王八蛋，是皮蛋鸡蛋，寡了的臭蛋，我才不怕！我怕谁？皇帝我也不怕？大爷，我怕皇帝我不是人！"

另一个喉咙发沙的说道：

"骚婊子，出来拖老子上船！"

并且即刻听到用石头打船篷，大声的辱宗骂祖，一船人都吓慌了。大娘忙把灯扭小一点，走出去推篷。男子听到那汹汹声气，挟了胡琴就往后舱钻去。不一会，醉人已经进到前舱了，两个人一面说着野话，一面还要争夺同老七亲嘴，同大娘、五多亲嘴。且听到有个哑嗓子问："是什么人在此唱歌作乐？把拉琴的抓来再为老子唱一个歌。"

大娘不敢作声，老七也无了主意，两个酒疯子就大声的骂人：

"臭货，喊龟子出来，跟老子拉琴，赏一千！英雄盖世的曹孟德也不会这样大方！我赏一千，一千个红薯。快来，不出来我烧掉你们这只船！听着没有，老东西！赶快，莫让老子们生了气，灯笼子认不得人！"

"大爷，这是我们自己家几个人玩玩，不是外人。……"

"不！不！不！老婊子，你不中吃。你老了，皱皮柑！快叫拉琴的来！杂种！我要拉琴，我要自己唱！"一面说一面便站起身来，想向后舱去搜寻。大娘弄慌了，把口张大合不拢去。老七人急智生，拖着那醉鬼的手，安置到自己的大奶上。醉鬼懂到这个意思，又坐下了。"好的，妙的，老子出得起钱。老子今天晚上要到这里睡觉！"

这一个在老七左边躺下去后，另一个不说什么，也在右边躺了下去。

年青人听到前舱仿佛安静了一会，在隔壁轻轻的喊大娘。正感到一种侮辱的大娘，悄悄爬过去，男子还不大分明是什么事情，问大娘："甚么事情？"

"营上的副爷，醉了，像猫。等一会儿就得走。"

"要走才行。我忘记告诉你们了，今天有一个大方脸人来，好像大官，吩咐过我，他晚上要来，不许留客。"

"是脚上穿大皮靴子，说话像打锣么？"

"是的，是的。他手上还有一个大金戒子。"

"那是老七干爹。他今早上来过了么？"

"来过的。他说了半天话才走，吃过些干栗子。"

"他说些什么？"

"他说一定要来，一定莫留客，……还说一定要请我喝酒。"

大娘想想，来做什么？难道是水保自己要来歇夜？难道是老对老，水保注意到……？想不通，一个老鸨虽说一切丑事做成习惯，什么也不至于红脸，但被人说到"不中吃"时，是多少感到一种羞辱的。她悄悄的回到前舱，看前舱新事情不成样子，扁了扁瘪嘴，骂了一声"猪狗"，终归又转到后舱来了。

"怎么？"

"不怎么。"

"怎么，他们走了？"

"不怎么，他们睡了。"

"睡——？"

大娘虽看不清楚这时男子的脸色，但他很懂得这语气，就说："姊夫，你难得上城来，我们可以上岸玩玩去，今天三元宫夜戏，我请你坐高台子，戏是'秋胡三戏结发妻'。"

男子摇头不语。

兵士胡闹了一阵走去后，五多、大娘、老七都在前舱灯光下说笑，说那兵士的醉态。男子留在后舱不出来。大娘到门边喊过了二次，不答应，不明白这脾气从什么地方发生。大娘回头就来检查那四张票子的花纹，因为她已经认得出票子的真假了。票子到是真的。她在灯光下指点给老七看那些记号，那些花，且放近鼻子上嗅嗅，说这个一定是清真牛肉馆子里找出来的，因为有牛油味道。

五多第二次又走过去，"姊夫，姊夫，他们走了，我们来把那个唱完，我们还得……"

女人老七像是想到了什么心事，拉着了五多，不许她说话。

一切沉默了。男子在后舱先还是正用手指扣琴弦，作小小声音，这时手也离开那弦索了。

船上四个人都听到从河街上飘来的锣鼓、唢呐声音。河街上一个做生意人办喜事，客来贺喜，大唱堂戏，一定有一整夜的热闹。

过了一会，老七一个人轻脚轻手爬到后舱去，但即刻又回来了。显然是要讲和，交涉办不好。

大娘问："怎么了？"

老七摇摇头，叹了一口气，"牛脾气，让他去。"

先以为水保恐怕不会来的，所以大家仍然睡了觉，大娘、老七、五多三个人在前舱，只把男子放到后面。

查船的在半夜时，由水保领来了，水面鸦雀无声，四个全副武装警察守在船头，水保同巡官晃着手电筒进到前舱。这时大娘已把灯捻明了，她经验多，懂得这不是大事情。老七披了衣坐在床上，喊"干爹"，喊"巡官老爷"，要五多倒茶。五多还睡意迷蒙，只想到梦里在乡下摘三月莓。

男子被大娘摇醒揪出来，看到水保，看到一个穿黑制服的大人物，吓得不能说话，不晓得有什么严重事情发生。那巡官于是装成很有威风的神气开了口："这是什么人？"

水保代为答应："老七的汉子，才从乡下来走亲戚。"

老七补说道："巡官，他昨天才来。"

巡官看了一会儿男子，又看了一会儿女人，仿佛看出水保的话不是谎话，就不再说话了。随意在前舱各处翻翻，待注意到那个贮风干栗子的小坛子时，水保便抓了大把栗子，塞进巡官那件体面制服的大口袋里去。巡官只是笑，也不说什么。

一伙人一会儿就走到另一船上去了。大娘刚要盖篷，一个警察回来传话。

"大娘，大娘，你告老七，巡官要回来过细考察她一下，你懂不懂？"

大娘说："就来么？"

"查完夜就来。"

"当真吗？"

"我什么时候同你这老婊子说过谎？"

大娘很欢喜的样子，使男子奇怪，因为他不明白为甚么巡官还要回来考察老七。但这时节望到老七睡起的样子，上半晚的气已经没有了，他愿意讲和，愿意同她在床上说点家常私话，商量件事情，就傍床沿坐定不动。

大娘像是明白男子的心事，明白男子的欲望，也明白他不懂事，故只同老七打知会，"巡官就要来的！"

老七咬着嘴唇不作声，半天发痴。

男子一早起身就要走路，沉沉默默的一句话不说，端整了自己的草鞋，找到了自己的烟袋。一切归一了，就坐在那矮床边沿，像是有话说又说不出口。

老七问他："你不是昨晚上答应过干爹，今天到他家中吃中饭吗？"

"……"摇摇头不作答。

"人家特意为你办了酒席！四盘四碗一火锅，大面子事情，难道好意思不领情？"

"……"

"戏也不看看么？"

"……"

"'满天红'的荤油包子，到半日才上笼，那是你欢喜的包子！"

"……"

一定要走了，老七很为难，走出船头呆了一会，回身从荷包里掏出昨晚上那兵士给的票子来，点了一下数目，一共四张，捏成一把塞到男子左手心里去。男子无话说，老七似乎懂到那意思了，"大娘，你拿那三张也把我。"大娘将钱取出。老七又将这钱点数一下，塞到男子右手心里去。

男子摇摇头，把票子撒到地下去，两只大而粗的手掌捂着脸孔，像小孩子那样莫名其妙的哭了起来。

中国现代文学作品选读

五多同大娘看情形不好，一齐逃到后舱去了。五多心想这真是怪事，那么大的人会哭，好笑！可是她并不笑。她站在船后梢看见挂在梢舱顶梁上的胡琴，很愿意唱一个歌，可是不知为什么也总唱不出声音来。

水保来船上请远客吃酒时，只有大娘同五多在船上，问及时，才明白是两夫妇一早都回转乡下去了。

1930 年 4 月 13 日作于吴淞
1934 年 7 月 21 日改于北京
1957 年 3 月重校

☞ 提示

《丈夫》叙述了一个乡下男子到河船上去探望被迫送出去"做生意"的妻子一日一夜的遭遇。在这河船上，寻欢取乐的士兵、自称妇人干爹的水保、仗势压人的巡官，都可以当着丈夫的面，公然声明对妇人的占有，丈夫的权利已被完全剥夺。在这里，人已经成为金钱的奴隶，人的两性关系成了纯然的商品买卖关系，人的性行为不再是人的行为，而成为金钱的等价物。丈夫从一日一夜身受的屈辱中，发现自己在现实中的真正地位：做丈夫的权利、人的尊严已被剥夺殆尽。第二天离开河船时，他终于"把票子撒到地下去，两只大而粗的手掌捂着脸孔，像小孩子那样莫名奇妙的哭了起来"，并决然带着自己的妻子回转到乡下去了。他的人性的尊严从灵魂的震颤中苏醒过来。

小说在艺术上最突出的是心理描写。首先，作品对丈夫从麻木到觉醒的心理过程的描写，细腻曲折，丝丝入扣，真实可信。其次，小说在貌似平淡客观的叙述中，渗透着作家的爱憎之情和对劳动人民悲惨命运的深切同情。

李劼人

死水微澜（故事梗概）

生长于农村的邓幺姑自小就受邻里韩二奶奶说教的影响，非常向往成都的都市生活和小姐太太的舒适享乐日子，后来嫁给了成都郊外天回镇上的杂货店掌柜蔡兴顺。蔡兴顺为人木讷老实，人称"蔡傻子"，而蔡大嫂漂亮聪明，能干利落，对外界新鲜事物有很大的兴趣。袍哥会的罗德生外号"罗歪嘴"，是蔡傻子的表哥，因为四处闯荡江湖，见多识广，两性观念较开放，深得蔡大嫂的好感。后来两人感情越发投机，言行无所顾忌，蔡傻子也接受了这个事实。

在天回镇的赌场上，土粮户顾天成赢了好几百两银子，罗歪嘴用妓女刘三金缠住他，害得他反输了一千多两银子，田产也抵押上了，还挨了一顿毒打，被赶出镇。因此，顾天成对罗歪嘴怀恨在心。正月十一日，罗歪嘴带蔡大嫂到成都看花灯，碰到带女儿也来看花灯的顾天成，双方打了起来，顾天成丢失了爱女，大病一场，是洋药救了他的命，从此他转而信奉洋教。

五月中旬，义和团、红灯教攻打外国使馆、杀洋人的消息传到成都，使这安定得有如"死水"般的古城也激起了"微澜"。信洋教的顾天成害怕地躲了起来。然而形势又飞快地发生了变化，八国联军攻打北京的消息又传到了成都，四川总督接到了保护教堂、优待外宾的诏旨，顾天成身价顿涨。不到五天，郫天三道堰出了一件打毁教堂、殴毙一教民的事件。曾对罗歪嘴有仇恨的陆茂林揭发了罗歪嘴要打教堂的言论，并说三道堰事件也是罗歪嘴干的。制台派人捉拿罗歪嘴，罗闻风后仓皇出逃。为了打听仇人的下落，顾天成找到了蔡大嫂，却被她的美貌倾倒而想娶她。蔡大嫂因为顾天成是个大粮户，又信洋教，有钱有势，在提了很多条件后嫁给了他，成了顾三奶奶。

沙　汀

在其香居茶馆里

坐在其香居茶馆里的联保主任方治国，当他看见从东头走来，嘴里照例扰嚷不休的邢幺吵吵，他简直立刻冷了半截，觉得身子快要坐不稳了。

使他发生这种异状的有下面几个原因：为了种种糊涂的措施，他目前正处在全镇市民的围攻当中，这是一；其次，幺吵吵第二个儿子，因为缓役了四次，好多人在讲闲话了；加之，新县长又是宣言了要整顿兵役的，于是他糊糊涂涂地上了一封密告，而在三天前被兵役科捉进城了。

但最重要的是：如全市所批评，幺吵吵是不忌生冷的人，什么话都说得出来的。而他本人虽不可怕，但他的大哥是全县极有威望的耆宿，他的舅子是财务委员，县政上的活动分子，并且，就是主任的令尊在世的时候，也是对幺吵吵的那张嘴表示头痛的。

但幺吵吵终于吵过来了。这是那种精力充足，对这世界上任何物事都抱了一种毫不在意的态度的典型男性。在这类人身上是找不出悲观和扫兴的。他常打着哈哈在茶馆里自白道：

"老子这张嘴么，就这样，说是要说的，吃也是要吃的；说够了回去两杯甜酒一喝，倒下去就睡……"

现在，他一面跨上其香居的阶沿，拖了把圈椅坐了下去，一面直着嗓子，干笑着嚷道：

"嗨，对！看阳沟里还把船翻了么！"

他所参加的桌子已经有着三个茶客，全是熟人：十年前当过视学的俞视学；前征收局的管账，现在靠着利金生活的黄光锐；会文纸店的老板汪世模汪二。

他们大家，以及旁的茶客，都向他打着招呼：

"拿碗来，茶钱我给了。"

"坐上来好吧，"视学客气道，"这里要舒服些。"

"我要那么舒服的做什么哇，"出乎意外，幺吵吵红着脸叫嚷道："你知道么。我坐了上席会头昏的，……没有那个资格！"

本分人的视学禁不住红起脸来。但他立刻觉得幺吵吵是针对着联保主任说的，因为在说的时候，他看见他满含恶意地瞥了坐在后面首席上的方治国一眼。

除却主任，那桌还坐着的有张三监爷。他们都说他是方治国的军师，但实际上，他只能跟主任坐坐酒馆。在紧要关头，尽点忠告。但这又并不特别，他原是对什么事也关心的，而往往忽略了自己。他的老婆在家里是经常饿着饭的。

同监爷对坐着的是黄毛牛肉，正在吞服着一种秘制的戒烟丸药。他是主任的重要助手；虽然并无过人之才，唯一的特点是毫无顾忌；"现在的事你管那么多做什么哇，"他常常说，"拿得到的你就拿！"

他应付这世界上一切足以使人大惊小怪的事变，只有一种态度，装做不懂。因此，他小声向主任说道：

"你不要管他的，"他眨眼而且努嘴，"发神经！"

"这回把蜂窝戳破了。"主任发出苦笑说。

"我看要赶紧'缝'啊，"监爷拿着暗淡无光的黄铜水烟袋，沉吟道："另外找一个人'抵'怎样？"

"已经来不及了呀。"

"不要管他的，"牛肉道，"他是个火炮性子。"

这时，幺吵吵已经拍着桌子，放开嗓子叫了。但他的战术还停留在第一阶段上，即并不指出被攻击的人的姓名，只是隐射着，似乎像一通没头没脑的谩骂。

"搞到我名下来了。"他佯装着打了一串哈哈，"好得很！老子今天就要看他是什么鸡巴入出来的：人鸡巴，狗鸡巴，你们见过狗鸡巴么，嗨，那才有兴趣！"

于是他又比又说地形容起来了。虽然已经蓄了十年上下的胡子，但他是以粗鲁话出名的。许多闲着无事的人，有时甚至故意挑弄他说下流话。他所谓的"狗"是指他的仇人说的，因为主任的外祖当过衙役，而这又是方府上下人等最大的忌讳。

因为他形容得太难堪了，那视学插嘴道：

"少造点口孽，有道理讲得清的。"

"我有什么道理哇！"吵吵忽然正色道："有道理我也当什么鸡巴主任了。两眼墨黑，见钱就拿！"

"吓，邢表叔！"

气得脸青面黑的瘦小的主任，一下子忍不住站起来了。

"吓，邢表叔，"他说，"你说话要负责啊！"

"什么叫做负责哇！我就不懂，——什么人是你的表叔，你认错人了，是你表叔你也不吃我了！"

"对，对，对，我吃你。"主任解嘲地说，一面坐了下去。

"不是吗？"吵吵拍了一掌桌子，"兵役科的人亲自对我老大说的！你的报告真做得好呢。我倒要看你今天是长的几个卵子！……"

他愈说，就愈觉得这并非玩笑的事。如一向以来的瞎吵瞎闹一样，他感到愤激了。

他相信，要是一年或者半年以前，他是用不着怎样着急的，事情好办得很，只需给他大哥一个通知，他的老二就会自自由由走回来的。而且以往他就避掉过四次。但现在是不同了，一切都要照规矩办了。而且更重要的，他的老二已经抓进城了。

照经验，事情一露了头，弄得县长面前去了，就难办的。他已经派了老大进城，但带回来的口信是：因为新县长的脾气还不清楚，而且一接印就宣布他是要整顿兵役的，所以他的伯父和舅父都表示情形的险恶。额外那捎信人又说，壮丁就要送进省了。

凡是邢大老爷们都感觉棘手的事，人还能有什么办法呢？这也是说，他的老二只有作炮灰了。

"你怕我是聋子吧，"幺吵吵简直在咆哮了，"去年蒋家寡母子的儿子五百，你放了；陈二靴子两百，你也放了！你比土匪头儿肖大个子还厉害，钱也拿了，脑壳也保住了，——老子也有钱，你要张一张嘴呀？……"

"说话要负责啊！邢幺老爷！"

主任咕噜着，而且现出假装的笑容。

这是一个糊涂而胆怯的人。胆怯是因为富有，而且在这个边野地方，从来没有摸过枪炮的原故。这里是每一个人都能来两手的。他一直规规矩矩地吃着祖宗的田产，在好几年以前，因为预征太多，许多人怕当公事，于是在一种策动下，他当团总了。

他明白这是阴谋。但一向忍气吞声的日子引诱他接受了这个挑战。他起初老是垫钱，但后来他发觉甜头了：回扣，黑粮等等，并且走进茶馆的时候，招呼茶钱的声音也来得更响亮，更众多了。

而在五年以前，他的大门上已经有了一道县长颁赠的匾额：

"尽瘁桑梓"

但不管怎样，如他自己所感觉的一般，在回龙镇，还是有人压住他的。他看得清楚，所以他现在很失悔做了糊涂事情。他老是强笑着，满不在意似的说道：

"你发气做什么啊，都不是外人。……"

"你也知道不是外人么？"对方反问道："你知道不是外人，就不该搞我了，告我的密了！"

"我只问你一句！"

主任又站起来了。他笑问道：

"你说一句就是了：兵役科什么人告诉你的？"

"总有那个人呀！"

吵吵说，十分气派地摊在圈椅里面；一面冷笑着加添道：

"像还是我造谣呢。"

"不是，你要告诉我呀。"

看见吵吵松了劲，主任知道可以说理的机会到了，他就势坐向视学侧面去，赌咒发誓地分辩起来，说他是一辈子都不会做出这样胆大糊涂的事情来的。

但却并不向着吵吵，而是视学们。他说：

"你们想吧，"他平摊开手，侧仰他那瘦瘦的铁青的脸蛋，"你们想，我是吃饭长大的呀！并且，我一定要他去做什么呢？难道委员长会给我一个状元当么？没讲的话，这街上的事，一向糊得圆我总是糊的！"

"你才会糊！"吵吵叹着气抵了一句。

"那总是我吹牛啊！"主任无可奈何地说，"别的不讲，就拿公债来说吧，别人写的多少，你写的多少？"

他又挨近视学的耳朵呻唤道：

"连丁八字都是五百元呀！"

他之所以说得如此秘密的有两个原因，其一，是想充分表示出事情的重要性；又其一，是因为街上看热闹的人已经多了。公开宣布出来究竟太不光彩，而且容易引起纠纷。

大约视学相信了他的话，或者被他的诚意感动了。兼之又是出名的好好先生，因此他劝解道：

"幺哥！我看这样啊，"他斯斯文文地扫了扫喉咙，"人不抓，已经抓去了，横竖是为了国家。……"

"这你才会说呢！"吵吵一下撑起来了："这样会说，你怎么不把你自己的送去呢？"

"好！我不同你讲。"

视学红着脸说，故意勾脑袋吃茶去了。

"你讲呀！"吵吵重又坐了下去，继续道："真是没有生过娃娃不晓得×痛！怎么把你个好好先生遇到了啊：东瓜做不做得甑子？做得。蒸垮了呢？那是要垮的，——你个老哥子真是！"

他的形容引来了一片笑声。但他自己并不笑，他把他那结实的身子移动了一下，抹抹胡子，宣言道：

"闲话少讲！方大主任，说不清楚你走不掉的！"

"好呀，"对方漫应着，一面懒懒退还原地方去："回龙镇只有这样大一个地方哩。往那里跑？要跑也跑不脱的。"

他的声口和表情照例带着一种嘲笑的意味，至于是嘲笑自己或者对方，那就要凭你猜了。他是经常凭藉了这点武器来掩护他自己的。而且经常弄得顽强的敌手哭笑不是。他们叫他做软硬人。

当回到原位的时候，他的助手一面吞服着戒烟丸，生气道：

"我白还懒得答呢,你就让他吵去!"

"不行不行,"监爷意味深长地说,"事情不同了。"

他一直这样坚持自己的意见是有理由的。他确信镇上已在进行一种大规模的控告;而且邢大老爷是可以左右它的;他可以使这成为事实,也可以打消它,所以联络邢家仍是一个必要的步骤。

何况谁知道新县长是怎样一副脾气的人呢!

这时候,茶堂里的来客已增多了。连平时懒于出门的陈新老爷也走来了。新老爷是科举时代最末一次的秀才,当了十年团总,十年哥老会的头目,八年前才退休。但他的说话还是同团总一样有效。

这可见么吵吵已经布置好一台讲茶了。茶堂里响着一片呼唤声,有单向堂倌叫拿茶来的,有站起来让座位的,有的甚至于怒气冲冲地吼道:

"不许乱收钱啦!嗨!这个龟儿子听到没有?……"

于是立刻跑去塞一张钞票在堂倌手里。

在这种种热情的骚动中间,争执的双方,已经变平静了。主任知道自己会亏理的,他在殷勤地争取着客人,希望能于自己有利。而么吵吵一直闷气着,这是因为当着这许多漂亮人面前,他忽然直觉到,既然他的老二被抓,这就等于说他已经没面子了。

这镇上是流行着这样一种风气的,凡是按规矩行事的,就是平常人,重要人物都是站在一切规矩之外的。比如陈新老爷,他并不是惜疼金钱的角色,但就连打醮这种小事他也是没有份的;不然便是惹起人们大惊小怪,以为新老爷失了面子,快倒霉了。

面子在这里就如此的厉害,所以吵吵闷着脸,只是懒懒地打着招呼。直到新老爷问起他是否欠安的时候,他才稍稍振作地答道:

"人倒是好的,"他苦笑着,"就是眉毛快给人剪光了!"他一连打了一串干燥无味的哈哈。

"你瞎说!"新老爷严肃地晃着脑袋,切断他。"你瞎说!"

"当真哩,不然也不敢劳驾你老哥子动步了。"

为了表示关切,新老爷叹了口气,并且问道:

"大哥有信来没有呢?"

"他也没办法呀!"

吵吵呻唤了。但为了免除人们的误会,以为他的大哥已经成了没面子的角色,遂又立刻加上一番解释:

"你想吧,新县长的脾气又没有摸到,他怎么办呢?常言说,新官上任三把火,他又是闹起要搞兵役的;谁晓得他会发什么猫儿毛病呢!前天我又托蒋门神打听去了。"

"这个人怕难说话,"一个新近从城里回来的小商人插入道,"看样子就晓得了:戴他妈副黑眼镜子……"

但严肃沉默的空气没有使小商人说下去。

大家都不知道应该如何表示自己的感情才好。表示高兴是会得罪人的,因为情形确乎有些严重；但说是严重吧，也不对，这又将显得邢府上太无能了。所以彼此只好暧昧不明地摇头叹气，喝起茶来。

看出主任有点焦灼和担心的神情，似乎正在考虑一种行动，牛肉包着丸药，小声道：

"不要管，这么快县长就叫他们喂家了么！"

"去找新老爷是对的！"监爷说。

这个脸面浮肿，常以足智多谋自负的没落者的建议正投了主任的机，他是已经在考虑着这个必要的办法的了。

使他迟疑的是他和新老爷的关系，与新老爷同邢家的关系的比较。他觉得差得多，并且虽然在派款和收粮上面，并没有对不住团总的地方，但在几件小事情上，他是开罪过他的。

比如，有一回曾布客想压制他，抬出老团总的招牌来，说道：

"好的，我们在新老爷那里去说！"

"你把时候记错了！"他发火道，"前几年的皇历用不上了！——你想吓倒我不行！"

后来，事情虽然依然在团总的意志下和平解决，但他的话语也一定散播开去。团总给记下一笔账了。可是他终于站起身来，向了新老爷走去。

这行动立刻使人们振作起来，他们都期待着一个新的开端和发展。有几人在大叫拿开水来，以图缓和一下他们紧张的心情。吵吵自然也是注意到主任的攻势的，但他不当作攻势看，以为他是要求新老爷转圆的。但他却猜不准转圆的方式。

而且，他又觉得，在他目前的处境上，任何调解他都是难于接受的。这不能道歉了事，也不能用金钱的赔偿弥补，那么剩下的只有上法庭了。然而在一个整饬兵役的县长面前这件事他会操胜算么！

他觉得苦恼，而且一切都不对劲。这个坚实乐观的人第一次被烦扰所袭击了。

他在桌面上拍了一掌，苦笑着自言自语道：

"哼，乱整吧，老子大家乱整！"

"你又来了，"那视学说，"他总会拿话出来说呀。"

"你还有什么说的呢？你个老哥怎么不想想啊：难道什么天王老子还有面子把人给我取脱手么？！"

"不是那么讲。取不出来也有取不出来的办法的。"

"那我就请教你，"吵吵依旧忍耐着说，"什么办法呢？！说一句对不住了事？打死了让他赔命？……"

"也不是那样讲。……"

"那又是怎样讲？"他简直大发起火了："老实说吧！他就没有办法！我们只有到场外前大河里去喝水。"

他愤怒地吼叫着，真像要拼掉他的命了。

这宣言引起一阵新的骚动。许多人都像预感到节目的精彩部分了。一个看客，他是立在阶沿下人堆里的，他大声回绝着朋友的催促：

"你走你的嘛！我还要玩一会！"

茶堂倌也在兴高采烈叫道：

"让开点，你个龟儿子，看把脑壳烫肿！"

在当街的最末一张桌子上，那里离幺吵吵隔着四张桌子，一种平心静气的谈判已近结束。但效果显然很少，因为长条子的团总，忽然板着脸站起来了。

他仰着脸把颈子一扭，大叫道：

"你倒说条鸟啊！"

但他随又坐了下去，手指很响地击着桌面。

"老弟！"他一直望着主任，"我不会害你的！一个人眼光要远大点，目前的事是谁也料不到的。"

"我知道呀！你都会害我么？"

"那你就该听大家劝呀？"

"查出来要这样呀，我的老先人？"

他苦滞地叫着，用手在后颈一比：他怕杀头。

这确也可虑，因为严惩兵役舞弊的明令，已经来过三四次了。这就算不上数，我们这里隔上峰还远，但县长于我们的情形却全然不相同了：他简直就在你的鼻子下面。并且既已捉去，要额外买人替换是更难了。

加之前一任县长正为壮丁问题撤职的，而新县长一上任便宣称他要扫除兵役上的种种积弊。谁知道也如一般新县长一样，说过了事，或者他更认真干一下？他的脾气又是怎么样的呢？

此外，他还有不能冒着这危险的理由。他已经四十岁了，但他还没有取得父亲的资格。他的两个太太都不中用，虽然一般人把这责任归在他的先天不足上面，好像就是再活下去，他也将永远无济于事。

但不管如何，便从他那畏惧的性格着想，他也是决不冒险的了。所以停停，他又解嘲地继续道：

"我的老先人！这个险我是不敢冒的。你说认真是我密告他的我都想得过……"

他佯笑着，而且装得很安静的神情。同吵吵一样，他也看出了事情的诸般困难的；而他应该否认那密告的责任。但他没料到，他是把新老爷激恼了。

那个人并不让他说完便很生气地，截住他道：

"你才会装呢！可惜是大老爷亲自听兵役科说的！"

"方大主任，"吵吵也直接插入了，"是人鸡巴搞出来的你就撑住吧！我告诉你：赖是赖不脱的！"

"嘴巴不要伤人啊！"

主任认真起来了；但对方的嗓子也更提高了：

"是的，老子说了，是人搞出来的你撑住！"

"好嘛，你多凶啊。"

"老子就是这样！"

"对对对，你是老子！哈哈！……"

联保主任干笑着，一壁退回自己原先的座位上去。他觉得他在全市镇的人家面前受了辱，他决心要同他的敌人斗了。

他的同伴依旧担心着他。那牛肉说：

"你愈让他就愈来了，是吧！"

"不行不行，事情不同了，"监生叹着气。

许多人都感到事情已经闹僵了局，接着而来的一定是谩骂，是散场了。因情形很明显，争吵的双方都是不会动拳头的，有的人是在准备回家吃午饭了。

但茶客们却谁也不能动身，这会很失体统，得罪人的。并且新老爷已经请了吵吵过去，在相互商量着，希望能有一个顾全体面的办法，虽然一个二十岁的青年人的生命不会恰恰就和体面相等。

然而由于一种不得已的苦衷，幺吵吵终至让步了；他带着决然忍受一切的神情，说道：

"好好，就照你哥子说的做吧！"

"那么方主任，"于是团总起来宣布了，"这一下就看你怎样：一切用费么老爷出，人由你找。事情由你进城办；办不通还有他们大老爷，——"

"就请大老爷办不更方便些么！"主任插入说。

"是呀！也请他们大老爷，不过你负责就是了。"

"我负不了这个责。"

"什么呀？"

"你想，我怎么能负责呢？"

"好！"

新老爷简捷地说，闷着脸坐下去了。他显然是被对方弄得不快意了；但沉默一会，他便耐着性子问道：

"你是怕用的钱会推在你身上么？"

"笑话！我怕什么，又不是我的事。"

"那是什么人的事呢？"

"我晓得的呀！"

主任说这些话的时候一直带着一种做作的安闲态度，而且嘲弄似的笑着；好像他什么都不懂，因此什么也不觉可怕，但他没有料到吵吵冲过来了。而且那个气的胡子发抖的汉子一把扭牢了他。

他扭住他的领口朝街面上拖，嚷叫道：

"我晓得你是个软硬人，我晓得你是个软硬人！"

"有话好好说啊!"人们劝解着,"都是熟人熟事的!"

但一面劝解、一面偷溜开的人也就不少。堂倌已经在忙着收茶碗了。监爷在四处向人求援。

"这太不成了,"他摇着头说,"大家把他们分开吧!"

"我管不了!"视学微笑着说,"看血喷在我身上。"

牛肉在包裹着戒烟丸药,一面咭咭道:

"这样就好!那个没有生得有手么!好得很!"

但当他收拾停当的时候,他的朋友已经吃了亏了。他淌着鼻血,左眼睛已经青肿。他已经被团总解救出来;他一只手摸着眼睛,嚷叫道:

"你姓邢的是对的,你打得好!……"

"你嘴硬吧!"吵吵则在唾着牙血,喘气着,"你嘴硬吧!"

黄牛肉建议主任应该即到医生那里去,但他被拒绝了,反而要他赶快去租滑竿。他觉得还是保持原样的好,因为他就要进城向县署控告去了。

他的眷属,尤其是他的母亲,那个以悭吝出名的小老太婆,一看过主任的成绩便连连叫道:

"咦,兴这样打么!这样的眼睛不认人么!"

那么太太也在丈夫耳朵边咕咕哝哝着:

"眼睛都肿来像毛桃子了!"

"不要管,"吵吵吐着牙血,一面说,"打死了还有我报命!"

别的来看热闹的妇女也不少,整个市镇几乎全给翻了转来。吵架和打架本身就值得看,一对有面子的人的动手动脚,自然也就更可观了!

但正当人心沸腾的时候,一个左腿微跛,满脸胡须的矮汉子忽然挤将进来。这正是蒋米贩子,因为人呆滞尴尬,他又叫蒋门神。前天进城吵吵就托过他捎信的。所以他立刻为大家所注意了。首先拖住他的是幺太太。

这是个顶着假发的胖妇人,爱做作,爱谈话,诨名九娘子。她担心地,颤声颤气地问道:

"怎么样了?……你坐下来说吧!"

"怎么样,"跛子冷淡地说。"人已经出来了。"

"当真的呀!"许多人吃惊了。

"那还是假话么!我走的时候还在十字口牌桌子上呢。昨天夜里点名,报数报错了,队长说他不够资格打国仗就开革了;打了一百军棍。"

"一百军棍?"又是许多声音。

"不是面子大,你就是挨一百也出来不了呢。起初都讲新县长厉害,其实很好说话。前天大老爷请客,一个人早就到了:戴他妈副黑眼镜子……"

正说着,他忽然注意到了幺吵吵和联保主任。纵然是一个那么迟钝的人,他们的形状,也不免略略叫他吃惊起来了。

"你们是怎么搞的?"他问着,"你牙齿痛吗?你的眼睛怎么肿了?……"

(原载于1940年12月1日《抗战文艺》第六卷第四期)

☞ **提示**

《在其香居茶馆里》是一篇旨在揭露抗战时期国统区兵役弊政的小说。小说以回龙镇两个头面人物联保主任方治国和土豪劣绅邢幺吵吵的争吵斗殴,演出了一场煞是好看的喜剧。事情的原委是:新任县长扬言要"整饬兵役",扫除弊端。方治国摸不透新县长的脾气,为了保住自己把邢幺吵吵二儿子缓了四次兵役的事密陈县里,致使邢幺吵吵的儿子被抓了壮丁。邢幺吵吵仗着大哥和妻舅的势力,大闹其香居,逼方治国弄回儿子。双方为了保住面子,竟在大庭广众之中,先是互揭老底,然后大打出手。这里两败俱伤,收不了场,而那里邢幺吵吵的儿子却因新县长接受了贿赂早已被借故释放了。

小说在艺术上很有特色:第一,在结构上采用明暗双线的形式。明线以其香居茶馆为舞台,明写、实写发生在出场人物方治国和邢幺吵吵之间的斗争;暗线暗写、虚写在县城内的人物邢幺吵吵的大哥和新任县长之间的勾结。在作品里,不仅用中心事件把这两条线联系了起来,而且通过蒋门神这个人物,在结构上把这两条线索有机地联系起来,使小说结构首尾呼应,浑然一体。第二,出色的讽刺艺术。小说讽刺艺术的主要特点,是把尖锐的政治讽刺,巧妙地寓于人们司空见惯的生活场景的真实描绘之中。作家对笔下的讽刺艺术形象很少直接出面进行针砭和抨击,而鲜明的倾向性却在客观描写的情节之中自然流泻出来,在毁灭性的讽刺艺术效果中显示出作家对丑恶现实的极端憎恨。此外,作品的人物描写、人物对话都写得很有个性,具有很强的艺术感染力。

路 翎

财主底儿女们(故事梗概)

《财主底儿女们》分上下两部,上部由"一·二八"事变写到"七七"事变,集中展现了蒋家在外部压力和内部冲突中分崩离析的过程。苏州巨富蒋捷三,他在京沪沿线许多地方拥有庞大的房地产,而在苏州那座巨大的豪宅里也收藏着不少的珠宝和古玩。蒋捷三有四个女儿:蒋淑珍、蒋淑华、蒋淑媛、蒋秀菊,还有三个儿子:蒋蔚祖、蒋少祖和蒋纯祖。他们有的已经成家,有的还在念中学。在这些儿女中,蒋少祖最受人们的瞩目。他16岁离家到上海读书，受到新思想的影响，与父亲决裂，成为蒋家叛逆的儿子。后又东渡日本留学，与同学陈景惠结了婚。"九一八"事变前夕从日本回到上海，他抛开家庭，抛开幻想，接近社会民主党，想努力成为一个政治家。他写文章、演讲、参加慰问团，成为国际问题专家，主张工业和科学救国，既崇拜伏尔泰、卢梭的自由主义，又服膺尼采的超人哲学，自认是个自由的优秀的个人英雄主义者。但在奔腾向前的民族解放斗争的潮流面前，他既恼怒又害怕，要抗拒又无力，碰壁之后提倡复古主义，到古老的传统文化中寻求避风港，做旧诗，买房地，过恬淡生活，成为国民党官僚中的在野派，背叛了时代与自己。

英俊、善良的蒋蔚祖，痴情于妻子的美色，而又受控于妻子，被妻子玩弄于股掌之中；他恐惧于父亲的威严，而又同情父亲的孤独，忧郁重重，处在两难之中。南京资产阶级暴发户出身的金素痕，是天使，有使人心荡神摇的美；是凶悍的魔鬼，有令人毛骨悚然的冷。她贪婪阴险，泼辣放荡，挟制着最受宠爱而软弱无力的丈夫蒋蔚祖，她要窃取家庭的地位，夺取家庭的财产，以及对新家庭的支配权，孤身一人与蒋氏家族为财产、为家庭地位展开了一次又一次的惊心动魄的争夺。她把精神失常的蒋蔚祖关在南京家中，却披麻戴孝赶到苏州找公公要人，在撕打撒泼中抢走了田契文书。她在撕打争斗中虽然获得了胜利，却逼疯了夹在中间的丈夫。她也经历了梦的迷乱与醒的痛苦，最后得到财产后，剩下自己的孤独。

蒋家在经历了财产争夺战之后，蒋捷三被活活气死。蒋蔚祖被逼疯后跳进长江，而蒋家儿女们之间骨肉亲情的面纱被撕得粉碎，他们瓜分了财产，各自暴露出赤裸裸的自私本色。正如蒋家女儿所形容的："世界象沙漠，筵席早就散了。"

小说下部由"八一三"抗战写到苏德战争爆发，主要描述三子蒋纯祖在战乱中的曲折经历，穿插写到蒋家儿女在后方的平庸、麻木生活以及青年一代的摸索挣扎。

七七事变后，蒋纯祖从南京到上海，流亡武汉、重庆，参加了救亡工作与演剧队，穿过恐怖的旷野、荒村，与混合着浓重臭汗与廉价纸烟的味道的工人、士兵在一起，目睹了最英勇的自我牺牲与最无耻的兽性凶杀。他站在这地狱的门口，经历了内心的搏战，一切不切实际的幻想被无情粉碎，一切书本上的信仰全要重新审定，怀着自以为崇高、不可遏制的心灵"绝对自由"的资产阶级个性解放的追求，反对压制个性的"左"的教条主义与家长式统治，却陷入了歧途，"只求个人的成就与光荣"，在现实中尽力于动物性欲望的满足，一次又一次沉沦，一次又一次痛不欲生的自我忏悔，而每次忏悔所产生的精神苦闷导向了更加不能自拔的病态狂乱。他在石桥场兴办学校，面对抗战后方封建势力顽固统治的农村，孤身奋斗，但他很快又失望了。尽管他担任了校长，对包围在学校周围的浓重的黑暗的社会空气仍然毫无办法。他身患重病，在无助中寻求同校女教师万同华的爱情的抚慰，又出于傲慢而与她分手。他身心疲惫地回到重庆，发现二哥蒋少祖已经成为一个拥有土地庄园的官僚地主，过起了"性本爱丘山"的慵懒的生活。在兄弟间相互交换了鄙夷的眼光之后，蒋纯祖终于又离开重庆，挣扎着到乡下，死在万同华的怀抱里。

张爱玲

倾城之恋

　　上海为了"节省天光",将所有时钟都拨快了一小时,然而白公馆里说:"我们用的是老钟。"他们的十点钟是人家的十一点。他们唱歌唱走了板,跟不上生命的胡琴。

　　胡琴咿咿呀呀拉着,在万盏灯的夜晚,拉过来又拉过去,说不尽的苍凉的故事——不问也罢!……胡琴上的故事是应当由光艳的伶人来扮演的,长长的两片红胭脂夹住琼瑶鼻,唱了,笑了,袖子挡住了嘴……然而这里只有白四爷单身坐在黑沉沉的破阳台上,拉着胡琴。

　　正拉着,楼底下门铃响了。这在白公馆是一件稀罕事。按照从前的规矩,晚上绝对不作兴出去拜客。晚上来了客,或是凭空里接到一个电报,那除非是天字第一号的紧急大事,多半是死了人。

　　四爷凝神听着,果然三爷三奶奶四奶奶一路嚷上楼来,急切间不知他们说些什么。阳台后面的堂屋里,坐着六小姐,七小姐,八小姐,和三房四房的孩子们,这时都有些皇皇然。四爷在阳台上,暗处看亮处,分外眼明,只见门一开,三爷穿着汗衫短裤,叉开两腿站在门槛上,背过手去,啪啦啪啦扑打股际的蚊子,远远的向四爷叫道:"老四你猜怎么着?六妹离掉的那一位,说是得了肺炎,死了!"四爷放下胡琴往房里走,问道:"是谁来给的信?"三爷道:"徐太太。"说着,回过头用扇子去搡三奶奶道:"你别跟上来凑热闹呀!徐太太还在楼底下呢,她胖,怕爬楼。你还不去陪陪她!"三奶奶去了,四爷若有所思道:"死的那个不是徐太太的亲戚么?"三爷道:"可不是。看这样子,是他们家特为托了徐太太来递信给我们的,当然是有用意的。"四爷道:"他们莫非是要六妹去奔丧?"三爷用扇子柄刮了刮头皮道:"照说呢,倒也是应该……"他们同时看了六小姐一眼。白流苏坐在屋子的一角,慢条斯理绣着一只拖鞋,方才三爷四爷一递一声说话,仿佛是没有她发言的余地,这时她便淡淡地道:"离过婚了,又去做他的寡妇,让人家笑掉了牙齿!"她若无其事地继续做她的鞋子,可是手指头上直冒冷汗,针涩了,再也拔不过去。

　　三爷道:"六妹,话不是这么说。他当初有许多对不起你的地方,我们全知道。现在人已经死了,难道你还记在心里?他丢下的那两个姨奶奶,自然是守不住的。你这会子堂堂正正地回去替他戴孝主丧,谁敢笑你?你虽没生下一男半女,他的侄子多着呢?随你挑一个,过继过来。家私虽然不剩什么了,他家是个大族,就是拨你看守祠堂,也饿不死你母子。"白流苏冷笑道:"三哥替我想得真周到!就可惜晚了一步,婚已经离了这么七八年了。依你说,当初那些法律手续都是糊鬼不成?我们可不能拿着法律闹着玩啊!"三爷道:"你别动不动就拿法律来唬人!法律呀,今天改,明天改,我这天理人情,三纲五常,可是改不了的!你生是他家的人,死是他家的鬼,树高千丈,叶落归根——"流苏站起身来道："你这话，七八年前为什么不说？"三爷道："我只怕你多了心，只当我们不肯收容你。"流苏道："哦？现在你就不怕我多心了？你把我的钱用光了，你就不怕我多心了？"三爷直问到她脸上道："我用了你的钱？我用了你几个大钱？你住在我们家，吃我们的，喝我们的，从前还罢了，添个人不过添双筷子，现在你去打听打听看，米是什么价钱？我不提钱，你倒提起钱来了！"

四奶奶站在三爷背后，笑了一声道："自己骨肉，照说不该提钱的话。提起钱来，这话可就长了！我早就跟我们老四说过——我说：老四，你去劝三爷，你们做金子，做股票，不能用六姑奶奶的钱哪，没的沾上了晦气！她一嫁到婆家，丈夫就变成了败家子。回到娘家来，眼见得娘家就要败光了——天生的扫帚星！"三爷道："四奶奶这话有理。我们那时候，如果没让她入股子，决不至于弄得一败涂地！"

流苏气得浑身乱颤，把一只绣了一半的拖鞋面子抵住了下颔，下颔抖得仿佛要落下来。三爷又道："想当初你哭哭啼啼回家来，闹着要离婚，怪只怪我是个血性汉子，眼见你给他打成那个样子，心有不忍，一拍胸脯子站出来说：好！我白老三穷虽穷，我家里短不了我妹子这一碗饭！我只道你们少年夫妻，谁没有个脾气？大不了回娘家来住个三年五载的，两下里也就回心转意了。我若知道你们认真是一刀两断，我会帮着你办离婚么？拆散人家夫妻，这是绝子绝孙的事。我白老三是有儿子的人，我还指望着他们养老呢！"流苏气到了极点，反倒放声笑了起来道："好，好，都是我的不是！你们穷了，是我把你们吃穷了。你们亏了本，是我带累了你们。你们死了儿子，也是我害了你们伤了阴骘！"四奶奶一把揪住了她儿子的衣领，把她儿子的头去撞流苏，叫道："赤口白舌的咒起孩子来了！就凭你这句话，我儿子死了，我就得找着你！"流苏连忙一闪身躲过了，抓住四爷道："四哥你瞧，你瞧——你——你倒是评评理看！"四爷道："你别着急呀，有话好说，我们从长计议。三哥这都是为你打算——"流苏赌气摔开了手，一径进里屋去了。

里屋没点灯，影影绰绰的只看见珠罗纱帐子里，她母亲躺在红木大床上，缓缓挥动白团扇。流苏走到床跟前，双膝一软，就跪了下来，伏在床沿上，哽咽道："妈。"白老太太耳朵还好，外间屋里说的话，她全听见了。她咳嗽了一声，伸手在枕边摸索到了小痰罐子，吐了一口痰，方才说道："你四嫂就是这么碎嘴子！你可不能跟她一样的见识。你知道，各人有各人的难处。你四嫂天生的要强性儿，一向管着家，偏生你四哥不争气，狂嫖滥赌的，玩出一身病来不算，不该挪了公账上的钱，害得你四嫂面上无光，只好让你三嫂当家，心里咽不下这口气，着实不舒坦。你三嫂精神又不济，支持这份家，可不容易！种种地方，你得体谅他们一点。"流苏听她母亲这话风，一味的避重就轻，自己觉得好没意思，只得一言不发。白老太太翻身朝里睡了，又道："先两年，东拼西凑的，卖一次田，还够两年吃的。现在可不行了。我年纪大了，说声走，一撒手就走了，可顾不得你们。天下没有不散的筵席，你跟着我，总不是长久之计。倒是回去是正经。领个孩子过活，熬个十几年，总有你出头之日。"

正说着，门帘一动，白老太太道："是谁？"四奶奶探头进来道："妈，徐太太还在楼下呢,等着跟您说七妹的婚事。"白老太太道:"我这就起来。你把灯捻开。"屋里点上了灯,四奶奶扶着老太太坐起身来,伺候她穿衣下床。白老太太问道:"徐太太那边找到了合适的人?"四奶奶道:"听她说得怪好的,就是年纪大了几岁。"白老太太咳了一声道:"宝络这孩子,今年也二十四了,真是我心上一个疙瘩。白替她操了心,还让人家说我:她不是我亲生的,我存心耽搁了她!"四奶奶把老太太搀到外房去,老太太道:"你把我那儿的新茶叶拿出来,给徐太太泡一碗,绿洋铁筒子里的是大姑奶奶去年带来的龙井,高罐儿里的是碧螺春,别弄错了。"四奶奶一面答应着,一面叫喊道:"来人啊!开灯哪!"只听见一阵脚步响,来了些粗手大脚的孩子们,帮着大妈子把老太太搬运下楼去了。

四奶奶一个人在外间屋里翻箱倒柜找寻老太太的私房茶叶,忽然笑道:"咦!七妹,你打哪儿钻出来了,吓我一跳!我说怎么的,刚才你一晃就不见影儿了!"宝络细声道:"我在阳台上乘凉。"四奶奶格格笑道:"害臊呢!我说,七妹,赶明儿你有了婆家,凡事可得小心一点,别那么由着性儿闹。离婚岂是容易的事?要离就离了,稀松平常!果真那么容易,你四哥不成材,我干吗不离婚哪!我也有娘家呀,我不是没处可投奔的,可是这年头儿,我不能不给他们划算划算,我是有点人心的,就得顾着他们一点,不能靠定了人家,把人家拖穷了,我还有三分廉耻呢!"

白流苏在她母亲床前凄凄凉凉跪着,听见了这话,把手里的绣花鞋帮子紧紧按在心口上,戳在鞋上的一枚针,扎了手也不觉得疼,小声道:"这屋子里可住不得了!……住不得了!"她的声音灰暗而轻飘,像断断续续的尘灰吊子。她仿佛做梦似的,满头满脸都挂着尘灰吊子,迷迷糊糊向前一扑,自己以为是枕住了她母亲的膝盖,呜呜咽咽哭了起来道:"妈,妈,你老人家给我做主!"她母亲呆着脸,笑嘻嘻的不做声。她搂住她母亲的腿,使劲摇撼着,哭道:"妈!妈!"恍惚又是多年前,她还只十来岁的时候,看了戏出来,在倾盆大雨中和家里人挤散了。她独自站在人行道上,瞪着眼看人,人也瞪着眼看她,隔着雨淋淋的车窗,隔着一层无形的玻璃罩——无数的陌生人。人人都关在他们自己的小世界里,她撞破了头也撞不进去。她似乎是魔住了。忽然听见背后有脚步声,猜着是她母亲来了,便竭力定了一定神,不言语。她所祈求的母亲与她真正的母亲根本是两个人。

那人走到床前坐下了,一开口,却是徐太太的声音。徐太太劝道:"六小姐,别伤心了,起来,起来,大热的天……"流苏撑着床勉强站了起来,道:"婶子,我……我在这儿再也呆不下去了。早就知道人家多嫌着我,就只差明说。今儿当面锣,对面鼓,发过话了,我可没有脸再住下去了!"徐太太扯她在床沿上一同坐下,悄悄地道:"你也太老实了,不怪人家欺负你,你哥哥们把你的钱盘来盘去盘光了。就养活你一辈子也是应该的。"

流苏难得听见这几句公道话,且不问她是真心还是假意,先就从心里热起来,泪如雨下,道:"谁叫我自己糊涂呢!就为了这几个钱,害得我要走也走不开。"徐太太道:"年纪轻轻的人,不怕没有活路。"流苏道:"有活路,我早走了!我又没念过两句书,肩不能挑，手不能提，我能做什么？"徐太太道："找事，都是假的，还是找个人是真的。"流苏道："那怕不行。我这一辈子早完了。"徐太太道："这句话，只有有钱的人，不愁吃，不愁穿，才有资格说。没钱的人，要完也完不了哇！你就是剃了头发当姑子去，化个缘罢，也还是尘缘——离不了人！"流苏低头不语。徐太太道："你这件事，早两年托了我，又要好些。"流苏微微一笑道："可不是，我已经二十八了。"徐太太道："放着你这样好的人才，二十八也不算什么。我替你留心着。说着我又要怪你了，离了婚七八年了，你早点儿拿定了主意，远走高飞，少受多少气！"流苏道："姐子你又不是不知道，像我们这样的家庭，哪儿肯放我们出去交际？倚仗着家里人罢，别说他们根本不赞成，就是赞成了，我底下还有两个妹妹没出阁，三哥四哥的几个女孩子也渐渐地长大了，张罗她们还来不及呢，还顾得到我？"

徐太太笑道："提起你妹妹，我还等着他们的回话呢。"流苏道："七妹的事，有希望么？"徐太太道："说得有几分眉目了。刚才我有意的让娘儿们自己商议商议，我说我上去瞧瞧六小姐就来。现在可该下去了。你送我下去，成不成？"流苏只得扶着徐太太下楼，楼梯又旧，徐太太又胖，走得吱吱格格一片响。到了堂屋里，流苏欲待开灯，徐太太道："不用了，看得见。他们就在东厢房里。你跟我来，大家说说笑笑，事情也就过去了，不然，明儿吃饭的时候免不了要见面的，反而僵得慌。"流苏听不得"吃饭"这两个字，心里一阵刺痛，哽着嗓子，强笑道："多谢姐子——可是我这会子身子有点不舒服，实在不能够见人，只怕失魂落魄的，说话闯了祸，反而辜负了您待我的一片心。"徐太太见流苏一定不肯，也就罢了，自己推门进去。

门掩上了，堂屋里暗着，门的上端的玻璃格子里透进两方黄色的灯光，落在青砖地上。朦胧中可以看见堂屋里顺着墙高高下下堆着一排书籍，紫檀匣子，刻着绿泥款识。正中天然几上，玻璃罩子里，搁着珐琅自鸣钟，机括早坏了，停了多年。两旁垂着朱红对联，闪着金色寿字团花，一朵花托住一个墨汁淋漓的大字。在微光里，一个个的字都像浮在半空中，离着纸老远。流苏觉得自己就是对联上的一个字，虚飘飘的，不落实地。白公馆有这么一点像神仙的洞府：这里悠悠忽忽过了一天，世上已经过了一千年。可是这里过了一千年，也同一天差不多，因为每天都是一样的单调与无聊。流苏交叉着胳膊，抱住她自己的颈项。七八年一眨眼就过去了。你年轻么？不要紧，过两年就老了，这里，青春是不稀罕的。他们有的是青春——孩子一个个的被生出来，新的明亮的眼睛，新的红嫩的嘴，新的智慧。一年又一年的磨下来，眼睛钝了，人钝了，下一代又生出来了。这一代便被吸到朱红洒金的辉煌的背景里去，一点一点的淡金便是从前的人的怯怯的眼睛。

流苏突然叫了一声，掩住自己的眼睛，跌跌冲冲往楼上爬，往楼上爬……上了楼，到了她自己的屋子里，她开了灯，扑在穿衣镜上，端详她自己。还好，她还不怎么老。她那一类的娇小的身躯是最不显老的一种，永远是纤瘦的腰，孩子似的萌芽的乳。她的脸，从前是白得像瓷，现在由瓷变为玉——半透明的轻青的玉。下颔起初是圆的，近年来渐渐尖了，越显得那小小的脸，小得可爱。脸庞原是相当的窄，可是眉心很宽。一双娇滴滴，滴滴娇的清水眼。阳台上，四爷又拉起胡琴来了。依着那抑扬顿挫的调子，流苏不由得偏着头，微微飞了个眼风，做了个手势。她对着镜子这一表演，那胡琴听上去便不是胡琴，而是笙箫琴瑟奏着幽沉的庙堂舞曲。她向左走了几步，又向右走了几步，她走一步路都仿佛是合着失了传的古代音乐的节拍。她忽然笑了——阴阴的，不怀好意的一笑，那音乐便戛然而止。外面的胡琴继续拉下去，可是胡琴诉说的是一些辽远的忠孝节义的故事，不与她相干了。

　　这时候，四爷一个人躲在那里拉胡琴，却是因为他自己知道楼下的家庭会议中没有他置喙的余地。徐太太走了之后，白公馆里少不得将她的建议加以研究和分析。徐太太打算替宝络做媒说给一个姓范的，那人最近和徐先生在矿务上有相当密切的联系，徐太太对于他的家世一向就很熟悉，认为绝对可靠。那范柳原的父亲是一个著名的华侨，有不少的产业分布在锡兰马来亚等处。范柳原今年三十三岁，父母双亡。白家众人质问徐太太，何以这样的一个标准夫婿到现在还是独身的，徐太太告诉他们，范柳原从英国回来的时候，无数的太太们紧扯白脸的把女儿送上门来，硬要推给他，勾心斗角，各显神通，大大热闹过一番。这一捧却把他捧坏了。从此他把女人看成他脚底下的泥。由于幼年时代的特殊环境，他脾气本来就有点怪僻。他父母的结合是非正式的。他父亲有一次出洋考察，在伦敦结识了一个华侨交际花，两人秘密地结了婚。原籍的太太也有点风闻。因为惧怕太太的报复，那二夫人始终不敢回国。范柳原就是在英国长大的。他父亲故世以后，虽然大太太只有两个女儿，范柳原要在法律上确定他的身份，却有种种棘手之处。他孤身流落在英伦，很吃过一些苦，然后方才获到了继承权。至今范家的族人还对他抱着仇视的态度，因此他总是住在上海的时候多，轻易不回广州老宅里去。他年纪轻轻的时候受了些刺激，渐渐的就往放浪的一条路上去，嫖赌吃喝，样样都来，独独无意于家庭幸福。白四奶奶就说："这样的人，想必是喜欢存心挑剔。我们七妹是庶出的，只怕人家看不上眼。放着这么一门好亲戚，怪可惜了儿的！"三爷道："他自己也是庶出。"四奶奶道："可是人家多厉害呀，就凭我们七丫头那股子傻劲儿，还指望拿得住他？倒是我那个大女孩子机灵些，别瞧她，人小心不小，才识大体！"三奶奶道："那似乎年岁差得太多了。"四奶奶道："哟！你不知道，越是那种人，越是喜欢年纪轻的。我那个大的若是不成，还有二的呢。"三奶奶笑道："你那个二的比姓范的小二十岁。"四奶奶悄悄扯了她一把，正颜厉色地道："三嫂，你别那么糊涂！你护着七丫头，她是白家什么人？隔了一层娘肚皮，就差远了。嫁了过去，谁也别想在她身上得点什么好处！我这都是为了大家好。"然而白老太太一心一意只怕亲戚议论她亏待了没娘的七小姐，决定照原来计划，由徐太太择日请客，把宝络介绍给范柳原。

　　徐太太双管齐下，同时又替白老太太物色到一个姓姜的，在海关里做事，新故了太太，丢下了五个孩子，急等着续弦。徐太太主张先忙完了宝络，再替流苏撮合，因为范柳原不久就要上新加坡去了。白公馆里对流苏的再嫁，根本就拿它当一个笑话，只是为了要打发她出门，没奈何，只索不闻不问，由着徐太太闹去。为了宝络这头亲，却忙得鸦飞雀乱，人仰马翻。一样是两个女儿，一方面如火如荼，一方面冷冷清清，相形之下，委实使人难堪。白老太太将全家的金珠细软,尽情搜刮出来,能够放在宝络身上的都放在宝络身上。三房里的女孩子过生日的时候,干娘给的一件巢丝衣料,也被老太太逼着三奶奶拿了出来,替宝络制了旗袍。老太太自己历年攒下的私房,以皮货居多,暑天里又不能穿皮子,只得典质了一件貂皮大袄,用那笔款子去把几件首饰改镶了时新款式。珍珠耳坠子,翠玉手镯,绿宝戒指,自不必说,务必把宝络打扮得花团锦簇。

到了那天,老太太、三爷、三奶奶、四爷、四奶奶自然都是要去的。宝络辗转听到四奶奶的阴谋,心里着实恼着她,执意不肯和四奶奶的两个女儿同时出场,又不好意思说不要她们,便下死劲拖流苏一同去。一部出差汽车黑压压坐了七个人,委实再挤不下了,四奶奶的女儿金枝金蝉便惨遭淘汰。他们是下午五点钟出发的,到晚上十一点方才回家。金枝金蝉哪里放得下心,睡得着觉?眼睁睁盼着他们回来了,却又是大伙儿哑口无言。宝络沉着脸走到老太太房里,一阵风把所有的插戴全剥了下来,还了老太太,一言不发回房去了。金枝金蝉把四奶奶拖到阳台上,一迭连声追问怎么了。四奶奶怒道:"也没看见像你们这样的女孩子家,又不是你自己相亲,要你这样热辣辣的!"三奶奶跟了出来,柔声缓气说道:"你这话,别让人家多了心去!"四奶奶索性冲着流苏的房间嚷道:"我就是指桑骂槐,骂了她了,又怎么着?又不是千年万代没见过男子汉,怎么一闻见生人气,就痰迷心窍,发了疯了?"金枝金蝉被她骂得摸不着头脑,三奶奶做好做歹稳住了她们的娘,又告诉她们道:"我们先去看电影的。"金枝诧异道:"看电影?"三奶奶道:"可不是透着奇怪,专为看人去的,倒去坐在黑影子里,什么也瞧不见,后来徐太太告诉我说都是那范先生的主张,他在那里掏坏呢。他要把人家搁在那里搁个两三个钟头,脸上出了油,胭脂花粉褪了色,他可以看得亲切些。那是徐太太的猜想。据我看来,那姓范的始终就没有诚意。他要看电影,就为着懒得跟我们应酬。看完了戏,他不是就想溜么?"四奶奶忍不住插嘴道:"哪儿的话,今儿的事,一上来挺好的,要不是我们自己窗儿里的人在里头捣乱,准有个七八成!"金枝金蝉齐声道:"三妈,后来呢?后来呢?"三奶奶道:"后来徐太太拉住了他,要大家一块儿去吃饭。他就说他请客。"四奶奶拍手道:"吃饭就吃饭,明知道我们七小姐不会跳舞,上跳舞场去干坐着,算什么?不是我说,这就要怪三哥了,他也是外面跑跑的人,听见姓范的盼咐汽车夫上舞场去,也不拦一声!"三奶奶忙道:"上海这么多的饭店,他怎么知道哪一个饭店有跳舞,哪一个饭店没有跳舞?他可比不得四爷是个闲人哪,他没那么多的工夫去调查这个!"金枝金蝉还要打听此后的发展,三奶奶给四奶奶几次一打岔,兴致索然。只道:"后来就吃饭,吃了饭,就回来了。"

金蝉道:"那范柳原是怎样的一个人?"三奶奶道:"我哪儿知道?统共没听见他说过三句话。"又寻思了一会,道:"跳舞跳得不错罢!"金枝咦了声道:"他跟谁跳来着?"四奶奶抢先答道:"还有谁,还不是你那六姑!我们诗礼人家,不准学跳舞的,就只她结婚之后跟她那不成材的姑爷学会了这一手!好不害臊,人家问你,说不会跳不就结了?不会也不是丢脸的事。像你三妈,像我,都是大户人家的小姐,活过这半辈子了,什么世面没见过?我们就不会跳!"三奶奶叹了口气道:"跳了一次,还说是敷衍人家的面子，还跳第二次，第三次！"金枝金蝉听到这里，不禁张口结舌。四奶奶又向那边喃喃骂道："猪油蒙了心！你若是以为你破坏了你妹子的事，你就有指望了，我叫你早早地歇了这个念头！人家连多少小姐都看不上眼呢，他会要你这败柳残花？"

　　流苏和宝络住着一间屋子，宝络已经上床睡了，流苏蹲在地下摸着黑点蚊烟香，阳台上的话听得清清楚楚，可是她这一次却非常的镇静，擦亮了洋火，眼看着它烧过去，火红的小小三角旗，在它自己的风中摇摆着，移，移到她手指边，她噗的一声吹灭了它，只剩下一截红艳的小旗杆，旗杆也枯萎了，垂下灰白蜷曲的鬼影子。她把烧焦的火柴丢在烟盘子里。今天的事，她不是有意的，但是无论如何，她给了他们一点颜色看看。他们以为她这一辈子已经完了么？早哩！她微笑着。宝络心里一定也在骂她，骂得比四奶奶的话还要难听。只是她知道宝络恨虽恨她，同时也对她刮目相看，肃然起敬。一个女人，再好些，得不着异性的爱，也就得不着同性的尊重。女人们就是这点贱。

　　范柳原真心喜欢她么？那倒也不见得。他对她说的那些话，她一句也不相信。她看得出他是对女人说惯了谎的。她不能不当心——她是个六亲无靠的人。她只有她自己了。床架子上挂着她脱下来的月白蝉翼纱旗袍。她一歪身坐在地上，搂住了长袍的膝部，郑重地把脸偎在上面。蚊香的绿烟一蓬一蓬浮上来，直熏到她脑子里去。她的眼睛里，眼泪闪着光。

　　隔了几天，徐太太又来到白公馆。四奶奶早就预言过："我们六姑奶奶这样的胡闹，眼见得七丫头的事是吹了。徐太太岂有不恼的？徐太太怪了六姑奶奶，还肯替她介绍人么？这就叫偷鸡不着蚀把米。"徐太太果然不像先前那么一盆火似的了，远兜远转先解释她这两天为什么没上门。家里老爷有要事上香港去接洽，如果一切顺利，就打算在香港租下房子，住个一年半载的，所以她这两天忙着打点行李，预备陪他一同去。至于宝络的那件事，姓范的已经不在上海了，暂时只得搁一搁，流苏的可能的对象姓姜的，徐太太打听了出来，原来他在外面有了人，若要拆开，还有点麻烦。据徐太太看来，这种人不甚可靠，还是算了罢。三奶奶四奶奶听了这话，彼此使了个眼色，撇着嘴笑了一笑。

　　徐太太接下去皱眉说道："我们的那一位，在香港倒有不少的朋友，就可惜远水救不着近火……六小姐若是能够到那边去走一趟，倒许有很多的机会。这两年，上海人在香港的，真可以说是人才济济。上海人自然是喜欢上海人，所以同乡的小姐们在那边听说是很受欢迎。六小姐去了，还愁没有相当的人？真可以抓起一把来拣拣！"众人觉得徐太太真是善于辞令。前两天轰轰烈烈闹着做媒，忽然烟消火灭了，自己不得下场，便故作遁辞，说两句风凉话。白老太太便叹了口气道："到香港去一趟，谈何容易！单讲——"不料徐太太很爽快的一口剪断了她的话道："六小姐若是愿意去，我请她。我答应帮她的忙，就得帮到底。"大家不禁面面相觑，连流苏都怔住了。她估计着徐太太当初自告奋勇替她做媒，想必倒是一时仗义，真心同情她的境遇。为了她跑跑腿寻寻门路，治一桌酒席请请那姓姜的，这点交情是有的。但是出盘缠带她到香港去，那可是所费不赀。为什么徐太太平空的要在她身上花这些钱？世上的好人虽多，可没有多少傻子愿意在银钱上做好人。徐太太一定是有背景的。难不成是那范柳原的诡计？徐太太曾经说过她丈夫与范柳原在营业上有密切接触，夫妇两个大约是很热心地捧着范柳原。牺牲一个不相干的孤苦的亲戚来巴结他，也是可能的事。流苏在这里胡思乱想着，白老太太便道："那可不成呀，总不能让您——"徐太太打了个哈哈道："没关系，这点小东，我还做得起！再说，我还指望着六小姐帮我的忙呢。我拖着两个孩子，血压又高，累不得，路上有了她，凡事也有个照应。我是不拿她当外人的，以后还要她多多的费神呢！"白老太太忙代流苏客气了一番。徐太太掉过头来，单刀直入地问道："那么六小姐，你一准跟我们跑一趟罢！就算是逛逛，也值得。"流苏低下头去，微笑道："您待我太好了。"她迅速地盘算了一下。姓姜的那件事是无望了。以后即使有人替她做媒，也不过是和那姓姜的不相上下，也许还不如他。流苏的父亲是一个有名的赌徒，为了赌而倾家荡产，第一个领着他们往破落户的路上走。流苏的手没有沾过骨牌和骰子，然而她也是喜欢赌的。她决定用她的前途来下注。如果她输了，她声名扫地，没有资格做五个孩子的后母。如果赌赢了，她可以得到众人虎视眈眈的目的物范柳原，出净她胸中这一口恶气。

她答应了徐太太。徐太太在一星期内就要动身。流苏便忙着整理行装。虽说家无长物，根本没有什么可整理的，却也乱了几天。变卖了几件零碎东西，添制了几套衣服。徐太太在百忙中还腾出时间来替她做顾问。徐太太这样的笼络流苏，被白公馆里的人看在眼里，渐渐的也就对流苏发生了新的兴趣。除了怀疑她之外，又存三分顾忌，背后嘀嘀咕咕议论着，当面却不那么指着脸子骂了，偶然也还叫声"六妹"，"六姑"，"六小姐"，只怕她当真嫁到香港的阔人，衣锦荣归，大家总得留个见面的余地，不犯着得罪她。

徐太太徐先生带着孩子一同乘车来接了她上船，坐的是一只荷兰船的头等舱。船小，颠簸得厉害，徐先生徐太太一上船便双双睡倒，吐个不休，旁边儿啼女哭，流苏倒着实服侍了他们几天。好容易船靠了岸，她方才有机会到甲板上去看看海景。那是个火辣辣的下午，望过去最触目的便是码头上围列着的巨型广告牌，红的，橘红的，粉红的，倒映在绿油油的海水里，一条条，一抹抹刺激性的犯冲的色素，窜上落下，在水底下厮杀得异常热闹。流苏想着，在这夸张的城里，就是栽个跟头，只怕也比别处痛些，心里不由得七上八下起来，忽然觉得有人奔过来抱住她的腿，差一点把她推了一交，倒吃了一惊，再看原来是徐太太的孩子，连忙定了定神，过去助着徐太太照料一切。谁知那十来件行李与两个孩子，竟不肯被归着在一堆，行李齐了，一转眼又少了个孩子。流苏疲于奔命，也就不去看野眼了。

上了岸，叫了两部汽车到浅水湾饭店。那车驰出了闹市，翻山越岭，走了多时，一路只见黄土崖，红土崖，土崖缺口处露出森森绿树，露出蓝绿色的海。近了浅水弯，一样是土崖与丛林，却渐渐的明媚起来。许多游了山回来的人，乘车掠过他们的车，一汽车一汽车载满了花，风里吹落了零乱的笑声。

到了旅馆门前，却看不见旅馆在哪里。他们下了车，走上极宽的石级，到了花木萧疏的高台上，方见再高的地方有两幢黄色房子。徐先生早定下了房间，仆欧们领他们沿着碎石小径走去，进了昏黄的饭厅，经过昏黄的穿堂，往二层楼上走。一转弯，有一扇门通着一个小阳台,搭着紫藤花架,晒着半壁斜阳。阳台上有两个人站着说话,只见一个女的,背向着他们,披着一头漆黑的长发,直垂到脚踝上,脚踝上套着赤金扭麻花镯子,光着脚,底下看不仔细是否趿着拖鞋,上面微微露出一截印度式桃红皱裥窄脚裤。被那女人挡住的一个男子,却叫了一声:"咦!徐太太!"便走了过来,向徐先生徐太太打招呼,又向流苏含笑点头。流苏见是范柳原,虽然早就料到这一着,一颗心依旧不免跳得厉害。阳台上的女人一闪就不见了。柳原伴着他们上楼,一路上大家仿佛他乡遇故知似的,不断的表示惊讶与愉快。那范柳原虽然够不上称做美男子,粗枝大叶的,也有他的一种风度。徐先生夫妇指挥着仆欧们搬行李,柳原与流苏走在前面,流苏含笑问道:"范先生,你没有上新加坡去?"柳原轻轻答道:"我在这儿等着你呢。"流苏想不到他这样直爽,倒不便深究,只怕说穿了,不是徐太太请她上香港而是他请的,自己反而下不落台,因此只当他说玩笑话,向他笑了一笑。

　　柳原问知她的房间是一百三十号,便站住了脚道:"到了。"仆欧拿钥匙开了门,流苏一进门便不由得向窗口笔直走过去。那整个的房间像暗黄的画框,镶着窗子里一幅大画。那酽酽的,滟滟的海涛,直溅到帘子上,把帘子的边缘都染蓝了。柳原向仆欧道:"箱子就放在橱跟前。"流苏听他说话的声音就在耳根子底下,不觉震了一震,回过脸来,只见仆欧已经出去了,房门却没有关严。柳原倚着窗台,伸出一只手来撑在窗格子上,挡住了她的视线,只管望着她微笑。流苏低下头去。柳原笑道:"你知道么?你的特长是低头。"流苏抬头笑道:"什么?我不懂。"柳原道:"有的人善于说话,有的人善于笑,有的人善于管家,你是善于低头的。"流苏道:"我什么都不会。我是顶无用的人。"柳原笑道:"无用的女人是最最厉害的女人。"流苏笑着走开了道:"不跟你说了,到隔壁去看看罢。"柳原道:"隔壁?我的房还是徐太太的房?"流苏又震了一震道:"你就住在隔壁?"柳原已经替她开了门,道:"我屋里乱七八糟的,不能见人。"

　　他敲了一敲一百三十一号的门,徐太太开门放他们进来道:"在我们这边吃茶罢,我们有个起坐间。"便揿铃叫了几客茶点。徐先生从卧室里走了出来道:"我打了个电话给老朱,他闹着要接风,请我们大伙儿上香港饭店。就是今天。"又向柳原道:"连你在内。"徐太太道:"你真有兴致,晕了几天的船,还不趁早歇歇?今儿晚上,算了罢!"柳原笑道:"香港饭店,是我所见过的顶古板的舞场。建筑、灯光、布置、乐队,都是英国式,四五十年前顶时髦的玩艺儿,现在可不够刺激性了。实在没有什么可看的,除非是那些怪模怪样的西崽,大热的天,仿着北方人穿着扎脚裤——"流苏道:"为什么?"柳原道:"中国情调呀!"徐先生笑道:"既来到此地,总得去看看。就委屈你做做陪客罢!"柳原笑道:"我可不能说准。别等我。"流苏见他不像要去的神气,徐先生并不是常跑舞场的人,难得这么高兴,似乎是认真要替她介绍朋友似的,心里倒又疑惑起来。

　　然而那天晚上,香港饭店里为他们接风一班人,都是成双捉对的老爷太太,几个单身男子都是二十岁左右的年轻人。流苏正在跳着舞,范柳原忽然出现了,把她从另一个男子手里接了过来,在那荔枝红的灯光里,她看不清他的黝暗的脸,只觉得他异常的沉默。流苏笑道:"怎么不说话呀?"柳原笑道:"可以当着人说的话,我全说完了。"流苏噗嗤一笑道:"鬼鬼祟祟的,有什么背人的话?"流苏道:"有些傻话,不但是要背着人说,还得背着自己。让自己听见了也怪难为情的。譬如说,我爱你,我一辈子都爱你。"流苏别过头去,轻轻啐了一声道:"偏有这些废话!"柳原道:"不说话又怪我不说话了,说话,又嫌唠叨!"流苏笑道:"我问你,你为什么不愿意我上跳舞场去?"柳原道:"一般的男人,喜欢把好女人教坏了,又喜欢感化坏的女人,使她变为好女人。我可不像那么没事找事做。我认为好女人还是老实些的好。"流苏瞟了他一眼道:"你以为你跟别人不同么?我看你也是一样的自私。"柳原笑道:"怎样自私?"流苏心里想着:"你最高的理想是一个冰清玉洁而又富于挑逗性的女人。冰清玉洁,是对于他人。挑逗,是对于你自己。如果我是一个彻底的好女人,你根本就不会注意到我。"她向他偏着头笑道:"你要我在旁人面前做一个好女人,在你面前做一个坏女人。"柳原想了一想道:"不懂。"流苏又解释道:"你要我对别人坏,独独对你好。"柳原笑道:"怎么又颠倒过来了?越发把人家搅糊涂了!"他又沉吟了一会道:"你这话不对。"流苏笑道:"哦,你懂了。"柳原道:"你好也罢,坏也罢,我不要你改变。难得碰见像你这样一个真正的中国女人。"流苏微微叹了口气道:"我不过是一个过了时的人罢了。"柳原道:"真正的中国女人是世界上最美的,永远不会过了时。"流苏笑道:"像你这样的一个新派人——"柳原道:"你说新派,大约就是指的洋派。我的确不能算一个真正的中国人,直到最近几年才渐渐中国化起来。可是你知道,中国化的外国人,顽固起来,比任何老秀才都要顽固。"流苏笑道:"你也顽固,我也顽固,你说过的,香港饭店又是最顽固的跳舞场……"他们同时笑了起来。音乐恰巧停了。柳原扶着她回到座上,向众人笑道:"白小姐有点头痛,我先送她回去罢。"流苏没提防他有这一着,一时想不起怎样对付,又不愿意得罪了他,因为交情还不够,没有到吵嘴的程度,只得由他替她披上外衣,向众人道了歉,一同走了出来。

迎面遇见一群西洋绅士,众星捧月一般簇拥着一个女人。流苏先就注意到那人的漆黑的头发,结成双股大辫,高高盘在头上。那印度女人,这一次虽然是西式装束,依旧带着浓厚的东方色彩。玄色轻纱氅底下,她穿着金鱼黄色紧身长衣,盖住了手,只露出晶亮的指甲,领口挖成极狭的V形,直开到腰际,那是巴黎最新的款式,有个名式,唤做"一线天"。她的脸色黄而油润,像飞了金的观音菩萨,然而她的影沉沉的大眼睛里躲着妖魔。古典型的直鼻子,只是太尖,太薄一点。粉红的厚重的小嘴唇,仿佛肿着似的。柳原站住了脚,向她微微鞠了一躬。流苏在那里看她,她也昂然望着流苏,那一双骄矜的眼睛,如同隔着几千里地,远远的向人望过来。柳原便介绍道:"这是白小姐。这是萨黑荑妮公主。"流苏不觉肃然起敬。萨黑荑妮伸出一双手来,用指尖碰了一碰流苏的手。问柳原道:"这位白小姐,也是上海来的?"柳原点点头。萨黑荑妮微笑道:"她倒不像上海人。"柳原笑道:"像哪儿的人呢?"萨黑荑妮把一只食指按在腮帮子上,想了一想,翘着十指尖尖,仿佛是要形容而又形容不出的样子,耸肩笑了一笑,往里走去。柳原扶着流苏继续往外走,流苏虽然听不大懂英文,鉴貌辨色,也就明白了,便笑道:"我原是个乡下人。"柳原道:"我刚才对你说过了,你是个道地的中国人,那自然跟她所谓的上海人有点不同。"

他们上了车，柳原又道："你别看她架子搭得十足。她在外面招摇说是克力希纳·柯兰姆帕王公的亲生女，只因王妃失宠，赐了死，她也就被放逐了，一直流浪着，不能回国。其实，不能回国倒是真的，其余的，可没有人能够证实。"柳原道："她到上海去过么？"柳原道："人家在上海也是很有名的。后来她跟着一个英国人上香港来。你看见她背后那老头子么？现在就是他养活着她。"流苏笑道："你们男人就是这样，当面何尝不奉承着她，背后就说得她一个钱不值。像我这样一个穷遗老的女儿，身份还不及她高的人，不知道你对别人怎样的说我呢！"柳原笑道："谁敢一口气把你们两人的名字说在一起？"流苏撇了撇嘴道："也许因为她的名字太长了，一口气念不完。"柳原道："你放心。你是什么样的人，我就拿你当什么样的人看待，准没错。"流苏做出安心的样子，向车窗上一靠，低声道："真的？"他这句话，似乎并不是挖苦她，因为她渐渐发觉了，他们单独在一起的时候，他总是斯斯文文的，君子人模样。不知道为什么，他背着人这样稳重，当众却喜欢放肆。她一时摸不清那到底是他的怪脾气，还是他另有作用。

到了浅水湾，他搀着她下车，指着汽车道旁郁郁的丛林道："你看那种树，是南边的特产。英国人叫它'野火花'。"流苏道："是红的么？"柳原道："红！"黑夜里，她看不出那红色，然而她直觉地知道它是红得不能再红了，红得不可收拾一蓬蓬一蓬蓬的小花，窝在参天大树上，壁栗剥落燃烧着，一路烧过去，把那紫蓝的天也熏红了。她仰着脸望上去。柳原道："广东人叫它'影树'。你看这叶子。"叶子像凤尾草，一阵风过，那轻纤的黑色剪影零零落落颤动着，耳边恍惚听见一串小小的音符，不成腔，像檐前铁马的叮当。

柳原道："我们到那边去走走。"流苏不做声。他走，她就缓缓的跟了过去。时间横竖还早，路上散步的人多着呢——没关系。从浅水湾饭店过去一截子路，空中飞跨着一座桥梁，桥那边是山，桥这边是一堵灰砖砌成的墙壁，拦住了这边的山。柳原靠在墙上，流苏也就靠在墙上，一眼看上去，那堵墙极高极高，望不见边。墙是冷而粗糙，死的颜色。她的脸，托在墙上，反衬着，也变了样——红嘴唇，水眼睛，有血，有肉，有思想的一张脸。柳原看着她道："这堵墙，不知为什么使我想起地老天荒那一类的话。……有一天，我们的文明整个的毁掉了，什么都完了——烧完了，炸完了，坍完了，也许还剩下这堵墙。流苏，如果我们那时候在这墙根底下遇见了……流苏，也许你会对我有一点真心，也许我会对你有一点真心。"

流苏嗔道："你自己承认你爱装假，可别拉扯上我。你几时捉出我说谎来着？"柳原嗤的笑道："不错，你是再天真也没有的一个人。"流苏道："得了，别哄我了！"

柳原静了半响，叹了口气。流苏道："你有什么不称心的事？"流苏道："多着呢。"流苏叹道："若是像你这样自由自在的人，也要怨命，像我这样的，早就该上吊了。"柳原道："我知道你是不快乐的。我们四周的那些坏事，坏人，你一定是看够了。可是，如果你这是第一次看见他们，你一定更看不惯，更难受。我就是这样。我回中国来的时候，已经二十四了。关于我的家乡，我做了好些梦。你可以想象到我是多么的失望。我受不了这个打击，不由自主的就往下溜。你……你如果认识从前的我，也许你会原谅现在的我。"流苏试着想象她是第一次看见她四嫂。她猛然叫道："还是那样的好，初次瞧见，再坏些，再脏些，是你外面的人，你外面的东西。你若是混在那里头长大了，你怎么分得清，哪一部分是他们，哪一部分是你自己。"柳原默然，隔了一会方道："也许你是对的。也许我这些话无非是借口，自己糊弄自己。"他突然笑了起来道："其实我用不着什么借口呀！我爱玩——我有这个钱，有这个时间，还得去找别的理由？"他思索了一会，又烦躁起来，向她说道："我自己也不懂得我自己——可是我要你懂得我！我要你懂得我！"他嘴里这么说着，心里早已绝望了，然而他还是固执地，哀恳似的说道："我要你懂得我！"

流苏愿意试试看。在某种范围内，她什么都愿意。她侧过脸去向着他，小声答应道："我懂得，我懂得。"她安慰着他，然而她不由得想到了她自己的月光中的脸，那娇脆的轮廓，眉与眼，美得不近情理，美得渺茫。她缓缓垂下头去。柳原格格地笑了起来。他换了一副声调，笑道："是的，别忘了，你的特长是低头。可是也有人说，只有十来岁的女孩子们适宜于低头。适宜于低头的人往往一来就喜欢低头。低了多年的头，颈子上也许要起皱纹的。"流苏变了脸，不禁抬起手来抚摩她的脖子。柳原笑道："别着急，你决不会有的。待会儿回到房里去，没有人的时候，你再解开衣袖上的钮子，看个明白。"流苏不答，掉转身就走。柳原追了上去，笑道："我告诉你为什么你保得住你的美。萨黑荑妮上次说：她不敢结婚，因为印度女人一闲下来，呆在家里，整天坐着，就发胖了。我就说：中国女人呢，光是坐着，连发胖都不肯发胖——因为发胖至少还需要一点精力。懒倒也有懒的好处！"

流苏只是不理他。他一路赔着小心，低声下气，说说笑笑，她到了旅馆里，面色方才和缓下来，两人也就各自归房安置。流苏自己忖量着，原来范柳原是讲究精神恋爱的。她倒也赞成，因为精神恋爱的结果永远是结婚，而肉体之爱往往就停顿在某一阶段，很少结婚的希望。精神恋爱只有一个毛病：在恋爱过程中，女人往往听不懂男人的话。然而那倒也没有多大关系。后来总还是结婚，找房子，置家具，雇佣人——那些事上，女人可比男人在行得多。她这么一想，今天这点小误会，也就不放在心上。

第二天早晨，她听徐太太屋里鸦雀无声，知道她一定起来得很晚。徐太太仿佛说过的，这里的规矩，早餐叫到屋里来吃，另外要付费，还要给小账，因此流苏决定替人家节省一点，到食堂里去。她梳洗完了，刚出房门，一个守候在外面的仆欧，看见了她，便去敲范柳原的门。柳原立刻走了出来，笑道："一块儿吃早饭去。"一面走，他一面问道："徐先生徐太太还没升帐？"流苏笑道："昨儿他们玩得太累了罢！我没听见他们回来，想必一定是近天亮。"他们在餐室外面的走廊上拣了个桌子坐下。石栏杆外生着高大的棕榈树，那丝丝缕缕披散着的叶子在太阳光里微微发抖，像光亮的喷泉。树底下也有喷水池子，可没有那么伟丽。柳原问道："徐太太他们今天打算怎么玩？"流苏道："听说是要找房子去。"柳原道："他们找他们的房子，我们玩我们的。你喜欢到海滩上去还是到城里去看看？"流苏前一天下午已经用望远镜看了看附近的海滩，红男绿女，果然热闹非凡，只是行动太自由了一点，她不免略具戒心，因此便提议进城去。他们赶上了一辆旅馆里特备的公共汽车，到了中心区。

　　柳原带她到大中华去吃饭。流苏一听，仆欧们全是说上海话的，四座也是乡音盈耳，不觉诧异道："这是上海馆子？"柳原笑道："你不想家么？"流苏笑道："可是……专程到香港来吃上海菜，总似乎有点傻。"柳原道："跟你在一起，我就喜欢做各种的傻事，甚至于乘着电车兜圈子，看一场看过了两次的电影……"流苏道："因为你被我传染上了傻气，是不是？"柳原笑道："你爱怎么解释，就怎么解释。"

　　吃完了饭，柳原举起玻璃杯来将里面剩下的茶一饮而尽，高高地擎着那玻璃杯，只管向里看着。流苏道："有什么可看的，也让我看看。"柳原道："你迎着亮瞧瞧，里头的景致使我想到马来的森林。"杯里的残茶向一边倾过来，绿色的茶叶粘在玻璃上，横斜有致，迎着光，看上去像一棵翠生生的芭蕉。底下堆积着的茶叶，盘结错杂，就像没膝的蔓草与蓬蒿。流苏凑在上面看，柳原就探过身来指点着。隔着那绿阴阴的玻璃杯，流苏忽然觉得他的一双眼睛似笑非笑地瞅着她。她放下了杯子，笑了。柳原道："我陪你到马来亚去。"流苏道："做什么？"柳原道："回到自然。"他转念一想，又道："只是一件，我不能想象你穿着旗袍在森林里跑……不过我也不能想象你不穿着旗袍。"流苏连忙沉下脸来道："少胡说。"柳原道："我这是正经话。我第一次看见你，就觉得你不应当光着膀子穿这种时髦的长背心，不过你也不应当穿西装。满洲的旗装，也许倒合适一点，可是线条又太硬。"流苏道："总之，人长得难看，怎么打扮着也不顺眼！"柳原笑道："别又误会了，我的意思是：你看上去不像这世界上的人。你有许多小动作，有一种罗曼谛克的气氛，很像唱京戏。"流苏抬起了眉毛，冷笑道："唱戏，我一个人也唱不成呀！我何尝爱做作——这也是逼上梁山。人家跟我耍心眼儿，我不跟人家耍心眼儿，人家还拿我当傻子呢，准得找着我欺侮！"柳原听了这话，倒有些黯然。他举起了空杯，试着喝了一口，又放下了，叹道："是的，都怪我。我装惯了假，也是因为人人都对我装假。只有对你，我说过句把真话。你听不出来。"流苏道："我又不是你肚里的蛔虫。"柳原道："是的，都怪我。可是我的确为你费了不少的心机。在上海第一次遇见你，我想着，离开了你家里那些人，你也许会自然一点。好容易盼着你到了香港……现在，我又想把你带到马来亚，到原始人的森林里去……"他笑他自己，声音又哑又涩，不等笑完他就喊仆欧拿账单来。他们付了账出来，他已经恢复原状，又开始他的上等的调情——顶文雅的一种。

　　他每天伴着她到处跑，什么都玩到了，电影，广东戏，赌场，格罗士打饭店，思豪酒店，青鸟咖啡馆，印度绸缎庄，九龙的四川菜……晚上他们常常出去散步，直到夜深。她自己都不能够相信他连她的手都难得碰一碰。她总是提心吊胆，怕他突然摘下假面具，对她作冷不防的袭击，然而一天又一天的过去了，他维持着他的君子风度。她如临大敌，结果毫无动静。她起初倒觉得不安，仿佛下楼梯的时候踏空了一级似的，心里异常怔忡，后来也就惯了。

　　只有一次，在海滩上。这时候流苏对柳原多了一层认识，觉得到海边上去去也无妨，因此他们到那里去消磨了一个上午。他们并排坐在沙上,可是一个面朝东,一个面朝西。流苏嚷有蚊子。柳原道:"不是蚊子,是一种小虫,叫沙蝇。咬一口,就是个小红点,像朱砂痣。"流苏又道:"这太阳真受不了。"柳原道:"稍微晒一会儿,我们可以到凉棚底下去。我在那边租了一个棚。"那口渴的太阳汩汩地吸着海水,漱着,吐着,哗哗的响。人身上的水份全给它喝干了,人成了金色的枯叶子,轻飘飘的。流苏渐渐感到那奇异的眩晕与愉快,但是她忍不住又叫了起来:"蚊子咬!"她扭过头去,一巴掌打在她裸露的背脊上。柳原笑道:"这样好吃力。我来替你打罢,你来替我打。"流苏果然留心着,照准他臂上打去,叫道:"哎呀,让它跑了!"柳原也替她留心着。两人劈劈啪啪打着,笑成一片。流苏突然被得罪了,站起身来往旅馆里走。柳原这一次并没有跟上来。流苏走到树荫里,两座芦席棚之间的石径上,停了下来,抖一抖短裙子上的沙,回头一看,柳原还在原处,仰天躺着,两手垫在颈项底下,显然是又在那里做着太阳里的梦了,人又晒成了金叶子。流苏回到了旅馆里,又从窗户里用望远镜望出来,这一次,他的身边躺着一个女人,辫子盘在头上。就把那萨黑荑妮烧了灰,流苏也认识她。

从这天起,柳原整日价的和萨黑荑妮厮混着。他大约是下了决心把流苏冷一冷。流苏本来天天出去惯了,忽然闲了下来,在徐太太面前交代不出理由,只得伤了风,在屋里坐了两天。幸喜天公识趣,又下起缠绵雨来,越发有了借口,用不着出门。有一天下午,她打着伞在旅舍的花园里兜了个圈子回来,天渐渐黑了,约摸徐太太他们看房子该回来了,她便坐在廊檐下等候他们,将那把鲜明的油纸伞撑开了横搁在栏杆上,遮住了脸。那伞是粉红地子,石绿的荷叶图案,水珠一滴滴从筋纹上滑下来。那雨下得大了,雨中有汽车泼喇泼喇航行的声音,一群男女嘻嘻哈哈推着挽着上阶来,打头的便是范柳原。萨黑荑妮被他挽着,却是够狼狈的,裸腿上溅了一点点的泥浆。她脱去了大草帽,便洒了一地的水。柳原瞥见流苏的伞,便在扶梯口上和萨黑荑妮说了几句话,萨黑荑妮单独上楼去了,柳原走了过来,掏出手绢子来不住地擦他身上脸上的水渍子。流苏和他不免寒暄了几句。柳原坐了下来道:"前两天听说有点不舒服?"流苏道:"不过是热伤风。"柳原道:"这天气真闷得慌。刚才我们到那个英国人的游艇上去野餐的,把船开到了青衣岛。"流苏顺口问问他青衣岛的景致。正说着,萨黑荑妮又下楼来了,已经换了印度装,兜着鹅黄披肩,长垂及地。披肩上是二寸来阔的银丝堆花镶滚。她也靠着栏杆,远远的拣了个桌子坐下,一只手闲闲搁在椅背上,指甲上涂着银色蔻丹。流苏笑向柳原道:"你还不过去?"柳原笑道:"人家是有了主儿的人。"流苏道:"那老英国人,哪儿管得住她?"柳原笑道:"他管不住她,你却管得住我呢。"流苏抿着嘴笑道:"哟!我就是香港总督,香港的城隍爷,管这一方的百姓,我也管不到你头上呀!"柳原摇摇头道:"一个不吃醋的女人,多少有点病态。"流苏噗嗤一笑。隔了一会,流苏问道:"你看着我做什么?"柳原笑道:"我看你从今以后是不是预备待我好一点。"流苏道:"我待你好一点,坏一点,你又何尝放在心上?"柳原拍手道:"这还像句话!话音里仿佛有三分酸意。"流苏撑不住放声笑了起来道:"也没看见你这样的人,死乞白咧的要人吃醋!"

两人当下言归于好,一同吃了晚饭。流苏表面上虽然和他热了些,心里却怙掇道:

他使她吃醋，无非是用的激将法，逼着她自动的投到他怀里去。她早不同他好，晚不同他好，偏拣这个当口和他好了，白牺牲了她自己，他一定不承情，只道她中了他的计。她做梦也休想他娶她……很明显的，他要她，可是他不愿意娶她。然而她家里穷虽穷，也还是个望族，大家都是场面上的人，他担当不起这诱奸的罪名。因此他采取了那种光明正大的态度。她现在知道了，那完全是假撇清。他处处地方希图脱卸责任。以后她若是被抛弃了，她绝对没有谁可抱怨。

　　流苏一念及此，不觉咬了咬牙，恨了一声。面子上仍旧照常跟他敷衍着。徐太太已经在跑马地租下了房子，就要搬过去了。流苏欲待跟过去，又觉得白扰了人家一个多月，再要长住下去，实在不好意思。这样僵持下去，也不是事。进退两难，倒煞费踌躇。这一天，在深夜里，她已经上了床多时，只是翻来覆去。好容易朦胧了一会，床头的电话铃突然朗朗响了起来。她一听，却是柳原的声音，道："我爱你。"就挂断了。流苏心跳得扑通扑通，握住了耳机，发了一回愣，方才轻轻的把它放回原处。谁知才搁上去，又是铃声大作。她再度拿起听筒，柳原在那边问道："我忘了问你一声，你爱我么？"流苏咳嗽了一声再开口，喉咙还是沙哑的。她低声道："你早该知道了。我为什么上香港来？"柳原叹道："我早知道了，可是明摆着的事实，我就是不肯相信。流苏，你不爱我。"流苏道："怎见得我不？"柳原不语，良久方道："诗经上有一首诗——"流苏忙道："我不懂这些。"柳原不耐烦道："知道你不懂，你若懂，也用不着我讲了！我念给你听：'死生契阔——与子相悦，执子之手，与子偕老。'我的中文根本不行，可不知道解释得对不对。我看那是最悲哀的一首诗，生与死与离别，都是大事，不由我们支配的。比起外界的力量，我们人是多么小，那么小！可是我们偏要说：'我永远和你在一起；我们一生一世都别离开。'——好像我们自己做得了主似的！"

　　流苏沉思了半晌，不由得恼了起来道："你干脆说不结婚，不就完了，还得绕着大弯子！什么做不了主？连我这样守旧的人家，也还说'初嫁从亲，再嫁从身'哩！你这样无拘无束的人，你自己不能做主，谁替你做主？"柳原冷冷地道："你不爱我，我有什么办法，我做得了主么？"流苏道："你若真爱我的话，你还顾得了这些？"柳原道："我不至于那么糊涂。我犯不着花了钱娶一个对我毫无感情的人来管束我。那太不公平了。对于你，那也不公平。噢，也许你不在乎。根本你以为婚姻就是长期的卖淫——"流苏不等他说完，啪的一声把耳机摜下了，脸气得通红。他敢这样侮辱她！他敢！她坐在床上，炎热的黑暗包着她像葡萄紫的绒毯子。一身的汗，痒痒的，颈上与背脊上的头发梢也刺挠得难受。她把两只手按在腮颊上，手心却是冰冷的。

　　铃又响了起来，她不去接电话，让它响去。"的铃铃……的铃铃……"声浪分外的震耳，在寂静的房间里，在寂静的旅舍里，在寂静的浅水湾。流苏突然觉悟了，她不能吵醒了整个的浅水湾饭店。第一，徐太太就在隔壁。她战战兢兢拿起听筒来，搁在褥单上。可四周太静了，虽是离了这么远，她也听得见柳原的声音在那里心平气和地说："流苏，你的窗子里看得见月亮么？"流苏不知道为什么，忽然哽咽起来。泪眼中的月亮大而模糊，银色的，有着绿的光棱。柳原道："我这边，窗子上面吊下一枝藤花，挡住了一半。也许是玫瑰，也许不是。"他不再说话了，可是电话始终没挂上。许久许久，流苏疑心他可是盹着了，然而那边终于扑哧一声，轻轻挂断了。流苏用颤抖的手从褥单上拿起她的听筒，放回架子上。她怕他第四次再打来，但是他没有。这都是一个梦——越想越像梦。

第二天早上她也不敢问他，因为他准会嘲笑她——"梦是心头想"，她这么迫切地想念他，连睡梦里他都会打电话来说"我爱你"？他的态度和平时没有什么不同。他们照常的出去玩了一天。流苏忽然发觉拿他们当做夫妇的人很多很多——仆欧们，旅馆里和她搭讪的几个太太老太太。原不怪他们误会。柳原跟她住在隔壁，出入总是肩并肩，深夜还在海岸上去散步，一点都不避嫌疑。一个保姆推着孩子的车走过，向流苏点点头，唤了一声"范太太"。流苏脸上一僵，笑也不是，不笑也不是，只得皱着眉向柳原睃了一眼，低声道："他们不知道怎么想着呢！"柳原笑道："唤你范太太的人，且不去管他们；倒是唤你做白小姐的人，才不知道他们怎么想呢！"流苏变色。柳原用手抚摩着下巴，微笑道："你别枉担了这个虚名！"

流苏吃惊地朝他望望，蓦地里悟到他这人多么恶毒。他有意的当着人做出亲狎的神气，使她没法可证明他们没有发生关系。她势成骑虎，回不得家乡，见不得爷娘，除了做他的情妇之外没有第二条路。然而她如果迁就了他，不但前功尽弃，以后更是万劫不复了。她偏不！就算她枉担了虚名，他不过口头上占了她一个便宜。归根究底，他还是没得到她。既然他没有得到她，或许他有一天还会回到她这里来，带了较优的议和条件。

她打定了主意，便告诉柳原她打算回上海去。柳原却也不坚留，自告奋勇要送她回去。流苏道："那倒不必了。你不是要到新加坡去么？"柳原道："反正已经耽搁了，再耽搁些时也不妨事，上海也有事等着料理呢。"流苏知道他还是一贯政策，惟恐众人不议论他们俩。众人越是说得凿凿有据，流苏越是百喙莫辩，自然在上海不能安身。流苏盘算着，即使他不送她回去，一切也瞒不了她家里的人。她是豁出去了，也就让他送她一程。徐太太见他们俩正打得火一般的热，忽然要拆开了，诧异非凡，问流苏，问柳原，两人虽然异口同声地为彼此洗刷，徐太太哪里肯信。

在船上，他们接近的机会很多，可是柳原既能抗拒浅水湾的月色，就能抗拒甲板上的月色。他对她始终没有一句扎实的话。他的态度有点淡淡的，可是流苏看得出他那闲适是一种自满的闲适——他拿稳了她跳不出他的手掌心去。

到了上海，他送她到家，自己没有下车。白公馆里早有了耳报神，探知六小姐在香港和范柳原实行同居了。如今她陪人家玩了一个多月，又若无其事的回来了，分明是存心要丢白家的脸。

流苏勾搭上了范柳原，无非是图他的钱。真弄到了钱，也不会无声无息的回家来了，显然是没得到他什么好处。本来，一个女人上了男人的当，就该死；女人给当给男人上，那更是淫妇；如果一个女人想给当给男人上而失败了，反而上了人家的当，那是双料的淫恶，杀了她也还污了刀。平时白公馆里，谁有了一点芝麻大的过失，大家便炸了起来。

逢到了真正耸人听闻的大逆不道，爷奶奶们兴奋过度，反而吃吃艾艾，一时发不出话来。大家先议定了："家丑不可外扬"，然后分头去告诉亲戚朋友，逼他们宣誓保守秘密，然后再向亲友们一个个的探口气，打听他们知道了没有，知道了多少。最后大家觉得到底是瞒不住，爽性开诚布公，打开天窗说亮话，拍着腿感慨一番。他们忙着这各种手续，也忙了一秋天，因此迟迟的没向流苏采取断然行动。流苏何尝不知道，她这一次回来，更不比往日。她和这家庭早是恩断义绝了。她未尝不想出去找个小事，胡乱混一碗饭吃。再苦些，也强如在家里受气。但是寻了个低三下四的职业，就失去了淑女的身份。那身份，食之无味，弃之可惜。尤其是现在，她对范柳原还没有绝望，她不能先自贬身份，否则他更有了借口，拒绝和她结婚了。因此她无论如何得忍些时。

熬到了十一月底，范柳原果然从香港来了电报。那电报，整个的白公馆里的人都传观过了，老太太方才把流苏叫去，递到她手里。只有寥寥几个字："乞来港。船票已由通济隆办妥。"白老太太长叹了一声道："既然是叫你去，你就去罢！"她就这样的下贱么？她眼里掉下泪来。这一哭，她突然失去了自制力，她发现她已经是忍无可忍了。一个秋天，她已经老了两年——她可禁不起老！于是她第二次离开了家上香港来。这一趟，她早失去了上一次的愉快的冒险的感觉。她失败了。固然，女人是喜欢被屈服的，但是那只限于某种范围内。如果她是纯粹为范柳原的风仪与魅力所征服，那又是一说了，可是内中还掺杂着家庭的压力——最痛苦的成份。

范柳原在细雨迷蒙的码头上迎接她。他说她的绿色玻璃雨衣像一只瓶，又注了一句："药瓶。"她以为他在那里讽嘲她的孱弱，然而他又附耳加了一句："你就是医我的药。"她红了脸，白了他一眼。

他替她定下了原先的房间。这天晚上，她回到房里来的时候，已经两点钟了。在浴室里晚妆既毕，熄了灯出来，方才记起了，她房里的电灯开关装置在床头，只得摸着黑过来，一脚绊在地板上的一只皮鞋上，差一点栽了一交，正怪自己疏忽，没把鞋子收好，床上忽然有人笑道："别吓着了！是我的鞋。"流苏停了一会，问道："你来做什么？"柳原道："我一直想从你的窗户里看月亮。这边屋里比那边看得清楚些。"……那晚上的电话的确是他打来的——不是梦！他爱她。这毒辣的人，他爱她，然而他待她也不过如此！她不由得寒心，拨转身走到梳妆台前。十一月尾的纤月，仅仅是一钩白色，像玻璃窗上的霜花。然而海上毕竟有点月意，映到窗子里来，那薄薄的光就照亮了镜子。流苏慢腾腾摘下了发网，把头发一搅，搅乱了，夹钗叮铃当啷掉下地来。她又戴上网子，把那发网的梢头狠狠地衔在嘴里，拧着眉毛，蹲下身去把夹钗一只一只拣了起来，柳原已经光着脚走到她后面，一只手搁在她头上；把她的脸倒扳了过来，吻她的嘴。发网滑下地去了。这是他第一次吻她，然而他们两人都疑惑不是第一次，因为在幻想中已经发生过无数次了。从前他们有过许多机会——适当的环境，适当的情调；他也想到过，她也顾虑到那可能性。然而两方面都是精刮的人，算盘打得太仔细了，始终不肯冒失。现在这忽然成了真的，两人都糊涂了。流苏觉得她滴溜溜转了个圈子，倒在镜子上，背心紧紧抵着冰冷的镜子。他的嘴始终没有离开过她的嘴。他还把她往镜子上推,他们似乎是跌到镜子里面,另一个昏昏的世界里去,凉的凉,烫的烫,野火花直烧上身来。

第二天,他告诉她,他一礼拜后就要上英国去。她要求他带她一同去,但是他回说那是不可能的。他提议替她在香港租下一幢房子住下,等个一年半载,他也就回来了。她如果愿意在上海住家,也听她的便。她当然不肯回上海。家里那些人——离他们越远越好。独自留在香港,孤单些就孤单些。问题却在他回来的时候,局势是否有了改变,那全在他了。一个礼拜的爱,吊得住他的心么?可是从另一方面看来,柳原是一个没长性的人,这样匆匆的聚了又散了,他没有机会厌倦她,未始不是于她有利的。一个礼拜往往比一年值得怀念。……他果真带着热情的回忆重新来找她,她也许倒变了呢!近三十的女人,往往有着反常的娇嫩,一转眼就憔悴了。总之,没有婚姻的保障而要长期抓住一个男人,是一件艰难的,痛苦的事,几乎是不可能的。啊,管它呢!她承认柳原是可爱的,他给她美妙的刺激,但是她跟他的目的究竟是经济上的安全。这一点,她知道她可以放心。

他们一同在巴而顿道看了一所房子,坐落在山坡上,屋子粉刷完了,雇定了一个广东女佣,名唤阿栗。家具只置办了几件最重要的,柳原就该走了。其余都丢给流苏慢慢的去收拾。家里还没有开火仓,在那冬天的傍晚,流苏送他上船时,便在船上的大餐间里胡乱的吃了些三明治。流苏因为满心的不得意,多喝了几杯酒,被海风一吹,回来的时候,便带着三分醉。到了家,阿栗在厨房里烧水替她随身带着的那孩子洗脚。流苏到处瞧了一遍,到一处开一处的灯。客室里的门窗上的绿漆还没干,她用食指摸着试了一试,然后把那粘粘的指尖贴在墙上,一贴一个绿迹子。为什么不?这又不犯法!这是她的家!她笑了,索性在那蒲公英黄的粉墙上打了一个鲜明的绿手印。

她摇摇晃晃走到隔壁屋里去。空房,一间又一间——清空的世界。她觉得她可以飞到天花板上去。她在空荡荡的地板上行走,就像是在洁无纤尘的天花板上。房间太空了,她不能不用灯光来装满它,光还是不够,明天她得记着换上几只较强的灯泡。

她走上楼梯去。空得好!她急需着绝对的静寂。她累得很,取悦于柳原是太吃力的事,他脾气向来就古怪;对于她,因为是动了真感情,他更古怪了,一来就高兴。他走了,倒好,让她松下这口气。现在她什么人都不要——可憎的人,可爱的人,她一概都不要。从小时候起,她的世界就嫌过于拥挤。推着,挤着,踩着,背着,抱着,驮着,老的小的,全是人。一家二十来口,合住一幢房子,你在屋子里剪个指甲也有人在窗户眼里看着。好容易远走高飞,到了这无人之境。如果她正式做了范太太,她就有种种的责任,她离不了人。现在她不过是范柳原的情妇,不露面的,她应该躲着人,人也应该躲着她。清静是清静了,可惜除了人之外,她没有旁的兴趣。她所仅有的一点学识,全是应付人的学识。凭着这点本领,她能够做一个贤慧的媳妇,一个细心的母亲。在这里她可是英雄无用武之地。"持家"罢,根本无家可持,看管孩子罢,柳原根本不要孩子。省俭着过日子罢,她根本用不着为了钱操心。她怎样消磨这以后的岁月?找徐太太打牌去，看戏？然后渐渐地姘戏子，抽鸦片，往姨太太们的路上走？她突然站住了，挺着胸，两只手在背后紧紧互扭着。那倒不至于！她不是那种下流的人。她管得住她自己。但是……她管得住她自己不发疯么？楼上品字式的三间屋，楼下品字式的三间屋，全是堂堂地点着灯。新打了蜡的地板，照得雪亮。没有人影儿。一间又一间，呼喊着空虚……流苏躺到床上去，又想下去关灯，又动弹不得。后来她听见阿栗趿着木屐上楼来，一路扑托扑托关着灯，她紧张的神经方才渐归松弛。

那天是十二月七日，一九四一年。十二月八日，炮声响了。一炮一炮之间，冬晨的银雾渐渐散开，山巅，山洼子里，全岛上的居民都向海面上望去，说"开仗了，开仗了"。谁都不能够相信，然而毕竟是开仗了。流苏孤身留在巴而顿道，哪里知道什么。等到阿栗从左邻右舍探到了消息，仓皇唤醒了她，外面已经进入酣战阶段。巴而顿道的附近有一座科学试验馆，屋顶上架着高射炮，流弹不停地飞过来，尖溜溜一声长叫，"吱呦呃呃呃呃"，然后"硑！"，落下地去。那一声声的"吱呦呃呃呃呃……"撕裂了空气，撕毁了神经。淡蓝的天幕被扯成一条一条，在寒风中簌簌飘动。风里同时飘着无数剪断了的神经的尖端。

流苏的屋子是空的，心里是空的，家里没有置办米粮，因此肚子里也是空的。空穴来风，所以她感受恐怖的袭击分外强烈。打电话到跑马地徐家，久久打不通，因为全城装有电话的人没有一个不在打电话，询问哪一区较为安全，作避难的计划。流苏到下午方才接通了，可是那边铃尽管响着，老是没有人来听电话，想必徐先生徐太太已经匆匆出去，迁到平静一些的地带。流苏没了主意。炮火却逐渐猛烈了。邻近的高射炮成为飞机注意的焦点。飞机营营地在顶上盘旋，"孜孜孜……"绕了一圈又绕回来，"孜孜……"痛楚地，像牙医的螺旋电器，直挫进灵魂的深处。阿栗抱着她的哭泣着的孩子坐在客室的门槛上，人仿佛入了昏迷状态，左右摇摆着，喃喃唱着呓语似的歌曲，哄着拍着孩子。窗外又是"吱呦呃呃呃呃……"一声，"硑！"削去屋檐的一角，沙石哗啦啦落下来。阿栗怪叫了一声，跳起身来，抱着孩子就往外跑。流苏在大门口追上了她，一把揪住她问道："你上哪儿去？"阿栗道："这儿蹲不得了！我——我带他到阴沟里去躲一躲。"流苏道："你疯了！你去送死！"阿栗连声道："你放我走！我这孩子——就只这么一个——死不得的！……阴沟里躲一躲……"流苏拼命扯住了她，阿栗将她一推，她跌倒了，阿栗便闯出门去。正在这当口，轰天震地一声响，整个的世界黑了下来，像一只硕大无朋的箱子，啪地关上了盖。数不清的罗愁绮恨，全关在里面了。

流苏只道是没有命了，谁知还活着。一睁眼，只见满地的玻璃屑，满地的太阳影子。她挣扎着爬起身来，去找阿栗。一开门，阿栗紧紧搂着孩子，垂着头，把额头抵在门洞子里的水泥墙上，人是震糊涂了。流苏拉了她进来，就听见外面喧嚷着说隔壁落了个炸弹，花园里炸出一个大坑。这一次巨响，箱子盖关上了，依旧不得安静。继续的硑硑硑，仿佛在箱子盖上用锤子敲打，捶不完地捶。从天明捶到天黑，又从天黑捶到天明。

流苏也想到了柳原，不知道他的船有没有驶出港口，有没有被击沉。可是她想起他便觉得有些渺茫，如同隔世。现在的这一段，与她的过去毫不相干，像无线电里的歌，唱了一半，忽然受了恶劣的天气的影响，劈劈啪啪炸了起来。炸完了，歌是仍旧要唱下去的，就只怕炸完了，歌已经唱完了，那就没得听了。

　　第二天，流苏和阿栗母子分着吃完了罐子里的几片饼干，精神渐渐衰弱下来，每一个呼啸着的子弹的碎片便像打在她脸上的耳刮子。街上轰隆轰隆驰来一辆军用卡车，意外地在门前停下了。铃一响，流苏自己去开门，见是柳原，她捉住他的手，紧紧搂住他的手臂，像阿栗搂住孩子似的，人向前一扑，把头磕在门洞子里的水泥墙上。柳原用另外的一只手托住她的头，急促地道："受了惊吓罢？别着急，别着急。你去收拾点得用的东西，我们到浅水湾去。快点，快点！"流苏跌跌冲冲奔了进去，一面问道："浅水湾那边不要紧么？"柳原道："都说不会在那边上岸的。而且旅馆里吃的方面总不成问题，他们收藏得很丰富。"流苏道："你的船……"柳原道："船没开出去。他们把头等舱的乘客送到了浅水湾饭店。本来昨天就要来接你的，叫不到汽车，公共汽车又挤不上。好容易今天设法弄到了这部卡车。"流苏哪里还定得下心整理行装，胡乱扎了个包裹。柳原给了阿栗两个月的工钱，嘱咐她看家，两个人上了车，面朝下并排躺在运货的车厢里，上面蒙着黄绿色油布篷，一路颠簸着，把肘弯与膝盖上的皮都磨破了。

　　柳原叹道："这一炸，炸断了多少故事的尾巴！"流苏也怆然，半响方道："炸死了你，我的故事就该完了。炸死了我，你的故事还长着呢！"柳原笑道："你打算替我守节么？"他们两个都有点神经失常，无缘无故，齐声大笑。而且一笑便止不住。笑完了，浑身只打颤。

　　卡车在"吱呦呃呃……"的流弹网里到了浅水湾。浅水湾饭店楼下驻扎着军队，他们仍旧住到楼上的老房间。住定了，方才发现，饭店里储藏虽富，都是留着给兵吃的。除了罐头装的牛乳，牛羊肉，水果之外，还有一麻袋一麻袋的白面包，麸皮面包。分配给客人的，每餐只有两块苏打饼干，或是两块方糖，饿得大家奄奄一息。

　　先两日浅水湾还算平静，后来突然情势一变，渐渐火炽起来。楼上没有掩蔽物，众人容身不得，都来到楼下，守在食堂里，食堂里大开着玻璃门，门前堆着沙袋，英国兵就在那里架起了大炮往外打。海湾里的军舰摸准了炮弹的来源，少不得也一一还敬。隔着棕榈树与喷水池子，子弹穿梭般来往。柳原与流苏跟着大家一同把背贴在大厅的墙上。那幽暗的背景便像古老的波斯地毯，织出各色人物，爵爷，公主，才子，佳人。毯子被挂在竹竿上，迎着风扑打上面的灰尘，啪啪打着，下劲打，打得上面的人走投无路。炮子儿朝这边射来，他们便奔到那边；朝那边射来，便奔到这边。到后来一间敞厅打得千疮百孔，墙也坍了一面，逃无可逃了，只得坐下地来，听天由命。

　　流苏到了这个地步，反而懊悔她有柳原在身旁，一个人仿佛有了两个身体，也就蒙了双重危险。一颗子弹打不中她，还许打中他。他若是死了，若是残废了，她的处境更是不堪设想。她若是受了伤，为了怕拖累他，也只有横了心求死。就是死了，也没有孤身一个人死得干净爽利。她料着柳原也是这般想。别的她不知道，在这一刹那，她只有他，他也只有她。

停战了。困在浅水湾饭店的男女们缓缓向城中走去。过了黄土崖，红土崖，又是红土崖，黄土崖，几乎疑心是走错了道，绕回去了，然而不，先前的路上没有这炸裂的坑，满坑的石子。柳原与流苏很少说话。从前他们坐一截子汽车，也有一席话，现在走上几十里的路，反而无话可说了。偶然有一句话，说了一半，对方每每就知道了下文，没有往下说的必要。柳原道："你瞧，海滩上。"流苏道："是的。"海滩上布满了横七竖八割裂的铁丝网，铁丝网外面，淡白的海水汩汩吞吐淡黄的沙。冬季的晴天也是淡漠的蓝色。野火花的季节已经过去了。流苏道："那堵墙……"柳原道："也没有去看看。"流苏叹了口气道："算了罢。"柳原走得热了起来，把大衣脱下来搁在臂上，臂上也出了汗。流苏道："你怕热，让我给你拿着。"若在往日，柳原绝对不肯，可是他现在不那么绅士风了，竟交了给她。再走了一程子，山渐渐高了起来。不知道是风吹着树呢，还是云影的飘移，青黄的山麓缓缓地暗了下来。细看时，不是风也不是云，是太阳悠悠地移过山头，半边山麓埋在巨大的蓝影子里。山上有几座房屋在燃烧，冒着烟——山阴的烟是白的，山阳的是黑烟——然而太阳只是悠悠地移过山头。

到了家，推开了虚掩着的门，拍着翅膀飞出一群鸽子来。穿堂里满积着尘灰与鸽粪。流苏走到楼梯口，不禁叫了一声"哎呀"。二层楼上歪歪斜斜大张口躺着她新置的箱笼，也有两只顺着楼梯滚了下来，梯脚便淹没在绫罗绸缎的洪流里。流苏弯下腰来，捡起一件蜜合色衬绒旗袍，却不是她自己的东西，满是汗垢，香烟洞与贱价香水气味。她又发现了许多陌生的女人的用品，破杂志，开了盖的罐头荔枝，淋淋漓漓流着残汁，混在她的衣服一堆。这屋子里驻过兵么？——带有女人的英国兵？去得仿佛很仓促。挨户洗劫的本地的贫农，多半没有光顾过，不然，也不会留下这一切。柳原帮着她大声唤阿栗。末了一只灰背鸽，斜刺里穿出来，掠过门洞子里的黄色的阳光，飞了出去。

阿栗是不知去向了，然而屋子的主人们，少了她也还得活下去。他们来不及整顿房屋，先去张罗吃的，费了许多事，用高价买进一袋米。煤气的供给幸而没有断，自来水却没有。柳原拎了铅桶到山里去汲了一桶泉水，煮起饭来。以后他们每天只顾忙着吃喝与打扫房间。柳原各样粗活都来得，扫地，拖地板，帮着流苏拧绞沉重的褥单。流苏初次上灶做菜，居然带点家乡风味。因为柳原忘不了马来菜，她又学会了作油炸"沙袋"，咖喱鱼。他们对于饭食上虽然感到空前的兴趣，还是极力的搏节着。柳原身边的港币带得不多，一有了船，他们还得设法回上海。

在劫后的香港住下去究竟不是长久之计。白天这么忙忙碌碌也就混了过去。一到了晚上，在那死的城市里，没有灯，没有人声，只有那莽莽的寒风，三个不同的音阶，"喔……呵……呜"无穷无尽地叫唤着，这个歇了，那个又渐渐响了，三条骈行的灰色的龙，一直线地往前飞，龙身无限制地延长下去，看不见尾。"喔……呵……呜……"……叫唤到后来，索性连苍龙也没有了，只是三条虚无的气，真空的桥梁，通入黑暗，通入虚空的虚空。这里是什么都完了。剩下点断墙颓垣，失去记忆力的文明人在黄昏中跌跌绊绊摸来摸去,像是找着点什么,其实是什么都完了。

　　流苏拥被坐着,听着那悲凉的风。她确实知道浅水湾附近,灰砖砌的那一面墙,一定还屹然站在那里。风停了下来,像三条灰色的龙,蟠在墙头,月光中闪着银鳞。她仿佛做梦似的,又来到墙根下,迎面来了柳原。她终于遇见了柳原。……在这动荡的世界里,钱财,地产,天长地久的一切,全不可靠了。靠得住的只有她腔子里的这口气,还有睡在她身边的这个人。她突然爬到柳原身边,隔着他的棉被,拥抱着他。他从被窝里伸出手来握住她的手。他们把彼此看得透明透亮,仅仅是一刹那的彻底的谅解,然而这一刹那够他们在一起和谐地活个十年八年。

　　他不过是一个自私的男子,她不过是一个自私的女人。在这兵荒马乱的时代,个人主义者是无处容身的,可是总有地方容得下一对平凡的夫妻。

　　有一天,他们在街上买菜,碰着萨黑荑妮公主。萨黑荑妮黄着脸,把蓬松的辫子胡乱编了个麻花髻,身上不知从哪里借来一件青布棉袍穿着,脚下却依旧趿着印度式七宝嵌花纹皮拖鞋。她同他们热烈地握手,问他们现在住在哪里,忽欲看看他们的新屋子。又注意到流苏的篮子里有去了壳的小蚝,愿意跟流苏学习烧制清蒸蚝汤。柳原顺口邀了她来吃便饭,她很高兴地跟了他们一同回去。她的英国人进了集中营,她现在住在一个熟识的,常常为她当点小差的印度巡捕家里。她有许久没有吃饱过。她唤流苏"白小姐"。柳原笑道:"这是我太太。你该向我道喜呢!"萨黑荑妮道:"真的么?你们几时结的婚?"柳原耸耸肩道:"就在中国报上登了个启事。你知道,战争期间的婚姻,总是潦草的……"流苏没听懂他们的话。萨黑荑妮吻了他又吻了她。然而他们的饭菜毕竟是很寒苦,而且柳原声明他们也难得吃一次蚝汤。萨黑荑妮没有再上门过。

　　当天他们送她出去,流苏站在门槛上,柳原立在她身后,把手掌合在她的手掌上,笑道:"我说,我们几时结婚呢?"流苏听了,一句话也没有,只低下了头,落下泪来。柳原拉住她的手道:"来来,我们今天就到报馆里去登启事。不过你也许愿意候些时,等我们回到上海,大张旗鼓的排场一下,请请亲戚们。"流苏道:"呸!他们也配!"说着,嗤的笑了出来,往后顺势一倒,靠在他身上。柳原伸手到前面去羞她的脸道:"又是哭,又是笑!"

　　两人一同走进城去,走到一个峰回路转的地方,马路突然下泻,眼前只是一片空灵——淡墨色的,潮湿的天。小铁门口挑出一块洋瓷招牌,写的是:"赵祥庆牙医"。风吹得招牌上的铁钩子吱吱响,招牌背后只是那空灵的天。

　　柳原歇下脚来望了半晌,感到那平淡中的恐怖,突然打起寒战来,向流苏道:"现在你可该相信了:'死生契阔',我们自己哪儿做得了主?轰炸的时候,一个不巧——"流苏嗔道:"到了这个时候,你还说做不了主的话!"柳原笑道:"我并不是打退堂鼓。我的意思是——"他看了看她的脸色,笑道:"不说了,不说了。"他们继续走路。柳原又道:"鬼使神差地,我们倒真的恋爱起来了!"流苏道:"你早就说过你爱我。"柳原笑道:"那不算。我们那时候太忙着谈恋爱了,哪里还有工夫恋爱?"

中国现代文学作品选读

　　结婚启事在报上刊出了，徐先生徐太太赶了来道喜。流苏因为他们在围城中自顾自搬到安全地带去，不管她的死话，心中有三分不快，然而也只得笑脸相迎。柳原办了酒菜，补请了一次客。不久，港沪之间恢复了交通，他们便回上海来了。

　　白公馆里流苏只回去过一次，只怕人多嘴多，惹出是非来。然而麻烦是免不了的。四奶奶决定和四爷进行离婚，众人背后都派流苏的不是。流苏离了婚再嫁，竟有这样惊人的成就，难怪旁人要学她的榜样。流苏蹲在灯影里点蚊烟香。想到四奶奶，她微笑了。

　　柳原现在从来不跟她闹着玩了。他把他的俏皮话省下来说给旁的女人听。那是值得庆幸的好现象，表示他完全把她当做自家人看待——名正言顺的妻。然而流苏还是有点怅惘。

　　香港的陷落成全了她。但是在这不可理喻的世界里，谁知道什么是因，什么是果？谁知道呢，也许就因为要成全她，一个大都市倾覆了。成千上万的人死去，成千上万的人痛苦着，跟着是惊天动地的大改革……流苏并不觉得她在历史上的地位有什么微妙之点。她只是笑吟吟地站起身来，将蚊烟香盘踢到桌子底下去。

　　传奇里的倾国倾城的人大抵如此。

　　到处都是传奇，可不见得有这么圆满的收场。胡琴咿咿哑哑拉着，在万盏灯火的夜晚，拉过来又拉过去，说不尽的苍凉的故事——不问也罢！

一九四三年九月

☞ 提示

　　《倾城之恋》男主人公范柳原"不过是一个自私的男子"，女主人公白流苏"不过是一个自私的女人"，他们之间的纠缠自始至终都是为了从对方获得实际好处，"两方面都是精利的人，算盘打得太仔细了"。白流苏跟范柳原的目的"究竟是经济上的安全"，所以她想方设法让范柳原娶她，而不能"白牺牲了她自己"；而范柳原对于白流苏原也不过是"上等的调情"，并不真计划娶她。在双方"把彼此看得透明透亮"精利的计算中，一旦白流苏知晓"经济上的安全"她可以放心，也就接受了给范柳原做情妇的命运。不过偶然的战争都使他们在"一刹那"认识到了"平凡的夫妻"的意义，只不过是一刹那，但这足够使他们结婚，"活个十年八年"了。白流苏不是因貌美而赢得"倾城"之恋，而是香港的"倾城"成全了他们。小说以几分游戏的态度套用了"倾城倾国"的典故，把绝世佳人的姿色价值还原为望族怨妇的人性价值，她的人性价值是在一城倾覆之中实现的，在作家的审美意念之中，似乎这种人性价值的实现比起一城之倾覆，更值得吟味。这种覆巢之下求完卵的人性探求，充满了人生悲凉的情调。

徐　訏

阿剌伯海的女神

　　天漆黑，海也漆黑，浪并不算太大，可是水声已经是很响了。我非常谨慎地向甲板中部的帆布椅上走去。这时天忽然起了电闪，这在航海时原是一点没有什么希奇，也不是下雨打雷的警告，所以我并没有为其所动。可是我也的确是被其打动了，这因为当电闪亮时，照出甲板中部已经有一个人躺着。这个人穿着很深色的衣裳，不知是马来人还是印度人，肤色也是比我要黑，没有电闪我是看不见他的。可是我想他在静躺中一定是早已看见我的了，我的衣裳就比较显明，所以他并不害怕，笑着向我打招呼了：

　　"哈啰，你不晕船么？"原来是女的。

　　"没什么；你呢？"

　　"一点没有，在阿剌伯海上，这点点风浪是算最平静的机会了。"我猜她已经有三十岁了。

　　"我想是的，您是不是常常走这条航路的？"

　　"自然，我必需常常走。"那么，她难道是四十岁了。

　　"……"我正想坐到隔她两把帆布椅的一个位子上去，但是她笑着说：

　　"为什么不坐到这里来，"她用眼睛指指她隔座的椅子，眼球白得非常出色，有点美，有点怕："很寂寞的，在深夜，我们不可以谈一回么？——先生，你是不是失眠？"

　　"是的，卧舱里实在太闷了。"我说着就坐到她隔座去。

　　"你是到哪一国去的？"

　　"我想先到比利时。"

　　"然则你还要到别处。"

　　"是的，我想一年后到法国，以后再到英国。"

　　"你是去游历吗？"

　　"是的。"我说："那么你呢，你去哪儿？"

　　"去欧洲。"

　　"欧洲不是很大么？"

　　"是的，我想我到了欧洲才能决定我的行址，我是一个流浪的老太婆，流浪到现在已经三十多年了？"难道她有五十多岁了？我想。

　　"到过许多地方？"

　　"自然。"

　　"你的祖国呢？"

　　"我想我终是阿剌伯人，但是你愿意，当我中国人我也可以承认。"

　　"中国人，你到过中国？"

"这是我忘不了的美丽可爱地方,我去过已经五次,合起来也住了九年。"

"你会说中国话么?"

"自然,我想我比我所有欧洲的言语都说得好。"的确,这句北平话她说得很好很好。以后我们就用北平话谈话了,我感到亲密许多。

"你会许多言语?"

"是的,而且我会许多方言,我想我说上海话会比你好。"

"您真是能干,我想阿剌伯人都是极其聪敏的。"

"有什么能干,我是靠这个流浪,靠这个吃饭,靠这个把我生命消磨了,也靠这个我终算活得很有趣,但是我现在老了。老了,不想再走,我想这次流浪后,可以不再流浪才好。"

"你就到欧洲去休居么?"

"不,决不,我想到欧洲后到美国,再到中国,我想中国的内地有许多地方是极合我住的。那边便宜而有趣,最重要的还是恬静。"

"能不能让我问你,老婆婆,你怎么会是靠方言吃饭的,你是教人家方言么?还是领导人家游历。"

"这些都不是阿剌伯人愿意干的,阿剌伯人有传统教学的头脑,终想过头脑的生活。"

"方言是头脑么?"

"你倒是学什么的,心理学你听说过么?"

"心理学是我用过一点工夫的课程。"

"那末你以为言语是什么?"

"有的说,言语也就是思想。"

"是的,所以一种言语就是一种思想方式。"

"是的,所以你可以从各种方言知道各种人的思想方式了。"

"一点不错,你是聪敏的。"

"但是这终不是吃饭的方式。"

"那末请你先猜猜我是干什么?"

"研究思想方式或者说你是哲学家,但哲学家不见得就可以靠哲学吃饭,或者说你是侦探或者间谍,这是女子最可干的事,最可流浪的事,最有钱的事,最合于你方言的能力与科学头脑,以及所谓观察别人思想方式的作用的事。"我笑着说,说得很快,其实只是开开玩笑罢了。

"我想我可以干,但一个人有这样死板的使命,不是太不自由了?"

"那末你叫我怎么猜?"

"不错,这是不容易猜的,老实告诉你,我是一个巫女,我会魔术,还会骨相术,我会看相,我会知道你过去与未来,我会推断你的命运终身,你的环境身世,以及你家属与你的寿数。你相信么?"

"我相信你是的,但我不信仰这些东西。"

"这不是宗教，无所谓信仰与相信；这不过是一种技术，同许多科学技术一样，它包括几何上定理之证明，逻辑上的推论，生物学上的分类与系列，统计学上的精密统计，以及一切自然现象研究的观察；外加漂亮的言语，用审判心理学的技术，催眠心理的花巧，以侦探的手腕获得人家的秘密而已。"

"那末你愿意现在在我身上施行么？"

"你想这样的环境是合于我上述的条件么？"

"啊，我明白了，你如是一个成功命相家，这成功一定不是偶然。"

"你是聪敏的，我想你一定学过哲学。"

"不错，你已经探得了我的秘密。"

"但是这不是探得的，我告诉你，当我要探你以前，我必需催眠你。譬如你在欧洲报上看到我的广告，即使你只是一点好奇罢了，等你到了我的地方，付给我你该出的不算轻的相钱，你已经有三分相信了；因为钱可以买许多东西，可以使鬼推磨，你都知道的。你买过华贵的衣服，珍希的宝石和许多人的生命；你买过飞机与枪械，你买过成千成万拥护你的军队，你买到过许多美女的心，所以当你付十镑廿镑的相钱后，你早已相信你一定是买到了你的欲望，于是你进来，你看，我的房间阳光是没有的，烛光可以随我支配布置。我燃着极神秘的香，你可以闻到；我有极希奇的衣服，桌子帐幕；我只要让你注意我手上奇怪的宝石戒指，你已经会相信我是有权力知道你的过去未来了。于是我请你坐下，请你静静心，同你寒暄几句，或者请你喝茶，假如我忙——我常常是忙的，请你在一旁等着，听我与别人论相或者看水晶球，这时你已经受了我的暗示，你一定有表情，或者怕我说出你可耻的秘密，堕落的过去；或者相信了我会说出你过去最伤心的事，预先自己回忆，于是我已经知道你两分。假如你是属于理智的，我会严肃得神一样以理智折服你；假如你是属于情感的，我会同你至亲一样，同情你，可怜你，比你先替你流泪，引出了你的眼泪我再来安慰你。两句寒暄我可以知道你是哪里人，于是我可以告诉你我到过你的家乡，我自然是大部分都到过的。我会方言不是么？我的方言可以引起对于你故乡的情绪，或者你是因赌气而离乡，或者你是困穷而离乡，或者你的乡下人都对你不好，或者同你都非常好……这些情形，我的方言，只要十来句就可以知道你一个大概。你知道我有数十年之经验，有精密的观察与严格的推理；我会恐吓，安慰……种种手段。假如你被我催眠了一分，我就可以观察出你三分，于是我给你软和硬的审判，我就有五分了；再用我精细的推理，我可以有七八分；依照我过去的统计把你类列起去，你的一切我就都知道了。所以这是技术，而且也是艺术，说说是死的，运用起来可是活的，你知道么？"

"我知道了，一个人出了钱会相信的，你于是叫他出钱；到了生疏的环境会愣，你于是把你的环境弄成生疏；未见你前有一点好奇心，你于是将自己特别弄成神奇。总之，使人迷眩了以后，任你拷问审判，使人招供自己过去的遭遇，而相信你对于他糊涂的未来的，判决而已。这不是命相，这是一种暴力，用暴力的话，一枝手枪就可看别人的命相了。"

"近代心理学以人为环境的产物，我的艺术就是以艺术的手腕，从环境去了解人，这艺术是一种力量，但不是暴力。因为这力量不是暴力，所以我的生意，无论在欧洲美洲或是在亚洲，永远可以不错。否则谁肯永远受你暴力的审问？"她笑了，笑得一点不像一个巫女，只是一个饱经世故，炉火纯青的直爽的女子。

"……"我没有说什么，我在想，她该是很有钱的了，前些天没有碰见过她，想来她该是搭在头等舱里的。于是我问：

"你是很有钱的了？"

"我想我可以照我的理想用我钱的。"

"你走了许多地方？"我羡慕。

"你到了我年龄，你也可以走得不少地方的。"

"你可是很康健？"

"是的，都是靠自己的保养。"

"你很用功，读了不少的书了。"

"随自己的兴趣，我看过许多学者教授名人政治家的相，所以必需有合适的话同他们讲，这样就养成了我看书的习惯；不过我想你也读过不少书，你是一个很聪明的孩子。"

"但是我没有好好专门的读书过。"

"你倒是学什么去。"

"我么，说起来真惭愧，我从小跟一位老先生读中国经书不成，读陆军又不成；进了中学，因为当时中国大呼科学救国，所以极重数理，毕业后习理化，仍无出色；改习哲学，又无所得，乃攻心理学；未竟所学，为生活所迫，出外求生，当时因职业之故，临时赶看社会科学基本书籍，但半路出家，到底不易；失业数载，卖文为生，欲试写文艺作品，不得不读点文艺书，所以我现在实在不知道是说学什么好。"

"有趣的孩子！"她笑了接着说："你知道这是什么海？"

"不是阿剌伯海吗？"

"是的，这里有一个海神知道吗？"

"海神？"我说"但是不很相信神。"

"不过这是一个很有趣的神话。"

"你愿意讲给我听么？"

"自然。"她指指前面接着说："有一个极美的阿剌伯姑娘，她是一个纯粹的回教徒，但是后来她怀疑起来，她从一个中国商人家里听到孔子的话，从基督教士手上读到了圣经，又从一个印度的云游僧悟会了佛理，弄得她不知所从，每天苦闷，后来她下了个决心，自己弄一只船到海外来求真主，但是飘流数年，一无所得，就此跳海自杀了；据说现在还时时出来，凡经过这里的船只，会常常遇见她的足迹，在清晨或者在深夜，她会走到船上来，逢见聪敏人就要问到底那一个宗教的上帝是真的。"

"你是不是说像我这样的求学也要因苦闷而跳海的。"

"你知道就好了，但是我意思还不只此，我是想问你，假如这个美丽的女神来问你这个问题时，你将怎么回答？"

"我想……?"我说:"假如如你所说的美丽,我会告诉她宗教的要求不过是性欲的升华,我会告诉她恋爱才是青年人的上帝。"我说了有点后悔,我知阿剌伯人多是回教徒,不知这是否会使她不高兴。

"你确是一个聪敏孩子。"她可是并不生气,于是我问她:

"你是回教徒吗?"

"你怎么知道我是回教徒。"

"阿剌伯人不都是回教徒么?"

"这是书本上的话。你相信他的'都'字是这样普遍有效吗?难道连我一个人都没有例外吗?"

"不过我相信你以前一定是回教徒。"

"回教徒有什么特征呢?"

"回教徒有一种特别的美。"

"你从我这个老太婆的身上能发现回教徒的美吗?"

"我在你身上,不,在你谈话的风度中,感到一种香妃的骨气。"

"香妃的骨气?"

"是的,香妃有一种力的美,是中国任何女子,无论妲己、西施、贵妃都没有过,——你都知道这些中国的美人么?"

"自然知道。"她忽然笑了,这个五十几岁老妇人的笑对我还有引诱力,我极不懂这个理由。她笑完了又说:"假如我年纪青三十岁,也许我们会发生恋爱了。"

"那么到底你多少岁呢?"

"这是一个谜了。"她说完,很快就说:"啊,时间不早,我想我们可以回舱了。"她已经站起来,我看她决不是一个上四十岁的人,我猜想她的什么三十年流浪等等的话都是假的!

"明朝会。"她说了一句很有风韵的上海话就上扶梯去了。上去是头等舱,我所猜想的的确没有错。

"再会。"我还躺在椅上,看她影子消失了,我向海天望去,我感到黑色的伟大,黑色的美;我心头感到一种沉重的压力。我静静地躺着,直到天色发白,海色发蓝,看那金黄色的阳光掀起了闪耀的金波,像绣金的路毡一样,从天边直到船边,我想像这就是预备阿剌伯海女神降临似的。我沉沉的入睡了。

多半是好奇的缘故,其他是对于她的健谈与神秘性有点兴味,剩下的理由还是因为船上夜半生活的无聊:别人都入睡了,卧舱的空气不好,书既不能读,事情又不能做,于是我时常关念到这阿剌伯的巫女,尤其是夜里,在甲板上,或者对着月,或者迎着风,无论我感到人的渺小,苍天的伟大,世界的奇巧,万物的嚣扰,我终觉得这时的人生是最需要这阿剌伯巫女来点化似的。

可是从此几天都没见她,一直到有一夜,月光在海面泻成了一条银练,我伏在船栏上忽然有一个滑稽的想头,疑心这个阿剌伯的巫女或许就是阿剌伯海的女神。那末她不踏着阳光所铺的金毡,也当踏那月光所铺的银毡来了。

"啊,又碰见你。"原来她在我后面,这巫女,要不是她声音,我几乎不认识了,她今天穿着一件白色的衣服,边缘着灰红的丝饰,或者这是阿剌伯装束,头上披着同样的纱,风吹得极有风致,我从月光看过去,极其清楚,她眼睛像二颗宝石,睫毛像宝石的光芒,鼻子有锋棱,但并不粗大,眉毛的清秀掩去她上次谈话留我的世故,齿白得发光,那神秘的笑容是充满了机智,这不过三十岁的妇女,怎么上次我在黑夜中就被她骗成四十五十岁呢!

"这样深夜,一个人在栏边,吟诗吗?"

"你看,月光在海上铺成一条银路,我想如果真有阿剌伯的女神,应当会踏着这条路来的。"

"把她未决定的问题来问你聪敏的孩子吗?"

"怎么,自然是来问你。小……"我奇怪怎么上次我会叫她老婆婆,今天我可想叫她小姐了。

"假如你不怀疑,让我告诉你一个故事。这是的的确确我身受的故事,我怀疑我自己到现在,我不相信我那次的经验,但是这个经验是确实的,当时的日记还在我枕下,一点不能否认,也决不是梦。"

"你的经验在我终是有兴趣的。"

"这不是科学,也不是艺术,也不是神话,这只是一个奇遇。"

"奇遇?"

"是的。大概二十年以前吧,那时候我还年青,就从西方由这条航路上到东方去。记得是一个非常好的清晨,也好像是这样的甲板上,因为海风把我头发吹乱了,我用镜子在照,刚想用小梳时,忽然在镜子中看到一个人影,我自然转过身子来。她是一个少女,我说不出她的美,这美我想你也是想像不出的,一种沉静而活泼的动作,流云一样的风度,到我的身边来;她问我:

"'你也是阿剌伯人吗?'这种突然观察的问句,使我有一点惊愕,我说:

"'难道你也是阿剌伯人吗?'我想阿剌伯人决没有这样美。她说:

"'我现在是这阿剌伯海的海神。'

"'海神?'我笑了,你想当时我也并不相信神怪事情的。

"'是的,海神。但是我不知道我怎么可以做神,也不知是谁的主权可以叫我做神,不知道是哪一个宗教所崇奉的上帝。'

"'这是笑话,你神都不晓得,我怎么晓得。'

"'这正是人的问题,人应当晓得这些问题的。至于神别的我不晓得,以我来说,我不过可以在这阿剌伯海区内自由罢了,我只要一想,就可到海底,可到天空,可在水面上走,不会冷,不会热,不会饿。但是出了海洋及水天范围外,我就没有这个自由,我的意志就不发生效力。我只可以在这范围自由。'

"'那末,所有兴风作浪都是你管的,'

"'不,不,这不是自然律么?我只是自己可以自由自在,不受一切物质的束缚,瞬息可以走遍这海天罢了。风不阻我,雨不湿我,冰雪不冻我,如此而已。'

"'真的吗?不过这个就算是神么?难道不是鬼。'

"'鬼。'她笑:'我见过,在海的底里,有时有我一样的能力,但一切不能随自己的意志。他们想在空中飞,偏沉到了海底去;有时想到海底去,偏偏浮到了水面;有时想看看船只,偏偏只看见月亮;有时望望月亮,又只见到了山。我初来的时候问鬼,鬼告诉我我就是神。'

"'但是你怎么做神的呢?'

"'我本来是人,想知道那一个是真帝,所以特地飘到海外访问,没有结果,苦闷发慌,就跳在这里自杀。一跳下来就变成神了,你说奇怪不?所以我一定要知道到底谁是上帝,是谁有这个叫我做神的权力。'

"'你做了神,这样自由自在,不冻不饿,问这些事情做什么?'

"'这在我做人时是一件苦闷的事情,现在只是娱乐的事情了。我现在一天不用忧愁,不受物质限制,随便看见好玩的人,谈论这件事,不也是很有趣吗?'

"'但是我是一个凡人,我知道什么呢?'我眩惑了。

"她拍拍我肩头笑了,笑得极其愉快而天真,于是她说:

"那末再会吧,我看你还没有睡醒。'

"她踏着阳光所播的上之金路,飞一般的去了。一瞬间就看不见,但是这奇美的印象则永生永世使我忘不掉。我当时切切实实的记下,的确不是梦,——我也怕这会是梦。一直到现在,三年四年五年六年的过去,我年年来来往往在这条路上走,一半的目的全是为她,我只想再见她一次,我永远有这个欲望,但是我没有再见过她,我想,我生平什么都没有缺憾,唯一感到缺憾的就是这个。"

她是巫女,一个老练的巫女。我是意识着她的善谎的本领的,但是这谎语则是艺术的。平常的谎语要说得像真,越像真越有人爱信,艺术的谎语要说得越假越好,越虚空才越有人爱信;平常的谎语,容易使愚人相信,艺术的谎语则反而容易使聪明人接受的。希腊的神话不是很可爱吗?在许多与其相仿的环境中,譬如深谷中听到了Echo,森林里见到碎月,我就会想到神的出现的。安徒生的童话,莎士比亚的剧,都有神话,但是我们都肯当真的来听它。因为这份艺术这时已涂去我的理智,吸住我的精神,于是我不知不觉的再不能在心里有怀疑的余地了。于是带着三分假意三分真情地说:

"我想她会来的,她会来会你的。但是不要忘记,会见时请你告诉她,假如我还能时常经过阿剌伯海,我希望我能够会见她一次,一次够了。"

大家都静寂了,默默地望着天,望着月,好像不约而同是在期待阿剌伯的神降临似的,夜就这样消失了。

这使我更感到了这巫女的趣味,第二夜,月儿仍圆,我一个人在甲板上散步,我想这巫女会下来的,假如她真的是诚意相会到那阿剌伯海的女神的话;银毡不是仍旧铺在海上吗？

可是月儿亮上去，海上的银光短起来，我还是一个人在藤椅上躺着，大概是我吸一支烟的时间吧，我听到身后有一点微响，或者是我神经作怪，总之我回头过去时，看见一个人在那边船栏立着，我想一定是那个巫女，我就说：

"喂，阿剌伯海神来了么？"

谁知回头来的不是她。是一个一直没有见过的少女，自闪光的眼睛下都蒙着黑纱。我那到反有点不好意思起来，可是她愕然问：

"阿剌伯海神？"也是中国话，我有点惊奇，于是我说：

"对不起，小姐，我认错人了。"

"阿剌伯海有神么？"她走近来问我，我觉得她这样的身材不过十七岁。美得有点希奇，我想难道阿剌伯女子都是美的么？

"是的，她是一个美丽的女子，据说她因为在宗教上彷徨，于是跳海自杀，就做了神了。"

"宗教上彷徨？我也正在彷徨呢。先生，那末这海神后来到底是相信什么宗教？"

这样的问法，竟然使我感到这是一个刺探的技术之运用，我想，她难道就是阿剌伯的海神么？于是我说：

"到底还不相信什么宗教的神，可是自己到已经成神了。"

"那末你以为什么宗教是上帝所手授的呢？"她的动作，我注意着，是神圣的圆整的吸人的韵律，这问句是反证了我头一个思想的真实，这种刺探技术运用之进展，似乎是她自己一句一句的在承认她就是阿剌伯海的海神了。

"你是阿剌伯人吗？阿剌伯人都是相信回教的。那末有什么怀疑呢？"

"你也是人，那么你也相信回教了。"

"我是中国人，中国人的宗教是有三个阶段的。"

"宗教有三个阶段？"

"是的，中国人，孩子时代父母是宗教，青年时代爱人是宗教，老年时代子孙是宗教。"

"这怎么可以说是宗教？"她笑了，眼睛飞耀着灵光。

"为什么不是？宗教是爱，是信仰，是牺牲，中国人的爱是这样的，信仰是这样的，牺牲也是这样的。"

"女子也是这样么？"

"自然，中国女孩子在颈上挂着父母赠的项圈；长大了，像你这样大的时候，项圈取消了，手指上就套上爱人的指环；老了，臂上就戴起儿子送来的手镯。"

"但是我也戴着指环，"她把手伸出来，光一样波动，似乎把我所有的意志都动摇了。她说："不过这是我母亲送我的。"

"……"我正在注意她的面幕。但那前额，那眉毛，那眼睛，是启示我这付整个面孔的美是无限的，是无穷的，是神的，但是蒙着面幕！

"那么你不也戴着指环么？"

"啊，那我想只是同你头上戴着纱一样的是好玩罢了。"

"好玩？"她似乎想看，我于是脱给她看了。

"这是中国的出品么？"

"自然。"

"啊，可不是好玩极了。"她好像极其爱好似的说。

"这可并不是有什么价值的。说真话，这指环是多年前在北平宵市的旧货摊上用一圆钱买来的。不过是一点小趣味，没有什么价值的。"

"啊，可不是好玩极了。"

"小姐，那末假如你以为好玩，就收起来好了。"

"送我么？这算是什么道理呢？"

"没有什么道理，这只是同一杯水一支烟一样，说不上有什么道理。西洋人太认真，人与人间，朋友与朋友间，一个辨士要算得清清楚楚，送一支烟，请一杯咖啡都看作像一件事情似的，这在我们中国人看来是最难过的——是一种约束，是一种规律，是一种不自由。"

"那末你不喜欢西洋人了？"

"或者是的，我现在感到西洋人是均衡的，其美，其聪敏也互相差不多，东方人则是特出的，聪敏的特出群外，愚笨的跟随不着。中国的学校，同班的程度极为不齐，我想这也是一个道理。中国人性情像海像山，西洋人性情像一张白纸，但是我不知道阿剌伯人是怎么样。"

"阿剌伯人性情是有中国人与西洋人之强处的。"

"我相信你是对的。"我笑了，她也笑了。

"那末你愿意把戒指戴在我手上么？"她把拿着戒指的手交我，我可有点发抖了。

从这一握起，我有点迷惘，我们的手没有放过。她一点不动，我也默默的忘了自己的存在，海的波动，月光的泛滥，以及世界的一切。

一阵风才把我们打醒，她惊觉似的说：

"怎么……啊啊。"她带着惊惶的笑。"晚了，我去了。"

"那末，……那末，明天晚上也让我在这里等你可好？"我问。

"那末现在我去了，不过你不要看我，看着海的那边。"她说。

"为什么？"

"对我忠实，照我做，不一定要有理由。"我服从着，望着海的尽头想：

"难道真的遇到了海神了么？"

第二夜，我们谈到月落。第三夜，我们谈到天白。以后的生活，大家都反常了，把白天用作睡觉，把夜间用作会叙，风大时我们躲在太平船的旁边，小屋的背阴，坐在地上，靠在墙脚，我们有时就默默的望着天边，手握着手，背靠着背，肩并着肩，日子悄悄的过去了。

好像我问过她的家世……等等不只一次，也问过她的目的地与她旅行的目的，但是她从来都没说别的，总是："以后你会晓得的。"一句带感慨声调的话。而其来去的踪迹，我终是渺茫，没有一次她允许我看她走的。

好像还不只七八次，我曾经要求她把面幕除下去，她都拒绝了。这拒绝好像有点宗教的保守意味似的，所以我也不再请求了。

可是，我的日子是在她黑幕里消失去了。

有一夜，她比我早到，我去的时候她就把手交给我，在一握之间，我忽然发现她换上了一只很大的指环是银的，上面镶一块象牙，象牙上有很细的雕刻。当我们步到船梢的灯下时，我拿来细看，觉得很古怪，上面刻着一点风景，野外许多人围着一个女子与男子，男子缚在树上，女子一只手拿一本书，一只手拿刀，很痛苦的立着。我问她：

"为什么戒指上刻着这样可怕的事情？这样好的雕刻又为什么要刻这样可怕事情呢？"

"这是一个阿剌伯传说的民间故事。"

"故事？那么请你讲给我听听。你知道这个故事么？"

"在很久以后，有那么一个地方，凡是女子同异教徒发生恋爱的，当地的人士对他们有二种处置：一种是他们把这女子看作叛教的罪恶，将二人同时火毁或水葬；一种是如果女子肯用刀亲自将异教的男子杀死，那么大家可以念经将男子超度；——这样大家将认为这女子是征服了异教徒，在他们是一种光劳，并且大家都认为超度以后，在永生之中，这女的与男的倒可以结合的。这雕刻就是说一个女子在杀她爱人时之内心矛盾与痛苦的。"她讲到这里，忽然换了一种语调说："我先不讲这整个的故事，我要问你，假如你是这个女子将怎么办？"

"我就同那个男子同逃了。"

"这是不可能的，一定要被他们捉住。"

"假使捉住，就只好让他们处死，至少同逃是一个可以自由的机会。"

"可是你要设想你自己是一个当地信教的女子，要设想你是一方面相信宗教，一方面你又要爱他的情形。叛教将没有'永生'，同逃成功只剩一个'现世'——极短的现世；同逃失败，'现世'与'永生'将都没有；但是你杀了他，你虽失了'现世'，可有了'永生'。反正一切条件之中，决没有'现世'与'永生'并存的可能。而在笃信宗教的人看来，'永生'自然比'现世'重要，所以以理智来说，杀这个男子是对的，但是到底是自己爱人，怎么可以下这刀呢。而且男的死了以后，这个深切的可怕的印象会在心里磨灭么？而其剩余的生命的痛苦又是如何呢？"

"这是一个难题，有趣的难题。"

"是的，但是我们故事中的女子将这个难题解决了。"

"怎么样呢？"

"她一刀子杀了这个男子，一刀子就杀了自己。两个受伤的垂死的身体，抱在一起同去见神，你看，这是多么聪明，伟大与光荣。"

"啊……"我惊奇了，半晌才说出话来："第一他获得了宗教上光荣的胜利，第二她抹去了以后余生的痛苦。真聪明。"

"还有，你知道，她对于男子也尽了爱情上忠实，那异教的男子也会知道她的杀他不是一件残忍而反是一件光荣的事情。"

"是的，而且，他们遂即拥抱了，他们也获到了现在，虽然他们缩短了他们的现世。这女子真是聪明伟大而且光荣呀。"

"是的，这样的情境中，你愿意做她的爱人而死么？"

"愿意！这是一个光荣。"我拿出刀子给她："就在这里试试吗？"

"……"她笑了。"但是故事还没有完。"

"以后怎样了呢？"

"以后，许多被发现同异教男子恋爱的女子都用了这个方法。所以不久这个可怕的习惯就取消了。"

"这是一个创造，是艺术的创造；是革命，是宗教，也是社会的革命。"

"是的，因为她以前的女子，不知道有多少都糊涂地痛苦地死去，更不知道有多少是心灵负着重创而熬受日月的循环。"

"这是艺术的创造，是一个战士；我想所有的艺术家应该记载她的，以这故事配这指环上精美的雕刻，更显得这个雕刻的美丽，也更显得这指环的价值了。"我一面鉴赏着指环，一面说。

"假如你喜欢它，我可以送你。"她说着就把指环脱下来，接着就套在我的手指上了。

"你送我？"我有点受宠若惊起来。

"你看。"她伸出左手，无名指上是我那只蹩脚的中国戒指；"你看中国的艺术与我国的艺术沟通了。"

"这那能算中国的艺术，我行李中有好的中国名画，明天我送你一幅。"

"我要这个就够了。但是你给我看看，我是喜欢的。"

那天以后的第三天，当我们同立在甲板上的时候，风带着浪花飞进来，打湿了我的面部与胸襟，打湿了她整个的面幕。我说：

"假如这面幕也是有这样宗教的意味。"我指在我指上的她送我的指环。"那末你有胆子把它揭去么？你看，已经湿得这样了。"对于面幕的揭除，为怕有宗教的禁忌，我是久久没有提起了。现在我想起前夜有趣的故事，所以无心的重提起来。

"那末你有胆子揭去它么？"

"我？"我笑了，于是我轻轻地从她耳后脱下她的面幕。大家都是立着，面对面，眼对眼，忽然我看她眼睛发出锐利的光芒，磁针一般的不瞬不转地注视着我。我不过一块铁，我的确是被动的，我眼睛还没有到那面幕所启示的面孔，就已经同她贴近了，手在她身后，眼在她眼上，嘴在她嘴上，十分钟以后，我们方才觉悟过来，我忘了我手上她的面幕，一阵风，那黑色的面幕已经飞到海里了。

"啊哟！"她失色了。

"怎么？"

"这是一件重大的事情。你怎么让它吹去的？"她伏在船栏上寻无限黑海中的一叶黑纱。

"……"我傻了，我不知怎么安慰她。

"……"她眼睛发着奇光，痴望着茫茫的黑夜，痴望着这茫茫的黑海，在探寻这微小的一片黑纱。

"为什么呢，嗳？事情的重大有超过你给我的戒指上故事的程度吗？"

"不。"她头回过来："这是我的错，不是你的。我怕我们间不是可以有这样的关系。好，我要去了，请你先下去。"

"为什么呢？"

"我怕，我怕。"

"我可以安慰你吗？"

"不，你去。"

"我不能。"

"你去就是安慰我。"

"那末明夜……？"

"好的，再会了，你快去。"

我下来，心痛，头晕，不能入睡。我看看指环，我想我那时的心境正是那故事中的风俗杀了爱人而自己仍活在世上，负着那可怕可怜悲惨的心，像等那渺茫空虚的永生一样。

这一日一夜不知道怎样打发过去的。

好容易等到夜，我跳着心，看看别人散尽了，看看月儿上来了，我的心像是碎了，像是要从我嘴里跳出来，又像是一只中了箭的鹿在我胸中发狂，我终于呕吐了。我吐尽了胃里东西以后，才回过头来。那时她正立在后面。可是等我定睛看时，啊，在我面前的竟不是她，而是那位我早已忘去的巫女。

"……"我不知不觉的吃一惊，啊，她的确是四十岁的模样。

"是我。"这"我"字的声音有点怪，还带着一种尖酸的笑。

"……！"我没有说什么，我用手帕揩我呕吐过的嘴。

"好久不见了。"她说。

"是的。"我还在揩嘴。

"不舒服吗？"

"是的，今天吃得不好，会有点晕船，刚刚我呕吐了。"我把我手帕纳到袋里的。

"啊，那末阿剌伯的女神你等到没有？"

"你说？"我镇静起来了。但我想，可是梦？一切的故事是不是都是这巫女所播弄的魔术？

"我，我永远是失败的，我想海神或者也是跟青年人走的，我是老了。"她似乎知道我这些天的一切。

"我想不，海神是属于你的。属于我的，不过是你魔术的幻觉，艺术的空想而已。"我这时的确相信所有一切都是她在寻我开心，或者说她在玩弄我；所有天天会面的"海神"或者就都是她魔指的点划。我在许多传说的故事中，读到过这种把人催眠到另外一个世界的事情，我想这次遇到的就是这个玩意。

"你似乎也知道了你所碰见的是假海神。"她说这句话的时候，面上的表情有点美，这美有几分是属于我的"海神"的。使我想到，这几天中的故事或者不是她魔指的摆弄，而是她一个肉体的化装与变幻。我不想示弱，勉强自壮地说：

"我不过是在探听你魔术的能力与权威。"

"但是，我告诉你，你接触的并不是我魔术的幻物，而是一个假海神。"

"是的，但是我愿意，我愿意追求一切艺术上的空想，因为它的美是真实的。"

"很可惜，你获到的刚刚与你期望相反。你知道，你所碰见的偏偏不是创作，不是空想，而是一个实物，而其美则反而是虚伪的。"

"假如你的话是真的，那么，也不过说我将一个实物上虚假的美误当作创作上真实的美罢了。那么这些问题有什么关系呢？把实物上虚假的美当创作上真实的美是宗教的根据，是恋爱的根据，也是世间上最伟大的母爱的根据。要是人不能将实物虚伪的美当作创作上真实的美，谁肯至诚至意去抚育无灵而龌龊的婴孩，谁肯捐巨款造雄大的庙宇与教堂去供奉一个偶像的神，……这是人类的愚蠢，也是人类的聪敏，没有这一点，人类的文化不会进步到现在！"

"……"她发出阴森的冷笑。这一阵冷笑，这嘴角发硬的笑纹，是藏着多少神秘的故事，五十岁而模样年青的人不是很多的么！何况她是一个巫女。我说：

"请你不要这样，无论我所看见的海神是神，或者凡人；是真，或者是假；是你的魔术，或者甚至是你的化身，在我都没有关系。是神不用说，是凡人我也觉得她有神性；是真不用说，是假我也觉得有真的美；是你的魔术不用说，是你的化身，我永远希望你有这样的化身。有人在世上求真实的梦，我是在梦中求真实的人生的，我觉得世界上应该有这样不同的两种人。"

"这些都是空话。到底你是不是真爱她？假如她仅是一个平庸的凡人。"

"假如是凡人，我相信她也有些不可及的神性。"

"你错了，我的孩子，爱情是盲目的，她，实在同你说，她只有一个随时可老的肉体，包着一颗极其粗糙的灵魂。"

"这算什么？你算是来侮辱她，还是侮辱我？假如她是你的化身或者是你的魔术，那么你随时可以收回你的幻物，而让我幻灭与失恋；假如她不属于你的，无论是神或者是凡人，这是我们的私事，请你不要管就是了。"

"她不是我魔术与化身，她是客观存在的凡人。但这凡人是属于我的。我不能抛掉，也不能收回，这是我的苦！"她说时，锋利的语气消尽了，眉梢与目光显出感伤而衰颓，她的确是衰老了，这时候我深深地感到。她接着说："好的，你们去，你们去结婚，到目的地就去结婚吧,我永远不愿见你们!"

当一个笑我讥刺我的敌人衰颓时,正如在决斗时或冲锋时击倒我的敌人一样,对方的神情使我的心软散了!我说:

"实在说,老婆婆,我有点不懂,到底怎么回事?请你告诉我一切吧!"

"她是我的女儿,是我唯一的女儿,是我想将所有的衣钵传给她的女儿。我教育她,携带她,她已经成熟了,她有我一般的技能,而甚至还有我以上的聪敏,我是希望她承继我的衣钵,这次出来就是想叫她代替我的位子的,我是老了,我只想到东方隐居去。谁知道她灵魂还这样粗糙!结婚,我是经验过的,哼,她不相信我,好,现在你们去结婚吧。我不怪你,我只怪她灵魂的粗糙。现在好,你们去,结婚去,养孩子去,去!去!"她说到末了,感情冲动到极点,于是哭了。

"结婚,这是不会的;我可以不见她,永远不再见她。你老了,只有一个女儿,她是你的宗教,我知道老年人的心的。她将永远属于你,她是你的。"

"不,不,她的心已经被你引诱了,她的心如果一定不许她属于你,不久也是属于别个男子的,她决不会属于我,这个粗糙的灵魂。"

"你不要这样看轻你的女儿,她是有无比的力量与聪敏,她会爱你,照你的理想努力的。"

"这是一句安慰的空话。每个女孩子都是一样,她也是一样的,现在,我知道,为大家的幸福,只有一条路,你们结婚去好了?"

这一刹那,我忽然想起我是有我的故国我的家的,我是有我的妻,与我的孩子的,这算是怎么一回事呢,我把这世界忘了这么久?我说:

"老婆婆,结婚是不可能的,我现在记起我似乎在中国已经有了妻,而且有三个孩子了。"

"你结过婚,真的?那末你有什么资格揭她的面幕?"她凶厉得厉害。我怕,我像是六七岁时做错了事低着头立在母亲的面前。

"面幕……?"我嗫嚅着说。

"是的,你还装不知道,这是阿剌伯海处女纯洁的象征。现在你自己说,你说怎么办?"她眼中有红丝,我不敢正眼看她,她似乎有三分疯了。

"怎么办?那么怎么办呢?什么都可以,听凭你,听凭她,听凭阿剌伯任何的风俗处置就是了。"

大概大家沉默有十分钟的工夫,她才换过气来,平和地说:

"这不是爱,这是罪恶。你等着,我去叫她下来。"说完,她要上去了。

"且慢。"我阻止她说:"那么问题是第一次为什么你让她来甲板上晒我呢?"

"这不是问题。禁止我女儿会见男子决不是对她的造就,要她在无数的有声有色的男子中,而能知道每个男子的嗜好,性情,以及一切的秘密,才是她的学习。"她声音忽然低下来,又说:"但是她的灵魂太粗糙了,太世俗了,我完全失望了,即使不会见你,会见别人也是会有一样的结果。"

"不,决不,她只为爱我,因为我们间有一种灵魂的感应,这所以使她忘了你,使我忘我的家，使我们忘了现实的世界。现在如果我去了，不再见她，她的心一定不会到别处的。不到别处去，那么她的心将永远是你的。为你的幸福，还是我不再见她好了，你不用去叫她，她下次来时，算我失信就是了。"

"这是十九世纪空想的恋爱观！退一步说：如果一切照你的说法，她爱你是有这样神秘的感应，你这样一去，她的心也决不会同我在一起，她将永远向着你，想你想你而至于死的；如果她的爱如我所想的，那末也决不是属于我，不久，在威尼斯，或者在罗马，她就会属于别个男人的。我已经决定了，你等着，我去叫她来。"

她悄悄地拖着人生旅程上走倦的脚步上去了。

月儿挂在天上，黑海上有一条银色的锦路，微风温和地吹来，我一个人伏在栏上。这时候，我像是大病中热度的消退，我像是梦中的清醒，我像是有冷水浇在我醉昏的头顶，我想起我自己的一切，我不是有我的故国，有我的家么？有我的妻与孩子么？我记不起是从什么时候起，把这些都忘掉了。到底，这算是怎么回事呢？

我一面抽着烟，一面开始在甲板上踱着，十分钟以后，我看见她同她女儿下来了。这神一般的少女，脸上已经没有面幕。这就是我揭去的，在昨夜，是的。一切还是神奇的美，然而神情太严肃了！我怕，我如最后审判日带着罪会见上帝一样。我低着头，发披在我额前，听凭她们走近来。

"这是罪恶，你知道吗？这是你，是我，是我女儿，是我们整个的生命的污点。你承认吗？现在只有两个办法，你们自己决定：一个是你死，还有一个是我叫我女儿死。前面就是海。"

"这决不是罪恶，这不过是一种错觉罢了。但如果真的只有两个办法时，那就让我死吧。你女儿是美而且聪敏。你老了，老年人的心境我知道的。她是你唯一的宗教。"

"不，这责任是我的。你有你的故国，你的家，你的妻子与孩子。"这少女竟有这样坚定的口气来说。

"不，亲爱的，这不是你给我的指环上同样的故事了！我现在知道，阿刺伯人有同中国人一样的心，你母亲已经老了，只有你一个，她需要你。我已经有三个孩子，虽然有妻，但是三个孩子是足够安慰他们的母亲的。只要不是你亲手动刀子杀我，在我在你，同指环上的故事都不同了。来，爱，吻我。"她已经抱住我了，给我深深的吻。我说："别了，爱，一切都是我的罪，请你原谅我。放弃现世，求永生吧。"

我离开大概有五步了，我再对她说："请听我一句话，闭上你的眼。"

"不，我要知道你怎么去。"

"这只是一句我要你服从我的话而已，没有理由的。"

她闭上眼睛。我禁不住眼泪流在我的颊上，望着石像般的直立着的她，我不禁又过去吻她了。但我随即回身，纵身一跃，我已到了海中，我什么都糊涂起来。糊涂中我感到一个发光的身子也跳下来了。她说：

"爱，现在是我们的现世。"

我们抱住了。我低低的微喟：

"唉！阿剌伯海的女神！"我刚想吻她时，一个浪打在我的头上，一阵黑。……！

我醒了，原来是我一个人躺在甲板的帆布椅上，浪泼得我从头到脚都湿了，哪儿有巫女？哪儿有海神？哪儿有少女？朦胧的月儿照在我的头上，似乎有沁人肌骨的笑声挂在光尾。

我一个人在地中海里做梦。

是深夜。

一九三六·八·地中海上

（选自《吉卜赛的诱惑》，安徽文艺出版社1996年版）

☞ 提示

徐訏（1908—1980），主要笔名有东方既白等，浙江慈溪人。1931年毕业于北京大学哲学系后，又读过心理学研究生，1933年移居上海，曾参与编辑《人间世》杂志。1936年赴法留学，后获巴黎大学哲学博士学位。1938年返国，滞留"孤岛"，任职中央银行，1944年任《扫荡报》驻华盛顿记者。1949年回国，居上海。1950年，赴香港。

从徐訏1938年出版的成名作《鬼恋》来看，他深受现代主义文学的影响。虚幻的故事、荒诞的情节、一个连一个的悬念，以及细腻的心理刻画，加上全书弥漫着的神秘的气氛和浪漫主义的情调，基本上定下了作家以后小说创作的特色。

《阿剌伯海的女神》描写的是"我"在地中海里做的一个梦：一个阿剌伯巫女的女儿夜间出游，与"我"相识相恋，但限于伊斯兰教规定，女子不得与异教徒结合，最终一对有情人跳海殉情。场景的虚幻、情调的忧郁、色彩的神秘等有机和谐地统一在小说中。小说中的"我"讲过这样一句话："我愿意追求一切艺术上的空想，因为它的美是真实的。"联系到作家这样谈论自己的创作："我是一个企慕于美，企慕于真，企慕于善的人。在艺术与人生上，我有同样的企慕。"看来，徐訏的艺术观与波特莱尔所说的"美永远是异乎寻常的"，"神秘、忧郁同样是美的特征"的观点是非常接近的。《阿剌伯海的女神》正是这一具有现代主义成分的艺术观的实践。

钱锺书

围 城（故事梗概）

方鸿渐是江南小县一个前清举人的儿子，曾由父母作主，与一个姓周的女子订了婚，他对此很不满意。大学第四年，周家女子因病不幸夭折，方鸿渐如犯人蒙赦，他遵照父亲的命令写了封感情真挚的唁信，博得了周家的好感，身为银行家的周先生便把打算陪嫁的钱和方家的聘金换成外币，供方鸿渐出洋深造。

方鸿渐远涉重洋来到欧洲，只一味地玩乐，直到银行存款所剩不多了，才向文凭贩子买了张"克莱登大学博士"的文凭，启程回国。

身为大家闺秀的苏文纨是方鸿渐的大学同学，原先她瞧不上方鸿渐，可是近来她突然发现自己韶华即逝，便几乎竭尽全力地讨方鸿渐的欢心。方鸿渐却始终感到苏小姐凛然不可侵犯，在同乘法国回来的船上，他找了个水性杨花的鲍小姐鬼混。

方鸿渐一踏上祖国的土地，便看到了刊登他博士照片和对他游学历程大加渲染的报纸，不由得面红耳赤，十分难堪。他刚回到家乡，小报记者便闻风而至，摄下了方博士西装革履的仪态，使他成了县里的知名人士，提亲者更是踏破门槛。方鸿渐不喜欢这些打扮时髦土里土气的女孩子，爱情在他心中仍是一片空白。在春暖花开的时候，方鸿渐拜访了和自己一起留学归来的女博士苏文纨。在苏文纨家，他结识了苏的表妹唐晓芙。唐是个天真、开朗的大学生，方鸿渐对唐晓芙一见倾心，堕入了情网。但苏文纨也喜欢方鸿渐，方鸿渐不喜欢苏文纨的做作，却又不能狠下心来拒绝，怕伤害了苏小姐。苏文纨故意让自己的爱慕者赵辛楣见到方鸿渐。赵辛楣一来，苏文纨对方鸿渐的称呼立刻由"方先生"改为"鸿渐"。方鸿渐明白了苏文纨的把戏，可赵辛楣见苏文纨对方鸿渐的称呼这么亲热，便妒火中烧，他一来就不断攻击方鸿渐，方鸿渐则不愿还击，处处退让着。方鸿渐更加迷恋唐晓芙。苏文纨对方鸿渐绝望后，就更加妒忌唐晓芙和方鸿渐的爱情，添油加醋地把方鸿渐在船上和鲍小姐的风流韵事以及他已有妻室的事都告诉了唐晓芙。唐晓芙伤心欲绝，怒斥方鸿渐，离开了方鸿渐。

在经历了爱情的挫折后，赵辛楣与方鸿渐反倒成了朋友，在赵辛楣的推荐下，方鸿渐和赵辛楣一起去三闾大学任教。在去三闾大学的路上，经历了许多的坎坷。同行的有好几个人，一个是李梅亭，他要去当中文系的系主任。一个叫孙柔嘉，刚刚大学毕业，在赵辛楣的介绍下，也到三闾大学任教。李梅亭带了几个大的箱子，给旅途增添了许多的麻烦，后来方鸿渐才知道，箱子里装的是走私药品。孙柔嘉很懂事也很温顺，还懂得照顾别人。下雨的时候，李梅亭舍不得用自己的新雨伞，孙柔嘉就把自己的阳伞借给李梅亭用，结果雨伞脱了色，把李梅亭的衣服弄得五颜六色。

三闾大学名为大学，实则是乌烟瘴气的是非之地。方鸿渐一来就大为失望。李梅亭的系主任让有政治背景的汪处厚抢走了；方鸿渐由于不愿在履历中填上博士头衔，被降格为副教授；外文系主任韩学愈顶戴的也是"克莱登大学博士"帽，怕方鸿渐揭穿底里，便百般排挤他；汪处厚想通过做媒，把赵辛楣、方鸿渐拉进自己的派系，然而他在做媒告吹之后，反以行为不端逼走赵辛楣，方鸿渐也因"思想危险"被学校解聘。孙柔嘉是有心计的女孩子，她知道方鸿渐语言风趣，对自己也很呵护，就想办法让方鸿渐向自己求婚。可怜的方鸿渐哪知是圈套，就真的和孙订了婚。见未婚夫失去了工作，孙柔嘉和方鸿渐一同离开了三闾大学。

方鸿渐、孙柔嘉返回上海后，却蹭蹬在小家庭的泥地上。方家的老人、妯娌挑剔这个出去工作的媳妇不明妇道和礼教,孙家的亲朋又嘲讽这个没有祖业的女婿"本领小,脾气大",致使这个小家庭的矛盾愈演愈烈,孙柔嘉收拾行李去投靠娘家亲戚,方鸿渐深感"家里真跟三闾大学一样是个是非窝",打算托已入重庆国防委员会的赵辛楣为他谋职。真所谓人生处处有"围城",归国航船是"围城",上海孤岛是"围城",内地大学是"围城",婚姻家庭也是"围城",因而方鸿渐在三闾大学排挤后如此说:"我还记得那一次褚慎明还是苏小姐讲什么'围城'。我近来对人生成事,都有这个感想。"

赵树理

小二黑结婚

一　神仙的忌讳

刘家峧有两个神仙,邻近各村无人不晓:一个是前庄上的二诸葛,一个是后庄上的三仙姑。二诸葛原来叫刘修德,当年作过生意,抬脚动手都要论一论阴阳八卦,看一看黄道黑道。三仙姑是后庄于福的老婆,每月初一十五都要顶着红布摇摇摆摆装扮天神。

二诸葛忌讳"不宜栽种",三仙姑忌讳"米烂了"。这里边有两个小故事:有一年春天大旱,直到阴历五月初三才下了四指雨。初四那天大家都抢着种地,二诸葛看了看历书,又掐指算了一下说:"今日不宜栽种。"初五是端午,他历年就不在端午这天做什么,又不曾种;初六倒是个黄道吉日,可惜地干了,虽然勉强把他的四亩谷子种上了,却没有出够一半。后来直到十五才又下雨,别人家都在地里锄苗,二诸葛却领着两个孩子在地里补空子。邻家有个后生,吃饭时候在街上碰上二诸葛便问道:"老汉!今天宜栽种不宜?"二诸葛翻了他一眼,扭转头返回去,大家就嘻嘻哈哈传为笑谈。

三仙姑有个女孩叫小芹。一天,金旺他爹到三仙姑那里问病,三仙姑坐在香案后唱,金旺他爹跪在香案前听。小芹那年才九岁,晌午做捞饭,把米下进锅里了,听见她娘哼哼得很中听,站在桌前听了一会,把做饭也忘了。一会,金旺他爹出去小便,三仙姑趁空子向小芹说:"快去捞饭!米烂了!"这句话却不料就叫金旺他爹听见,回去就传开了。后来有些好玩笑的人,见了三仙姑就故意问别人"米烂了没有?"

二　三仙姑的来历

三仙姑下神,足足有三十年了。那时三仙姑才十五岁,刚刚嫁给于福,是前后庄上第一个俊俏媳妇。于福是个老实后生,不多说一句话,只会在地里死受。于福的娘早死了,只有个爹,父子两个一上了地,家里就只留下新媳妇一个人。村里的年轻人们觉得新媳妇太孤单,就慢慢自动的来跟新媳妇作伴,不几天就集合了一大群,每天嘻嘻哈哈,十分哄伙。于福他爹看见不像个样子,有一天发了脾气,大骂一顿,虽然把外人挡住了,新媳妇却跟他闹起来。新媳妇哭了一天一夜，头也不梳，脸也不洗，饭也不吃，躺在炕上，谁也叫不起来，父子两个没了办法。邻家有个老婆替她请了一个神婆子，在她家下了一回神，说是三仙姑跟上她了，她也哼哼唧唧自称吾神长吾神短，从此以后每月初一十五就下起神来，别人也给她烧起香来求财问病，三仙姑的香案便从此设起来了。

青年们到三仙姑那里去，要说是去问神，还不如说是去看圣像。三仙姑也暗暗猜透大家的心事，衣服穿得更新鲜，头发梳得更光滑，首饰擦得更明，官粉搽得更匀，不由青年们不跟着她转来转去。

这是三十来年前的事。当时的青年，如今都已留下胡子，家里大半又都是子媳成群，所以除了几个老光棍，差不多没有那些闲情到三仙姑那里去了。三仙姑却和大家不同，虽然已经四十五岁，却偏爱当个老来俏，小鞋上仍要绣花，裤腿上仍要镶边，顶门上的头发脱光了，用黑手帕盖起来，只可惜官粉涂不平脸上的皱纹，看起来好象驴粪蛋上下上了霜。

老相好都不来了，几个老光棍不能叫三仙姑满意，三仙姑又团结了一伙孩子们，比当年的老相好更多，更俏皮。

三仙姑有什么本领能团结这伙青年呢？这秘密在她女儿小芹身上。

三　小　芹

三仙姑前后共生过六个孩子，就有五个没有成人，只落了一个女儿，名叫小芹。小芹当两三岁时候，就非常伶俐乖巧，三仙姑的老相好们，这个抱过来说是"我的"，那个抱起来说是"我的"，后来小芹长到五六岁，知道这不是好话，三仙姑教她说："谁再这么说，你就说'是你的姑姑'。"说了几回，果然没有人再提了。

小芹今年十八了，村里的轻薄人说，比她娘年轻时候好得多。青年小伙子们，有事没事，总想跟小芹说句话。小芹去洗衣服，马上青年们也都去洗；小芹上树采野菜，马上青年们也都去采。

吃饭时候，邻居们端上碗爱到三仙姑那里坐一会，前庄上的人来回一里路，也并不觉得远。这已经是三十年来的老规矩，不过小青年们也这样热心，却是近二三年来才有的事。三仙姑起先还以为自己仍有勾引青年的本领，日子长了，青年们并不真正跟她接近，她才慢慢看出门道来，才知道人家来了为的是小芹。

不过小芹却不跟三仙姑一样，表面上虽然也跟大家说说笑笑，实际上却不跟人乱来，近二三年，只是跟小二黑好一点。前年夏天，有一天前晌，于福去地，三仙姑去串门，家里只留下小芹一个人，金旺来了，嘻皮笑脸向小芹说："这会可算是个空子吧？"小芹板起脸来说："金旺哥！咱们以后说话要规矩些！你也是娶媳妇大汉了！"金旺撇撇嘴说："咦！装什么假正经？小二黑一来管保你就软了！有便宜大家讨开点，没事；要正经除非自己锅底没有黑！"说着就拉住小芹的胳膊悄悄说："不用装模作样了！"不料小芹大声喊道："金旺！"金旺赶紧放手跑出来。一边还咄念道："等得住你！"说着就悄悄溜走了。

四　金旺兄弟

提起金旺来，刘家峧没有人不恨他，只有他一个本家兄弟名叫兴旺跟他对劲。

金旺他爹虽是个庄稼人，却是刘家峧一只虎，当过几十年老社首，捆人打人是他的拿手好戏。金旺长到十七八岁，就成了他爹的好帮手；兴旺也学会了帮虎吃食，从此金旺他爹想要捆谁，就不用亲自动手，只要下个命令，自有金旺兴旺代办。

抗战初年，汉奸敌探溃兵土匪到处横行，那时金旺他爹已经死了，金旺、兴旺弟兄两个，给一支溃兵作了内线工作，引路绑票，讲价赎人，又做巫婆又做鬼，两头出面装好人。后来八路军来，打垮溃兵土匪，他两人才又回到刘家峧。

山里人本来就胆子小，经过几个月大混乱，死了许多人，弄得大家更不敢出头了。别的大村子都成立了村公所、妇救会、武委会，刘家峧却除了县府派来一个村长以外，谁也不愿意当干部。不久，县里派人来刘家峧工作，要选举村干部，金旺跟兴旺两个人看出这又是掌权的机会，大家也巴不得有人愿干，就把兴旺选为武委会主任，把金旺选为村政委员，连金旺老婆也被选为妇救会主席，其他各干部，硬捏了几个老头子出来充数。只有青抗先队长，老头子充不得。兴旺看见小二黑这个小孩子漂亮好玩，随便提了一下名就通过了。他爹二诸葛虽然不愿，可是惹不起金旺，也没有敢说什么。

村长是外来的，对村里情形不十分了解，从此金旺兴旺比前更厉害了，只要瞒住村长一个人，村里人不论哪个都得由他两个调遣。这几年来，村里别的干部虽然调换了几个，而他两个却好象铁桶江山。大家对他两个虽是恨之入骨，可是谁也不敢说半句话，都恐怕扳不倒他们，自己吃亏。

五　小二黑

小二黑，是二诸葛的二小子，有一次反"扫荡"打死过两个敌人，曾得到特等射手的奖励。说到他的漂亮，那不只在刘家峧有名，每年正月扮故事，不论去到哪一村，妇女们的眼睛都跟着他转。

小二黑没有上过学，只是跟着他爹识了几个字。当他六岁时候，他爹就教他识字。识字课本既不是《五经》《四书》，也不是常识国语，而是从天干、地支、五行、八卦、六十四卦名等学起，进一步便学些《百中经》、《玉匣记》、《增删卜易》、《麻衣神相》、《奇门遁甲》、《阴阳宅》等书。小二黑从小就聪明，象那些算属相、卜六壬课、念大小流年或"甲子乙丑海中金"等口诀，不几天就都弄熟了，二诸葛也常把他引在人前卖弄。因为他长得伶俐可爱，大人们也都爱跟他玩，这个说："二黑，算一算十岁属什么？"那个说："二黑，给我卜一课！"后来二诸葛因为说"不宜栽种"误了种地，老婆也埋怨，大黑也埋怨，庄上人也都传为笑谈，小二黑也跟着这事受了许多奚落。那时候小二黑十三岁，已经懂得好歹了，可是大人们仍把他当成小孩来玩弄，好跟二诸葛开玩笑的，一到了家，常好对着二诸葛问小二黑道："二黑！算算今天宜不宜栽种？"和小二黑年纪相仿的孩子们，一跟小二黑生了气，就连声喊道："不宜栽种不宜栽种……"小二黑因为这事，好几个月见了人躲着走，从此就和他娘商量成一气，再不信他爹的鬼八卦。

小二黑跟小芹相好已经二三年了。那时候他才十六七，原不过在冬天夜长时候，跟着些闲人到三仙姑那里凑热闹，后来跟小芹混熟了，好象是一天不见面也不能行。后庄上也有人愿意给小二黑跟小芹做媒人，二诸葛不愿意，不愿意的理由有三：第一小二黑是金命，小芹是火命，恐怕火克金；第二小芹生在十月，是个犯月；第三是三仙姑的名声不好。恰巧在这时候，彰德府来了一伙难民，其中有个老李带来个八九岁的小姑娘，因为没有吃的，愿意把姑娘送给人家逃个活命。二诸葛说是个便宜，先问了一下生辰八字，掐算了半天说："千里姻缘一线牵"，就替小二黑收作童养媳。

虽然二诸葛说是千合适万合适，小二黑却不认账。父子俩吵了几天，二诸葛非养不行，小二黑说："你愿意养你就养着，反正我不要！"结果虽把小姑娘留下了，却到底没有说清楚算什么关系。

六　斗争会

金旺自从碰了小芹的钉子以后，每日怀恨，总想设法报一报仇。有一次武委会训练村干部，恰巧小二黑发疟疾没有去。训练完毕之后，金旺就向兴旺说："小二黑是装病，其实被小芹勾引住了，可以斗争他一顿。"兴旺就是武委会主任，从前也碰过小芹一回钉子，自然十分赞成金旺的意见，并且又叫金旺回去和自己的老婆说一下，发动妇救会也斗争小芹一番。金旺老婆现任妇救会主席，因为金旺好到小芹那里去，早就恨得小芹了不得。现在金旺回去跟她说要斗争小芹，这才是巴不得的机会，丢下活计，马上就去布置。第二天，村里开了两个斗争会，一个是武委会斗争小二黑，一个是妇救会斗争小芹。

小二黑自己没有错，当然不承认，嘴硬到底，兴旺就下命令，把他捆起来送交政权机关处理。幸而村长脑筋清楚，劝兴旺说："小二黑发疟疾是真的，不是装病，至于跟别人恋爱，不是犯法的事，不能捆人家。"兴旺说："他已是有了女人的。"村长说："村里谁不知道小二黑不承认他的童养媳。人家不承认是对的：男不过十六，女不过十五，不到订婚年龄。十来岁小姑娘，长大也不会来认这笔账。小二黑满有资格跟别人恋爱，谁也不能干涉。"兴旺没话说了，小二黑反要问他："无故捆人犯法不犯？"经村长双方劝解，才算放了完事。

兴旺还没有离村公所，小芹拉着妇救会主席也来找村长，她一进门就说："村长！捉贼要赃，捉奸要双，当了妇救会主席就不说理了？"兴旺见拉着金旺的老婆，生怕说出这事与自己有关，赶紧溜走。后来村长问了问情由，费了好大一会唇舌，才给她们调解开。

七　三仙姑许亲

两个斗争会开过以后，事情包也包不住了，小二黑也知道这事是合理合法的了，索性就跟小芹公开商量起来。

三仙姑却着了急。她跟小芹虽是母女，近几年来却不对劲。三仙姑爱的是青年们，青年们爱的是小芹。小二黑这个孩子，在三仙姑看来好象鲜果，可惜多一个小芹，就没了自己的份儿。她本想早给小芹找个婆家推出门去，可是因为自己声名不正，差不多都不愿意跟她结亲。开罢斗争会以后，风言风语都说小二黑要跟小芹自由结婚，她想要真是那样的话，以后想跟小二黑说句笑话都不能了，那是多么可惜的事，因此托东家求西家要给小芹找婆家。

"插起招军旗，就有吃粮人。"有个吴先生是在阎锡山部下当过旅长的退职军官，家里很富，才死了老婆。他在奶奶庙大会上见过小芹一面，愿意续她，媒人向三仙姑一说，三仙姑当然愿意。不几天过了礼帖，就算定了，三仙姑以为了却一宗心事。

小芹已经和小二黑商量得差不多了，如何肯听她娘的话？过礼那一天，小芹跟她娘闹起来，把吴先生送来的首饰绸缎扔下一地。媒人走后，小芹跟她娘说："我不管！谁收了人家的东西谁跟人家去！"

三仙姑愁住了，睡了半天，晚饭以后，说是神上了身，打了两个呵欠就唱起来。她起先责备于福管不了家，后来说小芹跟吴先生是前世姻缘，还唱些什么"前世姻缘由天定，不顺天意活不成……"于福跪在地下哀求，神非教他马上打小芹一顿不可。小芹听了这话，知道跟这个装神弄鬼的娘说不出什么道理来，干脆躲了出去，让她娘一个人胡说。

小芹一个人悄悄跑到前庄上去找小二黑，恰在路上碰上小二黑去找她，两个就悄悄拉着手到一个大窑里去商量对付三仙姑的法子。

八　拿　双

小芹把他娘怎样主婚怎样装神，唱些什么，从头至尾细细向小二黑说了一遍，小二黑说："不用理她！我打听过区上的同志，人家说只要男女本人愿意，就能到区上登记，别人谁也作不了主……"说到这里，听见外边有脚步声，小二黑伸出头来一看，黑影里站着四五个人，有一个说："拿双拿双！"他两人都听出是金旺的声音，小二黑起了火，大叫道："拿？没有犯了法！"兴旺也来了，下命令道："捉住捉住！我就看你犯法不犯法，给你操了好几天心了！"小二黑说："你说去哪里咱就去哪里，到边区政府你也不能把谁怎么样！走！"兴旺说："走？便宜了你！把他捆起来！"小二黑挣扎了一会，无奈没有他们人多，终于被他们七手八脚打了一顿捆起来了。兴旺说："里边还有一个女的，也捆起来！捉奸要双，这是她自己说的！"说着就把小芹也捆起来了。

前庄上的人都还没有睡，听见有人吵架，有些人就跑出来看，麻秆火把下看见捆着的两个人，大家不问就都知道了八九分。二诸葛也出来了，见小二黑被人家捆起来，就跪在兴旺面前哀求道："兴旺！咱两家没有什么仇！看在我老汉面上，请你们诸位高高手……"兴旺说："这事情，我们管不了，送给上级再说吧！"小二黑说："爹！你不用管！送到哪里也不犯法！我不怕他！"兴旺说："好小子！要硬你就硬到底！"又逼住三个民兵说："带他们走！"一个民兵问："带到村公所？"兴旺说："还到村公所干什么？上一回不是村长放了的？送给区武委会主任按军法处理！"说着就把他两个人拥上走了。

九　二诸葛的神课

邻居们见是兴旺弟兄们捆人，也没有人敢给小二黑讲情，直等到他们走后，才把二诸葛招呼回家。

二诸葛连连摇头说："唉！我知道这几天要出事啦！前天早上我上地去，才上到岭上，碰上个骑驴媳妇，穿了一身孝，我就知道坏了。我今年是罗睺星照运，要谨防带孝的冲了运气，因此哪里也不敢去，谁知躲也躲不过？昨天晚上二黑他娘梦见庙里唱戏。今天早上一个老鸦落在东房上叫了十几声……唉！反正是时运，躲也躲不过。"他罗哩罗嗦念了一大堆，邻居们听了有些厌烦，又给他说了一会宽心话，就都散了。

有事人哪里睡得着？人散了之后，二诸葛家里除了童养媳之外，三个人谁也没有睡。二诸葛摸了摸脸，取出三个制钱占了一卦，占出之后吓得他面色如土。他说："了不得呀了不得！丑土的父母动出午火的官鬼，火旺于夏，恐怕有些危险了。唉！人家把他选成青年队长，我就说过不叫他当，小杂种硬要充人物头！人家说要按军法处理，要不当队长哪里犯得了军法？"老婆也拍手跺脚道："小爹呀！谁知道你要闯这么大的事啦？"大黑劝道："不怕！事已经出下了，由他去吧！我想这又不是人命事，也犯不了什么大罪！既然他们送到区上了，我先到区上打听打听！你们都睡吧！"说着点了个灯笼就走了。

二诸葛打发大黑去后，仍然低头细细研究方才占的那一卦，停了一会，远远听着有个女人哭，越哭越近，不大一会就来到窗下，一推门就进来了。二诸葛还没有看清是谁，这女人就一把把他拉住，带哭带闹说："刘修德！还我闺女！你的孩子把我的闺女勾引到哪里了？还我……"二诸葛老婆正气得死去活来，一看见来的是三仙姑，正赶上出气，从炕上跳下来拉住她道："你来了好！省得我去找你！你母女两个好生生把我个孩子勾引坏，你倒有脸来找我！咱两人就也到区上说说理！"两个女人滚成一团，二诸葛一个人拉也拉不开，也再顾不上研究他的卦。三仙姑见二诸葛老婆已经不顾了命，自己先胆怯了几分，不敢恋战，吵闹了一会挣脱出来就走了。二诸葛老婆追出门来，被二诸葛拦回去，还骂个不休。

十　恩典恩典

二诸葛一夜没有睡，一遍一遍念："大黑怎么还不回来，大黑怎么还不回来。"第二天天不明就起程往区上走，走到半路，远远看见大黑、三个民兵已都回来了，还来了区上一个助理员，一个交通员。他远远就叫喊道："大黑！怎么样？要紧不要紧？"大黑说："没有事！不怕！"说着就走到跟前，助理员跟三个民兵先走了。大黑告交通员说："这就是我爹！"又向二诸葛说："区上添传你跟于福老婆。你去吧，没有事！二黑跟小芹两个人，一到区上就放开了。区上早就说兴旺跟金旺两个不是东西，已经把他两个人押起来了，还派助理员到咱村开大会调查他们横行霸道的证据。我赶到那里人家就问罢了，听说区上还许咱二黑跟小芹结婚。"二诸葛："不犯罪就好，结婚可不行，命相不对！你没有听说添传我做什么？"大黑说："不知道，大约也没有什么大事。你去吧，我先回去告我娘说。"交通员说："老汉，这就算见了你了！你去吧，我再传那一个去！"说了就跟大黑相跟着走了。

二诸葛到了区上，看见小二黑跟小芹坐在一条板凳上，他就指着小二黑骂道："闯祸东西！放了你你还不快回去？你把老子吓死了！不要脸！"区长道："干什么？区公所是骂人的地方？"二诸葛不说话了。区长问："你就是刘修德？"二诸葛答："是！"问："你给刘二黑收了个童养媳?"答:"是!"问:"今年几岁了?"答:"属猴的,十二岁了。"区长说:"女不过十五岁不能订婚,把人家退回娘家去,刘二黑已经跟于小芹订婚了!"二诸葛说:"她只有个爹,也不知逃难逃到哪里去了,退也没处退。女不过十五不能订婚,那不过是官家规定,其实乡间七八岁订婚的多着哩。请区长恩典恩典就过去……"区长说:"凡是不合法的订婚,只要有一方面不愿意都得退!"二诸葛说:"我这是两家情愿!"区长问小二黑道:"刘二黑!你愿意不愿意?"小二黑说:"不愿意!"二诸葛的脾气又上来了,瞪了小二黑一眼道:"由你啦?"区长道:"给他订婚不由他,难道由你啦?老汉,如今是婚姻自主,由不得你了,你家养的那个小姑娘,要真是没有娘家,就算成你的闺女好了。"二诸葛道:"那也可以,不过还得请区长恩典恩典,不能叫他跟于福这闺女订婚!"区长说:"这你就管不着了!"二诸葛发急道:"千万请区长恩典恩典,命相不对,这是一辈子的事!"又向小二黑道:"二黑,你不要糊涂了!这是你一辈子的事!"区长道:"老汉!你不要糊涂了!强逼着你十九岁的孩子娶上个十二岁的小姑娘,恐怕要生一辈子气!我不过是劝一劝你,其实只要人家两个人愿意,你愿意不愿意都不相干。回去吧!童养媳没处退就算成你的闺女!"二诸葛还要请区长"恩典恩典",一个交通员把他推出来了。

十一　看看仙姑

　　三仙姑去寻二诸葛,一来为的是逗逗闹气的本领,二来为的是遮遮外人的耳目,其实让小芹吃一吃亏她很高兴,所以跟二诸葛老婆闹了一阵之后,回去就睡了。第二天早上,她起得很迟,于福虽比她着急,可是自己既没有主意,又不敢叫醒她,只好自己先去做饭,饭快成的时候,三仙姑慢慢起来梳妆。于福问她道:"不去打听打听小芹?"她说:"打听她做甚啦?她的本领多大啦?"于福也再没有敢说什么,把饭菜做成了放在炉边等,直等到她梳妆罢了才开饭。

　　饭还没有吃罢,区上的交通员来传她。她好象很得意,嗓子拉得长长地说:"闺女大了咱管不了,就去请区长替咱管教管教!"她吃完了饭,换上新衣服、新首饰、绣花鞋、镶边裤,又擦了一次粉,加了几件首饰,然后叫于福给她备上驴,她骑上,于福给她赶上,往区上去。

　　到了区上。交通员把她引到区长房子里,她趴下就磕头,连声叫道:"区长老爷,你可要给我作主!"区长正伏在桌上写字,见她低着头跪在地下,头上戴了满头银首饰,还以为是前两天跟婆婆生了气的那个年轻媳妇,便说道:"你婆婆不是有保人吗?为什么不找保人?"三仙姑莫名其妙,抬头看了看区长的脸。区长见是个擦着粉的老太婆,才知道是认错人了。交通员道:"认错人了!这就是于小芹的娘!"区长打量了她一眼道:"你就是小芹的娘呀?起来!不要装神做鬼!我什么都清楚!起来!"三仙姑站起来了。区长问:"你今年多大岁数?"三仙姑说:"四十五。"区长说:"你自己看看你打扮得象个人不象?"门边站着老乡一个十来岁的小闺女嘻嘻笑了。交通员说:"到外边耍!"小闺女跑了。区长问:"你会下神是不是?"三仙姑不敢答话。区长问:"你给你闺女找了个婆家？"三仙姑答："找下了！"问："使了多少钱？"答："三千五！"问："还有些什么？"答："有些首饰布匹！"问："跟你闺女商量过没有？"答："没有！"问："你闺女愿意不愿意？"答："不知道！"区长道："我给你叫来你亲自问问她！"又向交通员道："去叫于小芹！"

刚才跑出去那个小闺女，跑到外边一宣传，说有个打官司的老婆，四十五了，擦着粉，穿着花鞋。邻近的女人们都跑来看，挤了半院，唧唧哝哝说："看看！四十五了！""看那裤腿！""看那鞋！"三仙姑半辈没有脸红过，偏这会撑不住气了，一道道热汗在脸上流。交通员领着小芹来了，故意说："看什么？人家也是个人吧，没有见过？闪开路！"一伙女人们哈哈大笑。

把小芹叫来，区长说："你问问你闺女愿意不愿意！"三仙姑只听见院里人说："四十五""穿花鞋"，羞得只顾擦汗，再也开不得口。院里的人们忽然又转了话头，都说"那是人家的闺女"，"闺女不如娘会打扮"，也有人说"听说还会下神"，偏又有个知道底细的断断续续讲"米烂了"的故事，这时三仙姑恨不得一头碰死。

区长说："你不问我替你问！于小芹，你娘给你找的婆家你愿意跟人家结婚不愿意？"小芹说："不愿意！我知道人家是谁？"区长问三仙姑道："你听见了吧？"又给她讲了一会婚姻自主的法令，说小芹跟小二黑订婚完全合法，还吩咐她把吴家送来的钱和东西原封退了，让小芹跟小二黑结婚。她羞愧之下，一一答应了下来。

十二 怎么到底

三个民兵回到刘家峧，一说区上把兴旺金旺二人押起来，又派助理员来调查他们的罪恶，真是人人拍手称快。午饭后，庙里开了一个群众大会，村长报告了开会宗旨，就请大家举他两个人的作恶事实。起先大家还怕扳不倒人家，人家再返回来报仇，老大一会没有人说话；有几个胆子太小的人，还悄悄劝大家说："忍事者安然。"有个被他们两人作践垮了的年轻人说："我从前没有忍过？越忍越不得安然！你们不说我说！"他先从金旺领着土匪到他家绑票说起，一连说了四五款，才说道："我歇歇再说，先让别人也说几款！"他一说开了头，许多受过害的人也都抢着说起来：有给他们花过钱的，有被他们逼着上过吊的，也有产业被他们霸了的，老婆被他们奸淫过的；他两人还派上民兵给他们自己割柴，拨上民夫给他们自己锄地；浮收粮，私派款，强迫民兵捆人……你一宗他一宗，从晌午说到太阳落，一共说了五六十款。

区上根据这些罪状把他两人送到县里，县里把罪状一一证实之后，除叫他们赔偿大家损失外，又判了十五年徒刑。

经过这次大会之后，村里人也都敢出头了。不久，村干部又都经过大改造，村里人再也不敢乱投坏人的票了。这其间,金旺老婆自然也落了选。偏她还变了口吻,说："以后我也要进步了。"

两个神仙也有了变化：

三仙姑那天在区上被一伙妇人围住看了半天，实在觉得不好意思，回去对着镜子研究了一下，真有点打扮得不象话；又想到自己的女儿快要跟人结婚，自己还卖什么老俏？这才下了决心，把自己的打扮从顶到底换了一遍，弄得象个当长辈人的样子，把三十年来装神弄鬼的那张香案也悄悄拆去。

二诸葛那天从区上回去，又向老婆提起二黑跟小芹的命相不对，他老婆道："把你的鬼八卦收起吧！你不是说二黑这回了不得吗？你一辈子放个屁也要卜一课，究竟抵了些什么事？我看小芹满不错，能跟咱二黑过就很好！什么命相对不对？你就不记得'不宜栽种'？"二诸葛见老婆都不信自己的阴阳，也就不好意思再到别人跟前卖弄他那一套了。

小芹和小二黑各回各家，见老人们的脾气都有些改变，托邻居们趁势说和说和，两位神仙也就顺水推舟同意他们结婚。后来两家都准备了一下，就过门。过门之后，小两口都十分得意，邻居们都说是村里第一对好夫妻。

夫妻们在自己卧房里有时候免不了说玩话：小二黑好学三仙姑下神时候唱"前世姻缘由天定"，小芹好学二诸葛说"区长恩典，命相不对"。淘气的孩子们去听窗，学会了这两句话，就给两位神仙加了新外号：三仙姑叫"前世姻缘"，二诸葛叫"命相不对"。

一九四三年五月写于太行。

（选自《新文化》创刊号，一卷二期）

☞ 提示

赵树理是一个真正为农民而写，用农民喜爱的方式写农民的地道本色的新"农民作家"。主要作品有短篇小说《小二黑结婚》，中篇小说《李有才板话》，长篇小说《李家庄变迁》《三里湾》等。

《小二黑结婚》是赵树理的成名作，它以深刻的思想内容和特殊的表现形式赢得了解放区文坛的赞誉。一方面它通过青年农民小二黑与小芹自由恋爱受到打击，最后幸福结合的完满结局，既热情地歌颂了解放区人民政治，又体现了一种农民式的花好月圆的人生理想。另一方面小说的独到之处，在于把两家的父母一辈加以典型化，以致二诸葛、三仙姑成为旧中国农村某类人物的代名词，为愚昧、落后、迷信的农村风习树起一面富有嘲讽意味的镜子，从而揭示了旧中国乡村的封建性、原始性和中世纪式的落后性。小说在反省旧中国农村平民百姓的传统婚姻模式的基础上，进而展示新一代儿女对婚姻家庭幸福的追求，因而它讲的不仅仅是一个动人的故事，而是一种真的人生。

小说在艺术上有着鲜明的特点，尤其是在民族化、大众化方面取得了突出的成就。第一，小说在结构上特别注意故事性，讲究结构的连结性和完整性。小说采用大故事套小故事的手法，环环相扣，层层推进，结构严谨，首尾呼应。第二，小说语言质朴生动，幽默风趣。小说不但在人物对话上，而且在一般叙述的描写上，都是口语化的，具有明白如话的特色。

孙　犁

荷花淀——白洋淀纪事之二

月亮升起来，院子里凉爽得很，干净得很，白天破好的苇眉子潮润润的，正好编席。女人坐在小院当中，手指上缠绞着柔滑修长的苇眉子。苇眉子又薄又细，在她怀里跳跃着。

要问白洋淀有多少苇地？不知道。每年出多少苇子？不知道。只晓得，每年芦花飘飞苇叶黄的时候，全淀的芦苇收割，垛起垛来，在白洋淀周围的广场上，就成了一条苇子的长城。女人们，在场里院里编着席。编成了多少席？六月里，淀水涨满，有无数的船只，运输银白雪亮的席子出口，不久，各地的城市村庄，就全有了花纹又密、又精致的席子用了。大家争着买：

"好席子，白洋淀席！"

这女人编着席。不久在她的身子下面，就编成了一片。她像坐在一片洁白的雪地上，也像坐在一片洁白的云彩上。她有时望望淀里，淀里也是一片银白世界。水面笼起一层薄薄透明的雾，风吹过来，带着新鲜的荷叶荷花香。

但是大门还没关，丈夫还没回来。

很晚丈夫才回来了。这年青人不过二十五六岁，头戴一顶大草帽，上身穿一件洁白的小褂，黑单裤卷过了膝盖，光着脚。他叫水生，小苇庄的游击组长，党的负责人。今天领着游击组到区上开会去来。女人抬头笑着问：

"今天怎么回来的这么晚？"站起来要去端饭。水生坐在台阶上说：

"吃过饭了，你不要去拿。"

女人就又坐在席子上。她望着丈夫的脸，她看出他的脸有些红胀，说话也有些气喘。她问：

"他们几个哩？"

水生说：

"还在区上，爹哩？"

女人说：

"睡了。"

"小华哩？"

"和他爷爷去收了半天虾篓，早就睡了。他们几个为什么还不回来？"

水生笑了一下。女人看出他笑的不像平常。

"怎么了，你？"

水生小声说：

"明天我就到大部队上去了。"

女人的手指震动了一下,想是叫苇眉子划破了手,她把一个手指放在嘴里吮了一下。水生说:

"今天县委召集我们开会。假若敌人再在同口安上据点,那和端村就成了一条线,淀里的斗争形势就变了。会上决定成立一个地区队。我第一个举手报了名的。"

女人低着头说:

"你总是很积极的。"

水生说:

"我是村里的游击组长,是干部,自然要站在头里,他们几个也报了名。他们不敢回家,怕家里人拖尾巴。公推我代表,回来和家里人们说一说。他们全觉得你还开明一些。"

女人没有说话。过了一会,她才说:

"你走,我不拦你,家里怎么办?"

水生指着父亲的小房叫她小声一些。说:

"家里,自然有别人照顾。可是咱的庄子小,这一次参军的就有七个。庄上青年人少了,也不能全靠别人,家里的事,你就多做些,爹老了,小华还不顶事。"

女人鼻子里有些酸,但她并没有哭。只说:

"你明白家里的难处就好了。"

水生想安慰她。因为要考虑准备的事情还太多,他只说了两句:

"千斤的担子你先担吧,打走了鬼子,我回来谢你。"

说罢,他就到别人家里去了,他说回来再和父亲谈。

鸡叫的时候,水生才回来。女人还是呆呆的坐在院子里等他,她说:

"你有什么话嘱咐嘱咐我吧!"

"没有什么话了,我走了,你要不断进步,识字,生产。"

"嗯。"

"什么事也不要落在别人后面!"

"嗯,还有什么?"

"不要叫敌人汉奸捉活的。捉住了要和他拼命。"这才是那最重要的话,女人流着眼泪答应了他。

第二天,女人给他打点好一个小小的包裹,里面包了一身新单衣,一条新毛巾,一双新鞋子。那几家也是这些东西,交水生带去。一家人送他出了门。父亲一手拉着小华,对他说:

"水生,你干的是光荣事情,我不拦你,你放心走吧。大人孩子我给你照顾,什么也不要惦记。"

全庄的男女老少也送他出来,水生对大家笑一笑,上船走了。

女人们到底有些藕断丝连。过了两天,四个青年妇女集在水生家里来,大家商量:

"听说他们还在这里没走。我不拖尾巴,可是忘下了一件衣裳。"

"我有句要紧的话得和他说说。"
水生的女人说：
"听他说鬼子要在同口安据点……"
"哪里就碰得那么巧，我们快去快回来。"
"我本来不想去，可是俺婆婆非叫我再去看看他，有什么看头啊。"
于是这几个女人偷偷坐在一只小船上，划到对面马庄去了。

到了马庄，她们不敢到街上去找，来到村头一个亲戚家里，亲戚说：你们来的不巧，昨天晚上他们还在这里，半夜里走了，谁也不知他们开到哪里去。你们不用惦记他们，听说水生一来就当了个副排长，大家都是欢天喜地的……

几个女人羞红着脸告辞出来，摇开靠在岸边上的小船。现在已经快到晌午了，万里无云，可是因为在水上，还有些凉风。这风从南面吹过来，从稻秧上苇尖吹过来。水面没有一只船，水像无边的跳荡的水银。

几个女人有点失望，也有些伤心，各人在心里骂着自己的狠心贼。可是青年人，永远朝着愉快的事情想，女人们尤其容易忘记那些不痛快。不久，她们就又说笑起来了。

"你看说走就走了。"
"可慌（高兴的意思）哩，比什么都慌，比过新年，娶新——也没见他这么慌过！"
"拴马桩也不顶事了。"
"不行了，脱了缰了！"
"一到军队里，他一准得忘了家里的人。"
"那是真的，我们家里住过一些年轻的队伍，一天到晚仰着脖子出来唱，进去唱，我们一辈子也没那么乐过。等他们闲了下来没有事了，我就傻想：该低下头了吧。你猜人家干什么？用白粉子在我家映壁上画上许多圆圈圈，一个一个蹲在院子里，托着枪瞄那个，又唱起来了！"

她们轻轻划着船，船两边的水哗，哗，哗。顺手从水里捞上一棵菱角来，菱角还很嫩很小，乳白色。顺手又丢到水里去。那个菱角就又安安稳稳浮在水面上生长去了。

"现在你知道他们到了哪里？"
"管他哩，也许跑到天边上去了！"
她们都抬起头往远处看了看。
"唉呀！那边过来一只船。"
"唉呀！日本，你看那衣裳！"
"快摇！"

小船拚命往前摇。她们心里也许有些后悔，不该这么冒冒失失走来；也许有些怨恨那些走远了的人。但是立刻就想，什么也别想了，快摇，大船紧紧追过来了。

大船追的很紧。

幸亏是这些青年妇女，白洋淀长大的，她们摇的小船飞快。小船活像离开了水皮的一条打跳的梭鱼。她们从小跟这小船打交道，驶起来，就像织布穿梭，缝衣透针一般快。

假如敌人追上了，就跳到水里去死吧！

后面大船来得飞快。那明明白白是鬼子！这几个青年妇女咬紧牙制止住心跳，摇橹的手并没有慌，水在两旁大声的哗哗，哗哗，哗哗哗！

"往荷花淀里摇！那里水浅，大船过不去。"

她们奔着那里不知道几亩大小的荷花淀去，那一望无边际的密密层层的大荷叶，迎着阳光舒展开，就像铜墙铁壁一样。粉色荷花箭高高地挺出来，是监视白洋淀的哨兵吧！

她们向荷花淀里摇，最后，努力的一摇，小船窜进了荷花淀。几只野鸭扑楞楞飞起，尖声惊叫，掠着水面飞走了。就在她们的耳边响起一排枪！

整个荷花淀全震荡起来。她们想，陷在敌人的埋伏里了，一准要死了，一齐翻身跳到水里去。渐渐听清楚枪声只是向着外面，她们才又扒着船梆露出头来。她们看见不远的地方，那宽厚肥大的荷叶下面，有一个人的脸，下半截身子长在水里。荷花变成人了？那不是我们的水生吗？又往左右看去，不久各人就找到了各人丈夫的脸，啊！原来是他们！

但是那些隐蔽在大荷叶下面的战士们，正在聚精会神瞄着敌人射击，半眼也没有看她们。枪声清脆，三五排枪过后，他们投出了手榴弹，冲出了荷花淀。

手榴弹把敌人那只大船击沉，一切都沉下去了。水面上只剩下一团烟硝火药气味。战士们就在那里大声欢笑着，打捞战利品。他们又开始了沉到水底捞出大鱼来的拿手戏。他们争着捞出敌人的枪支、子弹带，然后是一袋子一袋子叫水浸透了的面粉和大米。水生拍打着水去追赶一个在水波上滚动的东西，是一包用精致纸盒装着的饼干。

妇女们带着浑身水，又坐到她们的小船上去了。

水生追回那个纸盒子，一只手高高举起，一只手用力拍打着水，好使自己不沉下去。对着荷花淀吆喝：

"出来吧，你们！"

好像带着很大的气。

她们只好摇着船出来。忽然从她们的小船底下冒出一个人来，只有水生的女人认得那是区小队的队长。这个人抹一把脸上的水问她们：

"你们干什么去来呀？"

水生的女人说：

"又给他们送来了一些衣裳来！"

小队长回头对水生说：

"都是你村的？"

"不是她们是谁，一群落后分子！"说完把纸盒顺手丢在女人们船上，一泅，又沉到水底下去了，到很远的地方才钻出来。

小队长开了个玩笑，他说：

"你们也没有白来，不是你们，我们的伏击不会这么彻底。可是，任务已经完成，该回去晒晒衣裳了。情况还紧的很！"

战士们已经把打捞出来的战利品，全装在他们的小船上，准备转移。一人摘了一片大荷叶顶在头上，抵挡正午的太阳。几个青年妇女把掉在水里又捞出来的小包裹，丢了给他们，战士们的三只小船就奔着东南方向，箭一样飞去了。不久就消失在中午水面上的烟波里。

几个青年妇女划着她们的小船赶紧回家，一个个像落水鸡似的。一路走着，因过于刺激和兴奋，她们又说笑起来，坐在船头脸朝后的一个撇着嘴说：

"你看他们那个横样子，见了我们爱搭理不搭理的！"

"啊，好像我们给他们丢了什么人似的。"

她们自己也笑了，今天的事情不算光彩，可是：

"我们没枪，有枪就不往荷花淀里跑，在大淀里就和鬼子干起来！"

"我今天也算看见打仗了。打仗有什么出奇，只要你不着慌，谁还不会趴在那里放枪呀！"

"打沉了，我也会浮水捞东西，我管保比他们水式好，再深点我也不怕！"

"水生嫂，回去我们也成立队伍，不然以后还能出门吗！"

"刚当上兵就小看我们，过二年，更把我们看得一钱不值了，谁比谁落后多少呢！"

这一年秋季，她们学会了射击。冬天，打冰夹鱼的时候，她们一个个登在流星一样的冰船上，来回警戒。敌人围剿那百顷大苇塘的时候，她们配合子弟兵作战，出入在那芦苇的海里。

1945年于延安

提示

孙犁，原名孙树勋，1913年生于河北安平县。他的主要作品有小说散文集《白洋淀纪事》、长篇小说《风云初记》、中篇小说《铁木前传》等。

《荷花淀》是孙犁创作的代表作。它描写的是抗日战争时期白洋淀地区农村青年的故事。7个青年参军，因走得匆促，除水生外，都没有回家跟家人告别。他们的妻子很惦念，想去看看他们，顺便也给丈夫捎点衣物，却没有找到他们。在回家的路上，她们的小船碰上了日本侵略军的运输船，敌人追赶着她们。幸亏她们丈夫的队伍埋伏在这里，给敌人以迎头痛击，把敌人全部消灭了。这些妇女在无意中立下了引诱敌人进入包围圈的功劳。

小说表现出鲜明的创作风格和特色：第一，作家善于通过普通的日常生活的描写，写出人物丰富的内心世界。如水生夫妻话别的场面，通过平平常常的几句对话，把人物丰富、高尚的内心世界生动而真切地表现出来了。第二，用散文诗的语言来写小说。不论是写水生嫂编席子的劳动场面，还是描写战斗场面，都充满诗情画意，有力地强化了小说的感情色彩。

周立波

暴风骤雨（故事梗概）

  1946年7月，在中共中央下达进行土改的"五四指标"后的一个清晨，在东北松江省由哈尔滨往东南的一条大道上，老孙头赶着一驾四马拉的大车，车上坐着土改工作队萧队长等一行人，朝着元茂屯飞奔。

  工作队来到元茂屯后，地主、恶霸、汉奸韩老六（韩凤岐）采用拉拢、威吓等手段，使一些受苦人不敢揭发他的罪恶，工作很难开展，几次斗争韩老六都由于群众没有充分发动起来而失败了。工作队访贫问苦，深入群众做艰苦的发动工作，终于找到受苦最深、敢于斗争的赵玉林，之后，又发现了郭全海、白玉山等农民骨干，成立了以赵玉林为主任的农会，群众觉悟有了很大提高。

  韩家大院残害小猪倌的消息被传出，全村群众愤怒冲进韩家大院，救出了小猪倌，抓回了逃跑的韩老六，报仇的火焰燃烧起来，群众控诉了韩老六压迫、剥削农民的罪恶，查明了他是一个勾结日伪、杀害过革命干部和抗日联军战士的血债累累的汉奸、反革命。民主政权支持群众的要求，把韩老六就地枪毙了。

  斗倒了韩老六，农民群众的积极性空前高涨，农会把地主的浮财分给贫苦农民，并在工作队的带领下，在驻县人民军队的支援下，歼灭了袭扰的反革命武装，匪首——韩老六的弟弟韩老七也被击毙。但在战斗中，赵玉林英勇牺牲了。萧队长在元茂屯对地主的斗争取得初步胜利的时候回到了县城。

  一年后，萧队长带着中共中央刚刚颁布的《中国土地法大纲》再次来到元茂屯。元茂屯的土改产生了"回生"，混进农会的张富英、李桂荣等流氓、特务篡夺了领导权，农会主任郭全海被迫下台。萧队长依靠过去的老积极分子，找回郭全海，整顿了农会，并纠正了过去对待中农的一些错误做法。在农会的领导下，农民们向地主杜善人（杜善发）、唐抓子等进行了挖浮财、起枪支、抓特务等斗争，并且将韩老六的兄弟、暗藏的日本和国民党特务韩老五抓获归案。在萧队长的领导下，元茂屯取得了反霸、反特的彻底胜利，农民们欢天喜地地分到了土地、牲口与其他胜利果实。在胜利的喜悦中，郭全海结婚仅二十天就带头报名参军，在郭全海的带领下，翻了身的元茂屯又掀起了一个青年踊跃报名参军的高潮。

中国现代文学作品选读

诗 歌

胡 适

一颗星儿

我喜欢你这颗顶大的星儿,
可惜我叫不出你的名字。
平日月明时,月光遮盖了满天星,总不能遮住你。
今天风雨后,闷沉沉的天气,
我望遍天边,寻不见一点半点光明,
回转头来,
只有你在那杨柳高头依旧亮晶晶地。

1919年4月25日夜
(选自《尝试集》,上海亚东图书馆1922年版)

☞ **提示**

  胡适写白话诗,实践他的"做诗如作文"的主张,因此,这首诗具有明显的散文化特点,他又受意象派诗歌观念的影响,试图通过具体的意象来表达他的感情和思想。一颗星儿就象征给他希望与光明的某个理想目标,难以确定,但总在闪烁。这首诗从诗体角度来看,完全摆脱了旧体诗的束缚,用自由、平易的白话来表现其感情和思想,但意象和语言都缺乏锤炼,显得内涵不够凝炼、丰满,没有诗歌的节律。它只是作为白话诗创作尝试的历史痕迹选入作品选。

刘半农

相隔一层纸

屋子里拢着炉火,
老爷吩咐开窗买水果,
说"天气不冷火太热,
别任它烤坏了我。"

屋子外躺着一个叫化子,
咬紧了牙齿,对着北风呼"要死!"
可怜屋外与屋里,
相隔只有一层薄纸!

(选自 1918 年 1 月 15 日《新青年》第 4 卷第 1 号)

☞ **提示**

《相隔一层纸》是典型的五四时期的人道主义诗篇。在这首诗中,诗人把他的这种人道主义思想用一种较为别致的形式传达出来。(1)这首诗采用对比的手法,"屋子里"与"屋子外"、"老爷"与"叫化子"、"火"与"北风"等构成了多重对比关系。作者用这种画面感极强的对比式呈现手法表现了两种生存境况之间的巨大差异,并在其中寄寓了诗人对贫贱者真诚的人道主义同情。(2)这首诗具有明显的戏剧化倾向,它用一系列的动作、语言来表现两类人的生存状况,且在最后用了情感色彩比较浓厚的感叹语气。(3)这首诗语言比较口语化,没有当时所盛行的欧化倾向。

郭沫若

天　狗

我是一条天狗呀!
我把月来吞了,
我把日来吞了,
我把一切的星球来吞了,

我把全宇宙来吞了。
我便是我了!

我是月底光,
我是日底光,
我是一切星球底光,
我是 X 光线底光,
我是全宇宙底 Energy 底总量!

我飞奔,
我狂叫,
我燃烧。
我如烈火一样地燃烧!
我如大海一样地狂叫!
我如电气一样地飞跑!
我飞跑,
我飞跑,
我飞跑,
我剥我的皮,
我食我的肉,
我吸我的血,
我啮我的心肝,
我在我神经上飞跑。
我在我脊髓上飞跑,
我在我脑筋上飞跑。

我便是我呀!
我的我要爆了!

一九二〇年一月三十日

(选自《女神》,泰东图书局一九二一年八月版)

☞ 提示

　　《天狗》这首诗仿佛是巨额能量的一次集中宣泄,也是诗人诗风的一次颇为淋漓尽致的发挥。诗的每一句皆以"我"字开头,是典型的"五四"时代精神的表达方式。这种对个性的极力张扬奠定了全诗的基调。但诗人所要表达的主题又是多层次的。第一段用一系列的"把……吞了"的排比句式传达了打破一切偶像的时代主题,其中的宾语由"月"、"日"、"星球"到"全宇宙"的递进是诗人情感力度逐步加强的表现;第二段则用了一系列的判断句,"我"成了被打倒的偶像本身,这种对个人价值的极力张扬也是全诗的中心主题;第三段写的则是青年对自身过剩的生命力的感觉,是对"五四"时代精神表现的延伸。全诗句子颇为参差不齐,但由于诗人多用排比句式,也形成了另一种意义上的整齐。

炉中煤
——眷念祖国的情绪

啊,我年青的女郎!
我不辜负你的殷勤,
你也不要辜负我的思量。
我为我心爱的人儿
燃到了这般模样!

啊,我年青的女郎!
你该知道了我的前身?
你该不嫌我黑奴卤莽?
要我这黑奴的胸中,
才有火一样的心肠。

啊,我年青的女郎!
我想我的前身
原本是有用的栋梁,
我活埋在地底多年,
到今朝总得重见天光。

啊,我年青的女郎!
我自从重见天光,
我常常思念我的故乡,
我为我心爱的人儿
燃到了这般模样!

一九二〇年一、二月间作

(选自《女神》,泰东图书局一九二一年八月版)

☞ **提示**

《炉中煤》这首诗是郭沫若诗歌中较为委婉、含蓄的作品。它是一首恋歌,但歌咏的不是通常的男女之情,而是表达了诗人"眷念祖国的情绪"。为心爱的祖国燃烧,是诗的主题,也是诗的基本风格。诗中诗人把祖国比喻为"年青的女郎",使一种较为抽象的事物具象化了。这个"年青的女郎"也即是对于《凤凰涅槃》中所呼唤的那个"新鲜、净朗、华美、芬芳"的世界的昵称;诗人并且一改许多诗中激情洋溢的抒情主人公的形象,以"埋在地底多年的煤"自喻,等待着为了祖国无条件地燃烧,十分形象地表达了诗人对祖国真挚热烈的感情。在形式上《炉中煤》显得相当规整谨严。全诗4节,每节5行,每行字数大致相同(6—11字),并且押韵。从这方面来说,《炉中煤》可谓现代格律诗的初步尝试。

凤凰涅槃
—— 一名"菲尼克司的科美体"

天方国古有神鸟名"菲尼克司"(phoenix),满五百岁后,集香木自焚,再从死灰中更生,鲜美异常,不再死。

按此鸟殆即吾国所谓凤凰:雄为凤,雌为凰。《孔演图》云:"凤凰火精,生丹穴。"《广雅》云:"凤凰……雄鸣曰即即,雌鸣曰足足。"

序 曲

除夕将近的空中,
飞来飞去的一对凤凰,
唱着哀哀的歌声飞去,
衔着枝枝的香木飞来,
飞来在丹穴山上。

山右有枯槁了的梧桐,
山左有消歇了的醴泉,
山前有浩茫茫的大海,
山后有阴莽莽的平原,
山上是寒风凛冽的冰天。

天色昏黄了,
香木集高了,
凤已飞倦了,

凰已飞倦了,
他们的死期将近了。

凤啄香木,
一星星的火点迸飞。
凰扇火星,
一缕缕的香烟上腾。

凤又啄,
凰又扇,
山上的香烟弥散,
山上的火光弥满。

夜色已深了,
香木已燃了,
凤已啄倦了,
凰已扇倦了,
他们的死期已近了!

啊啊!
哀哀的凤凰!
凤起舞,低昂!
凰唱歌,悲壮!
凤又舞,
凰又唱,
一群的凡鸟,
自天外飞来观葬。

凤　歌

即即!即即!即即!
即即!即即!即即!
茫茫的宇宙,冷酷如铁!
茫茫的宇宙,黑暗如漆!
茫茫的宇宙,腥秽如血!

宇宙呀,宇宙,
你为什么存在?

你自从哪儿来？
你坐在哪儿在？
你是个有限大的空球？
你是个无限大的整块？
你若是有限大的空球，
那拥抱着你的空间
他从哪儿来？
你的外边还有些什么存在？
你若是无限大的整块，
这被你拥抱着的空间
他从哪儿来？
你的当中为什么又有生命存在？
你到底还是个有生命的交流？
你到底还是个无生命的机械？

昂头我问天，
天徒矜高，莫有点儿知识。
低头我问地，
地已死了，莫有点儿呼吸。
伸头我问海，
海正扬声而鸣悒。

啊啊！
生在这样个阴秽的世界当中，
便是把金刚石的宝刀也会生锈！
宇宙呀，宇宙，
我要努力地把你诅咒：
你脓血污秽着的屠场呀！
你悲哀充塞着的囚牢呀！
你群鬼叫号着的坟墓呀！
你群魔跳梁着的地狱呀！
你到底为什么存在？

我们飞向西方，
西方同是一座屠场。
我们飞向东方，

东方同是一座囚牢。
我们飞向南方,
南方同是一座坟墓。
我们飞向北方,
北方同是一座地狱。
我们生在这样个世界当中,
只好学着海洋哀哭。

凰 歌

足足！足足！足足！
足足！足足！足足！
五百年来的眼泪倾泻如瀑。
五百年来的眼泪淋漓如烛。
流不尽的眼泪,
洗不净的污浊,
浇为熄的情炎,
荡不去的羞辱,
我们这缥缈的浮生
到底要向哪儿安宿？

啊啊！
我们这缥缈的浮生
好象那大海里的孤舟。
左也是洮漫,
右也是洮漫,
前不见灯台,
后不见海岸,
帆已破,
樯已断,
楫已飘流,
柁已腐烂,
倦了的舟子只是在舟中呻唤,
怒了的海涛还是在海中泛滥。

啊啊！
我们这缥缈的浮生
好象这黑夜里的酣梦。

前也是睡眠，
后也是睡眠，
来得如飘风，
去得如轻烟，
来如风，
去如烟，
眠在后，
睡在前，
我们只是这睡眠当中的
一刹那的风烟。

啊啊！
有什么意思？
有什么意思？
痴！痴！痴！
只剩些悲哀，烦恼，寂寥，衰败，
环绕着我们活动着的死尸，
贯串着我们活动着的死尸。

啊啊！
我们年青时候的新鲜哪儿去了？
我们年青时候的甘美哪儿去了？
我们年青时候的光华哪儿去了？
我们年青时候的欢爱哪儿去了？
去了！去了！去了！
一切都已去了，
一切都要去了，
我们也要去了，
我们也要去了，
悲哀呀！烦恼呀！寂寥呀！衰败呀！
凤凰同歌
啊啊！
火光熊熊了。
香气蓬蓬了。
时期已到了。
死期已到了。

身外的一切!
身内的一切!
一切的一切!
请了!请了

群鸟歌

岩鹰
哈哈,凤凰!凤凰!
你们枉为这禽中的灵长!
你们死了吗?你们死了吗?
从今后该我为空界的霸王!
孔雀
哈哈,凤凰!凤凰!
你们枉为这禽中的灵长!
你们死了吗?你们死了吗?
从今后请看我花翎上的威光!
鸱枭
哈哈,凤凰!凤凰!
你们枉为这禽中的灵长!
你们死了吗?你们死了吗?
哦!是哪儿来的鼠肉的馨香?
家鸽
哈哈,凤凰!凤凰!
你们枉为这禽中的灵长!
你们死了吗?你们死了吗?
从今后请看我们驯良百姓的安康!
鹦鹉
哈哈,凤凰!凤凰!
你们枉为这禽中的灵长!
你们死了吗?你们死了吗?
从今后请听我们雄辩家的主张!
白鹤
哈哈,凤凰!凤凰!
你们枉为这禽中的灵长!
你们死了吗?你们死了吗?
从今后请看我们高蹈派的倘佯!

凤凰更生歌

鸡鸣
昕潮涨了,
昕潮涨了,
死了的光明更生了。

春潮涨了,
春潮涨了,
死了的宇宙更生了。

生潮涨了,
生潮涨了,
死了的凤凰更生了。
凤凰和鸣
我们更生了。
我们更生了。
一切的一,更生了。
一的一切,更生了。
我们便是他,他们便是我。
我中也有你,你中也有我。
我便是你。
你便是我。
火便是凰。
凤便是火。
翱翔!翱翔!
欢唱!欢唱!

我们新鲜,我们净朗,
我们华美,我们芬芳,
一切的一,芬芳。
一的一切,芬芳。
芬芳便是你,芬芳便是我。
芬芳便是他,芬芳便是火。
火便是你。
火便是我。
火便是他。

火便是火。
翱翔！翱翔！
欢唱！欢唱！

我们热诚，我们挚爱，
我们欢乐，我们和谐，
一切的一，和谐。
一的一切，和谐。
和谐便是你，和谐便是我。
和谐便是他，和谐便是火。
火便是你。
火便是我。
火便是他。
火便是火。
翱翔！翱翔！
欢唱！欢唱！

我们生动，我们自由，
我们雄浑，我们悠久。
一切的一，悠久。
一的一切，悠久。
悠久便是你，悠久便是我。
悠久便是他，悠久便是火。
火便是你。
火便是我。
火便是他。
火便是火。
翱翔！翱翔！
欢唱！欢唱！

我们欢唱，我们翱翔！
我们翱翔，我们欢唱。
一切的一，常在欢唱。
一的一切，常在欢唱。
是你在欢唱？是我在欢唱？
是他在欢唱？是火在欢唱？

>   欢唱在欢唱！
>   欢唱在欢唱！
>   只有欢唱！
>   只有欢唱！
>   欢唱！
>   欢唱！
>   欢唱！

一九二〇年一月二十日初稿
一九二八年一月三日改削

（选自《女神》，泰东图书局一九二一年八月版）

☞提示

此诗以凤凰"集香木自焚，复从死灰中更生"象征着中国的旧文化及诗人"旧我"的毁灭和新文化诗人"新我"的再生。

这首诗形式是诗剧。"序曲"营造了一个阴森悲凉的典型环境；"凤歌"揭露和控诉旧社会的黑暗，以凄楚的语调诉说了中华民族在漫长的岁月里所受的苦难；"凤凰同歌"展现出悲壮的一幕，写凤凰在自焚时的歌唱，表现出大无畏的牺牲精神和乐观情态；"群鸟图"则是一幅对立面的群丑图，以群鸟自我暴露的手法嘲笑那些阻碍革命和新生的人们；"凤凰更生歌"展现并歌颂了那新生的美好而和谐的世界。

这首诗开新一代诗风，是真正摆脱了旧格律拘束的自由体诗，体现出整齐美和参差美的统一，而且多用复沓、叠句、排比等手法，造成酣畅淋漓、一气呵成之势。诗的每章每节与行都并非整齐划一，而是变化灵活，形式多样。但从局部看，很多地方又相当整齐，呈现出一种整齐美。

汪静之

蕙的风

> 是那里吹来
> 这蕙花的风——
> 温馨的蕙花的风？
>
> 蕙花深锁在园里，
> 伊满怀着幽怨。

伊底幽香潜出园外,
去招伊所爱的蝶儿。
雅洁的蝶儿,
薰在蕙风里:
他陶醉了;
想去寻着伊呢。

他怎寻得到被禁锢的伊呢?
他只迷在伊的风里,
隐忍着这悲惨然而甜蜜的伤心,
醺醺地翩翩地飞着。

一九二一·九·三

(选自《蕙的风》,亚东图书馆1921年11月版)

☞ 提示

　　这首诗最突出的一个特点就是将人类的情感复归自然。首先是意象的自然化,蕙是一种香草,作者以它来象征怀春的姑娘,即抒情主人公所钟爱的"伊";"雅洁的蝶儿"则是"伊"的情人。其次是情感的纯化。爱情的表达在这里至真至纯,没有半点遮掩、扭捏和羞涩。姑娘因为爱而放出"幽香","蝶儿"因为爱闻香而至,二者的行为单纯又直接。诗人展现在我们面前的是人类最自然纯净的爱情心态,没有半点传统道德的污染。因此全诗显出一种童稚的朴素和单纯,也显得十分清新自然。

　　然而诗人并没有就此止步:从"深锁""幽怨""禁锢"等词中,我们感到了"园"的阴影和压力,正是这阴影使主人公的"甜蜜"染上了"悲惨"和"伤"。至此,诗歌的反封建意义被突出出来。

冯　至

蚕　马

一

当着那天边才染了春霞,
当着那溪旁开遍了红花,
当着我的痴情化成了火焰,
我便悄悄地走在她的窗前。

我说，姑娘啊，蚕儿正在初眠，
您的情怀可会觉得疲倦？
只要您听着我的歌声落了泪，
那么，不必探出窗儿来问我"你是谁？"

在那时，年代真荒远，
路上少行车，水上不见船——
在那荒远昏黄的里边，
给了我多少苍凉的伤感！
是一个可怜的少女，
没有母亲，慈父又远离，
临行的时候嘱咐她，
"好好地看护着这田园数亩！"

院中一匹白色的骏马，
慈父眼望着女儿，手指着他——
他曾驯良地为你耕作，
他是你忠实的伴侣！
女儿不懂得什么是别离，
不知慈父往天涯，还是海际？
依旧是风风雨雨地，
可是田园呀，一天比一天荒寂！

"父亲呀，你几时才能够归来，
来时呀，真是汪洋的大海——
马，您可能渡我到海的那边，
去寻找父亲的笑脸？"
她倦倦地望着衰花枯叶，
轻抚着骏马的鬈毛——
"如果有一个亲爱的青年，
他必定肯为我走遍天边！"

她的心内濛濛想，
浮尘中浮着将落的夕阳，
不由得有一个含笑的青年，
在她的面前荡漾——

忽地一声瞭亮的嘶鸣,
悚悚地将她的痴魂惊醒;
骏马已经投入了平芜的边景,
同时也消逝了,她面前的幻影!

二

当着那温温的柳絮成团,
当着那彩色的蝴蝶翩翩,
当着我的心中正燃着火焰,
我便悄悄地走在她的窗前。
我说,姑娘啊,蚕儿正在三眠,
您的情怀可会觉得疲倦?
只要您听着我的歌声落了泪,
那么不必探出窗儿来问我"你是谁?"

荆棘生遍了她的田园,
烦闷占据了她的日夜,
在她那孤孤单单的窗前,
只有些喳喳的麻雀!
一日又傍着窗儿发呆,
路上远远地起了尘埃——
(她早已不作这个梦了,
这个梦早已在她的梦外!)
现在呀,远远地起了尘埃,
骏马寻着了慈父归来!
父骑在骏马的背上,
马的嘶鸣作了和谐的歌唱!
父吻着女儿的鬓边,
女拂着慈父的征尘,
马却跪在她的身边,
止不住汗泪淋淋!

父像是宁静的大海,
她正如莹晶的皎月,
月投入海的深怀,
净化了这枯闷了的世界!

只是马跪在她的床畔，
整夜地涕泗涟涟，
目光仿佛明灯两盏——
"姑娘啊，我为你走遍了天边！"

她拍着马头向他说，
"快快地去到田园工作！
您不要这样的癫痴，
提防着父亲要杀掉了你！"
它一些儿鲜草也不咽，
半瓢儿清水也不饮，
不是向着她的面庞长叹，
便是昏昏地在她的身边睡寝。

三

当着凋落了黄色的蘼芜，
当着那黑衣的燕子呶呶，
当着我的怀中还燃着余焰，
我便悄悄地在她的窗前。
我说，姑娘啊，蚕儿正在织茧，
您的情怀可会觉得疲倦？
只要您听着我的歌声落了泪，
那么不必探出窗儿来问我"你是谁？"

黑夜里空空旷旷地，
窗外是狂风暴雨；
壁上悬挂着一件马皮，
（是她惟一的伴侣！）
慈爱的父亲，你今夜
又流离在那里？
你把骏马杀掉了，
我又是凄凉，又是恐惧！
"慈爱的父亲，
雷霹雳，电光芒——
丢下了你的女孩儿，
又是恐惧，又是凄凉！"

"亲爱的姑娘,
您不要凄凉,不要恐惧!
我愿生生世世保护着,
保护着你千金玉体!"
马皮里发出沉重的语声,
她的心儿怦怦,发儿悚悚;
电光射透了她的全身,
皮又随着雷声闪动!
依着风声哀诉!
伴着雨滴悲啼!
"我生生世世地保护您,
只要您好好地睡去!"

刹那间是个青年的幻影,
刹那间是那骏马的狂奔;
在那大地将要崩颓的一瞬,
马皮紧紧裹住了她的全身!
姑娘啊,我的歌儿还未唱完,
无奈呀,我的琴弦已断;
我惴惴地坐在您的窗前,
再续上那最后的一段——
一霎时风雨都停住,
皓月收束了雷同电;
马皮裹住了她的身儿
月光中化作了雪白的丝茧!

——1925年初夏

(原载于《昨日之歌》)

☞ 提示

《蚕马》是冯至早期创作的一首叙事诗。在诗中,诗人以《搜神记》中有关"蚕茧"的传说为叙事框架,融入自由追求爱情的时代精神,塑造了一个执著追求爱情、至死不渝的"骏马"形象。诗歌以"蚕儿正在初眠""蚕儿正在三眠""蚕儿正在织茧"为线索,将其与故事的推进相照应。姑娘许诺,"骏马""投入远远的平芜";"骏马"驮其父回家,爱情诺言却得不到实现;"骏马"被杀害后,马皮卷紧姑娘化为雪白的蚕茧。三个部分相组接,构成了一个完整的故事,结构严谨,笔调哀婉。"骏马"对于爱情的追求虽遭到"家长"(父亲)的破坏,惨遭杀害,但其精魂不散、至诚至圣的爱情更是感人至深,表现了五四时期青年男女对自由爱情执著热烈、至死不渝的追求与向往。

艺术上,该诗采用了复沓结构,一叹三咏,既与故事情节发展相照应,又与哀婉情调相谐和,叙事抒情融为一体。再加上圆美音调、神秘情调和传奇色彩,的确"堪称独步"。

十四行集

一

我们准备着深深地领受
那些意想不到的奇迹,
在漫长的岁月里忽然有
彗星的出现,狂风乍起:

我们的生命在这一瞬间,
仿佛在第一次的拥抱里
过去的悲欢忽然在眼前
凝结成屹然不动的形体。

我们赞颂那些小昆虫,
它们经过了一次交媾
或是抵御了一次危险,

便结束它们美妙的一生。
我们整个的生命在承受
狂风乍起,彗星的出现。

☞ 提示

冯至的《十四行集》是沉思的智慧之诗。作为该诗集的开篇之诗,他努力地探求着死亡的意义与价值,他把死亡纳入生命的过程,并将其视为生命最辉煌的顶点。

在这首诗歌里,死亡成了现存的一种预设,人应达观地承负起这一生命的必然处境。"我们准备深深地领受""彗星的出现,狂风乍起",死亡的不确定性告诫人们它随时成为可能,只有"准备"之人,才能担当起这种重负。像那些小昆虫一样,它们结束了自己的生存,但它们"经过了一次交媾",孕育了新的生命,"或是抵御了一次危险"而维护了整体或他人的生命。生命被死亡终结,但却丰饶美丽,达到了辉煌,生与死这一对矛盾在这样的境界中获得了统一,人类对死亡的支配就在努力求得生存中获得了实现。生命超越了死亡,获得了永生;死亡也成了人类生存的一种高峰性体验,是生命的顶点与极致。

十五

看这一队队的驮马
驮来了远方的货物,
水也会冲来一些泥沙
从些不知名的远处,

风从千万里外也会
掠来些他乡的叹息:
我们走过无数的山水,
随时占有,随时又放弃,

仿佛鸟飞翔在空中,
它随时都管领太空,
随时都感到一无所有。

什么是我们的实在?
从远方什么也带不来,
从面前什么也带不走。

提示

在这首诗中,诗人将生命作为一个过程来审视其最根本的意义与价值。生命在不断追求与拥有、放弃与失去中存在,其最终是归于虚无,但人应勇敢地面对这种虚无。

诗人首先从驮马驮来远方货物,水从"不知名的远处""冲来一些泥沙",喻示人生的历程在不断的追求与努力中,但这种过程是"随时占有"与"随时又放弃"的统一。获得与失去、追求与放弃并无绝对界限,二者辩证统一。一切都在流变中,就如鸟儿"管领太空"而又"随时都感到一无所有"。我们真正的"实在",人生的价值与意义却是"从远方什么也带不来,从面前什么也带不走"。生命的价值是"虚无",是"徒劳"。面对这种人生的实在,人应该勇敢地予以担负和承受,这就是生命的过程。在这种"虚无"的"实在"中,没有消极与绝望,有的是坚忍与沉实、澄明与旷达。

十七

你说,你最爱看这原野里
一条条充满生命的小路,
是多少无名行人的步履
踏出来这些活泼的道路。

在我们心灵的原野里

也有一条条宛转的小路，
但曾经在路上走过的
行人多半已不知去处：

寂寞的儿童、白发的夫妇，
还有些年纪青青的男女，
还有死去的朋友，他们都
给我们踏出来这些道路；
我们纪念着他们的步履
不要荒芜了这几条小路。

☞ **提示**

在这首诗中，诗人借助"路"这一象征性的意象，深入地探讨了"沟通"与"交流"在个体与个体、个体与群体、生者与死者之间的意义和价值。

诗歌因"原野"里的小路由"无名行人的步履"踏出联想到心灵的原野里的"小路"，由此隐喻到人与人之间的交流与沟通。在冯至的存在观中，人的本原性的孤独处境永远不可改变而在其现实性上它不是孤立封闭的个体。其客观外在的"存在"离不开群体先在的开拓与努力；其主体内在层面上的"存在"也有着先验的心灵积淀与精神贯注。交流与沟通是人存在的一种必要。这种心灵之"路"的交流与沟通不仅使生命充实，而且让个体与群体、生者与死者、自我与他人融为一体，相承相联。"纪念"他人，这样生存之"路"就不会"荒芜"，才能让整个人类的生存走向深层，获得维系。人只有在与其他的实存的"精神交往中才能达到他本然的自我"。

二七

从一片泛滥无形的水里
取水人取来椭圆的一瓶，
这点水就得到一个定形；
看，在秋风里飘扬的风旗，

它把住些把不住的事体，
让远方的光、远方的黑夜
和些远方的草木的荣谢，
还有个奔向无穷的心意，

都保留一些在这面旗上。
我们空空听过一夜风声，
空看了一天的草黄叶红，

向何处安排我们的思,想?
但愿这些诗象一面风旗
把住一些把不住的事体。

(原载于《十四行集》,上海文化生活出版社1949年版)

☞ **提示**

这首诗作为冯至《十四行集》的最后一首,被普遍认为是其艺术原则与美学追求的一种诗意表白。

面对"泛滥无形"的水,"取水人取来椭圆的一瓶",于是在变无限为有限、化无形为有形中,取水人把住了些原来无法把握的"泛滥无形的水"。与此类似,"在秋风里飘扬的风旗",让"远方的光""远方的黑夜""草木的荣谢""奔向远方的心意"这些不定无形、流动变化的事物都得到了一些保留。面对广袤无限的世界与无限丰富的思想,诗人想把握它而借助的诗歌,就如取水人的"瓶",秋风里的"风旗",去将那些"把不住的实体"进行"定形"与"雕塑"。虽然无法超越有限与无穷、具体与抽象、质实与空灵、时间与空间的矛盾……但诗人能在执著的追求中,渴望其诗在有限向无限、个别向无穷、时间向空间的超越中,把住一些"把不住的事体"。

闻一多

死 水[①]

这是一沟绝望的死水,
清风吹不起半点漪沦。
不如多扔些破铜烂铁,
爽性泼你的剩菜残羹。

也许铜的要绿成翡翠,
铁罐上绣出几瓣桃花;
再让油腻织一层罗绮,
霉菌给他蒸出些云霞。
让死水酵成一沟绿酒,
飘满了珍珠似的白沫;

---

① 本诗最初发表于1926年4月15日《晨报副镌·诗镌》第3号。

小珠笑一声变成大珠①，
　　又被偷酒的花蚊咬破。

　　那么一沟绝望的死水，
　　也就夸得上几分鲜明。
　　如果青蛙耐不住寂寞，
　　又算死水叫出了歌声。

　　这是一沟绝望的死水，
　　这里断不是美的所在，
　　不如让给丑恶来开垦，
　　看他造出个什么世界。

提示

　　《死水》是闻一多的代表作。虽然这首诗通篇都是在写一沟绝望的死水，但是诗人却说："只有少数跟我很久的朋友（如梦家）才知道我有火，并且就在《死水》里感出我的火来。"诗人如火的激情却用死水一类的冷幽意象表现出来，正是诗人"理智节制情感"诗歌观念的体现。这首诗一改《红烛》中所极力抒写的高洁、华美的祖国形象，径直以一沟死水作比，形象地表达了诗人归国后面对满目疮痍的祖国时沉痛悲哀的心情。这首诗虽题为"死水"，诗却并没有怎样描写"死水"本身的客观形象，而是面对"死水"引出了一系列想象、一系列泄愤式的诅咒。由悲痛演化为诅咒，当是悲痛之至的表现。诗人在诗的前四节非常具体地描写了一系列恶作剧式的行为，调弄出一个"喧哗与骚动"的世界。

　　《死水》也是诗人实践其"三美"主张的典范之作。在诗的第二节中，诗人连用"翡翠、桃花、罗绮、云霞"四个意象，造成一种光怪陆离的色彩感。全诗五节，每节均为四句，每句又均是九字，使全诗显得异常整齐、严谨。

口　供

　　我不骗你，我不是什么诗人，
　　纵然我爱的是白石的坚贞，
　　青松和大海，鸦背驮着夕阳，
　　黄昏里织满了蝙蝠的翅膀。
　　你知道我爱英雄，还爱高山，

---

①　此句原作"小珠笑一声变成大珠"，今据作者编选的《现代诗抄》改。

我爱一幅国旗在风中招展，
自从鹅黄到古铜色的菊花。
记着我的粮食是一壶苦茶！

可是还有一个我，你怕不怕？——
苍蝇似的思想，垃圾桶里爬。

☞ 提示

　　这是《死水》诗集的第一首，是诗人对自己进行反省以后的"口供"，也可以说是阅读《死水》集的纲领。
　　诗的第一节以一组苍凉而深沉、和谐而富于内蕴的意象，表达了自己的追求，色彩的运用、意象的组合显示了诗人敏锐精微的感受和表达能力。但第二节的突转，即对诗人内心阴暗面的暴露，以及所选择的意象富于穿透力和震撼力，显露出作为一个现代诗人敢于正视自己的勇气和思想深度，是这首诗的点睛之笔。

心　跳①

这灯光，这灯光漂白了的四壁；
这贤良的桌椅，朋友似的亲密；
这古书的纸香一阵阵的袭来；
要好的茶杯贞女一般的洁白；
受哺的小儿唉呷在母亲怀里，
鼾声报道我大儿康健的消息……
这神秘的静夜，这浑圆的和平，
我喉咙里颤动着感谢的歌声。
但是歌声马上又变成了咒诅，
静夜！我不能，不能受你的贿赂。
谁希罕你这墙内尺方的和平！
我的世界还有更辽阔的边境。
这四墙既隔不断战争的喧嚣，
你有什么方法禁止我的心跳？
最好是让这口里塞满了沙泥，
如其它只会唱着个人的休戚！

---

① 本诗最初发表于1927年5月20日上海《时事新报·学灯》。

最好是让这头颅给田鼠掘洞，
让这一团血肉也去喂着尸虫，
如果只是为了一杯酒，一本诗，
静夜里钟摆摇来的一片闲适，
就听不见了你们四邻的呻吟，
看不见寡妇孤儿抖颤的身影，
战壕里的痉挛，疯人咬着病榻，
和各种惨剧在生活的磨子下。
幸福！我如今不能受你的私贿，
我的世界不在这尺方的墙内。
听！又是一阵炮声，死神在咆哮。
静夜！你如何能禁止我的心跳？

☞ 提示

　　享受温馨、和平的生活，本是一个人自然和正当的要求，但诗人对此却忍不住不安起来，他质问："静夜！你如何能禁止我的心跳？"在这里，静夜作为和平生活的象征之物受到了诗人严厉的鞭挞和诅咒。诗人是不爱静夜，或者说和平的生活本身吗？不是。因为诗中明明说："这神秘的静夜，这浑圆的和平，我喉咙里颤动着感谢的歌声。"只是"歌声马上变成了诅咒"。想爱而又不能爱才是问题的症结所在。诗人与家人安居一室之中，心中不能释然的却是："战争的喧嚣，四邻的呻吟，抖颤的身影，战壕里的痉挛，疯人咬着病榻，和各种惨剧在生活的磨子下。"这是一室之外更广大，也是更真实的中国人的境遇，也是中国现代诗人无时无刻不在感受、思考并一再表现的世界。这样无私博大的人间情怀无疑正是古代先贤"先天下之忧而忧，后天下之乐而乐"的豪迈胸襟的现代翻版。

奇　迹

我要的本不是火焰的红，或半夜里
桃花潭水的黑，也不是琵琶的幽怨，
蔷薇的香；我不曾真心爱过文豹的矜严，
我要的婉娈也不是任何白鸽所有的。
我要的本不是这些，而是这些的结晶，
比这一切更神奇得万倍的一个奇迹！
可是，这灵魂是真饿得慌，我又不能

让他缺着供养,那么,即便是秕糠,
你也得募化不是?天知道,我不是
甘心如此,我并非倔强,亦不是愚蠢,
我是等你不及,等不及奇迹的来临!
我不敢让灵魂缺着供养。谁不知道
一树蝉鸣,一壶浊酒,算得了什么?
纵提到烟峦,曙壑,或更璀璨的星空,
也只是平凡,最无所谓的平凡,犯得着
惊喜得没主意,喊着最动人的名儿,
恨不得黄金铸字,给妆在一只歌里?
我也说但为一阕莺歌便噙不住眼泪,
那未免太支离,太玄了,简直不值当。
谁晓得,我可不能不那样:这心是真
饿得慌,我不得不节省点,把藜藿当作膏粱。
　　　　可也不妨明说,只要你——
只要奇迹露一面,我马上就放弃平凡,
我再不瞅着一张霜叶梦想春花的艳,
再不浪费这灵魂的膂力,剥开顽石
来诛求碧玉的温润;给我一个奇迹,
我也不再去鞭挞着"丑",逼他要
那分儿背面的意义;实在我早厌恶了
那勾当,那附会也委实是太费解了。
我只要一个明白的字,舍利子似的闪着
宝光;我要的是整个的,正面的美。
我并非倔强,亦不是愚蠢,我不会看见
团扇,悟不起扇后那天仙似的人面。
那么
　　　我等着,不管得等到多少轮回以后——
既然当初许下心愿时,也不知道是多少
轮回以前——我等,我不抱怨,只静候着
一个奇迹的来临。　　总不能没有那一天,
让雷来劈我,火山来烧,全地狱翻起来
扑我,……害怕吗?你放心,反正罡风吹不熄灵
魂的灯,情愿蜕壳化成灰烬,
不碍事:因为那——那便是我的一刹那,
一刹那的永恒:——一阵异香,最神秘的

肃静，（日，月，一切星球的旋动早被
喝住，时间也止步了，）最浑圆的和平……
我听见阊阖的户枢砉然一响，紫霄上
传来一片衣裙的綷縩——那便是奇迹——
半启的金扉中，一个戴着圆光的你！

（原载于1931年1月20日《诗刊》创刊号）

☞ **提示**

　　这是闻一多中断诗歌创作几年后，因为积累了更多人生体验，达到了更高人生境界而迫切不能已于言的作品。奇迹指某种理想的、突如其来、神妙不可言的境界，既可以指诗，也可以指人，指爱情，甚至也可以指人生境界。闻一多富于想象力地写出了出现奇迹之前的各种追求状态，以及追求历程，显示了他本人所经历的精神历程和所达到的精神境界，而且以华妙而富于象征意味的语言，描述了奇迹来临时诗人的内心感受，表白了诗人为奇迹的出现愿意付出的代价。奇迹是一刹那的永恒。

徐志摩

雪花的快乐

假如我是一朵雪花，
翩翩的在半空里潇洒，
　我一定认清我的方向——
　　飞飏，飞飏，飞飏，
这地面上有我的方向。

不去那冷寞的幽谷，
不去那凄清的山麓，
　也不上荒街去惆怅——
　　飞飏，飞飏，飞飏——
你看！我有我的方向！

在半空里娟娟的飞舞，
认明了那清幽的住处，
　等着她来花园里探望——
　　飞飏，飞飏，飞飏——

啊,她身上有朱砂梅的清香!

那时我凭借我的身轻,
凝凝的①,沾住了她的衣襟,
　贴近她柔波似的心胸——
　　消溶,消溶,消溶——
溶入了她柔波似的心胸!

1924 年 12 月 30 日作

(选自《志摩的诗》,上海中华书局 1925 年 8 月自费排印聚珍仿宋版线装本)

☞ 提示

胡适之在《追忆志摩》中指出"他的人生观真是一种单纯的信仰,这里面只有三个字:一个是爱,一个是自由,一个是美。……他的一生的历史,只是他追求这个单纯信仰实现的历史。"的确,诗人曾经写下了许多感情真挚、意境清幽的诗歌来抒发自己对爱、自由与美的追求,《雪花的快乐》就是其中之一。

这是一首纯粹的诗。在诗里,现实的我被彻底抽空,雪花代替我出场。这不是一般的雪花,是被诗人意念填充的雪花,被灵魂穿着的雪花,是人的精灵。它在"飞飏、飞飏、飞飏",欢快、自由而执著!它有着自己的方向,不向"幽谷",不去"荒街",而是飞向那清幽之地,去追寻那个美的"她"。"她"浑身散发着朱砂梅的清香,心胸恰似万缕柔波的湖泊!"她"代表着一种人格力量,是一种理想境界的人格化,雪花飞扬的过程就是诗人灵魂飞扬的过程,诗人充分享受着选择的自由、热爱的快乐,他总是把他柔软的心窝,紧抵着蔷薇的花刺,口里不住地唱着星月的光辉与人类的希望。

这首诗共四节,韵律铿锵,具有起承转合的章法结构之美。雪花的旋转、延宕和最终归宿完全吻合诗人优美灵魂的自由、坚定和执著。这是大自然的天籁,灵魂的交响。

再别康桥

轻轻的我走了,
　正如我轻轻的来;
我轻轻的招手,
　作别西天的云彩。

那河畔的金柳,

---

① 平装本"凝凝的"作"盈盈的"。

是夕阳中的新娘；
波光里的艳影，
　　在我的心头荡漾。

软泥上的青荇，
　　油油的在水底招摇：
在康河的柔波里，
　　我甘心做一条水草！

那榆荫下的一潭，
　　不是清泉，是天上虹
揉碎在浮藻间，
　　沉淀着彩虹似的梦。
寻梦？撑一支长篙，
　　向青草更青处漫溯，
满载一船星辉，
　　在星辉斑斓里放歌。

但我不能放歌，
　　悄悄是别离的笙箫；
夏虫也为我沉默，
　　沉默是今晚的康桥！

悄悄的我走了，
　　正如我悄悄的来；
我挥一挥衣袖，
　　不带走一片云彩。

十一月六日中国海上

（选自一九三一年八月新月书店《猛虎集》初版本）

☞ 提示

　　"康桥"即剑桥。1921—1922 年间，徐志摩在这里生活了一年，这段时间是他一生中最难忘的时期。诗人曾经说过，"正是康河的水，开启了他的性灵，唤醒了久蛰在他心中的诗人的天命"。1928 年，诗人故地重游，在归国途中船经中国海上的时候，写下了这首传世之作。

　　这首诗的主旨是抒发诗人对康桥的"无限柔情"和离别时的怅惘，但诗中并没有用"留恋"之类的词语，诗人将这种感情全部融于景物描写中。从诗的第二节开始，诗人就尽情地描写康河的妩媚动人。在这些描写中诗人一直用自己的心声去应和大自然的律吕,字里行间都倾注了诗人无法抑制的留恋之情,那曾经有过的梦想、欢乐、甜蜜和自由。

诗人写离别独出心裁,他只身孤影,轻声而来,悄然而去,不带走一片云彩。这无言无赠的离别看似平淡,却浓重如凝,恰到好处地抒写了离别时的感伤和怅惘。

整首诗形式精巧圆熟。全诗共七节,每节四行,每行两顿或三顿,不拘一格而又法度严谨,韵式上严守二、四押韵,抑扬顿挫。这优美的节奏既是虔诚的学子寻梦的蛮音,又契合诗人感情的潮起潮落,有一种独特的审美快感,正体现了徐志摩的诗歌美学主张。

云 游

那天你翩翩的在空际云游,
自在,轻盈,你本不想停留
在天的那方或地的那角,
你的愉快是无拦阻的逍遥。
你更不经意在卑微的地面
有一流涧水,虽则你的明艳
在过路时点染了他的空灵,
使他惊醒,将你的倩影抱紧。

他抱紧的只是绵密的忧愁,
因为美不能在风光中静止;
他要,你已飞渡万重的山头,
去更阔大的湖海投射影子!
他在为你消瘦,那一流涧水,
在无能的盼望,盼望你飞回!

(选自一九三二年七月新月书店《云游》初版本)

☞ **提示**

"那天你翩翩地在空际云游",诗歌以第二人称起始,暗示了抒情主体的钦慕向往之情。"你的愉快是无拦阻的逍遥",说明云游是空无依傍的自在。"那一流涧水"无疑是抒情主体客观化的象征,是诗人的自我写照,诗中以第三人称称呼,对照它与云游的不同的生存状态,从而体现了诗人渴望飘荡的云游给自己虚弱的心灵涂抹些许明艳的色彩。

"一流涧水"的欣喜只是一种梦幻般的稍纵即逝,因为美只属于那个逍遥无拦阻的天空世界。"阔大的湖海"代表着博大精深的生命原型力量。而云游也正因此超越了个体单纯的意义而取得了普遍的永恒性象征，一流涧水的希望终不能实现，他不能让云游常驻心头，只能默默无能地等待。

此诗受欧洲 14 行诗的影响。此诗前 8 行的韵脚变化是 aa、bb、cc、dd，后 6 行与英国 14 行诗相一致。这体现了徐志摩诗歌音乐美的特征。同时，从"云游"的象征性比喻以及抒情主人公的情感也可以看出 19 世纪英国浪漫派诗人雪莱、济慈等人对诗人的影响。

李金发

弃 妇

长发披遍我两眼之前，
遂隔断了一切羞恶之疾视，
与鲜血之急流，枯骨之沉睡。
黑夜与蚊虫联步徐来，
越此短墙之角，
狂呼在我清白之耳后，
如荒野狂风怒号：
战栗了无数游牧。

靠一根草儿，与上帝之灵往返在空谷里。
我的哀戚惟游蜂之脑能深印着；
或与山泉长泻在悬崖，
然后随红叶而俱去。

弃妇之隐忧堆积在动作上，
夕阳之火不能把时间之烦闷
化成灰烬，从烟突里飞去，
长染在游鸦之羽，
将同栖止于海啸之石上，
静听舟子之歌。

衰老的裙裾发出哀吟，
徜徉在丘墓之侧，

永无热泪，
点滴在草地
为世界之装饰。

（选自《微雨》，北新书局一九二五年十一月版）

提示

《弃妇》是李金发的名篇，收入诗集《微雨》。从表面上看，诗里写的只是一个被遗弃的妇女的痛苦与悲哀。第一节写弃妇所处的羞恶丑陋的环境；第二节写弃妇"此恨绵绵无绝期"的生命状态；第三节写弃妇的烦恼无法解脱；第四节写弃妇欲哭无泪，徘徊于生命的终点——坟墓。实际上，诗人笔下所写的弃妇形象并非为的表现妇女的苦难和个性解放，而是用来象征一种人生，这种人生充满了仇恨、丑恶、孤寂和痛苦，它的终点是坟墓。诗人在这个悲剧性的象征形象里，表达了对人生世事的感慨和不平，但也透露着一种悲观的绝望情绪。

此诗成功地借鉴了西方现代派诗人所常用的"超感超验"的手法，将知觉和感受具象化。如将"黑夜与蚊虫"绘声为"狂风怒号"，使"无数游牧"战栗；说自己的"哀戚"印在"游蜂之脑"，把人的烦恼变成"时间之烦闷"，又把无形的烦闷具象成可见的烦恼，具象成乌鸦的颜色。人生的归宿是坟墓，而作者只是说在墓侧"徘徊"，意即在要死不死的痛苦中挣扎，这样的人生就显得更加可悲了。"永无热泪"只不过是欲哭无泪，这样却不能"装饰"那个世界，简直是悲哀而荒诞了。

有　感

如残叶溅
　　血在我们
　　　　脚上，
生命便是
　　死神唇边
　　　　的笑。

半死的月下，
　　载饮载歌，
　　　　裂喉的音
　　随北风飘散。
　　　　吁！

抚慰你所爱的去。

开你户牖
使其羞怯，
　征尘蒙其
　　可爱之眼了。
此是生命
　之羞怯
　　与愤怒么？

如残叶溅
　　血在我们
　　　脚上。
生命便是
　死神唇边
　　　的笑。

☞ **提示**

《有感》抒发的是对生命现象及人生的一种感悟。在诗人看来，生命是极其短暂的，犹如深秋的一片红叶"残血"溅在我们的脚上，甚至只是那么一瞬间，"是死神唇边的笑"。这种人生不但苦短，而且凄凉、阴冷，生命既如此，我们还有什么奢望与追求呢？不如及时行乐，在"半死的月下"载歌载舞，"抚慰所爱的去"，在酒色的享乐中消磨人生，在感官的刺激与情爱的怀抱里寻求满足。显然作者在宣扬一种消极颓废的人生观，只不过是换着方式反复着古已有之的悲观绝望的老调：人生苦短，当用酒色来慰安。然而作者的内心并不是没有矛盾的，他认为人生应当享乐，但又觉得它毫无价值，于是可悲，于是又感到"羞怯与愤怒"。从这我们也可以看出诗人对生命现象及人生的焦灼与无奈。

陈梦家

一朵野花

一朵野花在荒原里开了又落了，
不想到这小生命，向着太阳发笑，
上帝给他的聪明他自己知道，

他的欢喜，他的诗，在风前轻摇。

一朵野花在荒原里开了又落了，
他看见青天，看不见自己的渺小，
听惯风的温柔，听惯风的怒号，
就连他自己的梦也容易忘掉。

十八年一月大悲楼阁

提示

《一朵野花》是陈梦家最优秀的诗篇之一，收入其自选诗集《梦家存诗》。全诗共有八行，分两段，每段四行。每行的字数分别为13、13、12、12、13、13、12、12。这样的篇章结构使得全诗显得十分匀称、紧凑，非常充分地实践了"新月"诗派格律诗建设的理论追求。并且又行行押韵，一韵到底，给人以圆融和谐的美感。

这首诗初看有王维"人闲桂花落"式的恬静与淡然，"一朵野花在荒原里开了又落了"的反复出现似可佐证。但实际上却寄托了作者极多的体验与思考。诗以"一朵野花"作为标题，"野花"也正是诗人所极力经营的意象。在诗的第一段，诗人笔下的"野花"显得自在而自得，"开了又落了""向着太阳发笑""在风前轻摇"。但"野花"同样是渺小和无所作为的，"听惯风的温柔，听惯风的怒号""就连他自己的梦也容易忘掉"。诗的思想内涵在两段之间形成了极大的张力，诗人复杂深刻的现代意识同时得到极为有力的表现。

三　月

最温柔那三月的风，
扯响了催眠的金钟，
一杯浓郁的酒，你喝——
这睡不醒三月的梦。

最温柔那三月的梦，
挂住了懒人的天弓，
一天神怪的箭，你瞧——
飞满小星点的碧空。

提示

顾名思义，这是一首关于春天的诗篇。这首诗的篇幅是极其短小的，一共才64个字。这64个字又平均分在8行里，如此整齐划一的形式使得其绝似古体律诗。而每段的第三句都分别将动词后移，使全诗又别具低回婉转之姿。不同于诗人另一首名作《一朵野花》里对于一种意象的苦心经营，该诗将多种意象搭配，在浑然无迹中造成一种醇厚的诗歌氛围。这首诗一共写到了七种意象："风""金钟""酒""梦""天弓""箭""碧空"。其中"梦"的意象分别出现在第一段的结尾和第二段的开头，并且成为由梦外向梦里的过渡。其实，整首诗的内容即可概括为"梦里梦外"。现实使人慵懒，沉入梦中，但梦中的诗人却看到使人振奋的景观："一天神怪的箭""飞满小星点的碧空"。纵观全诗，其基调始而低迷继而高亢，十分形象地凸现了诗人面对现实困惑彷徨而又不甘于沉沦的复杂心态。

殷 夫

血 字

血液写成的大字，
斜斜地躺在南京路，
这个难忘的日子——
润饰着一年一度……

血液写成的大字，
刻划着千万声的高呼，
这个难忘的日子——
几万个心灵暴怒……

血液写成的大字，
记录着冲突的经过，
这个难忘的日子——
狞笑着几多叛徒……

"五卅"哟！
立起来，在南京路走！
把你的血的光芒射到天的尽头，
把你刚强的姿态投映到黄浦江口，
把你的洪钟般的预言震动宇宙！

今日他们的天堂，

中国现代文学作品选读

他日他们的地狱，
今日我们的血液写成字，
翌日他们的泪水可入浴。

我是一个叛乱的开始，
我也是历史的长子，
我是海燕，
我是时代的尖刺。

"五"要成为报复的枷子，
"卅"要成为囚禁仇敌的铁栅，
"五"要分成镰刀和铁锤，
"卅"要成为断铐和炮弹！……

四年的血液润饰够了，
两个血字不该再放光辉，
千万的心音够坚决了，
这个日子应该即刻消毁！

☞ **提示**

《血字》写于1929年五卅运动发生四周年之际，其间又发生了惨烈的"四一二"反革命政变，因而诗人的心里满蕴着刻骨的悲痛和仇恨，这在诗中都有极为充分的表现。"血字"在这里无疑具有象征性的意义，诗中说"血液写成的大字，斜斜地躺在南京路"。其实，它们更深深地刻在诗人的心中。在诗的前三节，这一奇特壮丽、贴切准确的艺术形象被重复、演化、强调，既充分体现出悲愤情绪中凝聚的坚定力量，又简洁地概括了时代背景及事件经过，同时又造成了铿锵有力的节奏感。在其后的四节里，诗人向着全世界发出了历史性的宣言和诅咒，诗的情感基调在此变得高亢、激昂。并且，诗人不断改换人称，由"你"到"他"、"他们"又到"我"，使感情的抒发趋于复杂、多样，也使得全诗的风格在高亢中见出醇厚来。诗的最后一节可视为全诗的余韵，诗人的心在血的熔炉中涅槃更生了，于是诗人说："这个日子应该即刻销毁！"这首诗本是诗人为纪念"五卅"运动而作，但诗人的纪念却是为了更快地忘却它，以便在新的一天踏上新的征程。纪念与忘却的辩证关系让我们不禁想到鲁迅先生的《为了忘却的记念》一文，先生的这篇文章正是纪念以殷夫、柔石为代表的"左联五烈士"的。那时候，诗人的血已经流进了历史的长河中。

戴望舒

雨 巷

撑着油纸伞，独自
彷徨在悠长、悠长
又寂寥的雨巷，
我希望逢着
一个丁香一样地
结着愁怨的姑娘。

她是有
丁香一样的颜色，
丁香一样的芬芳，
丁香一样的忧愁，
在雨中哀怨，
哀怨又彷徨；

她彷徨在这寂寥的雨巷，
撑着油纸伞，
像我一样，
像我一样地
默默彳亍着，
冷漠，凄清，又惆怅。
她默默地走近
走近，又投出
太息一般的眼光，
她飘过
像梦一般地，
像梦一般地凄婉迷茫。

像梦中飘过
一枝丁香地，
我身旁飘过这个女郎；
她静默地远了，远了，
到了颓圮的篱墙，
走尽这雨巷。

在雨的哀曲里，
消了她的颜色，
散了她的芬芳，
消散了，甚至她的
太息般的眼光，
丁香般的惆怅。

撑着油纸伞，独自
彷徨在悠长、悠长
又寂寥的雨巷，
我希望飘过
一个丁香一样地
结着愁怨的姑娘。

（选自《戴望舒诗集》，四川人民出版社1981年1月版）

☞ 提示

《雨巷》写于1927年夏天，最初发表在1928年8月出版的《小说月报》十九卷第八号上。戴望舒也因此而获得了"雨巷诗人"的称号。

整首诗的意境是凄清朦胧的。在迷茫细雨中的江南小镇的一条悠长的小巷里，"我"撑着油纸伞在徘徊，在等待"一个丁香一样的结着愁怨的姑娘"。她梦般地出现了，神情"冷漠、凄清又惆怅"，也和我一样，在寂寞的雨巷中"哀怨又彷徨"，她反投来太息般的一瞥，就飘然而去。

这是一个富有浓重象征色彩的意境。"雨巷"既是当时凄风苦雨的政治形势的写照，也是漫长曲折的人生道路的象征。诗人自己就是在这样的雨巷中彷徨的孤独者。"丁香一样的姑娘"是诗人苦闷寂寞时对美好理想的追求。然而这美好理想是很难出现的，"她"像梦一般地飘去，留下的只有迷茫和彷徨。这首诗在一定程度上反映了大革命失败后，思想上极度苦闷的革命青年渴求新的希望，但又不断幻灭的痛苦心情。

在艺术上，叶圣陶称它"替新诗的音节开了一个新的纪元"。全诗首尾呼应，回环复见，同一主调在诗中重复出现，加强了全诗的音乐感。每节押韵两到三次，从头至尾没有换韵，同样的字在韵脚中多次出现，并在同一节诗中让同样的字更迭出现，从而形成一种回荡的旋律和流畅的节奏，同时，诗人还吸取了古典诗词"青鸟不传云外信，丁香空结雨中愁"的意境，不失有一种古典的情韵。

寻梦者

梦会开出花来的，
梦会开出娇妍的花来的：
去求无价的珍宝吧。

在青色的大海里，
在青色的大海的底里，
深藏着金色的贝一枚。

你去攀九年的冰山吧，
你去航九年的旱海吧，
然后你逢到那金色的贝。

它有天上的云雨声，
它有海上的风涛声，
它会使你的心沉醉。
把它在海水里养九年，
把它在天水里养九年，
然后，它在一个暗夜里开绽了。

当你鬓发斑斑了的时候，
当你眼睛朦胧了的时候，
金色的贝吐出桃色的珠。

把桃色的珠放在你怀里，
把桃色的珠放在你枕边，
于是一个梦静静地升上来了。

你的梦开出花来了，
你的梦开出娇妍的花来了，
在你已衰老了的时候。

(选自一九三三年八月现代书局《望舒草》初版本)

☞ **提示**

《寻梦者》是诗人内心的形象写照，也是一个群体精神与灵魂的深刻自白。它用美丽的象征意象唱出了美丽的寻梦者灵魂的歌。

"梦"是娇妍的花，梦中有无价的珍宝，美妙的理想激励着坚定的信仰者。寻梦者

"攀九年的冰山""航九年的旱海",终于逢到大海的底里深藏着的"那金色的一枚"。这凝聚了"天上的云雨声"与"海上的风涛声"的金色的贝,它浓缩了人世的沧桑,又饱含了追求的艰辛。一程又一程的旅途艰辛跋涉,一年又一年的人生求索,终于看到"金色的贝吐出桃色的珠"。然而,美好的夙愿实现之时,正是寻梦者人生已近衰老之日,美妙幻想的实现与生命的衰弱、心灵的疲惫相与俱来。人生的意义兴许只在寻梦的历程中,寻梦者的欢悦辛酸在这一过程中得到了具体而又富于象征性的呈现。

诗人采用象征的方法来传达他这一人生真谛的觉识。诗中的象征主体是包括诗人在内的"寻梦者"群,能开出"娇妍的花"的美丽梦只是象征的中介物。全诗的象征喻体,则是那"金色的贝"吐出的"桃色的珠",诗人找到了这个理想的象征物,在它身上寄寓了人生追求的一切美好东西。

全诗接受西方象征诗的影响,但在许多方面又接受传统诗歌意象的启迪。可以说,这首《寻梦者》是摆脱了西方象征诗影响的阴影的典型的现代东方象征诗。

断　指

在一口老旧的,满积着灰尘的书橱中,
我保存着一个浸在酒精瓶中的断指;
每当无聊地去翻寻古籍的时候,
它就含愁地向我诉说一个使我悲哀的记忆。

它是被截下来的,从我一个已牺牲了的朋友底手上,
它是惨白的,枯瘦的,和我的友人一样,
时常萦系着我的,而且是很分明的,
是他将这断指交给我的时候的情景:

"为我保存着这可笑又可怜的恋爱的纪念吧,望舒,
在零落的生涯中,它是只能增加我的不幸的了。"
他的话是舒缓的,沉着的,像一个叹息,
而他的眼中似乎是含着泪水,虽然微笑是在脸上。

关于他的"可怜又可笑的爱情"我是一些也不知道。
我知道的只是他是在一个工人家庭里被捕去的,
随后是酷刑吧,随后是惨苦的牢狱吧,
随后是死刑吧,那等待着我们大家的死刑吧。
关于他"可笑又可怜的爱情"我是一些也不知道。
他从未对我谈起过,即使在喝醉了酒时;

但是我猜想这一定是一段悲哀的故事，他隐藏着，
他想使它跟着截断的手指一同被遗忘了。

这断指上还染着油墨底痕迹，
是赤色的，是可爱的，光辉的赤色的，
它很灿烂地在这截断的手指上，
正如他责备别人底懦怯的目光在我们底心头一样。

这断指常带了轻微又黏着的悲哀给我，
但是它在我又是一件很有用的珍品，
每当为了一件琐事而颓丧的时候，我会说：
"好，让我拿出那个玻璃瓶来吧。"

（原载于《无轨列车》第一期，一九二八年十月）

☞ 提示

　　《断指》虽然写在《雨巷》后不久，但诗风已迥乎不同。它是诗人"诗是非音乐的"诗歌观念的初步尝试，首开诗歌"口语美"的先河。同《我的记忆》一样，是诗人诗歌艺术走向成熟的标志。这仍然是一首关于记忆的诗作，不过这里的记忆却需要由"一个断指"来诉说了。"断指"在诗中成为记忆的载体，又是诗人朋友生命的化身。这种写法有些像古代诗人的"托物言志"，只是所托之物已经大大不同。从"断指"这种蕴含着残缺之美的意象中可以感受到法国象征派诗风对诗人的影响。断指本是诗人的朋友"可笑又可怜的恋爱的纪念"。但是诗人在诗中却一再申说："关于'他可笑又可怜的爱情'我是一些也不知道。"那么诗人知道的又是什么呢？在说出了他的朋友在一个工人家庭里被捕去的事实后，诗人又用了异常平静的口气说："随后是酷刑吧，随后是惨苦的牢狱吧，/随后是死刑吧，那等待着我们大家的死刑吧。"诗人写这首诗的1928年正是白色恐怖十分严重的时期，无数的热血青年被惨杀了。诗人的朋友也正是那无数青年中的一个。《断指》可以视为诗人写给这位朋友的一首挽歌。但诗人在诗中所表达的感情又远不是激励的、愤怒的，他将悲痛化成了哀愁。这种哀愁如一缕缕轻烟飘荡在诗的字里行间，也笼罩在每个读者的心头。

我用残损的手掌

我用残损的手掌
摸索这广大的土地：
这一角已变成灰烬，

那一角只是血和泥；
这一片湖该是我的家乡，
（春天，堤上繁花如锦障，
嫩柳枝折断有奇异的芬芳，）
我触到荇藻和水的微凉；
这长白山的雪峰冷到彻骨，
这黄河的水夹泥沙在指间滑出；
江南的水田，你当年新生的禾草
是那么细，那么软……现在只有蓬蒿；
岭南的荔枝花寂寞地憔悴，
尽那边，我蘸着南海没有渔船的苦水……
无形的手掌掠过无限的江山，
手指沾了血和灰，手掌沾了阴暗，
只有那辽远的一角依然完整，
温暖，明朗，坚固而蓬勃生春。
在那上面，我用残损的手掌轻抚，
像恋人的柔发，婴孩手中乳。
我把全部的力量运在手掌
贴在上面，寄与爱和一切希望，
因为只有那里是太阳，是春，
将驱逐阴暗，带来苏生，
因为只有那里我们不像牲口一样活，
蝼蚁一样死……那里，永恒的中国！

一九四二年七月三日

（选自《戴望舒诗集》，四川人民出版社 1981 年 1 月版）

☞ 提示

这是戴望舒在日寇的铁牢中写下的一首情真意挚的诗篇。

诗人用残损的手掌深情地抚摸祖国的土地，心中充满忧愤，他看到的只是烟云和炮火、灰烬和泥血。手掌掠过无数的江山，感到的却是寒冷、荒芜和寂寞。但同时，诗人也用一种明朗的语调，以热诚而朴素的诗句歌唱那"辽远的一角"：那里没有阴暗和血污，而是充满了温暖、光明和蓬勃生机。只要有这坚固而美好的一角，中华就有了新生的希望。此时戴望舒诗歌的内容同前期产生了根本变化，他反映的生活和感情同时代、人民与革命有了更广泛、更密切的联系。

诗人运用了超现实主义的方法来展现最现实的情感。他展开的是一个想象中的感觉世界，种种意象流动组合。前半段的抒情以意象流展开，后半段以意象群抒情，运用扩展与凝聚相结合的视点,表明情感的奔放与收拢,使这首诗的抒情具有变幻多姿的风格。

通篇的形象几乎都是自然之物,而背后却有着强烈的政治色彩。从本质上说这是一首政治抒情诗,与其他政治抒情诗不同的是诗人将自己的政治情怀寄寓于自然之物的描写之中,所以显得具体而有深意。

臧克家

春 鸟

当我带着梦里的心跳,
睁大发狂的眼睛,
把黎明叫到了我的窗纸上——
你真理一样的歌声。
我吐一口长气,
拊一下心胸,
从床上的恶梦
走进了地上的恶梦。
歌声,
像煞黑天上的星星
越听越灿烂,
像若干只女神的手
一齐按着生命的键。
美妙的音流,
从绿树的云间,
从蓝天的海上,
汇成了活泼自由的一潭。
是应该放开嗓子
歌唱自己的季节,
歌声的警钟,
把宇宙
从冬眠的床上叫醒,
寒冷被踏死了,
到处是东风的脚踪。

提示

这首诗如果去掉头尾,无疑是一首清新的春的颂歌。大地万物在春鸟的歌声中苏醒,生命得以解冻。然而诗人所要表达的并不是面对新生的欣喜,恰恰相反,春的灿烂只是让诗人更痛苦地感到置身"恶梦"的冰冷和压抑。社会环境的恶劣在与自然环境的对比中浮雕般清晰、坚冷。诗人是生命的歌者,他期望能像春鸟一样用自己的歌声呼唤人间大地走向复苏,然而他"喉头上锁着链子",悲愤和压抑使他的"嗓子在痛苦地发痒"。诗人把大量的笔墨放在对自然界春光的描写上,只在开头和结尾部分略加点染,造成一种藏头露尾半吞半吐之势,给读者留下充分的想象空间,也含蓄地表达了诗人内心的压抑和渴望歌唱、渴望新生的急切心情。同时这种写法又形成强烈的对比,"丑美""善恶"在对比中显现。

卞之琳

尺 八

象候鸟衔来了异方的种子,
三桅船载来了一枝尺八,
从夕阳里,从海西头。
从长安丸载来的海西客
夜半听楼下醉汉的尺八,
想一个孤馆寄居的番客
听了雁声,动了乡愁,
得了慰藉于邻家的尺八,
次朝在长安市的繁华里
独访取一枝凄凉的竹管……
(为什么年红灯的万花间
还飘着一缕凄凉的古香?)
归去也,归去也,归去也——
象候鸟衔来了异方的种子,
三桅船载来了一枝尺八,
尺八乃成了三岛的花草。
(为什么年红灯的万花间,
还飘着一缕凄凉的古香?)

归去也，归去也，归去也——
海西人想带回失去的悲哀吗？

(选自一九四二年五月明日社《十年诗草》初版本)

☞ 提示

《尺八》是一首"富于怀旧情调"的诗。描写的是现实中乘"长安丸"东渡日本的"海西客"，"夜半听楼下醉汉的尺八"，动了乡愁。由此想到了当年西渡中土的日本"番客"，夜宿孤馆，听邻家的尺八慰藉乡愁。第二天便在长安市"访取了一枝凄凉的竹管"，于是，"尺八乃成了三岛的花草"。"尺八"成了乡愁的象征性载体，它在现实与历史的时间长河、家乡与异邦的空间领域里架起了桥梁。

短短的二十行诗里，既有置身异域时那浓重如酒的乡思，又真实地描绘了作者对日本文化氛围的体察和感受。我们在诗歌中还能感受到作者所寄寓的对于中日两个民族间悠久交往历史的情思。

这首诗被王佐良先生评价为卞之琳创作成熟期的"最佳作"。诗歌确实有区别于传统诗创作的一些方面：首先，打破了时空界限和现实、心理界限，把现实与历史、外部世界与心理世界扭结沟通起来。这种来去随意的叙述方式，产生了一种多角度叠合的浑厚感。其次，叙述形态上，把诗人这一创作主体，呈现为"海西客"、叙述者和作者三者的综合统一，突破了传统的叙述方式，使诗歌产生一种层层叠叠的多声部艺术效果。

淘 气

淘气的孩子，有办法：
叫游鱼啃你的素足，
叫黄鹂啄你的指甲，
野蔷薇牵你的衣角……

白蝴蝶最懂色香味
寻访你午睡的口脂。
我窥候你渴饮泉水
取笑你吻了你自己。

我这八阵图好不好？
你笑笑，可有点不妙，
我知道你还有花样——

哈哈！到底算谁胜利？
你在我对面的墙上
写下了"我真是淘气"①。

[选自《雕虫经历》（增订版），人民文学出版社1979年9月版]

☞ 提示

这首诗写于1937年春，其时诗人正处于"一个悲欢交错却较轻松自在的写诗阶段"。朱自清先生肯定地说："这是情诗，蕴藏在淘气这件微琐的事里。"诗以"淘气"二字命题，写的是满带淘气味的爱情的追逐，写得洒脱但也很有节制。

"淘气的孩子"就是诗中的"你"，我治"淘气的孩子"的办法就是"我这八阵图"，这办法也够"淘气"的了：叫游鱼咬你的脚，叫黄鹂啄你的指甲，叫野蔷薇牵你的衣角，叫白蝴蝶吮你的口脂香，等等。可是你在我对面的墙上写下了"我真是淘气"，我的"淘气"倒真被你治住了。从这些淘气的行动中可以看出"你"的聪明淘气和"我"的天真与执著，两个形象神态活现。

这首诗通篇用隐喻，这里的"游鱼""黄鹂""野蔷薇""白蝴蝶"等形象都是"我"这一形象的隐喻。诗人使用了隐喻的手法，使那些行动变得十分天真、活泼、聪明，因此也使人感到感情的纯洁。

全诗共四节，十四行，在形式上属于商籁体。这样笔法、格调的爱情诗，在中国新诗中是不多见的。

田　间

给战斗者

在没有灯光
在没有热气的晚上，
日本强盗
来了，
从我们底
手里，

---

① 旧时顽童往往在墙上写"我是乌龟"之类，使行人读了上当。

从我们底
怀抱里,
把无罪的伙伴,
关进强暴的栅栏。
他们身上
裸露着
伤痕,
他们心头
呼吸着
仇恨,
他们呼唤,
在大连,在满洲底
野营里,
让喝了酒的
吃了肉的

残忍的野兽,
用它底刀,
嬉戏着——
人民的
生命,
劳苦的
血……

一

光荣的名字
——人民!
人民呵,
站在芦沟桥
迎着狂风,
吹起冲锋号;
人民呵,
在辽阔的大地之上,
巨人似的
雄伟地站起!

二

是开始了伟大战斗的

七月，七月呵！
我们
起来了。

我们
起来了，
睁起悲忿的
眼睛呀。

我们
起来了，
揉擦红色的脚跟，
与黑色的
手指呀。

我们
起来了，
在血的广场上，
在血的沙漠上，
在血的水流上，
守望着
中部
和边疆。

经过冰雪，东方日照，
遥远地
遥远地
我们抬起头来，
呼唤着
生与幸福，
自由和解放……

七月，
我们
起来了。

嘹亮的号角,
昼夜地吹着,
吹着,
吹着;
我们一齐奔上战场,
决心消灭强盗!

我们立誓:
誓死
保卫中国。

在中国,
人民底
幼儿,
需要哺养呀,
人民底
牲群,
需要畜牧呀,人民底
树木,
需要砍伐呀,
人民底
禾麦,
需要收获呀!

在中国,
我们怀爱着——
自己造的
麦酒,
自己种的瓜豆。

每天,
每天,
我们
要收藏——
在自己底大地上纺织的
祖国底

白麻，
祖国底
蓝布。

在中国，
博大的泥土呵，
这是一幅
壮丽的画图；
在它的
上面，
我们的灵魂
是如此的纯朴。

我们要活着，
——在中国！
我们要活着，
——永远不朽！

三

我们是劳动者，
是伟大祖国底伟大的养子呵！

我们
曾经
在扬子江和黄河底
热燥的
水流上，
摇起
捕鱼的木船。
我们
曾经
在呼和浩特砂土与南部
草地的周围，
负起
狩猎的器具。

强壮的

少女，
曾经在亚细亚夜间篝火底
野性的
烈焰底
左右，
靠近纺车，
辛勤地
纺织着。

我们
曾经
用筋骨，用脊背，
开扩着——
粗鲁的
生活。

四

祖国，祖国呵，
枪声响了……

敌人
突破着
海岸和关卡，
从天津，
从上海。

敌人，
散布着
炸弹和毒瓦斯，
到田园，
到池沼。

敌人来了，
恶笑着，
走向
我们。

恶笑着,
扫射,
绞杀。

今天,
我将告诉我们
是战斗呢,还是屈服?
祖国,祖国呵!

　　　　五
我们
必须
战斗了,
昨天是愤怒的,
是狂呼的,
是挣扎的
四万万五千万呵!

斗争
或者死……

我们
必须
拔出敌人底刀刃,
从自己底
血管。

我们
战斗的
呼吸,
不能停止;
血肉的
行列,
不能拆散。

我们
复仇的

枪，
不能扭断。
因为我们知道
这古老的民族，
不能
屈辱地活着，
也不能
屈辱地死去。

我们一定要
高举双手，
迎接——自由！

…………
…………

太阳被掩盖了，
看呵，
疆土的烽火，
已成了太阳。

堡垒被破坏了，
看呵，
兄弟的旗帜，
插在大路上。

光荣的名字，
——人民！
人民呵，
更顽强，
更坚韧。
　　　六
…………
…………
我们
往哪里去？

在世界上
没有大地，
没有海河，
没有意志，
匍匐地
活着，
也是死呀！

今天呀，
让我们
死吧，
我们会死吗？
——不，决不会！

我们是一个巨人，
生活就要战斗，
高贵的灵魂，
宁死也不屈服，
伸出
双手来，
迎接——自由！

光荣的名字，
——人民！人民呵！
前面就是胜利。

人民！
人民！

抓出
木厂里
墙角里
泥沟里
我们底
武器，

痛击杀人犯!

人民!人民!
高高地举起
我们
被火烤的
被暴风雨淋的
被鞭子抽打的
劳动者的双手,
斗争吧!

在斗争里,
胜利
或者死……

七

在诗篇上,
战士底坟场,
会比奴隶底国家
要温暖,
要明亮。

一九三七年十二月二十四日,武昌。

(选自《田间诗选》,人民文学出版社1983年第1版)

提示

  这首政治抒情诗无论形式还是风格都很好地体现了田间诗歌的独特风貌。全诗共七节,前加一个序曲。序曲写战争的前奏。第一节写战争来临,人民挺身反抗。第二节通过歌颂祖国丰饶的土地和勤劳自由的人民,反衬出侵略战争的邪恶和抗战的正义性。第三节歌唱中华民族悠久的历史和人民的创造,借以激发民族的自豪感和自尊心。第四节向人们提出面对侵略,我们应该怎么办的问题。第五节则是对第四节的回答:我们应该奋起战斗。第六节写抗战的必要性。第七节是对战士们的献辞,指出为祖国牺牲的伟大意义。整首诗结构完整,情感炽烈,是一篇使人热血沸腾的战斗宣言。

  诗人的目光不仅聚焦现实,还横贯历史,历史的自豪和现实的苦难融注在一起,使全诗具有一股巨大的情感力量,冲击着读者的心胸。

  整首诗跳荡着鲜明、丰富的形象,诗人把情感和政治信念深蕴在形象背后,在避免了诗歌的标语口号化的同时增强了诗的表现力度。在形式上,诗人深受马雅可夫斯基的影响,采用阶梯式句式,同时运用大量的排比和复沓,使诗歌节奏急促,犹如进军的鼓点,使人振奋。

艾 青

大堰河——我的保姆

大堰河,是我的保姆。
她的名字就是生她的村庄的名字,
她是童养媳,
大堰河,是我的保姆。

我是地主的儿子,
也是吃了大堰河的奶而长大了的
大堰河的儿子。
大堰河以养育我而养育她的家,
而我,是吃了你的奶而被养育了的,
大堰河啊,我的保姆。

大堰河,今天我看到雪使我想起了你:
你的被雪压着的草盖的坟墓,
你的关闭了的故居檐头的枯死的瓦菲,
你的被典押了的一丈平方的园地,
你的门前的长了青苔的石椅,
大堰河,今天我看到雪使我想起了你。
你用你厚大的手掌把我抱在怀里,抚摸我。
在你搭好了灶火之后,
在你拍去了围裙上的炭灰之后,
在你尝到饭已煮熟了之后,
在你把乌黑的酱碗放到乌黑的桌子上之后,
在你补好了儿子们的,为山腰的荆棘扯破的衣服之后,
在你把小儿被柴刀砍伤了的手包好之后,
在你把夫儿们的衬衣上的虱子一颗颗的掐死之后,
在你拿起了今天的第一颗鸡蛋之后,
你用你厚大的手掌把我抱在怀里,抚摸我。

我是地主的儿子,
在我吃光了你大堰河的奶之后,

我被生我的父母领顺回自己的家里。
啊，大堰河你为什么要哭？

我做了生我的父母家里的新客了！
我摸着红漆雕花的家具，
我摸着父母的睡床上金色的花纹，
我呆呆的看檐头的写着我不认得的"天伦叙乐"的匾，
我摸着新换上的衣服的丝的和贝壳的钮扣，
我看着母亲怀里的不熟识的妹妹，
我坐着油漆过的安了火钵的炕凳，
我吃着碾了三番的白米的饭，
但，我是这般忸怩不安！因为我
我做了生我的父母家里的新客了。

大堰河，为了生活，
在她流尽了她的乳液之后，
她就开始用抱过我的两臂劳动了；
她含着笑，洗着我们的衣服，
她含着笑，提着菜篮到村边的结冰的池塘去，
她含着笑，切着冰屑愁索的萝蔔，
她含着笑，用手掏着猪吃的麦糟，
她含着笑，扇着燉肉的炉子的火，
她含着笑，背了团箕到广场上去
晒好那些大豆和小麦，
大堰河，为了生活，
在她流尽了她的乳液之后，
她就用抱过我的两臂，劳动了。

大堰河，深爱着她的乳儿，
在年节里，为了他，忙着切那冬米的糖。
为了他，常悄悄的走到村边的她的家里去，
为了他，走到她的身边叫一声"妈"，
大堰河，把他画的大红大绿的关云长
贴在灶边的墙上，
大堰河，会对她的邻居夸口赞美她的乳儿；

大堰河曾做了一个不能对人说的梦：
在梦里，她吃着她的乳儿的婚酒，
坐在辉煌的结彩的堂上，
而她的娇美的媳妇亲切的叫她"婆婆"
…………………………
大堰河，深爱她的乳儿！

大堰河，在她的梦没有做醒的时候已死了。
她死时，乳儿不在她的旁侧，
她死时，平时打骂她的丈夫也为她流泪，
五个儿子，个个哭得很悲，
她死时，轻轻的呼着她的乳儿的名字，
大堰河，已死了，
她死时，乳儿不在她的旁侧。

大堰河，含泪去了！
同着四十几年的人世生活的凌侮，
同着数不尽的奴隶的凄苦，
同着四块钱的棺材和几束稻草，
同着几尺长方的埋棺材的土地，
同着一手把的纸钱的灰，
大堰河，她含泪的去了。

这是大堰河所不知道的：
她的醉酒的丈夫已死去，
大儿做了土匪，
第二个死在炮火的烟里，
第三，第四，第五
在师傅和地主的叱骂声里过着日子。
而我，我是在写着给予这不公道的世界的咒语。
当我经了长长的飘泊回到故土时，
在山腰里，田野上，
兄弟们碰见时，是比六七年前更要亲密！
这，这是为你，静静的睡着的大堰河
所不知道的啊！

大堰河，今天，你的乳儿是在狱里，
写着一首呈给你的赞美诗，
呈给你黄土下紫色的灵魂，
呈给你拥抱过我的直伸着的手，
呈给你吻过我的唇，
呈给你泥黑的温柔的脸颜，
呈给你养育了我的乳房，
呈给你的儿子们，我的兄弟们，
呈给大地上一切的，
我的大堰河般的保姆和她们的儿子，
呈给爱我如爱她自己的儿子般的大堰河。

大堰河，
我是吃了你的奶而长大了的
你的儿子，
我敬你
爱你！

雪朝，十四，一，一九三三。

（选自一九三九年八月文化生活出版社《大堰河》初版本）

☞ 提示

　　这首狱中之作，以饱蘸情感的笔墨追忆了作者的乳母——大堰河苦难的一生。在这个雪一般纯朴真诚、勤劳善良的充溢着母爱温情的普通农村妇女身上，诗人凝注了自己对于中国大地和农民的赤子之情。

　　诗作通过对大堰河生前的劳苦和死后的凄凉的对比和展示，突现生命的不公和诗人对这种不公的愤慨。在给这"不公道的世界"写下"咒语"的同时，诗人也坚信人民会因苦难更紧密地联系在一起。

　　情感的深沉是诗作感人的原因。诗人善于捕捉生活中的细节，把情感融注在对具体物象和人物动作的排列、描绘之中，使情感显得深沉、含蓄。大量生活细节的展示，使诗作显得生活化，给人以亲切感，也使人物的形象更为清晰、饱满。作者在意象的描绘中，注重色彩的点染，声色交融，使读者仿佛看到了一幅幅流动的生活画面。

　　诗歌还大量地使用了排比和复沓，音韵上的回环往复呼应着情感的激流，在自由的形式中一泻如注，而不给人以雕琢之感。

中国现代文学作品选读

太 阳

从远古的墓茔
从黑暗的年代
从人类死亡之流的那边
震惊沉睡的山脉
若火轮飞旋于沙丘之上
太阳向我滚来……

它以难遮掩的光芒
使生命呼吸
使高树繁枝向它舞蹈
使河流带着狂歌奔向它去

当它来时，我听见
冬蛰的虫蛹转动于地下
群众在旷场上高声说话
城市从远方
用电力与钢铁召唤它

于是我的心胸
被火焰之手撕开
陈腐的灵魂
搁弃在河畔
我仍有对于人类再生之确信

一九三七年春。

（选自一九四二年五月重庆生活书店《旷野》初版本）

☞ 提示

这首诗写于 1937 年春，中国正处于新旧交替的历史大变革时期。诗人的目光穿透这黎明前浓重的黑暗，敏锐地感觉到曙光的即将来临。诗人把对光明、自由的向往和信心融注于诗行，因而成就了这篇气势磅礴的《太阳》。

诗的音节用短短的几句便烘出了"太阳""滚来"的气势。三个排比句点出了历史脚步的滞重，然而诗人笔锋一转，"向我"和"滚来"四个字写尽了历史的必然及诗人自己的坚信。接下来，诗歌着重描写了太阳到来之后的巨大影响：大地万物复苏，一派生机。简洁的语言中跳动着丰富的意象，复苏的景象尽在笔下。而当太阳的光芒照射在诗人自己身上时，我们看到了新的"我"的诞生，仿佛听到了诗人的胸膛被撕开的声音，太阳的伟大和诗人的决心被写得淋漓尽致。

诗人善于捕捉意象，并用拟人等手法使笔下的意象活动起来，造成一种一切都在动中的生机勃勃的意境，充分表达了诗人渴望除旧布新的躁动的情感。

我爱这土地

假如我是一只鸟，
我也应该用嘶哑的喉咙歌唱：
这被暴风雨所打击着的土地，
这永远汹涌着我们的悲愤的河流，
这无止息地吹刮着的激怒的风，
和那来自林间的无比温柔的黎明……
——然后我死了，
连羽毛也腐烂在土地里面。

为什么我的眼里常含泪水？
因为我对这土地爱得深沉……

1938年11月17日。

（选自《艾青诗选》，人民文学出版社1978年7月版）

☞ 提示

仅从这首诗的题目看，诗人的意图表达得很明确，就是突出了一个"爱"字。对于土地的爱，诗人在其很多诗篇中都表达过，但情感这样浓烈、这样撼动人心的并不多见。

诗作采用直接抒情的方式，来表达诗人浓烈的情感：为祖国而歌。三个排比句象征性地勾勒出了诗人所深爱的土地的面貌：它并不可爱，相反，它古老沉重，满目疮痍，战火连年。但它已不是一潭死水，历史的变革已经笼罩在这片灾难深重的土地上空，人民也开始觉醒，那"无比温柔的黎明"指日可待。诗人的喉咙因爱的灼烧和忧虑而"嘶哑"，但依然要为这土地唱出泣血的歌。即便是死亡，也要把"羽毛腐烂在这土地里面"，人和土地的情感被画得入木三分，诗人的情感至此已经浓烈得无以复加，但诗歌并没有就此止步，最后两句，一问一答，朴实平易的话语终于让人潸然泪下。

这首诗虽然是直接抒情，但诗人巧妙地设计了一个鸟儿歌唱的图景，通过鸟儿的口，象征性地表达自己的情感，这就避免了直抒胸臆可能带来的直白和浅露。

何其芳

预言

这一个心跳的日子终于来临!
呵,你夜的叹息似的渐近的足音,
我听得清不是林叶和夜风私语,
麋鹿驰过苔径的细碎的蹄声!
告诉我,用你银铃的歌声告诉我,
你是不是预言中的年轻的神?

你一定来自那温郁的南方!
告诉我那里的月色,那里的日光!
告诉我春风是怎样吹开百花,
燕子是怎样痴恋着绿杨!
我将合眼睡在你如梦的歌声里,
那温暖我似乎记得,又似乎遗忘。

请停下你疲劳的奔波,
进来,这里有虎皮的褥你坐!
让我烧起每一个秋天拾来的落叶,
听我低低地唱起我自己的歌!
那歌声将火光一样沉郁又高扬,
火光一样将我的一生诉说。

不要前行!前面是无边的森林:
古老的树现着野兽身上的斑纹,
半生半死的藤蟒一样交缠着,
密叶里漏不下一颗星星。
你将怯怯地不敢放下第二步,
当你听见了第一步空寥的回声。

一定要走吗?请等我和你同行!
我的脚步知道每一条熟悉的路径,
我可以不停地唱着忘倦的歌,
再给你,再给你手的温存!
当夜的浓黑遮断了我们,
你可以不转眼地望着我的眼睛!

我激动的歌声你竟不听,
你的脚竟不为我的颤抖暂停!
像静穆的微风飘过这黄昏里,
消失了,消失了你骄傲的足音!
呵,你终于如预言中所说的无语而来,
无语而去了吗,年轻的神?

☞ 提示

　　这是一首典型的意象抒情诗,体现了何其芳早期诗歌追求朦胧的意象美的诗美特征。
　　诗的第一节写优美而神妙的听觉意象,以渲染神秘而朦胧的"年轻女神"悄然来临时我的惊喜而激动的心情。第二、三节写明媚和富于热情、充满希望的春秋意象,从视觉方面烘托我面对"爱的女神"时那种无比快乐和幸福的内心感觉。第四节突然写到阴森可怕的黑暗意象——森林,这实际上是当时黑暗的社会现实的象征,它与前面充满诗意的环境形成鲜明对比。从美好的生活理想中一下子步入到现实的黑暗的深渊面前,年轻的爱的女神"怯怯地不敢"前行,任凭我"不停地唱着忘倦的歌""再给你手的温存",这美丽的女神最后还是"像静穆的微风飘过黄昏,消失了骄傲的足音"。
　　通过描写爱的女神悄然来临而又无语而去,抒情主人公——"我"的心情也由喜悦到惆怅的变化,反映了多愁善感的诗人当时的真实的心理状态:对希望与爱苦苦追求,在当时的黑暗的现状面前,这一切都显得渺茫和不可能,只能在自怨自艾中诅咒着社会的不公,咏叹着人生的苦闷。

生活是多么广阔

生活是多么广阔,
生活是海洋。
凡是有生活的地方就有快乐和宝藏。

去参加歌咏队,去演戏,
去建设铁路,去作飞行师,
去坐在实验室里,去写诗,
去高山上滑雪,去驾一只船颠簸在波涛上,
去北极探险,去热带搜集植物,
去带一个帐篷在星光下露宿。

去过极寻常的日子，
去在平凡的事物中睁大你的眼睛，
去以自己的火点燃旁人的火，
去以心发现心。

生活是多么广阔，
生活又多么芬芳。
凡是有生活的地方就有快乐和宝藏。

（选自《夜歌》，诗文学社一九四五年五月版）

☞ **提示**

  这是何其芳第二本诗集《夜歌》里的一首诗，是他的代表作。在诗里，诗人热情洋溢地对生活进行了赞美，并告诉我们，生活无处不在，快乐跟生活联系在一起，有生活的地方就有快乐，因此我们应热爱生活。这种对生活的激情和执著跳跃在字里行间，极大地感染了读者，使生活艰难的看到了希望，灰心绝望的重燃了信心。

  在第一节，诗人就抑制不住激情，迫不及待地向我们吐露他对生活的感受："生活是多么广阔，生活是海洋。凡是有生活的地方就有快乐和宝藏。"第二三节诗人号召我们积极地投身到生活的洪流中去。去感受生活，参与生活，创造生活，在平凡的生活中发现人生意义，实现人生价值，享受生活趣味，开掘生活宝藏。第四节回应开头，向我们强调生活的丰富多彩，再次激发我们对生活的热情。

  这首诗一反早期《预言》集里朦胧艰涩的调子，展现出明朗、质朴、健康的风格。它情感饱满，激情十足，十分具有感染力。语言去雕饰，显自然，表情达意准确洗练，既不太拘束也不流于放纵，显示出了较高的艺术水平。

绿　原

憎　恨

不问群花是怎样请红雀欢呼着繁星开了，
不问月光是怎样敲着我的窗，
不问风和野火是怎样向远夜唱起歌……

好久好久，

这日子
没有诗。

不是没有诗呵,
是诗人的竖琴
被谁敲碎在桥边,
五线谱被谁揉成草发了。

杀死那些专门虐待青色谷粒的蝗虫吧,
没有晚祷!
愈不流泪的,
愈不需要十字架;
血流得愈多,
颜色愈是深沉的。

不是要写诗,
要写一部革命史啊。

1941 年

☞ 提示

这首诗是七月派诗人绿原的代表作,写于 1941 年。当时正是中华民族处于危急存亡之秋,内忧外患,灾难深重。具有强烈的忧患意识和民族责任感的诗人表达了自己对万恶的旧社会的憎恨之情。

三个"不问"句写的是诗人在那样残酷的年代里没有闲心雅致去关注那些所谓诗意,因此,"好久好久/这日子/没有诗"。同时又指出不是生活中没有诗,而是诗情和诗意都被这社会给窒息和挢灭了。"杀死那些专门虐待青色谷粒的蝗虫吧",诗人向社会的"蝗虫"——残酷剥削和压迫劳动人民的统治者发出了战斗的宣言。这宣言里没有"晚祷",也"不需要十字架",因为没有上帝,也没有救世主,和平的方式是解决不了问题的。诗人明白只有流血战斗,才会换来革命的胜利,血流得愈多,颜色愈是深沉。"不是要写诗,要写一部革命史啊。"这体现了作者积极的战斗精神和高度的革命意志,以及改写历史的雄心壮志。

此诗对现实的强烈关注和积极的战斗精神反映了七月诗派革命现实主义的诗歌主张。它将主观与客观、历史的东西与个人的东西、社会的责任与个人的使命统一融合在一起,为人民而呼,为大时代而歌。

辛 笛

风 景

列车轧在中国的肋骨上
一节接着一节社会问题
比邻而居的是茅屋和田野间的坟
生活距离终点这样近
夏天的土地绿得丰饶自然
兵士的新装黄得旧褪凄惨
惯爱想一路来行过的地方
说不出生疏却是一般的黯淡
瘦的耕牛和更瘦的人
都是病,不是风景!

1948年夏在沪杭道中

☞ 提示

此诗披着"风景"的外衣,表现的是对社会政治的感受。窗外的景象让人触目惊心,诗人深感社会问题的严重:群众在水深火热中生活;农村破败凋散;战争频仍;一系列的社会问题犹如一节节列车,压在中国人民身上。这就是此诗所包含的思想内容。

此诗虽短,在艺术上却很有特色,它大量地借鉴了西方现代派的写作手法:巧妙的隐喻,奇特的联想,大跨度的跳跃等等。"肋骨"句中"肋骨"隐喻铁轨,整句诗又暗示中国灾难深重。"一节连着一节"本是列车车厢,而隐喻连绵不断的社会问题。"兵士……"隐含着旷日持久的战乱之意。"瘦的耕牛"更是折射出农民的苦难和农村的破败。同时由列车到社会问题,由茅屋与坟场的距离之近到生与死的距离之近的奇特联想,大大地扩大了诗的想象空间,升华了诗的主题。瞬间变化的车窗景色使诗人的描写呈现出大跨度的跳跃:由列车突然转向窗外;由原野突然写到兵士,由此又突然写到"瘦的耕牛"。这种手法有利于将分散的镜头组合在一起,围绕着一个共同的中心,将抽象的观念具象化,丰富了诗的内涵,加大了诗的容量。

这首诗虽然大量地借用了西方现代派的手法,但并不难理解,没有现代派的诗的晦涩,也没有现代派的苦闷和颓废色彩,它跳出了狭隘的个人小天地,为大时代而歌。可以说,它是现代派诗的中国化。

穆 旦

春

绿色的火焰在草上摇曳,
他渴求着拥抱你,花朵。
反抗着土地,花朵伸出来,
当暖风吹来烦恼,或者欢乐。
如果你是醒了,推开窗子,
看这满园的欲望多么美丽。

蓝天下,为永远的谜迷惑着的
是我们二十岁的紧闭的肉体,
一如那泥土做成的鸟的歌,
你们被点燃,却无处归依。
呵,光,影,声,色,都已经赤裸,
痛苦着,等待伸入新的组合。

一九四二年二月

[选自《穆旦诗集（1939—1945）》,1945年5月,沈阳自印]

提示

《春》写于1942年2月,那时诗人已经从西南联大毕业并留校任教。春天是一个宜于歌唱的季节,中外古今的诗人也往往把春作为抒情的对象,写出了一首首春天的颂歌。这首《春》里"绿色的火焰"这个基本意象,就是诗人于春天"触物生情"或因情感物,为传达自己的情思找到的"客观对应物"。接着而来的,反抗着土地的"花朵"、满园美丽的"欲望"都渲染在春天年轻人对生命的复苏渴望里。但是自然的欢乐并不等于生命的和谐,跟着而来的,是对主体在蜕变中的欢乐与痛苦矛盾的揭示。"蓝天下"20岁的"紧闭"的"肉体""泥土做成的鸟的歌",这些处处"被点燃,却无处归依"的矛盾中的意象,给读者以有力的暗示与联想,这些暗示和联想,与后面的感叹,已经赤裸的"光、影、声、色","痛苦着"等待"新的组合",构成了一个思想崛起的整体,读者同时也在暗示中完成了自己的联想,诗人在基本意象与其他意象的连接和推进中,最终达到了诗境扩展和氛围营造的效果。

诗八首

一

你底眼睛看见这一场火灾,
你看不见我,虽然我为你点燃,
唉,那烧着的不过是成熟的年代,
你底,我底。我们相隔如重山!

从这自然底蜕变程序里,
我却爱了一个暂时的你。
即使我哭泣,变灰,变灰又新生,
姑娘,那只是上帝玩弄他自己。

二

水流山石间沉淀下你我,
而我们成长,在死底子宫里。
在无数的可能里一个变形的生命
永远不能完成他自己。

我和你谈话,相信你,爱你,
这时候就听见我底主暗笑,
不断地他添来另外的你我
使我们丰富而且危险。

三

你底年龄里的小小野兽,
它和青草一样地呼吸,
它带来你底颜色,芳香丰满,
它要你疯狂在温暖的黑暗里。

我越过你大理石的理智底殿堂,
而为它埋藏的生命珍惜;
你我底手底接触是一片草场。
那里有它底固执,我底惊喜。

四

静静地，我们拥抱在
用言语所能照明的世界里，
而那未形成的黑暗是可怕的，
那可能的和不可能的使我们沉迷。

那窒息着我们的
是甜蜜的未生即死的言语，
它底幽灵笼罩，使我们游离，
游进混乱的爱底自由和美丽。

五

夕阳西下，一阵微风吹拂着田野，
是多么久的原因在这里积累。
那移动了景物的移动我底心，
从最古老的开端流向你，安睡。

那形成了树木和屹立的岩石的，
将使我此时的渴望永存，
一切在它底过程中流露的美，
教我爱你的方法，教我变更。

六

相同和相同溶为怠倦，
在差别间又凝固着陌生；
是一条多么危险的窄路里，
我驱使自己在那上面旅行。

他存在，听我底指使，
他保护，而把我留在孤独里，
他底痛苦是不断的寻求
你底秩序，求得了又必须背离。

七

风暴，远路，寂寞的夜晚，
丢失，记忆，永续的时间，

中国现代文学作品选读

所有科学不能祛除的恐惧
让我在你底怀里得到安憩——

呵，在你底不能自主的心上，
你底随有随无的美丽形象，
那里，我看见你孤独的爱情
笔立着，和我底平行着生长！

八

再没有更近的接近，
所有的偶然在我们间定型；
只有阳光透过缤纷的枝叶
分在两片情愿的心上，相同。

等季候一到就要各自飘落，
而赐生我们的巨树永青，
它对我们不仁的嘲弄
（和哭泣）在合一的老根里化为平静。

（选自闻一多编《现代诗抄》，一九四二年二月）

☞ **提示**

穆旦（1918—1977）的这组诗，以初恋、热恋、宁静、赞歌这样四个乐章（每一乐章两首）的严密结构，抒写和礼赞了人类的爱情，并熔铸了自己丰富复杂的爱情体验。

第一首，写初恋时，一方爱得热烈，"我为你点燃"了我的爱；另一方冷静而理性，爱是"一场火灾"，感情就"相隔如重山"！我在"哭泣""变灰"中追求又"新生"。第二首，写随时间发展，爱情逐渐成熟，"成长"在"子宫里"。而"另外的你我"却添加着"丰富而且危险"的因素。第三首，写达到"丰富而且危险"的境界，热恋超越了理性的控制。小小的野兽"和青草一样地呼吸"，越过"大理石的理智底殿堂"，发现了"我底惊喜"。第四首，写进入热恋后，互诉着甜蜜的情话，"我们拥抱在/用言语所能照明的世界里"。但"理智"要"使我们游离"，而我们却"游进混乱的爱底自由和美丽"。第五首，进入了转折前的宁静。"从最古老的开端流向你，安睡。"从"树木"和"岩石"那儿引发爱的"永存"的"渴望"。第六首，循上首宁静思绪，进入更深的哲理思考。过分的"相同"最终会"溶为怠倦"，爱需要在"危险的窄路里"探求。它要"秩序"也要"背离",二者辩证统一。第七首,已进入这首爱情乐章的尾声。此时爱情成熟而坚强,即使遇到"所有科学不能祛除的恐惧",而爱依然"让我在你的怀里得到安憩"。"安憩"不是依赖,而是"笔立着,和我底平行着生长",这是一种各自人格独立而又融为一体的爱情。第八首,是诗的礼赞尾声。正因为你我获得了真正的爱情,于是"再没有更近的接近/所有的偶然在我们间定型",即使到了生命"各自飘落"的"季候",我们也将和带给我们一切的"老根"(自然)"化为平静",而"赐生"给我们的"爱情""巨树永青"。

郑 敏

金黄的稻束

金黄的稻束站在
割过的秋天的田里,
我想起无数个疲倦的母亲
黄昏的路上我看见那皱了的美丽的脸
收获日的满月在
高耸的树巅上,
暮色里,远山是
围着我们的心边,
没有一个雕像能比这更静默。
肩荷着那伟大的疲倦,你们
在这伸向远远的一片
秋天的田首低着沉思
静默。静默。历史也不过是
脚下一条流去的小河,
而你们,站在那儿
将成了人类的一个思想。

[选自《诗集(1942—1947)》,上海文化生活出版社1949年4月版]

提示

作为九叶诗人之一的郑敏"仿佛是朵开放在暴风雨前历史性的宁静里的时间之花"（唐湜语），从她的诗歌中我们可以看到这个富于才情的多思少女丰富的心灵以及女性现代诗的审美魅力。

郑敏善写咏物诗，这些诗大都深有寄托，底蕴丰富，她深受德国诗人里尔克"观看诗"的影响，在全面细致的观察中，发现为人忽略的特征和细节，并融入诗人自己的人生体验，从而使具象性、情感性、哲理性融为一体。

这首《金黄的稻束》是郑敏咏物诗中的名篇。诗人把目光投注在秋天的田野上，脱去谷穗的稻草一束束倒垂在地里，"疲倦""静默"，使诗人联想起同样疲倦静默的母亲，于是田野无数金黄的稻束在诗人的眼里幻化成"无数个疲倦的母亲"。"肩荷着那伟大的疲倦"，稻束因为收获而伟大，母亲因为生命的孕育而伟大。诗人的沉思没有止步，而是进一步推进，她想到了历史，在伟大的母亲面前，历史也显得渺小，"不过是脚下一条流去的小河"。而永驻的是母亲那"疲倦""静默"的身姿。

诗人采用由我到物——由物到我的安排、组织、观察方式，把主体"我"突入到客体中，把冷静的观察和深沉的思考结合起来，使诗作内蕴丰富，引人深思。

散文

鲁　迅

灯下漫笔

一

有一时，就是民国二三年时候，北京的几个国家银行的钞票，信用日见其好了，真所谓蒸蒸日上。听说连一向执迷于现银的乡下人，也知道这既便当，又可靠，很乐意收受，行使了。至于稍明事理的人，则不必是"特殊知识阶级"，也早不将沉重累坠的银元装在怀中，来自讨无谓的苦吃。想来，除了多少对于银子有特别嗜好和爱情的人物之外，所有的怕大都是钞票了罢，而且多是本国的。但可惜后来忽然受了一个不小的打击。

就是袁世凯想做皇帝的那一年，蔡松坡先生溜出北京，到云南去起义。这边所受的影响之一，是中国和交通银行的停止兑现。虽然停止兑现，政府勒令商民照旧行用的威力却还有的；商民也自有商民的老本领，不说不要，却道找不出零钱。假如拿几十几百的钞票去买东西，我不知道怎样，但倘使只要买一枝笔，一盒烟卷呢，难道就付给一元钞票么？不但不甘心，也没有这许多票。那么，换铜元，少换几个罢，又都说没有铜元。那么，到亲戚朋友那里借钱去罢，怎么会有？于是降格以求，不讲爱国了，要外国银行的钞票。但外国银行的钞票这时就等于现银，他如果借给你这钞票，也就借给你真的银元了。

我还记得那时我怀中还有三四十元的中交票，可是忽而变了一个穷人，几乎要绝食，很有些恐慌。俄国革命以后的藏着纸卢布的富翁的心情，恐怕也就这样的罢；至多，不过更深更大罢了。我只得探听，钞票可能折价换到现银呢？说是没有行市。幸而终于，暗暗地有了行市了：六折几。我非常高兴，赶紧去卖了一半。后来又涨到七折了，我更非常高兴，全去换了现银，沉垫垫地坠在怀中，似乎这就是我的性命的斤两。倘在平时，钱铺子如果少给我一个铜元，我是决不答应的。

但我当一包现银塞在怀中，沉垫垫地觉得安心，喜欢的时候，却突然起了另一思想，就是：我们极容易变成奴隶，而且变了之后，还万分喜欢。

假如有一种暴力，"将人不当人"，不但不当人，还不及牛马，不算什么东西；待到人们羡慕牛马，发生"乱离人，不及太平犬"的叹息的时候，然后给与他略等于牛马的价格，有如元朝定律，打死别人的奴隶，赔一头牛，则人们便要心悦诚服，恭颂太平的盛世。为什么呢？因为他虽不算人，究竟已等于牛马了。

我们不必恭读《钦定二十四史》，或者入研究室，审察精神文明的高超。只要一翻孩子所读的《鉴略》，——还嫌烦重，则看《历代纪元编》，就知道"三千余年古国古"的中华，历来所闹的就不过是这一个小玩艺。但在新近编纂的所谓"历史教科书"一流东西里，却不大看得明白了，只仿佛说：咱们向来就很好的。

但实际上，中国人向来就没有争到过"人"的价格，至多不过是奴隶，到现在还如此，然而下于奴隶的时候，却是数见不鲜的。中国的百姓是中立的，战时连自己也不知道属于那一面，但又属于无论那一面。强盗来了，就属于官，当然该被杀掠；官兵既到，该是自家人了罢，但仍然要被杀掠，仿佛又属于强盗似的。这时候，百姓就希望有一个一定的主子，拿他们去做百姓，——不敢，是拿他们去做牛马，情愿自己寻草吃，只求他决定他们怎样跑。

假使真有谁能够替他们决定，定下什么奴隶规则来，自然就"皇恩浩荡"了。可惜的是往往暂时没有谁能定。举其大者，则如五胡十六国的时候，黄巢的时候，五代的时候，宋末元末时候，除了老例的服役纳粮以外，都还要受意外的灾殃。张献忠的脾气更古怪了，不服役纳粮的要杀，服役纳粮的也要杀，敌他的要杀，降他的也要杀：将奴隶规则毁得粉碎。这时候，百姓就希望来一个另外的主子，较为顾及他们的奴隶规则的，无论仍旧，或者新颁，总之是有一种规则，使他们可上奴隶的轨道。

"时日曷丧，予及汝偕亡！"愤言而已，决心实行的不多见。实际上大概是群盗如麻，纷乱至极之后，就有一个较强，或较聪明，或较狡猾，或是外族的人物出来，较有秩序地收拾了天下。厘定规则：怎样服役，怎样纳粮，怎样磕头，怎样颂圣。而且这规则是不像现在那样朝三暮四的。于是便"万姓胪欢"了；用成语来说，就叫作"天下太平"。

任凭你爱排场的学者们怎样铺张，修史时候设些什么"汉族发祥时代""汉族发达时代""汉族中兴时代"的好题目，好意诚然是可感的，但措辞太绕弯子了。有更其直捷了当的说法在这里——

一、想做奴隶而不得的时代；

二、暂时做稳了奴隶的时代。

这一种循环，也就是"先儒"之所谓"一治一乱"；那些作乱人物，从后日的"臣民"看来，是给"主子"清道辟路的，所以说："为圣天子驱除云尔。"

现在入了那一时代，我也不了然。但看国学家的崇奉国粹，文学家的赞叹固有文明，道学家的热心复古，可见于现状都已不满了。然而我们究竟正向着那一条路走呢？百姓是一遇到莫名其妙的战争，稍富的迁进租界，妇孺则避入教堂里去了，因为那些地方都比较的"稳"，暂不至于想做奴隶而不得。总而言之，复古的，避难的，无智愚贤不肖，似乎都已神往于三百年前的太平盛世，就是"暂时做稳了奴隶的时代"了。

但我们也就都像古人一样，永久满足于"古已有之"的时代么？都像复古家一样，不满于现在，就神往于三百年前的太平盛世么？

自然，也不满于现在的，但是，无须反顾，因为前面还有道路在。而创造这中国历史上未曾有过的第三样时代，则是现在的青年的使命！

二

但是赞颂中国固有文明的人们多起来了，加之以外国人。我常常想，凡有来到中国的，倘能疾首蹙额而憎恶中国，我敢诚意地捧献我的感谢，因为他一定是不愿意吃中国人的肉的！

鹤见祐辅氏在《北京的魅力》中，记一个白人将到中国，预定的暂住时候是一年，但五年之后，还在北京，而且不想回去了。有一天，他们两人一同吃晚饭——

"在圆的桃花心木的食桌前坐定，川流不息地献着山海的珍味，谈话就从古董，画，政治这些开头。电灯上罩着支那式的灯罩，淡淡的光洋溢于古物罗列的屋子中。什么无产阶级呀，Proletariat呀那些事，就像不过在什么地方刮风。

"我一面陶醉在支那生活的空气中，一面深思着对于外人有着'魅力'的这东西。元人也曾征服支那，而被征服于汉人种的生活美了；满人也征服支那，而被征服于汉人种的生活美了。现在西洋人也一样，嘴里虽然说着Democracy呀，什么什么呀，而却被魅于支那人费六千年而建筑起来的生活的美。一经住过北京，就忘不掉那生活的味道。大风时候的万丈的沙尘，每三月一回的督军们的开战游戏，都不能抹去这支那生活的魅力。"

这些话我现在还无力否认他。我们的古圣先贤既给与我们保古守旧的格言，但同时也排好了用子女玉帛所做的奉献于征服者的大宴。中国人的耐劳，中国人的多子，都就是办酒的材料，到现在还为我们的爱国者所自诩的。西洋人初入中国时，被称为蛮夷，自不免个个蹙额，但是，现在则时机已至，到了我们将曾经献于北魏，献于金，献于元，献于清的盛宴，来献给他们的时候了。出则汽车，行则保护；虽遇清道，然而通行自由的；虽或被劫，然而必得赔偿的；孙美瑶掳去他们站在军前，还使官兵不敢开火。何况在华屋中享用盛宴呢？待到享受盛宴的时候，自然也就是赞颂中国固有文明的时候；但是我们的有些乐观的爱国者，也许反而欣然色喜，以为他们将要开始被中国同化了罢。古人曾以女人作苟安的城堡，美其名以自欺曰"和亲"，今人还用子女玉帛为作奴的赞敬，又美其名曰"同化"。所以倘有外国的谁，到了已有赴宴的资格的现在，而还替我们诅咒中国的现状者，这才是真有良心的真可佩服的人！

但我们自己是早已布置妥帖了，有贵贱，有大小，有上下。自己被人凌虐，但也可以凌虐别人；自己被人吃，但也可以吃别人。一级一级的制驭着，不能动弹，也不想动弹了。因为倘一动弹,虽或有利,然而也有弊。我们且看古人的良法美意罢——

"天有十日,人有十等,下所以事上,上所以共神也。故王臣公,公臣大夫,大夫臣士,士臣皂,皂臣舆,舆臣隶,隶臣僚,僚臣仆,仆臣台。"(《左传》昭公七年)

但是"台"没有臣,不是太苦了么?无须担心的,有比他更卑的妻,更弱的子在。而且其子也很有希望,他日长大,升而为"台",便又有更卑更弱的妻子,供他驱使了。如此连环,各得其所,有敢非议者,其罪名曰不安分!

虽然那是古事,昭公七年离现在也太辽远了,但"复古家"尽可不必悲观的。太平的景象还在:常有兵燹,常有水旱,可有谁听到大叫唤么?打的打,革的革,可有处士来横议么?对国民如何专横,向外人如何柔媚,不犹是差等的遗风么?中国固有的精神文明,其实并未为共和二字所埋没,只有满人已经退席,和先前稍不同。

因此我们在目前,还可以亲见各式各样的筵宴,有烧烤,有翅席,有便饭,有西餐。但茅檐下也有淡饭,路傍也有残羹,野上也有饿莩:有吃烧烤的身价不资的阔人,也有饿得垂死的每斤八文的孩子(见《现代评论》二十一期)。所谓中国的文明者,其实不过是安排给阔人享用的人肉的筵宴。所谓中国者,其实不过是安排这人肉的筵宴的厨房。不知道而赞颂者是可恕的,否则,此辈当得永远的诅咒!

外国人中,不知道而赞颂者,是可恕的;占了高位,养尊处优,因此受了蛊惑,昧却灵性而赞叹者,也还可恕的。可是还有两种,其一是以中国人为劣种,只配悉照原来模样,因而故意称赞中国的旧物。其一是愿世间人各不相同以增自己旅行的兴趣,到中国看辫子,到日本看木屐,到高丽看笠子,倘若服饰一样,便索然无味了,因而来反对亚洲的欧化。这些都可憎恶。至于罗素在西湖见轿夫含笑,便赞美中国人,则也许别有意思罢。但是,轿夫如果能对坐轿的人不含笑,中国也早不是现在似的中国了。

这文明,不但使外国人陶醉,也早使中国一切人们无不陶醉而且至于含笑。因为古代传来而至今还在的许多差别,使人们各各分离,遂不能再感到别人的痛苦;并且因为自己各有奴使别人,吃掉别人的希望,便也就忘却自己同有被奴使被吃掉的将来。于是大小无数的人肉的筵宴,即从有文明以来一直排到现在,人们就在这会场中吃人,被吃,以凶人的愚妄的欢呼,将悲惨的弱者的呼号遮掩,更不消说女人和小儿。

这人肉的筵宴现在还排着,有许多人还想一直排下去。扫荡这些食人者,掀掉这筵席,毁坏这厨房,则是现在的青年的使命!

一九二五年四月二十九日
(选自《坟》,北京未名社 1927 年初版)

提示

读过鲁迅小说《狂人日记》和《阿Q正传》的人,会感悟鲁迅国民性批判的深刻睿智。在鲁迅早期杂文中,批判国民性之尖锐透彻者,莫过于这篇《灯下漫笔》了。文章开头，鲁迅从一件小事——社会动荡时期的通货膨胀揣度国民心理，推论历史上无论何种天翻地覆的变动都不能改变普通老百姓苟且偷安的生活。结论在于，所谓中国的民族性，其实是一种奴隶性。于己于人，鲁迅都认为，"我们极容易变成奴隶，而且变了之后，还万分高兴"。由此看来，中国的历史尽可以划分为两段："一，想做奴隶而不得的时代；二，暂时做稳了奴隶的时代。"中国人求"稳"，做稳了奴隶便万事大吉，历史上所谓太平盛世就是"暂时做稳了奴隶的时代"，即永久满足的"古已有之"的时代。这样，所谓历史就只是一种"循环"。鲁迅指出，中国的未来——"青年的使命"，在于创造"历史上未曾有过的第三样时代"。

由此出发，鲁迅认为，中国的固有文明不过是一种奴隶式的文明，古老的中国不过是"安排给阔人享用的人肉的筵宴"的"厨房"——无论这"阔人"是高高在上的统治者，是古代的"异族"，还是今天的"洋人"，唯有他们才会在那里津津乐道中国的"文明"，享用"做稳了奴隶"的中国人奉献给他们的"人肉的筵宴"。因此，在鲁迅看来，赞美中国的固有文明其实就是欣赏中国人的奴性，饕餮中国人的血泪，即使并非别有用心，也是不可饶恕的无知。

春末闲谈

北京正是春末，也许我过于性急之故罢，觉着夏意了，于是突然记起故乡的细腰蜂。那时候大约是盛夏，青蝇密集在凉棚索子上，铁黑色的细腰蜂就在桑树间或墙角的蛛网左近往来飞行，有时衔一支小青虫去了，有时拉一个蜘蛛。青虫或蜘蛛先是抵抗着不肯去，但终于乏力，被衔着腾空而去了，坐了飞机似的。

老前辈们开导我，那细腰蜂就是书上所说的蜾蠃，纯雌无雄，必须捉螟蛉去做继子的。她将小青虫封在窠里，自己在外面日日夜夜敲打着，祝道"像我像我"，经过若干日，——我记不清了，大约七七四十九日罢，——那青虫也就成了细腰蜂了，所以《诗经》里说："螟蛉有子，蜾蠃负之。"螟蛉就是桑上小青虫。蜘蛛呢？他们没有提。我记得有几个考据家曾经立过异说，以为她其实自能生卵；其捉青虫，乃是填在窠里，给孵化出来的幼蜂做食料的。但我所遇见的前辈们都不采用此说，还道是拉去做女儿。我们为存留天地间的美谈起见，倒不如这样好。当长夏无事，遭暑林阴，瞥见二虫一拉一拒的时候，便如睹慈母教女，满怀好意，而青虫的宛转抗拒，则活像一个不识好歹的毛鸦头。

但究竟是夷人可恶，偏要讲什么科学。科学虽然给我们许多惊奇，但也搅坏了我们许多好梦。自从法国的昆虫学大家发勃耳（Fabre）仔细观察之后，给幼蜂做食料的事可就证实了。而且，这细腰蜂不但是普通的凶手，还是一种很残忍的凶手，又是一个学识技术都极高明的解剖学家。她知道青虫的神经构造和作用，用了神奇的毒针，向那运动神经球上只一螫，它便麻痹为不死不活状态，这才在它身上生下蜂卵，封入窠中。青虫因为不死不活，所以不动，但也因为不活不死，所以不烂，直到她的子女孵化出来的时候，这食料还和被捕当日一样的新鲜。

三年前，我遇见神经过敏的俄国的E君，有一天他忽然发愁道，不知道将来的科学家，是否不至于发明一种奇妙的药品，将这注射在谁的身上，则这人即甘心永远去做服役和战争的机器了？那时我也就皱眉叹息，装作一齐发愁的模样，以示"所见略同"之至意，殊不知我国的圣君，贤臣，圣贤，圣贤之徒，却早已有过这一种黄金世界的理想了。不是"唯辟作福，唯辟作威，唯辟玉食"么？不是"君子劳心，小人劳力"么？不是"治于人者食（去声）人，治人者食于人"么？可惜理论虽已卓然，而终于没有发明十全的好方法。要服从作威就须不活，要贡献玉食就须不死；要被治就须不活，要供养治人者又须不死。人类升为万物之灵，自然是可贺的，但没有了细腰蜂的毒针，却很使圣君，贤臣，圣贤，圣贤之徒，以至现在的阔人，学者，教育家觉得棘手。将来未可知，若已往，则治人者虽然尽力施行过各种麻痹术，也还不能十分奏效，与螺蠃并驱争先。即以皇帝一伦而言，便难免时常改姓易代，终没有"万年有道之长"；"二十四史"而多至二十四，就是可悲的铁证。现在又似乎有些别开生面了，世上挺生了一种所谓"特殊知识阶级"的留学生，在研究室中研究之结果，说医学不发达是有益于人种改良的，中国妇女的境遇是极其平等的，一切道理都已不错，一切状态都已够好。E君的发愁，或者也不为无因罢，然而俄国是不要紧的，因为他们不像我们中国，有所谓"特别国情"，还有所谓"特殊知识阶级"。

但这种工作，也怕终于像古人那样，不能十分奏效的罢，因为这实在比细腰蜂所做的要难得多。她于青虫，只须不动，所以仅在运动神经球上一螫，即告成功。而我们的工作，却求其能运动，无知觉，该在知觉神经中枢，加以完全的麻醉的。但知觉一失，运动也就随之失却主宰，不能贡献玉食，恭请上自"极峰"下至"特殊知识阶级"的赏收享用了。就现在而言，窃以为除了遗老的圣经贤传法，学者的进研究室主义，文学家和茶摊老板的莫谈国事律，教育家的勿视勿听勿言勿动论之外，委实还没有更好，更完全，更无流弊的方法。便是留学生的特别发见，其实也并未轶出了前贤的范围。

那么，又要"礼失而求诸野"了。夷人，现在因为想去取法，姑且称之为外国，他那里，可有较好的法子么？可惜，也没有。所有者，仍不外乎不准集会，不许开口之类，和我们中华并没有什么很不同。然亦可见至道嘉猷，人同此心，心同此理，固无华夷之限也。猛兽是单独的，牛羊则结队；野牛的大队，就会排角成阵以御强敌了，但拉开一匹，定只能牟牟地叫。人民与牛马同流——此就中国而言，夷人别有分类法云，——治之之道，自然应该禁止集合：这方法是对的。其次要防说话。人能说话，已经是祸胎了，而况有时还要做文章。所以苍颉造字，夜有鬼哭。鬼且反对，而况于官？猴子不会说话，猴界即向无风潮，——可是猴界中也没有官，但这又作别论，——确应该虚心取法，反朴归真，则口且不开，文章自灭：这方法也是对的。然而上文也不过就理论而言，至于实效，却依然是难说。最显著的例，是连那么专制的俄国，而尼古拉二世"龙御上宾"

之后，罗马诺夫氏竟已"覆宗绝祀"了。要而言之，那大缺点就在虽有二大良法，而还缺其一，便是：无法禁止人们的思想。

于是我们的造物主——假如天空真有这样的一位"主子"——就可恨了：一恨其没有永远分清"治者"与"被治者"；二恨其不给治者生一枝细腰蜂那样的毒针；三恨其不将被治者造得即使砍去了藏着的思想中枢的脑袋而还能动作——服役。三者得一，阔人的地位即永久稳固，统御也永久省了气力，而天下于是乎太平。今也不然，所以即使单想高高在上，暂时维持阔气，也还得日施手段，夜费心机，实在不胜其委屈劳神之至……。

假使没有了头颅，却还能做服役和战争的机械，世上的情形就何等地醒目呵！这时再不必用什么制帽勋章来表明阔人和窄人了，只要一看头之有无，便知道主奴，官民，上下，贵贱的区别。并且也不至于再闹什么革命，共和，会议等等的乱子了，单是电报，就要省下许多许多来。古人毕竟聪明，仿佛早想到过这样的东西，《山海经》上就记载着一种名叫"刑天"的怪物。他没有了能想的头，却还活着，"以乳为目，以脐为口"，——这一点想得很周到，否则他怎么看，怎么吃呢，——实在是很值得奉为师法的。假使我们的国民都能这样，阔人又何等安全快乐？但他又"执干戚而舞"，则似乎还是死也不肯安分，和我那专为阔人图便利而设的理想底好国民又不同。陶潜先生又有诗道："刑天舞干戚，猛志固常在。"连这位貌似旷达的老隐士也这么说，可见无头也会仍有猛志，阔人的天下一时总怕难得太平的了。但有了太多的"特殊知识阶级"的国民，也许有特在例外的希望；况且精神文明太高了之后，精神的头就会提前飞去，区区物质的头的有无也算不得什么难问题。

1925 年 4 月 22 日
（选自《坟》，北京未名社 1927 年初版）

☞ 提示

《春末闲谈》和《灯下漫笔》均选自鲁迅的早期杂文集《坟》。在《春末闲谈》中，鲁迅是借细腰蜂的故事为专制主义者画像。在鲁迅看来，中国人的奴性是数千年封建愚民政策的结果，所谓"民可使由之，不可使知之"，这都是统治者施行于民众的"麻痹术"。犹如细腰蜂捉走螟蛉，其实是用毒针麻醉，封在窠里，以备做幼蜂食料，还让人看成是"拉去做儿女"，传为"天地间的美谈"。鲁迅一针见血地指出，犹如科学揭示了这一生物界的残忍，几千年中国民众的处境由此也便昭然若揭。几千年来统治者加诸中国人身上的奴性就像细腰蜂注射在螟蛉身上的毒汁，中国人不能成为"猛兽"而只能做"牛马"——"猛兽是单独的，牛马则结队"。正因为是"牛马"，单独拉开一匹，就只能供人役使，任人宰割。但牛马毕竟不同于螟蛉，一旦成群结队"就会排角成阵以御强敌"。于是乎"毒汁"不够用，再生"砍头"一法。尽管如此，"头如鸡，割复鸣"，"刑天舞干戚，猛志固常在"。可见，统治者的天下也从来没有安稳过。只不过，如此循环往复，中国老百姓也始终只是"牛马"，中国人所处的仍然是两样时代——"想做奴隶而不得的时代，暂时做稳了奴隶的时代"。

中国现代文学作品选读

小品文的危机

仿佛记得一两月之前,曾在一种日报上见到记载着一个人的死去的文章,说他是收集"小摆设"的名人,临末还有依稀的感喟,以为此人一死,"小摆设"的收集者在中国怕要绝迹了。

但可惜我那时不很留心,竟忘记了那日报和那收集家的名字。

现在的新的青年恐怕也大抵不知道什么是"小摆设"了。但如果他出身旧家,先前曾有玩弄翰墨的人,则只要不很破落,未将觉得没用的东西卖给旧货担,就也许还能在尘封的废物之中,寻出一个小小的镜屏,玲珑剔透的石块,竹根刻成的人像,古玉雕出的动物,锈得发绿的铜铸的三脚癞虾蟆:这就是所谓"小摆设"。先前,它们陈列在书房里的时候,是各有其雅号的,譬如那三脚癞虾蟆,应该称为"蟾蜍砚滴"之类,最末的收集家一定都知道,现在呢,可要和它的光荣一同消失了。

那些物品,自然决不是穷人的东西,但也不是达官富翁家的陈设,他们所要的,是珠玉扎成的盆景,五彩绘画的瓷瓶。那只是所谓士大夫的"清玩"。在外,至少必须有几十亩膏腴的田地,在家,必须有几间幽雅的书斋;就是流寓上海,也一定得生活较为安闲,在客栈里有一间长包的房子,书桌一顶,烟榻一张,瘾足心闲,摩挲赏鉴。然而这境地,现在却已经被世界的险恶的潮流冲得七颠八倒,像狂涛中的小船似的了。

然而就是在所谓"太平盛世"罢,这"小摆设"原也不是什么重要的物品。在方寸的象牙版上刻一篇《兰亭序》,至今还有"艺术品"之称,但倘将这挂在万里长城的墙头,或供在云冈的丈八佛像的足下,它就渺小得看不见了,即使热心者竭力指点,也不过令观者生一种滑稽之感。何况在风沙扑面,狼虎成群的时候,谁还有这许多闲工夫,来赏玩琥珀扇坠,翡翠戒指呢。他们即使要悦目,所要的也是耸立于风沙中的大建筑,要坚固而伟大,不必怎样精;即使要满意,所要的也是匕首和投枪,要锋利而切实,用不着什么雅。

美术上的"小摆设"的要求,这幻梦是已经破掉了,那日报上的文章的作者,就直觉地知道。然而对于文学上的"小摆设"——"小品文"的要求,却正在越加旺盛起来,要求者以为可以靠着低诉或微吟,将粗犷的人心,磨得渐渐的平滑。这就是想别人一心看着《六朝文絜》,而忘记了自己是抱在黄河决口之后,淹得仅仅露出水面的树梢头。

但这时却只用得着挣扎和战斗。

而小品文的生存,也只仗着挣扎和战斗的。晋朝的清言,早和它的朝代一同消歇了。唐末诗风衰落,而小品放了光辉。但罗隐的《谗书》,几乎全部是抗争和愤激之谈;皮日休和陆龟蒙自以为隐士,别人也称之为隐士,而看他们在《皮子文薮》和《笠泽丛书》中的小品文,并没有忘记天下,正是一榻胡涂的泥塘里的光彩和锋芒。明末的小品虽然比较的颓放,却并非全是吟风弄月,其中有不平,有讽刺,有攻击,有破坏。这种作风,也触着了满洲君臣的心病,费去许多助虐的武将的刀锋,帮闲的文臣的笔锋,直到乾隆年间,这才压制下去了。以后呢,就来了"小摆设"。

"小摆设"当然不会有大发展。到五四运动的时候,才又来了一个展开,散文小品的成功,几乎在小说戏曲和诗歌之上。这之中,自然含着挣扎和战斗,但因为常常取法于英国的随笔(Essay),所以也带一点幽默和雍容;写法也有漂亮和缜密的,这是为了对于旧文学的示威,在表示旧文学之自以为特长者,白话文学也并非做不到。以后的路,本来明明是更分明的挣扎和战斗,因为这原是萌芽于"文学革命"以至"思想革命"的。但现在的趋势,却在特别提倡那和旧文章相合之点,雍容,漂亮,缜密,就是要它成为"小摆设",供雅人的摩挲,并且想青年摩挲了这"小摆设",由粗暴而变为风雅了。

然而现在已经更没有书桌;鸦片虽然已经公卖,烟具是禁止的,吸起来还是十分不容易。想在战地或灾区里的人们来鉴赏罢——谁都知道是更奇怪的幻梦。这种小品,上海虽正在盛行,茶话酒谈,遍满小报的摊子上,但其实是正如烟花女子,已经不能在弄堂里拉扯她的生意,只好涂脂抹粉,在夜里蹩到马路上来了。

小品文就这样的走到了危机。但我所谓危机,也如医学上的所谓"极期"(Krisis)一般,是生死的分歧,能一直得到死亡,也能由此至于恢复。麻醉性的作品,是将与麻醉者和被麻醉者同归于尽的。生存的小品文,必须是匕首,是投枪,能和读者一同杀出一条生存的血路的东西;但自然,它也能给人愉快和休息,然而这并不是"小摆设",更不是抚慰和麻痹,它给人的愉快和休息是休养,是劳作和战斗之前的准备。

一九三三年八月二十七日
(选自《南腔北调集》,上海同文书店1934年版)

☞ 提示

20世纪20年代后期到30年代初,是中国新文学运动日渐分化的时期。不同文学阵营的作家们在这一时期经过不断的思想斗争,走向了不同的文学道路,带来了现代文学发展的多样性和多元化。共同经历过新文化运动的鲁迅和周作人兄弟,在20年代中期开始接受不同政治思潮的影响,产生了不同的文学倾向,由早先的《新青年》和《语丝》派同道,终于分道扬镳。历史上所谓周氏兄弟的"失和"主要并非家庭矛盾和情感上的纠葛,而在于政治观念的分歧。在很大程度上,他们的"失和"是中国现代文学运动中左右两翼对立倾向的缩影。这除了"语丝社"后期周作人与鲁迅的对立,30年代初在他们对小品文运动的不同态度中有更集中的反映。五四以后,和鲁迅不同,周作人日益倾向于把文学看成是个人的事业,称之为"自己的园地",否定文学的社会作用,标榜其自我性、趣味性,文学倾向趋于消极。他的态度得到了林语堂等人的认同并效仿。1932年,林语堂在上海创办《论语》,提倡幽默,奉周作人为领袖,小品文运动初现端倪。继之《人间世》《宇宙风》等相继创刊,到1933年,上海便有所谓"小品年"之称。鲁迅发表《小品文的危机》一文，对周作人、林语堂的主张予以针锋相对的抨击。针对周作人、林语堂等把小品文看成是"小摆设"，认为其作用只在"幽默""闲适""趣味"一类，现代的新文学就是明末清初"性灵"派文学的复活，鲁迅指出，五四以来"散文小品的成功"，虽则"在小说、戏曲和诗歌之上"，但"生存的小品文"绝不是"小摆设"，"必须是匕首，是投枪"。不仅现实如此，历史上看，"小品文的生存，也只仗着挣扎和战斗"，"小摆设"不会有大发展。现代的小品文是"萌芽于'文学革命'以至'思想革命'的"，不是"幽默和雍容"，而是"挣扎和战斗"。成为"小摆设"便是小品文的危机，是"生死的分歧"：要么自我麻醉而死灭，要么和读者一道"杀出一条血路"而生存。显然，鲁迅义不容辞地选择了后者，周作人等则不为所动地沉湎于前者。从此以后，周作人派的小品文和鲁迅式的"小品文"（杂文）也便有了本质性的区别：一派雍容优雅，深藏不露；一派旷放凌厉，锋芒毕现。这显然不仅只是艺术风格上的不同，更有文学观念和政治倾向上的区别。

秋　夜

　　在我的后园，可以看见墙外有两株树，一株是枣树，还有一株也是枣树。

　　这上面的夜的天空，奇怪而高，我生平没有见过这样的奇怪而高的天空。他仿佛要离开人间而去，使人们仰面不再看见。然而现在却非常之蓝，闪闪地睒着几十个星星的眼，冷眼。他的口角上现出微笑，似乎自以为大有深意，而将繁霜洒在我的园里的野花草上。

　　我不知道那些花草真叫什么名字，人们叫他们什么名字。我记得有一种开过极细小的粉红花，现在还开着，但是更极细小了，她在冷的夜气中，瑟缩地做梦，梦见春的到来，梦见秋的到来，梦见瘦的诗人将眼泪擦在她最末的花瓣上，告诉她秋虽然来，冬虽然来，而此后接着还是春，蝴蝶乱飞，蜜蜂都唱起春词来了。她于是一笑，虽然颜色冻得红惨惨地，仍然瑟缩着。

　　枣树，他们简直落尽了叶子。先前，还有一两个孩子来打他们别人打剩的枣子，现在是一个也不剩了，连叶子也落尽了。他知道小粉红花的梦，秋后要有春；他也知道落叶的梦，春后还是秋。他简直落尽叶子，单剩干子，然而脱了当初满树是果实和叶子时候的弧形，欠伸得很舒服。但是，有几枝还低亚着，护定他从打枣的竿梢所得的皮伤，而最直最长的几枝，却已默默地铁似的直刺着奇怪而高的天空，使天空闪闪地鬼睒眼；直刺着天空中圆满的月亮，使月亮窘得发白。

　　鬼睒眼的天空越加非常之蓝，不安了，仿佛想离去人间，避开枣树，只将月亮剩下。然而月亮也暗暗地躲到东边去了。而一无所有的干子，却仍然默默地铁似的直刺着奇怪而高的天空，一意要制他的死命，不管他各式各样地睒着许多蛊惑的眼睛。

哇的一声，夜游的恶鸟飞过了。

我忽而听到夜半的笑声，吃吃地，似乎不愿意惊动睡着的人，然而四周的空气都应和着笑。夜半，没有别的人，我即刻听出这声音就在我嘴里，我也即刻被这笑声所驱逐，回进自己的房。灯火的带子也即刻被我旋高了。

后窗的玻璃上丁丁地响，还有许多小飞虫乱撞。不多久，几个进来了，许是从窗纸的破孔进来的。他们一进来，又在玻璃的灯罩上撞得丁丁地响。一个从上面撞进去了，他于是遇到火，而且我以为这火是真的。两三个却休息在灯的纸罩上喘气。那罩是昨晚新换的罩，雪白的纸，折出波浪纹的叠痕，一角还画出一枝猩红色的栀子。

猩红的栀子开花时，枣树又要做小粉红花的梦，青葱地弯成弧形了……。我又听到夜半的笑声；我赶紧砍断我的心绪，看那老在白纸罩上的小青虫，头大尾小，向日葵子似的，只有半粒小麦那么大，遍身的颜色苍翠得可爱，可怜。

我打一个呵欠，点起一支纸烟，喷出烟来，对着灯默默地敬奠这些苍翠精致的英雄们。

一九二四年九月十五日
（选自《野草》，北京北新书局1927年初版）

☞ 提示

《秋夜》选自鲁迅的散文诗集《野草》。《野草》因其"深奥的哲理"，被公认为是鲁迅作品中最晦涩难懂的部分。《野草》写作的时间在1924—1926年，大致与他的第二部短篇小说集《彷徨》同时。这正是他面对启蒙阵营分化，"呐喊"之声渐歇，"成了游勇，布不成阵"，"两间余一尺，荷戟独彷徨"的时期。留在《野草》中的24篇散文诗（含《题辞》），就是当时鲁迅心态的写照。

《秋夜》是《野草》的开篇，也常被视为全集的主题。其中，鲁迅以充满象征意味的叙述，表达了抗拒孤独，"反抗绝望"的思想和精神。理解《秋夜》可从对文中两组意象的认识入手，其中心是枣树的意象。枣树的意象与"我"的意象重合，可视为作者精神的象征。"奇怪而高的天空"、"鬼䀹眼"的星星、"窘得发白"的月亮，以及"夜游的恶鸟"等，则构成一组敌对意象，象征着一切黑暗、丑恶的势力。枣树的孤独、坚忍、执著，"默默地铁似的直刺着奇怪而高的天空"，恰似鲁迅正在与黑暗势力所作的抗争。只不过，这里所谓"黑暗势力"仍是鲁迅在《呐喊·自序》中作过比拟的封建势力的"铁屋子"，虽奇大无比，无所不在，却又并非实体，犹如枣树所对抗的那片"奇怪而高的天空"，虽"一意要制他的死命"，但总归是"奇怪而高"的虚无。"呐喊"时代鲁迅身上燃起的无穷希望之火并未泯灭，但毕竟燎原之势已成过去。作者从"小粉红花的梦"、赴火而死的小青虫身上看到了这希望之火的余烬。而夜半时分，谛视黑暗的"我"不经意中发出了"吃吃"的笑声，确成为作者孤立、绝望而又无畏的证明。沿着这一精神导向，《野草》展现了鲁迅思想的脉络和应有的复杂内涵。

胡 适

差不多先生传

你知道中国最有名的人是谁？

提起此人，人人皆晓，处处闻名。他姓差，名不多，是各省各县各村人氏。你一定见过他，一定听过别人谈起他。差不多先生的名字天天挂在大家的口头，因为他是中国全国人的代表。

差不多先生的相貌和你和我都差不多。他有一双眼睛，但看的不很清楚；有两只耳朵，但听的不很分明；有鼻子和嘴，但他对于气味和口味都不很讲究。他的脑子也不小，但他的记性却不很精明，他的思想也不很细密。

他常常说："凡事只要差不多，就好了。何必太精明呢？"

他小的时候，他妈叫他去买红糖，他买了白糖回来。他妈骂他，他摇摇头说："红糖白糖不是差不多吗？"

他在学堂的时候，先生问他："直隶省的西边是哪一省？"他说是陕西。先生说："错了。是山西，不是陕西。"他说："陕西同山西，不是差不多吗？"

后来他在一个钱铺里做伙计；他也会写，也会算，只是总不会精细。十字常常写成千字，千字常常写成十字。掌柜的生气了，常常骂他。他只是笑嘻嘻地赔小心道："千字比十字只多一小撇，不是差不多吗？"

有一天，他为了一件要紧的事，要搭火车到上海去。他从从容容地走到火车站，迟了两分钟，火车已开走了。他白瞪着眼，望着远远的火车上的煤烟，摇摇头道："只好明天再走了，今天走同明天走，也还差不多。可是火车公司未免太认真了。八点三十分开，同八点三十二分开，不是差不多吗？"他一面说，一面慢慢地走回家，心里总不明白为什么火车不肯等他两分钟。

有一天，他忽然得了急病，赶快叫家人去请东街的汪医生。那家人急急忙忙地跑去，一时寻不着东街的汪大夫，却把西街牛医王大夫请来了。差不多先生病在床上，知道寻错了人；但病急了，身上痛苦，心里焦急，等不得了，心里想着："好在王大夫同汪大夫也差不多，让他试试看罢。"于是这位牛医王大夫走近床前，用医牛的法子给差不多先生治病。不上一点钟，差不多先生就一命呜呼了。

差不多先生差不多要死的时候，一口气断断续续地说道："活人同死人也差……差……差不多，……凡事只要……差……差……不多……就……好了，……何……何……必……太……太认真呢？"他说完了这句格言，方才绝气了。

他死后，大家都很称赞差不多先生样样事情看得破，想得通；大家都说他一生不肯认真，不肯算账，不肯计较，真是一位有德行的人。于是大家给他取个死后的法号，叫他做圆通大师。

他的名誉越传越远,越久越大。无数无数的人都学他的榜样。于是人人都成了一个差不多先生。——然而中国从此就成为一个懒人国了。

(原载于1924年6月28日《申报·平民周刊》第1期)

☞ **提示**

胡适在文学革命中曾有过"开风气"的功绩,但他始终认为,自己对文学是"提倡有心,创作无力"。在新文化运动中,他以实验主义观点致力于中国文化的改造与创建,把语言形式的革命看成是重要步骤。在五四反封建浪潮中,和鲁迅一样,胡适也把改造国民性视之为文化重建的主要工作。但和鲁迅不同,胡适批判国民性的重点在于提倡"救出你自己"的易卜生式的"健全的个人主义",反对封建制度下人人乐天安命、因循苟且的"家族的个人主义",告诉青年人从自我做起,从现在做起,树立国家民族的新观念和积极进取的人生观。因此,胡适并非主要从经济或物质层面关注民生疾苦,对社会黑暗势力也未有鲁迅式的深恶痛绝。他看待社会的发展在于文化的渐进,而非疾风暴雨式的革命。这篇寓言体散文《差不多先生传》,在胡适思想中的地位也应作如是观。如同鲁迅笔下的阿Q,胡适笔下的"差不多先生"亦被作者描绘成中国人的典型,但二者的立意明显不同:鲁迅的锋芒直指封建专制制度,对民众的苦难寄予了深厚的同情;胡适则轻描淡写,淡化阶级对立,"差不多先生"的死乃至全中国人几千年的愚昧落后都被他归结为一种怕"担干系",不负责任的"懒惰",即所谓自私狭隘的"家族的个人主义"。

周作人

故乡的野菜

我的故乡不止一个,凡我住过的地方都是故乡。故乡对于我并没有什么特别的情分,只因钓于斯游于斯的关系,朝夕会面,遂成相识,正如乡村里的邻舍一样,虽然不是亲属,别后有时也要想念到他。我在浙东住过十几年,南京东京都住过六年,这都是我的故乡;现在住在北京,于是北京就成了我的家乡了。

日前我的妻往西单市场买菜回来,说起有荠菜在那里卖着,我便想起浙东的事来。荠菜是浙东人春天常吃的野菜,乡间不必说,就是城里只要有后园的人家都可以随时采食,妇女小儿各拿一把剪刀一只"苗篮",蹲在地上搜寻,是一种有趣味的游戏的工作。那时小孩们唱道,"荠菜马兰头,姊姊嫁在后门头。"后来马兰头有乡人拿来进城售卖了,但荠菜还是一种野菜,须得自家去采。关于荠菜向来颇有风雅的传说,不过这似乎以吴地为主。《西湖游览志》云,"三月三日男女皆戴荠菜花。谚云,三春戴荠花,桃李羞繁华。"顾禄的《清嘉录》上亦说,"荠菜花俗呼野菜花,因谚有三月三蚂蚁上灶山之语,三日人家皆以野菜花置灶陉上,以厌虫蚁。侵晨村童叫卖不绝。或妇女簪髻上以祈清目,俗号眼亮花。"但浙东却不很理会这些事情,只是挑来做菜或炒年糕吃罢了。

黄花麦果通称鼠曲草,系菊科植物,叶小微圆互生,表面有白毛,花黄色,簇生梢头。春天采嫩叶,捣烂去汁,和粉作糕,称黄花麦果糕。小孩们有歌赞美之云:

　　黄花麦果韧结结,
　　关得大门自要吃;
　　半块拿弗出,一块自要吃。

清明前后扫墓时,有些人家——大约是保存古风的人家——用黄花麦果作供,但不作饼状,做成小颗如指顶大,或细条如小指,以五六个作一攒,名曰茧果,不知是什么意思,或因蚕上山时设祭,也用这种食品,故有是称,亦未可知。自从十二三岁时外出不参与外祖家扫墓以后,不复见过茧果,近来住在北京,也不再见黄花麦果的影子了。日本称作"御形",与荠菜同为春天的七草之一,也采来做点心用,状如艾饺,名曰"草饼",春分前后多食之,在北京也有,但是吃去总是日本风味,不复是儿时的黄花麦果糕了。

扫墓时候所常吃的还有一种野菜,俗名草紫,通称紫云英。农人在收获后,翻种田内,用作肥料,是一种很被贱视的植物,但采取嫩茎瀹食,味颇鲜美,似豌豆苗。花紫红色,数十亩接连不断,一片锦绣,如铺着华美的地毯,非常好看,而且花朵状若蝴蝶,又如鸡雏,尤为小孩所喜。间有白色的花,相传可以治痢,很是珍重,但不易得。日本《俳句大辞典》云,"此草与蒲公英同是习见的东西,从幼年时代便已熟识,在女人里边,不曾采过紫云英的人,恐未必有罢。"中国古来没有花环,但紫云英的花球却是小孩常玩的东西,这一层我还替那些小人们欣幸的。浙东扫墓用鼓吹,所以少年们常随了乐音去看"上坟船里的姣姣";没有钱的人家虽没有鼓吹,但是船头上篷窗下总露出些紫云英和杜鹃的花束,这也就是上坟船的确实的证据了。

(十三年二月)

(选自《雨天的书》,上海北新书局1925年初版)

☞ 提示

　　五四以后,周作人主张仿效英国的随笔(Essay),创作一种平和冲淡的散文,即他所谓"美文",借以表达一点"真实简明"的思想,改变自《新青年》创刊以来"杂感"、政论一统文坛的局面,"给新文学开辟出一块新的土地来"。(周作人:《美文》)20年代中期以后,这种平和冲淡的散文不仅是他茶余饭后的兴之所至,而至于日久弥精的功课,周作人也由此成为中国现代杰出的"美文"家。不说其思想,单就其成就而言,这类散文在周作人手中确乎已臻于炉火纯青的地步。这篇《故乡的野菜》写于1924年,大抵还属于"试笔"之作,虽也是回忆性文字,但与鲁迅的《朝花夕拾》明显不同,作者并非在回忆中品味情感,而是控驭情感,用知识化表达淡化思想的锋芒。文中,作者起初说到自己的故乡不止一个,这就有点回避情感性的记忆,故作矜持的味道。接着说到听见妻子提及荠菜"想起浙东的事来",随便谈起"故乡的野菜",一项一项娓娓道来。读者不过觉得在听一位老于世故者的谈天说地,虽则兴味盎然,也未必能勾起多少怀旧的感伤——怀旧的情绪被知识性的接受所冲淡了。这正是周作人散文的特点。有人视为"冷",有人认为"雅",但无论怎么说,平和冲淡为其本色。

谈　酒

　　这个年头儿,喝酒倒是很有意思的。我虽是京兆人,却生长在东南的海边,是出产酒的有名地方。我的舅父和姑父家里时常做几缸自用的酒,但我终于不知道酒是怎么做法,只觉得所用的大约是糯米,因为儿歌里说,"老酒糯米做,吃得变nionio"——末一字是本地叫猪的俗语。做酒的方法与器具似乎都很简单,只有煮的时候的手法极不容易,非有经验的工人不办,平常做酒的人家大抵聘请一个人来,俗称"酒头工",以自己不能喝酒者为最上,叫他专管鉴定煮酒的时节。有一个远房亲戚,我们叫他"七斤公公",——他是我舅父的族叔,但是在他家里做短工,所以舅母只叫他作"七斤老",有时也听见她叫"老七斤",是这样的酒头工,每年去帮人家做酒;他喜吸旱烟,说玩话,打马将,但是不大喝酒(海边的人喝一两碗是不算能喝,照市价计算也不值十文钱的酒),所以生意很好,时常跑一二百里路被招到诸暨嵊县去。据他说这实在并不难,只须走到缸边屈着身听,听见里边起泡的声音切切察察的,好像是螃蟹吐沫(儿童称为蟹煮饭)的样子,便拿来煮就得了;早一点酒还未成,迟一点就变酸了。但是怎么是恰好的时期,别人仍不知道,只有听熟的耳朵才能够断定,正如骨董家的眼睛辨别古物一样。

　　大人家饮酒多用酒钟,以表示其斯文,实在是不对的。正当的喝法是用一种酒碗,浅而大,底有高足,可以说是古已有之的香槟杯。平常起码总是两碗,合一"串筒",价值似是六文一碗。串筒略如倒写的凸字,上下部如一与三之比,以洋铁为之,无盖无嘴,可倒而不可筛,据好酒家说酒以倒为正宗,筛出来的不大好吃。唯酒保好于置酒之前先"荡"(置水于器内,摇荡而洗涤之谓)串筒,荡后往往将清水之一部分留在筒内,客嫌酒淡,常起争执,故喝酒老手必先戒堂倌以勿荡串筒,并监视其量好放在温酒架上。能饮者多索竹叶青,通称曰"本色","元红"系状元红之略,则着色者,唯外行人喜饮之。在外省有所谓花雕者,唯本地酒店中却没有这样东西。相传昔时人家生女,则酿酒贮花雕(一种有花纹的酒坛)中,至女儿出嫁时用以饷客,但此风今已不存在,嫁女时偶用花雕,也只临时买元红充数,饮者不以为珍品。有些喝酒的人预备家酿,却有极好的,每年做醇酒若干坛,按次第埋园中,二十年后掘取,即每岁皆得饮二十年陈的老酒了。此种陈酒例不发售,故无处可买,我只有一回在旧日业师家里喝过这样好酒,至今还不曾忘记。

我既是酒乡的一个土著,又这样的喜欢谈酒,好像一定是个与"三酉"结不解缘的酒徒了。其实却大不然。我的父亲是很能喝酒的,我不知道他可以喝多少,只记得他每晚用花生米水果等下酒,且喝且谈天,至少要花费两点钟,恐怕所喝的酒一定很不少了。但我却是不肖,不,或者可以说有志未遂,因为我很喜欢喝酒而不会喝,所以每逢酒宴我总是第一个醉与脸红的。自从辛酉患病后,医生叫我喝酒以代药饵,定量是勃阑地每回二十格阑姆,蒲陶酒与老酒等倍之,六年以后酒量一点没有进步,到现在只要喝下一百格阑姆的花雕,便立刻变成关夫子了。(以前大家笑谈称作"赤化",此刻自然应当谨慎,虽然是说笑话。)有些有不醉之量的,愈饮愈是脸白的朋友,我觉得非常可以欣羡,只可惜他们愈能喝酒便愈不肯喝酒,好像是美人之不肯显示她的颜色,这实在是太不应该了。

　　黄酒比较的适宜一点,所以觉得时常可以买喝,其实别的酒也未尝不好。白干于我未免过凶一点,我喝了常怕口腔内要起泡,山西的汾酒与北京的莲花白虽然可喝少许,也总觉得不很和善。日本的清酒我颇喜欢,只是仿佛新酒模样,味道不很静定。蒲桃酒与橙皮酒都很可口,但我以为最好的还是勃阑地。我觉得西洋人不很能够了解茶的趣味,至于酒则很有工夫,决不下于中国。天天喝洋酒当然是一个大的漏卮,正如吸烟卷一般,但不必一定进国货党,咬定牙根要抽净丝,随便喝一点什么酒其实都是无所不可的,至少是我个人这样的想。

　　喝酒的趣味在什么地方?这个我恐怕有点说不明白。有人说,酒的乐趣是在醉后的陶然的境界。但我不很了解这个境界是怎样的,因为我自饮酒以来似乎不大陶然过,不知怎的我的醉大抵都只是生理的,而不是精神的陶醉。所以照我说来,酒的趣味只是在饮的时候,我想悦乐大抵在做的这一刹那,倘若说是陶然那也当是杯在口的一刻罢。醉了,困倦了,或者应当休息一会儿,也是很安舒的,却未必能说酒的真趣是在此间。昏迷,梦魇,呓语,或是忘却现世忧患之一法门;其实这也是有限的,倒还不如把宇宙性命都投在一口美酒里的耽溺之力还要强大。我喝着酒,一面也怀着"杞天之虑",生恐强硬的礼教反动之后将引起颓废的风气,结果是借醇酒妇人以避礼教的迫害,沙宁(Sanin)时代的出现不是不可能的。但是,或者在中国什么运动都未必彻底成功,青年的反拨力也未必怎么强盛,那么杞天终于只是杞天,仍旧能够让我们喝一口非耽溺的酒也未可知。倘若如此,那时喝酒又一定另外觉得很有意思了罢?

民国十五年六月二十日,于北京
(选自《泽泻集》,上海北新书局1927年初版)

提示

　　周作人常说自己身上藏有"两个鬼":一个绅士鬼,一个流氓鬼。又说自己有时是"叛徒",有时是"隐士",亦是同样的意思。在《泽泻集》的序言里他说道:"希望在我的趣味之文里也还有叛徒活着。"他常说自己在创作中"极慕平淡自然的景地",又说:"平淡,这是我所最缺少的。"此等矛盾性的话语在这篇《谈酒》中确乎有所表现。《谈酒》选自周作人的散文集《泽泻集》,作于1926年6月。这年在北京发生了"三一八"惨案,鲁迅写过《记念刘和珍君》,周作人也写了《关于三月十八日的死者》《新中国的女子》等文章,以示激愤和抗议,都收在这本《泽泻集》中。《谈酒》的写作因有这样一种背景,就觉得它与《故乡的野菜》等有所不同。这不同明显地表现在文章的开头和结尾。开头作者提到"这个年头儿",就使人觉得别有深意,接着一番"平铺直叙"地"谈酒",读来又仿佛有意让人忘却身外之事。但临结束时作者笔头一转,说到"酒的真趣"乃在"昏迷,梦魇,呓语,或是忘却现世忧患之一法门",其用意就不言自明了——其实他所谓"杞天之虑"乃指现实中人们或许将"耽溺"于"醇酒妇人"中,以致"中国什么运动都未必彻底成功,青年的反拨力也未必怎么强盛"。这正是作者身上那股"叛徒"气或者"流氓鬼"有所复活的表现。

乌篷船

子荣君:

　　接到手书,知道你要到我的故乡去,叫我给你一点什么指导。老实说,我的故乡,真正觉得可怀恋的地方,并不是那里;但是因为在那里生长,住过十多年,究竟知道一点情形,所以写这一封信告诉你。

　　我所要告诉你的,并不是那里的风土人情,那是写不尽的,但是你到那里一看也就会明白的,不必啰唆地多讲。我要说的是一种很有趣的东西,这便是船。你在家乡平常总坐人力车,电车,或是汽车,但在我的故乡那里这些都没有,除了在城内或山上是用轿子以外,普通代步都是用船。船有两种,普通坐的都是"乌篷船",白篷的大抵作航船用,坐夜航船到西陵去也有特别的风趣,但是你总不便坐,所以我也就可以不说了。乌篷船大的为"四明瓦(Sy-menngoa),小的为脚划船(划读如 uoa),亦称小船。但是最适用的还是在这中间的"三道",亦即三明瓦。篷是半圆形的,用竹片编成,中夹竹箬,上涂黑油;在两扇"定篷"之间放着一扇遮阳,也是半圆的,木作格子,嵌着一片片的小鱼鳞,径约一寸,颇有点透明,略似玻璃而坚韧耐用,这就称为明瓦。三明瓦者,谓其中舱有两道,后舱有一道明瓦也。船尾用橹,大抵两支,船首有竹篙,用以定船。船头着眉目,状如老虎,但似在微笑,颇滑稽而不可怕,唯白篷船则无之。三道船篷之高大约可以使你直立,舱宽可以放下一顶方桌,四个人坐着打马将,——这个恐怕你也已学会了罢?小船则真是一叶扁舟,你坐在船底席上,篷顶离你的头有两三寸,你的两手可以搁在左右的舷上,还把手都露出在外边。在这种船里仿佛是在水面上坐,靠近田岸去时泥土便和你的眼鼻接近,而且遇着风浪,或是坐得少不小心,就会船底朝天,发生危险,但是也颇有趣味,是水乡的一种特色。不过你总可以不必去坐,最好还是坐那三道船罢。

中国现代文学作品选读

你如坐船出动,可是不能像坐电车的那样性急,立刻盼望走到。倘若出城,走三四十里路(我们那里的里程是很短,一里才及英哩三分之一),来回总要预备一天。你坐在船上,应该是游山的态度,看看四周物色,随处可见的山,岸旁的乌桕,河边的红蓼和白蘋,渔舍,各式各样的桥,困倦的时候睡在舱中拿出随笔来看,或者冲一碗清茶喝喝。偏门外的鉴湖一带,贺家池,壶觞左近,我都是喜欢的,或者往娄公埠骑驴去游兰亭(但我劝你还是步行,骑驴或者于你不很相宜),到得暮色苍然的时候进城上都挂着薜荔的东门来,倒是颇有趣味的事。倘若路上不平静,你往杭州去时可于下午开船,黄昏时候的景色正最好看,只可惜这一带地方的名字我都忘记了。夜间睡在舱中,听水声橹声,来往船只的招呼声,以及乡间的犬吠鸡鸣,也都很有意思。雇一只船到乡下去看庙戏,可以了解中国旧戏的真趣味,而且在船上行动自如,要看就看,要睡就睡,要喝酒就喝酒,我觉得也可以算是理想的行乐法。只可惜讲维新以来这些演剧与迎会都已禁止,中产阶级的低能人别在"布业会馆"等处建起"海式"的戏场来,请大家买票看上海的猫儿戏。这些地方你千万不要去。——你到我那故乡,恐怕没有一个人认得,我又因为在教书不能陪你去玩,坐夜船,谈闲天,实在抱歉而且惆怅。川岛君夫妇现在偁山下,本来可以给你介绍,但是你到那里的时候他们恐怕已经离开故乡了。初寒,善自珍重,不尽。

十五年一月十八日夜,于北京

(选自《泽泻集》,上海北新书局1927年初版)

☞ 提示

《乌篷船》在题材和内容上与《故乡的野菜》等大致相类,在周作人众多描摹乡土风物的散文中常为人称道。它在写作上的特色也极鲜明。文章采用书信体。作者信手拈来,侃侃而谈。说到故乡,只给人介绍一样东西——乌篷船。谈起乌篷船,又说自己最钟情于"三明瓦"。然后说到坐船的好处,这才算谈到正题上来。文末一句话,总算把作者的真实用心全抛了出来:"要看就看,要睡就睡,要喝酒就喝酒,我觉得也可以算是理想的行乐法。"及时行乐或苦中求乐,这或许就是周作人的人生哲学。

冰 心

寄小读者(通讯七)

亲爱的小朋友:

八月十七的下午,约克逊号邮船无数的窗眼里,飞出五色飘扬的纸带,远远的抛到岸上,任凭送别的人牵住的时候,我的心是如何的飞扬而凄恻!

痴绝的无数的送别者，在最远的江岸，仅仅牵着这终于断绝的纸条儿，放这庞然大物，载着最重的离愁，飘然西去！

船上生活，是如何的清新而活泼。除了三餐外，只是随意游戏散步。海上的头三日，我竟完全回到小孩子的境地中去了，套圈子，抛沙袋，乐此不疲，过后又绝然不玩了。后来自己回想很奇怪，无他，海唤起了我童年的回忆，海波声中，童心和游伴都跳跃到我脑中来。我十分的恨这次舟中没有几个小孩子，使我童心来复的三天中，有无猜畅好的游戏！

我自少住在海滨，却没有看见过海平如镜。这次出了吴淞口，一天的航程，一望无际尽是粼粼的微波。凉风习习，舟如在冰上行。到过了高丽界，海水竟似湖水，蓝极绿极，凝成一片。斜阳的金光，长蛇般自天边直接到阑旁人立处。人自穹苍，下至船前的水，自浅红至于深翠，幻成几十色，一层层，一片片的漾开了来。……小朋友，恨我不能画，文字竟是世界上最无用的东西，写不出这空灵的妙景！

八月十八夜，正是双星渡河之夕。晚餐后独倚阑旁，凉风吹衣。银河一片星光，照到深黑的海上。远远听得楼阑下人声笑语，忽然感到家乡渐远。繁星闪烁着，海波吟啸着，凝立悄然，只有惆怅。

十九日黄昏，已近神户，两岸青山，不时的有渔舟往来。日本的小山多半是圆扁的，大家说笑，便道是"馒头山"。这馒头山沿途点缀，直到夜里，远望灯光灿然，已抵神户。船徐徐停住，便有许多人上岸去。我因太晚，只自己又到最高层上，初次看见这般璀璨的世界，天上微月的光，和星光，岸上的灯光，无声相映。不时的还有一串光明从山上横飞过，想是火车周行。……舟中寂然，今夜没有海潮音，静极心绪忽起："倘若此时母亲也在这里……"我极清晰的记忆起北京来，小朋友，恕我，不能往下再写了。

冰心
一九二三年八月二十日，神户

朝阳下转过一碧无际的草坡，穿过深林，已觉得湖上风来，湖波不是昨夜欲睡如醉的样子了。——悄然的坐在湖岸上，伸开纸，拿起笔，抬起头来，四周红叶中，四面水声里，我要开始写信给我久违的小朋友。小朋友猜我的心情是怎样的呢？

水面闪烁着点点的银光，对岸意大利花园里亭亭层列的松树，都证明我已在万里外。小朋友，到此已逾一月了，便是在日本也未曾寄过一字，说是对不起呢，我又不愿！

我平时写作，喜在人静的时候。船上却处处是公共的地方，舱面阑边，人人可以来到。海景极好，心胸却难得清平。我只能在晨间绝早，船面无人时，随意写几个字，堆积至今，总不能整理，也不愿草草整理，便迟延到了今日。我是尊重小朋友的，想小朋友也能尊重原谅我！

许多话不知从哪里说起，而一声声打击湖岸的微波，一层层的没上杂立的潮石，直到我蔽膝的毡边来，似乎要求我将她介绍给我的小朋友。小朋友，我真不知如何的形容介绍她！她现在横在我的眼前。湖上的月明和落日，湖上的浓阴和微雨，我都见过了，真是仪态万千。小朋友，我的亲爱的人都不在这里，便只有她——海的女儿，能慰安我了。Lake Waban，谐音会意，我便唤她做"慰冰"。每日黄昏的游泛，舟轻如羽，水柔如不胜桨。岸上四周的树叶，绿的，红的，黄的，白的，一丛一丛的倒影到水中来，覆盖了半湖秋天。夕阳下极其艳冶，极其柔媚。将落的金光，到了树梢，散在湖面。我在湖上光雾中，低低的嘱咐它，带我的爱和慰安，一同和它到远东去。

小朋友！海上半月，湖上也过半月了，若问我爱哪一个更甚，这却难说。——海好象我的母亲，湖是我的朋友。我和海亲近在童年，和湖亲近是在现在。海是深阔无际，不着一字，她的爱是神秘而伟大的，我对她的爱是归心低首的。湖是红叶绿枝，有许多衬托，她的爱是温和妩媚的，我对她的爱是清淡相照的。这也许太抽象，然而我没有别的话来形容了！

小朋友，两月之别，你们自己写了多少，母亲怀中的乐趣，可以说来让我听听么？——这便算是沿途书信的小序，此后仍将那写好的信，按序寄上，日月和地方，都因其旧，"弱游"的我，如何自太平洋东岸的上海绕到大西洋东岸的波士顿来，这些信中说得很清楚，请在那里看罢！

不知这几百个字，何时方达到你们那里，世界真是太大了！

一九二三年十月十四日，慰冰湖畔，威尔斯利

（选自《寄小读者》，北新书局1932年版）

☞ 提示

冰心是中国现代文学史上成名最早的女作家，她的小说、散文和诗都颇有成就。在风雨如磐的五四时代，作家们的情感表达难免多样而复杂，或如鲁迅式的沉痛，周作人式的闲雅，郁达夫式的感伤，唯有冰心的创作始终沐浴在一派"爱的哲学"的熏风里，有如圣徒般高洁，天使般温柔。《寄小读者》是冰心1923—1926年赴美留学期间写作并发表的一组通讯体散文。创作时，她不仅为自己拟定了特殊的读者——一群天真活泼的小朋友，为他们写作，和他们谈心，而且把她"爱的三元素"化入其中：自然之美、童真之趣、母爱之纯，及其融洽和谐，"无猜畅好"。这便是她时时向往的人间天国：她是天使，引领着孩童们、母亲们，在自然的怀抱里欢畅游戏，无忧无虑。——因为母爱无私，天下的母亲和母亲都是好朋友，天下的母亲的孩子们也都是好朋友。多么无邪的幻想，多么天真的"哲学"！

就散文创作而言，冰心的《寄小读者》开创了一种特殊的体裁——通讯体。这是一种具有谈话风格的书信体。用之于散文创作，在于它有特定的期待视野——儿童世界，童稚童趣，因此，也可视之为现代儿童文学的开篇。它风格优雅，语调亲切、随意，表达的不是婉曲的哲理和深奥的知识，而是切合自然的情致，在现代语体散文发展史上有其特定的地位。

朱自清

给亡妇

　　谦，日子真快，一眨眼你已经死了三个年头了。这三年里世事不知变化了多少回，但你未必注意这些个，我知道。你第一惦记的是你几个孩子，第二便轮着我。孩子和我平分你的世界，你在日如此；你死后若还有知，想来还如此的。告诉你，我夏天回家来着：迈儿长得结实极了，比我高一个头。闰儿，父亲说是最乖，可是没有先前胖了。采芷和转子都好。五儿全家夸她长得好看；却在腿上生了湿疮，整天坐在竹床上不能下来，看了怪可怜的。六儿，我怎么说好，我明白，你临终时也和母亲谈过，这孩子是只可以养着玩儿的，他左挨右挨，去年春天，到底没有挨过去。这孩子生了几个月，你的肺病就重起来了。我劝你少亲近他，只监督着老妈子照管就行。你总是忍不住，一会儿提，一会儿抱的。可是你病中为他操的那一份儿心也够瞧的。那一个夏天他病的时候多，你成天儿忙着，汤呀，药呀，冷呀，暖呀，连觉也没有好好儿睡过。那里有一分一毫想着你自己。瞧着他硬朗点儿你就乐，干枯的笑容在黄蜡般的脸上，我只有暗中叹气而已。

　　从来想不到做母亲的要像你这样。从迈儿起，你总是自己喂乳，一连四个都这样。你起初不知道按钟点儿喂，后来知道了，却又弄不惯；孩子们每夜里几次将你哭醒了，特别是闷热的夏季。我瞧你的觉老没睡足。白天里还得做菜，照料孩子，很少得空儿。你的身子本来坏，四个孩子就累你七八年。到了第五个，你自己实在不成了，又没乳，只好自己喂奶粉，另雇老妈子专管她。但孩子跟老妈子睡，你就没有放过心；夜里一听见哭，就竖起耳朵听，工夫一大就得过去看。十六年初，和你到北京来，将迈儿转子留在家里；三年多还不能去接他们，可真把你惦记苦了。你并不常提，我却明白。你后来说，你的病就是惦记出来的；那个自然也有分儿，不过大半还是养育孩子累的。你的短短的十二年结婚生活，有十一年耗费在孩子身上；而你一点不厌倦，有多少力量用多少，一直到自己毁灭为止。你对孩子一般儿爱，不问男的女的，大的小的。也不想到什么"养儿防老，积谷防饥"，只拼命的爱去。你对于教育老实说有些外行，孩子们只要吃得好玩得好就成了。这也难怪你，你自己便是这样长大的。况且孩子们原都还小，吃和玩本来也要紧的。你病重的时候最放不下的还是孩子。病的只剩皮包着骨头了，总不信自己不会好；老说："我死了，这一大群孩子可苦了。"后来说送你回家，你想着可以看见迈儿和转子，也愿意；你万不想到会一去不返的。我送车的时候，你忍不住哭了，说"还不知能不能再见？"可怜，你的心我知道，你满想着好好儿带着六个孩子回来见我的。谦，你那时一定这样想，一定的。

　　除了孩子，你心里只有我。不错，那时你父亲还在。可是你母亲死了，他另有个女人，你老早就觉得隔了一层似的。出嫁后第一年你虽还一心一意依恋着他老人家，到第二年上我和孩子可就将你的心占住，你再没有多少工夫惦记他了。你还记得第一年我在北京,你在家里。家里来信说你待不住,常回娘家去。我动气了,马上写信责备你。你教人写了一封复信,说家里有事,不能不回去。这是你第一次也可以说第末次的抗议,我从此就没给你写信。暑假时带了一肚子主意回去,但见了面,看你一脸笑,也就拉倒了。打这时候起,你渐渐从你父亲的怀里跑到我这儿。你换了金镯子帮助我的学费,叫我以后还你;但直到你死,我没有还你。你在我家受了许多气,又因为我家的缘故受你家里的气,你都忍着。这全为的是我,我知道。那回我从家乡一个中学半途辞职出走。家里人讽你也走。那里走!只得硬着头皮往你家去。那时你家像个冰窖子,你们在窖里足足住了三个月。好容易我才将你们领出来了,一同上外省去。小家庭这样组织起来了。你虽不是什么阔小姐,可也是自小娇生惯养的。做起主妇来,什么都得干一两手;你居然做下去了,而且高高兴兴地做下去了。菜照例满是你做,可是吃的都是我们;你至多夹上三筷子就算了。你的菜做得不坏,有一位老在行大大地夸奖过你。你洗衣服也不错,夏天我的绸大褂大概总是你亲自动手。你在家老不乐意闲着;坐前几个"月子",老是四五天就起床,说是躺着家里事没条没理的。其实你起来也还不是没条理;咱们家那么多孩子,那儿来条理?在浙江住的时候,逃过两回兵难,我都在北平。真亏你领着母亲和一群孩子东藏西躲的;末一回还要走多少里路,翻一道大岭。这两回差不多只靠你一个人。你不但带了母亲和孩子们,还带了我一箱箱的书;你知道我是最爱书的。在短短的十二年里,你操的心比人家一辈子还多;谦,你那样身子怎么经得住!你将我的责任一股脑儿担负了去,压死了你;我如何对得起你!

你为我的捞什子书也费了不少神;第一回让你父亲的男佣人从家乡捎到上海去。他说了几句闲话,你气得在你父亲面前哭了。第二回是带着逃难,别人都说你傻子。你有你的想头:"没有书怎么教书?况且他又爱这个玩意儿。"其实你没有晓得,那些书丢了也并不可惜;不过教你怎么晓得,我平常从来没和你谈过这些个!总而言之,你的心是可感谢的。这十二年里你为我吃的苦真不少,可是没有过几天好日子。我们在一起住,算来也还不到五个年头。无论日子怎么坏,无论是离是合,你从来没对我发过脾气,连一句怨言也没有——别说怨我,就是怨命也没有过。老实说,我的脾气可不大好,迁怒的事儿有的是。那些时候,你往往抽噎着流眼泪,从不回嘴,也不号啕。不过我也只信得过你一个人,有些话我只和你一个人说,因为世界上只你一个人真关心我,真同情我。你不但为我吃苦,更为我分苦;我之有我现在的精神,大半是你给我培养着的。这些年来我很少生病。但我最不耐烦生病,生了病就呻吟不绝,闹那侍候病的人。你是领教过一回的,那回只一两点钟,可是也够麻烦了。你常生病,却总不开口,挣扎着起来:一来怕扰我,二来怕没人做你那分儿事。我有一个坏脾气,怕听人生病,也是真的。后来你天天发烧,自己还以为南方带来的疟疾,一直瞒着我。明明躺着,听见我的脚步,一骨碌就坐起来。我渐渐有些奇怪,让大夫一瞧,这可糟了,你的一个肺已经烂了一个大窟窿了!大夫劝你到西山去静养,你丢不下孩子,又舍不得钱;劝你在家里躺着,你也丢不下那分儿家务。越看越不行了,这才送你回去。明知凶多吉少,想不到只一个月工夫你就完了!本来盼望还见得着你,这一来可拉倒了。你也何尝想到这个?父亲告诉我,你回家独住着一所小住宅,还嫌没有客厅,怕我回去不便哪。

  前年夏天回家,上你坟上去了。你睡在祖父母的下首,想来还不孤单的。只是当年祖父母的圹太小了,你正睡在圹底下。这叫做"抗圹",在生人看来是不安心的;等着想办法罢。那时圹上圹下密密地长着青草,朝露浸湿了我的布鞋。你刚埋了半年多,只有圹下多出一块土,别的全然看不出新坟的样子。我和隐今夏回去,本想到你的坟上来;因为她病了没来成。我们想告诉你,五个孩子都好,我们一定尽心教养他们,让他们对得起死了的母亲你!谦,好好儿放心安睡罢,你。

二十一年十月

(选自《你我》,商务印书馆1936年版)

☞ 提示

  周作人认为,现代散文按文体可划分为纯粹的语体文和"雅致的俗语文"两类。俞平伯及他自己的文章当属后者;而前者,他认为,则"在受过新式中学教育的学生手里写得很是细腻流丽","有造成新文体的可能"。(《燕知草·跋》)朱自清的散文属于此类。这也可印证于朱光潜的看法。朱光潜曾称赞朱自清是一位有杰出贡献的"语体文作家",以其剪裁之精练、文笔之雅洁,"向一般写语体文的人们揭示了一个极好的模范"。(《敬悼朱佩弦先生》)。朱自清的散文文体规范,语言高度口语化,情感也常常是经过理智过滤的。这篇《给亡妇》是朱自清1932年为悼念逝世三年的前妻而作,和《背影》等一样,成为朱自清至情的流露。有人认为,朱自清在人事上过于谦恭,对亲情未免有较多依赖。但他在生活中又常常是一个不拘小节的人,对父母、对妻子、对儿女,甚至对朋友的诸般情谊常有疏淡之处,总是在回忆中通过书写去端详他们的音容笑貌,表达自己负疚的内心。然而,犹如他那平正严肃、温和镇定的外表常常掩饰不住深沉的忧郁,文中的至爱亲情诚然能带给他"心上的温暖",但字里行间却难免让人读出无尽的凄怆。

许地山

落花生

  我们屋后有半亩隙地,母亲说:"让他荒芜着怪可惜,既然你们那么爱吃花生,就辟来做花生园罢。"我们几姊弟和几个小丫头都很喜欢——买种底买种,动土底动土,灌园底灌园;过不了几个月,居然收获了!

  妈妈说:"今晚我们可以做一个收获节,也请你们爹爹来尝尝我们底新花生,如何?"我们都答应了,母亲把花生做成好几样底食品,还吩咐这节期要在园里底茅亭举行。

那晚上底天色不大好,可是爹爹也到来,实在很难得!爹爹说:"你们爱吃花生么?"

我们都争着答应,"爱!"

"谁能把花生底好处说出来?"

姊姊说:"花生底气味很美。"

哥哥说:"花生可以制油。"

我说:"无论何等人都可以用贱价买他来吃;都喜欢吃他,这就是他底好处。"

爹爹说:"花生底用处固然很多;但有一样是很可贵的。这小小的豆不像那好看的苹果,桃子,石榴,把他们底果实系在枝上,鲜红嫩绿的颜色,令人一望而发生羡慕底心。他只把果子埋在地底,等到成熟,才容人把他挖出来,你们偶然看见一棵花生瑟缩地长在地上,不能立刻辨出他有没有果实,非得等到你接触他才能知道。"

我们都说:"是的。"母亲也点点头,爹爹接下去说:"所以你们要像花生,因为他是有用的,不是伟大,好看的东西。"我说:"那么,人要做有用的人,不要做伟大,体面的人了。"爹爹说:"这是我对于你们底希望。"

我们谈到夜阑才散,所有花生食品虽然没有了,然而父亲底话现在还印在我心版上。

(原载于《小说月报》第13卷8期,1922年8月)

☞ 提示

在中国现代作家中,许地山是一位深受佛教影响的作家,他的小说集《缀网劳蛛》、散文集《空山灵雨》等中都留有深刻的印痕。散文《落花生》选自《空山灵雨》,发表于1922年。这是一篇写得清爽甘畅、富于生活情调而又寓意深远的作品。它以儿童的视角、儿童的口吻,表达了作者对生活的理解和感受,朴实无华又新颖别致。在早期现代散文中,既是一种尝试又能别出心裁,为后世的创作订立了典范,长期以来被用作各种语文教学的范本。其中,作者赞美落花生的一段话,富于生活哲理:"要像花生,因为他是有用的,不是伟大,好看的东西。"以落花生比喻朴实无华、诚实有为的人生,自然贴切,寓意深远。许地山在散文中常能把佛理的明慧与生活的启迪熔于一炉,为人称道。

徐志摩

我所知道的康桥

一

我这一生的周折,大都寻得出感情的线索。不论别的,单说求学。我到英国是为要从罗素。罗素来中国时，我已经在美国。他那不确的死耗传到的时候，我真的出眼泪不够，还做悼诗来了。他没有死，我自然高兴。我摆脱了哥伦比亚大博士位的引诱，买船票过大西洋，想跟这位二十世纪的福禄泰尔认真念一点书去。谁知一到英国才知道事情变样了：一为他在战时主张和平，二为他离婚，罗素叫康桥给除名了，他原来是Trinity College 的 fellow，这来他的 fellowship 也给取消了。他回英国后就在伦敦住下，夫妻两人卖文章过日子。因此我也不曾遂我从学的始愿。我在伦敦政治经济学院里混了半年，正感着闷想换路走的时候，我认识了狄更生先生。狄更生——Galsworthy Lowes Dickinson——是一个有名的作者，他的《一个中国人通信》（*Letters From John Chinaman*）与《一个现代聚餐谈话》（*A Modern Symposium*）两本小册子早得了我的景仰。我第一次会着他是在伦敦国际联盟协会席上，那天林宗孟先生演说，他做主席；第二次是宗孟寓里吃茶，有他。以后我常到他家里去。他看出我的烦闷，劝我到康桥去，他自己是王家学院（Kings College）的 fellow。我就写信去问两个学院，回信都说学额早满了，随后还是狄更生先生替我去在他的学院里说好了，给我一个特别生的资格，随意选科听讲。从此黑方巾黑披袍的风光也被我占着了。初起我在离康桥六英里的乡下叫沙士顿地方租了几间小屋住下，同居的有我从前的夫人张幼仪女士与郭虞裳君。每天一早我坐街车（有时自行车）上学，到晚回家。这样的生活过了一个春，但我在康桥还只是个陌生人，谁都不认识，康桥的生活，可以说完全不曾尝着，我知道的只是一个图书馆，几个课室，和三两个吃便宜饭的茶食铺子。狄更生常在伦敦或是大陆上，所以也不常见他。那年的秋季我一个人回到康桥，整整有一学年，那时我才有机会接近真正的康桥生活，同时我也慢慢的"发见"了康桥。我不曾知道过更大的愉快。

二

"单独"是一个耐寻味的现象。我有时想它是任何发见的第一个条件。你要发见你的朋友的"真"，你得有与他单独的机会。你要发见你自己的真，你得给你自己一个单独的机会。你要发见一个地方（地方一样有灵性），你也得有单独玩的机会。我们这一辈子，认真说，能认识几个人？能认识几个地方？我们都是太匆忙，太没有单独的机会。说实话，我连我的本乡都没有什么了解。康桥我要算是有相当交情的，再次许只有新认识的翡冷翠了。阿，那些清晨，那些黄昏，我一个人发痴似的在康桥！绝对的单独。

但一个人要写他最心爱的对象，不论是人是地，是多么使他为难的一个工作？你怕，你怕描坏了它，你怕说过分了恼了它，你怕说太谨慎了辜负了它。我现在想写康桥，也正是这样的心理，我不曾写，我就知道这回是写不好的——况且又是临时逼出来的事情。但我却不能不写，上期预告已经出去了。我想勉强分两节写，一是我所知道的康桥的天然景色，一是我所知道的康桥的学生生活。我今晚只能极简的写些，等以后有机会时再补。

三

康桥的灵性全在一条河上：康河，我敢说，是全世界最秀丽的一条水。河的名是葛兰大（Granta），也有叫康河（River Cam）的，许有上下流的区别，我不甚清楚。河身多的是曲折，上游是有名的拜伦潭——"Byron's Pool"——当年拜伦常在那里玩的；有一个老村子叫格兰骞斯德，有一个果子园，你可以躺在累累的桃李树荫下吃茶，花果会掉入你的茶杯，小雀子会到你桌上来啄食，那真是别有一番天地。这是上游；下游是从骞斯德顿下去，河面展开，那是春夏间竞舟的场所。上下河分界处有一个坝筑，水流急得很，在星光下听水声，听近村晚钟声，听河畔倦牛刍草声，是我康桥经验中最神秘的一种：大自然的优美，宁静，调谐在这星光与波光的默契中不期然的淹入了你的性灵。

但康河的精华是在它的中权，著名的"Backs"，这两岸是几个最蜚声的学院的建筑。从上面下来是 Pembroke, St. Katharine's King's, Clare, Trinity, St. John's。最令人留连的一篇是克莱亚与王家学院的毗连处，克莱亚的秀丽紧邻着王家教堂（King's Chapel）的宏伟。别的地方仅有更美更庄严的建筑，例如巴黎赛因河的罗浮宫一带，威尼斯的利阿尔大多桥的两岸，翡冷翠维基乌大桥的周遭；但康桥的"Backs"自有它的特长，这不容易用一两个状词来概括，它那脱离尽尘埃气的一种清澈秀逸的意境可说是超出了画图而化生了音乐的神味。再没有比这一群建筑更调谐更匀称的了！论画，可比的许只有柯罗（Corot）的田野；论音乐，可比的许只有萧班（Chopin）的夜曲。就这也不能给你依稀的印象，它给你的美感简直是神灵性的一种。

假如你站在王家学院桥边的那颗大槐树荫下眺望，右侧面，隔着一大方浅草坪，是我们的校友居（Fellows Building），那年代并不早，但它的妩媚也是不可掩的，它那苍白的石壁上春夏间满缀着艳色的蔷薇在和风中摇头；更移左是那教堂，森林似的尖阁不可浼的永远直指着天空；更左是克莱亚，阿！那不可信的玲珑的方庭，谁说这不是圣克莱亚(St. Clare)的化身，那一块石上不闪耀着她当年圣洁的精神？在克莱亚后背隐约可辨的是康桥最潇贵最骄纵的三清学院（Trinity），它那临河的图书楼上坐镇着拜伦神采惊人的雕像。

但这时你的注意早已叫克莱亚的三环洞桥魔术似的摄住。你见过西湖白堤上的西泠断桥不是（可怜它们早已叫代表近代丑恶精神的汽车公司给踩平了，现在它们跟着苍凉的雷峰永远辞别了人间。）？你忘不了那桥上斑驳的苍苔，木栅的古色，与那桥拱下泄露的湖光与山色不是？克莱亚并没有那样体面的衬托，它也不比庐山栖贤寺旁的观音桥，上瞰五老的奇峰，下临深潭与飞瀑；他只是怯怜怜的一座三环洞的小桥，它那桥洞间也只掩映着细纹的波鳞与婆娑的树影，它那桥上栉比的小穿阑与阑节顶上双双的白石球，也只是村姑子头上不夸张的香草与野花一类的装饰；但你凝神的看着，更凝神的看着，你再反省你的心境，看还有一丝屑的俗念沾滞不？只要你审美的本能不曾泪灭时，这是你的机会实现纯粹美感的神奇！

但你还得选你赏鉴的时辰。英国的天时与气候是走极端的。冬天是荒谬的坏，逢着连绵的雾盲天你一定不迟疑的甘愿进地狱本身去试试，春天（英国是几乎没有夏天的）是更荒谬的可爱，尤其是它那四五月间最渐缓最艳丽的黄昏，那才真是寸寸黄金。在康河边上过一个黄昏是一服灵魂的补剂。阿！我那时蜜甜的单独，那时甜蜜的闲暇，一晚又一晚的，只见我出神似的倚在桥阑上向西天凝望：——

> 看一回凝静的桥影,
> 数一数螺细的波纹;
> 我倚暖了石阑的青苔,
> 青苔凉透了我的心坎;……

还有几句更笨重的怎能仿佛那游丝似轻妙的情景:

> 难忘七月的黄昏,远树凝寂,
> 像墨泼的山形,衬出轻柔暝色,
> 密稠稠,七分鹅黄,三分桔绿,
> 那妙意只可去秋梦边缘捕捉……

四

　　这河身的两岸都是四季常青最葱翠的草坪。从校友居的楼上望去,对岸草场上,不论早晚,永远有十数匹黄牛与白马,胫蹄没在恣蔓的草丛中,从容的在咬嚼,星星的黄花在风中动荡,应和着它们尾鬃的扫拂。桥的两端有斜倚的垂柳与掬荫护住。水是澈底的清澄,深不足四尺,匀匀的长着长条的水草。这岸边的草坪又是我的爱宠,在清朝,在傍晚,我常去这天然的织锦上坐地,有时读书,有时看水;有时仰卧着看天空的行云,有时反仆着搂抱大地的温软。

　　但河上的风流还不止两岸的秀丽。你得买船去玩。船不止一种:有普通的双桨划船,有轻快的薄皮舟(Canoe),有最别致的长形撑篙船(Punt)。最末的一种是别处不常有的:约莫有二丈长,三尺宽,你站直在船梢上用长竿撑着走的。这撑是一种技术。我手脚太蠢,始终不曾学会。你初起手尝试时,容易把船身横住在河中,东颠西撞的狼狈。英国人是不轻易开口笑人的,但是小心他们不出声的皱眉!也不知有多少次河中本来忧闲的秩序叫我这莽撞的外行给搅乱了。我真的始终不曾学会:每回我不服输去租船再试的时候,有一个白胡子的船家往往带讥讽的对我说:"先生,这撑船费劲,天热累人,还是拿个薄皮舟溜溜吧!"我那里肯听话,长篙子一点就把船撑了开去,结果还是把河身一段段的腰斩了去!

　　你站在桥上去看人家撑,那多不费劲,多美!尤其在礼拜天有几个专家的女郎,穿一身缟素衣服,裙裾在风前悠悠的飘着,戴一顶宽边的薄纱帽,帽影在水草间颤动,你看她们出桥洞时的姿态,捻起一根竟像没分量的长竿,只轻轻的,不经心的往波心里一点,身子微微的一蹲,这船身便波的转出了桥影,翠条鱼似的向前滑了去。她们那敏捷,那闲暇,那轻盈,真是值得歌咏的。

　　在初夏阳光渐暖时你去买一支小船,划去桥边荫下躺着念你的书或是做你的梦,槐花香在水面上飘浮,鱼群的唼喋声在你的耳边挑逗。或是在初秋的黄昏,近着新月的寒光,望上流僻静处远去。爱热闹的少年们携着他们的女友,在船沿上支着双双的东洋彩纸灯,带着话匣子,船心里用软垫铺着,也开向无人迹处去享他们的野福——谁不爱听那水底翻的音乐在静定的河上描写梦意与春光!

　　住惯城市的人不易知道季候的变迁。看见叶子掉知道是秋,看见叶子绿知道是春;

天冷了装炉子，天热了拆炉子；脱下棉袍，换上夹袍，脱下夹袍，穿上单袍：不过如此罢了。天上星斗的消息，地下泥土里的消息，空中风吹的消息，都不关我们的事。忙着哪，这样那样事情多着，谁耐烦管星星的移转，花草的消长，风云的变幻？同时我们抱怨我们的生活，苦痛，烦闷，拘束，枯燥，谁肯承认做人是快乐？谁不多少间咒诅人生？

但不满意的生活大都是由于自取的。我是一个生命的信仰者，我信生活决不是我们大多数人仅仅从自身经验推得的那样暗惨。我们的病根是在"忘本"。人是自然的产儿，就好比枝头的花与鸟是自然的产儿；但我们不幸是文明人，入世深似一天，离自然远似一天。离开了泥土的花草，离开了水的鱼，能快活吗？能生存吗？从大自然，我们取得我们的生命；从大自然，我们分取得我们继续的资养。那一株婆婆的大木没有盘错的根柢深入在无尽藏的地里？我们是永远不能独立的。有幸福是永远不离母亲抚育的孩子，有健康是永远接近自然的人们。不必一定与鹿豕游，不必一定回"洞府"去：为医治我们当前生活枯窘，只要"不完全遗忘自然"一张轻淡的药方我们的病象就有缓和的希望。在青草里打几个滚，到海水里洗几次浴，到高处去看几次朝霞与晚照——你肩背上的负担就会轻松了去的。

这是极肤浅的道理，当然。但我要没有过康桥的日子，我就不会有这样的自信。我这一辈子就只那一春，说也可怜，算是不曾虚度。就只那一春，我的生活是自然的，是真愉快的！（虽则碰巧那也是我最感受人生痛苦的时期。）我那时有的是闲暇，有的是自由，有的是绝对单独的机会。说也奇怪，竟像是第一次，我辨认了星月的光明，草的青，花的香，流水的殷勤。我能忘记那初春的睥睨吗？曾经有多少个清晨我独自冒着冷薄霜铺地的林子里闲步——为听鸟语，为盼朝阳，为寻泥土里渐次苏醒的花草，为体会最微细最神妙的春信。阿，那是新来的画眉在那边调不尽的青枝上试它的新声！阿，这是第一朵小雪球花挣出了半冻的地面！阿，这不是新来的潮润沾上了寂寞的柳条？

静极了，这朝来水溶溶的大道，只远处牛奶车的铃声，点缀这周遭的沉默。顺着这大道走去，走到尽头，再转入林子里的小径，往烟雾浓密处走去，头顶是交枝的榆荫，透露着漠楞楞的曙色；再往前走去，走尽这林子，当前是平坦的原野，望见了村舍，初青的麦田，更远三两个馒形的小山掩住了一条通道。天边是雾茫茫的，尖尖的黑影是近村的教寺。听，那晓钟和缓的清音。这一带是此邦中部的平原，地形像是海里的轻波，默沈沈的起伏；山岭是望不见的，有的是常青的草原与沃腴的田壤。登那土阜上望去，康桥只是一带茂林，拥戴着几处娉婷的尖阁。妩媚的康河也望不见踪迹，你只能循着那锦带似的林木想像那一流清浅。村舍与树林是这地盘上的棋子，有村舍处有佳荫，有佳荫处有村舍。这早起是看炊烟的时辰：朝雾渐渐的升起，揭开了这灰苍苍的天幕（最好是微霰后的光景），远近的炊烟，成丝的，成缕的，成卷的，轻快的，迟重的，浓灰的，淡青的，惨白的，在静定的朝气里渐渐的上腾，渐渐的不见，仿佛是朝来人们的祈祷，参差的翳入了天听。朝阳是难得见的，这初春的天气。但它来时是起早人莫大的愉快。顷刻间这田野添深了颜色，一层轻纱似的金粉糁上了这草，这树，这通道，这庄舍。顷刻间这周遭弥漫了清晨富丽的温柔。顷刻间你的心怀也分润了白天诞生的光荣。"春"！

这胜利的晴空仿佛在你的耳边私语。"春"！你那快活的灵魂也仿佛在那里回响。

……

伺候着河上的风光，这春来一天有一天的消息。关心石上的苔痕，关心败草里的花鲜，关心这水流的缓急，关心水草的滋长，关心天上的云霞，关心新来的鸟语。怯怜怜的小雪球是探春信的小使。铃兰与香草是欢喜的初声。窈窕的莲馨，玲珑的石水仙，爱热闹的克罗克斯，耐辛苦的蒲公英与雏菊——这时候春光已是缦烂在人间，更不须殷勤问讯。

瑰丽的春放。这是你野游的时期。可爱的路政，这里不比中国，那一处不是坦荡荡的大道？徒步是一个愉快，但骑自转车是一个更大的愉快。在康桥骑车是普遍的技术；妇人，稚子，老翁，一致享受这双轮舞的快乐。（在康桥听说自转车是不怕人偷的，就为人人都自己有车，没人要偷。）任你选一个方向，任你上一条通道，顺着这带草味的和风，放轮远去，保管你这半天的逍遥是你性灵的补剂。——这道上有的是清荫与美草，随地都可以供你休憩。你如爱花，这里多的是锦绣似的草原。你如爱鸟，这里多的是巧啭的鸣禽。你如爱儿童，这乡间到处是可亲的稚子。你如爱人情，这里多的是不嫌远客的乡人，你到处可以"挂单"借宿，有酪浆与嫩薯供你饱餐，有夺目的果鲜恣你尝新。你如爱酒，这乡间每"望"都为你储有上好的新酿，黑啤如太浓，苹果酒、姜酒都是供你解渴润肺的。……带一卷书，走十里路，选一块清静地，看天，听鸟，读书，倦了时，和身在草绵绵处寻梦去——你能想像更适情更适性的消遣吗？

陆放翁有一联诗句："传呼快马迎新月，却上轻舆趁晚凉。"这是做地方官的风流。我在康桥时虽没马骑，没轿子坐，却也有我的风流：我常常在夕阳西晒时骑了车迎着天边扁大的日头直追。日头是追不到的，我没有夸父的荒诞，但晚景的温存却被我这样偷尝了不少。有三两幅画图似的经验至今还栩栩的留着。只说看夕阳，我们平常只知道登山或是临海，但实际只须辽阔的天际，平地上的晚霞有时也是一样的神奇。有一次我赶到一个地方，手把着一家村庄的篱笆，隔着一大田的麦浪，看西天的变幻。有一次是正冲着一条宽广的大道，过来一大群羊，放草归来的，偌大的太阳在它们后背放射着万缕的金辉，天上却是乌青青的：只剩这不可逼视的威光中的一条大路，一群生物！我心头顿时感着神异性的压迫，我真的跪下了，对着这冉冉渐翳的金光。再有一次是更不可忘的奇景，那是临着一大片望不到头的草原，满开着艳红的罂粟，在青草里亭亭的像是万盏的金灯，阳光从褐色云里斜着过来，幻成一种异样的紫色，透明似的不可逼视，霎那间在我迷眩了的视觉中，这草田变成了……不说也罢，说来你们也是不信的！

一别二年多了，康桥，谁知我这思乡的隐忧？也不想别的，我只要那晚钟撼动的黄昏，没遮拦的田野，独自斜俯在软草里，看第一个大星在天边出现！

十五年一月十五日

（选自《巴黎的鳞爪》，新月书店1927年初版）

☞ 提示

徐志摩是诗人，读他的散文也如读他的诗。他的人生和文学，似乎都与康桥结下了不解之缘。康桥即今英国剑桥，1920—1922年间徐志摩曾在此留学，开始文学创作，留下过不少诗篇，1928年再次赴英时又写下了著名的《再别康桥》，他有关康桥的散文也因此受人重视。《我所知道的康桥》是他写于1926年的关于康桥的印象记。除了简述自己的求学经历，还主要表达了对康桥生活的留念——独处、贴近自然，这是他作为一个诗人对康桥生活的全部感受。独处是反思，也是体验；贴近自然就是重新体尝人与自然的亲情，不再"忘本"，不再以"文明人"自骄。徐志摩说：我们"入世深似一天，离自然远似一天"，情感的源泉就会枯竭。置身于大自然中，诗人的感触是："有幸福是永远不离母亲抚育的孩子，有健康是永远接近自然的人们。"一个纯粹的诗人（艺术家）必是一个自然的赤子。通过作者的叙述，我们看到一个新的浪漫派诗人的崛起全在于对自我和自然的重新发现，及对人与自然关系的重新思考与新的诠释。崇拜自然就是崇尚生命，珍惜情感就是珍惜人与自然的和谐关系。于是，诗人在心中对自然多一份亲近，对艺术便多一份虔诚，对人类也多一份更深沉的关爱。

丰子恺

给我的孩子们

我的孩子们！我憧憬于你们的生活，每天不止一次！我想委曲地说出来，使你们自己晓得。可惜到你们懂得我的话的意思的时候，你们将不复是可以使我憧憬的人了。这是何等可悲哀的事啊！

瞻瞻！你尤其可佩服。你是身心全部公开的真人。你什么事体都像拼命地用全副精力去对付。小小的失意，像花生米翻落地了，自己嚼了舌头了，小猫不肯吃糕了，你都要哭得嘴唇翻白，昏去一两分钟。外婆普陀去烧香买回来给你的泥人，你何等鞠躬尽瘁地抱他，喂他；有一天你自己失手把他打破了，你的号哭的悲哀，比大人们的破产，失恋，broken heart，丧考妣，全军覆没的悲哀都要真切。两把芭蕉扇做的脚踏车，麻雀牌堆成的火车，汽车，你何等认真地看待，挺直了嗓子叫"汪——，""咕咕咕……，"来代替汽笛。宝姊姊讲故事给你听，说到"月亮姊姊挂下一只篮来，宝姊姊坐在篮里吊了上去，瞻瞻在下面看"的时候，你何等激昂地同她争，说"瞻瞻要上去，宝姊姊在下面看！"甚至哭到漫姑面前去求审判。我每次剃了头，你真心地疑我变了和尚，好几时不要我抱。最是今年夏天，你坐在我膝上发见了我腋下的长毛，当作黄鼠狼的时候，你何等伤心，你立刻从我身上爬下去，起初眼瞪瞪地对我端相，继而大失所望地号哭，看看，哭哭，如同对被判定了死罪的亲友一样。你要我抱你到车站里去，多多益善地要买香蕉，满满地撷了两手回来，回到门口时你已经熟睡在我的肩上，手里的香蕉不知落在那里去了。这是何等可佩服的真率，自然，与热情！大人间的所谓"沉默"，"含蓄"，"深刻"

的美德，比起你来，全是不自然的，病的，伪的！

你们每天做火车，做汽车，办酒，请菩萨，堆六面画，唱歌，全是自动的，创造创作的生活。大人们的呼号"归自然！""生活的艺术化！""劳动的艺术化！"在你们面前真是出丑得很了！依样画几笔画，写几篇文的人称为艺术家，创作家，对你们更愧死！

你们的创作力，比大人真是强盛得多哩：瞻瞻！你的身体不及椅子的一半，却常常要搬动它，与它一同翻倒在地上；你又要把一杯茶横转来藏在抽斗里，要皮球停在壁上，要拉住火车的尾巴，要月亮出来，要天停止下雨。在这等小小的事件中，明明表示着你们的小弱的体力与智力不足以应付强盛的创作欲，表现欲的驱使，因而遭逢失败。然而你们是不受大自然的支配，不受人类社会的束缚的创造者，所以你的遭逢失败，例如火车尾巴拉不住，月亮呼不出来的时候，你们决不承认是事实的不可能，总以为是爹爹妈妈不肯帮你们办到，同不许你们弄自鸣钟同例，所以愤愤地哭了，你们的世界何等广大！

你们一定想：终天无聊地伏在案上弄笔的爸爸，终天闷闷地坐在窗下弄引线的妈妈，是何等气性的奇怪的动物！你们所视为奇怪动物的我与你们的母亲，有时确实难为了你们，摧残了你们，回想起来，真是不安心得很。

阿宝！有一晚你拿软软的新鞋子，和自己脚上脱下来的鞋子，给凳子的脚穿了，划袜立在地上，得意地叫"阿宝两只脚，凳子四只脚"的时候，你母亲喊着"龌龊了袜子！"立刻擒你到藤榻上，动手毁坏你的创作。当你蹲在榻上注视你母亲动手毁坏的时候，你的小心里一定感到"母亲这种人，何等杀风景而野蛮"罢！

瞻瞻！有一天开明书店送了几册新出版的毛边的《音乐入门》来。我用小刀把书页一张一张地裁开来，你侧着头，站在桌边默默地看。后来我从学校回来，你已经在我的书架上拿了一本连史纸印的中国装的《楚辞》，把它裁破了十几页，得意地对我说："爸爸！瞻瞻也会裁了！"瞻瞻！这在你原是何等成功的欢喜，何等得意的作品！却被我一个惊骇的"哼！"字喊得你哭了。那时候你也一定抱怨"爸爸何等不明"罢！

软软！你常常要弄我的长锋羊毫，我看见了总是无情地夺脱你。现在你一定轻视我，想道："你终于要我画你的画集的封面！"

最不安心的，是有时我还要拉一个你们所最怕的陆露沙医生来，教他用他的大手来摸你们的肚子，甚至用刀来在你们臂上割几下，还要叫妈妈和漫姑擒住了你们的手脚，捏住了你们的鼻子，把很苦的水灌到你们的嘴里去。这在你们一定认为太无人道的野蛮举动罢！

孩子们！你们真果抱怨我，我倒欢喜；到你们的抱怨变为感谢的时候，我的悲哀来了！

我在世间，永没有逢到像你们样出肺肝相示的人。世间的人群结合，永没有像你们样的彻底地真实而纯洁。最是我到上海去干了无聊的所谓"事"回来，或者去同不相干的人们做了叫做"上课"的一种把戏回来，你们在门口或车站旁等我的时候，我心中何等惭愧又欢喜！惭愧我为什么去做这等无聊的事，欢喜我又得暂时放怀一切地加入你们的真生活的团体。

但是，你们的黄金时代有限，现实终于要暴露的。这是我经验过来的情形，也是大人们谁也经验过的情形。我眼看见儿时的伴侣中的英雄，好汉，一个个退缩，顺从，妥协，屈服起来，到像绵羊的地步。我自己也是如此。"后之视今，亦犹今之视昔"，你们不久也要走这条路呢！

我的孩子们！憧憬于你们的生活的我，痴心要为你们永远挽留这黄金时代在这册子里。然这真不过像"蜘蛛网落花"略微保留一点春的痕迹而已。且到你们懂得我这片心情的时候，你们早已不是这样的人，我的画在世间已无可印证了！这是何等可悲哀的事啊！

（《子恺画集》代序，一九二六年圣诞节作）
（选自《随笔二十篇》，上海天马书店1934年版）

☞ **提示**

丰子恺是画家，也是深受佛教影响的现代作家。无论是绘画还是创作，他常常从佛理玄思中寻找精神寄托。但他所抒发的佛理玄思多在人生如梦、"诸行无常"一类，其思想上充满了悲观情调。出于对尘世"滋生扰攘"的厌恨，他有大量散文描写儿童的心灵天地。在他看来，童心没有虚伪残忍的腐蚀，没有名利缰索的羁绊，没有怀疑妒忌的压抑，儿童的世界是天真无邪的世界，是一个无拘无束的世界。相反，"成人的世界，因为实际的生活和世间的习惯的限制，所以非常狭小苦闷。孩子们的世界不受这种限制，因此非常广大自由"。(《谈自己的画》)但是，犹如在《给我的孩子们》之中作者所表达的忧虑，作者清醒地意识到，无论何人，童真童趣毕竟是短暂的，孩子们长大以后，也将受到世智尘劳的拘束，受到社会制度和道德习俗的限制，童真童趣终将消失殆尽，他们将重演他们父辈们的悲剧。就像呼唤人们回归自然的诗人一样，丰子恺也在自己的散文中表达了一份对人生特有的忧患。

茅 盾

卖豆腐的哨子[①]

早上醒来的时候，听得卖豆腐的哨子在窗外呜呜地吹。

每次这哨子声引起了我不少的怅惘。

并不是它那低叹暗泣的声调在诱发我的漂泊者的乡愁；不是呢，像我这样的 out-

[①] 本篇最初发表于一九二九年二月十日《小说月报》第二十卷第二号。署名 M. D.。曾收入《宿莽》、《茅盾文集》第九卷和《茅盾散文速写集》。

cast①,没有了故乡,也没有了祖国,所谓"乡愁"之类的优雅的情绪,轻易不会兜上我的心头。

也不是它那类乎军笳然而已颇小规模的悲壮的颤音,使我联想到另一方面的烟云似的过去;也不是呢,过去的,只留下淡淡的一道痕,早已为现实的严肃和未来的闪光所掩煞所销毁。

所以我这怅惘是难言的。然而每次我听到这呜呜的声音,我总抑不住胸间那股回荡起伏的怅惘的滋味。

昨夜我在夜市上,也感到了同样酸辣的滋味。

每次我到夜市,看见那些用一张席片拦住了潮湿的泥土,就这么着货物和人一同挤在上面,冒着寒风在嚷嚷然叫卖的衣衫褴褛的小贩子,我总是感得了说不出的怅惘的心情。说是在怜悯他们么?我知道怜悯是亵渎的。那末,说是在同情于他们罢?我又觉得太轻。我心底里钦佩他们那种求生存的忠实的手段和态度,然而,亦未始不以为那是太拙笨。我从他们那雄辩似的"夸卖"声中感得了他们的心的哀诉。我仿佛看见他们呼出的热气在天空中凝集为一片灰色的云。

可是他们没有呜呜的哨子。没有这像是闷在瓮中,像是透过了重压而挣扎出来的地下的声音,作为他们的生活的象征。

呜呜的声音震破了冻凝的空气在我窗前过去了。我倾耳静听,我似乎已经从这单调的呜呜中读出了无数文字。

我猛然推开幛子,遥望屋后的天空。我看见了些什么呢?我只看见满天白茫茫的愁雾。

☞ 提示

大革命失败后,茅盾于1928年7月东渡日本,在孤独、苦闷的心境下继续从事文学创作。除完成长篇小说《虹》之外,还出版了短篇小说集《野蔷薇》,发表了论文《从牯岭到东京》《读〈倪焕之〉》等,同时写作了大量的散文。这些散文多有近乎散文诗式的格调和复杂内涵,大致是这一时期作者内心情感的真实写照。散文中富有扑朔迷离的影像,令人难以捕捉,实际上表达了作者内心的苦闷与惆怅、幻灭和悲哀。这篇《卖豆腐的哨子》即是代表。作者由清晨卖豆腐的哨子声激起了惆怅的思绪,听到呜呜的哨声想起了夜市上衣衫褴褛的小贩,说不清是怜悯还是同情,只感到心中泛起了无尽的酸辣的滋味。推窗远眺,只见满天白茫茫的愁雾——是那呜呜的声音震破了冻凝的空气。这篇抒情性的散文写得精致,具有象征性的曲笔,充满了雾中之花的朦胧美,意境缠绵悱恻,委婉动人,在茅盾的创作中并不多见。

---

① outcast:英语,意即无家可归的人或漂流的人。

瞿秋白

一种云

  天总是皱着眉头。太阳光如果还射到地面上,那也总是稀微的淡薄的。至于月亮,那更不必说,他只是偶然露出半面,用他那惨淡的眼光看一看这罪孽的人间,这是孤儿寡妇的眼光,眼睛里含着总算还没有流干的眼泪。受过不止一次封禅大典的山岳,至少有大半截是上了天,只留一点山脚给人看。黄河,长江……据说是中国文明的父母,也不知道怎么变了心,对于他们的亲生骨肉,都摆出一副冷酷的面孔。从春天到夏天,从秋天到冬天,这样一年年的过去,淫虐的雨,凄厉的风和肃杀的霜雪更番的来去,一点儿光明也没有。这样的漫漫长夜,已经二十年了。这都是一种云在作祟。那云为什么这样屡次三番的摧残光明?那云是从什么地方来的?这是太平洋上的大风暴吹过来的,这是大西洋上的狂飚吹过来的。还有那些模糊的血肉——榨床底下淌着的模糊的血肉蒸发出来的。那些会画符的人——会写借据会写当票的人,就用这些符篆在呼召。那些吃田地的土蜘蛛,——虽然死了也不过只要六尺土地葬他的贵体,可是活着总要吃住这么二三百亩田地,——这些土蜘蛛就用屁股在吐着。那些肚里装着铁心肝铁肚肠的怪物,又竖起了一根根的烟囱在喷着。狂飚风暴吹过来的,血肉蒸发出来的,符篆呼召来的,屁股吐出来的,烟囱喷出来的,都是这种云。这是战云。

  难怪总是漫漫的长夜了!

  什么时候能黎明呢?

  看那刚刚发现的虹。祈祷是没有用的了。只有自己去做雷公公电闪娘娘。那虹发现的地方,已经有了小小的雷电,打开了层层的乌云,让太阳重新照到紫铜色的脸。如果是惊天动地的霹雳,那才拨得开满天的愁云惨雾。这可只有自己做了雷公公电闪娘娘能办得到。要使小小的雷电变成惊天动地的霹雳!

(选自《瞿秋白文集》第一册,人民文学出版社1954年版)

☞提示

  瞿秋白是革命家,也是文学家和翻译家。他的创作主要有杂感、散文等。他早期的《饿乡记程》《赤都心史》被认为是中国报告文学的开山之作。后期杂感和散文则在其牺牲后由鲁迅编定为《乱谈及其他》出版。在左翼文学运动中,瞿秋白曾通过编辑《鲁迅杂感选集》及发表《鲁迅杂感选集序言》,对鲁迅杂文的成就给予了崇高的评价,从而被鲁迅视为"知己"。瞿秋白牺牲后,鲁迅曾冒极大的风险保存他的手稿,以"诸夏怀霜社"的名义出版他的译文集(《海上述林》)等,说明了鲁迅对瞿秋白的深厚情谊。瞿秋白一生所写的抒情散文不多,除《一种云》外,还有《暴风雨之前》等,大致效法高尔基的《海燕》(瞿秋白是《海燕》的第一位中译者),表达其作为革命家的激情,及对革命高潮的期待。《一种云》大约创作于1931年,文中通过一些象征性的比拟,表达了对国民党新军阀混战造成生灵涂炭的强烈憎恨和无尽诅咒,以及期待新的革命风暴扫除乌云,拨开乌云见太阳的迫切愿望。

郁达夫

钓台的春昼

因为近在咫尺,以为什么时候要去就可以去,我们对于本乡本土的名区胜景,反而往往没有机会去玩,或不容易下一个决心去玩的。正唯其是如此,我对于富春江上的严陵,二十年来,心里虽每日记着,但脚却从没有向这一方面走过。一九三一,岁在辛末,暮春三月,春服未成,而中央党帝,似乎又想玩一个秦始皇所玩过的把戏了,我接到了警告,就仓皇离去了寓居。先在江浙附近的穷乡里,游息了几天,偶尔看见了一家扫墓的行舟,乡愁一动,就定下了归计。绕了一个大弯,赶到故乡,却正好还在清明寒食的节前。和家人等去上了几处坟,与许久不曾见过面的亲戚朋友,来往热闹了几天,一种乡居的倦怠,忽而袭上心来了,于是乎我就决心上钓台去访一访严子陵的幽居。

钓台去桐庐县城二十余里,桐庐去富阳县治九十里不足,自富阳溯江而上,坐小火轮三小时可达桐庐,再上则须坐帆船了。

我去的那一天,记得是阴晴欲雨的养花天,并且系坐晚班轮去的,船到桐庐,已经是灯火微明的黄昏时候了,不得已就只得在码头近边的一家旅馆的高楼上借了一宵宿。

桐庐县城,大约有三里路长,三千多烟灶,一二万居民,地在富春江西北岸,从前是皖浙交通的要道,现在杭江铁路一开,似乎没有一二十年前的繁华热闹了。尤其要使旅客感到萧条的,原是桐君山脚下的那一队花船的失去了踪影。说起桐君山,却是桐庐县的一个接近城市的灵山胜地,山虽不高,但因有仙,自然是灵了。以形势来论,这桐君山,也的确是可以产生出许多口音生硬、别具风韵的桐严嫂来的生龙活脉;地处在桐溪东岸,正当桐溪和富春江合流之所,依依一水,西岸便瞰视着桐庐县市的人家烟树。南面对江,便是十里长洲;唐诗人方干的故居,就在这十里桐洲九里花的花田深处。向西越过桐庐县城,更遥遥对着一排高低不定的青峦,这就是富春山的山子山孙了。东北面山下,是一片桑麻沃地,有一条长蛇似的官道,隐而复现,出没盘曲在桃花杨柳洋槐榆树的中间;绕过一支小岭,便是富阳县的境界,大约去程明道的墓地程坟,总也不过一二十里地的间隔,我的去拜谒桐君,瞻仰道观,就在那一天到桐庐的晚上,是淡云微月,正在作雨的时候。

中国现代文学作品选读

　　鱼梁渡头，因为夜渡无人，渡船停在东岸的桐君山下。我从旅馆蹀了出来，先在离轮埠不远的渡口停立了几分钟，后来向一位来渡口洗夜饭米的年轻少妇，躬身请问了一回，才得到了渡江的秘诀。她说："你只须高喊两三声，船自会来的。"先谢了她教我的好意，然后以两手围成了播音的喇叭，"喂，喂，船渡请摇过来"地纵声一喊，果然在半江的黑影当中，船身摇动了。渐摇渐近，五分钟后，我在渡口，却终于听出了咿呀柔橹的声音。时间似乎已经入了酉时的下刻，小市里的群动，这时候都已经静息；自从渡口的那位少妇，在微茫的夜色里，藏去了她那张白团团的面影之后，我独立在江边，不知不觉心里头却兀自感到了一种他乡日暮的悲哀。渡船到岸，船头上起了几声微微的水浪清音，又铜东的一响，我早已跳上了船，渡船也已经掉过头来了。坐在黑沉沉的舱里，我起先只在静听着柔橹划水的声音，然后却在黑影里看出了一星船家在吸着的长烟管头上的烟火，最后因为沉默压迫不过，我只好开口说话了："船家！你这样的渡我过去，该给你几个船钱？"我问。"随你先生把几个就是。"船家说话冗慢幽长，似乎已经带着些睡意了，我就向袋里摸出了两角钱来。"这两角钱，就算是我的渡船钱，请你候我一会，上去烧一次夜香，我是依旧要渡过江来的。"船家的回答，只是嗯嗯、呜呜，幽幽同牛叫似的一种鼻音，然而从继这鼻音而起的两三声轻快的喀声听来，他却已经在感到满足了，因为我也知道，乡间的义渡，船钱最多也不过是两三枚铜子而已。

　　到了桐君山下，在山影和树影交掩着的崎岖道上，我上岸走不上几步，就被一块乱石绊倒，滑跌了一次。船家似乎也动了恻隐之心了，一句话也不发，跑将上来，他却突然交给了我一盒火柴。我于感谢了一番他的盛意之后，重整步武，再摸上山去，先是必须点一枝火柴走三五步路的，但到得半山，路既就了规律，而微云堆里的半规月色，也朦胧地现出一痕银线来了，所以手里还存着的半盒火柴，就被我藏入了袋里。路是从山的西北，盘曲而上；渐走渐高，半山一到，天也开朗了一点，桐庐县市上的灯光，也星星可数了。更纵目向江心望去，富春江两岸的船上和桐溪合流口停泊着的船尾船头，也看得出一点一点的火来。走过半山，桐君观里的晚祷钟鼓，似乎还没有息尽，耳朵里仿佛听见了几丝木鱼钲钹的残声。走上山顶，先在半途遇着了一道道观外围的女墙，这女墙的栅门，却已经掩上了。在栅门外徘徊了一刻，觉得已经到了此门而不进去，终于是不能满足我这一次暗夜冒险的好奇怪癖的。所以细想了几次，还是决心进去，非进去不可，轻轻用手往里面一推，栅门却呀的一声，早已退向了后方开开了，这门原来是虚掩在那里的。进了栅门，踏着为淡月所映照的石砌平路，向东向南的前走了五六十步，居然走到了道观的大门之外，这两扇朱红漆的大门，不消说是紧闭在那里的。到了此地，我却不想再破门进去了，因为这大门是朝南向着大江开的。门外头是一条一丈来宽的石砌步道，步道的一旁是道观的墙，一旁便是山坡，靠山坡的一面，并且还有一道二尺来高的石墙筑在那里，大约是代替栏杆，防人倾跌下山去的用意；石墙之上，铺的是二三尺宽的青石，在这似石栏又似石凳的墙上，尽可以坐卧游息，饱看桐江和对岸的风景，就是在这里坐它一晚，也很可以，我又何必去打开门来，惊起那些老道的恶梦呢？

　　空旷的天空里，流涨着的只是些灰白的云，云层缺处，原也看得出半角的天，和一点两点的星,但看起来最饶风趣的,却仍是欲藏还露,将见仍无的那半规月影。这时候江面上似乎起了风,云脚的迁移,更来得迅速了,而低头向江心一看,几多散乱着的船里的灯光,也忽明忽灭地变换了一变换位置。

这道观大门外的景色,真神奇极了。我当十几年前,在放浪的游程里,曾向瓜州京口一带,消磨过不少的时日;那时觉得果然名不虚传的,确是甘露寺外的江山,而现在到了桐庐,昏夜上这桐君山来一看,又觉得这江山的秀而且静,风景的整而不散,却非那天下第一江山的北固山所可与比拟的了。真也难怪得严子陵,难怪得戴徵士,倘使我若能在这样的地方结屋读书,以养天年,那还要什么的高官厚禄,还要什么的浮名虚誉哩?一个人在这桐君观前的石凳上,看看山,看看水,看看城中灯火和天上的星云,更做做浩无边际的无聊的幻梦,我竟忘记了时刻,忘记了自身,直等到隔江的击柝声传来,向西一看,忽而觉得城中的灯影微茫地减了,才跑也似的走下了山来,渡江奔回了客舍。

第二日清晨,觉得昨天在桐君观前做过的残梦正还没有续完的时候,窗外面忽而传来了一阵吹角的声音。好梦虽被打破,但因这同吹箪篥似的商音哀咽,却很含着些荒凉的古意,并且晓风残月,杨柳岸边,也正好候船待发,上严陵去;所以心里纵怀着了些儿怨恨,但脸上却只现出了一痕微笑,起来梳洗更衣,叫茶房去雇船去。雇好一只双桨的渔舟,买就了些酒菜鱼米,就在旅馆前面的码头上上了船。轻轻向江心摇出去的时候,东方的云幕中间,已现出了几丝红韵,有八点多钟了;舟师急得厉害,只在埋怨旅馆的茶房,为什么昨晚不预先告诉,好早一点出发。因为此去就是七里滩头,无风七里,有风七十里,上钓台去玩一趟回来,路程虽则有限,但这几日风雨无常,说不定要走夜路,才回来得了的。

过了桐庐,江心狭窄,浅滩果然多起来了。路上遇着的来往的行舟,数目也是很少,因为早晨吹的角,就是往建德去的快班船的信号,快班船一开,来往于两埠之间的船就不十分多了。两岸全是青青的山,中间是一条清浅的水,有时候过一个沙洲,洲上的桃花菜花,还有许多不晓得名字的白色的花,正在喧闹着春暮,吸引着蜂蝶。我在船头上一口一口的喝着严东关的药酒,指东话西地问着船家,这是什么山?那是什么港?惊叹了半天,称颂了半天,人也觉得倦了,不晓得什么时候,身子却走上了一家水边的酒楼,在和数年不见的几位已经做了党官的朋友高谈阔论。谈论之余,还背诵了一首两三年前曾在同一的情形之下做成的歪诗:

> 不是尊前爱惜身,伴狂难免假成真。
> 曾因酒醉鞭名马,生怕情多累美人。
> 劫数东南天作孽,鸡鸣风雨海扬尘。
> 悲歌痛哭终何补,义士纷纷说帝秦。

直到盛筵将散,我酒也不想再喝了,和几位朋友闹得心里各自难堪,连对旁边坐着的两位陪酒的名花都不愿意开口。正在这上下不得的苦闷关头,船家却大声的叫了起来说：

"先生，罗芷过了，钓台就在前面，你醒醒吧，好上山去烧饭吃去。"

擦擦眼睛，整了一整衣服，抬起头来一看，四面的水光山色又忽而变了样子了。清清的一条浅水，比前又窄了几分，四周的山包得格外的紧了，仿佛是前无去路的样子。并且山容峻削，看去觉得格外的瘦格外的高。向天上地下四周看看，只寂寂的看不见一个人类。双桨的摇响，到此似乎也不敢放肆了，钩的一声过后，要好半天才来一个幽幽的回响，静，静，静，身边水上，山下岩头，只沉浸着太古的静，死灭的静，山峡里连飞鸟的影子也看不见半只。前面的所谓钓台山上，只看得见两个大石垒，一间歪斜的亭子，许多纵横芜杂的草木。山腰里的那座祠堂，也只露着些废垣残瓦，屋上面连炊烟都没有一丝半缕，象是好久好久没人住了的样子。并且天气又来得阴森，早晨曾经露一露脸过的太阳，这时候早已深藏在云堆里了，余下来的只是时有时无从侧面吹来的阴飕飕的半箭儿山风。船靠了山脚，跟着前面背着酒菜鱼米的船夫，走上严先生祠堂去的时候，我心里真有点害怕，怕在这荒山里要遇见一个干枯苍老得同丝瓜筋似的严先生的鬼魂。

在祠堂西院的客厅里坐定，和严先生的不知第几代的裔孙谈了几句关于年岁水旱的话后，我的心跳，也渐渐儿的镇静下去了，嘱托了他以煮饭烧菜的杂务，我和船家就从断碑乱石中间爬上了钓台。

东西两石垒，高各有二三百尺，离江面约两里来远，东西台相去，只有一二百步，但其间却夹着一条深谷，立在东台，可以看得出罗芷的人家，回头展望来路，风景似乎散漫一点，而一上谢氏的西台，向西望去，则幽谷里的清景，却绝对的不象是在人间了。我虽则没有到过瑞士，但到了西台，朝西一看，立时就想起了曾在照片上看见过的威廉退儿的祠堂。这四山的幽静，这江水的青蓝，简直同在画片上的珂罗版色彩，一色也没有两样；所不同的，就是在这儿的变化更多一点，周围的环境更芜杂不整齐一点而已，但这却是好处，这正是足以代表东方民族性的颓废荒凉的美。

从钓台下来，回到严先生的祠堂——记得这是洪杨以后严州知府戴槃重建的祠堂——西院里饱啖了一顿酒肉，我觉得有点酩酊微醉了。手拿着以火柴柄制成的牙签，走到东面供着严先生神像的龛前，向四面的破壁上一看，翠墨淋漓，题在那里的，竟多是些俗而不雅的过路高官的手笔。最后到了南面的一块白墙头上，在离屋檐不远的一角高处，却看到了我们的一位新近去世的同乡夏灵峰先生的四句似邵尧夫而又略带感慨的诗句。夏灵峰先生虽则只知崇古，不善处今，但是五十年来，象他那样的顽固自尊的亡清遗老，也的确是没有第二个人。比较起现在的那些官迷财迷的南满尚书和东洋宦婢来，他的经术言行，姑且不必去论它，就是以骨头来称称，我想也要比什么罗三郎郑太郎辈，重到好几百倍。慕贤的心一动，醺人的臭技自然是难熬了，堆起了几张桌椅，借得了一枝破笔，我也在高墙上在夏灵峰先生的脚后放上了一个陈尸，就是在船舱的梦里，也曾微吟过的那一首歪诗。

从墙头上跳将下来，又向龛前天井去走了一圈，觉得酒后的喉咙，有点渴痒了，所以就又走回到了西院，静坐着喝了两碗清茶。在这四大无声，只听见我自己的啾啾喝水的舌音冲击到那座破院的败壁上去的寂静中间,同惊雷似的一响,院后的竹园里却忽而飞出了一声闲长而又有节奏似的鸡啼的声来。同时在门外面歇着的船家,也走进了院门,高声的对我说:

"先生,我们回去吧,已经是吃点心的时候了,你不听见那只公鸡在后山啼么?我们回去吧!"

1932 年 8 月在上海写
(选自《达夫游记》,上海文学创作社 1936 年版)

☞ 提示

郁达夫是小说家,也是散文家。他的散文以游记为主,是现代游记散文的开创者和代表性作家。早期游记散文以《还乡记》《还乡后记》为代表,多有"自叙传"的特色。30 年代出版的《屐痕处处》《达夫游记》《闽游滴沥》等则另有特色:善于体物,长于叙事;动静皆宜,情景交融;写景状物,形神兼备;文笔洒脱、隽逸,颇具大家风范。这篇《钓台的春昼》选自《达夫游记》,所记为 1931 年郁达夫受当局通缉后避居富春江故乡时游钓台严陵之事。郁达夫的游记一般不写热热闹闹的"游",多半写为排遣某种心境所作的单独之游,借"游"而在名胜古迹、自然风光中怡养性情,暂时忘却身外的纷扰,体验"静"的乐趣。《钓台的春昼》写他夜游桐君山道观和独游严子陵钓台,都是这种情趣的展现。正如作者的感触:"一个人在这桐君观前的石凳上,看看山,看看水,看看城中灯火和天上的星云,更做做浩无边际的无聊的幻梦,我竟忘记了时刻,忘记了自身。"在严陵,作者的感慨则是:"静,静,静,身边水上,山下岩头,只沉浸着太古的静,死灰的静,山峡里连飞鸟的影子也看不见半只。"这却足以让他权充桃园夫子,忘却那些秦始皇式的把戏,尽情体验与自然同怀的欢愉。

林语堂

《人间世》发刊词

十四年来中国现代文学唯一之成功,小品文之成功也。创作小说,即有佳作,亦由小品散文训练而来。盖小品文,可以发挥议论,可以畅泄衷情,可以摹绘人情,可以形容世故,可以札记琐屑,可以谈天说地,本无范围,特以自我为中心,以闲适为格调,与各体别,西方文学所谓个人笔调是也。故善冶情感与议论于一炉,而成现代散文之技巧。《人间世》之创刊,专为登载小品文而设,盖欲就其已有之成功,推波助澜,使其愈臻昌盛。小品已成功之人,或可益加兴趣,多所写作,即未知名之人,亦可因此发现。

盖文人作文,每等还债,不催不还,不邀不作。或因未得相当发表之便利,虽心头偶有佳意,亦听其埋没,何等可惜。或且因循成习,绝笔不复作,天下苍生翘首如望云霓,而终不见涓滴之赐,何以为情。且现代刊物,纯文艺性质者,多刊创作,以小品作点缀耳。若不特创一刊,提倡发表,新进作家即不复接踵而至。吾知天下有许多清新可喜文章,亦正藏在各人抽屉,供鱼蠹之侵蚀,不亦大可哀乎。内容如上所述,包括一切,宇宙之大,苍蝇之微,皆可取材,故名之为《人间世》。除游记诗歌题跋赠序尺牍日记之外,尤注重清俊议论文及读书随笔,以期开卷有益,掩卷有味,不仅吟风弄月,而流为玩物丧志之文学已也。半月一册,字数四万,逢初五二十出版,纸张印刷编排校对,力求完善,用仿宋字排印,以符小品精雅之意。尚祈海内文士,共襄其成。

(《人间世》第 1 期,1934 年 4 月)

☞ 提示

中国现代散文史上独树一帜者除鲁迅杂文外,则为周作人等的小品文之作。小品文在周作人那里先是被称作"美文",为一种非政论性文体。到后来,"美文"大致向纯粹语体文方向发展。故周作人1928年在为俞平伯散文集《燕知草》作"跋"时认为,"有些纯粹口语体的文章,在受过新式中学教育的学生手里写得很是细腻流丽,觉得有造成新文体的可能"。这种纯粹的"美文"即为朱自清等创作的现代语体散文。同时,周作人又说:"但在论文——不,或者不如说小品文,不专说理叙事而以抒情分子为主的……必须有涩味与简单味,这才耐读。"他认为:"以口语为基本,再加上欧化语,古文,方言等分子,杂糅调和,适宜地或各尽地安排起来,有知识与趣味的两重统制,才可以造出有雅致的俗语文来。"这种"有雅致的俗语文"就是周作人为小品文所订立的规范,以使它脱离一般"美文",成为独树一帜的文体。20世纪30年代,小品文运动的极力倡导者是林语堂,但周作人却始终是这一运动的后盾。1932年林语堂主办的《论语》创刊,中国现代文学史上有名的小品文流派——论语派由此诞生,小品文运动于此肇始。1934年《人间世》的创刊则是这一运动的高潮,有关小品文运动的宗旨和目的都从林语堂的这篇"发刊词"中展现出来。所谓"以自我为中心,以闲适为格调","宇宙之大,苍蝇之微,皆可取材"等,其实都来源于周作人的主张,代表着周作人的趣味主义文学观和自由个人主义的文化理想,这都被林语堂承袭过来。其文白夹杂、简洁精雅的文体无疑也是周作人式的"雅致的俗语文"。

秋天的况味

秋天的黄昏,一人独坐沙发上抽烟,看烟头白灰中间露出红光,微微透露出暖气,心头的情绪便跟着那蓝烟缭绕而上,一样的轻松,一样的自由。不转眼,缭烟变成缕缕细丝，慢慢不见了，而那霎时，心上的情绪也跟着消沉于大千世界，所以也不讲那时的情绪，只讲那时的情绪的况味。待要再划一根洋火再点起那已点过三四次的雪茄，却因白灰已积得太多而点不着，乃轻轻的一弹，烟灰就悄悄的落在铜炉上，其静寂如同我此时用毛笔写在纸上一样，一点的声息也没有。于是再点起来，一口一口的吞云吐雾，香气扑鼻，宛如偎红倚翠温香在抱情调。于是想到烟，想到这烟一股温煦的热气，想到室中缭绕暗淡的烟霞，想到秋天的意味。这时才忆起，向来诗文上秋的含义，并不是这样的，使人联想的是肃杀、是凄凉、是秋扇、是红叶、是荒林、是萋草。然而秋确有另一意味，没有春天的阳气勃勃，也没有夏天炎烈迫人，也不像冬天之全入于枯槁凋零。我所爱的是秋林古气磅礴气象。有人以老气横秋骂人，可见是不懂得秋林古色之滋味。在四时中，我于秋是有偏爱的，所以不妨说说。秋是代表成熟，对于春天之明媚娇艳，夏日的茂密浓深，都是过来人，不足为奇了，所以其色淡，叶多黄，有古色苍茏之概，不单以葱翠争荣了。这是我所谓秋天的意味。大概我所爱的不是晚秋，是初秋，那时暄气初消，月正圆，蟹正肥，桂花馥洁，也未陷入懔烈萧瑟气态，这是最值得赏乐的。那时的温和，如我烟上的红灰，只是一股薰熟的温香罢了。或如文人已排脱下笔惊人的格调，而渐趋纯熟练达，宏毅坚实，其文读来有深长意味。这就是庄子所谓"正得秋而万宝成"结实的意义。在人生上最享乐的就是这一类的事。比如酒以醇以老为佳。烟也有和烈之辨。雪茄之佳者，远胜于香烟，因其意味较和。倘是烧得得法，慢慢的吸完一枝，看那红光炙发，有无穷的意味。鸦片吾不知，然看见人在烟灯上烧，听那微微毕剥的声音，也觉得有一种诗意，大概凡是古老、纯熟、薰黄、熟练的事物，都使我得到同样的愉快。如一只薰黑的陶锅在烘炉上用慢火炖猪肉时发出的锅中徐吟的声调，使我感到同看人烧大烟一样的兴趣。或如一本用过二十年而尚未破烂的字典，或是一张用了半世的书桌，或如看见街上一涂薰黑了老气横秋的招牌，或是看见书法大家苍劲雄深的笔迹，都令人有相同的快乐。人生世上如岁月之有四时，必须要经过这纯熟时期，如女人发育健全遭遇安顺的，亦必有一时徐娘半老的风韵，为二八佳人所不及者。使我最佩服的是邓肯的佳句："世人只会吟咏春天与恋爱，真无道理，须知秋天的景色，更华丽，更恢奇，而秋天的快乐有万倍的雄壮、惊奇、都丽。我真可怜那些妇女识见偏狭，使她们错过爱之秋天的宏大的赠赐。"若邓肯者，可谓识趣之人。

（选自《行素集（我的话）》，上海时代书局1948年版）

☞ 提示

和周作人一样，林语堂在生活态度上是一个自由个人主义者，主张享受生活，追求自得其乐的人生之趣。这篇《秋天的况味》表达的正是这种生活情趣。就散文创作而言，周作人追求闲适，林语堂更重幽默（林是译英语 humour 一词为"幽默"并使之固定下来的第一人）。幽默不同于讽刺，它没有盛气凌人、锋芒毕露的气势，而多有凝练隽永、深藏不露的智慧。所以，林语堂在《生活的艺术》的一书中为幽默确立了三大特质：微妙的常识、哲学的轻逸和思想的简朴。如此则可以认为幽默是一种达观，一种展示"生活之艺术"的人生态度。文中作者所赞许的"秋天的况味"其实就是一种饱含着幽默志趣的人生况味："我所爱的是秋林古气磅礴气象。……秋是代表成熟，对于春天之明媚娇艳，夏日的茂密浓深，都是过来人，不足为奇了，所以其色淡，叶多黄，有古色苍茏之概，不单以葱翠争荣了。……那时的温和，如我烟上的红灰，只是一股薰熟的温香罢了。或如文人已排脱下笔惊人的格调，而渐趋纯熟练达，宏毅坚实，其文读来有深长意味。"由此他感慨系之："大概凡是古老、纯熟、薰黄、熟练的事物，都使我得到同样的愉快。"如此所谓"识趣之乐"，其实就是一个饱蘸幽默况味的周作人式的现代隐士的文化心态和生活情态。

朱光潜

"当局者迷，旁观者清"
——艺术和实际人生的距离

有几件事我觉得很有趣味，不知道你有同感没有？

我的寓所后面有一条小河通莱茵河。我在晚间常到那里散步一次，走成了习惯，总是沿东岸去，过桥沿西岸回来。走东岸时我觉得西岸的景物比东岸的美；走西岸时适得其反，东岸的景物又比西岸的美。对岸的草木房屋固然比较这边的美，但是它们又不如河里的倒影。同是一棵树，看它的正身本极平凡，看它的倒影却带有几分另一世界的色彩。我平时又欢喜看烟雾朦胧的远树，大雪笼盖的世界和更深夜静的月景。本来是习见不以为奇的东西，让雾、雪、月盖上一层白纱，便见得很美丽。

北方人初看到西湖，平原人初看到峨嵋，虽然审美力薄弱的村夫，也惊讶它们的奇景；但在生长在西湖或峨嵋的人除了以居近名胜自豪以外，心里往往觉得西湖和峨嵋实在也不过如此。新奇的地方都比熟悉的地方美，东方人初到西方，或是西方人初到东方，都往往觉得面前景物件件值得玩味。本地人自以为不合时尚的服装和举动，在外方人看，却往往有一种美的意味。

古董癖也是很奇怪的。一个周朝的铜鼎或是一个汉朝的瓦瓶在当时也不过是盛酒盛肉的日常用具，在现在却变成很稀有的艺术品。固然有些好古董的人是贪它值钱，但是觉得古董实在可玩味的人却不少。我到外国人家去时，主人常欢喜拿一点中国东西给我看。这总不外瓷罗汉、蟒袍、渔樵耕读图之类的装饰品，我看到每每觉得羞涩，而主人却诚心诚意地夸奖它们好看。

种田人常羡慕读书人，读书人也常羡慕种田人。竹篱瓜架旁的黄粱浊酒和朱门大厦中的山珍海鲜，在旁观者所看出来的滋味都比当局者亲口尝出来的好。读陶渊明的诗，我们常觉到农人的生活真是理想的生活，可是农人自己在烈日寒风之中耕作时所尝到的况味，绝不似陶渊明所描写的那样闲逸。

人常是不满意自己的境遇而羡慕他人的境遇，所以俗话说："家花不比野花香。"人对于现在和过去的态度也有同样的分别。本来是很酸辛的遭遇到后来往往变成很甜美的回忆。我小时在乡下住，早晨看到的是那几座茅屋，几畦田，几排青山，晚上看到的也还是那几座茅屋，几畦田，几排青山，觉得它们真是单调无味，现在回忆起来，却不免有些留恋。

这些经验你一定也注意到的。它们是什么缘故呢？

这全是观点和态度的差别。看倒影，看过去，看旁人的境遇，看稀奇的景物，都好比站在陆地上远看海雾，不受实际的切身的利害牵绊，能安闲自在地玩味目前美妙的景致。看正身，看现在，看自己的境遇，看习见的景物，都好比乘海船遇着海雾，只知它妨碍呼吸，只嫌它耽误程期，预兆危险，没有心思去玩味它的美妙。持实用的态度看事物，它们都只是实际生活的工具或障碍物，都只能引起欲念或嫌恶。要见出事物本身的美，我们一定要从实用世界跳开，以"无所为而为"的精神欣赏它们本身的形象。总而言之，美和实际人生有一个距离，要见出事物本身的美，须把它摆在适当的距离之外去看。

再就上面的实例说，树的倒影何以比正身美呢？它的正身是实用世界中的一片段，它和人发生过许多实用的关系。人一看见它，不免想到它在实用上的意义，发生许多实际生活的联想。它是避风息凉的或是架屋烧火的东西。在散步时我们没有这些需要，所以就觉得它没有趣味。倒影是隔着一个世界的，是幻境的，是与实际人生无直接关联的。我们一看到它，就立刻注意到它的轮廓线纹和颜色，好比看一幅图画一样。这是形象的直觉，所以是美感的经验。总而言之，正身和实际人生没有距离，倒影和实际人生有距离，美的差别即起于此。

同理，游历新境时最容易见出事物的美。习见的环境都已变成实用的工具。比如我久住在一个城市里面，出门看见一条街就想到朝某方向走是某家酒店，朝某方向走是某家银行；看见了一座房子就想到它是某个朋友的住宅，或是某个总长的衙门。这样的"由盘而之钟"，我的注意力就迁到旁的事物上去，不能专心致志地看这条街或是这座房子究竟象个什么样子。在崭新的环境中，我还没有认识事物的实用的意义，事物还没有变成实用的工具，一条街还只是一条街而不是到某银行或某酒店的指路标，一座房子还只是某颜色某线形的组合而不是私家住宅或是总长衙门，所以我能见出它们本身的美。

一件本来惹人嫌恶的事情，如果你把它推远一点看，往往可以成为很美的意象。卓文君不守寡，私奔司马相如，陪他当垆卖酒。我们现在把这段情史传为佳话。我们读李长吉的"长卿怀茂陵，绿草垂石井，弹琴看文君，春风吹鬓影"几句诗，觉得它是多么幽美的一幅画！但是在当时人看，卓文君失节却是一件秽行丑迹。袁子才尝刻一方"钱塘苏小是乡亲"的印，看他的口吻是多么自豪！但是钱塘苏小究竟是怎样的一个伟人？

她原来不过是南朝的一个妓女。和这个妓女同时的人谁肯攀她做"乡亲"呢？当时的人受实际问题的牵绊，不能把这些人物的行为从极繁复的社会信仰和利害观念的圈套中划出来，当作美丽的意象来观赏。我们在时过境迁之后，不受当时的实际问题的牵绊，所以能把它们当作有趣的故事来谈。它们在当时和实际人生的距离太近，到现在则和实际人生距离较远了，好比经过一些年代的老酒，已失去它的原来的辣性，只留下纯淡的滋味。

一般人迫于实际生活的需要，都把利害认得太真，不能站在适当的距离之外去看人生世相，于是这丰富华严的世界，除了可效用于饮食男女的营求之外，便无其他意义。他们一看到瓜就想它是可以摘来吃的，一看到漂亮的女子就起性欲的冲动。他们完全是占有欲的奴隶。花长在园里何尝不可以供欣赏？他们却欢喜把它摘下来挂在自己的襟上或是插在自己的瓶里。一个海边的农夫逢人称赞他的门前海景时，便很羞涩的回过头来指着屋后一园菜说："门前虽没有什么可看的，屋后这一园菜却还不差。"许多人如果不知道周鼎汉瓶是很值钱的古董，我相信他们宁愿要一个不易打烂的铁锅或瓷罐，不愿要那些不能煮饭藏菜的破铜破铁。这些人都是不能在艺术品或自然美和实际人生之中维持一种适当的距离。

艺术家和审美者的本领就在能不让屋后的一园菜压倒门前的海景，不拿盛酒盛菜的标准去估定周鼎汉瓶的价值，不把一条街当作到某酒店和某银行去的指路标。他们能跳开利害的圈套，只聚精会神地观赏事物本身的形象。他们知道在美的事物和实际人生之中维持一种适当的距离。

我说"距离"时总不忘冠上"适当的"三个字，这是要注意的。"距离"可以太过，可以不及。艺术一方面要能使人从实际生活牵绊中解放出来，一方面也要使人能了解，能欣赏，"距离"不及，容易使人回到实用世界，距离太远，又容易使人无法了解欣赏。这个道理可能拿一个浅例来说明。

王渔洋的《秋柳诗》中有两句说："相逢南雁皆愁侣，好语西乌莫夜飞。"在不知这诗的历史的人看来，这两句诗是漫无意义的，这就是说，它的距离太远，读者不能了解它，所以无法欣赏它。《秋柳诗》原来是悼明亡的，"南雁"是指国亡无所依附的故旧大臣，"西乌"是指有意屈节降清的人物。假使读这两句诗的人自己也是一个"遗老"，他对于这两句诗的情感一定比旁人较能了解。但是他不一定能取欣赏的态度，因为他容易看这两句诗而自伤身世，想到种种实际人生问题上面去，不能把注意力专注在诗的意象上面，这就是说，《秋柳诗》对于他的实际生活距离太近了，容易把他由美感的世界引回到实用的世界。

许多人欢喜从道德的观点来谈文艺，从韩昌黎的"文以载道"说起，一直到现代"革命文学"以文学为宣传的工具止，都是把艺术硬拉回到实用的世界里去。一个乡下人看戏，看见演曹操的角色扮老奸巨猾的样子惟妙惟肖，不觉义愤填胸，提刀跳上舞台，把他杀了。从道德的观点评艺术的人们都有些类似这位杀曹操的乡下佬，义气虽然是义气，无奈是不得其时，不得其地。他们不知道道德是实际人生的规范，而艺术是与实际人生有距离的。

　　艺术须与实际人生有距离，所以艺术与极端的写实主义不相容。写实主义的理想在妙肖人生和自然，但是艺术如果真正做到妙肖人生和自然的境界，总不免把观者引回到实际人生，使他的注意力旁迁于种种无关美感的问题，不能专心致志地欣赏形象本身的美，比如裸体女子的照片常不免容易刺激性欲，而裸体雕像如《密罗斯爱神》，裸体画像如法国安格尔的《汲泉女》，都只能令人肃然起敬。这是什么缘故呢？这就是因为照片太逼肖自然，容易象实物一样引起人的实用的态度；雕刻和图画都带有若干形式化和理想化，都有几分不自然，所以不易被人误认为实际人生中的一片段。

　　艺术上有许多地方，乍看起来，似乎不近情理。古希腊和中国旧戏的角色往往带面具，穿高底鞋，表演时用歌唱的声调，不象平常说话。埃及雕刻对于人体加以抽象化，往往千篇一律。波斯图案画把人物的肢体加以不自然的扭曲，中世纪"哥特式"诸大教寺的雕像把人物的肢体加以不自然的延长。中国和西方古代的画都不用远近阴影。这种艺术上的形式化往往遭人唾骂，它固然时有流弊，其实也含有至理。这些风格的创始者都未尝不知道它不自然，但是他们的目的正在使艺术和自然之中有一种距离。说话不押韵，不论平仄，作诗却要押韵，要论平仄，道理也是如此。艺术本来是弥补人生和自然缺陷的。如果艺术的最高目的仅在妙肖人生和自然，我们既已有人生和自然了，又何取乎艺术呢？

　　艺术都是主观的，都是作者情感的流露，但是它一定要经过几分客观化。艺术都要有情感，但是只有情感不一定就是艺术。许多人本来是笨伯而自信是可能的诗人或艺术家。他们常埋怨道："可惜我不是一个文学家，否则我的生平可以写成一部很好的小说。"富于艺术材料的生活何以不能产生艺术呢？艺术所用的情感并不是生糙的而是经过反省的。蔡琰在丢开亲生子回国时决写不出《悲愤诗》，杜甫在"入门闻号咷，幼子饥已卒"时决写不出《自京赴奉先县咏怀五百字》。这两首诗都是"痛定思痛"的结果。艺术家在写切身的情感时，都不能同时在这种情感中过活，必定把它加以客观化，必定由站在主位的尝受者退为站在客位的观赏者。一般人不能把切身的经验放在一种距离以外去看，所以情感尽管深刻，经验尽管丰富，终不能创造艺术。

（选自《谈美》，开明书店 1932 年版）

☞ **提示**

　　朱光潜是著名美学家和文学批评家，他的基本美学观点是："美感的世界纯粹是意象世界，超乎利害关系而独立。"（《谈美·开场话》）这来源于他所接受的康德唯心主义美学思想和克罗齐"直觉"论美学观。20 世纪 30 年代，他发表了一系列论著和论文表达自己的美学观和艺术观，并将其化作各种具体的艺术主张，联系实际开展文学批评。他的美学观和批评观影响了沈从文等京派作家。本文选自朱光潜 1932 年出版的美学论著《谈美》，是他继《给青年的十二封信》之后出版的又一本普及性美学论著（称之为"第十三封信")。其中,他以散文化的笔调深入浅出地阐发了他的美学观念的重要组成部分——距离美感的思想。在朱光潜看来,审美(或对美的认识)就是抛开意志和欲念,"心中没有概念和思考",摆脱"日常繁复错杂的实用世界",在一种"无所为而为"的观赏中获得一个"单纯的意象世界"。(《文艺心理学·第一章》)这要求人与所观赏和所创造之物保持一段恒常的"心理距离"。美感的态度在"观照",美感的方式是"移情"。所谓"当局者迷,旁观者清","不识庐山真面目,只缘身在此山中"正是这个道理。在他看来,审美的态度与实用的态度和逻辑的思考应该区别开来,美感依据的是"形象的直觉"。在《谈美》中,他曾以"我们对于一棵古松的三种态度"作类比,分析画家、木商和植物学家对于一棵古松的不同态度:画家的态度是审美的,不沾实用,是"无所为而为"的观照;木商的态度是实用的,偏重于利害和意志;植物学家的态度是纯逻辑的思考,很少有情感和意志的渗透。"艺术是主观的",在于它有情感。但艺术的情感"不是生糙的而是经过反省的",即使对象客观化,创造者和鉴赏者都需退到一定的心理距离之外作"无所为而为"的观照。道德判断和逻辑判断都不是美感判断,都不是艺术的态度。在文学史上看,朱光潜的美学思想对京派文学所发生的指导作用,使自由主义文学最终脱离了周作人的影响而进入到一个审美主义化的新的文学自觉阶段。

夏丏尊

白马湖之冬

在我过去四十余年生涯中,冬的情味尝得最深刻的,要算十年前初移居白马湖的时候了。十年以来,白马湖已成了一个小村落,当我移居的时候,还是一片荒野。春晖中学的新建筑巍然矗立于湖的那一面,湖的这一面的山脚下是小小的几间新平屋,住着我和刘君心如两家。此外两三里内没有人烟。一家人于阴历十一月下旬从热闹的杭州移居这荒凉的山野,宛如投身于极带中。

那里的风,差不多日日有的,呼呼作响,好象虎吼。屋宇虽系新建,构造却极粗率,风从门窗隙缝中来,分外尖削,把门缝窗隙厚厚地用纸糊了,椽缝中却仍有透入。风刮得厉害的时候,天未夜就把大门关上,全家吃毕夜饭即睡入被窝里,静听寒风的怒号,湖水的澎湃。靠山的小后轩,算是我的书斋,在全屋子中风最少的一间,我常把头上的罗宋帽拉得低低地,在洋灯下工作至夜深。松涛如吼,霜月当窗,饥鼠吱吱在承尘上奔窜。我于这种时候深感到萧瑟的诗趣,常独自拨划着炉灰,不肯就睡,把自己拟诸山水画中的人物,作种种幽邈的遐想。

现在白马湖到处都是树木了,当时尚一株树木都未种。月亮与太阳都是整个儿的,从上山起直要照到下山为止。太阳好的时候，只要不刮风，那真和暖得不像冬天。一家人都坐在庭间曝日，甚至于吃午饭也在屋外，像夏天的晚饭一样。日光晒到哪里，就把椅凳移到哪里，忽然寒风来了，只好逃难似地各自带了椅凳逃入室中，急急把门关上。在平常的日子，风来大概在下午快要傍晚的时候，半夜即息。至于大风寒，那是整日夜狂吼，要二三日才止的。最严寒的几天，泥地看去惨白如水门汀，山色冻得发紫而黯，湖波泛深蓝色。

下雪原是我所不憎厌的，下雪的日子，室内分外明亮，晚上差不多不用燃灯。远山积雪足供半个月的观看，举头即可从窗中望见。可是究竟是南方，每冬下雪不过一二次。我在那里所日常领略的冬的情味，几乎都从风来。白马湖的所以多风，可以说有着地理上的原因。那里环湖都是山，而北首却有一个半里阔的空隙，好似故意张了袋口欢迎风来的样子。白马湖的山水和普通的风景地相差不远，唯有风却与别的地方不同。风的多和大，凡是到过那里的人都知道的。风在冬季的感觉中，自古占着重要的因素，而白马湖的风尤其特别。

现在，一家僦居上海多日了，偶然于夜深人静时听到风声，大家就要提起白马湖来，说"白马湖不知今夜又刮得怎样厉害哩！"

刊《中学生》第四十号
（1933年12月）

☞ 提示

夏丏尊是著名教育家、散文家，早年留学日本，回国后先后在浙江两级师范学堂（浙江省立第一师范学校）、湖南第一师范学校、浙江上虞白马湖春晖中学、上海立达学园、暨南大学任教。后任开明书店编辑所长，与叶圣陶等合写和编辑过多部有关国文教育的论著。主办过《春晖》《一般》《中学生》等杂志。散文《白马湖之冬》发表于1933年，是作者早年（1920—1925）任教浙江上虞白马湖春晖中学时的一段生活实录。

白马湖位于浙江上虞。1920年，浙江富商陈春澜捐献巨资，在此创办春晖中学。夏丏尊由杭州应邀来此，协助校长经亨颐主持校务。1922年以后，他陆续邀约了丰子恺、朱自清、朱光潜、俞平伯等来此担任教职，使这个本不出名的地方的尚不知名的学校一时声名远播。白马湖地处浙东，自杭州往东过绍兴，至上虞；出上虞县城五公里，离杭州百余公里；四面环山，平湖如镜，水光照眼，山色宜人；和杭州西湖比，自有一种野趣。夏丏尊来此后，曾在湖的西面造了几间瓦屋，自题"平屋"，欲终老是乡。丰子恺来后亦毗邻"平屋"造了自己的宅所，并种上杨柳，号称"小杨柳屋"。朱自清的散文《白马湖》描绘这里的景色道："山是青得要滴下来，水是满满的、软软的。小马路的西边，一株间一株地种着小桃与杨柳。……杨柳在暖风里不住地摇曳。""在春天，不论是晴是雨，是月夜是黑夜，白马湖都好。"教学之外夏丏尊创办了《春晖》杂志，朱自清的《春晖的一月》《白马读书录》，夏丏尊的《春晖的使命》，丰子恺的《山水间的生活》等均在上面发表。朱光潜后来回忆说：在春晖，"大家朝夕相处，宛如一家人"。他的第一篇美学论文《无言之美》，表达含蓄、超然的美学理想，即是在这里完成的。像夏丏尊一样，他们中间的很多人日后都写文章回忆并怀念这里的生活。这段贴近自然的生活增进了他们的友谊，也对他们日后的生活和创作产生了深刻影响。中国现代文学史上，有人因此称他们为"白马湖派"，确也不无道理。夏丏尊的这篇散文写于离开白马湖近十年后，表达的仍是一种深挚的怀念之情。

何其芳

雨　前

　　最后的鸽群带着低弱的笛声在微风里画一个圈子后，也消失了。许是误认这灰暗的凄冷的天空为夜色的来袭，或是也预感到风雨的将至，遂过早的飞回它们温暖的木舍。

　　几天阳光在柳梢上撒下的一抹嫩绿，被尘土埋掩得有憔悴色了，是需要着一次洗涤。还有干裂的大地与树根也早已期待着雨。雨却迟疑着。

　　我怀想着故乡的雷声，和雨声。那隆隆的有力的搏击，从山谷返响到山谷，仿佛春之芽就从冻土里震动，惊醒，而怒茁出来。细草样柔的雨声又以膏脂和温存之手抚摩它，使它簇生油绿的枝叶而开出红色的花。这些怀想如乡愁一样萦绕得使我忧郁了。我心里的气候也和这北方大陆一样缺少雨量，一滴温柔的泪在我枯涩的眼里，如迟疑在这阴沉的天空里的雨点，久不落下。

　　白色的鸭也似有一点躁烦了，有不洁色的都市的河沟里传出它们焦急的叫声。有的还未厌倦那船一样的徐徐的划行。有的却倒插它们的长颈在水里，红色的蹼趾伸在尾后，不停的扑击着水以支持身体的平衡。不知是在寻找沟底的细微的食物，抑是贪那深深的水里的寒冷。

　　有几个已上岸了。在柳树下来回的作它们绅士的散步，舒息划行的疲劳。然后参差的站着，各用嘴细细的抚理它们遍体白色的羽毛，间又摇动身子或扑展着阔翅，使那缀在羽毛间的水珠堕落。一个已修饰完毕的，弯曲它的颈到背上，长长的红嘴藏没在翅膀里，静静合上它白色的茸毛间的小黑睛，仿佛准备睡眠。可怜的小动物，你就是这样做着你的梦吗？

　　我想起故乡牧雏鸭的人了。一大群鹅黄色的雏鸭游牧在溪流间，清浅的水，两岸青青的草，一根长长的竿在牧人的手里。他的小队伍是多么欢欣的发出啾啁声，又多么驯服的随着他的竿头越过一个田野又一个山坡。夜来了，帐幕似的竹篷撑在地上，就是他的家。但这是怎样辽远的想像啊。在这多尘土的国度里，我仅只希望听一点树叶上的雨声，一点雨声的幽凉滴到我憔悴的梦，也许会长成一树圆的绿阴来覆荫我自己。

我仰起头。天空低垂如灰色的雾幕，落下一些寒冷的霰屑到我脸上。一只远来的鹰隼仿佛带着怒愤，对这沉重的天色的怒愤，平张的双翅不动的从天空斜插下，几乎触到河沟对岸的土阜，而又鼓扑着双翅作出猛烈的声响腾上了。那样巨大的翅使我惊异，看见了它两胁间斑白的羽毛。

接着听见了它有力的鸣声，如一个巨大的心的呼号，或是在黑暗里寻找伴侣的叫唤。

然而雨还是没有来。

（选自《画梦录》，文化生活出版社1936年初版）

☞ 提示

何其芳是诗人，也是散文家。他1930年考入清华大学外文系，1931年转入北京大学哲学系，1934年与同时就读于北京大学外语系的李广田、卞之琳合作出版了诗集《汉园集》，成为著名的汉园三诗人之一。1936年何其芳出版散文集《画梦录》，次年即获得首届《大公报》文艺奖。主要由其师辈——京派作家沈从文、朱光潜、朱自清、林徽因、李健吾、杨振声等组成的评选委员会在颁奖评语中说："在过去，混杂于幽默小品中间，散文一向给我们的印象多是顺手拈来的即景文章而已。在市场上虽曾走过红运，在文学部门中，却常为人轻视。《画梦录》是一种独立的艺术制作，有它超达深渊的情趣。"这段评语除表达了上述作家们奖掖后进的用心，还反映了他们对当时文坛上左右两翼各举小品和杂文为正宗，争霸文坛状况的不满和抵制。同一时期，朱光潜、沈从文、李健吾等先后发表文章，批评《论语》《人间世》等上海小品文刊物。朱光潜在一封给徐訏谈小品文的"公开信"中对文章进行分类，提出自己判定散文优劣的标准。他分文章为三类：独语（自言自语）、对语（书信和对话）、宣示语（讲义等），认为"独语"最上乘，在艺术中属于一种较高尚的境界：不是"为人生而艺术"，也不是"为艺术而艺术"，是"为我自己而艺术"（劳伦斯语）。比较起来，"对语"太浅直，"宣示语"太功利，唯有"独语""永远是真诚朴素的"。唯其如此，它却不能泛化。像小品文那样，沦为应景之作，就难免于流俗。在他们看来，何其芳的《画梦录》正是代表了一种不苟同于流俗的散文创作风格。李健吾在评《画梦录》的文章中认为，何其芳正是一个如他自己所说的"倔强的独语者"："他要一切听命，而自己不为所用。他不是那类寒士，得到一个情境，一个比喻，一个意象，便如众星捧月，视同瑰宝。他把若干情境揉在一起，仿佛万盏明灯，交相映辉；又象河曲，群流汇注，荡漾回环……他用一切来装饰，然而一紫一金，无不带有他情感的图记。这恰似一块浮雕，光影匀停，凹凸得宜，由他的智慧安排成功一种特殊的境界。"——"这年轻的画梦人，拨开纷披的一切，从谐和的错综寻出他全幅的主调"，以他的"寂寞"和"智慧"，成就了《画梦录》中的"美丽的独语"。

《雨前》是《画梦录》中一篇富有特色的写景散文。作者在状眼见之景时，用反衬的手法表达出一种忧郁与怀念:春雨到来之前北方天空的"灰暗"与"凄冷"令"我"怀想起"故乡的雷声和雨声"。故乡的春雨时节是雏鸭戏水、万物苏生的季节。而北国的春雨却迟滞着,眼看"最后的鸽群"失望地回巢,柳梢上"一抹嫩绿"已"被尘土埋掩得有憔悴色了"。乡愁和忧思却使"我心里的气候也和这北方大陆一样缺少雨量,一滴温柔的泪在我枯涩的眼里,如迟疑在这阴沉的天空里的雨点,久不落下"。河沟边栖息的鸭,雾幕下翱翔的鹰,令"我"安慰和惊喜,但"我"期待的只"一点树叶上的雨声,一点雨声的幽凉滴到我憔悴的梦"……好一番智慧的"独语",成就了一种美丽的寂寞。

李健吾

切梦刀

  不知道什么一个机会,也许由于沦陷期间闷居无聊,一个人在街上踽踽而行,虽说是在熙来熙往的人行道上,心里的闲静好象古寺的老僧,阳光是温煦的,市声是嚣杂的,脚底下碰来碰去净是坏铜烂铁的摊头,生活的酸楚处处留下深的犁痕,我觉得人人和我相似,而人人的匆促又似乎把我衬得分外孤寂,就是这样,我漫步而行,忽然来到一个旧书摊头,在靠外的角落,随时有被人踩的可能,赫然露出一部旧书,题签上印《增广切梦刀》。

  梦而可切,这把刀可谓锋利无比了。

  一个白天黑夜全不做梦的人,一定是一个了不起的勇士。过去只是过去,时间对于他只有现时,此外都不存在。他打出来的天下属于未来,未来的意义就有乐观。能够做到这步田地的,勇士两个字当之而无愧,我们常人没有福分妄想这种称谓,因为一方面必须达观如哲学家,一方面又必须浑浑噩噩如二楞子。

  当然,这部小书是为我们常人做的,作者是一位有心人,愿意将他那把得心应手的快刀送给我们这些太多了梦的可怜虫。我怀着一种欣喜的心情,用我的如获至宝的手轻轻翻开它的皱卷的薄纸。

  "丁君成勋既成切梦刀十有八卷……"

  原来这是一部详梦的伟著,民国六年问世,才不过二十几个年头,便和秋叶一样凋落在这无人过问的闹市,成为梦的笑柄。这美丽的引人遐想的书名,采取的是《晋书》关于王濬的一个典故。

  "濬夜梦悬三刀于卧屋梁上,须臾又益一刀,濬惊觉,意甚恶之。主簿李毅再拜贺曰:三刀为州字,又益一者,明府其临益州乎? 及贼张弘杀益州刺史皇甫晏,果迁濬为益州刺史。"

在这小小得意的故事之中，有刀也在梦里，我抱着一腔的奢望惘然如有所失了。

梦和生命一同存在。它停在记忆的暖室，有情感加以育养：理智旺盛的时候，我以为我可以象如来那样摆脱一切挂恋，把无情的超自然的智慧磨成其快无比的利刃，然而当我这个凡人硬起心肠照准了往下切的时候，它就如诗人所咏的东流水，初是奋然，竟是徒然：

"抽刀断水水更流。"

有时候，那就糟透了，受伤的是我自己，不是水：

"磨刀呜咽水，
水赤刃伤手。"

于是，我学了一个乖，不再从笨拙的截击上下工夫，因为那样做的结果，固然梦可以不存在了，犹如一切苦行僧，生命本身也就不复在人世存在了，我把自然还给我的梦，梦拿亲切送我做报答。我活着的勇气，一半从理想里提取，一半却也从人情里得到。而理想和人情都是我的梦的弼辅。说到这里，严酷的父亲（为了我背不出上"孟"，曾经罚我当着客人们跪；为了我忘记在他的生日那天磕头，他在监狱当着看守他的士兵打我的巴掌……），在我十三岁上就为人杀害了的父亲，可怜的辛劳的父亲，在我的梦里永远拿一个笑脸给他永远的没有出息的孩子。我可怜的姐姐，我就那么一位姐姐，小时候我曾拿剪刀戳破她的手，叫她哭，还不许她告诉父亲，但是为了爱护，她永远不要别人有一点点伤害我，就是这样一位母亲一样的姐姐，终于很早就丢下我去向父亲诉苦，一个孤女的流落的忧苦。而母亲，菩萨一般仁慈，囚犯一样勤劳，伺候了我们子女一辈子，没有享到我们一天的供奉，就在父亲去世十二年以后去世了。他们活着……全都活着，活在我的梦里……还有我那苦难的祖国，人民甘愿为她吃苦，然而胜利来了，就没有一天幸福还给人民……也成了梦。

先生，你有一把切梦刀吗？

把噩梦给我切掉，那些把希望变成失望的事实，那些从小到大的折磨的痕迹，那些让爱情成为仇恨的种子，先生，你好不好送我一把刀全切了下去？你摇头。你的意思是说，没有痛苦，幸福永远不会完整。梦是奋斗的最深的动力。

那么，卖旧书的人，这部《切梦刀》真就有什么用处，你为什么不留着，留着给自己使用？你把它扔在街头，夹杂在其他旧书之中，由人翻拣，听人踩压，是不是因为你已学会了所有的窍门，用不着它随时指点？

那边来了一个买主。

"几铟？"

"五百。"

"贵来!"他惘惘然而去。

可怜的老头子,《切梦刀》帮不了你的忙,我听见你的沙哑的喉咙在吼号,还在叹息:"五百,两套烧饼啊!"

(选自《切梦刀》,文化生活出版社1946年版)

☞ 提示

  李健吾笔名刘西渭,是著名的京派批评家、剧作家,小说和散文亦有佳作。李健吾的文学批评在中国现代文学史上堪称独步,主要在于他所遵循的印象主义的"审美的批评"原则。他认为,文学批评不是评判,而是理解和欣赏。犹如法朗士所说,批评是灵魂在杰作中的冒险。批评一部作品,认识和理解一位艺术家,批评家和艺术家在灵魂深处相遇,完成的是一种"心灵的探险"。他说:"一个批评家是学者和艺术家的化合,有颗创造的心灵运用死的知识。"其"批评的成就是自我的发见和价值的决定",由此"扩大他的人格,增深他的认识,提高他的鉴赏,完成他的理论"。他认为,批评家不能没有理论,但理论不等同于教条。批评的目的是领悟一种人格或认识一种风格,从而获得更大更深的艺术的感悟。因此批评"本身也正是一种艺术"。(李健吾:《咀华集·序一》)这样的批评观略取法于以法朗士为代表的法国印象主义批评流派,因此被称为印象主义,其实质是审美主义。他反对用纯客观的、"科学"的方法对待文学批评,认为批评、鉴赏与创作根源于同一种艺术的直觉。和朱光潜、沈从文等的艺术观点一样,李健吾认为艺术的核心是情感和一种作家的"白日梦"式的理想,这恰与人的自然本质相关联。置身都市,李健吾常有一种"身在异乡为异客"的感觉。犹如沈从文把自己称为"乡下人",李健吾也说:"我是个乡下孩子。""我有一个家乡,从来少有谋面的机会;我把大自然当做我的故乡,却把自己锁在发霉的斗室。"因此,他说,书成了"我"的朋友,一次阅读就有一次"亲切的感觉",一番品评就是一次促膝长谈。所以,"书,你正是我的大自然。"(《咀华集·〈画廊集〉》)如果说这样的感受派生了李健吾的批评观,那么,就创作而言,李健吾认为那恰是作家的"白日梦",渗透其中的却是人的情感和人的最真实的理想。即如这篇《切梦刀》,作者认为:"梦和生命一同存在。它停在记忆的暖室,有情感加以养育。"如若要使人没有梦,这世上不仅没有艺术,生命也将不复存在。在此,作者以对梦的理解达至对艺术的理解,以对梦的阐释达至对艺术的阐释。在作者眼中,一切看上去无谓的梦就像那些标榜"非功利"的艺术,它们对人、对生活确有偌大的价值。如其所说:"我把自然还给我的梦,梦拿亲切送我做报答。我活着的勇气,一半从理想里提取,一半却也从人情里得到。而理想和人情都是我的梦的辅弼。"往事历历,恍如梦,人的生命就在这时间之流(或艺术之潮)中崛起或是幻灭。可见,无论是美满的梦还是残缺的梦,都是"奋斗的最深的动力"。——世人且寻"切梦刀",但好一把"切梦刀":"抽刀断水水更流,举杯销愁愁更愁。"

梁实秋

雅 舍

到四川来，觉得此地人建造房屋最是经济。火烧过的砖，常常用来做柱子，孤零零的砌起四根砖柱，上面盖上一个木头架子，看上去瘦骨嶙嶙，单薄得可怜；但是顶上铺了瓦，四面编了竹篦墙，墙上敷了泥灰，远远的看过去，没有人能说不像是座房子。我现在住的"雅舍"正是这样一座典型的房子。不消说，这房子有砖柱，有竹篦墙，一切特点都应有尽有。讲到住房，我的经验不算少，什么"上支下摘"，"前廊后厦"，"一楼一底"，"三上三下"，"亭子间"，"茆草棚"，"琼楼玉宇"和"摩天大厦"，各式各样，我都尝试过。我不论住在哪里，只要住得稍久，对那房子便发生感情，非不得已我还舍不得搬。这"雅舍"，我初来时仅求其能蔽风雨，并不敢存奢望，现在住了两个多月，我的好感油然而生。虽然我已渐渐感觉它并不能蔽风雨，因为有窗而无玻璃，风来则洞若凉亭，有瓦而空隙不少，雨来则渗如滴漏。纵然不能蔽风雨，"雅舍"还是自有它的个性。有个性就可爱。

"雅舍"的位置在半山腰，下距马路约有七八十层的土阶。前面是阡陌螺旋的稻田。再远望过去是几抹葱翠的远山，旁边有高粱地，有竹林，有水池，有粪坑，后面是荒僻的榛莽未除的土山坡。若说地点荒凉，则月明之夕，或风雨之日，亦常有客到，大抵好友不嫌路远，路远乃见情谊。客来则先爬几十级的土阶，进得屋来仍须土坡，因为屋内地板乃依山势而铺，一面高，一面低，坡度甚大，客来无不惊叹，我则久而安之，每日由书房走到饭厅是上坡，饭后鼓腹而出是下坡，亦不觉有大不便处。

"雅舍"共是六间，我居其二。篦墙不固，门窗不严，故我与邻人彼此均可互通声息。邻人轰饮作乐，咿唔诗章，喁喁细语，以及鼾声，喷嚏声，吮汤声，撕纸声，脱皮鞋声，均随时由门窗户壁的隙处荡漾而来，破我岑寂。入夜则鼠子瞰灯，才一合眼，鼠子便自由行动，或搬核桃在地板上顺坡而下，或吸灯油而推翻烛台，或攀援而上帐顶，或在门框桌脚上磨牙，使得人不得安枕。但是对于鼠子，我很惭愧的承认，我"没有法子"。"没有法子"一语是被外国人常常引用着的，以为这话最足代表中国人的懒惰隐忍的态度。其实我的对付鼠子并不懒惰。窗上糊纸，纸一戳就破；门户关紧，而相鼠有牙，一阵咬便是一个洞洞。试问还有什么法子？洋鬼子住到"雅舍"里，不也是"没有法子"？比鼠子更骚扰的是蚊子。"雅舍"的蚊风之盛，是我前所未见的。"聚蚊成雷"真有其事！每当黄昏时候，满屋里磕头碰脑的全是蚊子，又黑又大，骨骼都像是硬的。在别处蚊子早已肃清的时候，在"雅舍"则格外猖獗，来客偶不留心，则两腿伤处累累隆起如玉蜀黍，但是我仍安之。冬天一到，蚊子自然绝迹，明年夏天——谁知道我还是否住在"雅舍"！

"雅舍"最宜月夜——地势较高，得月较先。看山头吐月，红盘乍涌，一霎间，清光四射，天空皎洁，四野无声，微闻犬吠，坐客无不悄然！舍前有两株梨树，等到月升中天，清光从树间筛洒而下，地上阴影斑斓，此时尤为幽绝。直到兴阑人散，归房就寝，月光仍然逼进窗来，助我凄凉。细雨蒙蒙之际，"雅舍"亦复有趣。推窗展望，俨然米氏章法，若云若雾，一片弥漫。但若大雨滂沱，我就又惶悚不安了，屋顶湿印到处都有，起初如碗大，俄而扩大如盆，继则滴水乃不绝，终乃屋顶灰泥突然崩裂，如奇葩初绽，砉然一声而泥水下注，此刻满室狼藉，抢救无及。此种经验，已数见不鲜。

"雅舍"之陈设，只当得简朴二字，但洒扫拂拭，不使有纤尘。我非显要，故名公巨卿之照片不得入我室；我非牙医，故无博士文凭张挂壁间；我不业理发，故丝织西湖十景以及电影明星之照片亦均不能张我四壁。我有一几一椅一榻，酣睡写读，均已有着，我亦不复他求。但是陈设虽简，我却喜欢翻新布置。西人常常讥笔妇人喜欢变更桌椅位置，以为这是妇人天性喜变之一征。诬否且不论，我是喜欢改变的。中国旧式家庭，陈设千篇一律，正厅上是一条案，前面一张八仙桌，一边一把靠椅，两旁是两把靠椅夹一只茶几。我以为陈设宜求疏落参差之致，最忌排偶。"雅舍"所有，毫无新奇，但一物一事之安排布置俱不从俗，人入我室，即知此是我室。笠翁《闲情偶寄》之所论，正合我意。

"雅舍"非我所有，我仅是房客之一。但思"天地者万物之逆旅"，人生本来如寄，我住"雅舍"一日，"雅舍"即一日为我所有。即使此一日亦不能算是我有，至少此一日"雅舍"所能给予之苦辣酸甜，我实躬受亲尝。刘克庄词："客里似家家似寄。"我此时此刻卜居"雅舍"，"雅舍"即似我家。其实似家似寄，我亦分辨不清。

长日无俚，写作自遣，随想随写，不拘篇章，冠以"雅舍小品"四字，以示写作所在，且志因缘。

（选自《雅舍小品》，台湾正中书局 1949 年版）

☞ 提示

梁实秋是翻译家、散文家。他的散文有杂文和小品两类。早期杂文、小品多为理论性和论辩性文字，如《文学的纪律》《偏见集》《骂人的艺术》等。抗战前曾在北京（北平）主办《自由评论》杂志，评议时政。后期作品以《雅舍小品》《雅舍杂文》为代表。《雅舍小品》是公认的梁实秋散文的成熟之作，也是他最具代表性的散文作品。

梁实秋的文艺思想有其复杂性，他早年曾皈依创造社，笃信浪漫主义。20世纪20年代中期到美国留学后成为白璧德的入室弟子，改宗白璧德的新人文主义，放弃了浪漫主义，成为新古典主义的信徒。白璧德新古典主义是一种具有保守倾向的人文主义，主要表现为醉心于西洋文学的古典传统，对卢梭以来的浪漫主义运动基本上持否定态度。在政治上则崇尚理性，标榜"人性"；主张节制，持守"中庸"；反对纵欲主义（即"浪漫主义"）和功利主义（即"唯物主义"）。白璧德的"人性"论是带"中庸"色彩的道德人性论，是建构在人的社会性（道德性）基础上的比人的自然性更高、比宗教人性论更具自由度的理想的"人性"论。这也是梁实秋所接受的"人性"论。20年代中后期，梁实秋曾以此与鲁迅等展开论争，用以对抗马克思主义的阶级论。同时，还由于梁实秋的文学观点和白璧德一样，是反浪漫主义的，他对克罗齐的直觉论美学观也始终持反对态度。30年代，梁实秋即因此和朱光潜等人发生论争。由于梁实秋坚持以道德性来判定文学作品的好坏优劣，认为只有伦理学的原则才是文学批评的最高标准，所以，他的文学观念与京派作家们的审美主义文学观念也显得格格不入，这使他在一定程度上与自由主义文学的主流发生了分离。这样，在中国现代文学史上，梁实秋的文学存在成为一种极具独特性的存在。

散文《雅舍》是《雅舍小品》的开篇。抗战全面爆发后梁实秋移居重庆，先在《中央日报》副刊《平明》任主编，即因一篇不长的"编者的话"引起左翼人士的批评，诱发了一场"与抗战无关"的大论辩。随后他避居北碚民舍，自题"雅舍"，潜心于著译生活，同时在重庆《星期评论》开辟专栏，专事"与抗战无关"的散文写作。作为开篇之作，这篇《雅舍》就其题旨而言有似刘禹锡的《陋室铭》，表现了梁实秋后期散文创作的诸多特点：质朴率真的性情，随遇而安的心境，旁征博引的气势，文雅简约的笔法，以及一种淡泊明志、宁静致远的"雅士"心态，可谓集古典名士的机智优雅与现代文人的执著达观于一体，因此常被人称之为"雅舍体"。

巴 金

爱尔克的灯光

傍晚，我靠着逐渐黯淡的最后的阳光的指引，走过十八年前的故居。这条街、这个建筑物开始在我的眼前隐藏起来，象在躲避一个久别的旧友。但是它们的改变了的面貌于我还是十分亲切。我认识它们，就象认识我自己。还是那样宽的街，宽的房屋。巍峨的门墙代替了太平缸和石狮子，那一对常常做我们坐骑的背脊光滑的雄狮也不知逃进了哪座荒山。然而大门开着，照壁上"长宜子孙"四个字却是原样地嵌在那里，似乎连颜色也不曾被风雨剥蚀。我望着那同样的照壁，我被一种奇异的感情抓住了，我仿佛要在这里看出过去的十九个年头，不，我仿佛要在这里寻找十八年以前的遥远的旧梦。

守门的卫兵用怀疑的眼光看我。他不了解我的心情。他不会认识十八年前的年轻人。他却用眼光驱逐一个人的许多亲密的回忆。

黑暗来了。我的眼睛失掉了一切。于是大门内亮起了灯光。灯光并不曾照亮什么，反而增加了我心上的黑暗。我只得失望地走了。我向着来时的路回去。已经走了四五步，我忽然掉转头，再看那个建筑物。依旧是阴暗中一线微光。我好象看见一个盛满希望的水碗一下子就落在地上打碎了一般，我痛苦地在心里叫起来。在这条被夜幕覆盖着的近代城市的静寂的街中，我仿佛看见了哈立希岛上的灯光。那应该是姐姐爱尔克点的灯罢。她用这灯光来给她的航海的兄弟照路，每夜每夜灯光亮在她的窗前，她一直到死都在等待那个出远门的兄弟回来。最后她带着失望进入坟墓。

街道仍然是清静的。忽然一个熟习的声音在我耳边轻轻地唱起了这个欧洲的古传说。在这里不会有人歌咏这样的故事。应该是书本在我心上留下的影响。但是这个时候我想起了自己的事情。

十八年前在一个春天的早晨，我离开这个城市、这条街的时候，我也曾有一个姐姐，也曾答应过有一天回来看她，跟她谈一些外面的事情。我相信自己的诺言。那时我的姐姐还是一个出阁才只一个多月的新嫁娘，都说她有一个性情温良的丈夫，因此也会有长久的幸福的岁月。

然而人的安排终于被"偶然"毁坏了。这应该是一个"意外"。但是这"意外"却毫无怜悯地打击了年轻的心。我离家不过一年半光景，就接到了姐姐的死讯。我的哥哥用了颤抖的哭诉的笔叙说一个善良女性的悲惨的结局，还说起她死后受到的冷落的待遇。从此那个作过她丈夫的所谓温良的人改变了，他往一条丧失人性的路走去。他想往上爬，结果却不停地向下面落，终于到了用鸦片烟延续生命的地步。对于姐姐，她生前我没有好好地爱过她，死后也不曾做过一样纪念她的事。她寂寞地活着，寂寞地死去。死带走了她的一切，这就是在我们那个地方的旧式女子的命运。

我在外面一直跑了十八年。我从没有向人谈过我的姐姐。只有偶尔在梦里我看见了爱尔克的灯光。一年前在上海我常常睁起眼睛做梦。我望着远远地在窗前发亮的灯，我面前横着一片大海，灯光在呼唤我，我恨不得腋下生出翅膀，即刻飞到那边去。沉重的梦压住我的心灵，我好象在跟许多无形的魔手挣扎。我望着那灯光，路是那么远，我又没有翅膀。我只有一个渴望：飞！飞！那些熬煎着心的日子！那些可怕的梦魇！

但是我终于出来了。我越过那堆积着像山一样的十八年的长岁月，回到了生我养我而且让我刻印了无数儿时回忆的地方。我走了很多的路。

十九年，似乎一切全变了，又似乎都没有改变。死了许多人，毁了许多家。许多可爱的生命葬入黄土。接着又有许多新的人继续扮演不必要的悲剧。浪费，浪费，还是那许多不必要的浪费——生命，精力，感情，财富，甚至欢笑和眼泪。我去的时候是这样，回来时看见的还是一样的情形。关在这个小圈子里，我禁不住几次问我自己：难道这十八年全是白费？难道在这许多年中间所改变的就只是装束和名词？我痛苦地搓自己的手，不敢给一个回答。

在这个我永不能忘记的城市里，我度过了五十个傍晚。我花费了自己不少的眼泪和欢笑，也消耗了别人不少的眼泪和欢笑。我匆匆地来，也将匆匆地去。用留恋的眼光看我出生的房屋，这应该是最后的一次了。我的心似乎想在那里寻觅什么。但是我所要的东西绝不会在那里找到。我不会像我的一个姑母或者嫂嫂，设法进到那所已易了几个主人的公馆，对着园中的花树垂泪，慨叹着一个家族的盛衰。摘吃自己栽种的树上的苦果，这是一个人的本分。我没有跟着那些人走一条路，我当然在这里找不到自己的脚迹。几次走过这个地方，我所看见的还只是那四个字："长宜子孙"。

"长宜子孙"这四个字的年龄比我的不知大了多少。这也该是我祖父留下的东西罢。最近在家里我还读到他的遗嘱。他用空空两手造就了一份家业。到临死还周到地为儿孙安排了舒适的生活。他叮嘱后人保留着他修建的房屋和他辛苦地搜集起来的书画。但是儿孙们回答他的还是同样的字：分和卖。我很奇怪，为什么这样聪明的老人还不明白一个浅显的道理：财富并不"长宜子孙"，倘使不给他们一样生活技能，不向他们指示一条生活道路？"家"这个小圈子只能摧毁年轻心灵的发育成长，倘使不同时让他们睁起眼睛去看广大世界；财富只能毁灭崇高的理想和善良的气质，要是它只消耗在个人的利益上面。

"长宜子孙"，我恨不能削去这四个字！① 许多可爱的年轻生命被摧残了，许多有为的年轻心灵被囚禁了。许多人在这个小圈子里面憔悴地捱着日子。这就是"家"！"甜蜜的家"！这不是我应该来的地方。爱尔克的灯光不会把我引到这里来的。

于是在一个春天的早晨，依旧是十八年前的那些人把我送到门口，这里面少了几个，也多了几个。还是和那次一样，看不见我姐姐的影子，那次是我没有等待她，这次是我找不到她的坟墓。一个叔父和一个堂兄弟到车站送我，十八年前他们也送过我一段路程。

我高兴地来，痛苦地去。汽车离站时我心里的确充满了留恋。但是清晨的微风，路上的尘土，马达的叫吼，车轮的滚动，和广大田野里一片盛开的菜子花，这一切驱散了我的离愁。我不顾同行者的劝告，把头伸到车窗外面，去呼吸广大天幕下的新鲜空气。我很高兴，自己又一次离开了狭小的家，走向广大的世界中去！

忽然在前面田野里一片绿的蚕豆和黄的菜花中间，我仿佛又看见了一线光，一个亮，这还是我常常看见的灯光。这不会是爱尔克的灯里照出来的，我那个可怜的姐姐已经死去了。这一定是我的心灵的灯，它永远给我指示我应该走的路。

1941年3月在重庆

（选自《龙·虎·狗》，文化生活出版社1941年版）

☞ 提示

巴金是一位激情的作家，无论小说还是散文，总有他诉说不完的愤郁，表达不尽的憧憬和希冀。这成就了他文学事业的辉煌，也造成了他与生俱来的局限。读巴金的小说

---

① 1956年12月我终于走进了这个"公馆"。"长宜子孙"四个字果然跟着"照壁"一起消灭了。——1959年注

和散文，我们总会被一种激愤的情绪牵连着，不必过多揣想作者想告诉我们什么，亦能清晰领会作品所含有的全部爱和恨。是的，巴金作品中既有深挚的爱，也有痛切的恨。这爱和恨都出自作者对生活的认识和理解。就其恨之所"恨"而言，巴金是现实主义者；就其爱之所"爱"而言，巴金是浪漫主义者。在"恨"方面，他不像鲁迅式的"哀其不幸，怒其不争"；在"爱"方面，也并非梁实秋式的超阶级的人性论者。作为一个无政府主义者和人道主义者，巴金有对专制制度和强权政治的最大的恨，有对被压迫者和苦难者的最深的爱。二者都是具体的，不是抽象的，常能聚于其创作活动的两端，带给他的创作较多情绪化的特征。善恶二元对立的思维方式也难免造成其人物形象概念化，这既成为巴金的优点也是其缺点。好在巴金并不把自己看成一个纯粹的艺术家，常是在"我控诉"的激愤心态下完成自己几乎所有的叙事。憎爱分明不仅是巴金的政治哲学，也是他终其一生的创作理念。这决定了巴金不是一个专注于"自我表现"的浪漫主义者，而是一个本质上的现实主义者。加之他创作的着眼点并未放在批判所谓人类本性的弱点，也并非针对任何现代人非本质的"异化"，他的文学理想就不可能是一种超然物外的审美乌托邦。他的创作并不直接关涉任何审美主义和现代主义的文学题旨。他的创作中渗透着自我化的政治理念、自我化的情感意识。这是巴金创作的特点，也是他的缺陷。

就创作现象上看，巴金的全部爱和恨几乎都在他那个"家"中。1941年，写完《家》《春》《秋》的巴金回到了他在成都的"家"。这是他十八年前的老家，一个埋葬着他的爱，给予了他的恨的家。这个"家"曾是那样的罪孽深重，对年轻生命有过罄竹难书的伤害。但此时呈现在作者面前的，却已不是昔日那个面目狰狞的食人的渊薮，恰似一场物是人非的凄凉的旧梦。检视一下巴金同时期的创作可知，中篇小说《憩园》中巴金笔下的那个"家"，其实就是巴金此刻面对的这个"家"。在这前后的两个"家"（《家》与《憩园》）中，作者的身份和情感都发生了变化：叛逆者变成了反思者。反思者的视野凝聚到一个文化性的焦点："长宜子孙"的家庭如何断送了子孙的福祉？作者思索着：十八年过去了，"长宜子孙"的照壁依旧，"长宜子孙"家庭的后代重又站在了家的门外。十八年了，仿佛一切都变了，"死了许多人，毁了许多家"，走了许多路后，"我"又回到了当初这个起点。爱却没有变，恨也没有变，还像在《家》中一样，作者仍以其激愤的话语宣示："'长宜子孙'，我恨不能削去这四个字！许多可爱的年轻生命被摧残了，许多有为的年轻心灵被囚禁了。许多人在这个小圈子里面憔悴地捱着日子。这就是'家'！'甜蜜的家'！"他要揭开这个"长宜子孙"的大谎，让更多年轻的生命不再毁于这个"家"中。他要告诫那些冲出"家"的年轻人，唯有爱是不能忘记的，那是真正的"爱尔克的灯光"——一种幽冥中的母性的光芒。那是奋斗者的勇气、善良者的指路明灯，是作者寄予现实的希望。

陆 蠡

囚绿记

这是去年夏间的事情。

我住在北平的一家公寓里。我占据着高广不过一丈的小房间,砖铺的潮湿的地面,纸糊的墙壁和天花板,两扇木格子嵌玻璃的窗,窗上有很灵巧的纸卷帘,这在南方是少见的。

窗是朝东的。北方的夏季天亮得快,早晨五点钟左右太阳便照进我的小屋,把可畏的光线射个满室,直到十一点半才退出,令人感到炎热。这公寓里还有几间空房子,我原有选择的自由的,但我终于选定了这朝东房间,我怀着喜悦而满足的心情占有它,那是有一个小小理由。

这房间靠南的墙壁上,有一个小圆窗,直径一尺左右。窗是圆的,却嵌着一块六角形的玻璃,并且左下角是打碎了,留下一个大孔隙,手可以随意伸进伸出。圆窗外面长着常春藤。当太阳照过它繁密的枝叶,透到我房里来的时候,便有一片绿影。我便是欢喜这片绿影才选定这房间的。当公寓里的伙计替我提了随身小提箱,领我到这房间来的时候,我瞥见这绿影,感觉到一种喜悦,便毫不犹疑地决定下来,这样了截爽直使公寓里伙计都惊奇了。

绿色是多宝贵的啊!它是生命,它是希望,它是慰安,它是快乐。我怀念着绿色把我的心等焦了。我欢喜看水白,我欢喜看草绿。我疲累于灰暗的都市的天空,和黄漠的平原,我怀念着绿色,如同涸辙的鱼盼等着雨水!我急不暇择的心情即使一枝之绿也视同至宝。当我在这小房中安顿下来,我移徙小台子到圆窗下,让我的面朝墙壁和小窗。门虽是常开着,可没人来打扰我,因为在这古城中我是孤独而陌生。但我并不感到孤独。我忘记了困倦的旅程和已往的许多不快的记忆。我望着这小圆洞,绿叶和我对语。我了解自然无声的语言,正如它了解我的语言一样。

我快活地坐在我的窗前。度过了一个月,两个月,我留恋于这片绿色。我开始了解渡越沙漠者望见绿洲的欢喜,我开始了解航海的冒险家望见海面飘来花草的茎叶的欢喜。人是在自然中生长的,绿是自然的颜色。

我天天望着窗口常春藤的生长。看它怎样伸开柔软的卷须,攀住一根缘引它的绳索,或一茎枯枝;看它怎样舒开折叠着的嫩叶,渐渐变青,渐渐变老,我细细观赏它纤细的脉络,嫩芽,我以揠苗助长的心情,巴不得它长得快,长得茂绿。下雨的时候,我爱它淅沥的声音,婆娑的摆舞。

忽然有一种自私的念头触动了我。我从破碎的窗口伸出手去,把两枝浆液丰富的柔条牵进我的屋子里来,教它伸长到我的书案上,让绿色和我更接近,更亲密。我拿绿色来装饰我这简陋的房间,装饰我过于抑郁的心情。我要借绿色来比喻葱茏的爱和幸福,我要借绿色来比喻猗郁的年华。我囚住这绿色如同幽囚一只小鸟,要它为我作无声的歌唱。

中国现代文学作品选读

　　绿的枝条悬垂在我的案前了。它依旧伸长，依旧攀缘，依旧舒放，并且比在外边长得更快。我好象发现了一种"生的欢喜"，超过了任何种的喜悦。从前我有个时候，住在乡间的一所草屋里，地面是新铺的泥土，未除净的草根在我的床下茁出嫩绿的芽苗，覃菌在地角上生长，我不忍加以剪除。后来一个友人一边说一边笑，替我拔去这些野草，我心里还引为可惜，倒怪他多事似的。

　　可是每天早晨，我起来观看这被幽囚的"绿友"时，它的尖端总朝着窗外的方向。甚至于一枚细叶，一茎卷须，都朝原来的方向。植物是多固执啊！它不了解我对它的爱抚，我对它的善意。我为了这永远向着阳光生长的植物不快，因为它损害了我的自尊心。可是我囚系住它，仍旧让柔弱的枝叶垂在我的案前。

　　它渐渐失去了青苍的颜色，变成柔绿，变成嫩黄；枝条变成细瘦，变成娇弱，好象病了的孩子。我渐渐不能原谅我自己的过失，把天空底下的植物移锁到暗黑的室内；我渐渐为这病损的枝叶可怜，虽则我恼怒它的固执，无亲热，我仍旧不放走它。魔念在我心中生长了。

　　我原是打算七月尾就回南去的。我计算着我的归期，计算这"绿囚"出牢的日子。在我离开的时候，便是它恢复自由的时候。

　　芦沟桥事件发生了。担心我的朋友电催我赶速南归。我不得不变更我的计划；在七月中旬，不能再留连于烽烟四逼中的旧都，火车已经断了数天，我每日须得留心开车的消息。终于在一天早晨候到了。临行时我珍重地开释了这永不屈服于黑暗的囚人。我把瘦黄的枝叶放在原来的位置上，向它致诚意的祝福，愿它繁茂苍绿。

　　离开北平一年了。我怀念着我的圆窗和绿友。有一天，得重和它们见面的时候，会和我面生么？

（选自《囚绿记》，文化生活出版社 1940 年版）

☞ 提示

　　陆蠡是著名散文家。抗战前在巴金等创办的文化生活出版社任职，"八一三"事变后留守"孤岛"，主持文化生活出版社的出版工作。1936—1940 年出版了散文集《海星》《竹刀》《囚绿记》。1942 年被日军拘捕，惨遭杀害，年仅 34 岁。陆蠡的散文质朴，文如其人。他的创作一定程度上追随巴金的现实主义风格，但不似巴金的散文激情澎湃，而显得细腻隽永，朴实无华。也如巴金一样，陆蠡在散文中表达的"内心的呼声"是对爱的向往、光明的追求。在《囚绿记》的序言中，陆蠡称自己不是一个富于想象、充满热情、感觉敏锐、天性率真的诗人，也不是一个思维冷静、富有理智、明察秋毫、意志坚定的"实行家"，不是在感情和理智的谐和中，而常处在二者的冲突中进行着创作。他说："我不愿自己任情，又不能使之冷静。""我有时接受理智的劝告，有时又听从感情的怂恿；理智不能逼感情让步，感情不能使理智低头。这矛盾和镠辐，把我苦了。"就这篇《囚绿记》而言，作者所谓"感情"与"理智"的矛盾也可略见端倪。开篇作者述自然之趣、生命之爱是率真的情感流露,这与结尾表现常春藤向着光明的习性所包含的寓意之间,并非具有必然的联系。情感是感性的、自我化的,而文章所刻意包含的"寓意"(永远向着阳光生长)却有其明确的理智内涵,这就超出了个人情感的氛围,成为一种带说教性的社会题旨了。大凡现实主义作家创作中强调的"寓意",就是这种起宣示性、说教性作用的意义蕴含。

夏 衍

包身工

已经是旧历四月中旬了,上午四点多一刻,晓星才从慢慢地推移着的淡云里面消去,蜂房般的格子铺里的生物已经在蠕动了。

——拆铺啦!起来。

穿着一身和时节不相称的拷皮衫裤的男子,象生气似的呼喊。

——芦柴棒!去烧火。妈的,还躺着,猪猡!

七尺阔,十二尺深的工房楼下,横七竖八的躺满了十六七个"猪猡"。跟着这种有威势的喊声,充满了汗臭粪臭和湿气的空气里面,很快的就象被搅动了的蜂窝一般地骚动起来。打伸欠,叹气,寻衣服,穿错了别人的鞋子,胡乱的踏在别人身上,叫喊,在离开别人头部不到一尺的马桶上很响地小便。成人期女孩所共有的害羞的感觉,在这些被叫做"猪猡"的生物中间已经很钝感了。半裸体的起来开门,拎着裤子争夺马桶,将身体稍稍背转一下就会公然在男人面前换替衣服。

那男人虎虎的向起身得慢一点的"猪猡"身上踢了几脚,回转身来站在不满二尺阔的楼梯上面,向着楼上的另一群生物呼喊。

——揍你的!再不起来?懒虫!等太阳上山吗?

蓬头,赤脚,一边扣着钮扣,几个睡眼惺忪的"懒虫"从楼上冲下来了。自来水龙头边挤满了人,用手捧些水来浇在脸上;芦柴棒着急地要将大锅子里的稀饭烧滚,但是倒冒出来的青烟引起了她一阵猛烈的咳嗽。十五六岁,除了老板之外大概很少有人知道她的姓名,手脚瘦得象芦棒梗一样,于是大家就拿芦柴棒当作了她的名字。

这是杨树浦福临路东洋纱厂的工房。长方形的,用红砖严密地封锁着的工房区域,被一条水门汀的弄堂马路划成狭长的两块。象鸽子笼一般的分得均匀,每边八排,每排五户,一共是八十户一楼一底的房屋。每间工房的楼上楼下,平均住宿着三十二三个"懒虫"和"猪猡",所以,除出"带工"老板,老板娘,他们的家族亲戚,和穿拷皮衣服的同一职务的打杂,请愿警,……之外,这工房区域的墙圈里面住着二千左右穿着褴楼而专替别人制造纱布的"猪猡"。

但是,她们正式的集合名称却是"包身工"。她们的身体,已经以一种奇妙的方式,包给了叫做"带工"的老板。每年——特别是水荒旱荒的时候,这些在东洋场里有"脚路"的带工,就亲身或者派人到他们家乡或者灾荒区域,用他们多年熟练了的可以将一根稻草讲成金条的嘴巴,去游说那些无力"饲养"可又不忍让他们的儿女饿死的同乡。

——还用说,住的是洋式的公司房子,吃的是鱼肉荤腥,一个月休息两天,咱们带着到马路上去玩耍,嘿,几十层楼的高房子,两层楼的汽车,各种各样,好看好玩的外国东西,老乡!人生一世,你也得去见识一下啊。

——做满三年,以后赚的钱就归你啦,块把钱一天的工钱,嘿,别人跟我叩了头也不替她写进去!咱们是同乡,有交情。

——交给我带去,有什么三差二错,我还能回家乡吗?

这样说着,咬着草根树皮的女孩子可不必说,就是她们的父母,也会怨悔自己没有跟着去享福的福分了。于是,在预备好了的"包身契"上画上一个"十"字,包身费大洋二十元,期限三年,三年之内,由带工的供给住食,介绍工作,赚钱归带工者用,生死疾病,一听天命,先付包洋十元,人银两交,"恐后无凭,立此包身契据是实!"

福临路工房的二千左右的包身工人,隶属在十五个以上的"带工"手下。她们是顺从地替带工赚钱的"机器",所以每个"带工"所带包身工的人数也就表示了他们的手面和财产。少一点的三十五十,多一点的带到百五十个以上。手面宽一点的"带工",不仅可以放债,买田,起屋,还能兼营茶楼,浴室,理发铺一类的买卖。

东洋厂家将这红砖墙封锁着的工房以每月五元的代价租给"带工","带工"就在这鸽子笼一般的"洋式"楼房里面装进没有固定车脚的三十几部活动的机器,这种工房没有普通弄堂房子一般的"前门",它们的前门恰和普通房子的后门一样。每扇前门槛上,一律的钉着一块三寸长的木牌,上面用东洋笔法的汉字写着:"陈永田泰州""许富达维扬"等等带工头的籍贯和名字。门上,大大小小的贴着褪了色的红纸春联,中间,大都是红纸剪的元宝,如意,八卦,或者木版印的"姜太公在此,百无禁忌"的图象。春联的文字,大都是"积德前程远","存仁后步宽"之类。这些春联贴在这种地方,好象是在对别人骄傲,又象是在对自己讽刺。

四点半之后,没有线条和影子的晨光胆怯地显现出来的时候,水门汀路上和弄堂里面,已被这些赤脚的乡下姑娘所挤满了。凉爽而带有一点湿气的朝风,大约就是这些生活在死水一般的空气里的人们的仅有的天惠。她们嘈杂起来;有的在公共自来水龙头边舀水,有的用断了齿的木梳梳掉执拗地粘在头发里的棉絮。陆续地,两个一组两个一组地用扁担抬着平满的马桶,吆喝地望着人们身边擦过。带工的"老板"或者打杂的拿着一叠叠的"打印子簿子",懒散地站在正门出口——好象火车站轧票处一般的木栅子的前面,楼下的那些席子、破被之类收拾掉之后,晚上倒挂在墙壁上的两张板桌放下来了。十几口碗,一把竹筷,胡乱地放在桌上,轮值烧稀饭的就将一洋铅桶浆糊一般的薄粥放在板桌的中央。她们的定食是两粥一饭,早晚吃粥,中午的干饭,由老板差人给她们送进工厂里去。粥！它的成分可并不和一般通用的意义一样。里面是较少的籼米锅焦，碎米，和较多的乡下人用来喂猪的豆腐的渣粕！粥菜？这是不可能的事了，有几个慈祥的老板到小菜场去收集一些莴苣菜的叶瓣，用盐卤渍一浸，这就是她们难得的佳肴。

只有两条板凳，——其实，即使有更多的板凳，这屋子里也没有同时容纳三十个吃粥的地位，她们一窝蜂的抢一般地盛了一碗，歪着头用舌头舐着淋漓在碗边外的粥汁，就四散地蹲伏或者站立在路上和门口。添粥的机会，除出特殊的日子——譬如老板、老板娘的生日，或者发工钱的日子之外，通常是很难有的，轮着揩地板、倒马桶的日子，也有连一碗也轮不到的时候。洋铅桶空了，轮不到盛第一碗的人们还捧着一只空碗，于是老板娘拿起铅桶，到锅子里去刮下一些锅焦，残粥，再到自来水龙头边去冲上一些清水，用她那双方才在梳头的油手搅拌一下，气烘烘地放在这些廉价的、不需要更多维持费（Maintain Cost）的"机器"们的面前。

——死懒！躺着死不起来，活该！

十一年前内外棉的顾正红事件，尤其是五年前的"一二八"战争之后，东洋厂家对这种特殊的廉价"机器"的需要突然的增加起来。据说，这是一种极合经营原则和经济原理的方法。有引号的机器，终究还是血和肉构成起来的人类。所以当他们忍耐的最大限度超过了的时候，他们往往会很自然的想起一种久已遗忘了的人类所该有的力量。有时候愚蠢的奴隶会理会到一束箭折不断的理论，再消极一点他们也还可以拼着饿死不干。产业人的"流动性"，这是近代工业经营最嫌恶的条件，但是他们是决不肯追寻造成"流动性"的根本原因的。一个有殖民地人事经验的"温情主义者"在一本著作的序文上说："在这次争议（五卅）里面，警察没有任何的威权。在民众的结合力前面，什么权力都是不中用了！"可是，结论呢？用温情主义吗？不，不！他们所采用的，只是用廉价而没有"结合力"的"包身工"来替代"外头工人"（普通的自由劳动者）的方法。

第一，包身工的身体是属于带工的老板的，所以她们根本就没有"做"或者"不做"的自由，她们每天的工资就是老板的利润，所以即使在生病的时候，老板也会很可靠地替厂家服务，用拳头、棍棒或者冷水来强制她们去工作。就拿上面讲到过的芦柴棒来做个例吧，——其实，这样的事情是每个包身工都有遭遇的机会：有一次在一个很冷的清晨，芦柴棒是害了急性的重伤风而躺在床（？）上了，她们躺的地方，到了一定的时间是非让出来做吃粥的地方不可的，可是在那一天，芦柴棒可真的不能挣扎起来了，她很见机地将身体慢慢的移到屋子的角上，缩作一团，尽可能的不占屋子的地位，可是，在这种工房里面，生病躺着休养的例子，是不能任你开的。很快的一个打杂的走过来了。干这种职务的人，大半是带工头的亲戚，或者在"地方上"有一点势力的"白相人"，所以在这种法律的触手及不到的地方，他们差不多有生杀自由的权利。芦柴棒的喉咙早已哑了，用手做着手势，表示身体没有力，请求他的怜悯。

——假病！老子给你医！

一手抓住了头发，狠命的往上一举，芦柴棒手脚着地，很象一只在肢体上附有吸盘的乌贼。一脚，踢在她的腿上，照例，第二第三脚是不会少的，可是打杂的很快就停止了，后来据说，那是因为芦柴棒"露骨"地突出的腿骨，碰痛了他的足趾！打杂的恼了，顺手的夺过一盆另一个包身工正在揩桌子的冷水，迎头泼在芦柴棒的头上。这是冬天，外面在刮寒风。芦柴棒遭了这意外的一泼，反射地跳起身来，于是在门口擦牙齿的老板娘笑了：

——瞧！还不是假病！好好的会爬起来，一盆冷水就医好了。

这只是常有的例子的一个。

第二，包身工都是新从乡下出来，而且她们大半都是老板的乡邻，这一点在"管理"上是极有利的条件。厂家除出在工房周围造一条围墙，门房里置一个请愿警，和门外钉一块"工房重地，闲人莫入"的木牌，使这些"乡下小姑娘"和别的世界隔绝之外，完全的将管理权交给了带工的老板。这样，早晨五点钟由打杂的或者老板自己送进工场，晚上六点钟接领回来，她们就永没有和"外头人"接触的机会。所以，包身工是一种"罐装了的劳动力"，可以"安全地"保藏，自由地取用，绝没有因为和空气接触而起变化的危险。

第三，那当然是工价的低廉。包身工由"带工"带进厂里，于是她们的集合名词又变了，在厂方，她们叫做"试验工"和"养成工"两种，试验工的期间表示了厂家在试验你有没有工作的能力，养成工的期间那就表示了准备将一个"生手"养成为一个"熟手"。最初的工钱是每天十二小时，大洋一角乃至一角五分，最初的工作范围是不需要任何技术的扫地，开花衣，扛原棉，松花衣之类，一两个礼拜之后就调到钢丝车间，条子间去工作。在这种工厂所有者的本国，拆包间，弹花间，钢丝车间的工作，通例是男工做的，可是，在殖民地不必顾虑到社会的纠弹和官厅的监督，就将这种不是女性所能担任的工作，加到工资不及男工二分之一的包身工们身上去了。

五点钟，第一次回声很有劲地叫了。红砖罐头的盖子——那扇铁门一推开，就象放鸡鸭一般的无秩序地冲出一大群没锁链的奴隶。每人手里都拿着一本打印子的簿子，不很讲话，即使讲话也没有什么生气。一进门，这人的河流就分开了，第一厂的朝东，二三五六厂的朝西。走不到一百步，她们就和另一种河流——同在东洋厂家工作的"外头工人"们汇在一起。但是，住在这地域附近的人，对这河流里面的不同成分，是很容易看出来的。外头工人的衣服多少的整洁一点，很多穿着旗袍，黄色或者淡蓝的橡皮鞋子，十七八岁的小姑娘们有时爱搽些白粉，甚至也有人烫过头发。包身工就没有这种福气了，她们没有例外的穿着短衣，上面是褪色和油脏了的湖绿乃至青莲的短衫，下面是元色或者柳条的裤子，长头发，很多还梳着辫子。破脏的粗布鞋，缠过而未放大的脚，走路也就有点踌跚的样子。在路上走，这两种人类很少有谈话的机会。脏，乡下气，土头土脑，言语不通，都是她们不亲近的原因。过分的看高自己和不必要的看不起别人，这种心理是在"外头工人"的心里下意识的存在着的。她们想我们比你们多一种自由，多一种权利，——这就是宁愿饿肚子的自由，随时可以调厂和不做的权利。

红砖头的怪物，已经张着嘴巴在等待着他的滋养物了。经过红头鬼（她们叫印度人的通称）把守着的铁门，在门房间交出准许她们贡献劳动力的凭证，包身工只交一本打印子的簿子，外头工人在这簿子之外还有一张贴着照片的入厂凭证。这凭证，已经有十一年的历史了。顾正红事件以后，内外棉摇班（罢工）了，可是其他的东洋厂还有一部分在工作，于是，在沪西的丰田厂，有许多内外棉的工人冒混进去，做了一次里应外合的英勇的工作。从这时候起，由丰田厂的提议，工人入厂之前就需要这种有照片的凭证了。——这种制度，是东洋厂所特有的，中国厂当然没有，英国厂，譬如怡和，工人进厂的时候还可以随便的带个把亲戚或者自己的儿女去学习（当然不给工资），怡和厂里随处可以看见七八岁甚至五六岁的童工，大都是这种不取工钱的"赠品"。

　　织成衣服的一缕缕的纱，编成袜子的一根根的线，穿在身上都是光滑舒适而愉快的，可是在从原棉制成这种纱线的过程，就不象穿衣服那样的愉快了。纱厂工人的三大威胁，——就是音响、尘埃和湿气！

　　到杨树浦去的电车经过齐齐哈尔路的时候，你就可以听到一种"沙沙的急雨"和"隆隆的雷响"混合在一起的声音。一进厂，猛烈的噪音，就会消灭，——不，麻痹了你的听觉，马达的吼叫，皮带的拍击，锭子的转动，齿轮的轧砾，……一切使人难受的声音，好象被压缩了的空气一般紧装在这红砖墙的厂房里面，分辨不出这是什么声音，也决没有使你听觉有分别这些音响的余裕，纺纱间里的"落纱"（专管落纱的熟练工）和"荡管"（巡回管理的上级女工）命令工人的时候，不用言语，不用手势，而用经常衔在嘴里的口哨，因为只有哨的锐厉的高音，才能突破这种紧张的空气。——尘埃，那种使人难受的程度，更在意料之外了，精纺粗纺间的空间，肉眼也可以看得出一般的飞扬着无数的"棉絮"，扫地的女工经常将扫帚的一端按在地上象揩地板一样的推着，一个人在一条"弄堂"（两部纺机的中间）中间反复的走着，细雪一般的棉絮依旧可以看出积在地上！弹花间、拆包间和纲丝车间更可不必讲了。拆包间的工作，是将打成包捆的原棉拆开，用手扯松，拣去里面的夹杂成分；这种工作，现在的东洋厂差不多已经完全派给包身工去做了，因为她们"听话"，肯做别的工人不愿做的工作。在那种工场里面，不论你穿什么衣服，一刻儿就会变成一律的灰白，爱作弄人的小恶魔一般的在室中飞舞着的花絮，"无孔不入"地向着她们的五官钻进，头发、鼻孔、睫毛和每一个毛孔，都是这些纱花寄托的场所；要知道这些花絮粘在身上的感觉，那你可以假想一下——正象当你工作到出汗的时候，有人在你面前拆散和翻松一个木棉絮的枕芯，而使这枕芯的灰絮粘在你的身体上！纱厂女工没有一个有健康的颜色，做十二小时的工，据调查每人平均要吸入0.15克的花絮！

　　湿气的压迫，也是纱厂工人——尤其是织布间工人最大的威胁，他们每天过着黄梅，每天接触着一种饱和着水蒸气的热气。依棉纱的特性，张力和湿度是成正比例的，说得平直一点，棉纱在潮湿状态，比较的不容易扯断，所以车间里面必须有喷雾器的装置，在织布间，每部织机的头上就有一个不断地放射蒸气的喷口，伸手不见五指，对面不见他人！身上有点被蚊虱咬开或者机器碰伤而破皮的时候，很快的就会引起溃烂，盛夏一百十五六度的温度下面工作的情景，那就决不是"外面人"所能想象的了。

　　这大概是自然现象吧，一种生物在这三种威胁下面工作，加速度的容易疲劳，尤其是在做夜班的时候，打瞌睡是不会有的，因为野兽一般的铁的暴君监视着你，只要断了线不接，锭壳轧坏，皮棍摆错方向，乃至车板上有什么堆积，就会有遭"拿莫温"（工头）和"小荡管"的毒骂和殴打的危险。这几年来，一般的讲，殴打的事实已经渐渐的少了，可是这种"幸福"只局限在"外头工人"的身上。拿莫温和小荡管打人，很容易引起同车间工人的反对，即使当场不致于发作，散工之后往往会有"喊朋友""品理"和"打相打"的危险，但是，包身工是没有"朋友"和帮手的！什么人都可以欺侮，什么人都看她们不起，她们是最下层的"起码人"，她们是拿莫温和小荡管们发脾气和使威风的对象。在纱厂，做了"烂污生活"的罚规，大约是殴打、罚工钱和"停生意"的三种，那么，在包身工所有者——带工老板的立场，后面的两种当然是很不利了。罚工钱就是减少他们的利润，停生意非特不能赚钱，还要贴她二粥一饭，于是带工头不假思索地就爱上了殴打这办法了。每逢端节重阳年头年尾，带工头总要对拿莫温们送礼，那时候他们总得卑屈地讲：

——总得请你帮忙，照应，咱的小姑娘有什么事情尽管打！打死不干事，只是不要罚工钱，停生意！

打死不干事！在这种情形之下，"包身工"当然是"人人得而欺之"了。有一次，一个叫做小福子的包身工整好了的烂纱没有装起，就遭了拿莫温的殴打，恰恰运气坏，一个"东洋婆"走过来了，拿莫温为着要在别人面前显出她的威风和对"东洋婆"表示她管督的严厉，打得比寻常格外着力。东洋婆望了一会，也许是她不喜欢这种不"文明"的殴打，也许是她要介绍一种更合理的惩戒方法，走近身来，揪住小福子的耳朵，她将她扯到太平龙头的前面，叫她向着墙壁立着，拿莫温跟着过来，很懂得东洋婆的意思似的拿起一个丢在地上的皮带盘芯子（Driving Shaft），不怀好意的叫她顶在头上，东洋婆会心地笑了。

——迭个小姑娘坏来西，懒惰！

拿莫温学着同样生硬的调子说：

——皮带盘芯子顶拉头浪，就勿会打瞌睡！

这种文明的惩罚，有时候会叫你继续到两小时以上。两小时不做工作，赶不出一天该做的"生活"，那么工资减少而招致带工老板的殴打，也就是分内的事了，殴打之外，还有饿饭、吊、关黑房间等等方法。

实际上，拿莫温对待外头工人，也并不怎样客气，因为除出打骂之外，还有更巧妙的方法，譬如派给你难做的"生活"，或者调你去做不愿意的工作，所以外头工人里面的狡猾分子，就常常用送节礼把结拿莫温的手段，来保障自己的安全。拿出血汗换的钱来孝敬工头，在她们当然是一种难堪的担负，但是在包身工，那是连这种送礼的权利也没有！外头工人在抱怨这种额外的负担，而包身工人却在羡慕这种可以自主的拿出钱来贿赂工头的权利！

在一种特殊优惠的保护之下，吸收着廉价劳动的滋养，在中国的东洋厂飞跃地膨大了。单就福临路的东洋厂讲，光绪二十八年三井系的资本收买大纯纱厂而创立第一厂的时候，锭子还不到两万，可是三十年之后，他们已经有了六个纱厂，五个织厂，二十五万个锭子，三千张布机，八千工人，和一千一百万元的资本。美国哲人爱玛生的朋友达维特·素洛（David Thoreau）曾在一本书上说过，美国铁路的每一根枕木下面，都横卧着一个爱尔兰劳动者的尸首。那么我也这样联想，东洋厂的每一个锭子上面，都附托着一个支那奴隶的冤魂！

"一二八"战争之后，他们的政策又改变了，这特征是资本攻势的劳动强化。统计的数字表示着这四年来锭子和布机数的增加和工人人数的减少，在这渐减的工人里面，包身工的成分却在激剧地增加。举一个例，杨树浦某厂的条子车间，三十二个女工里面，就有二十四个包身工人。一般的比例，大致相仿。即使用最少的约数百分之五十计算，全上海三十家东洋厂的四万八千工人里面，替厂家和带工头二重服务的包身工人，总在二万四千人以上！

科学管理和改良机器，粗纱间过去每人管一部车的，现在改管一"弄堂"了，细纱间从前每人管三十木管的（每木管八个锭子），现在改管一百木管了，布机间从前每人管五部布机，现在改管二十乃至三十部了。表面上看，好象论货计工，产量增多就表示了工价的增大，但事实并不这样简单。工钱的单价，几年来差不多减了一倍。譬如做粗纱，以前"亨司"（八百四十码）单价八分，现在已经不到四分了，所以每人管一部车子，工作十二小时，从前做八"亨司"可以得到六角四分，现在管两部车做十六"亨司"而工钱还不过四角八分左右。在包身工，工钱的多少和她"本身"无涉，那么当然这剥削就上在带工头的账上了。

两粥一饭，十二小时工作，劳动强化。工房和老板家庭的义务服役，猪猡一般的生活，泥土一般的作践，——血肉造成的"机器"终于和钢铁造成的机器不一样的；包身契上写明的三年期限，能够做满的不到三分之二；工作，工作，衰弱到不能走路还是工作，手脚象芦柴棒一般的瘦，身体象弓一般的弯，面色象死人一般的惨，咳着，喘着，淌着冷汗，还是被逼着在做工。譬如芦柴棒吧，她的身体实在瘦得太可怕了，放工的时候，厂门口的"抄身婆"（检查女工身体的女佣人）也不愿意用手去接触她的身体：

——让她一两根油线绳吧！骷髅一样，摸着她的骨头会做怕梦！

但是带工老板是不怕做怕梦的！有人觉得太难看了，对她的老板说：

——譬如做好事吧，放了她！

——放她？行！还我十二块钱，两年间的伙食，房钱。——他随便地说，回转头来对她一瞪：

——不还钱，可别做梦！宁愿赔棺材，要她做到死！

芦柴棒现在的工钱是每天三角八，拿去年工钱三角二做平均，两年来在她身上已经收入了二百三十块了！

还有一个，什么名字记不起了，她熬不住这种生活，用了许多工夫，在上午的十五分钟休息时间里面，偷偷地托一个在补习学校念书的外头工人写了一封给她父母的家信，邮票，大概是同情她的女工捐助的了，一个月，没有回信，她在焦灼，她在希望，也许，她的父亲会到上海来接她回去，可是，回信是捏在老板的手里了。散工回来的时候，老板和两个当杂的站在门口，横肉的面上在发火了，一把头发扭住，踢，打，掷，和爆发一般的听不清的轰骂！

——死娼妓！你倒有本领，打断我的家乡路！

——猪猡，一天三餐将你喂昏了！

——揍死你，给大家做个榜样！

——信谁给你写的？讲，讲！

血和惨叫使整个工房都怔住了，大家都在发抖，这好象真是一个榜样。打倦了之后，再在老板娘的亭子楼里吊了一晚。这一晚上，整屋子除了快要断气的呻吟一般的呼唤之外，绝没有别的气息，屏着气，睁着眼，百千个奴隶在黑夜中叹息她们的命运。

人类的身体构造，有时候觉得确实有一点神奇。长得结实肥胖的往往会象折断一根麻梗一般的很快的死亡，而象芦柴棒一般的偏能一天天的磨难下去！每一分钟都有死亡的可能，可是她们还有韧性地在那儿支撑。两粥一饭，十二小时骚音、尘埃和湿气中的工作，默默地，可是规则地反复着，直到榨完了残留在她皮骨里的最后一滴血汗为止。

看着这种饲养小姑娘营利的制度，我禁不住想起孩子时候看到过的船户养墨鸭捕鱼的事了。和乌鸦很相象的那种怪样子的墨鸭，整排的停在舷上，它们的脚，是用绳子吊住了的，下水捕鱼，起水的时候船户就在它们的颈子上轻轻的一挤！捕了再吐，墨鸭整天的捕鱼，卖鱼得钱的却是养墨鸭的船户。但是，从我们孩子的眼里看来，船户对墨鸭并没有怎样的虐待，而现在，将这种关系转移到人和人的中间，便连这一点施与的温情也已经不存在了！

在这千万的被饲养者的中间，没有光，没有热，没有温情，没有希望，……没有法律，没有人道。这儿有的是二十世纪的烂熟了的技术、机械、体制和对这种制度忠实地服务着的十六世纪封建制度下的奴隶！

黑夜，静寂的死一般的长夜，没有自觉，没有团结，没有反抗，——她们住在一个伟大的锻冶场里面，闪烁的火花常常在她们身边擦过，可是，在这些被强压强榨着的生物，好象连那可以引火，可以燃烧的火种也已经消散掉了。

不过，黎明的到来还是没法可推拒的；索洛警告美国人当心枕木下的尸骸，我也想警告某一些人，当心呻吟着的那些锭子上的冤鬼。

1936年6月3日，清晨

（原载于1936年6月10日《光明》创刊号）

☞ 提示

报告文学是散文的一个门类，其纪实性趋同于散文，其情节化、具体性又类于小说。在中国现代文学史上，报告文学曾有过较为充分的发展。这固然在于中国现代文学与现代社会历史的特殊关系，也与多数作家重视文学的社会功能，特别是其宣传鼓动作用不无关系，其中当然以左翼作家为盛。1931年，"左联"执行委员会曾经作出决议，要求作家创作应紧密配合政治斗争的需要，在创作题材、方法及形式上应以简单明了、容易为大众接受为原则，特别强调要多采用"西洋的报告文学，宣传艺术，墙头小说，大众朗诵诗等等体裁"。夏衍作为"左联"和左翼剧联的主要领导人之一，对此身体力行。《包身工》作为现代报告文学史上的名作，也是20世纪30年代左翼文学的重要收获。

《包身工》记述的是上海杨树浦一家东洋纱厂内一群失去自由的女工，受资本家和工头（带工老板）双重压榨的生活惨景。为此，作者曾在上海杨树浦一带的工厂进行过两个多月的调查了解，因而写得凄惨而真实。作者以阶级分析的眼光，用包身工生活、劳动的具体事例，揭露半殖民地、半封建社会剥削制度的罪恶，具有振聋发聩的现实意义。在写作上看，它集浓郁的新闻性、真实性，与具体、生动的文学性于一体。以包身工一天的生活劳动为轴线，在一连串的特写镜头中将其生活、劳动的凄惨情景悉数展现在读者眼前，增加了人们对这一剥削制度的了解与憎恶。作者于生动、真实的描述中穿插的议论和分析，也给人以警醒和启示，令人思索这一罪恶制度产生的根源。作者于笔端饱蘸着激愤与同情，比喻、联想、夸张、讽刺和抒情等手法运用裕如，更增添了作品的感染力和生动性，在依新闻采写所创作的报告文学中，确属不可多得的作品。

老 舍

想北平

设若让我写一本小说，以北平作背景，我不至于害怕，因为我可以捡着我知道的写，而躲开我所不知道的。让我单摆浮搁的讲一套北平，我没办法。北平的地方那么大，事情那么多，我知道的真觉太少了，虽然我生在那里，一直到廿七岁才离开。以名胜说，我没到过陶然亭，这多可笑！以此类推，我所知道的那点只是"我的北平"，而我的北平大概等于牛的一毛。

可是，我真爱北平。这个爱几乎是要说而说不出的。我爱我的母亲。怎样爱？我说不出。在我想作一件事讨她老人家喜欢的时候，我独自微微的笑着；在我想到她的健康而不放心的时候，我欲落泪。言语是不够表现我的心情的，只有独自微笑或落泪才足以把内心揭露在外面一些来。我之爱北平也近乎这个。夸奖这个古城的某一点是容易的，可是那就把北平看得太小了。我所爱的北平不是枝枝节节的一些什么，而是整个儿与我的心灵相粘合的一段历史，一大块地方，多少风景名胜，从雨后什刹海的蜻蜓一直到我梦里的玉泉山的塔影，都积凑到一块，每一个事件中有个我，我的每一思念中有个北平，这只有说不出而已。

真愿成为诗人，把一切好听好看的字都浸在自己的心血里，象杜鹃似的啼出北平的俊伟。啊！我不是诗人！我将永远道不出我的爱，一种象由音乐与图画所引起的爱。这不但是辜负了北平，也对不住我自己，因为我的最初的知识与印象都得自北平，它是在我的血里，我的性格与脾气里有许多地方是这古城所赐给的。我不能爱上海与天津，因为我心中有个北平。可是我说不出来！

伦敦，巴黎，罗马与堪司坦丁堡，曾被称为欧洲的四大"历史的都城"。我知道一些伦敦的情形；巴黎与罗马只是到过而已；堪司坦丁堡根本没有去过。就伦敦，巴黎，罗马来说，巴黎更近似北平——虽然"近似"两字要拉扯得很远——不过，假使让我"家住巴黎"，我一定会和没有家一样的感到寂苦。巴黎，据我看，还太热闹。自然，那里也有空旷静寂的地方，可是又未免太旷；不象北平那样既复杂而又有个边际，使我能摸着——那长着红酸枣的老城墙！面向着积水潭，背后是城墙，坐在石上看水中的小蝌蚪或苇叶上的嫩蜻蜓，我可以快乐的坐一天，心中完全安适，无所求也无可怕，象小儿安睡在摇篮里。是的，北平也有热闹的地方，但是它和太极拳相似，动中有静。巴黎有许多地方使人疲乏，所以咖啡与酒是必要的，以便刺激；在北平，有温和的香片茶就够了。

论说巴黎的布置已比伦敦罗马匀调的多了，可是比上北平还差点事儿。北平在人为之中显出自然，几乎是什么地方既不挤得慌，又不太僻静：最小的胡同里的房子也有院子与树；最空旷的地方也离买卖街与住宅区不远。这种分配法可以算——在我的经验中——天下第一了。北平的好处不在处处设备得完全，而在它处处有空儿，可以使人自由的喘气；不在有好些美丽的建筑，而在建筑的四围都有空闲的地方，使它们成为美景。每一个城楼，每一个牌楼，都可以从老远就看见。况且在街上还可以看见北山与西山呢！

好学的，爱古物的，人们自然喜欢北平，因为这里书多古物多。我不好学，也没钱买古物。对于物质上，我却喜爱北平的花多菜多果子多。花草是种费钱的玩艺，可是此地的"草花儿"很便宜，而且家家有院子，可以花不多的钱而种一院子花，即使算不了什么，可是到底可爱呀。墙上的牵牛，墙根的靠山竹与草茉莉，是多么省钱省事而也足以招来蝴蝶呀！至于青菜，白菜，扁豆，毛豆角，黄瓜，菠菜等等，大多数是直接由城外担来而送到家门口的。雨后，韭菜叶上还往往带着雨时溅起的泥点。青菜摊子上的红红绿绿几乎有诗似的美丽。果子有不少是由西山与北山来的，西山的沙果，海棠，北山的黑枣，柿子，进了城还带着一层白霜儿呀！哼，美国的橘子包着纸；遇到北平的带霜儿的玉李，还不愧杀！

是的，北平是个都城，而能有好多自己产生的花，菜，水果，这就使人更接近了自然。从它里面说，它没有像伦敦的那些成天冒烟的工厂；从外面说，它紧连着园林，菜圃与农村。采菊东篱下，在这里，确是可以悠然见南山的；大概把"南"字变个"西"或"北"，也没有多少了不得的吧。象我这样的一个贫寒的人，或者只有在北平能享受一点清福了。

好，不再说了吧；要落泪了，真想念北平呀！

（原载于1936年6月16日《宇宙风》第19期）

提示

老舍的小说几乎都是写北平（北京）的，或许因为他的散文本不多，一般文学史著中评述完老舍的小说，就再无暇顾及他的散文了。这篇《想北平》在老舍的散文中让人看重，也全在于它表达了作者对北平的情感，似乎循此可以探究到他为何专注于写北平——北平的人和事的个中因由。如果说在小说中，老舍的乡土情结表现得比任何作家都浓郁，那是因为他熟知北平的"人情物理"。但在这篇散文中，老舍写北平却并不写北平的名胜古迹，也不写皇城根下遗老遗少们悠然自得的神情——历史已经蒙上了烟尘，"人事"也便在时间之流中染上了灰色。作者情感中的北平似乎是抽象的，不似小说中执著于"人情物理"而使自己的目光变得游离。他把北平浸在情感里，把情感的北平放在心窝里，这样与伦敦、巴黎作比。作者说，北平不像伦敦和巴黎，它的特色不是发达（有很多"成天冒烟的工厂"），也不是繁华（"热闹"）——他"想北平"，道理很简单，只是因为那是他生长的家。所以，他对北平的感觉就全是家的感觉："那长着红酸枣的老城墙！面向着积水潭，背后是城墙，坐在石上看水中的小蝌蚪或苇叶上的嫩蜻蜓，我可以快乐的坐一天，心中完全安适，无所求也无可怕，象小儿安睡在摇篮里。"北平也有热闹的地方，但那"热闹"就像在巴黎和在伦敦一样，是别人的——旅游者或观光者只会往热闹的地方走，热望回家的"我"就只爱这一方静。在作者心中，北平就是一个温暖的家。它没有巴黎或伦敦式的紧张和局促，"它处处有空儿，可以使人自由的喘气"；"建筑的四围都有空闲的地方"，是一座令爱好自然的人贴近自然的城市——一个温暖舒适的家。

聂绀弩

蛇与塔

白蛇与许仙，在中国是一个家喻户晓的传说，写这故事的有好几种书，我最爱《警世通言》上的"白娘子"。从那故事看来，白娘子是个极人情也就极人性的平凡的女性，她爱许仙，嫁给许仙，后来为法海收服；文情简单朴素，使人感到一点淡淡的无名的悲哀，是中国短篇中的杰作。别的书就铺张得厉害，什么水漫金山，压在雷峰塔下，许仕林祭塔等等。

蛇，纠缠，毒，用它比女人，是颇有些憎恶意思的。但这意思，在一般人中间，似乎并不怎样普遍，深刻。写白蛇故事书的人，讲，读，听这故事的人，就都不怎样憎恶她；刚刚相反，许多人似乎还同情她。用老话说，这叫做公道自在人心。水漫金山，当然会荼毒了许多生灵的吧，但人们还是并不憎恶，好象明白那责任该法海负。本来，你出家人，管人闺阃则甚？

把她压在雷峰塔下，而且永久压下去，实在是一件不平的事。她不过找她的丈夫，要她的丈夫回家，犯了什么法呢？就叫她不见天日，身负重负，动也不能动一下，这日子怎么过呀！这是我们愚民百姓所常常盘算的。

中国没有大悲剧的故事，什么都让它大团圆，善有善报，恶有恶报，大快人心。白蛇被压，还来个许仕林中状元，衣锦荣归，奉旨祭塔，也不脱此例。有人说这是不敢正视现实，是说谎，恐怕是不错。但也可以有另外的说法，即我们中国人于是非善恶之间，取舍极严，关心极大。蛇已经被压下去了，没有任何法力的我们愚民百姓无法挽救，但对于她的含冤却耿耿在心，对于她的凄凉情况，又抱着无限同情，难道慰问一下也不可以吗？于是产生了自己的创作：祭塔。状元公许仕林也者，何尝是白蛇与许仙的儿子呢，不过是我们愚民百姓派去的代表而已。探监，甚至到学校里访女同学，不都要说得沾亲带故的吗？

若干年前，雷峰塔倒了。倒的原因，据说，是因为人们偷砖。砖，可以造墙。纵然不过是砖吧，年深日久，就成了古董，可以赏玩，可以卖钱。甚至一说：塔是镇妖的，砖当然也可以避邪，所以偷。天乎冤哉，刚刚把偷砖者的本意忘掉了！本意如何？曰：要塔倒；要白蛇恢复自由。愚民百姓也自有愚民百姓的方法和力量。

1941 年 1 月 31 日，于桂林
（选自《蛇与塔》，桂林文献出版社 1941 年版）

☞ 提示

聂绀弩是杂文家。他的杂文旁征博引，别有寄托。是讽喻，但不带鲁迅式的辣味；是幽默，却又显得平实，不露棱角。是现实性的针砭，也是生活化的批判。这篇《蛇与塔》选取许仙与白娘子的故事，从古代传说中把女人——那些有情有爱的女子写成有毒、善纠缠的妖怪"入话"，从人们对白娘子的喜爱，讨厌法海的"多事"说开去。意在说明，白娘子作为一个有情有爱的女子，她的所作所为并没有什么违情背理的地方，所以人们同情她的遭遇，讨厌法海的"多事"。但在那个时代，一个多情的女子如果不是"妖"，人们在情理上却又似乎难以接受。是"妖"，她才那样敢作敢为，虽最终败于法海，但法海因其"多事"也终于受到了惩罚——被玉皇大帝怪罪，躲进了蟹壳里。这样的结局满足了人们的心愿，也成就了中国传统艺术中永恒的"大团圆"。但在作者看来，这样的"大团圆"其实并不同于其他艺术作品中的大团圆，因为它是由很多不同的故事组合而成的一个传说的系统，在不同的时代，不同人的口中会有多种不同的样式。但无论何种样式，很明显，这故事包含着两重价值观：民间所认同的是白娘子的有情有义，卫道士们宁愿如法海式地作出"自我牺牲"。无论是许仕林的祭塔还是玉皇大帝对法海的惩戒，的确都是善良的人们的无比善良的愿望，正像一切"大团圆"艺术中人们所拟想，而现实中又不可能实现的那样。长期以来，虽在白娘子与法海之间人们总难作出终极性的价值判断，但仍然说明无论在任何时代，人们的潜意识中永远是情胜于理，而非理胜于情。所以，无论是否是"妖"，白娘子的形象总比法海高大。这样一条简明的

"真理",数千年中居然无人道破。第一次阐明这条"真理"的是鲁迅,即他那篇著名的《论雷峰塔的倒掉》。十多年后聂绀弩再次感慨系之,或许他真的已经看到了"愚民百姓的方向和力量"。

孙　犁

织席记

真是一方水土养一方人。我从南几县走过来,在蠡县、高阳,到处是纺线、织布。每逢集日,寒冷的早晨,大街上还冷冷清清的时候,那线子市里已经挤满了妇女。她们怀抱着一集纺好的线子,从家里赶来,霜雪粘在她们的头发上。她们挤在那里,急急卖出自己的线子,买回棉花;赚下的钱,再买些吃食零用,就又匆匆忙忙回家去了。回家路上的太阳才融化了她们头上的霜雪。

到端村,集日那天,我先到了席市上。这和高、蠡一带的线子市,真是异曲同工。妇女们从家里把席一捆捆背来,并排放下,她们对于卖出成品,也是那么急迫,甚至有很多老太太,在乞求似的召唤着席贩子:"看我这个来呀,你过来呀!"

她们是急于卖出席,再到苇市去买苇。这样,今天她就可解好苇,甚至轧出眉子,好赶制下集的席。时间就是衣食,劳动是紧张的,她们的热情的希望永远在劳动里旋转着。

在集市里充满热情的叫喊、争论。而解苇,轧眉子,则多在清晨和月夜进行。在这里,几乎每个妇女都参加了劳动。那些女孩子们,相貌端庄的坐在门前,从事劳作。

这里的房子这样低、挤、残破。但从里面走出来的妇女、孩子们却生的那么俊,穿的也很干净。普遍的终日的劳作,是这里妇女可亲爱的特点。她们穿的那么讲究,在门前推送着沉重的石砘子。她们的花鞋残破,因为她们要经常在苇子上来回践踏,要在泥水里走路。

她们,本质上是贫苦的人。也许她们劳动是希望着一件花布褂,但她们是这样辛勤的劳动人民的后代。

在一片烧毁了的典当铺的广场上,围坐着十几个女孩子,她们坐在席上,垫着一小块棉褥。她们晒着太阳,编着歌儿唱着。她们只十二三岁,每人每天可以织一领丈席。劳动原来就是集体的,集体劳动才有乐趣,才有效率,女孩子们纺线愿意在一起,织席也愿意在一起。问到她们的生活,她们说现在是享福的日子。

生活史上的大创伤是敌人在炮楼"戳"着的时候,提起来,她们就黯然失色,连说不能提了,不能提了。那个时候,是"掘地梨"的时候,是端村街上一天就要饿死十几条人命的时候。

敌人决堤放了水,两年没收成,抓夫杀人,男人也求生不得。敌人统制了苇席,低价强收,站在家里等着,织成就抢去,不管你死活。

一个女孩子说:"织成一个席,还不能点火做饭!"还要在冰凌里,用两只手去挖地梨。

她们说:"敌人如果再呆一年,端村街上就没有人了!"那天,一个放鸭子的也对我说:"敌人如果再呆一年,白洋淀就没有鸭子了!"

她们是绝处逢生,对敌人的仇恨长在。对民主政府扶植苇席业,也分外感激。公家商店高价收买席子,并代她们开辟销路,她们的收获很大。

生活上的最大变化,还是去年分得了苇田。过去,端村街上,只有几家地主有苇。他们可以高价卖苇,贱价收席,践踏着人民的劳动。每逢春天,穷人流血流汗帮地主去上泥,因此他家的苇子才长的那么高。可是到了年关,穷人过不去,二百户穷人,到地主家哀告,过了好半天,才看见在钱板上端出短短的两戳铜子来。她们常常提说这件事!她们对地主的剥削的仇恨长在。这样,对于今天的光景,就特别珍重。

1946年

(选自《白洋淀纪事》,中国青年出版社1958年版)

☞ 提示

孙犁是小说家,在20世纪的战争文学史上开创了一个别具一格的小说流派——荷花淀派,与赵树理的"山药蛋派"相映成趣。20世纪40年代的左翼文学分属两大区域:国统区(大后方)和解放区(根据地),形成两大主题:前者重在暴露旧政权统治的黑暗和腐朽,后者重在歌颂新的政权下农民翻身做主的喜悦。两相配合,文学成为政治的晴雨表,极为有效地发挥了为政治服务的特殊功能。孙犁的散文一如他的小说,以农村女性为主体,反映翻身农民的生活,写得优美而质朴。但就像杨柳青的年画那样,无一不是经过精心剪裁的。也和赵树理一样,作为一个以满腔热忱投身于新政权的实际工作者,孙犁的眼前始终悬着一面用特有的政治敏感性做成的"滤色镜",其所表现的情景无论是"战斗"还是"劳动",妇女们的欢声笑语都洒满了希望的田野,就像在这篇《织席记》中作者所说的:"她们的热情的希望永远在劳动里旋转着。"无论在田野上还是在集市里,翻身道情的人们挂在脸上的总是喜悦,残破和凄凉已然成为过去,悲怆和苦难一起付与历史。恰如那个时代的歌中所唱:"解放区的天是明朗的天,解放区的人民好喜欢……"只不过,这一席话,西北高原秧歌队的宣传队员们用高亢的歌喉,敲锣打鼓夸张地说;孙犁则满储着一种知识分子式的矜持,在小说和散文中含情脉脉地说。就其创作风格而言,与其说是诗化,不如说是"柔化",赵树理式的棱角,在孙犁的创作中不复得见。

戏 剧

田 汉

名优之死（故事梗概）

田汉的三幕剧《名优之死》写于 1929 年。

在上海某戏院里演戏的班主刘振声是一代京剧名优，他没有自己的儿女，只想多培养几个有天分的实心徒弟。女弟子刘凤仙从小就被卖给人家当丫头，后因不堪折磨流落街头，刘振声把她收留在家，并出钱让她学戏。现在的刘凤仙成了小有名气的坤角青衣，流氓化的绅士杨大爷天天来捧她的场，让无聊小报刊登她的照片和吹捧文章，替她买衣服等等。在杨大爷的引诱下，刘凤仙不认真练功，唱戏也不用心，天天跟着杨大爷鬼混。眼看自己悉心培养的弟子日益堕落，刘振声十分痛心。他苦口婆心地规劝、教育刘凤仙要把"玩意儿"看成是自己的生命，唱戏要讲"德行"，不要因为有了一点小名气就把自己的命根子毁了，并斥责杨大爷是"梨园行的敌人"。因为气愤，刘振声哑了嗓子，杨大爷唆使一批歹徒在台下喝他的倒彩。刘振声被活活气死在后台。此时刘凤仙后悔不已，和众人一起痛斥杨大爷。

洪 深

五奎桥（故事梗概）

独幕话剧《五奎桥》创作于 30 年代初，与洪深的《香稻米》（三幕剧）、《青龙潭》

(四幕剧）合称为"农村三部曲"。

《五奎桥》的故事发生在江南某县的一个小乡村。这年夏天已有四十多天未下雨了，村里四百多亩水田里的禾苗快要干枯了，村民们请道士打醮求雨，可无济于事，天没有落下半点雨来。用老式的水车一级一级地在河里车水，但那些离河较远的高田仍解决不了问题。村民们现在剩下一条路——租一条"洋水龙"，即抽水机来抗旱。但河上有一座五奎桥，因为桥洞太小，装机器的船摇不过来。以青年农民李全生为首的广大农民要拆掉这座桥。

这座五奎桥是地主周乡绅的祖先为纪念在清朝某年间他们周家一门两代，出了一个状元、四个举人而修建的。周乡绅说五奎桥关系周家的风水，不准拆桥。当李全生等贫苦农民聚集在一起，准备拆桥时，周乡绅来了，还请来了县法院的王老爷，带来了警察。周乡绅先是与村民说家常，拉交情，再就陷害拆桥的组织者李全生，离间李与乡亲们的关系。他的阴谋被李全生等广大农民识破后，他恼羞成怒，毒打农民，并指使王老爷抓人。忍无可忍的农民愤怒了，包围了正在打人的周乡绅。王老爷见势不妙溜走了。村民们终于拆掉了这座象征着地主阶级权威的五奎桥。

曹　禺

雷雨（节选）

序　幕

景——一间宽大的客厅。冬天，下午三点钟，在某教堂附设医院内。

屋中间是两扇棕色的门，通外面；门身很笨重，上面雕着半西洋化的旧花纹，门前垂着满是斑点，褪色的厚帷幔，深紫色的；织成的图案已经脱了线，中间有一块已经破了一个洞。右边——左右以台上演员为准——有一扇门，通着现在的病房。门面的漆已蚀了去。金黄的铜门钮放着暗涩的光，配起那高而宽，有黄花纹的灰门框，和门上凹凸不平，古式的西洋木饰，令人猜想这屋子的前主多半是中国的老留学生，回国后又富贵过一时的。这门前也挂着一条半旧，深紫的绒幔，半拉开，破成碎条的幔角拖在地上。左边也开一道门，两扇的，通着外间饭厅，由那里可以直通楼上，或者从饭厅走出外面，这两扇门较中间的还华丽，颜色更深老；偶尔有人穿过，它好沉重地在门轨上转动，会发着一种久磨擦的滑声，像一个经过多少事故，很沉默，很温和的老人。这前面，没有帷幔，门上脱落，残蚀的轮廓同漆饰都很明显。靠中间门的右面，墙凹进去如一个神像的壁龛，凹进去的空隙是棱角形的，划着半圆。壁龛的上大半满嵌着细狭而高长的法国窗户，每棱角一扇长窗，很玲珑的；下面只是一块较地板略起的半圆平面，可以放着东西，可以坐；这前面整个地遮上一面有折纹的厚绒垂幔，拉拢了，壁龛可以完全掩盖上，看不见窗户同阳光，屋子里阴沉沉的，有些气闷。开幕时，这帧幕是关上的。

　　墙的颜色是深褐，年久失修，暗得褪了色。屋内所有的陈设都很富丽，但现在都呈现着衰败的景色。——右墙近前是一个壁炉，沿炉嵌着长方的大理石，正前面镶着星形彩色的石块；壁炉上面没有一件陈设，空空地，只悬着一个钉在十字架上的耶稣。现在壁炉里燃着煤火，火焰熊熊地，照着炉前的一张旧圈椅，映出一片红光，这样，一丝丝的温暖，使这古老的房屋还有一些生气。壁炉旁边搁放一个粗制的煤斗同木柴。右边门左侧，挂一张画轴；再左，近后方，墙角抹成三四尺的平面，倚的那里，斜放着一个半人高的旧式紫檀小衣柜，柜门的角上都包着铜片。柜上放着一个暖水壶，两只白饭碗，都搁在旧黄铜盘上。柜前铺一张长方的小地毯；在上面，和柜平行的，放一条很矮的紫檀长几，以前大概是用来摆设瓷器、古董一类的精巧的小东西，现在堆着一叠叠的雪白桌布，白床单等物，刚洗好，还没有放进衣柜去。在正面，柜与壁龛中间立一只圆凳。壁龛之左（中门的右面），是一只长方的红木菜桌。上面放着两个旧烛台，墙上是张大而旧的古油画，中门左面立一只有玻璃的精巧的紫檀柜。里面原为放古董，但现在是空空的，这柜前有一条狭长的矮凳。离左墙角不远，与角成九十度，斜放着一个宽大深色的沙发，沙发后是只长桌，前面是一条短几，都没有放着东西。沙发左面立一个黄色的站灯，左墙靠墙略凹进，与左后墙成一直角。凹进处有一只茶几，墙上低悬一张小油画。茶几旁，再略向前才是左边通饭厅的门。屋子中间有一张地毯。上面对放着，但是略斜地，两张大沙发；中间是个圆桌，铺着白桌布。

　　开幕时，外面远处有钟声。教堂内合唱颂主歌同大风琴声，最好是 Bach: High Mass in B Minor Benedictus qui venait Domini Nomini——①屋内寂静无人。

　　移时，中间门沉重地缓缓推开，姑奶奶甲（寺院尼姑）进来，她的服饰如在天主教堂里常见的尼姑一样，头束着雪白布巾，蓬起来像荷兰乡姑，穿一套深蓝的粗布制袍，衣袍几乎拖在地面。她胸前悬着一个十字架，腰间悬一串钥匙，走起路来铿铿地响着。她安静地走进来，脸上很平和的。她转过身子向着门外。

---

① 参见巴赫的《B小调弥撒曲》。

姑　甲　（和蔼地）请进来吧。

〔一位苍白的老年人走进来，穿着很考究的旧皮大衣。进门脱下帽子，头发斑白，眼睛沉静而忧郁，他的下颔有苍白的短须，脸上满是皱纹。他戴着一副金边眼镜，进门后，也取下来，放在眼镜盒内，手有些颤。他搓弄一下子，衰弱地咳嗽两声。外面乐声止。

姑　甲　（微笑）外面冷得很！
老　人　（点头）嗯——（关心地）她现在还好么？
姑　甲　（同情地）好。
老　人　（沉默一时，指着头）她这儿呢？
姑　甲　（怜悯地）那——还是那样。（低低地叹一口气）
老　人　（沉静地）我想也是不容易治的。
姑　甲　（矜怜地）您先坐一坐，暖和一下，再看她吧。
老　人　（摇头）不。（走向右边病房）
姑　甲　（走向前）您走错了，这屋子是鲁奶奶的病房。您的太太在楼上呢。
老　人　（停住，失神地）我——我知道，（指着右边病房）我现在可以看看她么？
姑　甲　（和气地）我不知道。鲁奶奶的病房是另一位姑奶奶管，我看您先到楼上看看，回头再来看这位老太太好不好？
老　人　（迷惘地）嗯，也好。
姑　甲　您跟我上楼吧。

〔姑甲领着老人进左面的饭厅下。

〔屋内静一时。外面有脚步声。姑乙领两个小孩进。姑乙除了年轻些，比较活泼些，一切都与姑甲相同。进来的小孩是姊弟，都穿着冬天的新衣服，脸色都红得像个苹果，整个是胖圆圆的。姊姊有十五岁，梳两个小辫，在背后摆着；弟弟戴上一顶红绒帽。两个都高兴地走进来，二人在一起，姐姐是较沉着些。走进来的时节姐姐在前面。

姑　乙　（和悦地）进来，弟弟。（弟弟进来望着姐姐，两个人只呵手）外头冷，是吧。姐姐，你跟弟弟在这儿坐一坐好不好？
姊　　　（微笑）嗯。
弟　弟　（拉着姐姐的手，窃语）姐姐，妈呢？
姑　乙　你妈看完病就来，弟弟坐在这儿暖和一下，好吧？
〔弟弟的眼望姐姐。
姊　　　（很懂事地）弟弟，这儿我来过，就坐这儿吧，我跟你讲笑话。（弟弟好奇地四面看）
姑　乙　（有兴趣地望着他们）对了，叫姐姐跟你讲笑话，（指着火）坐在火旁边讲，两个人一块儿。
弟　　　不，我要坐这个小凳子！（指中门左柜前的小矮凳）

姑 乙	（和气地）也好，你们就坐这儿。可是（小声地）弟弟，你得乖乖地坐着，不要闹！楼上有病人——（指右边病房）这旁边也有病人。
姊	（很乖地点头）嗯。
弟	（忽然，向姑乙）我妈就回来吧？
姑 乙	对了，就来。你们坐下，（姊、弟二人共坐矮凳上，望着姑乙）不要动！（望着他们）我先进去，就来。

〔姊、弟点头，姑乙进右边病房，下。

弟	（向姊）她是谁？为什么穿这样衣服？
姊	（很世故地）尼姑，在医院看护病人的。弟弟，你坐下。
弟	（不理地）姐姐，你看，你看！（自傲地）你看妈给我买的新手套。
姊	（瞧不起地）看见了，你坐坐吧。（拉弟弟坐下，二人又很规矩地坐着）

〔姑甲向左边厅进。直向右角衣柜走去，没看见屋内的人。

弟	（又站起，低声，向姊）又一个，姐姐！
姊	（低声）嘘！别说话。（又拉弟弟坐下）

〔姑甲打开右面的衣柜，将长几上的白床单，白桌布等物一叠叠放在衣柜里。

〔姑乙由右边病房进。见姑甲，二人沉静地点一点头，姑乙助姑甲放置洗物。

姑 乙	（向姑甲，简截地）完了？
姑 甲	（不明白）谁？
姑 乙	（明快地，指楼上）楼上的。
姑 甲	（怜悯地）完了，她现在又睡着了。
姑 乙	（好奇地询问）没有打人么？
姑 甲	没有，就是大笑了一场，把玻璃又打破了。
姑 乙	（呼出一口气）那还好。
姑 甲	（向姑乙）她呢？
姑 乙	你说楼下的？（指右面病房）她总是那样，哭的时候多，不说话，我来了一年，没听见过她说一句话。
弟	（低声，急促地）姐姐，你跟我讲笑话。
姊	（低声）不，弟弟，听她们说话。
姑 甲	（怜悯地）可怜，她在这儿九年了，比楼上的只晚了一年，可是两个人都没有好。——（欣喜地）对了，刚才楼上的周先生来了。
姑 乙	（奇怪地）怎么？
姑 甲	今天是旧年腊月三十。
姑 乙	（惊讶地）哦，今天三十？——那么今天楼下的也会出来，到这房子里来。
姑 甲	怎么，她也出来？

姑　乙　嗯，（多话地）每到腊月三十，楼下的就会出来，到这屋子里；在这窗户前面站着。

姑　甲　干什么？

姑　乙　大概是望她儿子回来吧，她的儿子十年前一天晚上跑了，就没有回来，可怜，她的丈夫也不在了——（低声地）听说就在周先生家里当差，——一天晚上喝酒喝得太多，死了的。

姑　甲　（自己以为明白地）所以周先生每次来看他太太来，总要问一问楼下的。——我想，过一会儿周先生会下楼来见她来的。

姑　乙　（虔诚地）圣母保佑他。（又放洗物）

弟　　（低声，请求）姐姐，你跟我就讲半个笑话好不好？

姊　　（听着有兴趣，忙摇头，压迫地，低声）弟弟！

姑　乙　（又想起一段）奇怪，周家有这么好的房子，为什么卖给医院呢？

姑　甲　（沉静地）不大清楚。——听说这屋子有一天夜里连男带女死过三个人。

姑　乙　（惊讶）真的？

姑　甲　嗯。

姑　乙　（自然想到）那么周先生为什么偏把有病的太太放在楼上，不把她搬出去呢？

姑　甲　说是呢，不过他太太就在这楼上发的神经病，她自己说什么也不肯搬出去。

姑　乙　哦。

　　　　〔弟弟忽然站起。

弟　　（抗议地，高声）姐姐，我不爱听这个。

姊　　（劝止他，低声）好弟弟。

弟　　（命令地，更高声）不，姐姐，我要你跟我讲笑话！

　　　　〔姑奶奶甲、姑奶奶乙回头望他们。

姑　甲　（惊奇地）这是谁的孩子？我进来，没有看见他们。

姑　乙　一位看病的太太的，我领他们进来坐一坐。

姑　甲　（小心地）别把他们放在这儿。——万一把他们吓着。

姑　乙　没有地方；外头冷，医院都满了。

姑　甲　我看你还是找他们的妈来吧。万一楼上的跑下来，说不定吓坏了他们！

姑　乙　（顺从地）也好。（向姊、弟，他们两个都瞪着眼望着她们）姐姐，你们在这儿好好地再等一下，我就找你们的妈来。

姊　　（有礼地）好，谢谢你！

　　　　〔姑奶奶乙由中门出。

弟　　（怀着希望）姐姐，妈就来么？

姊　　（还在怪他）嗯。

弟　　（高兴地）妈来了！我们就回家。（拍掌）回家吃年饭。

姊　　弟弟，不要闹，坐下。（推弟弟坐）

姑　甲　　（关上柜门向姊弟）弟弟，你同姐姐安安静静地坐一会儿，我上楼去了。
　　　　　　〔姑甲由左面饭厅下。
弟　　　　（忽然发生兴趣，立起）姐姐，她干什么去了？
姊　　　　（觉得这是不值一问的问题）自然是找楼上的去了。
弟　　　　（急切地）谁是楼上的？
姊　　　　（低声）一个疯子。
弟　　　　（直觉地臆断）男的吧？
姊　　　　（肯定地）不，女的，——一个有钱的太太。
弟　　　　（忽然）楼下的呢？
姊　　　　（也肯定地）也是一个疯子——。（知道弟弟会愈问愈多）你不要再问了。
弟　　　　（好奇地）姐姐，刚才他们说这屋子死过三个人。
姊　　　　（心虚地）嗯——弟弟，我跟你讲笑话吧！有一年，一个国王——
弟　　　　（已引上兴趣）不，你跟我讲讲这三个人怎么会死的？这三个人是谁？
姊　　　　（胆怯）我不知道。
弟　　　　（不信，伶俐地）嗯！——你知道，你不愿意告诉我。
姊　　　　（不得已地）你别在这屋子里问，这屋子闹鬼。
　　　　　　〔楼上忽然有乱摔东西的声音，铁链声，足步声，女人狂笑，怪叫声。
弟　　　　（略惧）你听！
姊　　　　（拉着弟弟手紧紧地）弟弟！（姊、弟抬头，紧张地望着天花板）
　　　　　　〔声止。
弟　　　　（安定下来，很明白地）姐姐，这一定是楼上的！
姊　　　　（害怕）我们走吧。
弟　　　　（倔强）不，你不告诉我这屋子怎么死了三个人，我不走。
姊　　　　你不要闹，回头妈知道打你！
弟　　　　（不在乎地）嗯！
　　　　　　〔右边门开，一位头发斑白的老妇人颤巍巍地走进来，在屋中停一停，眼睛像是瞎了。慢吞吞地踱到窗前，由帷幔隙中望一望，又踱至台上，像是谛听什么似的。姊弟都紧张地望着她。
弟　　　　（平常的声音）这是谁？
姊　　　　（低声）嘘！别说话。她是疯子。
弟　　　　（低声，秘密地）这大概是楼下的。
姊　　　　（声颤）我，我不知道。（老妇人躯干无力，渐向下倒）弟弟，你看，她向下倒。
弟　　　　（胆大地）我们拉她一把。
姊　　　　不，你别去！
　　　　　　〔老妇人突然歪下去，侧面跪倒在舞台中。台渐暗，外面远处合唱声又起。

弟　　（拉姊向前，看老太婆）姐姐，你告诉我，这屋子是怎么回事？这些疯子干什么？
姊　　（惧怕地）不，你问她，（指老妇人）她知道。
弟　　（催促地）不，姐姐，你告诉我，这屋子怎么死了三个人，这三个人是谁？
姊　　（急迫地）我告诉你问她呢，她一定都知道！
　　　〔老妇人渐渐倒在地下，舞台全暗，听见远处合唱弥撒和大风琴声。
　　　〔弟弟声：（很清楚地）姐姐，你去问她。
　　　〔姊姊声：（低声）不，你问她，（幕落）你问她！
　　　〔大弥撒声。

第一幕

　　开幕时舞台全黑，隔十秒钟，渐明。
　　景——大致和序幕相同，但是全屋的气象是比较华丽的。这是十年前一个夏天的上午，在周宅的客厅里。
　　壁龛的帷幔还是深掩着，里面放着艳丽的盆花。中间的门开着，隔一层铁纱门，从纱门望出去，花园的树木绿荫荫地，并且听见蝉在叫。右边的衣服柜，铺上一张黄桌布，上面放着许多小巧的摆饰，最显明的是一张旧相片，很不调和地和这些精致东西放在一起。柜前面狭长的矮几，放着华贵的烟具同一些零碎物件。右边炉上有一个钟同鲜花盆，墙上，挂一幅油画。炉前有两把圈椅，背朝着墙。中间靠左的玻璃柜放满了古玩，前面的小矮凳有绿花的椅垫，左角的长沙发还不旧，上面放着三、四个缎制的厚垫子。沙发前的矮几排置烟具等物，台中两个小沙发同圆桌都很华丽，圆桌上放着吕宋烟盒和扇子。
　　所有的帷幕都是崭新的，一切都是兴旺的气象，屋里家具非常洁净，有金属的地方都放着光彩。屋中很气闷，郁热逼人，空气低压着。外面没有阳光，天空灰暗，是将要落暴雨的神气。
　　〔开幕时，四凤在靠中墙的长方桌旁，背着观众滤药，她不时地摇着一把蒲扇，一面在揩汗。鲁贵（她的父亲）在沙发旁擦着矮几上零碎的银家具，很吃力地；额上冒着汗珠。
　　〔四凤约有十七八岁，脸上红润，是个健康的少女。她整个的身体都很发育，手很白很大，走起路来，过于发育的乳房很显明地在衣服底下颤动着。她穿一件旧的白纺绸上衣，粗山东绸的裤子，一双略旧的布鞋。她全身都非常整洁，举动虽然很活泼，因为经过两年在周家的训练，她说话很大方，很爽快，却很有分寸。她的一双大而有长睫毛的水灵灵的眼睛能够很灵敏地转动，也能敛一敛眉头，很庄严地注视着。她有大的嘴，嘴唇自然红艳艳的，很宽，很厚，当着她笑的时候，牙齿整齐地露出来，嘴旁也显着一对笑涡。然而她面部整个轮廓是很庄重地显露着诚恳。她的面色不十分白，天气热，鼻尖微微有点汗，她时时用手绢揩着。她很爱笑，她知道自己是好看的，但是她现在皱着眉头。

〔她的父亲——鲁贵——约莫有四十多岁的样子，神气萎缩，最令人注目的是粗而乱的眉毛同肿眼皮。他的嘴唇，松弛地垂下来，和他眼下凹进去的黑圈，都表示着极端的肉欲放纵。他的身体较胖，面上的肌肉宽弛地不肯动，但是总能很卑贱地谄笑着。和许多大家的仆人一样，他很懂事，尤其是很懂礼节。他的背略有点伛偻，似乎永远欠着身子向他的主人答应着"是"。他的眼睛锐利，常常贪婪地窥视着，如一只狼。他很能计算的。虽然这样，他的胆量不算大；全部看去，他还是萎缩的。他穿的虽然华丽，但是不整齐的。现在他用一条抹布擦着东西，脚下是他刚刷好的黄皮鞋。时而，他用自己的衣襟揩脸上的油汗。

鲁　贵　（喘着气）四凤！
鲁四凤　（只做不听见，依然滤她的汤药）
鲁　贵　四凤！
鲁四凤　（看了她的父亲一眼）喝，真热。（走向右边的衣柜旁，寻一把芭蕉扇，又走回中间的茶几旁扇着）
鲁　贵　（望着她，停下工作）四凤，你听见了没有？
鲁四凤　（烦厌地，冷冷地看着她的父亲）是！爸！干什么？
鲁　贵　我问你听见我刚才说的话了么？
鲁四凤　都知道了。
鲁　贵　（一向是这样被女儿看待的，只好是抗议似地）妈的，这孩子！
鲁四凤　（回过头来，脸正向观众）您少说闲话吧！（挥扇，嘘出一口气）呵！天气这样闷热，回头多半下雨。（忽然）老爷出门穿的皮鞋，您擦好了没有？（到鲁贵面前，拿起一只皮鞋不经意地笑着）这是您擦的！这么随随便便抹了两下，——老爷的脾气您可知道。
鲁　贵　（一把抢过鞋来）我的事用不着你管。（将鞋扔在地上）四凤，你听着，我再跟你说一遍，回头见着你妈，别忘了把新衣服都拿出来给她瞧瞧。
鲁四凤　（不耐烦地）听见了。
鲁　贵　（自傲地）叫她想想，还是你爸爸混事有眼力，还是她有眼力。
鲁四凤　（轻蔑地笑）自然您有眼力啊！
鲁　贵　你还别忘了告诉你妈，你在这儿周公馆吃的好，喝的好，就是白天侍候太太少爷，晚上还是听她的话，回家睡觉。
鲁四凤　那倒不用告诉，妈自然会问的。
鲁　贵　（得意）还有啦，钱，（贪婪地笑着）你手下也有许多钱啦！
鲁四凤　钱！？
鲁　贵　这两年的工钱，赏钱，还有（慢慢地）那零零碎碎的，他们……
鲁四凤　（赶紧接下去，不愿听他要说的话）那您不是一块两块都要走了么？喝了！

赌了！

鲁　贵　（笑，掩饰自己）你看，你看，你又那样。急，急，急什么？我不跟你要钱。喂，我说，我说的是——（低声）他——不是也不断地塞给你钱花么？

鲁四凤　（惊讶地）他？谁呀？

鲁　贵　（索性说出来）大少爷。

鲁四凤　（红脸，声略高，走到鲁贵面前）谁说大少爷给我钱？爸爸，您别又穷疯了，胡说乱道的。

鲁　贵　（鄙笑着）好，好，好，没有，没有。反正这两年你不是存点钱么？（鄙吝地）我不是跟你要钱，你放心。我说啊，你等你妈来，把这些钱也给她瞧瞧，叫她也开开眼。

鲁四凤　哼，妈不像您，见钱就忘了命。（回到中间茶桌滤药）

鲁　贵　（坐在长沙发上）钱不钱，你没有你爸爸成么？你要不到这儿周家大公馆帮主儿，这两年尽听你妈妈的话，你能每天吃着喝着，这大热天还穿得上小纺绸么？

鲁四凤　（回过头）哼，妈是个本分人，念过书的，讲脸，舍不得把自己的女儿叫人家使唤。

鲁　贵　什么脸不脸？又是你妈的那一套！你是谁家的小姐？——妈的，底下人的女儿，帮了人就失了身份啦。

鲁四凤　（气得只看父亲，忽然厌恶地）爸，您看您那一脸的油，——您把老爷的鞋再擦擦吧。

鲁　贵　（汹汹地）讲脸呢，又学你妈的那点穷骨头，你看她，她要脸！跑他妈的八百里外，女学堂里当老妈，为着一月八块钱，两年才回一趟家。这叫本分，还念过书呢；简直是没出息。

鲁四凤　（忍气）爸爸，您留几句回家说吧，这是人家周公馆！

鲁　贵　咦，周公馆也挡不住我跟我的女儿谈家务啊！我跟你说，你的妈……

鲁四凤　（突然）我可忍了好半天了。我跟您先说下，妈可是好容易才回一趟家。这次，也是看哥哥跟我来的。您要是再给她一个不痛快，我就把您这两年做的事都告诉哥哥。

鲁　贵　我，我，我做了什么事啦？（觉得在女儿面前失了身份）喝点，赌点，玩点，这三样，我快五十的人啦，还怕他么？

鲁四凤　他才懒得管您这些事呢！——可是他每月从矿上寄给妈用的钱，您偷偷地花了，他知道了，就不会答应您！

鲁　贵　那他敢怎么样，（高声地）他妈嫁给我，我就是他爸爸。

鲁四凤　（羞愧）小声点！这有什么喊头。——太太在楼上养病呢。

鲁　贵　哼！（滔滔地）我跟你说，我娶你妈，我还抱老大的委屈呢。你看我这么个机灵人，这周家上上下下几十口子，哪一个不说我鲁贵呱呱叫。来这里不到两个月，我的女儿就在这公馆找上事，就说你哥哥，没有我，能在周家的矿上当工人么？叫你妈说，她成么？——这样，你哥同你妈还是一个劲儿地不赞成我。这次回来，你妈要还是那副寡妇脸子，我就当你哥哥的面上不认她，说不定就离了她，别看她替我养个女儿，外带来你这个倒霉蛋的哥哥。

鲁四凤　（不愿听）哦，爸爸。

鲁　贵　哼，（骂得高兴了）谁知道哪个王八蛋养的儿子。

鲁四凤　哥哥哪点对不起您，您这样骂他干什么？

鲁　贵　他哪一点对得起我？当大兵，拉包月车，干机器匠，念书上学，哪一行他是好好地干过？好容易我荐他到了周家的矿上去，他又跟工头闹起来，把人家打啦。

鲁四凤　（小心地）我听说，不是我们老爷先叫矿上的警察开了枪，他才领着工人动的手么？

鲁　贵　反正这孩子混蛋，吃人家的钱粮，就得听人家的话。好好地，要罢工，现在又得靠我这老面子跟老爷求情啦！

鲁四凤　您听错了吧，哥哥说他今天自己要见老爷，不是找您求情来的。

鲁　贵　（得意）可是谁叫我是他的爸爸呢，我不能不管啦。

鲁四凤　（轻蔑地看着她的父亲，叹了一口气）好，您歇歇吧，我要上楼跟太太送药去了。（端起药碗向左边饭厅走）

鲁　贵　你先停一停，我再说一句话。

鲁四凤　（打岔）开午饭了，老爷的普洱茶先泡好了没有？

鲁　贵　那用不着我，他们小当差早伺候到了。

鲁四凤　（闪避地）哦，好极了，那我走了。

鲁　贵　（拦住她）四凤，你别忙，我跟你商量点事。

鲁四凤　什么？

鲁　贵　你听啊，昨天不是老爷的生日么？大少爷也赏给我四块钱。

鲁四凤　好极了，（口快地）我要是大少爷，我一个子也不给您。

鲁　贵　（鄙笑）你这话对极了！四块钱，够干什么的，还了点账，就干了。

鲁四凤　（伶俐地笑着）那回头您跟哥哥要吧。

鲁　贵　四凤，别——你爸爸什么时候借钱不还账？现在你手下方便，随便匀给我七块八块好么？

鲁四凤　我没有钱。（停一下放下药碗）您真是还账了么？

鲁　贵　（赌咒）我跟我的亲生女儿说瞎话是王八蛋！

鲁四凤　您别骗我，说了实在的，我也好替您想想法。

鲁　贵　真的!?——说起来这不怪我。昨天那几个零钱，大账还不够，小账剩点零，所以我就耍了两把，也许赢了钱，不都还么？谁知运气不好，连喝带输，还倒欠了十来块。

鲁四凤　这是真的？

鲁　贵　（真心地）这可一句瞎话也没有。

鲁四凤　（故意揶揄地）那我实实在在地告诉您，我也没有钱！（说毕就要拿起药碗）

鲁　贵　（着急）凤儿，你这孩子是什么心事？你可是我的亲生孩子。

鲁四凤　（嘲笑地）亲生的女儿也没有法子把自己卖了，替您老人家还赌账啊？

鲁　贵　（严重地）孩子，你可放明白点，你妈疼你，只在嘴上，我可是把你的什么要紧的事情，都处处替你想。

鲁四凤　（明白地，但是不知他闹的什么把戏）您心里又要说什么？

鲁　贵　（停一停，四面望了一望，更近地逼着四凤，伴笑）我说，大少爷常跟我提过你，大少爷，他说——

鲁四凤　（管不住自己）大少爷！大少爷，你疯了！——我走了，太太就要叫我呢。

鲁　贵　别走，我问你一句，前天！我看见大少爷买衣料，——

鲁四凤　（沉下脸）怎么样？（冷冷地看着鲁贵）

鲁　贵　（打量四凤周身）嗯——（慢慢地拿起四凤的手）你这手上的戒指，（笑着）不也是他送给你的么？

鲁四凤　（厌恶地）您说话的神气真叫我心里想吐。

鲁　贵　（有点气，痛快地）你不必这样假门假事，你是我的女儿。
　　　　（忽然贪婪地笑着）一个当差的女儿，收人家点东西，用人家一点钱，没有什么说不过去的。这不要紧，我都明白。

鲁四凤　好吧，那么你说吧，究竟要多少钱用？

鲁　贵　不多，三十块钱就成了。

鲁四凤　哦？（恶意地）那你就跟大少爷要去吧。我走了。

鲁　贵　（恼羞）好孩子，你以为我真装糊涂，不知道你同这混账大少爷做的事么？

鲁四凤　（惹怒）您是父亲么？父亲有跟女儿这样说话的么？

鲁　贵　（恶相地）我是你的爸爸，我就要管你。我问你，前天晚上——

鲁四凤　前天晚上？

鲁　贵　我不在家，你半夜才回来，以前你干什么？

鲁四凤　（掩饰）我替太太找东西呢。

鲁　贵　为什么那么晚才回家？

鲁四凤　（轻蔑地）您这样的父亲没有资格来问我。

鲁　贵　好文明词！你就说不上你上哪儿去呢。

鲁四凤　那有什么说不上！

鲁　贵　什么？说！

鲁四凤　那是太太听说老爷刚回来，又要我检老爷的衣服。

鲁　贵　哦，（低声，恐吓地）可是半夜送你回家的那位是谁？坐着汽车，醉醺醺，只对你说胡话的那位是谁呀？（得意地微笑）

鲁四凤　（惊吓）那，那——

鲁　贵　（大笑）哦，你不用说了，那是我们鲁家的阔女婿呀！——哼，我们两间半破瓦房居然来了坐汽车的男朋友，找我这当差的女儿啦！（突然严厉）我问你，他是谁？你说。

鲁四凤　他，他是——

　　〔鲁大海进——四凤的哥哥，鲁贵的半子——他身体魁伟，粗黑的眉毛几乎遮盖着他的锐利的眼，两颊微微地向内凹，显着颧骨异常突出，正同他的尖长的下巴一样地表现他的性格的倔强的。他有一张大而薄的嘴唇，正和他的妹妹带着南方的热烈的、厚而红的嘴唇成强烈的对照。他说话微微有点口吃，但是在他的感情激昂的时候，他词锋是锐利的。现在他刚从六百里外的煤矿回来，矿里罢了工，他是煽动者之一，几月来的精神的紧张，使他现在露出有点疲乏的神色，胡须乱蓬蓬的，看去几乎老得像鲁贵的弟弟，只有逼近地观察他，才觉出他的眼神同声音，还正是和他的妹妹一样年轻，一样地热，都是火山的爆发，满蓄着精力的白热的人物。他穿了一件工人的蓝布褂子，油渍的草帽在手里，一双黑皮鞋，有一只鞋带早不知失在哪里。进门的时候，他略微有点不自在，把胸膛敞开一部分，笨拙地又扣上一两个扣子。他说话很简短，表面是冷冷的。

鲁大海　凤儿！

鲁四凤　哥哥！

鲁　贵　（向四凤）你说呀！装什么哑巴。

鲁四凤　（看大海，有意地转开话头）哥哥！

鲁　贵　（不顾地）你哥哥来也得说呀。

鲁大海　怎么回事？

鲁　贵　（看一看大海，又回头）你先别管。

鲁四凤　哥哥，没什么要紧的事。（向鲁贵）好吧，爸，我们回头商量，好吧？

鲁　贵　（了解地）回头商量？（肯定一下，再盯四凤一眼）那么，就这么办。（回头看大海傲慢地）咦，你怎么随随便便跑进来啦？

鲁大海　（简单地）在门房等了半天，一个人也不理我，我就进来啦。

鲁　贵　大海，你究竟是矿上大粗的工人，连一点大公馆的规矩也不懂。

鲁四凤　人家不是周家的底下人。

鲁　贵　（很有理由地）他在矿上吃的也是周家的饭哪。

鲁大海　（冷冷地）他在哪儿？

鲁　贵　（故意地）他，谁是他？

鲁大海　董事长。

鲁　贵　（教训的样子）老爷就是老爷，什么董事长，上我们这儿就得叫老爷。

鲁大海　好，你跟我问他一声，说矿上有个工人代表要见见他。

鲁　贵　我看，你先回家去。（有把握地）矿上的事有你爸爸在这儿替你张罗。回头跟你妈、妹妹聚两天，等你妈去，你回到矿上，事情还是有的。

鲁大海　你说我们一块儿在矿上罢完工，我一个人要你说情，自己再回去？

鲁　贵　那也没有什么难看啊。

鲁大海　（没有办法）好，你先给我问他一声。我有点旁的事，要先跟他谈谈。

鲁四凤　（希望他走）爸，你看老爷的客走了没有，你再领着哥哥见老爷。

鲁　贵　（摇头）哼，我怕他不会见你吧。

鲁大海　（理直气壮）他应当见我，我也是矿上工人的代表。前天，我们一块在这儿的公司见过他一次。

鲁　贵　（犹疑地）那我先跟你问问去。

鲁四凤　你去吧。（鲁贵走到老爷书房门口）

鲁　贵　（转过来）他要是见你，你可少说粗话，听见了没有？（鲁贵很老练地走着阔当差的步伐，进了书房）

鲁大海　（目送鲁贵进了书房）哼，他忘了他还是个人。

鲁四凤　哥哥，你别这样说，（略顿，嗟叹地）无论如何，他总是我们的父亲。

鲁大海　（望着四凤）他是你的，我并不认识他。

鲁四凤　（胆怯地望着哥哥忽然想起，跑到书房门口，望了一望）你说话顶好声音小点，老爷就在里面旁边的屋子里呢！

鲁大海　（轻蔑地望着四凤）好。妈也快回来了，我看你把周家的事辞了，好好回家去。

鲁四凤　（惊讶）为什么？

鲁大海　（简短地）这不是你住的地方。

鲁四凤　为什么？

鲁大海　我——恨他们。

鲁四凤　哦！

鲁大海　（刻毒地）周家的人多半不是好东西。这两年我在矿上看见了他们所做的事。（略顿，缓缓地）我恨他们。

鲁四凤　你看见什么？

鲁大海　凤儿，你不要看这样威武的房子，阴沉沉地都是矿上埋死的苦工人给换来的！

鲁四凤　你别胡说，这屋子听说直闹鬼呢。

鲁大海　（忽然）刚才我看见一个年轻人，在花园里躺着，脸色发白，闭着眼睛，像是要死的样子，听说这就是周家的大少爷，我们董事长的儿子。啊，报应，报应。

鲁四凤　（气）你，——（忽然）他待人顶好，你知道么？

鲁大海　他父亲做尽了坏人弄钱，他自然可以行善。

鲁四凤　（看大海）两年我不见你，你变了。

鲁大海　我在矿上干了两年，我没有变，我看你变了。

鲁四凤　你的话我有点不懂，你好像——有点像二少爷说话似的。

鲁大海　你是要骂我么？"少爷"？哼，在世界上没有这两个字！（鲁贵由左边书房进）

鲁　贵　（向大海）好容易老爷的客刚走，我正要说话，接着又来一个。我看，我们先下去坐坐吧。

鲁大海　那我还是自己进去。
鲁　贵　（拦住他）干什么？
鲁四凤　不，不。
鲁大海　也好，不要叫他看见我们工人不懂礼节。
鲁　贵　我看你这点穷骨头。老头说不见就不见，在下房再等一等，算什么？我跟你走，这么大院子，你别胡闯乱闯走错了。（走向中门，回头）四凤，你先别走，我就回来，你听见没有？
鲁四凤　你去吧。
　　　　〔鲁贵、大海同下。
鲁四凤　（厌倦地摸着前额，自语）哦，妈呀！
　　　　〔外面花园里听见一个年轻的轻快的声音，唤着："四凤！"疾步中夹杂着跳跃，渐渐移近中间门口。
鲁四凤　（有点惊慌）哦，二少爷。
　　　　〔门口的声音。
　　　　〔声：四凤！四凤！你在哪儿？
　　　　〔四凤慌忙躲在沙发背后。
　　　　〔声：四凤，你在这屋子里么？
　　　　〔周冲进。他身体很小，却有着大的心，也有着一切孩子似的空想。他年轻，才十七岁，他已经幻想过许多许多不可能的事实，他是在美的梦里活着的。现在他的眼睛欣喜地闪动着，脸色通红，冒着汗，他在笑。左腋下挟着一只球拍，右手正用白毛巾擦汗，他穿着打球的白衣服。他低声唤着四凤。
周　冲　四凤！四凤！（四凤望一望）咦，她上哪儿去了？（蹑足走向右边的饭厅，开开门，低声）四凤你出来，四凤，我告诉你一件事。四凤，一件喜事。（他又轻轻地走到书房门口，更低声）四凤。
　　　　〔里面的声音：（严峻地）是冲儿么？
周　冲　（胆怯地）是我，爸爸。
　　　　〔里面的声音：你在干什么？
周　冲　嗯，我叫四凤呢。
　　　　〔里面的声音：（命令地）快去，她不在这儿。
　　　　〔周冲把头由门口缩回来，做了一个鬼脸。
周　冲　咦，奇怪。
　　　　〔他失望地向右边的饭厅走去，一路低低唤着四凤。
鲁四凤　（看见周冲已走，呼出一口气）他走了！（焦灼地望着通花园的门）
　　　　〔鲁贵由中门进。
鲁　贵　（向四凤）刚才是谁在喊你？
鲁四凤　二少爷。

鲁　贵　他叫你干什么？
鲁四凤　谁知道。
鲁　贵　（责备地）你为什么不理他？
鲁四凤　哦，我（擦眼泪）——不是您叫我等着么？
鲁　贵　（安慰地）怎么，你哭了么？
鲁四凤　我没哭。
鲁　贵　孩子，哭什么，这有什么难过？（仿佛在做戏）谁叫我们穷呢？穷人没有什么讲究。没法子，什么事都忍着点，谁都知道我的孩子是个好孩子。
鲁四凤　（抬起头）得了，您痛痛快快说话好不好。
鲁　贵　（不好意思）你看，刚才我走到下房，这些王八蛋就跑到公馆跟我要账，当着上上下下的人，我看没有二十块钱，简直圆不下这个脸。
鲁四凤　（拿出钱来）我的都在这儿。这是我回头预备给妈买衣服的，现在你先拿去用吧。
鲁　贵　（佯辞）那你不是没有花的了么？
鲁四凤　得了，您别这样客气啦。
鲁　贵　（笑着接下钱，数）只十二块？
鲁四凤　（坦白地）现钱我只有这么一点。
鲁　贵　那么，这堵着周公馆跟我要账的，怎么打发呢？
鲁四凤　（忍着气）您叫他们晚上到我们家里要吧。回头，见着妈，再想别的法子，这钱，您留着自己用吧。
鲁　贵　（高兴地）这给我啦，那我只当着你这是孝敬父亲的。——哦，好孩子，我早知道你是个孝顺孩子。
鲁四凤　（没有办法）这样，您让我上楼去吧。
鲁　贵　你看，谁管过你啦。去吧，跟太太说一声，说鲁贵直惦记太太的病。
鲁四凤　知道，忘不了。（拿药走）
鲁　贵　（得意）对了，四凤，我还告诉你一件事。
鲁四凤　您留着以后再说吧，我可得跟太太送药去了。
鲁　贵　（暗示着）你看，这是你自己的事。（假笑）
鲁四凤　（沉下脸）我又有什么事？（放下药碗）好，我们今天都算清楚再走。
鲁　贵　你瞧瞧，又急了。真快成小姐了，耍脾气倒是呱呱叫啊。
鲁四凤　我沉得住气，您尽管说吧。
鲁　贵　孩子，你别这样，（正经地）我劝你小心点。
鲁四凤　（嘲弄地）我现在钱也没有了，还用得着小心干什么？
鲁　贵　我跟你说，太太这两天的神气有点不大对的。
鲁四凤　太太的神气不对有我的什么？
鲁　贵　我怕太太看见你才有点不痛快。

鲁四凤　为什么？

鲁　贵　为什么？我先提你个醒。老爷比太太岁数大得多，太太跟老爷不好。大少爷不是这位太太生的，他比太太的岁数差得也有限。

鲁四凤　这我都知道。

鲁　贵　可是太太疼大少爷比疼自己的孩子还热，还好。

鲁四凤　当后娘只好这样。

鲁　贵　你知道这屋子为什么晚上没有人来，老爷在矿上的时候，就是白天也是一个人也没有么？

鲁四凤　不是半夜里闹鬼么？

鲁　贵　你知道这鬼是什么样儿么？

鲁四凤　我只听说到从前这屋子里常听见叹气的声音，有时哭，有时笑的，听说这屋子死过人，屈死鬼。

鲁　贵　鬼！一点也不错，——我可偷偷地看见啦。

鲁四凤　什么，您看见，您看见什么？鬼？

鲁　贵　（自负地）那是你爸爸的造化。

鲁四凤　您说。

鲁　贵　那时你还没有来，老爷在矿上，那么大，阴森森的院子，只有太太，二少爷，大少爷住。那时这屋子就闹鬼，二少爷小孩，胆小，叫我在他门口睡。那时是秋天，半夜里二少爷忽然把我叫起来，说客厅又闹鬼，叫我一个人去看看。二少爷的脸发青，我也直发毛。可是我是刚来的底下人，少爷说了，我怎么好不去呢？

鲁四凤　您去了没有？

鲁　贵　我喝了两口烧酒，穿过荷花池，就偷偷地钻到这门外的走廊旁边，就听见这屋子里啾啾地像一个女鬼在哭。哭得惨！心里越怕，越想看。我就硬着头皮从这窗缝里，向里一望。

鲁四凤　（喘气）您瞧见什么？

鲁　贵　就在这张桌上点着一支要灭不灭的洋蜡烛，我恍恍惚惚地看见两个穿着黑衣裳的鬼，并排地坐着，像是一男一女，背朝着我，那个女鬼像是靠着男鬼的身边哭，那个男鬼低着头直叹气。

鲁四凤　哦，这屋子有鬼是真的。

鲁　贵　可不是？我就是乘着酒劲，朝着窗户缝，轻轻地咳嗽一声。就看这两个鬼飕一下子分开了，都向我这边望：这一下子他们的脸清清楚楚地正对着我，这我可真见了鬼了。

鲁四凤　鬼么？什么样？（停一下，鲁贵四面望一望）谁？

鲁　贵　我这才看见那个女鬼呀，（回头低声）——是我们的太太。

鲁四凤　太太？——那个男的呢？

鲁　贵　那个男鬼，你别怕，——就是大少爷。

鲁四凤　他？

鲁　贵　就是他，他同他的后娘就在这屋子里闹鬼呢。

鲁四凤　我不信，您看错了吧？

鲁　贵　你别骗自己。所以孩子，你看开点，别糊涂，周家的人就是那么一回事。

鲁四凤　（摇头）不，不对，他不会这样。

鲁　贵　你忘了，大少爷比太太只小六七岁。

鲁四凤　我不信，不，不像。

鲁　贵　好，信不信都在你，反正我先告诉你，太太的神气现在对你不大对，就是因为你，因为你同——

鲁四凤　（不愿意他说出真有这件事）太太知道您在门口，一定不会饶您的。

鲁　贵　是啊，我吓了一身汗，我没等他们出来，我就跑了。

鲁四凤　那么，二少爷以后就不问您？

鲁　贵　他问我，我说我没有看见什么就算了。

鲁四凤　哼，太太那么一个人不会算了吧？

鲁　贵　她当然厉害，拿话套了我十几回，我一句话也没有漏出来，这两年过去，说不定他们以为那晚上真是鬼在咳嗽呢。

鲁四凤　（自语）不，不，我不信——就是有了这样的事，他也会告诉我的。

鲁　贵　你说大少爷会告诉你。你想想，你是谁？他是谁？你没有个好爸爸，跟人家当底下人，人家当真心地待你？你又做你的小姐梦啦，你，就凭你……

鲁四凤　（突然闷气地喊了一声）您别说了！（忽然站起来）妈今天回家，您看我太快活是么？您说这些瞎话——这些瞎话！哦，您一边去吧。

鲁　贵　你看你，告诉你真话，叫你聪明点。你反而生气了，唉，你呀！（很不经意地扫四凤一眼，他傲然地，好像满意自己这段话的效果，觉得自己是比一切人都聪明似的。他走到茶几旁，从烟筒里，抽出一支烟，预备点上，忽然想起这是周公馆，于是改了主张，很熟练地偷了几支烟卷同雪茄，放在自己的旧得露出黄铜底镀银的烟盒里）

鲁四凤　（厌恶地望着鲁贵做完他的偷窃的勾当，轻蔑地）哦，就这么一点事么？那么，我知道了。

〔四凤拿起药碗就走。

鲁　贵　你别走，我的话没说完。

鲁四凤　没说完？

鲁　贵　这刚到正题。

鲁四凤　对不起您老人家，我不愿意听了。（反身就走）

鲁　贵　（拉住她的手）你得听！

鲁四凤　放开我！（急）——我喊啦。

鲁　贵　我告诉你这一句话，你再闹。（对着四凤的耳朵）回头你妈就到这儿来找你。

（放手）

鲁四凤　（变色）什么？

鲁　贵　你妈一下火车，就到这儿公馆来。

鲁四凤　妈不愿意我在公馆里帮人，您为什么叫她到这儿来找我？我每天晚上，回家的时候自然会看见她，您叫她到这儿来干什么？

鲁　贵　不是我，四凤小姐，是太太要我找她来的。

鲁四凤　太太要她来？

鲁　贵　嗯，（神秘地）奇怪不是，没亲没故。你看太太偏要请她来谈一谈。

鲁四凤　哦，天！您别吞吞吐吐地好么？

鲁　贵　你知道太太为什么一个人在楼上，作诗写字，装着病不下来？

鲁四凤　老爷一回家，太太向来是这样。

鲁　贵　这次不对吧？

鲁四凤　那么，您快说出来。

鲁　贵　你一点不觉得？——大少爷没提过什么？

鲁四凤　我知道这半年多，他跟太太不常说话的。

鲁　贵　真的么？——那么太太对你呢？

鲁四凤　这几天比往日特别地好。

鲁　贵　那就对了！——我告诉你，太太知道我不愿意你离开这儿。这次，她自己要对你妈说，叫她带着你卷铺盖，滚蛋！

鲁四凤　（低声）她要我走——可是——为什么？

鲁　贵　哼！那你自己明白吧。——还有——

鲁四凤　（低声）要妈来干什么？

鲁　贵　对了，她要告诉你妈一件很要紧的事。

鲁四凤　（突然明白）哦，爸爸，无论如何，我在这儿的事，不能让妈知道的。（惧悔交集，大恸）哦，爸爸，您想，妈前年离开我的时候，她嘱咐过您，好好地看着我，不许您送我到公馆帮人。您不听，您要我来。妈不知道这些事，妈疼我，妈爱我，我是妈的好孩子，我死也不能叫妈知道这儿这些事情的。（扑在桌上）我的妈呀！

鲁　贵　孩子！（他知道他的戏到什么情形应当怎么做，他轻轻地抚着四凤）你看现在才是爸爸好了吧，爸疼你，不要怕！不要怕！她不敢怎么样，她不会辞你的。

鲁四凤　她为什么不？她恨我，她恨我。

鲁　贵　她恨你。可是，哼，她不会不知道这儿有一个叫她怕的。

鲁四凤　她会怕谁？

鲁　贵　哼，她怕你的爸爸！你忘了我告诉你那两个鬼哪。你爸爸会抓鬼。昨天晚上我替你告假，她说你妈来的时候，要我叫你妈来。我看她那两天的神气，我就猜了一半，我顺便就把那天半夜的事提了两句，她是机灵人，不会不懂的。——

　　　　　哼，她要是跟我装蒜，现在老爷在家，我们就是个麻烦；我知道她是个厉害人，可是谁欺负了我的女儿，我就跟谁拼了。
鲁四凤　爸爸，（抬起头）您可不要胡来！
鲁　贵　这家除了老头，我谁也看不上眼。别着急，有你爸爸。再说，也许是我瞎猜，她原来就许没有这意思。她外面倒是跟我说，因为听说你妈会读书写字，总想见见谈谈。
鲁四凤　（忽然谛听）爸，别说话，我听见好像有人在饭厅（指左边）咳嗽似的。
鲁　贵　（听一下）别是太太吧？（走到通饭厅的门前，由锁眼窥视，忙回来）可不是她，奇怪，她下楼来了。
鲁四凤　（擦眼泪）爸爸，擦干了么？
鲁　贵　别慌，别露相，什么话也别提。我走了。
鲁四凤　嗯，妈来了，您先告诉我一声。
鲁　贵　对了，见着你妈，就当什么都不知道，听见了没有？（走到中门，又回头）别忘了，跟太太说鲁贵惦记着太太的病。

　　　〔鲁贵慌忙由中门下。四凤端着药碗向饭厅门，至门前，周蘩漪进。她一望就知道是个果敢阴鸷的女人。她的脸色苍白，只有嘴唇微红，她的大而灰暗的眼睛同高鼻梁令人觉得有些可怕。但是眉目间看出来她是忧郁的，在那静静的长的睫毛的下面，有时为心中的郁积的火燃烧着，她的眼光会充满了一个年轻妇人失望后的痛苦与怨望。她的嘴角向后略弯，显出一个受抑制的女人在管制着自己。她那雪白细长的手，时常在她轻轻咳嗽的时候，按着自己瘦弱的胸。直等自己喘出一口气来，她才摸摸自己涨得红红的面颊，喘出一口气。她是一个中国旧式女人，有她的文弱，她的哀静，她的明慧，——她对诗文的爱好，但是她也有更原始的一点野性：在她的心，她的胆量，她的狂热的思想，在她莫名其妙的决断时忽然来的力量。整个地来看她，她似乎是一个水晶，只能给男人精神的安慰，她的明亮的前额表现出深沉的理解，像只是可以供清谈的；但是当她陷于情感的冥想中，忽然愉快地笑着；当着她见着她所爱的，红晕的颜色为快乐散布在脸上，两颊的笑涡也显露出来的时节，你才觉得出她是能被人爱的，应当被人爱的，你才知道她到底是一个女人，跟一切年轻的女人一样。她会爱你如一只饿了三天的狗咬着它最喜欢的骨头，她恨起你来也会像只恶狗狺狺地，不，多不声不响地恨恨地吃了你的。然而她的外形是沉静的，忧烦的，她会如秋天傍晚的树叶轻轻落在你的身旁，她觉得自己的夏天已经过去，西天的晚霞早暗下来了。

　　　〔她通身是黑色。旗袍镶着灰银色的花边。她拿着一把团扇，挂在手指上，走进来。她的眼眶略微有点塌进，很自然地望着四凤。

鲁四凤　（奇怪地）太太！怎么您下楼来啦？我正预备给您送药去呢！
周蘩漪　（咳）老爷在书房里么？

鲁四凤　老爷在书房里会客呢。
周繁漪　谁来？
鲁四凤　刚才是盖新房子的工程师，现在不知道是谁。您预备见他？
周繁漪　不。——老妈子告诉我说，这房子已经卖给一个教堂做医院，是么？
鲁四凤　是的，老爷叫把小东西都收一收，大家具有些已经搬到新房子里去了。
周繁漪　谁说要搬房子？
鲁四凤　老爷回来就催着要搬。
周繁漪　（停一下，忽然）怎么不告诉我一声？
鲁四凤　老爷说太太不舒服，怕您听着嫌麻烦。
周繁漪　（又停一下，看看四面）两礼拜没下来，这屋子改了样子了。
鲁四凤　是的，老爷说原来的样子不好看，又把您添的新家具搬了几件走。这是老爷自己摆的。
周繁漪　（看看右面的衣柜）这是他顶喜欢的衣柜，又拿来了。（叹气）什么事自然要依着他，他是什么都不肯将就的。（咳，坐下）
鲁四凤　太太，您脸上像是发烧，您还是到楼上歇着吧。
周繁漪　不，楼上太热。（咳）
鲁四凤　老爷说太太的病很重，嘱咐过请您好好地在楼上躺着。
周繁漪　我不愿意躺在床上。——喂，我忘了，老爷哪一天从矿上回来的？
鲁四凤　前天晚上。老爷见着您发烧很利害，叫我们别惊醒您，就一个人在楼下睡的。
周繁漪　白天我像是没见过老爷来。
鲁四凤　嗯，这两天老爷天天忙着跟矿上的董事们开会，到晚上才上楼看您，可是您又把门锁上了。
周繁漪　（不经意地）哦，哦，——怎么，楼下也这么闷热。
鲁四凤　对了，闷的很。一早晨黑云就遮满了天，也许今儿个会下一场大雨。
周繁漪　你换一把大点的团扇，我简直有点喘不过气来。
　　　　　〔四凤拿一把团扇给她，她望着四凤，又故意地转过头去。
周繁漪　怎么这两天没见着大少爷？
鲁四凤　大概是很忙。
周繁漪　听说他也要到矿上去是么？
鲁四凤　我不知道。
周繁漪　你没有听见说么？
鲁四凤　倒是伺候大少爷的下人这两天尽忙着跟他检衣裳。
周繁漪　你父亲干什么呢？
鲁四凤　大概跟老爷买檀香去啦。——他说，他问太太的病。
周繁漪　他倒是惦记着我。（停一下忽然）他现在还没起来么？
鲁四凤　谁？

周繁漪　（没有想到四凤这样问，忙收敛一下）嗯，——自然是大少爷。
鲁四凤　我不知道。
周繁漪　（看了她一眼）嗯？
鲁四凤　这一早晨我没有见着他。
周繁漪　他昨天晚上什么时候回来的？
鲁四凤　（红脸）您想，我每天晚上总是回家睡觉，我怎么知道。
周繁漪　（不自主地，尖酸）哦，你每天晚上回家睡！（觉得失言）老爷回来，家里没有人会伺候他，你怎么天天要回家呢？
鲁四凤　太太，不是您吩咐过，叫我回去睡么？
周繁漪　那时是老爷不在家。
鲁四凤　我怕老爷念经吃素，不喜欢我们伺候他，听说老爷一向是讨厌女人家的。
周繁漪　哦，（看四凤，想着自己的经历）嗯，（低语）难说的很。（忽而抬起头来，眼睛张开）这么说，他在这几天就走，究竟到什么地方去呢？
鲁四凤　（胆怯地）您说的是大少爷？
周繁漪　（斜着看四凤）嗯！
鲁四凤　我没听见。（嗫嚅地）他，他总是两三点钟回家，我早晨像是听见我父亲叨叨说下半夜跟他开的门来着。
周繁漪　他又喝醉了么？
鲁四凤　我不清楚。——（想找一个新题目）太太，您吃药吧。
周繁漪　谁说我要吃药？
鲁四凤　老爷吩咐的。
周繁漪　我并没请医生，哪里来的药？
鲁四凤　老爷说您犯的是肝郁，今天早上想起从前您吃的老方子，就叫抓一付。说太太一醒，就跟您煎上。
周繁漪　煎好了没有？
鲁四凤　煎好了，凉在这儿好半天啦。
　　　　　〔四凤端过药碗来。
鲁四凤　您喝吧。
周繁漪　（喝一口）苦的很，谁煎的？
鲁四凤　我。
周繁漪　太不好喝，倒了它吧！
鲁四凤　倒了它？
周繁漪　嗯？好，（想起朴园严厉的脸）要不，你先把它放在那儿。不，（厌恶）你还是倒了它。
鲁四凤　（犹豫）嗯。
周繁漪　这些年喝这种苦药，我大概是喝够了。

鲁四凤　（拿着药碗）您忍一忍喝了吧。还是苦药能够治病。
周繁漪　（心里忽然恨起她来）谁要你劝我？倒掉！（自己觉得失了身份）这次老爷回来，我听老妈子说瘦了。
鲁四凤　嗯，瘦多了，也黑多了。听说矿上正在罢工，老爷很着急的。
周繁漪　老爷很不高兴么？
鲁四凤　老爷还是那样。除了会客，念念经，打打坐，在家里一句话也不说。
周繁漪　没有跟少爷们说话么？
鲁四凤　见了大少爷只点一点头，没说话，倒是问了二少爷学堂的事。——对了，二少爷今天早上还问您的病呢。
周繁漪　我现在不怎么愿意说话，你告诉他我很好就是了。——回头叫账房拿四十块钱给二少爷，说这是给他买书的钱。
鲁四凤　二少爷总想见见您。
周繁漪　那就叫他到楼上来见我。——（站起来，踱了两步）哦，这老房子永远是这样闷气，家具都发了霉，人们也都是鬼里鬼气的！
鲁四凤　（想想）太太，今天我想跟您告假。
周繁漪　是你母亲从济南回来么？——嗯，你父亲说过来着。

〔花园里，周冲又在喊："四凤！四凤！"

周繁漪　你去看看，二少爷在喊你。

〔周冲在喊："四凤。"

鲁四凤　在这儿。

〔周冲由中门进，穿一套白西服上身。

周　冲　（进门只看见四凤）四凤，我找你一早晨。（看见繁漪）妈，怎么您下楼来了？
周繁漪　冲儿，你的脸怎么这样红？
周　冲　我刚同一个同学打网球。（亲热地）我正有许多话要跟您说。您好一点儿没有？（坐在繁漪身旁）这两天我到楼上看您，您怎么总把门关上？
周繁漪　我想清静清静。你看我的气色怎么样？四凤，你给二少爷拿一瓶汽水。你看你的脸通红。

〔四凤由饭厅门口下。

周　冲　（高兴地）谢谢您。让我看看您。我看您很好，没有一点病。为什么他们总说您有病呢？您一个人躲在房里头，您看，父亲回家三天，您都没见着他。
周繁漪　（忧郁地看着冲）我心里不舒服。
周　冲　哦，妈，不要这样。父亲对不起您，可是他老了，我是您的将来，我要娶一个顶好的人，妈，您跟我们一块住，那我们一定会叫您快活的。
周繁漪　（脸上闪出一丝微笑的影子）快活？（忽然）冲儿，你是十七了吧？
周　冲　（喜欢他的母亲有时这样奇突）妈，您看，您要再忘了我的岁数，我一定得跟您生气啦！

周繁漪　妈不是个好母亲。有时候自己都忘了自己在哪儿。（沉思）——哦，十八年了，在这老房子里，你看，妈老了吧？

周　冲　不，妈，您想什么？

周繁漪　我不想什么。

周　冲　妈，您知道我们要搬家么？新房子。父亲昨天对我说后天就搬过去。

周繁漪　你知道父亲为什么要搬房子？

周　冲　您想父亲哪一次做事先告诉过我们？——不过我想他老了，他说过以后要不做矿上的事，加上这旧房子不吉利。——哦，妈，您不知道这房子闹鬼么？前年秋天，半夜里，我像是听见什么似的。

周繁漪　你不要再说了。

周　冲　妈，您也信这些话么？

周繁漪　我不相信，不过这老房子很怪，我很喜欢它，我总觉得这房子有点灵气，它拉着我，不让我走。

周　冲　（忽然高兴地）妈。——

　　　　〔四凤拿汽水上。

鲁四凤　二少爷。

周　冲　（站起来）谢谢你。（四凤红脸）

　　　　〔四凤倒汽水。

周　冲　你给太太再拿一个杯子来，好么？（四凤下）

周繁漪　（目不转睛地看着他们）冲儿，你们为什么这样客气？

周　冲　（喝水）妈，我就想告诉您，那是因为，——（四凤进）——回头我告诉您。妈，您跟我画的扇面呢？

周繁漪　你忘了我不是病了么？

周　冲　对了，您原谅我。我，我，——怎么这屋子这样热？

周繁漪　大概是窗户没有开。

周　冲　让我来开。

鲁四凤　老爷说过不叫开，说外面比屋里热。

周繁漪　不，四凤，开开它。他在外头一去就是两年不回家，这屋子里的死气他是不知道的。（四凤拉开壁龛前的帷幔）

周　冲　（见四凤很费力地移动窗前的花盆）四凤，你不要动。让我来。（走过去）

鲁四凤　我一个人成，二少爷。

周　冲　（争执着）让我。（二人拿起花盆，放下时压了四凤的手，四凤轻轻叫了一声痛）怎么样？四凤？（拿着她的手）

鲁四凤　（抽出自己的手）没有什么，二少爷。

周　冲　不要紧，我跟你拿点橡皮膏。

周繁漪　冲儿，不用了。——（转头向四凤）你到厨房去看一看，问问跟老爷做的素菜都做完了没有？

〔四凤由中门下，冲望着她下去。

周繁漪　冲儿，（冲回来）坐下。你说吧。
周　冲　（看看繁漪，带了希冀和快乐的神色）妈，我这两天很快活。
周繁漪　在这家里，你能快活，自然是好现象。
周　冲　妈，我一向什么都不肯瞒过您，您不是一个平常的母亲，您最大胆，最有想象，又，最同情我的思想的。
周繁漪　那我很欢喜。
周　冲　妈，我要告诉您一件事，——不，我要跟您商量一件事。
周繁漪　你先说给我听听。
周　冲　妈，（神秘地）您不说么？
周繁漪　我不说你，孩子，你说吧。
周　冲　（高兴地）哦，妈——（又停下了，迟疑着）不，不，不，我不说了。
周繁漪　（笑了）为什么？
周　冲　我，我怕您生气。（停）我说了以后，你还是一样地喜欢我么？
周繁漪　傻孩子，妈永远是喜欢你的。
周　冲　（笑）我的好妈妈。真的，您还喜欢我？不生气？
周繁漪　嗯，真的——你说吧。
周　冲　妈，说完以后我还不许您笑话我。
周繁漪　嗯，我不笑话你。
周　冲　真的？
周繁漪　真的！
周　冲　妈，我现在喜欢一个人。
周繁漪　哦！（证实了她的疑惧）哦！
周　冲　（望着繁漪的凝视的眼睛）妈，您看，您的神气又好像说我不应该似的。
周繁漪　不，不，你这句话叫我想起来，——叫我觉得我自己……——哦，不，不，不。你说吧。这个女孩子是谁？
周　冲　她是世界上最——（看一看繁漪）不，妈，您看您又要笑话我。反正她是我认为最满意的女孩子。她心地单纯，她懂得活着的快乐，她知道同情，她明白劳动有意义。最好的，她不是小姐堆里娇生惯养出来的人。
周繁漪　可是你不是喜欢受过教育的人么？她念过书么？
周　冲　自然没念过书。这是她，也可说是唯一的缺点，然而这并不怪她。
周繁漪　哦。（眼睛暗下来，不得不问下一句，沉重地）冲儿，你说的不是——四凤？
周　冲　是，妈妈。——妈，我知道旁人会笑话我，您不会不同情我的。
周繁漪　（惊愕，停，自语）怎么，我自己的孩子也……
周　冲　（焦灼）您不愿意？您以为我做错了么？

周繁漪　不，不，那倒不。我怕她这样的孩子不会给你幸福的。
周　冲　不，她是个聪明有感情的人，并且她懂得我。
周繁漪　你不怕父亲不满意你么？
周　冲　这是我自己的事情。
周繁漪　别人知道了说闲话呢？
周　冲　那我更不放在心上。
周繁漪　这倒像我自己的孩子。不过我怕你走错了。第一，她始终是个没受过教育的下等人。你要是喜欢她，她当然以为这是她的幸运。
周　冲　妈，您以为她没有主张么？
周繁漪　冲儿，你把什么人都看得太高了。
周　冲　妈，我认为您这句话对她用是不合适的。她是最纯洁，最有主张的好孩子，昨天我跟她求婚——
周繁漪　（更惊愕）什么？求婚？（这两个字叫她想笑）你跟她求婚？
周　冲　（很正经地，不喜欢母亲这样的态度）不，妈，您不要笑！她拒绝我了。——可是我很高兴，这样我觉得她更高贵了。她说她不愿意嫁给我。
周繁漪　哦，拒绝！（这两个字也觉得十分可笑）她还"拒绝"你。——哼，我明白她。
周　冲　你以为她不答应我，是故意地虚伪么？不，不，她说，她心里另外有一个人。
周繁漪　她没有说谁？
周　冲　我没有问。总是她的邻居，常见的人吧。——不过真的爱情免不了波折，我爱她，她会渐渐地明白我，喜欢我的。
周繁漪　我的儿子要娶也不能娶她。
周　冲　妈妈，您为什么这样厌恶她？四凤是个好女孩子，她背地总是很佩服您，敬重您的。
周繁漪　你现在预备怎么样？
周　冲　我预备把这个意思告诉父亲。
周繁漪　你忘了你父亲是什么样一个人啦！
周　冲　我一定要告诉他的。我将来并不一定跟她结婚。如果她不愿意我，我仍然是尊重她，帮助她的。但是我希望她现在受教育，我希望父亲允许我把我的教育费分给她一半上学。
周繁漪　你真是个孩子。
周　冲　（不高兴地）我不是孩子。我不是孩子。
周繁漪　你父亲一句话就把你所有的梦打破了。
周　冲　我不相信。——（有点沮丧）得了，妈，我们不谈这个吧。哦，昨天我见着哥哥，他说他这次可要到矿上去做事了，他明天就走，他说他太忙，他叫我告诉您一声，他不上楼见您了。您不会怪他吧？
周繁漪　为什么？怪他？

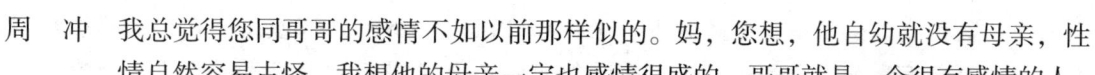

周　冲　我总觉得您同哥哥的感情不如以前那样似的。妈，您想，他自幼就没有母亲，性情自然容易古怪。我想他的母亲一定也感情很盛的，哥哥就是一个很有感情的人。

周繁漪　你父亲回来了，你少说哥哥的母亲，免得你父亲又板起脸，叫一家子不高兴。

周　冲　妈，可是哥哥现在真有点怪，他喝酒喝得很多，脾气很暴，有时他还到外国教堂去，不知干什么？

周繁漪　他还怎么样？

周　冲　前三天他喝得太醉了。他拉着我的手，跟我说，他恨他自己，说了许多我不大明白的话。

周繁漪　哦！

周　冲　最后他忽然说，他从前爱过一个他决不应该爱的女人！

周繁漪　（自语）从前？

周　冲　说完就大哭，当时就逼着我，要我离开他的屋子。

周繁漪　他还说什么话来么？

周　冲　没有，他很寂寞的样子，我替他很难过，他到现在为什么还不结婚呢？

周繁漪　（喃喃地）谁知道呢？谁知道呢？

周　冲　（听见门外脚步的声音，回头看）咦，哥哥进来了。

　　〔中门大开，周萍进。他约莫有二十八九，颜色苍白，躯干比他的弟弟略微长些。他的面目清秀，甚至于可以说美，但不是一看就使女人醉心的那种男子。他有宽而黑的眉毛，有厚的耳垂，粗大的手掌，乍一看，有时会令人觉得他有些戆气的；不过，若是你再长久地同他坐一会，会感到他的气味不是你所想的那样纯朴可喜，他是经过了雕琢的，虽然性格上那些粗涩的滓渣经过了教育的提炼，成为精细而优美了；但是一种可以炼钢熔铁，火炽的，不成形的原始人生活中所有的那种"蛮"力，也就因为郁闷，长久离开了空气的原因，成为怀疑的，怯弱的，莫名其妙的了。和他谈两三句话，便知道这也是一个美丽的空形，如生在田野的麦苗移植在暖室里，虽然也开花结实，但是空虚脆弱，经不起现实的风霜。在他灰暗的眼神里，你看见了不定，犹疑，怯弱同冲突。当他的眼神暗下来，瞳仁微微地闪烁的时候，你知道他在审阅自己的内心过误，而又怕人窥探出他是这样无能，只讨生活于自己的内心的小圈子里。但是你以为他是做不出惊人的事情，没有男子的胆量么？不，在他感情的潮涌起来的时候，——哦，你单看他眼角间一条时时刻刻地变动的刺激人的圆线，极冲动而敏锐的红而厚的嘴唇，你便知道在这种时候，他会贸然地做出自己终身诅咒的事，而他生活是不会有计划的。他的唇角松弛地垂下来。一点疲乏会使他眸子发呆，叫你觉得他不能克制自己，也不能有规律地终身做一件事。然而他明白自己的病，他在改，不，不如说在悔，永远地在悔恨自己过去由直觉铸成的错误；因为当着一个新的冲动来时，他的热情，他的欲望，整个如潮水似地冲上来，淹没了他。他一星星的理智，只是一段枯枝卷在漩涡里，他昏迷似地做出自己认为不应该做的事。这样很自然地一个大错跟着一个更大的错。所以他是有道德观念的，有情爱的，但同时又是渴望着生活，觉得自己是个有肉体的人。于是他痛苦了，他恨自己，他羡慕一切没有顾忌，敢做坏事的人，于是他会同情鲁贵。他又钦美一切能抱着一件事业向前做，能依循着一般人所谓的"道德"生活下去，为"模范市民"，"模范家长"的人，于是他佩服他的父亲。他的父亲在他的见闻里，除了一点倔强冷酷，——但是这个也是他喜欢的，因为这两种性格他都没有——是一个无瑕的男子。他觉得他在那一方面欺骗他的父亲是不对了，并不是因为他怎么爱他的父亲（固然他不能说不爱他），他觉得这样是卑鄙，像老鼠在狮子睡着的时候偷咬一口的行为，同时如一切好内省而又冲动的人，在他的直觉过去，理智冷回来的时候，他更刻毒地恨自己，更深地觉得这是反人性，一切的犯了罪的痛苦都牵到自己身上。他要把自己拯救起来，他需要新的力，无论是什么，只要能帮助他，把他由冲突的苦海中救出来，他愿意找。他见着四凤，当时就觉得她新鲜，她的"活"！他发现他最需要的那一点东西，是充满地流动着在四凤的身里。她有"青春"，有"美"，有充溢着的血，固然他也看到她是粗，但是他直觉到这才是他要的，渐渐地他厌恶一切忧郁过分的女人，忧郁已经蚀尽了他的心；他也恨一切经过教育陶冶的女人，（因为她们会提醒他的缺点）同一切细致的情绪，他觉得腻！

〔然而这种感情的波纹是在他心里隐约地流荡着，潜伏着；他自己只是顺着自己之情感的流在走，他不能用理智再冷酷地剖析自己，他怕，他有时是怕看自己内心的残疾的。现在他不得不爱四凤了，他要死心塌地地爱她，他想这样忘了自己。当然他也明白，他这次的爱不只是为求自己心灵的药，他还有一个地方是渴。但是在这一层他并不感觉得从前的冲突，他想好好地待她，心里觉得这样也说得过去了。经过她那有处女香的温热的气息后，豁然地他觉出心地的清朗，他看见了自己心内的太阳，他想"能拯救他的女人大概是她吧！"于是就把生命交给这个女孩子，然而昔日的记忆如巨大的铁掌抓住了他的心，不时地，尤其是在繁漪面前，他感觉一丝一丝刺心的疲痛；于是他要离开这个地方——这个能引起人的无边噩梦似的老房子，走到任何地方。而在未打开这个狭的笼之先，四凤不能了解也不能安慰他的疲伤的时候，便不自主地纵于酒，于热烈的狂欢，于一切外面的刺激之中。于是他精神颓丧，永远成了不安定的神情。

〔现在他穿一件藏青的绸袍，西服裤，漆皮鞋，没有修脸。整个是不整齐，他打着呵欠。

周　　冲　哥哥。
周　　萍　你在这儿。
周繁漪　（觉得没有理她）萍！
周　　萍　哦？（低了头，又抬起）您——您也在这儿。
周繁漪　我刚下楼来。

周　萍　（转头问冲）父亲没有出去吧？
周　冲　没有，你预备见他么？
周　萍　我想在临走以前跟父亲谈一次。（一直走向书房）
周　冲　你不要去。
周　萍　他老人家干什么呢？
周　冲　他大概跟一个人谈公事。我刚才见着他，他说他一会儿会到这儿来，叫我们在这儿等他。
周　萍　那我先回到我屋子里写封信。（要走）
周　冲　不，哥哥，母亲说好久不见你。你不愿意一齐坐一坐，谈谈么？
周蘩漪　你看，你让哥哥歇一歇，他愿意一个人坐着的。
周　萍　（有些烦）那也不见得，我总怕父亲回来，您很忙，所以——
周　冲　你不知道母亲病了么？
周蘩漪　你哥哥怎么会把我的病放在心上？
周　冲　妈！
周　萍　您好一点了么？
周蘩漪　谢谢你，我刚刚下楼。
周　萍　对了，我预备明天离开家里到矿上去。
周蘩漪　哦，（停）好得很。——什么时候回来呢？
周　萍　不一定，也许两年，也许三年。哦，这屋子怎么闷气得很。
周　冲　窗户已经打开了。——我想，大概是大雨要来了。
周蘩漪　（停一停）你在矿上做什么呢？
周　冲　妈，你忘了，哥哥是专门学矿科的。
周蘩漪　这是理由么，萍？
周　萍　（拿起报纸看，遮掩自己）说不出来，像是家里住得太久了，烦得很。
周蘩漪　（笑）我怕你是胆小吧？
周　萍　怎么讲？
周蘩漪　这屋子曾经闹过鬼，你忘了。
周　萍　没有忘。但是这儿我住厌了。
周蘩漪　（笑）假若我是你，这周围的人我都会厌恶，我也离开这个死地方的。
周　冲　妈，我不要您这样说话。
周　萍　（忧郁地）哼，我自己对自己都恨不够，我还配说厌恶别人？——（叹一口气）弟弟，我想回屋去了。（起立）
　　　　　〔书房门开。
周　冲　别走，这大概是爸爸来了。
　　　　　〔里面的声音：（书房门开一半，周朴园进，向内露着半个身子说话）我的意思是这么办，没有问题了，很好，再见吧，不送。

〔门大开，周朴园进，他约莫有五六十岁，鬓发已经斑白，戴着椭圆形的金边眼镜，一对沉鸷的眼在底下闪烁着。像一切起家立业的人物，他的威严在儿孙面前格外显得峻厉。他穿的衣服，还是二十年前的新装，一件团花的官纱大褂，底下是白纺绸的衬衫，长衫的领扣松散着，露着颈上的肉。他的衣服很舒展地贴在身上，整洁，没有一丝尘垢。他有些胖，背微微地伛偻，面色苍白，腮肉松弛地垂下来，眼眶略微下陷，眸子闪闪地放着光彩，时常也倦怠地闭着眼皮。他的脸带着多年的世故和忙碌，一种冷峭的目光和偶然在嘴角逼出的冷笑，看出他平日的专横，自信和倔强。年轻时一切的冒失，狂妄已经为脸上的皱纹深深避盖着，再也寻不着一点痕迹，只有他的半白的头发还保持昔日的丰采，很润泽地分梳到后面。在阳光底下，他的脸呈着银白色，一般人说这就是贵人的特征。所以他才有这样大的矿产。他的下颏的胡须已经灰白，常用一只象牙的小梳梳理。他的大指套着一个扳指。

〔他现在精神很饱满，沉重地走出来。

周 萍　　（同时）爸。
周 冲
周 冲　　客走了？
周朴园　　（点头，转向繁漪）你怎么今天下楼来了，完全好了么？
周繁漪　　病原来不很重——回来身体好么？
周朴园　　还好。——你应当再到楼上去休息。冲儿，你看你母亲的气色比以前怎么样？
周 冲　　母亲原来就没有什么病。
周朴园　　（不喜欢儿子们这样答复老人的话，沉重地，眼翻上来）谁告诉你的？我不在的时候，你常来问你母亲的病么？（坐在沙发上）
周繁漪　　（怕他又来教训）朴园，你的样子像有点瘦了似的。——矿上的罢工究竟怎么样？
周朴园　　昨天早上已经复工，不生问题。
周 冲　　爸爸，怎么鲁大海还在这儿等着要见您呢？
周朴园　　谁是鲁大海？
周 冲　　鲁贵的儿子。前年荐进去，这次当代表的。
周朴园　　这个人！我想这个人有背景，厂方已经把他开除了。
周 冲　　开除！爸爸，这个人脑筋很清楚，我方才跟这个人谈了一回。代表罢工的工人并不见得就该开除。
周朴园　　哼，现在一般青年人，跟工人谈谈，说两三句不痛痒、同情的话，像是一件很时髦的事情！
周 冲　　我以为这些人替自己的一群努力，我们应当同情的。并且我们这样享福，同他们争饭吃，是不对的。这不是时髦不时髦的事。
周朴园　　（眼翻上来）你知道社会是什么？你读过几本关于社会经济的书？我记得我在

德国念书的时候，对于这方面，我自命比你这种半瓶醋的社会思想要彻底的多！

周　冲　（被压制下去，然而）爸，我听说矿上对于这次受伤的工人不给一点抚恤金。

周朴园　（头扬起来）我认为你这次说话说得太多了。（向蘩漪）这两年他学得很像你了。（看钟）十分钟后我还有一个客来，嗯，你们关于自己有什么话说么？

周　萍　爸，刚才我就想见您。

周朴园　哦，什么事？

周　萍　我想明天就到矿上去。

周朴园　这边公司的事，你交代完了么？

周　萍　差不多完了。我想请父亲给我点实在的事情做，我不想看看就完事。

周朴园　（停一下，看萍）苦的事你成么？要做就做到底。我不愿意我的儿子叫旁人说闲话的。

周　萍　这两年在这儿做事不舒服，心里很想在内地乡下走走。

周朴园　让我想想。——（停）你可以明天起身，做哪一类事情，到了矿上我再打电报给你。

〔四凤由饭厅门入，端了碗普洱茶。

周　冲　（犹豫地）爸爸。

周朴园　（知道他又有新花样）嗯，你？

周　冲　我现在想跟爸爸商量一件很重要的事。

周朴园　什么？

周　冲　（低下头）我想把我的学费拿出一部分送给——

周朴园　（四凤端茶，放朴园前）四凤，——（向冲）你先等一等。——（向四凤）叫你跟太太煎的药呢？

鲁四凤　煎好了。

周朴园　为什么不拿来？

鲁四凤　（看蘩漪，不说话）

周蘩漪　（觉出四周的征兆有些恶相）她刚才跟我倒来了，我没有喝。

周朴园　为什么？（停，向四凤）药呢？

周蘩漪　（快说）倒了，我叫四凤倒了。

周朴园　（慢）倒了？哦？（更慢）倒了！——（向四凤）药还有么？

鲁四凤　药罐里还有一点。

周朴园　（低而缓地）倒了来。

周蘩漪　（反抗地）我不愿意喝这种苦东西。

周朴园　（向四凤，高声）倒了来。

〔四凤走到左面倒药。

周　冲　爸，妈不愿意，您何必这样强迫呢？

周朴园　你同你母亲都不知道自己的病在哪儿。（向蘩漪低声）你喝了，就会完全好的。

　　　　　　（见四凤犹豫，指药）送到太太那里去。
周繁漪　　（顺忍地）好，先放在这儿。
周朴园　　（不高兴地）不。你最好现在喝了它吧。
周繁漪　　（忽然）四凤，你把它拿走。
周朴园　　（忽然严厉地）喝了它，不要任性，当着这么大的孩子。
周繁漪　　（声颤）我不想喝。
周朴园　　冲儿，你把药端到母亲面前去。
周　冲　　（反抗地）爸！
周朴园　　（怒视）去！
　　　　　〔冲只好把药端到繁漪面前。
周朴园　　说，请母亲喝。
周　冲　　（拿着药碗，手发颤，回头，高声）爸，您不要这样。
周朴园　　（高声地）我要你说。
周　萍　　（低头，至冲前，低声）听父亲的话吧，父亲的脾气你是知道的。
周　冲　　（无法，含着泪，向着母亲）您喝吧，为我喝一点吧，要不然，父亲的气是不会消的。
周繁漪　　（恳求地）哦，留着我晚上喝不成么？
周朴园　　（冷峻地）繁漪，当了母亲的人，处处应当替孩子着想，就是自己不保重身体，也应当替孩子做个服从的榜样。
周繁漪　　（四面看一看，望望朴园，又望望萍。拿起药，落下眼泪，忽而又放下）哦，不！我喝不下！
周朴园　　萍儿，劝你母亲喝下去。
周　萍　　爸！我——
周朴园　　去，走到母亲面前！跪下，劝你的母亲。
　　　　　〔萍走至繁漪前。
周　萍　　（求恕地）哦，爸爸！
周朴园　　（高声）跪下！（萍望繁漪和冲；繁漪泪痕满面，冲身体发抖）叫你跪下！（萍正向下跪）
周繁漪　　（望着萍，不等萍跪下，急促地）我喝，我现在喝！（拿碗，喝了两口，气得眼泪又涌出来，她望一望朴园的峻厉的眼和苦恼着的萍，咽下愤恨，一气喝下）哦……（哭着，由右边饭厅跑下）
　　　　　〔半晌。
周朴园　　（看表）还有三分钟。（向冲）你刚才说的事呢？
周　冲　　（抬头，慢慢地）什么？
周朴园　　你说把你的学费分出一部分？——嗯，是怎么样？
周　冲　　（低声）我现在没有什么事情啦。

周朴园　真没有什么新鲜的问题啦么？
周　冲　（哭声）没有什么，没有什么，——妈的话是对的。（跑向饭厅）
周朴园　冲儿，上哪儿去？
周　冲　到楼上去看看妈。
周朴园　就这么跑了么？
周　冲　（抑制着自己，走回去）是，爸，我要走了，您有事吩咐么？
周朴园　去吧。（冲向饭厅走了两步）回来。
周　冲　爸爸。
周朴园　你告诉你的母亲，说我已经请德国的克大夫来，跟她看病。
周　冲　妈不是已经吃了您的药了么？
周朴园　我看你的母亲，精神有点失常，病像是不轻。（回头向萍）我看，你也是一样。
周　萍　爸，我想下去，歇一回。
周朴园　不，你不要走。我有话跟你说。（向冲）你告诉她，说克大夫是个有名的脑病专家，我在德国认识的。来了，叫她一定看一看，听见了没有？
周　冲　听见了。（走了两步）爸，没有事啦？
周朴园　上去吧。
　　　　　〔冲由饭厅下。
周朴园　（回头向四凤）四凤，我记得我告诉过你，这个房子你们没有事就得走的。
鲁四凤　是，老爷。（也由饭厅下）
　　　　　〔鲁贵由书房上。
鲁　贵　（见着老爷，便不自主地好像说不出话来）老，老，老爷。客，客来了！
周朴园　哦，先请到大客厅里去。
鲁　贵　是，老爷。（鲁贵下）
周朴园　怎么这窗户谁开开了？
周　萍　弟弟跟我开的。
周朴园　关上，（擦眼镜）这屋子不要底下人随便进来，回头我预备一个人在这里休息的。
周　萍　是。
周朴园　（擦着眼镜，看周围的家具）这间屋子的家具多半是你生母顶喜欢的东西。我从南边移到北边，搬了多少次家，总是不肯丢下的。（戴上眼镜，咳嗽一声）这屋子摆的样子，我愿意总是三十年前的老样子，这叫我的眼看着舒服一点。（踱到桌前，看桌上的相片）你的生母永远喜欢夏天把窗户关上的。
周　萍　（强笑着）不过，爸爸，纪念母亲也不必——
周朴园　（突然抬起头来）我听人说你现在做了一件很对不起自己的事情。
周　萍　（惊）什——什么？
周朴园　（低声走到萍的面前）你知道你现在做的事是对不起你的父亲么？并且——

（停）——对不起你的母亲么？
周　萍　（失措）爸爸。
周朴园　（仁慈地，拿着萍的手）你是我的长子，我不愿意当着人谈这件事。（停，喘一口气严厉地）我听说我在外边的时候，你这两年来在家里很不规矩。
周　萍　（更惊恐）爸，没有的事，没有，没有。
周朴园　一个人敢做一件事就要当一件事。
周　萍　（失色）爸！
周朴园　公司的人说你总是在跳舞场里鬼混，尤其是这两三个月，喝酒，赌钱，整夜地不回家。
周　萍　哦，（喘出一口气）您说的是——
周朴园　这些事是真的么？（半晌）说实话！
周　萍　真的，爸爸。（红了脸）
周朴园　将近三十的人应当懂得"自爱！"——你还记得你的名为什么叫萍吗？
周　萍　记得。
周朴园　你自己说一遍。
周　萍　那是因为母亲叫侍萍，母亲临死，自己替我起的名字。
周朴园　那我请你为你的生母，你把现在的行为完全改过来。
周　萍　是，爸爸，那是我一时的荒唐。
〔鲁贵由书房上。
鲁　贵　老，老，老爷。客，——等，等，等了好半天啦。
周朴园　知道。
〔鲁贵退。
周朴园　我的家庭是我认为最圆满，最有秩序的家庭，我的儿子我也认为都还是健全的子弟，我教育出来的孩子，我绝对不愿叫任何人说他们一点闲话的。
周　萍　是，爸爸。
周朴园　来人啦。（自语）哦，我有点累啦。（萍扶他至沙发坐）
〔鲁贵上。
鲁　贵　老爷。
周朴园　你请客到这边来坐。
鲁　贵　是，老爷。
周　萍　不，——爸，您歇一会吧。
周朴园　不，你不要管。（向鲁贵）去，请进来。
鲁　贵　是，老爷。
〔鲁贵下，朴园拿出一支雪茄，萍为他点上，朴园徐徐抽烟，端坐。

——幕落

第二幕

〔午饭后，天气很阴沉，更郁热，湿潮的空气，低压着在屋内的人，使人成为烦躁的了。周萍一个人由饭厅走上来，望望花园，冷清清的，没有一个人。偷偷走到书房门口，书房里是空的，也没有人。忽然想起父亲在别的地方会客，他放下心，又走到窗户前开窗门，看着外面绿荫荫的树丛。低低地吹出一种奇怪的哨声，中间他低沉地叫了两三声"四凤"！不一时，好像听见远处有哨声在回应，渐移渐近，他又缓缓地叫一声"凤儿"？门外有一个女人的声音："萍，是你么？"萍就把窗门关上。

〔四凤由外面轻轻地跑进来。

周　萍　（回头，望着中门，四凤正从中门进，低声，热烈地）凤儿！（走近，拉着她的手）

鲁四凤　不，（推开他）不，不。（谛听，四面望）看看，有人！

周　萍　没有，凤，你坐下。（推她到沙发坐下）

鲁四凤　（不安地）老爷呢？

周　萍　在大客厅会客呢。

鲁四凤　（坐下，叹一口长气。望着）总是这样偷偷摸摸的。

周　萍　嗯。

鲁四凤　你连叫我都不敢叫。

周　萍　所以我要离开这儿哪。

鲁四凤　（想一下）哦，太太怪可怜的。为什么老爷回来，头一次见太太就发这么大的脾气？

周　萍　父亲就是这个样，他的话，向来不能改的。他的意见就是法律。

鲁四凤　（怯懦地）我——我怕得很。

周　萍　怕什么？

鲁四凤　我怕万一老爷知道了，我怕。有一天，你说过，要把我们的事情告诉老爷的。

周　萍　（摇头，深沉地）可怕的事不在这儿。

鲁四凤　还有什么？

周　萍　（忽然地）你没有听见什么话？

鲁四凤　什么？（停）没有。

周　萍　关于我，你没有听见什么？

鲁四凤　没有。

周　萍　从来没听见过什么？

鲁四凤　（不愿提）没有——你说什么？

周　萍　那——没什么！没什么？

鲁四凤　（真挚地）我信你，我相信你以后永远不会骗我。这我就够了。——刚才，我听你说，你明天就要到矿上去。

周　萍　我昨天晚上已经跟你说过了。
鲁四凤　（爽直地）你为什么不带我去？
周　萍　因为（笑）因为我不想带你去。
鲁四凤　这边的事我早晚是要走的。——太太，说不定今天要辞掉我。
周　萍　（没想到）她要辞掉你，——为什么？
鲁四凤　你不要问。
周　萍　不，我要知道。
鲁四凤　自然因为我做错了事。我想，太太大概没有这个意思。也许是我瞎猜。（停）萍，你带我去好不好？
周　萍　不。
鲁四凤　（温柔地）萍，我好好地侍候你，你要这么一个人。我跟你缝衣服，烧饭做菜，我都做得好，只要你叫我跟你在一块儿。
周　萍　哦，我还要一个女人，跟着我，侍候我，叫我享福？难道，这些年，在家里，这种生活我还不够么？
鲁四凤　我知道你一个人在外头是不成的。
周　萍　凤，你看不出来现在，我怎么能带你出去？——你这不是孩子话吗？
鲁四凤　萍，你带我走！我不连累你，要是外面因为我，说你的坏话，我立刻就走。你——你不要怕。
周　萍　（急躁地）凤，你以为我这么自私自利么？你不应该这么想我。——哼，我怕，我怕什么？（管不住自己）这些年，我做出这许多的……哼，我的心都死了，我恨极了我自己。现在我的心刚刚有点生气了，我能放开胆子喜欢一个女人，我反而怕人家骂？哼，让大家说吧，周家大少爷看上他家里面的女下人，怕什么，我喜欢她。
鲁四凤　（安慰地）萍，不要难过。你做了什么，我也不怨你的。（想）
周　萍　（平静下来）你现在想什么？
鲁四凤　我想，你走了以后，我怎么样。
周　萍　你等着我。
鲁四凤　（苦笑）可是你忘了一个人。
周　萍　谁？
鲁四凤　他总不放松我。
周　萍　哦，他呀——他又怎么样？
鲁四凤　他又把前一月的话跟我提了。
周　萍　他说，他要你？
鲁四凤　不，他问我肯嫁他不肯。
周　萍　你呢？
鲁四凤　我先没有说什么，后来他逼着问我，我只好告诉他实话。

周　　萍　实话？
鲁四凤　我没有说旁的。我只提我已经许了人家。
周　　萍　他没有问旁的？
鲁四凤　没有，他倒说，他要供给我上学。
周　　萍　上学？（笑）他真呆气！——可是，谁知道，你听了他的话，也许很喜欢的。
鲁四凤　你知道我不喜欢，我愿意老陪着你。
周　　萍　可是我已经快三十了，你才十八，我也不比他的将来有希望，并且我做过许多见不得人的事。
鲁四凤　萍，你不要同我瞎扯，我现在心里很难过。我得想出法子，他是个孩子，老是这样装着腔，对付他，我实在不喜欢。你又不许我跟他说明白。
周　　萍　我没有叫你不跟他说。
鲁四凤　可是你每次见我跟他在一块儿，你的神气，偏偏——
周　　萍　我的神气那自然是不快活的。我看见我最喜欢的女人时常跟别人在一块儿。哪怕他是我的弟弟，我也不情愿的。
鲁四凤　你看你又扯到别处。萍，你不要扯，你现在到底对我怎么样？你要跟我说明白。
周　　萍　我对你怎么样？（他笑了。他不愿意说，他觉得女人们都有些呆气，这一句话似乎有一个女人也这样问过他，他心里隐隐有些痛）要我说出来？（笑）那么，你要我怎么说呢？
鲁四凤　（苦恼地）萍，你别这样待我好不好？你明明知道我现在什么都是你的，你还——你还这样欺负人。
周　　萍　（他不喜欢这样，同时又以为她究竟有些不明白）哦！（叹一口气）天哪！
鲁四凤　萍，我父亲只会跟人要钱，我哥哥瞧不起我，说我没有志气，我母亲如果知道了这件事，她一定恨我。哦，萍，没有你就没有我。我父亲，我哥哥，我母亲，他们也许有一天会不理我，你不能够的，你不能够的。（抽咽）
周　　萍　四凤，不，不，别这样，你让我好好地想一想。
鲁四凤　我的妈最疼我，我的妈不愿意我在公馆里做事，我怕她万一看出我的谎话，知道我在这里做了事，并且同你……如果你又不是真心的，……那我——那我就伤了我妈的心了。（哭）还有，……
周　　萍　不，凤，你不该这样疑心我。我告诉你，今天晚上我预备到你那里去。
鲁四凤　不，我妈今天回来。
周　　萍　那么，我们在外面会一会好么？
鲁四凤　不成，我妈晚上一定会跟我谈话的。
周　　萍　不过，我明天早车就要走了。
鲁四凤　你真不预备带我走么？
周　　萍　孩子！那怎么成？
鲁四凤　那么，你——你叫我想想。

周　萍　　我先要一个人离开家，过后，再想法子，跟父亲说明白，把你接出来。
鲁四凤　　（看着他）也好，那么今天晚上你只好到我家里来。我想，那两间房子，爸爸跟妈一定在外房睡，哥哥总是不在家睡觉，我的房子在半夜里一定是空的。
周　萍　　那么，我来还是先吹哨，（吹一声）你听得清楚吧？
鲁四凤　　嗯，我要是叫你来，我的窗上一定有个红灯，要是没有灯，那你千万不要来。
周　萍　　不要来？
鲁四凤　　那就是我改了主意，家里一定有许多人。
周　萍　　好，就这样。十一点钟。
鲁四凤　　嗯，十一点。

〔鲁贵由中门上，见四凤和周萍在这里，突然停止，故意地做出懂事的假笑。

鲁　贵　　哦！（向四凤）我正要找你。（向萍）大少爷，您刚吃完饭。
鲁四凤　　找我有什么事？
鲁　贵　　你妈来了。
鲁四凤　　（喜形于色）妈来了，在哪儿？
鲁　贵　　在门房，跟你哥哥刚见面，说着话呢。

〔四凤跑向中门。

周　萍　　四凤，见着你妈，跟我问问好。
鲁四凤　　谢谢您，回头见。（凤下）
鲁　贵　　大少爷，您是明天起身么？
周　萍　　嗯。
鲁　贵　　让我送送您。
周　萍　　不用，谢谢你。
鲁　贵　　平时总是您心好，照顾着我们。您这一走，我同我这丫头都得惦记着您了。
周　萍　　（笑）你又没钱了吧？
鲁　贵　　（奸笑）大少爷，您这可是开玩笑了。——我说的是实话，四凤知道，我总是背后说大少爷好的。
周　萍　　好吧，——你没有事么？
鲁　贵　　没事，没事，我只跟您商量点闲拌儿。您知道，四凤的妈来了，楼上的太太要见她，……

〔繁漪由饭厅门上，鲁贵一眼看见，话说成一半，又吞进去。

鲁　贵　　哦，太太下来了！太太，您病完全好啦？（繁漪点一点头）鲁贵直惦记着。
周繁漪　　好，你下去吧。

〔鲁贵鞠躬由中门下。

周繁漪　　（向萍）他上哪儿去了？
周　萍　　（莫名其妙）谁？

周繁漪　你父亲。

周　萍　他有事情，见客，一会儿就回来。弟弟呢？

周繁漪　他只会哭，他走了。

周　萍　（怕和她一同在这间屋里）哦。（停）我要走了，我现在要收拾东西去。（走向饭厅）

周繁漪　回来，（萍停步）我请你略微坐一坐。

周　萍　什么事。

周繁漪　（阴沉地）有话说。

周　萍　（看出她的神色）你像是有很重要的话跟我谈似的。

周繁漪　嗯。

周　萍　说吧。

周繁漪　我希望你明白方才的情形。这不是一天的事情。

周　萍　（躲避地）父亲一向是那样，他说一句就是一句的。

周繁漪　可是人家说一句，我就要听一句，那是违背我的本性的。

周　萍　我明白你。（强笑）那么你顶好不听他的话就得了。

周繁漪　萍，我盼望你还是从前那样诚恳的人。顶好不要学着现在一般青年人玩世不恭的态度。你知道我没有你在我面前，这样，我已经很苦了。

周　萍　所以我就要走了。不要叫我们见着，互相提醒我们最后悔的事情。

周繁漪　我不后悔，我向来做事没有后悔过。

周　萍　（不得已地）我想，我很明白地对你表示过。这些日子我没有见你，我想你很明白。

周繁漪　很明白。

周　萍　那么，我是个最糊涂，最不明白的人。我后悔，我认为我生平做错一件大事。我对不起自己，对不起弟弟，更对不起父亲。

周繁漪　（低沉地）但是你最对不起的人有一个，你反而轻轻地忘了。

周　萍　我最对不起的人，自然也有，但是我不必同你说。

周繁漪　（冷笑）那不是她！你最对不起的是我，是你曾经引诱过的后母！

周　萍　（有些怕她）你疯了。

周繁漪　你欠了我一笔债，你对我负着责任；你不能看见了新的世界，就一个人跑。

周　萍　我认为你用的这些字眼，简直可怕。这种字句不是在父亲这样——这样体面的家庭里说的。

周繁漪　（气极）父亲，父亲，你撇开你的父亲吧！体面？你也说体面？（冷笑）我在这样的体面家庭已经十八年啦。周家家庭里所出的罪恶，我听过，我见过，我做过。我始终不是你们周家的人。我做的事，我自己负责任。不像你们的祖父，叔祖，同你们的好父亲，偷偷做出许多可怕的事情，祸移在人身上，外面还是一副道德面孔，慈善家，社会上的好人物。

周　　萍　　繁漪，大家庭自然免不了不良分子，不过我们这一支，除了我，……
周繁漪　　都一样，你父亲是第一个伪君子，他从前就引诱过一个良家的姑娘。
周　　萍　　你不要乱说话。
周繁漪　　萍，你再听清楚点，你就是你父亲的私生子！
周　　萍　　（惊异而无主地）你瞎说，你有什么证据？
周繁漪　　请你问你的体面父亲，这是他十五年前喝醉了的时候告诉我的。（指桌上相片）你就是这年青的姑娘生的小孩。她因为你父亲又不要她，就自己投河死了。
周　　萍　　你，你，你简直……——好，好，（强笑）我都承认。你预备怎么样？你要跟我说什么？
周繁漪　　你父亲对不起我，他用同样手段把我骗到你们家来，我逃不开，生了冲儿。十几年来像刚才一样的凶横，把我渐渐地磨成了石头样的死人。你突然从家乡出来，是你，是你把我引到一条母亲不像母亲，情妇不像情妇的路上去。是你引诱的我！
周　　萍　　引诱！我请你不要用这两个字好不好？你知道当时的情形怎么样？
周繁漪　　你忘记了在这屋子里，半夜，我哭的时候，你叹息着说的话么？你说你恨你的父亲，你说过，你愿他死，就是犯了灭伦的罪也干。
周　　萍　　你忘了。那是我年青，我发热叫我说出来这样糊涂的话。
周繁漪　　你忘了，我虽然比你只大几岁，那时，我总还是你的母亲，你知道你不该对我说这种话么？
周　　萍　　哦——（叹一口气）总之，你不该嫁到周家来，周家的空气满是罪恶。
周繁漪　　对了，罪恶，罪恶。你的祖宗就不曾清白过，你们家里永远是不干净。
周　　萍　　年青人一时糊涂，做错了的事，你就不肯原谅么？（苦恼地皱着眉）
周繁漪　　这不是原谅不原谅的问题，我已经预备好棺材，安安静静地等死，一个人偏把我救活了又不理我，撇得我枯死，慢慢地渴死。让你说，我该怎么办？
周　　萍　　那，那我也不知道，你来说吧！
周繁漪　　（一字一字地）我希望你不要走。
周　　萍　　怎么，你要我陪着你，在这样的家庭，每天想着过去的罪恶，这样活活地闷死么？
周繁漪　　你既然知道这家庭可以闷死人，你怎么肯一个人走，把我放在家里？
周　　萍　　你没有权利说这种话，你是冲弟弟的母亲。
周繁漪　　我不是！我不是！自从我把我的性命，名誉，交给你，我什么都不顾了。我不是他的母亲，不是，不是，我也不是周朴园的妻子。
周　　萍　　（冷冷地）如果你以为你不是父亲的妻子，我自己还承认我是我父亲的儿子。
周繁漪　　（不曾想到他会说这一句话，呆了一下）哦，你是你的父亲的儿子。——这些月，你特别不来看我，是怕你的父亲？
周　　萍　　也可以说是怕他，才这样的吧。

周繁漪　你这一次到矿上去，也是学着你父亲的英雄榜样，把一个真正明白你，爱你的人丢开不管么？

周　萍　这么解释也未尝不可。

周繁漪　（冷冷地）怎么说，你到底是你父亲的儿子。（笑）父亲的儿子？（狂笑）父亲的儿子，（狂笑，忽然冷静严厉地）哼，都是些没有用，胆小怕事，不值得人为他牺牲的东西！我恨着我早没有知道你！

周　萍　那么你现在知道了！我对不起你，我已经同样详细解释过，我厌恶这种不自然的关系。我告诉你，我厌恶。我负起我的责任，我承认我那时的错，然而叫我犯了那样的错，你也不能完全没有责任。你是我认为最聪明最能了解人的女子，所以我想，你最后会原谅我。我的态度，你现在骂我玩世不恭也好，不负责任也好，我告诉你，我盼望这一次的谈话是我们最末一次谈话了。（走向饭厅门）

周繁漪　（沉重的语气）站着。（萍立住）我希望你明白我刚才说的话，我不是请求你。我盼望你用你的心，想一想，过去我们在这屋子说的，（停，难过）许多，许多的话。一个女子，你记着，不能受两代的欺侮，你可以想一想。

周　萍　我已经想得很透彻，我自己这些天的痛苦，我想你不是不知道，好，请你让我走吧。

　　　　〔周萍由饭厅下，繁漪的眼泪一颗颗地流在腮上，她走到镜台前，照着自己苍白色的有皱纹的脸，便嘤嘤地扑在镜台上哭起来。

　　　　〔鲁贵偷偷地由中门走进来，看见太太在哭。

鲁　贵　（低声）太太！

周繁漪　（突然站起）你来干什么？

鲁　贵　鲁妈来了好半天啦。

周繁漪　谁？谁来了好半天啦？

鲁　贵　我家里的，太太不是说过要我叫她来见么？

周繁漪　你为什么不早点来告诉我？

鲁　贵　（假笑）我倒是想着，可是我（低声）刚才瞧见太太跟大少爷说话，所以就没敢惊动您。

周繁漪　啊，你，你刚才在——

鲁　贵　我？我在大客厅伺候老爷见客呢！（故意地不明白）太太有什么事么？

周繁漪　没什么，那么你叫鲁妈进来吧。

鲁　贵　（谄笑）我们家里是个下等人，说话粗里粗气，您可别见怪。

周繁漪　都是一样的人。我不过想见一见，跟她谈谈闲话。

鲁　贵　是，那是太太的恩典。对了，老爷刚才跟我说，怕明天要下大雨，请太太把老爷的那一件旧雨衣拿出来，说不定老爷就要出去。

周繁漪　四凤跟老爷检的衣裳，四凤不会拿么？

鲁　贵　我也是这么说啊，您不是不舒服么？可是老爷吩咐，不要四凤，还是要太太自己拿。

周繁漪　那么，我一会儿拿来。

鲁　贵　不，是老爷吩咐，说现在就要拿出来。

周繁漪　哦，好，我就去吧。——你现在叫鲁妈进来，叫她在这房里等一等。

鲁　贵　是，太太。

　　　　〔鲁贵下。繁漪的脸更显得苍白，她在极力压制自己的烦郁。

周繁漪　（把窗户打开，叹一口气，自语）热极了，闷极了，这里真是再也不能住的。我希望我今天变成火山的口，热烈烈地冒一次，什么我都烧个干净，那时我就再掉在冰川里，冻成死灰，一生只热热地烧一次，也就算够了。我过去的是完了，希望大概也是死了的。哼，什么我都预备好了，来吧，恨我的人，来吧，叫我失望的人，叫我忌妒的人，都来吧，我在等候着你们。（望着空空的前面，继而垂下头去。鲁贵上）

鲁　贵　刚才小当差来，说老爷催着要。

周繁漪　（抬头）好，你先去吧。我叫陈妈送去。

　　　　〔繁漪由饭厅下，贵由中门下。移时鲁妈——即鲁侍萍——与四凤上。鲁妈的年纪约有四十七岁的光景，鬓发已经有点斑白，面貌白净，看上去也只有三十八九岁的样子。她的眼有些呆滞，时而呆呆地望着前面，但是在那秀长的睫毛，和她圆大的眸子间，还寻得出她少年时静慧的神韵。她的衣服朴素而有身份，旧蓝布裤褂，很洁净地穿在身上。远远地看着，依然像大家户里落魄的妇人。她的高贵的气质和她的丈夫的鄙俗，奸小，恰成一个强烈的对比。

　　　　〔她的头还包着一条白布手巾，怕是坐火车围着避土的，她说话总爱微微地笑，尤其因为刚见着两年未见的亲女儿，神色还是快慰地闪着快乐的光彩。她的声音很低，很沉稳，语音像一个南方人曾经和北方人相处很久，夹杂着许多模糊、轻快的南方音，但是她的字句说得很清楚。她的牙齿非常齐整，笑的时候在嘴角旁露出一对深深的笑涡，叫我们想起来四凤笑时口旁一对浅浅的涡影。

　　　　〔鲁妈拉着女儿的手，四凤就像个小鸟偎在她身边走进来。后面跟着鲁贵，提着一个旧包袱。他骄傲地笑着，比起来，这母子的单纯的欢欣，他更是粗鄙了。

鲁四凤　太太呢？

鲁　贵　就下来。

鲁四凤　妈，您坐下。（鲁妈坐）您累么？

鲁侍萍　不累。

鲁四凤　（高兴地）妈，您坐一坐。我给您倒一杯冰镇的凉水。

鲁侍萍　不，不要走，我不热。

鲁　贵　凤儿，你跟你妈拿一瓶汽水来。（向鲁妈）这儿公馆什么没有？一到夏天柠檬

	水，果子露，西瓜汤，橘子，香蕉，鲜荔枝，你要什么，就有什么。
鲁侍萍	不，不，你别听你爸爸的话。这是人家的东西。你在我身旁跟我多坐一会，回头跟我同——同这位周太太谈谈，比喝什么都强。
鲁　贵	太太就会下来，你看你，那块白包头，总舍不得拿下来。
鲁侍萍	（和蔼地笑着）真的，说了那么半天。（笑望着四凤）连我在火车上搭的白手巾都忘了解啦。（要解它）
鲁四凤	（笑着）妈，您让我替您解开吧。（走过去解。这里，鲁贵走到小茶几旁，又偷偷地把烟放在自己的烟盒里）
鲁侍萍	（解下白手巾）你看我的脸脏么？火车上尽是土，你看我的头发，不要叫人家笑。
鲁四凤	不，不，一点都不脏。两年没见您，您还是那个样。
鲁侍萍	哦，凤儿，你看我的记性。谈了这半天，我忘记把你顶喜欢的东西跟你拿出来啦。
鲁四凤	什么？妈。
鲁侍萍	（由身上拿出一个小包来）你看，你一定喜欢的。
鲁四凤	不，您先别给我看，让我猜猜。
鲁侍萍	好，你猜吧。
鲁四凤	小布娃娃？
鲁侍萍	（摇头）不对，你太大了。
鲁四凤	小粉扑子。
鲁侍萍	（摇头）给你那个有什么用？
鲁四凤	哦，那一定是小针线盒。
鲁侍萍	（笑）差不多。
鲁四凤	那您叫我打开吧。（忙打开纸包）哦，妈！顶针，银顶针！爸，您看，您看！（给鲁贵看）
鲁　贵	（随声说）好！好！
鲁四凤	这顶针太好看了，上面还镶着宝石。
鲁　贵	什么？（走两步，拿来细看）给我看看。
鲁侍萍	这是学校校长的太太送给我的。校长丢了个要紧的钱包，叫我拾着了，还给他。校长的太太就非要送给我东西，拿出一大堆小首饰，叫我挑，送给我的女儿。我就捡出这一件，拿来送给你，你看好不好？
鲁四凤	好，妈，我正要这个呢。
鲁　贵	咦，哼，（把顶针交给四凤）得了吧，这宝石是假的，你挑的真好。
鲁四凤	（见着母亲特别欢喜说话，轻蔑地）哼，您呀，真宝石到了您的手里也是假的。
鲁侍萍	凤儿，不许这样跟爸爸说话。
鲁四凤	（撒娇）妈，您不知道，您不在这儿，爸爸就拿我一个人撒气，尽欺负我。

鲁　贵　（看不惯他妻女这样"乡气"，于是轻蔑地）你看你们这点穷相，走到大公馆，不来看看人家的阔排场，尽在一边闲扯。四凤，你先把你这两年做的衣裳给你妈看看。

鲁四凤　（白眼）妈不希罕这个。

鲁　贵　你不也有点首饰么？你拿出来给你妈开开眼。看看还是我对，还是把女儿关在家里对？

鲁侍萍　（向鲁贵）我走的时候嘱咐过你，这两年写信的时候也总不断地提醒过你，我说过我不愿意把我的女儿送到一个阔公馆，叫人家使唤。你偏——（忽然觉得这不是谈家事的地方，回头向四凤）你哥哥呢？

鲁四凤　不是在门房里等着我们么？

鲁　贵　不是等着你们，人家等着见老爷呢。（向鲁妈）去年我叫人跟你捎个信，告诉你大海也当了矿上的工头，那都是我在这儿嘀咕上的。

鲁四凤　（厌恶她父亲又表白自己的本领）爸爸，您看哥哥去吧。他的脾气有点儿不好，怕他等急了，跟张爷刘爷们闹起来。

鲁　贵　真他妈的。这孩子的狗脾气我倒忘了，（走向中门，回头）你们好好在这屋子坐一会，别乱动，太太一会儿就下来。

　　　　〔鲁贵下。母女见鲁贵走后，如同犯人望见看守走了一样，舒展地吐出一口气来。母女二人相对凄然地笑了一笑，刹那间，她们脸上又浮出欢欣，这次是由衷心升起来愉快的笑。

鲁侍萍　（伸出手来，向四凤）哦，孩子，让我看看你。

　　　　〔四凤走到母亲面前。跪下。

鲁四凤　妈，您不怪我吧？您不怪我这次没听您的话，跑到周公馆做事吧？

鲁侍萍　不，不，做了就做了。——不过为什么这两年你一个字也不告诉我，我下车走到家里，才听见张大婶告诉我，说我的女儿在这儿。

鲁四凤　妈，我怕您生气，我怕您难过，我不敢告诉您。——其实，妈，我们也不是什么富贵人家，就是像我这样帮人，我想也没有什么关系。

鲁侍萍　不，你以为妈怕穷么？怕人家笑我们穷么？不，孩子，妈最知道认命，妈最看得开，不过，孩子，我怕你太年青，容易一阵子犯糊涂，妈受过苦，妈知道的。你不懂，你不知道这世界太——人的心太——。（叹一口气）好，我们先不提这个。（站起来）这家的太太真怪！她要见我干什么？

鲁四凤　嗯，嗯，是啊。（她的恐惧来了，但是她愿意向好的一面想）不，妈，这边太太没有多少朋友，她听说妈也会写字，念书，也许觉得很相近，所以想请妈来谈谈。

鲁侍萍　（不信地）哦？（慢慢看这屋子的摆设，指着有镜台的柜）这屋子倒是很雅致的。就是家具太旧了点。这是——？

鲁四凤　这是老爷用的红木书桌，现在做摆饰用了。听说这是三十年前的老东西，老爷

	偏偏喜欢用，到哪儿带到哪儿。
鲁侍萍	那个（指着有镜台的柜）是什么？
鲁四凤	那也是件老东西，从前的第一个太太，就是大少爷的母亲，顶爱的东西。您看，从前的家具多笨哪。
鲁侍萍	咦，奇怪。——为什么窗户还关上呢？
鲁四凤	您也觉奇怪不是？这是我们老爷的怪脾气，夏天反而要关窗户。
鲁侍萍	（回想）凤儿，这屋子我像是在哪儿见过似的。
鲁四凤	（笑）真的？您大概是想我想的梦里到过这儿。
鲁侍萍	对了，梦似的。——奇怪，这地方怪得很，这地方忽然叫我想起了许多许多事情。（低下头坐下）
鲁四凤	（慌）妈，您怎么脸上发白？您别是受了暑，我跟您拿一杯冷水吧？
鲁侍萍	不，不是，你别去——我怕得很，这屋子有鬼怪！
鲁四凤	妈，您怎么啦？
鲁侍萍	我怕得很，忽然我把三十年前的事情一件一件地都想起来了，已经忘了许多年的人又在我心里转。四凤，你摸摸我的手。
鲁四凤	（摸鲁妈的手）冰凉，妈，您可别吓坏我。我胆子小，妈，——这屋子从前可闹过鬼的！
鲁侍萍	孩子，你别怕，妈不怎么样。不过，四凤，我好像我的魂来过这儿似的。
鲁四凤	妈，您别瞎说啦，您怎么来过？他们二十年前才搬到这儿北方来，那时候，您不是还在南方么？
鲁侍萍	不，不，我来过。这些家具，我想不起来——我在哪儿见过。
鲁四凤	妈，您的眼不要直瞪瞪地望着，我怕。
鲁侍萍	别怕，孩子，别怕，孩子。（声音愈低，她用力地想，她整个的人，缩到记忆的最下层深处）
鲁四凤	妈，您看那个柜干什么？那就是从前死了的第一个太太的东西。
鲁侍萍	（突然低声颤颤地向四凤）凤儿，你去看，你去看，那只柜子靠右第三个抽屉里，有没有一只小孩穿的绣花虎头鞋。
鲁四凤	妈，您怎么啦？不要这样疑神疑鬼的。
鲁侍萍	凤儿，你去，你去看一看。我心里有点怯，我有点走不动，你去！
鲁四凤	好，我去看。
	〔她走到柜前，拉开抽斗，看。
鲁侍萍	（急问）有没有？
鲁四凤	没有，妈。
鲁侍萍	你看清楚了？
鲁四凤	没有，里面空空地就是些茶碗。
鲁侍萍	哦，那大概是我在做梦了。

鲁四凤　（怜惜她的母亲）别多说话了，妈，静一静吧。妈，您在外受了委屈了，（落泪）从前，您不是这样神魂颠倒的。可怜的妈呀（抱着她）好一点了么？

鲁侍萍　不要紧的。——刚才我在门房听见这家里还有两位少爷？

鲁四凤　嗯，妈，都很好，都很和气的。

鲁侍萍　（自言自语地）不，我的女儿说什么也不能在这儿多呆。不成。不成。

鲁四凤　妈，您说什么？这儿上上下下都待我很好。妈，这里老爷太太向来不骂底下人，两位少爷都很和气的。这周家不但是活着的人心好，就是死了的人样子也是挺厚道的。

鲁侍萍　周？这家里姓周？

鲁四凤　妈，您看您，您刚才不是问着周家的门进来的么，怎么会忘了？（笑）妈，我明白了，您还是路上受热了。我先跟你拿着周家第一个太太的照片，给您看。我再跟你拿点水来喝。

　　　　〔四凤在镜台上拿了相片过来，站在鲁妈背后，给她看。

鲁侍萍　（拿着相片，看）哦！（惊愕得说不出话来，手发颤）

鲁四凤　（站在鲁妈背后）您看她多好看，这就是大少爷的母亲，笑得多美，他们说还有点像我呢。可惜，她死了，要不然，——（觉得鲁妈头向前倒）哦，妈，您怎么啦？您怎么？

鲁侍萍　不，不，我头晕，我想喝水。

鲁四凤　（慌，掐着鲁妈的手指，搓她的头）妈，您到这边来！（扶鲁妈到一个大沙发前，鲁妈手里还紧紧地拿着相片）妈，您在这儿躺一躺。我跟您拿水去。

　　　　〔四凤由饭厅门忙跑下。

鲁侍萍　哦，天哪。我是死了的人！这是真的么？这张相片？这些家具？怎么会？——哦，天底下地方大得很，怎么？熬过这几十年偏偏又把我这个可怜的孩子，放回到他——他的家里？哦，好不公平的天哪！（哭泣）

　　　　〔四凤拿着水上，鲁妈忙擦眼泪。

鲁四凤　（持水杯，向鲁妈）妈，您喝一口，不，再喝几口。（鲁妈饮）好一点了么？

鲁侍萍　嗯，好，好啦。孩子，你现在就跟我回家。

鲁四凤　（惊讶）妈，您怎么啦？

　　　　〔由饭厅传出繁漪喊"四凤"的声音。

鲁侍萍　谁喊你？

鲁四凤　太太。

　　　　〔周繁漪声：四凤！

鲁四凤　喳。

　　　　〔周繁漪声：四凤，你来，老爷的雨衣你给放在哪儿啦？

鲁四凤　（喊）我就来。（向鲁妈）妈等一等，我就回来。

鲁侍萍　好，你去吧。

〔四凤下。鲁妈周围望望，走到柜前，抚摸着她从前的家具，低头沉思。忽然听见屋外花园里走路的声音，她转过身来，等候着。

〔鲁贵由中门上。

鲁　贵　四凤呢？

鲁侍萍　这儿的太太叫了去啦。

鲁　贵　你回头告诉太太，说找着雨衣，老爷自己到这儿来穿，还要跟太太说几句话。

鲁侍萍　老爷要到这屋里来？

鲁　贵　嗯，你告诉清楚了，别回头老爷来到这儿，太太不在，老头儿又发脾气了。

鲁侍萍　你跟太太说吧。

鲁　贵　这上上下下许多底下人都得我支派，我忙不开，我可不能等。

鲁侍萍　我要回家去，我不见太太了。

鲁　贵　为什么？这次太太叫你来，我告诉你，就许有点什么很要紧的事跟你谈谈。

鲁侍萍　我预备带着凤儿回去，叫她辞了这儿的事。

鲁　贵　什么？你看你这点——

〔周繁漪由饭厅上。

鲁　贵　太太。

周繁漪　（向门内）四凤，你先把那两套也拿出来，问问老爷要哪一件。（里面答应）哦，（吐出一口气，向鲁妈）这就是四凤的妈吧？叫你久等了。

鲁　贵　等太太是应当的。太太准她来跟您请安就是老大的面子。

　　　　（四凤由饭厅出，拿雨衣进）

周繁漪　请坐！你来了好半天啦。（鲁妈只在打量着，没有坐下）

鲁侍萍　不多一会，太太。

鲁四凤　太太，把这三件雨衣都送给老爷那边去么？

鲁　贵　老爷说就放在这儿，老爷自己来拿，还请太太等一会，老爷见您有话说呢。

周繁漪　知道了。（向四凤）你先到厨房，把晚饭的菜看看，告诉厨房一下。

鲁四凤　是，太太。（望着鲁贵，又疑惧地望着繁漪由中门下）

周繁漪　鲁贵，告诉老爷，说我同四凤的母亲谈话，回头再请他到这儿来。

鲁　贵　是，太太。（但不走）

周繁漪　（见鲁贵不走）你有什么事么？

鲁　贵　太太，今天早上老爷吩咐德国克大夫来。

周繁漪　二少爷告诉过我了。

鲁　贵　老爷刚才吩咐，说来了就请太太去看。

周繁漪　我知道了。好，你去吧。

〔鲁贵由中门下。

周繁漪　（向鲁妈）坐下谈，不要客气。（自己坐在沙发上）

鲁侍萍　（坐在旁边一张椅子上）我刚下火车，就听见太太这边吩咐，要我来见见您。

周繁漪　我常听四凤提到你，说你念过书，从前也是很好的门第。
鲁侍萍　（不愿提起从前的事）四凤这孩子很傻，不懂规矩，这两年叫您多生气啦。
周繁漪　不，她非常聪明，我也很喜欢她。这孩子不应当叫她伺候人，应当替她找一个正当的出路。
鲁侍萍　太太多夸奖她了。我倒是不愿意这孩子帮人。
周繁漪　这一点我很明白。我知道你是个知书达礼的人，一见面，彼此都觉得性情是直爽的，所以我就不妨把请你来的原因现在跟你说一说。
鲁侍萍　（忍不住）太太，是不是我这小孩平时的举动有点叫人说闲话？
周繁漪　（笑着，故意很肯定地说）不，不是。
　　　　〔鲁贵由中门上。
鲁　贵　太太。
周繁漪　什么事？
鲁　贵　克大夫已经来了，刚才汽车夫接来的，现时在小客厅等着呢。
周繁漪　我有客。
鲁　贵　客？——老爷说请太太就去。
周繁漪　我知道，你先去吧。
　　　　〔鲁贵下。
周繁漪　（向鲁妈）我先把我家里的情形说一说。第一我家里的女人很少。
鲁侍萍　是，太太。
周繁漪　我一个人是个女人，两个少爷，一位老爷，除了一两个老妈子以外，其余用的都是男下人。
鲁侍萍　是，太太，我明白。
周繁漪　四凤的年纪很轻，哦，她才十九岁，是不是？
鲁侍萍　不，十八。
周繁漪　那就对了，我记得好像她比我的孩子是大一岁的样子。这样年青的孩子，在外边做事，又生得很秀气的。
鲁侍萍　太太，如果四凤有不检点的地方，请您千万不要瞒我。
周繁漪　不，不，（又笑了）她很好的。我只是说说这个情形。我自己有一个儿子，他才十七岁。——恐怕刚才你在花园见过——一个不十分懂事的孩子。
　　　　〔鲁贵自书房门上。
鲁　贵　老爷催着太太去看病。
周繁漪　没有人陪着克大夫么？
鲁　贵　王局长刚走，老爷自己在陪着呢。
鲁侍萍　太太，您先看去。我在这儿等着不要紧。
周繁漪　不，我话还没说完。（向鲁贵）你跟老爷说，说我没病，我自己并没要请医生来。

鲁　贵　是，太太。（但不走）
周繁漪　（看鲁贵）你在干什么？
鲁　贵　我等太太还有什么旁的事要吩咐。
周繁漪　（忽然想起来）有，你跟老爷回完话之后，你出去叫一个电灯匠来，刚才我听说花园藤萝架上的旧电线落下来了，走电，叫他赶快收拾一下，不要电了人。
鲁　贵　是，太太。
　　　　〔鲁贵由中门下。
周繁漪　（见鲁妈立起）鲁奶奶，你还是坐呀。哦，这屋子又闷热起来啦。（走到窗户，把窗户打开，回来，坐）这些天我就看着我这孩子奇怪，谁知这两天，他忽然跟我说说他很喜欢四凤。
鲁侍萍　什么？
周繁漪　他还预备要帮助她学费，叫她上学。
鲁侍萍　太太，这是笑话。
周繁漪　我这孩子还想四凤嫁给他。
鲁侍萍　太太，请您不必往下说，我都明白了。
周繁漪　（追一步）四凤比我的孩子大，四凤又是很聪明的女孩子，这种情形——
鲁侍萍　（不喜欢繁漪的暧昧的口气）我的女儿，我总相信是个懂事，明白大体的孩子。我向来不愿意她到大公馆帮人，可是我信得过，我的女儿就帮这儿两年，她总不会做出一点糊涂事的。
周繁漪　鲁奶奶，我也知道四凤是个明白的孩子，不过有了这种不幸的情形，我的意思，是非常容易叫人发生误会的。
鲁侍萍　（叹气）今天我到这儿来是万没想到的事，回头我就预备把她带走，现在我就请太太准了她的长假。
周繁漪　哦，哦，——如果你以为这样办好，我也觉得很妥当的。不过有一层，我怕，我的孩子有点傻气，他还是会找到你家里见四凤的。
鲁侍萍　您放心。我后悔得很，我不该把这个孩子一个人交给她父亲管的。明天，我准离开此地，我会远远地带她走，不会见着周家的人。太太，我想现在带着我的女儿走。
周繁漪　那么，也好，回头我叫账房把工钱算出来。她自己的东西，我可以派人送去，我有一箱子旧衣服，也可以带着去，留着她以后在家里穿。
鲁侍萍　（自语）凤儿，我的可怜的孩子！（坐在沙发上落泪）天哪。
周繁漪　（走到鲁妈面前）不要伤心，鲁奶奶。如果钱上有什么问题，尽管到我这儿来，一定有办法。好好地带她回去，有你这样一个母亲教育她，自然比在这儿好的。
　　　　〔朴园由书房上。
周朴园　繁漪！（繁漪抬头。鲁妈站起，忙躲在一旁，神色大变，观察他）你怎么还不去？

周繁漪　（故意地）上哪儿？

周朴园　克大夫在等着你，你不知道么？

周繁漪　克大夫？谁是克大夫？

周朴园　跟你从前看病的克大夫。

周繁漪　我的药喝够了，我不预备再喝了。

周朴园　那么你的病……

周繁漪　我没有病。

周朴园　（忍耐）克大夫是我在德国的好朋友，对于妇科很有研究。你的神经有点失常，他一定治得好。

周繁漪　谁说我的神经失常？你们为什么这样咒我，我没有病，我没有病，我告诉你，我没有病！

周朴园　（冷酷地）你当着人这样胡喊乱闹，你自己有病，偏偏要讳疾忌医，不肯叫医生治，这不就是神经上的病态么？

周繁漪　哼，我假若是有病，也不是医生治得好的。（向饭厅门走）

周朴园　（大声喊）站住！你上哪儿去？

周繁漪　（不在意地）到楼上去。

周朴园　（命令地）你应当听话。

周繁漪　（好像不明白地）哦！（停，不经意地打量他）你看你！（尖声笑两声）你简直叫我想笑。（轻蔑地笑）你忘了你自己是怎么样一个人啦！（又大笑，由饭厅跑下，重重地关上门）

周朴园　来人！

　　　　〔仆人上。

仆　人　老爷！

周朴园　太太现在在楼上。你叫大少爷陪着克大夫到楼上去跟太太看病。

仆　人　是，老爷。

周朴园　你告诉大少爷，太太现在神经病很重，叫他小心点，叫楼上老妈子好好地看着太太。

仆　人　是，老爷。

周朴园　还有，叫大少爷告诉克大夫，说我有点累，不陪他了。

仆　人　是，老爷。

　　　　〔仆人下。朴园点着一支吕宋烟，看见桌上的雨衣。

周朴园　（向鲁妈）这是太太找出来的雨衣吗？

鲁侍萍　（看着他）大概是的。

周朴园　（拿起看看）不对，不对，这都是新的。我要我的旧雨衣，你回头跟太太说。

鲁侍萍　嗯。

周朴园　（看她不走）你不知道这间房子底下人不准随便进来么？
鲁侍萍　（看着他）不知道，老爷。
周朴园　你是新来的下人？
鲁侍萍　不是的，我找我的女儿来的。
周朴园　你的女儿？
鲁侍萍　四凤是我的女儿。
周朴园　那你走错屋子了。
鲁侍萍　哦。——老爷没有事了？
周朴园　（指窗）窗户谁叫打开的？
鲁侍萍　哦。（很自然地走到窗前，关上窗户，慢慢地走向中门）
周朴园　（看她关好窗门，忽然觉得她很奇怪）你站一站，（鲁妈停）你——你贵姓？
鲁侍萍　我姓鲁。
周朴园　姓鲁。你的口音不像北方人。
鲁侍萍　对了，我不是，我是江苏的。
周朴园　你好像有点无锡口音。
鲁侍萍　我自小就在无锡长大的。
周朴园　（沉思）无锡？嗯，无锡（忽而）你在无锡是什么时候？
鲁侍萍　光绪二十年，离现在有三十多年了。
周朴园　哦，三十年前你在无锡？
鲁侍萍　是的，三十多年前呢，那时候我记得我们还没有用洋火呢。
周朴园　（沉思）三十多年前，是的，很远啦，我想想，我大概是二十多岁的时候。那时候我还在无锡呢。
鲁侍萍　老爷是那个地方的人？
周朴园　嗯，（沉吟）无锡是个好地方。
鲁侍萍　哦，好地方。
周朴园　你三十年前在无锡么？
鲁侍萍　是，老爷。
周朴园　三十年前，在无锡有一件很出名的事情——
鲁侍萍　哦。
周朴园　你知道么？
鲁侍萍　也许记得，不知道老爷说的是哪一件？
周朴园　哦，很远的，提起来大家都忘了。
鲁侍萍　说不定，也许记得的。
周朴园　我问过许多那个时候到过无锡的人，我想打听打听。可是那个时候在无锡的人，到现在不是老了就是死了，活着的多半是不知道的，或者忘了。
鲁侍萍　如若老爷想打听的话，无论什么事，无锡那边我还有认识的人，虽然许久不通音信，托他们打听点事情总还可以的。
周朴园　我派人到无锡打听过。——不过也许凑巧你会知道。三十年前在无锡有一家姓梅的。
鲁侍萍　姓梅的？
周朴园　梅家的一个年轻小姐，很贤慧，也很规矩，有一天夜里，忽然地投水死了，后来，后来，——你知道么？
鲁侍萍　不敢说。
周朴园　哦。
鲁侍萍　我倒认识一个年轻的姑娘姓梅的。
周朴园　哦？你说说看。
鲁侍萍　可是她不是小姐，她也不贤慧，并且听说是不大规矩的。
周朴园　也许，也许你弄错了，不过你不妨说说看。
鲁侍萍　这个梅姑娘倒是有一天晚上跳的河，可是不是一个，她手里抱着一个刚生下三天的男孩。听人说她生前是不规矩的。
周朴园　（痛苦）哦！
鲁侍萍　她是个下等人，不很守本分的。听说她跟那时周公馆的少爷有点不清白，生了两个儿子。生了第二个，才过三天，忽然周少爷不要她了，大孩子就放在周公馆，刚生的孩子她抱在怀里，在年三十夜里投河死的。
周朴园　（汗涔涔地）哦。
鲁侍萍　她不是小姐，她是无锡周公馆梅妈的女儿，她叫侍萍。
周朴园　（抬起头来）你姓什么？
鲁侍萍　我姓鲁，老爷。
周朴园　（喘出一口气，沉思地）侍萍，侍萍，对了。这个女孩子的尸首，说是有一个穷人见着埋了。你可以打听得她的坟在哪儿么？
鲁侍萍　老爷问这些闲事干什么？
周朴园　这个人跟我们有点亲戚。
鲁侍萍　亲戚？
周朴园　嗯，——我们想把她的坟墓修一修。
鲁侍萍　哦——那用不着了。
周朴园　怎么？
鲁侍萍　这个人现在还活着。
周朴园　（惊愕）什么？
鲁侍萍　她没有死。
周朴园　她还在？不会吧？我看见她河边上的衣服，里面有她的绝命书。
鲁侍萍　不过她被一个慈善的人救活了。
周朴园　哦，救活啦？

鲁侍萍　以后无锡的人是没见着她,以为她那夜晚死了。
周朴园　那么,她呢?
鲁侍萍　一个人在外乡活着。
周朴园　那个小孩呢?
鲁侍萍　也活着。
周朴园　(忽然立起)你是谁?
鲁侍萍　我是这儿四凤的妈,老爷。
周朴园　哦。
鲁侍萍　她现在老了,嫁给一个下等人,又生了个女孩,境况很不好。
周朴园　你知道她现在在哪儿?
鲁侍萍　我前几天还见着她!
周朴园　什么?她就在这儿?此地?
鲁侍萍　嗯,就在此地。
周朴园　哦!
鲁侍萍　老爷,您想见一见她么?
周朴园　不,不。谢谢你。
鲁侍萍　她的命很苦。离开了周家,周家少爷就娶了一位有钱有门第的小姐。她一个单身人,无亲无故,带着一个孩子在外乡什么事都做。讨饭,缝衣服,当老妈,在学校里伺候人。
周朴园　她为什么不再找到周家?
鲁侍萍　大概她是不愿意吧?为着她自己的孩子她嫁过两次。
周朴园　嗯,以后她又嫁过两次。
鲁侍萍　嗯,都是很下等的人。她遇人都很不如意,老爷想帮一帮她么?
周朴园　好,你先下去。让我想一想。
鲁侍萍　老爷,没有事了?(望着朴园,眼泪要涌出)老爷,您那雨衣,我怎么说?
周朴园　你去告诉四凤,叫她把我樟木箱子里那件旧雨衣拿出来,顺便把那箱子里的几件旧衬衣也检出来。
鲁侍萍　旧衬衣?
周朴园　你告诉她在我那顶老的箱子里,纺绸的衬衣,没有领子的。
鲁侍萍　老爷那种绸衬衣不是一共有五件?您要哪一件?
周朴园　要哪一件?
鲁侍萍　不是有一件,在右袖襟上有个烧破的窟窿,后来用丝线绣成一朵梅花补上的?还有一件,——
周朴园　(惊愕)梅花?
鲁侍萍　还有一件绸衬衣,左袖襟也绣着一朵梅花,旁边还绣着一个萍字。还有一件,——

周朴园　（徐徐立起）哦，你，你，你是——
鲁侍萍　我是从前伺候过老爷的下人。
周朴园　哦，侍萍！（低声）怎么，是你？
鲁侍萍　你自然想不到，侍萍的相貌有一天也会老得连你都不认识了。
周朴园　你——侍萍？（不觉地望望柜上的相片，又望鲁妈）
鲁侍萍　朴园，你找侍萍么？侍萍在这儿。
周朴园　（忽然严厉地）你来干什么？
鲁侍萍　不是我要来的。
周朴园　谁指使你来的？
鲁侍萍　（悲愤）命！不公平的命指使我来的。
周朴园　（冷冷地）三十年的工夫你还是找到这儿来了。
鲁侍萍　（愤怨）我没有找你，我没有找你，我以为你早死了。我今天没想到到这儿来，这是天要我在这儿又碰见你。
周朴园　你可以冷静点。现在你我都是有子女的人，如果你觉得心里有委屈，这么大年纪，我们先可以不必哭哭啼啼的。
鲁侍萍　哭？哼，我的眼泪早哭干了，我没有委屈，我有的是恨，是悔，是三十年一天一天我自己受的苦。你大概已经忘了你做的事了！三十年前，过年三十的晚上我生下你的第二个儿子才三天，你为了要赶紧娶那位有钱有门第的小姐，你们逼着我冒着大雪出去，要我离开你们周家的门。
周朴园　从前的旧恩怨，过了几十年，又何必再提呢？
鲁侍萍　那是因为周大少爷一帆风顺，现在也是社会上的好人物。可是自从我被你们家赶出来以后，我没有死成，我把我的母亲可给气死了，我亲生的两个孩子你们家里逼着我留在你家里。
周朴园　你的第二个孩子你不是已经抱走了么？
鲁侍萍　那是你们老太太看着孩子快死了，才叫我带走的。（自语）哦，天哪，我觉得我像在做梦。
周朴园　我看过去的事不必再提起来吧。
鲁侍萍　我要提，我要提，我闷了三十年了！你结了婚，就搬了家，我以为这一辈子也见不着你了；谁知道我自己的孩子偏偏命定要跑到周家来，又做我从前在你们家里做过的事。
周朴园　怪不得四凤这样像你。
鲁侍萍　我伺候你，我的孩子再伺候你生的少爷们。这是我的报应，我的报应。
周朴园　你静一静。把脑子放清醒点。你不要以为我的心是死了，你以为一个人做了一件于心不忍的事就会忘么？你看这些家具都是你从前顶喜欢的东西，多少年我总是留着，为着纪念你。
鲁侍萍　（低头）哦。

周朴园　你的生日——四月十八——每年我总记得。一切都照着你是正式嫁过周家的人看，甚至于你因为生萍儿，受了病，总要关窗户，这些习惯我都保留着，为的是不忘你，弥补我的罪过。

鲁侍萍　（叹一口气）现在我们都是上了年纪的人，这些傻话请你也不必说了。

周朴园　那更好了。那么我们可以明明白白地谈一谈。

鲁侍萍　不过我觉得没有什么可谈的。

周朴园　话很多。我看你的性情好像没有大改，——鲁贵像是个很不老实的人。

鲁侍萍　你不要怕。他永远不会知道的。

周朴园　那双方面都好。再有，我要问你的，你自己带走的儿子在哪儿？

鲁侍萍　他在你的矿上做工。

周朴园　我问，他现在在哪儿？

鲁侍萍　就在门房等着见你呢。

周朴园　什么？鲁大海？他！我的儿子？

鲁侍萍　他的脚指头因为你的不小心，现在还是少一个的。

周朴园　（冷笑）这么说，我自己的骨肉在矿上鼓动罢工，反对我！

鲁侍萍　他跟你现在完完全全是两样的人。

周朴园　（沉静）他还是我的儿子。

鲁侍萍　你不要以为他还会认你做父亲。

周朴园　（忽然）好！痛痛快快地！你现在要多少钱吧？

鲁侍萍　什么？

周朴园　留着你养老。

鲁侍萍　（苦笑）哼，你还以为我是故意来敲诈你，才来的么？

周朴园　也好，我们暂且不提这一层。那么，我先说我的意思。你听着，鲁贵我现在要辞退的，四凤也要回家。不过——

鲁侍萍　你不要怕，你以为我会用这种关系来敲诈你么？你放心，我不会的。大后天我就带着四凤回到我原来的地方。这是一场梦，这地方我绝对不会再住下去。

周朴园　好得很，那么一切路费，用费，都归我担负。

鲁侍萍　什么？

周朴园　这于我的心也安一点。

鲁侍萍　你？（笑）三十年我一个人都过了，现在我反而要你的钱？

周朴园　好，好，好，那么，你现在要什么？

鲁侍萍　（停一停）我，我要点东西。

周朴园　什么？说吧？

鲁侍萍　（泪满眼）我——我——我只要见见我的萍儿。

周朴园　你想见他？

鲁侍萍　嗯，他在哪儿？

周朴园　他现在在楼上陪着他的母亲看病。我叫他，他就可以下来见你。不过是——
鲁侍萍　不过是什么？
周朴园　他很大了。
鲁侍萍　（追忆）他大概是二十八了吧？我记得他比大海只大一岁。
周朴园　并且他以为他母亲早就死了的。
鲁侍萍　哦，你以为我会哭哭啼啼地叫他认母亲么？我不会那样傻的。我难道不知道这样的母亲只给自己的儿子丢人么？我明白他的地位，他的教育，不容他承认这样的母亲。这些年我也学乖了，我只想看看他，他究竟是我生的孩子。你不要怕，我就是告诉他，白白地增加他的烦恼，他自己也不愿意认我的。
周朴园　那么，我们就这样解决了。我叫他下来，你看一看他，以后鲁家的人永远不许再到周家来。
鲁侍萍　好，我希望这一生不至于再见你。
周朴园　（由衣内取出皮夹的支票签好）很好，这是一张五千块钱的支票，你可以先拿去用。算是弥补我一点罪过。
鲁侍萍　（接过支票）谢谢你。（慢慢撕碎支票）
周朴园　侍萍。
鲁侍萍　我这些年的苦不是你拿钱算得清的。
周朴园　可是你——
〔外面争吵声。鲁大海的声音："放开我，我要进去。"三四男仆声："不成，不成，老爷睡觉呢。"门外有男仆等与鲁大海挣扎声。
周朴园　（走至中门）来人！（仆人由中门进）谁在吵？
仆　人　就是那个工人鲁大海！他不讲理，非见老爷不可。
周朴园　哦。（沉吟）那你就叫他进来吧。等一等，叫人到楼上请大少爷下来，我有话问他。
仆　人　是，老爷。
〔仆人由中门下。
周朴园　（向鲁妈）侍萍，你不要太固执。这一点钱你不收下，将来你会后悔的。
鲁侍萍　（望着他，一句话也不说）
〔仆人领鲁大海进，大海站在左边，三四仆人立一旁。
鲁大海　（见鲁妈）妈，您还在这儿？
周朴园　（打量鲁大海）你叫什么名字？
鲁大海　（大笑）董事长，您不要同我摆架子，您难道不知道我是谁么？
周朴园　你？我只知道你是罢工闹得最凶的工人代表。
鲁大海　对了，一点儿也不错，所以才来拜望拜望您。
周朴园　你有什么事吧？
鲁大海　董事长当然知道我是为什么来的。

周朴园　　（摇头）我不知道。

鲁大海　　我们老远从矿上来，今天我又在您府上大门房里从早上六点钟一直等到现在，我就是要问问董事长，对于我们工人的条件，究竟是允许不允许？

周朴园　　哦，——那么，那三个代表呢？

鲁大海　　我跟你说吧，他们现在正在联络旁的工会呢。

周朴园　　哦，——他们没有告诉你旁的事情么？

鲁大海　　告诉不告诉于你没有关系。——我问你，你的意思，忽而软，忽而硬，究竟是怎么回子事？

　　　　　〔周萍由饭厅上，见有人，即想退回。

周朴园　　（看萍）不要走，萍儿，（视鲁妈，鲁妈知萍为其子，眼泪汪汪地望着他）

周　萍　　是，爸爸。

周朴园　　（指身侧）萍儿，你站在这儿。（向大海）你这么只凭意气是不能交涉事情的。

鲁大海　　哼，你们的手段，我都明白。你们这样拖延时候，不过是想去花钱收买少数不要脸的败类，暂时把我们骗在这儿。

周朴园　　你的见地也不是没有道理。

鲁大海　　可是你完全错了。我们这次罢工是有团结的，有组织的。我们代表这次来并不是来求你们。你听清楚，不求你们。你们允许就允许；不允许，我们一直罢工到底，我们知道你们不到两个月整个地就要关门的。

周朴园　　你以为你们那些代表们，那些领袖们都可靠吗？

鲁大海　　至少比你们只认识洋钱的结合要可靠得多。

周朴园　　那么我给你一件东西看。

　　　　　〔朴园在桌上找电报，仆人递给他；此时周冲偷偷由左书房进，在旁谛听。

周朴园　　（给大海电报）这是昨天从矿上来的电报。

鲁大海　　（拿过去读）什么？他们又上工了。（放下电报）不会，不会。

周朴园　　矿上的工人已经在昨天早上复工，你当代表的反而不知道么？

鲁大海　　（惊，怒）怎么矿上警察开枪打死三十个工人就白打了么？（又看电报，忽然笑起来）哼，这是假的。你们自己假作的电报来离间我们的。（笑）哼，你们这种卑鄙无赖的行为！

周　萍　　（忍不住）你是谁？敢在这儿胡说？

周朴园　　萍儿！没有你的话。（低声向大海）你就这样相信你那同来的几个代表么？

鲁大海　　你不用多说，我明白你这些话的用意。

周朴园　　好，那我把那复工的合同给你瞧瞧。

鲁大海　　（笑）你不要骗小孩子，复工的合同没有我们代表的签字是不生效力的。

周朴园　　哦，（向仆）合同！（仆由桌上拿合同递他）你看，这是他们三个人签字的合同。

鲁大海　　（看合同）什么？（慢慢地，低声）他们三个人签了字。他们怎么会不告诉我，

	自己就签了字呢？他们就这样把我不理啦。
周朴园	对了，傻小子，没有经验只会胡喊是不成的。
鲁大海	那三个代表呢？
周朴园	昨天晚车就回去了。
鲁大海	（如梦初醒）他们三个就骗了我了，这三个没有骨头的东西，他们就把矿上的工人们卖了。哼，你们这些不要脸的董事长，你们的钱这次又灵了。
周　萍	（怒）你混账！
周朴园	不许多说话。（回头向大海）鲁大海，你现在没有资格跟我说话——矿上已经把你开除了。
鲁大海	开除了！？
周　冲	爸爸，这是不公平的。
周朴园	（向冲）你少多嘴，出去！（冲由中门气下）
鲁大海	哦，好，好，（切齿）你的手段我早就领教过，只要你能弄钱，你什么都做得出来。你叫警察杀了矿上许多工人，你还——
周朴园	你胡说！
鲁侍萍	（至大海前）别说了，走吧。
鲁大海	哼，你的来历我都知道，你从前在哈尔滨包修江桥，故意叫江堤出险，——
周朴园	（厉声）下去！
	〔仆人等拉他，说："走！走！"
鲁大海	（对仆人）你们这些混账东西，放开我。我要说，你故意淹死了两千二百个小工，每一个小工的性命你扣三百块钱！姓周的，你发的是绝子绝孙的昧心财！你现在还——
周　萍	（忍不住气，走到大海面前，重重地打他两个嘴巴）你这种混账东西！（大海立刻要还手，但是被周宅的仆人们拉住）打他。
鲁大海	（向萍高声）你，你！（正要骂，仆人一起打大海。大海头流血。鲁妈哭喊着护大海）
周朴园	（厉声）不要打人！（仆人们停止打大海，仍拉着大海的手）
鲁大海	放开我，你们这一群强盗！
周　萍	（向仆人们）把他拉下去。
鲁侍萍	（大哭起来）哦，这真是一群强盗！（走至萍面前，抽咽）你是萍，——凭，——凭什么打我的儿子？
周　萍	你是谁？
鲁侍萍	我是你的——你打的这个人的妈。
鲁大海	妈，别理这东西，您小心吃了他们的亏。
鲁侍萍	（呆呆地看着萍的脸，忽而又大哭起来）大海，走吧，我们走吧。（抱着大海

受伤的头哭）

〔大海为仆人拥下，鲁妈亦下。台上只有朴园与萍。

周　萍　（过意不去地）父亲。
周朴园　你太莽撞了。
周　萍　可是这个人不应该乱侮辱父亲的名誉啊。
　　　　　　〔半晌。
周朴园　克大夫给你母亲看过了么？
周　萍　看完了，没有什么。
周朴园　哦，（沉吟，忽然）来人！
　　　　　　〔仆人由中门上。
周朴园　你告诉太太，叫她把鲁贵跟四凤的工钱算清楚，我已经把他们辞了。
仆　人　是，老爷。
周　萍　怎么？他们两个怎么样了？
周朴园　你不知道刚才这个工人也姓鲁，他就是四凤的哥哥么？
周　萍　哦，这个人就是四凤的哥哥？不过，爸爸——
周朴园　（向下人）跟太太说，叫账房跟鲁贵同四凤多算两个月的工钱，叫他们今天就走。去吧。
　　　　　　〔仆人由饭厅下。
周　萍　爸爸，不过四凤同鲁贵在家里都很好，很忠诚的。
周朴园　哦，（呵欠）我很累了。我预备到书房歇一下。你叫他们送一碗浓一点的普洱茶来。
周　萍　是，爸爸。
　　　　　　〔朴园由书房下。
周　萍　（叹一口气）嗨！（急向中门下，冲适由中门上）
周　冲　（着急地）哥哥，四凤呢？
周　萍　我不知道。
周　冲　是父亲要辞退四凤么？
周　萍　嗯，还有鲁贵。
周　冲　即便是她的哥哥得罪了父亲，我们不是把人家打了么？为什么欺负这么一个女孩子干什么？
周　萍　你可问父亲去。
周　冲　这太不讲理了。
周　萍　我也这样想。
周　冲　父亲在哪儿？
周　萍　在书房里。

〔冲至书房，萍在屋里踱来踱去。四凤由中门走进，颜色苍白，泪还垂在眼角。

周　萍　（忙走至四凤前）四凤，我对不起你，我实在不认识他。
鲁四凤　（用手摇一摇，满腹说不出的话）
周　萍　可是你哥哥也不应该那样乱说话。
鲁四凤　不必提了，错得很。（即向饭厅去）
周　萍　你干什么去。
鲁四凤　我收拾我自己的东西去。再见吧，明天你走，我怕不能看你了。
周　萍　不，你不要去。（拦住她）
鲁四凤　不，不，你放开我。你不知道我们已经叫你们辞了么？
周　萍　（难过）凤，你——你饶恕我么？
鲁四凤　不，你不要这样。我并不怨你，我知道早晚是有这么一天的，不过，今天晚上你千万不要来找我。
周　萍　可是，以后呢？
鲁四凤　那——再说吧！
周　萍　不，四凤，我要见你，今天晚上，我一定要见你，我有许多话要同你说。四凤，你……
鲁四凤　不，无论如何，你不要来。
周　萍　那你想旁的法子来见我。
鲁四凤　没有旁的法子。你难道看不出这是什么情形么？
周　萍　要这样，我是一定要来的。
鲁四凤　不，不，你不要胡闹，你千万不……
　　　　〔蘩漪由饭厅上。
鲁四凤　哦，太太。
周蘩漪　你们在这儿啊！（向四凤）等一会儿，你的父亲叫电灯匠就回来。什么东西，我可以交给他带回去。也许我派人跟你送去。——你家住在什么地方？
鲁四凤　杏花巷十号。
周蘩漪　你不要难过，没事可以常来找我。送给你的衣服，我回头叫人送到你那里去。是杏花巷十号吧？
鲁四凤　是，谢谢太太。
　　　　〔鲁妈在外面叫："四凤！四凤！"
鲁四凤　妈，我在这儿。
　　　　〔鲁妈由中门上。
鲁侍萍　四凤，收拾收拾零碎的东西，我们先走吧。快下大雨了。
　　　　〔风声，雷声渐起。
鲁四凤　是，妈妈。

鲁侍萍　（向蘩漪）太太我们走了。（向四凤）四凤，你跟太太谢谢。

鲁四凤　（向太太请安）太太，谢谢！（含着眼泪看萍，萍缓缓地转过头去）

〔鲁妈与四凤由中门下，风雷声更大。

周蘩漪　萍，你刚才同四凤说的什么？

周　萍　你没有权利问。

周蘩漪　萍，你不要以为她会了解你。

周　萍　你这是什么意思？

周蘩漪　你不要再骗我，我问你，你说要到哪儿去？

周　萍　用不着你问。请你自己放尊重一点。

周蘩漪　你说，你今天晚上预备上哪儿去？

周　萍　我——（突然）我找她。你怎么样？

周蘩漪　（恫吓地）你知道她是谁，你是谁么？

周　萍　我不知道。我只知道我现在真喜欢她，她也喜欢我。过去这些日子，我知道你早明白得很，现在你既然愿意说破，我当然不必瞒你。

周蘩漪　你受过这样高等教育的人现在同这么一个底下人的女儿，这是一个下等女人——

周　萍　（暴烈）你胡说！你不配说她下等，你不配！她不像你，她——

周蘩漪　（冷笑）小心，小心！你不要把一个失望的女人逼得太狠了，她是什么事都做得出来的。

周　萍　我已经打算好了。

周蘩漪　好，你去吧！小心，现在（望窗外，自语，暗示着恶兆地）风暴就要起来了！

周　萍　（领悟地）谢谢你，我知道。

〔朴园由书房上。

周朴园　你们在这儿说什么？

周　萍　我正跟母亲说刚才的事情呢。

周朴园　他们走了么？

周蘩漪　走了。

周朴园　蘩漪，冲儿又叫我说哭了，你叫他出来，安慰安慰他。

周蘩漪　（走到书房门口）冲儿，冲儿！（不听见里面答应的声音，便走进去）

〔外面风雷大作。

周朴园　（走到窗前望外面，风声甚烈，花盆落地打碎的声音）萍儿，花盆叫大风吹倒了，你叫下人快把这窗关上。大概是暴雨就要下来了。

周　萍　是，爸爸！（由中门下）

〔朴园在窗前，望着外面的闪电。

——幕落

提示

　　四幕话剧《雷雨》以20年代的中国城市社会为背景，在一天的时间里、两个舞台背景之中，展示了周、鲁两个家庭成员之间前后30年错综复杂的矛盾纠葛。尽管曹禺说他创作《雷雨》时并没有明确地意识到"要匡正、讽刺或攻击些什么"，但作者怀着被压抑的愤懑和对被侮辱、被损害者的深切同情，揭露了以周朴园为代表的带有浓厚封建性的资产阶级大家庭的罪恶，并展示了其必然崩溃的历史命运。

　　剧本以周朴园为中心展开了错综复杂的戏剧冲突，剧本刻画的8个人物，个个塑造得真实鲜明。周朴园是剧中的主要人物，他是这出悲剧的罪魁元凶，是一颗"罪恶的种子"。这个带有浓厚封建性的资本家，在"仁厚"、"正直"、有"教养"的外衣下隐藏着专横、冷酷、伪善的精神面貌。他的发家史就是一部掠夺劳动人民血汗的历史，他指使警察开枪镇压罢工工人，又收买工人代表，破坏罢工，他是个心狠手辣、冷酷无情的剥削者。尤其是在家庭里，他实行封建专制统治，他的话就是法律，家里任何人不得违抗。他逼得蘩漪这个失去幸福与爱情的女子陷入痛苦的深渊，强迫蘩漪"喝药"的情节，就把他那专横暴戾的性格暴露无遗。他因侍萍当年的温柔顺从而同她相爱，但又屈服于"门当户对"封建婚姻的压力，最终将侍萍遗弃。当他以为侍萍已不在人世，又面对着桀骜不驯的蘩漪和危机四伏的家庭时，他怀念着侍萍；而当侍萍出现在他的眼前，有可能危及他的名誉、地位、"体面"的家庭时，他又变得冷漠无情了。周朴园形象描写得真实丰满，充分写出了他的复杂性格。

　　剧本刻画的另一个性格更为复杂和矛盾的人物是蘩漪，在这个人物身上，倾注着作者对她的怜悯与赞美。蘩漪是一个受过新教育的"中国旧式女人"，她受到"五四"新思潮的影响，有追求自由和爱情幸福的要求。但她与周朴园结婚后便被禁锢在封建家庭的牢笼里，残酷的精神折磨使她的性格变得乖戾、抑郁，甚至阴鸷。她对周公馆"枯井"般的生活感到难以忍受，对于精神的束缚感到痛苦。她反抗周朴园的专制统治，想摆脱这样的环境，但她又不可能离开周公馆去创造一个崭新的生活天地。于是她与周朴园的长子周萍发生了畸形的爱情，即使过着后母不像后母、情妇不像情妇的日子她也愿意。而当胆小懦弱的周萍屈服于封建伦理，抛弃了她，并另有所爱时，她的爱便变成了恨，倔强变成了疯狂。当周萍与四凤幽会时，她把窗户反扣上，让鲁家的人发现周萍；当周萍要带走四凤时，她叫来周朴园，逼着周朴园当众承认与侍萍的关系，终于造成周、鲁两家的悲剧。不是恨便是爱，不是爱便是恨，一切都是走向极端，她是个最具"雷雨"性格的人物。正如有人所评论的，蘩漪的"可爱"不在她的"可爱"处，而在她的"不可爱"处。通过蘩漪的悲剧，剧本揭露了带封建性的资产阶级家庭是如何损害人的尊严，扭曲人性的，很好地把反封建家庭的罪恶与个性解放联系在一起，并能激起人们对于妇女悲剧命运的同情与思考。

　　《雷雨》的问世，标志着中国话剧艺术的成熟。剧本成功地借鉴和运用了西方古典戏剧的"三一律"，以一天浓缩起一个带封建性的资产阶级家庭30年的罪恶历史。剧本采用"回溯法"的戏剧结构，一开幕各种戏剧冲突已经发展得十分尖锐，然后巧妙地通过人物的对话交代复杂的前因,并将"现在的戏剧"和"过去的戏剧"结合在一起,因而造成了一种紧张、强烈的戏剧情境。其次,剧本的台词具有高度的个性化,并达到了动作性和抒情性的统一。人物的台词不仅传神地表达出人物受自身性格驱使的情感波动和心灵变化,而且能引起对话者之间心灵的交锋或交流,推动情节展开。再次,《雷雨》的人物性格、对白、场景,包括"序幕"和"尾声"所渲染的氛围,都有一种象征主义的色彩,也使剧本充满一种诗意。

日 出（故事梗概）

四幕话剧《日出》的故事有三幕是发生在高级旅馆里的交际花陈白露的休息室里,有一幕发生在低等妓院妓女翠喜的房间里。

23岁的交际花陈白露跳了一夜的舞,凌晨时回到居住的旅馆。中学时代的恋人方达生从几千里外的乡下赶来找她,并劝她离开这个污浊的环境,同他一起到乡下去。陈白露渴望新的生活,也憎恶自己的行为,但她无法舍弃已经习惯了的奢侈腐化的生活,因而拒绝了方达生的求婚。一个十五六岁的小女孩——"小东西"逃到了陈白露的房间里,原来"小东西"父母双亡,恶势力的代表金八的打手黑三强迫她卖淫,她反抗并逃走。陈白露同情"小东西",把她藏在自己的房子里,并骗走了捉拿"小东西"的黑三一伙。

黄昏,大丰银行经理潘月亭、富孀顾八奶奶、"面首"胡四、留美洋奴张乔治等都到陈白露的房间里来打牌。潘是陈白露的情人,整天围着陈白露转,为她的挥霍还账。潘的银行盖大楼,搞公债投机,表面一派繁荣,实际上他已将地产、银行全都抵押出去。顾八奶奶俗不可耐,常常自作多情,她为见不到胡四而无病呻吟。张乔治向陈白露炫耀自己的存款、房产、股票,并向陈白露求婚。银行秘书李石清为了爬上去,不惜将自己的皮大衣当掉,逼太太陪经理玩牌,拼命巴结讨好。但背后他又不择手段地获知了潘月亭已将地产、银行抵押出去的秘密,并以此为要挟当上了银行的襄理。被裁减的银行小录事黄省三来旅馆找潘月亭,求潘给他和他那3个没娘的孩子一条活路。潘一拳把他打倒在地,用3块钱打发他离开了旅馆。

一星期后的夜晚,在低等妓院宝和下处,"小东西"因不愿接客而遭到黑三的毒手。人老珠黄的妓女翠喜同情"小东西",处处关照她,但"小东西"终不堪凌辱而上吊自杀了。

陈白露所住的旅馆一片混乱,潘月亭上了金八的当,公债投机亏空破产;被解雇的李石清,不仅受到潘月亭的羞辱,生病的儿子也死了;黄省三毒死自己的3个儿女后跳河自尽,被人救起后发疯;陈白露负债累累,她不愿受金八的侮辱而服安眠药自杀。四处寻找"小东西"未果的方达生回到旅馆,他决心跟金八他们拼一拼,告别"熟睡"的陈白露,在建筑工地上打夯工人的夯歌声中,他迎着日出走向光明。

北京人（节选）

第一景

在北平阴历九月梢尾的早晚，人们已经需要加上棉绒的寒衣。深秋的天空异常肃穆而爽朗。近黄昏时，古旧一点的庭园，就有成群成阵象一片片墨点子似的乌鸦，在老态龙钟的榆钱树的树巅上来回盘旋，此呼彼和，噪个不休。再晚些，暮色更深，乌鸦也飞进了自己的巢。在苍茫的尘雾里传来城墙上还未归营的号手吹着的号声。这来自遥远，孤独的角声，打在人的心坎上说不出的熨帖而又凄凉，象一个多情的幽灵独自追念着那不可唤回的渺若烟云的以往，又是惋惜，又是哀伤，那样充满了怨望和依恋，在薄寒的空气中不住地振抖。

天渐渐地开始短了，不到六点钟，石牌楼后面的夕阳在西方一抹淡紫的山气中隐没下去。到了夜半，就唰唰地刮起西风，园里半枯的树木飒飒地乱抖。赶到第二天一清早，阳光又射在屋顶辉煌的琉璃瓦上，天朗气清，地面上罩一层白霜，院子里，大街的人行道上都铺满了头夜的西风刮下来的黄叶。气候着实地凉了，大清早出来，人们的呼吸在寒冷的空气里凝成乳白色的热气，由菜市买来的菜蔬碰巧就结上一层薄薄的冰凌，在屋子里坐久了不动就觉得有些冻脚，窗纸上的苍蝇拖着迟重的身子飞飞就无力的落在窗台上。在往日到了这种天气，比较富贵的世家，如同曾家这样的门第，家里早举起了炕火，屋内暖洋洋的绕着大厅的花隔扇与宽大的玻璃窗前放着许多盆盛开的菊花，有绿的，白的，黄的，宽瓣的，细瓣的，都是名种，它们有的放在花架上，有的放在地上，还有在糊着蓝纱的隔扇前的紫檀花架上的紫色千头菊悬崖一般地倒吊下来，这些都绚烂夺目地在眼前罗列着。主人高兴时就在花前饮酒赏菊，邀几位知己的戚友，吃着热气腾腾的羊肉火锅，或猜拳，或赋诗，酒酣耳热，顾盼自豪。真是无上的气概，无限的享受。

象往日那般欢乐和气概于今在曾家这间屋子里已找不出半点痕迹，惨淡的情况代替了当年的盛景。现在这深秋的傍晚——离第二幕有一个多月——更是处处显得零落衰败的样子，隔扇上的蓝纱都褪了色，有一两扇已经撕去了换上普通糊窗子用的高丽纸，但也泛黄了。隔扇前地上放着一盆白菊花，枯黄的叶子，花也干的垂了头。靠墙的一张旧红木半圆桌上放着一个深蓝色大花瓶，里面也插着三四朵快开败的黄菊。花瓣儿落在桌子上，这败了的垂了头的菊花在这衰落的旧家算是应应节令。许多零碎的摆饰都收了起来，墙上也只挂着一幅不知甚么人画的山水，裱的绫子已成灰暗色，下面的轴子，只剩了一个，墙壁的纸已开始剥落。墙角倒悬那张七弦琴，琴上的套子不知拿去作了什么，橙黄的繐子仍旧沉沉的垂下来，但颜色已不十分鲜明，蜘蛛在上面织了网又从那儿斜斜地织到屋顶。书斋的窗纸有些破了，补上，补上又破了的。两张方凳随便地放在墙边，一张空着，一张放着一个做针线的簸箩。那扇八角窗的玻璃也许久没擦磨过，灰尘尘的。窗前八仙桌上放一个茶壶两个茶杯，桌边有一把靠椅。

一片淡淡的夕阳透过窗子微弱地洒在落在桌子上的菊花瓣上，同织满了蛛网的七弦琴的繸子上，暗淡淡的，忽然又象回光返照一般地明亮起来，但接着又暗了下去。外面一阵阵地噪着老鸦。独轮水车的轮声又在单调地"吱妞妞吱妞妞"地滚过去。太阳下了山，屋内渐渐的昏暗。

〔开幕时，姑奶奶坐在靠椅上织着毛线坎肩。她穿着一件旧黑洋绉的驼绒袍子，黑绒鞋。面色焦灼，手不时地停下来，似乎在默默地等待着什么。离她远远地在一张旧沙发上歪歪地靠着江泰，他正在拿着一本《麻衣神相》①，十分入神地读，左手还拿了一面用红头绳缠拢的破镜子，翻翻书又照照自己的脸，放下镜子又仔细研究那本线装书。

〔他也穿着件旧洋绉驼绒袍子，灰里泛黄的颜色，袖子上有被纸烟烧破的洞，非常短而又宽大得不适体，棕色的西装裤子，裤脚拖在脚背上，拖一双旧千层底鞋。

〔半晌。

〔陈奶妈拿着纳了一半的鞋底子打开书斋的门走进来。她的头发更斑白，脸上仿佛又多了些皱纹。因为年纪大了怕冷，她已经穿上一件灰布的薄棉袄，青洋缎带扎着腿。看见她来，文彩立刻放下手里的毛线活计站起来。

曾文彩　（非常关心地，低声问）怎么样啦？
陈奶妈　（听见了话又止了步，回头向窗外谛听。文彩满蓄忧愁的眼睛望着她，等她的回话。陈无可奈何地摇摇头）没有走，人家还是不肯走。
曾文彩　（失望地叹息了一声，又坐下拿起毛线坎肩，低头缓缓地织着）
　　　　〔江泰略回头，看了这两个女人一眼，显着厌恶的神气，又转过身读他的《麻衣神相》。
陈奶妈　（长长地嘘出一口气，四面望了望，提起袖口擦抹一下眼角，走到方凳子前坐下，迎着黄昏的一点微光，默默地纳起鞋底）
江　泰　（忽然搓颤着两只脚，浑身寒瑟瑟的）
曾文彩　（抬起头望江）脚冷吗？
江　泰　（心烦）唔？（又翻他的相书，彩又低下头织毛线）
　　　　〔半晌。
曾文彩　（斜觑江泰一下，再低下头织了两针，实在忍不住了）泰！

---

① 麻衣神相，旧时一种相术，传说始于宋僧麻衣道者，故称麻衣神相。

江　泰　（若有所闻，但仍然看他的书）
曾文彩　（又温和地）泰，你在干什么？
江　泰　（不理她）
　　　　〔陈看江一眼，不满意地转过头去。
曾文彩　（放下毛线）泰，几点了，现在？
江　泰　（拿起镜子照着，头也不回）不知道。
曾文彩　（只好看看外边的天色）有六点了吧？
江　泰　（放下镜子，回过头，用手指了一下，冷冷地）看钟！
曾文彩　钟坏了。
江　泰　（翻翻白眼）坏了拿去修！（又拿起镜子）
曾文彩　（怯弱地）泰，你再到客厅看看他们现在怎么样啦，好么？
江　泰　（烦躁地）我不管，我管不着，我也管不了，你们曾家的事也太复杂，我没法管。
曾文彩　（恳求）你再去看一下，好不好？看看他们杜家人究竟想怎么样？
江　泰　怎么样？人家到期要曾家还，没有钱要你们府上的房子，没有房子要曾老太爷的寿木，那漆了几十年的楠木棺材。
曾文彩　（无力地）可这寿木是爹的命，爹的命！
江　泰　你既然知道这件事这么难办，你要我去干什么？
陈奶妈　（早已停下针在听，插进嘴）算了吧，反正钱是没有，房子要住——
江　泰　那棺材——
曾文彩　爹舍不得！
江　泰　（瞪瞪文彩）明白啦？（又拿起镜子）
曾文彩　（低头叹息拿出手帕抹眼泪）
　　　　〔半晌。外面乌鸦噪声，水车"吱妞妞吱妞妞"滚过声。
陈奶妈　（纳着鞋底，时而把针放在斑白的头发上擦两下，又使劲把针扎进鞋底。这时她停下针，抬起头叹气）我走喽，走喽！明天我也走喽，可怜今天老爷子过的是什么丧气生日！唉，象这样活下去倒不如那天晚上……（忽然）要是往年祖老太爷做寿的时候，家里请客唱戏，院子里，客厅里摆满了菊花，上上下下都开着酒席，哪儿哪儿都是拜寿的客人，几里旮旯儿（"角落"）满世界都是寿桃，寿面，红寿帐子，哪象现在——
曾文彩　（一直在沉思着眼前的苦难，呆望着江泰，几乎没听见陈奶妈的话，此时打起精神对江泰，又温和地提起话头）泰，你在干什么？
江　泰　（翻翻眼）你看我在干什么？
曾文彩　（勉强地微笑）我说你一个人照什么？
江　泰　（早已不耐烦，立起来）我在照我的鼻子！你听清楚，我在照我的鼻子！鼻子！鼻子！鼻子！（拿起镜子和书走到一个更远的椅子上坐下）

曾文彩　你不要再叫了吧，爹这次的性命是捡来的。
江　泰　（总觉文彩故意跟他为难，心里又似恼怒，却又似毫无办法的样子，连连指着她）你看你！你看你！你看你！每次说话的口气，言外之意总象是我那天把你父亲气病了似的。你问问现在谁不知道是你那位令兄，令嫂——
曾文彩　（只好极力辩解）谁这么疑心哪？（又低首下心，温婉地）我说，爹今天刚从医院回来，你就当着给他老人家拜寿，到上屋看看他，好吧？
江　泰　（还是气鼓鼓地）我不懂，他既然不愿意见我，你为什么非要我见他不可？就算那天我喝醉啦，说错了话，得罪了他，上个月到医院也望了他一趟，他都不见我，不见我——
曾文彩　（解释）唉，他老人家现在心绪不好！
江　泰　那我心绪就好？
曾文彩　（困难地）可现在爹回了家，你难道就一辈子不见他？就当作客人吧，主人回来了，我们也应该问声好，何况你——
江　泰　（理屈却气壮，走到她的面前又指又点）你，你，你的嘴怎么现在学得这么刁？这么刁？我，我躲开你！好不好？
　　　　〔江赌气拿着镜子由书斋小门走出去。
曾文彩　（难过地）江泰！
陈奶妈　唉，随他——
　　　　〔江又匆匆进来在原处乱找。
江　泰　我的《麻衣神相》呢？（找着）哦，这儿。
　　　　〔江又走出。
曾文彩　江泰！
陈奶妈　（十分同情）唉，随他去吧，不见面也好。看见姑老爷，老爷子说不定又想起清少爷，心里更不舒服了。
曾文彩　（无可奈何，只得叹了口气）您的鞋底纳好了吧？
陈奶妈　（微笑）也就差一两针了。（放下鞋底，把她的铜边的老花镜取下来，揉揉眼睛）鞋倒是做好了，人又不在了。
曾文彩　（勉强挣出一句希望的话）人总是要回来的。
陈奶妈　（顿了一下，两手提起衣角擦泪水，伤心地）嗯，但——愿！
曾文彩　（凄凉地）奶妈，您明天别走吧，再过些日子，哥哥会回来的。
陈奶妈　（一月来的烦忧使她的面色失了来时的红润。她颤巍巍摇着头，干巴巴的瘪嘴激动得一抽一抽的。她心里实在舍不得，而口里却固执地说）不，不，我要走，我要走的。（立起把身边的针线什物往笸箩里收，一面揉揉她的红鼻头）说等吧，也等了一个多月了，愿也许了，香也烧了，还是没音没信，可怜我的清少爷跑出去，就穿了一件薄夹袍——（向外喊）小柱儿！小柱儿！
曾文彩　小柱儿大概帮袁先生捆行李呢。

陈奶妈　（从笸箩里取出一块小包袱皮，包着那双还未完全做好的棉鞋）要，要是有一天他回来了，就赶紧带个话给我，我好从乡下跑来看他。（又不觉眼泪汪汪地）打，打听出个下落呢，姑小姐就把这双棉鞋绱好给他寄去——（回头又喊）小柱儿！——（对彩）就说大奶妈给他做的，叫他给奶妈捎一个信。（闪出一丝笑容）那天，只要我没死，多远也要去看他去。（忍不住又抽咽起来）

曾文彩　（走过来抚慰着老奶妈）别，别这么难过！他在外面不会怎么样，（勉强地苦笑）三十六七快抱孙子的人，哪会——

陈奶妈　（泪眼婆娑）多大我也看他是个小孩子，从来也没出过门，连自己吃的穿的都不会料理的人——（一面喊，一面走向通大客厅的门）小柱儿，小柱儿！

　　　　〔小柱儿的声音："哎，奶奶！"

陈奶妈　你在干什么哪？你还不收拾收拾睡觉，明儿个好赶路。

　　　　〔小柱儿的声音："愫小姐叫我帮她喂鸽子呢。"

陈奶妈　（一面向大客厅走，一面唠叨）唉，愫小姐也是孤零零的可怜！可也白糟蹋粮食，这时候这鸽子还喂个什么劲儿！

　　　　〔陈由大客厅门走出。

曾文彩　（一半对着陈奶妈说，一半是自语，喟然）喂也是看在那爱鸽子的人！

　　　　〔外面又一阵乌鸦噪，她打了一个寒战，正拿起她的织物，——

　　　　〔江泰嗒然由书斋小门上。

江　泰　（忘记了方才的气焰，象在黄霉天，背上沾湿了雨一般，说不出的又是丧气，又是恼怒，又是悲哀的神色，连连地摇着头）没办法！没办法！真是没办法！这么大的一所房子，走东到西，没有一块暖和的地方。到今儿个还不生火，脚冻得要死。你那位令嫂就懂得弄钱，你的父亲就知道他的棺材。我真不明白这样活着有什么意义，有什么意义？

曾文彩　别埋怨了，怎么样日子总是要过的。

江　泰　闷极了我也要革命！（从似乎是开玩笑又似乎是发脾气的口气而逐渐激愤地喊起来）我也反抗，我也打倒，我也要学瑞贞那孩子交些革命党朋友，反抗，打倒，打倒，反抗！都滚他妈的蛋，革他妈的命！把一切都给他一个推翻！而，而，而——（突然摸着自己的口袋，不觉挖苦挖苦自己，惨笑出来）我这口袋里就剩下一块钱——（摸摸又眨眨眼）不，连一块儿也没有，——（翻眼想想，低声）看了相！

曾文彩　江泰，你这——

江　泰　（忽然悲伤，"如丧考妣"的样子，长叹一声）要是我能发明一种象"万金油"似的药多好啊！多好啊！

曾文彩　（哀切地）泰，不要再这样胡思乱想，顺嘴里扯，你这样会弄成神经病的。

江　泰　（象没听见她的话，蓦地又提起神）文彩，我告诉你，今天早上我逛市场，又看了一个相，那个看相的也说我现在正交鼻运，要发财，连夸我的鼻子生得好，饱满，藏财。（十分认真地）我刚才照照我的鼻子，倒是生得不错！（直怕文彩驳斥）看相大概是有点道理，不然怎么我从前的事都说的挺灵呢？

曾文彩　那你也该出去找朋友啊！

江　泰　（有些自信）嗯！我一定要找，我要找我那些阔同学。（仿佛用话来唤起自己的行动的勇气）我就要找，一会儿我就去找！我大概是要走运了。

曾文彩　（鼓励地）江泰，只要肯动一动你的腿，你不会不发达的。

江　泰　（不觉高兴起来）真的吗？（突然）文彩，我刚才到上房看你爹去了。

曾文彩　（也提起高兴）他，他老人家跟你说什么？

江　泰　（黠巧地）这可不怪我，他不在屋。

曾文彩　他又出屋了？

江　泰　嗯，不知道他——

〔陈奶妈由书斋小门上。

陈奶妈　（有些惶惶）姑小姐，你去看看去吧。

曾文彩　怎么？

陈奶妈　唉！老爷子一个人拄着个棍儿又到厢房看他的寿木去了。

曾文彩　哦——

陈奶妈　（哀痛地）老爷子一个人站在那儿，直对着那棺材流眼泪……

江　泰　愫小姐呢？

陈奶妈　大概给大奶奶在厨房蒸什么汤呢。——姑小姐，那棺材再也给不得杜家，您先去劝劝老爷子去吧。

曾文彩　（泫然）可怜爹，我，我去——（向书房走）

江　泰　（讥诮地）别，文彩，你先去劝劝你那好嫂子吧。

曾文彩　（一本正经）她正在跟杜家人商量着推呢。

江　泰　哼，她正在跟杜家商量着送呢。你叫她发点良心，别尽想把押给杜家的房子留下来，等她一个人日后卖好价钱，你父亲的棺材就送不出去了。记着，你父亲今天出院的医药费都是人家愫小姐拿出来的钱。你嫂子一个人躲在屋子里吃鸡，当着人装穷，就知道卖嘴，你忘了你爹那天进医院以前她咬你爹那一口啦，哼，你们这位令嫂啊，——

〔思懿由书斋小门上。

陈奶妈　（听见足步声，回头一望，不觉低声）大奶奶来了。

江　泰　（默然，走在一旁）

〔思懿面色阴暗，蹙着眉头，故意显得十分为难又十分哀痛的样子。她穿件咖啡色起黑花的长袖绒旗袍，靠胳臂肘的地方有些磨光了，领子上的钮扣没扣，青礼服呢鞋。

曾文彩　（怯弱地）怎么样，大嫂？

曾思懿　（默默地走向沙发那边去）

〔半晌。

陈奶妈　（关切又胆怯地）杜家人到底肯不肯？

曾思懿　（仍默然坐在沙发上）

曾文彩　大嫂，杜家人——

曾思懿　（猛然扑在沙发的扶手上，有声有调地哭起来）文清，你跑到哪儿去了？文清，你跑了，扔下这一大家子，叫我一个人撑，我怎么办得了啊？你在家，我还有个商量，你不在家，碰见这种难人的事，我一个妇道还有什么主意哟！

　　　　〔江泰冷冷地站在一旁望着她。

陈奶妈　（受了感动）大奶奶，您说人家究竟肯不肯缓期呀？

曾思懿　（鼻涕眼泪抹着，抽咽着，数落着）你们想，人家杜家开纱厂的！鬼灵精！到了我们家这个时候，"墙倒众人推"，还会肯吗？他们看透了这家里没有一个男人，（江泰鼻孔哼了一声）老的老，小的小，他们不趁火打劫，逼得你非答应不可，怎么会死心啊？

曾文彩　（绝望地）这么说，他们还是非要爹的寿木不可？

曾思懿　（直拿手帕擦着红肿的眼，依然抽动着肩膀）你叫我有什么法子？钱，钱我们拿不出；房子，房子我们要住；一大家子的人张着嘴要吃。那寿木，杜家老太爷想了多少年，如今非要不可，非要——

江　泰　（靠着自己卧室的门框，冷言冷语地）那就送给他们得啦。

陈奶妈　（惊愕）啊，送给他们？

曾思懿　（不理江泰）并且人家今天就要——

曾文彩　（倒吸一口气）今天？

曾思懿　嗯，他们说杜家老太爷病得眼看着就要断气，立了遗嘱，点明——

江　泰　（替她说）要曾家老太爷的棺材！

曾文彩　（立刻）那爹怎么会肯？

陈奶妈　（插嘴）就是肯，谁能去跟老爷子说？

曾文彩　（紧接）并且爹刚从医院回来。

陈奶妈　（插进）今天又是老爷子的生日，——

曾思懿　（突然又嚎起来）我，我就是说啊！文清，你跑到哪儿去了？到了这个时候，叫我怎么办啊？我这公公也要顾，家里的生活也要管，我现在是"忠孝不能两全"。文清，你叫我怎么办哪！

　　　　〔在大奶奶的哭嚎声中，书斋的小门打开。曾皓挂着拐杖，巍巍然地走进来。他穿着藏青"线春"的丝棉袍子，上面罩件黑呢马褂，黑毡鞋。面色黄枯，形容惨怆，但在他走路的样子看来，似乎已经恢复了健康。他尽量保持自己仅余那点尊严，从眼里看得出他在绝望中再做最后一次挣扎，然而他又多么厌恶眼前这一帮人。

　　　　〔大家回过头都立起来。江泰一看见，就偷偷沿墙溜进自己的屋里。

曾文彩　爹！（跑过去扶他）
曾　皓　（以手挥开，极力提起虚弱的嗓音）不要扶，让我自己走。（走向沙发）
曾思懿　（殷殷勤勤）爹，我还是扶您回屋躺着吧。
曾　皓　（坐在沙发上，对大家）坐下吧，都不要客气了。（四面望望）江泰呢？
曾文彩　他，——（忽然想起）他在屋里，（惭愧地）等着爹，给爹赔不是呢。
曾　皓　老大还没有信息么？
曾思懿　（惨凄凄地）有人说在济南街上碰见他，又有人说在天津一个小客栈看见他——
曾文彩　哪里都找到了，也找不到一点影子。
曾　皓　那就不要找了吧。
曾文彩　（打起精神，安慰老人家）哥哥这次实在是后悔啦，所以这次在外面一定要创一番事业才——
曾　皓　（摇首）"知子莫若父"，他没有志气，早晚他还是会——（似乎不愿再提起他，忽然对彩）你叫江泰进来吧。
曾文彩　（走了一步，中心愧怍，不觉转身又向着父亲）爹，我，我们真没脸见爹，真是没——
曾　皓　唉，去叫他，不用说这些了。（对思）你也把霆儿跟瑞贞叫进来。
　　　　〔彩至卧室前叫唤。思由书斋门走下。
曾文彩　江泰！江——
　　　　〔江泰立刻悄悄溜出来。
江　泰　（出门就看见曾皓正在望着他，不觉有些惭愧）爹，您，您——
曾　皓　（挥挥手）坐下，坐下吧，（江坐，皓对奶妈关心地）你告诉愫小姐，刚从医院回来，别去厨房再辛苦啦，歇一会去吧。
　　　　〔陈奶妈由通大客厅的门下。
曾文彩　（一直在望着江泰示意，一等陈奶妈转了身，低声）你还不站起来给爹赔个罪！
江　泰　（似立非立）我，我——
曾　皓　（摇手）过去的事不提了，不提了。
　　　　〔江又坐下。静默中，思懿领着霆儿与瑞贞由书斋小门上。瑞贞穿着一件灰底子小红花的布夹袍，霆儿的袍子上罩一件蓝布大褂。
曾　皓　（指指椅子，他们都依次坐下，除了瑞贞立在文彩的背后。皓哀伤地望了望）现在坐中大概就缺少老大，我们曾家的人都在这儿了。（望望屋子，微微咳了一下）这房子是从你们的太爷爷敬德公传下来的，我们累代是书香门第，父慈子孝，没有叫人说过一句闲话。现在我们家里出了我这种不孝的子孙——
曾思懿　（有些难过）爹！——
　　　　〔大家肃然相望，又低下头。
曾　皓　败坏了曾家的门庭，教出一群不明事理，不肯上进，不知孝顺，连守成都做不到的儿女——

江　泰　（开始有些烦恶）

曾文彩　（抬起头来惭愧地）爹，爹，您——

曾　皓　这是我对不起我的祖宗，我没有面目再见我们的祖先敬德公！（咳嗽，瑞贞走过来捶背）

江　泰　（不耐，转身连连摇头，又唉声叹息起来，嘟哝着）哎，哎，真是这时候还演什么戏！演什么戏！

曾文彩　（低声）你又发疯了！

曾　皓　（徐徐推开瑞贞）不要管我。（转对大家）我不责备你们，责也无益。（满面绝望可怜的神色，而声调是恨恨的）都是一群废物，一群能说会道的废物。（忽然来了一阵勇气）江泰，你，你也是！——

〔江似乎略有表示。

曾文彩　（怕他发作）泰！

〔江默然，又不做声。

曾　皓　（一半是责备，一半是发牢骚）成天地想发财，成天地做梦，不懂得一点人情世故，同老大一样，白读书，不知什么害了你们，都是一对——（不觉大咳，自己捶了两下）

曾文彩　唉，唉！

江　泰　（只好无奈何地连连出声）这又何必呢，这又何必呢！

曾　皓　思懿，你是有儿女的人，已经做了两年的婆婆，并且都要当祖母啦，（强压自己的愤怒）我不说你。错误也是我种的根，错也不自今日始。（自己愈说愈凄惨）将来房子卖了以后，你们尽管把我当作死了一样，这家里没有我这个人，我，我——（泫然欲泣）

曾文彩　（忍不住大哭）爹，爹——

曾思懿　（早已变了颜色）爹，我不明白爹的话。

曾　皓　（没有想到）你，你，——

曾文彩　（愤极）大嫂，你太欺侮爹了。

曾思懿　（反问）谁欺侮了爹？

曾文彩　（老实人也逼得出了声）一个人不能这么没良心。

曾思懿　谁没良心？谁没良心？天上有雷，眼前有爹！妹妹，我问你，谁？谁？

曾　霆　（同时苦痛地）妈！

曾文彩　（被她的气势所夺，气得发抖）你，你逼得爹没有一点路可走了。

江　泰　（无可奈何地）不要吵了，小姑子，嫂嫂们。

曾文彩　你逼得爹连他老人家的寿木都要抢去卖，你逼得爹——

曾　皓　（止住她）文彩！

曾思懿　（讥诮地）对了，是我逼他老人家，吃他老人家，（说说立起来）喝他老人家，成天在他老人家家里吃闲饭，一住就是四年，还带着自己的姑爷——

曾　霆　（在旁一直随身劝阻，异常着急）妈，您别，——妈您——妈——
江　泰　（也突然冒了火）你放屁！我给了钱！
曾　皓　（急喘，镇止他们）不要喊了！
曾思懿　（同时）你给了钱？哼，你才——
曾　皓　（在一片吵声中，顿足怒喊）思懿，别再吵！（突然一变几乎是哀号）我，我就要死了！

〔大家顿时安静，只听见思懿哀哀低泣。

〔天开始暗下来，在肃静的空气中愫方由大客斋门上。她穿着深米色的哔叽夹袍，面庞较一个月前略瘦，因而她的眼睛更显得大而有光彩，我们可以看得出在那里面含着无限镇静，和平与坚定的神色。她右手持一盏洋油灯，左臂抱着两轴画。看见她进来，瑞贞连忙走近，替她接下手里的灯，同时低声仿佛在她耳旁微微说了一句话。愫方默默领首，不觉悲哀地望望眼前那几张沉肃的脸，就把两轴画放进那只瓷缸里，又回身匆匆地由书斋门下。瑞贞一直望着她。

曾　皓　（叹息）你们这一群废物啊！到现在还有什么可吵的？
曾瑞贞　爷爷，回屋歇歇吧？
曾　皓　（感动地）看看瑞贞同霆儿还有什么脸吵？（慨然）别再说啦，住在一起也没有几天了。思懿，你，你去跟杜家的管事说，说叫，——（有些困难）叫他们把那寿木抬走，先，先（凄惨地）留下我们这所房子吧。
曾文彩　爹！
曾　皓　杜家的意思刚才愫方都跟我说了！
曾文彩　哪个叫愫表妹对您说的？
曾思懿　（挺起来）我！
曾　皓　不要再计较这些事情啦！
江　泰　（迟疑）那么您，还是送给他们？
曾　皓　（点头）
曾思懿　（不好开口，却终于说出）可杜家人说今天就要。
曾　皓　好，好，随他们，让它给有福气的人睡去吧。（思就想出去说，不料皓回首对江）江泰，你叫他们赶快抬，现在就抬！（无限的哀痛）我，我不想明天再看见这晦气的东西！

〔曾皓低头不语，思只好停住脚。

江　泰　（怜悯之心油然而生）爹！（走了两步又停住）
曾　皓　去吧，去说去吧！
江　泰　（蓦然回头，走到皓的面前，非常善意地）爹，这有什么可难过的呢？人死就死了，睡个漆了几百道的棺材又怎么样呢？（原是语调里带着同情而又安慰的口气，但逐渐忘形，改了腔调，又按他一向的习惯，对着曾皓，滔滔不绝地说起来）这种事您就没有看通，譬如说，您今天死啦，睡了就漆一道的棺材，又有什么关系呢？

曾文彩　（知道他的话又来了）江泰！

江　泰　（回头对彩，嫌厌地）你别吵！（又转脸对皓，和颜悦色，十分认真地劝解）那么您死啦，没有棺材睡又有什么关系呢？（指着点着）这都是一种习惯！一种看法！（说得逐渐高兴，渐次忘记了原来同情与安慰的善意，手舞足蹈地对着曾皓开了讲）譬如说，（坐在沙发上）我这么坐着好看，（灵机一动）那么，这么（忽然把条腿翘在椅背上）坐着，就不好看么？（对思）那么，大嫂，（陶醉在自己的言词里，象喝得微醺之后，几乎忘记方才的龃龉）我这是比方啊！（指着）你穿衣服好看，你不穿衣服，就不好看么？

曾思懿　姑老爷！

江　泰　（继续不断）这都未见得，未见得！这不过是一种看法！一种习惯！

曾　皓　（插嘴）江泰！

江　泰　（不容人插嘴，流水似地接下去）那么譬如我吧，（坐下）我死了，（回头对文彩，不知他是玩笑，还是认真）你就给我火葬，烧完啦，连骨头末都要扔在海里，再给它一个水葬！痛痛快快来一个死无葬身之地！（仿佛在堂上讲课一般）这不过也是一种看法，这也可以成为一种习惯，那么，爹，您今天——

曾　皓　（再也忍不住，高声拦住他）江泰！你自己愿意怎么死，怎么葬，都任凭尊便。（苦涩地）我大病刚好，今天也还算是过生日，这些话现在大可不必……

江　泰　（依然和平地，并不以为忤）好，好，好，您不赞成！无所谓，无所谓！人各有志！……其实我早知道我的话多余，我刚才说着的时候，心里就念叨着，"别说啊！别说啊！"（抱歉地）可我的嘴总不由得——

曾思懿　（一直似乎在悲戚着）那姑老爷，就此打住吧。（立起）那么爹，我，我（不忍说出的样子，擦擦自己的眼角）就照您的吩咐跟杜家人说吧？

曾　皓　（绝望）好，也只有这一条路了。

曾思懿　唉！（走了两步）

曾文彩　（痛心）爹呀！

江　泰　（忽然立起）别，你们等等，一定等等。

〔江泰三脚两步跑进自己的卧室。思也停住了脚。

曾　皓　（莫明其妙）这又是怎么？

〔张顺由通大客厅大门上。

张　顺　杜家又来人说，阴阳生看好那寿木要在今天下半夜，寅时以前，抬进杜公馆，他们问大奶奶……

曾文彩　你……

〔江泰拿着一顶破呢帽提着手杖匆匆地走出来。

江　泰　（对张，兴高采烈）你叫他们杜家那一批混账王八蛋再在客厅等一下，你就说钱就来，我们老太爷的寿木要留在家里当劈柴烧呢！

曾文彩　你怎么……

江　泰　（对皓，热烈地）爹，您等一下，我找一个朋友去。（对彩）常鼎斋现在当了公安局长，找他一定有办法。（对皓，非常有把握地）这个老朋友跟我最好，这点小事一定不成问题。（有条有理）第一，他可以立刻找杜家交涉，叫他们以后不准再在此地无理取闹。第二，万一杜家不听调度，临时跟他通融（轻蔑的口气）这几个大钱也决无问题，决无问题。

曾文彩　（几乎不相信自己的耳朵）泰，真的可以？

江　泰　（敲敲手杖）自然自然，那么，爹，我走啦。（对思，扬扬手）大嫂，说在头里，我担保，准成！（提步就走）

曾思懿　（一阵风暴使她有些昏眩）那么爹，这件事……

曾文彩　（欣喜）爹……

〔江跨进通大客厅的门槛一步，又匆匆回来。

江　泰　（对彩，匆忙地把手一伸）我身上没钱。

曾文彩　（连忙由衣袋里拿出一小卷钞票）这里！

江　泰　（一看）三十！

〔江由通大客厅的门走出。

曾　皓　（被他撩得头昏眼花，现在才喘出一口气）江泰这个东西是怎么回事？

曾文彩　（一直是崇拜着丈夫的，现在惟恐人不相信，于是极力对皓）爹，您放心吧，他平时不怎么乱说话的。他现在说有办法，就一定有办法。

曾　皓　（将信将疑）哦！

曾思懿　（管不住）哼，我看他……（忽然又制止了自己，转对曾皓，不自然地笑着）那么也好，爹，这棺木的事……

曾　皓　（像是得了一点希望的安慰似的，那样叹息一声）也好吧，"死马当做活马医"，就照他的意思办吧。

张　顺　（不觉也有些喜色）那么，大奶奶，我就对他们……

曾思懿　（半天在抑压着自己的愠怒，现在不免颜色难看，恶声恶气地）去！要你去干什么！

〔思懿有些气汹汹地向大客厅快步走去。

曾　皓　（追说）思懿，还是要和和气气对杜家人说话，请他们无论如何，等一等。

曾思懿　嗯！

〔思懿由通大客厅的门下，张顺随着出去。

曾文彩　（满脸欣喜的笑容）瑞贞，你看你姑父有点疯魔吧，他到了这个时候才……

曾瑞贞　（心里有事，随声应）嗯，姑姑。

曾　皓　（又燃起希望，紧接着彩的话）唉！只要把那寿木留下来就好了！（不觉回顾）霆儿，你看这件事有望么？

曾　霆　（也随声答应）有，爷爷。

曾　皓　（点头）但愿家运从此就转一转，——嗯，都说不定的哟！（想立起，瑞贞过来扶）你现在身体好吧？
曾瑞贞　好，爷爷。
曾　皓　（立起，望瑞，感慨地）你也是快当母亲的人喽！
　　　　〔文彩示意，叫霆儿也过来扶祖父，霆默默过来。
曾　皓　（望着孙儿和孙儿媳妇，忽然抱起无穷的希望）我瞧你们这一对小夫妻总算相得的，将来看你们两个撑起这个门户吧。
曾文彩　（对霆示意，叫他应声）霆儿！
曾　霆　（又应声，望望瑞贞）是，爷爷。
曾　皓　（对着曾家第三代人，期望的口气）这次棺木保住了，房子也不要卖，明年开了春，我为你们再出门跑跑看，为着你们的儿女我再当一次牛马！（用手帕擦着眼角）唉，只要祖先保佑我身体好，你们诚心诚意地为我祷告吧！（向书斋走）
曾文彩　（过来扶着曾皓，助着兴会）是啊，明年开了春，爹身体也好了，瑞贞也把重孙子给您生下来，哥哥也……
　　　　〔书斋小门打开，门前现出愫方。她像是刚刚插完了花，水淋淋的手还拿着两朵插剩下的菊花。
愫　方　（一只手轻轻掠开掉在脸前的头发，温和地）回屋歇歇吧，姨父，您的房间收拾好啦。
曾　皓　（快慰地）好，好！（一面对文彩点头应声，一面向外走）是啊，等明年开了春吧！……瑞贞，明年开了春，明年……
　　　　〔瑞贞扶着他到书斋门口，望着愫方，回头暗暗地指了指这间屋子。愫方会意，点点头，接过曾皓的手臂扶着他出去，后面随着文彩。
　　　　〔霆儿立在屋中未动。瑞贞望望他，又从书斋门口默默走回来。
曾瑞贞　（低声）霆！
曾　霆　（几乎不敢望她的眼睛，悲戚地）你明天一早就走么？
曾瑞贞　（也不敢望他，低沉的声音，迟缓而坚定地）嗯。
曾　霆　是跟袁家的人一路？
曾瑞贞　嗯，一同走。
曾　霆　（四面望望，在口袋里掏着什么）那张字据我已经写好了。
曾瑞贞　（凝视霆）哦。
曾　霆　（掏出一张纸，不觉又四面看一下，低声读着）："离婚人曾瑞贞、曾霆，我们幼年结婚，意见不合，实难继续同居，今后二人自愿脱离夫妻——。"
曾瑞贞　（心酸）不要再念下去了。
曾　霆　（迟疑一下，想着仿佛是应该办的手续，嗫嚅）那么签字，盖章，……
曾瑞贞　回头在屋里办吧。
曾　霆　也，也好。

曾瑞贞　（衷心哀痛）霆，真对不起你，要你写这样的字据。
曾　霆　（说不出话，从来没有象今天对她这般依恋）不，这两年你在我们家也吃够了苦。（忽然）那个孩子不要了，你告诉过愫姨了吧？
曾瑞贞　（不愿提起的回忆）嗯，她给孩子做的衣服，我都想还给她了。怎么？
曾　霆　我想家里有一个人知道也好。
曾瑞贞　（关切地）霆，我走了以后，你，你干什么呢？
曾　霆　（摇头）不知道。（寂寞地）学校现在不能上了。
曾瑞贞　（同情万分）你不要失望啊。
曾　霆　不。
曾瑞贞　（安慰）以后我们可以常通信的。
曾　霆　好。（泪流下来）
　　　　〔外面圆儿喊着"瑞贞！"
曾瑞贞　（酸苦）不要难过，多少事情是要拿出许多痛苦，才能买出一个"明白"呀。
曾　霆　这"明白"是真难哪！
　　　　〔圆儿吹着口哨，非常高兴的样子由通大客厅的门走进。她穿着灰、蓝、白三种颜色混在一起的毛织品的裙子，长短正到膝盖，上身是一件从头上套着穿的印度红的薄薄的短毛衫，两只腿仍旧是光着的，脚上穿着一双白帆布运动鞋。她象是刚在忙着收拾东西，头发有些乱，两腮也红红的，依然是那样活泼可喜。她一手举着一只鸟笼，里面关着那只鸽子"孤独"，一手提着那个大金鱼风筝，许多地方都撕破了，臂下还夹着用马粪纸铰好的二尺来长的"北京人"的剪影。
袁　圆　（大声）瑞贞，我父亲找了你好半天啦，他问你的行李……
曾瑞贞　（忙止住她，微笑）请你声音小点，好吧？
袁　圆　（只顾高兴，这时才忽然想起来，两面望一下，伸伸舌头，立刻憋住喉咙，满脸顽皮相，全用气音嘶出，一顿一顿地）我父亲……问你……同你的朋友们……行李……收拾好了没有？
曾瑞贞　（被她这种神气惹得也笑起来）收拾好了。
袁　圆　（还是嘶着喉咙）他说——只能——送你们一半路，……还问……（嘘出一口气，恢复原来的声音）可别扭死我了。还是跟我来吧，我父亲还要问你一大堆话呢。
曾瑞贞　（爽快地）好，走吧。
袁　圆　（并不走，却抱着东西走向曾霆，煞有介事的样子）曾霆，你爹不在家，（举起那只破旧的"金鱼"纸鸢）这个破风筝还给你妈！（纸鸢靠在桌边，又举起那鸽笼）这鸽子交给愫小姐！（鸽笼放在桌上，这才举起那"北京人"的剪影，笑嘻嘻地）这个"北京人"我送你做纪念，你要不要？
曾　霆　（似乎早已忘记了一个多月前对圆儿的情感，点点头）好。

袁　圆　（眨眨眼，象是心里又在转什么顽皮的念头）明天天亮我们走了，就给你搁在（指着通大客厅的门）这个门背后，（对瑞）走吧，瑞贞！

　　〔圆儿一手持着那剪影，一手推着瑞贞的背，向通大客厅的门走出。

　　〔这时思懿也由那门走进，正撞见她们。瑞贞望着婆婆愣了一下，就被圆儿一声"走！"推出去。

　　〔霆望她们出了门，微微叹了一声。

曾思懿　（斜着眼睛回望一下，走近霆）瑞贞这些日子常不在家，总是找朋友，你知道她在干些什么？

曾　霆　（望望她，又摇摇头）不知道。

曾思懿　（嫌她自己的儿子太不精明，但也毫无办法，抱怨地叹口气）哎，媳妇是你的呀，孩子！我也生不了这许多气了。（忽然）他们呢？

曾　霆　到上房去了。

曾思懿　（诉说，委屈地）霆儿，你刚才看见妈怎么受他们的气了。

曾　霆　（望望他的母亲，又低下头）

曾思懿　（掏出手帕）妈是命苦，你爹撇开我们跑了，你妈成天受这种气，都是为了你们哪！（擦擦泪润湿了的眼）

曾　霆　妈，别哭了。

曾思懿　（抚着霆）以后什么事都要告诉妈！（埋怨地）瑞贞有肚子要不是妈上个月看出来，你们还是不告诉我的。（指着）你们两个是存的什么心哪！（关切地）我叫瑞贞喝的那副安胎的药，她喝了没有？

曾　霆　没有。

曾思懿　不，我说的前天我从罗太医那里取来的那方子。

曾　霆　（心里难过，有些不耐）没有喝呀！

曾思懿　（勃然变色）为什么不喝呢？（厉声）叫她喝，要她喝！她再不听话，你告诉我，看我怎么灌她喝！她要觉得她自己不是曾家的人，她肚子里那块肉可是曾家的。现在为她肚子里那孩子，什么都由着她，她倒越说越来了。（忽然又低声）霆儿，你别糊涂，我看瑞贞这些日子是有点邪，鬼鬼祟祟，交些乱朋友，……（更低声）我怕她拿东西出去，夜晚前后门我都下了锁，你要当心啊，我怕……

　　〔愫方端着一个药罐由通书斋小门进。

愫　方　（温婉地）罗太医那方子的药煎好了。

曾思懿　（望望她）

愫　方　（看她不说话，于是又——）就在这儿吃么？

曾思懿　（冷冷地）先搁在我屋里的小炭炉上温着吧！

　　〔愫端着药由霆儿面前走进了思懿的屋子。

曾　霆　（望望那药罐里的药汤，诧异而又不大明白的神色）妈，怎么罗太医那个方子，您，您也在吃？

曾思懿　（脸色略变，有些尴尬，但立刻又镇静下来，含含糊糊地）妈，妈现在身体也不大好。（找话说）这几天倒是亏了你愫姨照护着，——（立时又改了口气，咳了一声）不过孩子，（脸上又是一阵暗云，狠恶地）你愫姨这个人哪，（摇头）她呀，她才是……

〔愫方由卧室出。

愫　方　表嫂，姨父正叫着你呢！

曾思懿　（似理非理，点了点头。回头对霆）霆儿，跟我来。

〔霆儿随着思懿由书斋小门下。

〔天更暗了。外面一两声雁叫，凄凉而寂寞地掠过这深秋渐晚的天空。

愫　方　（轻轻叹息了一声，显出一点疲乏的样子。忽然看见桌上那只鸽笼，不觉伸手把它举起，凝望着那里面的白鸽，……那个名叫"孤独"的鸽子——眼前似乎浮起一层湿润的忧愁，却又爱抚地对那鸽子微微露出一丝凄然的笑容，……）

〔这时瑞贞提着一只装满婴儿衣服的小藤箱，把藤箱轻轻放在另外一张小桌上，又悄悄地走到愫方的身旁。

曾瑞贞　（低声）愫姨！

愫　方　（略惊，转身）你来了！（放下鸽笼）

曾瑞贞　你看见我搁在你屋里那封长信了么？

愫　方　（点头）嗯。

曾瑞贞　你不怪我？

愫　方　（悲哀而慈爱地笑着）不，……（忽然）真地要走了么？

曾瑞贞　（依依地）嗯。

愫　方　（叹一口气，并非劝止，只是舍不得）别走吧！

曾瑞贞　（顿时激愤起来）愫姨，你还劝我忍下去？

愫　方　（仿佛在回忆着什么，脸上浮起一片光彩，缓慢而坚决地）我知道，人总该有忍不下去的时候。

曾瑞贞　（眼里闪着期待的神色，热烈地握着她的苍白手指）那么，你呢？

愫　方　（焕发的神采又收敛下去，凄凄望着瑞贞，哀静地）瑞贞，不谈吧，你走了，我会更寂寞的。以后我也许用不着说什么话，我会更——

曾瑞贞　（更紧紧握着她的手，慢慢推她坐下）不，不，愫姨，你不能这样，你不能一辈子这样！（迫切地恳求）愫姨，我就要走了，你为什么不跟我说几句痛快话？你为什么不说你的——（暧昧的暮色里，瞥见愫方含着泪光的大眼睛，她突然抑止住自己）

愫　方　（缓缓地）你要我怎么说呢？

曾瑞贞　（不觉嗫嚅）譬如你自己，你，你，……（忽然）你为什么不走呢？

愫　方　（落寞地）我上哪里去呢？

曾瑞贞　（兴奋地）可去的地方多得很。第一你就可以跟我们走。
愫　方　（摇头）不，我不。
曾瑞贞　（坐近她的身旁，亲密地）你看完了我给你的书了么？
愫　方　看了。
曾瑞贞　说的对不对？
愫　方　对的。
曾瑞贞　（笑起来）那你为什么不跟我们一道走呢？
愫　方　（声调低徐，却说得斩截）我不！
曾瑞贞　为什么？
愫　方　（凄然望望她）不！
曾瑞贞　（急切）可为什么呢？
愫　方　（想说，但又——这次只静静地摇摇头）
曾瑞贞　你总该说出个理由啊，你！
愫　方　（异常困难地）我觉得我，我在此地的事还没有了。（"了"字此处作"完结"讲）
曾瑞贞　我不懂。
愫　方　（微笑，立起）不要懂吧，说不明白的呀。
曾瑞贞　（追上去，索性——）那么你为什么不去找他？
愫　方　（有一丝惶惑）你说——
曾瑞贞　（爽朗）找他！找他去！
愫　方　（又镇定下来，一半象在沉思，一半象在追省，呆呆望着前面）为什么要找呢？
曾瑞贞　你不爱他吗？
愫　方　（低下头）
曾瑞贞　（一句比一句紧）那么为什么不想找他？你为什么不想？（爽朗地）愫姨，我现在不象从前那样呆了。这些话一个月前我决不肯问的。你大概也知道我晓得。（沉重）我要走了，此地再没有第三个人，这屋子就是你同我。愫姨，告诉我，你为什么不找他？为什么不？
愫　方　（叹一口气）见到了就快乐么？
曾瑞贞　（反问）那么你在这儿就快乐？
愫　方　我，我可以替他——（忽然觉得涩涩地说不出口，就这样顿住）
曾瑞贞　（急切）你说呀，我的愫姨，你说过你要跟我好好谈一次的。
愫　方　我，我说……（脸上逐渐闪耀着美丽的光彩，苍白的面颊泛起一层红晕。话逐渐由暗涩而畅适，衷心的感动使得她的声音都有些颤抖）他走了，他的父亲我可以替他伺候，他的孩子，我可以替他照料，他爱的字画我管，他爱的鸽子我喂。连他所不喜欢的人我都觉得该体贴，该喜欢，该爱，为着……
曾瑞贞　（插进逼问，但语气并未停止）为着？

愫　方　（颤动地）为着他所不爱的也都还是亲近过他的！（一气说完，充满了喜悦，连自己也惊讶这许久关在心里如今才形诸语言的情绪，原是这般难于置信的）

曾瑞贞　（倒吸一口气）所以你连霆的母亲，我那婆婆，你都拼出你的性命来照料，保护。

愫　方　（苦笑）你爹走了，她不也怪可怜的吗？

曾瑞贞　（笑着却几乎流下泪）真的愫姨，你就忘了她从前，现在，待你那样——

愫　方　（哀矜地）为什么要记得那些不快活的事呢，如果为着他，为着一个人，为着他——

曾瑞贞　（忍不住插嘴）哦，我的愫姨，这么一个苦心肠，你为什么不放在大一点的事情上去？你为什么处处忘不掉他？把你的心偏偏放在这么一个废人身上，这么一个无用的废——

愫　方　（如同刺着她的心一样，哀恳地）不要这么说你的爹呀。

曾瑞贞　（分辩）爷爷不也是这么说他？

愫　方　（心痛）不，不要这么说，没有人明白过他啊。

曾瑞贞　（喘一口气，哀痛地）那么你就这样预备一辈子不跟他见面啦？

愫　方　（突然慢慢低下头去）

曾瑞贞　（诚挚地）说呀，愫姨！

愫　方　（低到几乎听不见）嗯。

曾瑞贞　那当初你为什么让他走呢？

愫　方　（似乎在回忆，声调里充满了同情）我，我看他在家里苦，我替他难过呀。

曾瑞贞　（不觉反问）那么他离开了，你快乐？

愫　方　（低微）嗯。

曾瑞贞　（叹息）唉，两个人这样活下去是为什么呢？

愫　方　（哀痛的脸上掠过一丝笑的波纹）看见人家快乐，你不也快乐么？

曾瑞贞　（深刻地关心，缓缓地）你在家里就不惦着他？

愫　方　（低下头）

曾瑞贞　他在外面就不想着你？

愫　方　（眼泪默默流在苍白面颊上）

曾瑞贞　就一生，一生这样孤独下去——两个人这样苦下去？

愫　方　（凝神）苦，苦也许；但是并不孤独的。

曾瑞贞　（深切感动）可怜的愫姨，我懂，我懂，我懂啊！不过我怕，我怕爹也许有一天会回来。他回来了，什么又跟从前一样，大家还是守着，苦着，看着，望着，谁也喘不出一口气，谁也——

愫　方　（打了一个寒战，蓦地坚决地摇着头）不，他不会回来的。

曾瑞贞　（固执）可万一他——

愫　方　（轻轻擦去眼角上的泪痕）他不会，他死也不会回来的。（低头望着那块湿了的手帕，低声缓缓地）他已经回来见过我！

曾瑞贞　（吃了一惊）爹走后又偷偷回来过？

愫　方　嗯。

曾瑞贞　（诧异起来）哪一天？

愫　方　他走后第二天。

曾瑞贞　（未想到，嘘一口气）哦！

愫　方　（怜悯地）可怜，他身上一个钱也没有。

曾瑞贞　（猜想到）你就把你所有的钱都给他了？

愫　方　不，我身边的钱都给他了。

曾瑞贞　（略略有点轻蔑）他收下了。

愫　方　（温柔地）我要他收下了。（回忆）他说他要成一个人，死也不再回来。（感动得不能自止地说下去）他说他对不起他的父亲，他的儿子，连你他都提了又提。他要我照护你们，看守他的家，他的字画，他的鸽子，他说着说着就哭起来，他还说他最放心不下的是——（泪珠早已落下，却又忍不住笑起来）瑞贞，他还像个孩子，哪像个连儿媳妇都有的人哪！

曾瑞贞　（严肃地）那么从今以后你决心为他看守这个家？（以下的问答几乎是没有停顿，一气接下去）

愫　方　（又沉静下来）嗯。

曾瑞贞　（逼问）成天陪着快死的爷爷？

愫　方　（默默点着头）嗯。

曾瑞贞　（逼望着她）送他的终？

愫　方　（躲开瑞的眼睛）嗯。

曾瑞贞　（故意这样问）再照护他的儿子？

愫　方　（望瑞，微微皱眉）嗯。

曾瑞贞　侍候这一家子老小？

愫　方　（固执地）嗯。

曾瑞贞　（几乎是生了气）还整天看我这位婆婆的脸子？

愫　方　（不由得轻轻地打了一个寒战）喔，——嗯。

曾瑞贞　（反激）一辈子不出门？

愫　方　（又镇定下来）嗯。

曾瑞贞　不嫁人？

愫　方　嗯。

曾瑞贞　（追问）吃苦？

愫　方　（低沉）嗯。

曾瑞贞　（逼近）受气？

愫　方　（凝视）嗯。

曾瑞贞　（狠而重）到死？

愫　方　（低头，用手摸着前额，缓缓地）到——死！
曾瑞贞　（爆发，哀痛地）可我的好愫姨，你这是为什么呀？
愫　方　（抬起头）为着——
曾瑞贞　（质问的神色）嗯，为着——
愫　方　（困难地）为着，我不知道该怎么说，——（忽然脸上显出异样美丽的笑容）为着，这才是活着呀！
曾瑞贞　（逼出一句话来）你真地相信爹就不会回来么？
愫　方　（微笑）天会塌么？
曾瑞贞　你真准备一生不离开曾家的门，这个牢！就为着这么一个梦，一个理想，一个人——
愫　方　（悠悠地）也许有一天我会离开——
曾瑞贞　（迫待）什么时候？
愫　方　（笑着）那一天，天真的能塌，哑巴都急得说了话！
曾瑞贞　（无限的悯切）愫姨，把自己的快乐完全放在一个人的身上是危险的，也是不应该的。（感慨）过去我是个傻子，愫姨，你现在还——
　　　　〔室内一切渐渐隐入在昏暗的暮色里，乌鸦在窗外屋檐上叫两声又飞走了。在瑞贞说话的当儿，由远远城墙上断续送来归营的号手吹着的号声，在凄凉的空气中寂寞地荡漾，一直到闭幕。
愫　方　不说吧，瑞贞。（忽然扬头，望着外面）你听，这远远吹的是什么？
曾瑞贞　（看出她不肯再谈下去）城墙边上吹的号。
愫　方　（谛听）凄凉得很哪！
曾瑞贞　（点头）嗯，天黑了，过去我一个人坐在屋里就怕听这个，听着就好象活着总是灰惨惨的。
愫　方　（眼里涌出了泪光）是啊，听着是凄凉啊！（猛然热烈地抓着瑞贞的手，低声）可瑞贞，我现在突然觉得真快乐呀！（抚摸自己的胸）这心好暖哪！真好象春天来了一样。（兴奋地）活着不就是这个调子么？我们活着就是这么一大段又凄凉又甜蜜的日子啊！（感动地流下泪）叫你想想忍不住要哭，想想又忍不住要笑啊！
曾瑞贞　（拿手帕替她擦泪，连连低声喊）愫姨，你怎么真地又哭了？愫姨，你——
愫　方　（倾听远远的号声）不要管我，你让我哭哭吧！（泪光中又强自温静地笑出来）可，我是在笑啊！瑞贞，——（瑞贞不由得凄然地低下头，用手帕抵住鼻端。愫方又笑着想扶起瑞贞的头）——瑞贞，你不要为我哭啊！（温柔地）这心里头虽然是酸酸的，我的眼泪明明是因为我太高兴哪！——（瑞贞抬头望她一下，忍不住更抽咽起来。愫抚摸瑞的手，又象是快乐，又象是伤心地那样低低地安慰着，申诉着）——别哭了，瑞贞，多少年我没说过这么多话了，今天我的心好象忽然打开了，又叫太阳照暖和了似的。瑞贞，你真好！不是你，我不会这么快活；不是你，我不会谈起他，谈得这么多，又谈得这么好！（忽然更兴奋地）瑞贞，只要你觉得外边快活，你就出去吧，出去吧！我在这儿也是一样快活的。别哭了，瑞贞，你说这是牢吗？这不是呀，这不是呀，——

曾瑞贞　（抽咽着）不，不，愫姨，我真替你难过！我怕呀！你不要这么高兴，你的脸又在发烧，我怕——

愫　方　（恳求似的）瑞贞，不要管吧！我第一次这么高兴哪。（走近瑞放着小箱子的桌旁）瑞贞，这一箱小孩儿的衣服你还是带出去。（哀悯地）在外面还是尽量帮助人吧！把好的送给人家，坏的留给自己。什么可怜的人我们都要帮助，我们不是单靠吃米活着的啊！（打开那箱子）这些小衣服你用不着，就送给那些没有衣服的小孩子们穿吧。（忽然由里面抖出一件雪白的小毛线斗篷）你看这件斗篷好看吧？

曾瑞贞　好，真好看。

愫　方　（得意地又取出一顶小白帽子）这个好玩吧？

曾瑞贞　嗯，真好玩！

愫　方　（欣喜地又取出一件黄绸子小衣服）这件呢？

曾瑞贞　（也高兴起来，不觉拍手）这才真美哪！

愫　方　（更快乐起来，她的脸因而更显出美丽而温和的光彩）不，这不算好的，还有一件（忍不住笑，低头朝箱子里——）

　　　　〔凄凉的号声，仍不断地传来，这时通大客厅的门缓缓推开，暮色昏暗里显出曾文清。他更苍白瘦弱，穿一件旧的夹袍，臂里挟着那轴画，神色惨沮，疲惫，低着头踽踽地踱进来。

　　　　〔愫方背向他，正高兴地低头取东西。瑞贞面朝着那扇门——

曾瑞贞　（一眼看见，象中了梦魇似的，喊不出声来）啊，这——

愫　方　（压不下的欢喜，两手举出一个非常美丽的大洋娃娃，金黄色的头发，穿着粉红色的纱衣服，她满脸是笑，期待地望着瑞）你看！（突然看见瑞贞的苍白紧张的脸，颤抖地）谁？

曾瑞贞　（呆望，低声）我看，天，天塌了！（突然回身，盖上自己的脸）

愫　方　（回头望见文清，文清正停顿着，仿佛看不大清楚似的向她们这边望）啊！

　　　　〔文清当时低下头，默默走进了自己的屋里。

　　　　〔他进去后，思懿就由书斋小门跑进。

曾思懿　（惊喜）是文清回来了么？

愫　方　（喑哑）回来了！

　　　　〔思立刻跑进自己的屋里。

　　　　〔愫方呆呆地愣在那里。

　　　　〔远远的号声随着风在空中寂寞的振抖。

——幕徐落
（落后即启，表示到第二景经过相当的时间）

第二景

〔离第三幕第一景有十个钟头的光景,是黎明以前那段最黑暗的时候,一盏洋油灯扭得很大,照着屋子里十分明亮。那破金鱼纸鸢早不知扔在什么地方了。但那只鸽笼还孤零零地放在桌子上,里面的白鸽子动也不动,把头偎在自己的毛羽里,似乎早已入了睡。屋里的空气十分冷,半夜坐着,人要穿上很厚的衣服才耐得住这秋尽冬来的寒气。外面西风正紧,院子里的白杨树响得象一阵阵的急雨,使人压不下一种悲凉凄苦的感觉。破了的窗纸也被吹得抖个不休。远远偶尔有更锣声,在西风的呼啸中,间或传来远处深巷里,卖"硬面饽饽"的老人叫卖声,被那忽急忽缓的风,荡漾得时而清楚,时而模糊。

〔这一夜曾家的人多半没有上床,在曾家的历史中,这是一个最惨痛的夜晚。曾老太爷整夜都未合上眼,想着那漆了又漆,朝夕相处,有多少年的好寿木,再隔不到几个时辰就要拱手让给别人,心里真比在火边炙烤还要难忍。

〔杜家人说好要在"寅时"未尽——就是五点钟——以前"迎材",把寿木抬到杜府。因此杜家管事只肯等到五点以前,而江泰从头晚五点跑出去交涉借款到现在还未归来。曾文彩一面焦急着丈夫的下落,同时又要到上房劝慰父亲,一夜晚随时出来,一问再问,到处去打电话,派人找,而江泰依然是毫无踪影。其余的人看到老太爷这般焦灼,也觉得不好不陪,自然有的人是诚心诚意望着江泰把钱借来,好把杜家这群狼虎一般的管事赶走。有的呢,只不过是嘴上孝顺,倒是怕江泰归来,万一借着了钱,把一笔生意打空了。同时在这夜晚,曾家也有的人,暗地在房里忙着收拾自己的行李,流着眼泪又怀着喜悦,抱着哀痛的心肠或光明的希望,追惜着过去,憧憬未来,这又是属于明白的"北京人"的事,和在棺木里打滚的人们不相干的。

〔在这间被凄凉与寒冷笼住了的屋子里,文清痴了一般地坐在沙发上,一动也不动。他换了一件深灰色杭绸旧棉袍,两手插在袖管里不做声。倦怠和绝望交替着在眼神里,眉峰间,嘴角边浮移,终于沉闷地听着远处的更锣声,风声,树叶声,和偶尔才肯留心到的,身旁思懿无尽无休的言语。

〔思懿换了一件蓝毛嘎的薄棉袍,大概不知已经说了多少话,现在似乎说累了,正期待地望着文清答话。她一手拿着一碗药,一手拿着一只空碗,两只碗互相倒过来倒过去,等着这碗热药凉了好喝,最后一口把药喝光,就拿起另一杯清水漱了漱口。

曾思懿　（放下碗,又开始——）好了,你也算回来了。我也算对得起曾家的人了。（冷笑）总算没叫我们那姑奶奶猜中,没叫我把她哥哥逼走了不回来。

　　　　〔文清厌倦地抬头来望望她。

曾思懿　（斜眼看着文清,似乎十分认真地）怎么样?这件事?——我可就这么说定了。（仿佛是不了解的神色）咦,你怎么又不说话呀?这我可没逼你老人家啊!

曾文清　（叹息，无可奈何地）你，你究竟又打算干什么吧？
曾思懿　（睁大了眼，象是又遭受不白之冤的样子）奇怪，顺你老人家的意思这又不对了。（做出那"把心一横"的神气）我呀，做人就做到家，今天我们那位姑奶奶当着爹，当着我的儿女，对我发脾气，我现在都为着你忍下去！刚才我也找她，低声下气地先跟她说了话，请她过来商量，大家一块儿来商量商量——
曾文清　（忍不住，抬头）商量什么？
曾思懿　咦，商量我们说的这件事啊？（认定自己看穿了文清的心思，讥刺地）这可不是小孩见糖，心里想，嘴里说不要。我这个人顶喜欢痛痛快快的，心里想要什么，嘴里就说什么。我可不爱要吃羊肉又怕膻气的男人。
曾文清　（厌烦）天快亮了，你睡去吧。
曾思懿　（当作没听见，接着自己的语气）我刚才就爽爽快快跟我们姑奶奶讲，——
曾文清　（惊愕）啊！你跟妹妹都说了——
曾思懿　（咧咧嘴）怎么？这不能说？

　　　〔文彩由书斋小门上。她仍旧穿着那件驼绒袍子，不过加上了一件咖啡色毛衣。一夜没睡，形容更显憔悴，头发微微有些蓬乱。

曾文彩　（理着头发）怎么，哥哥，快五点了，你现在还不回屋睡去？
曾文清　（苦笑）不。
曾文彩　（转对思，焦急地）江泰回来了没有？
曾思懿　没有。
曾文彩　刚才我仿佛听见前边下锁开门。
曾思懿　（冷冷地）那是杜家派的杠夫抬寿木来啦。
曾文彩　唉！（心里逐渐袭来失望的寒冷，她打了一个寒战，蜷缩地坐在那张旧沙发里）哦，好冷！
曾思懿　（谛听，忍不住故意的）你听，现在又上了锁了！（提出问题）怎么样？（虽然称呼得有些硬涩，但脸上却堆满了笑容）妹妹，刚才我提的那件事，——
曾文彩　（心里象生了乱草，——茫然）什么？
曾思懿　（谄媚地笑着瞟了文清一眼）我说把愫小姐娶过来的事！
曾文彩　（想起来，却又不知思懿肚子里又在弄什么把戏，只好苦涩地笑了笑）这不大合适吧。
曾思懿　（非常豪爽地）这有什么不合适的呢？（亲热地）妹妹，您可别把我这个做嫂子的心看得（举起小手指一比）这么"不丁点儿"大，我可不是那种成天要守着男人，才能过日子的人。"贤慧"这两个字今生我也做不到，这一点点度量我还有。（又谦虚地）按说呢，这并谈不上什么度量不度量，表妹嫁表哥，亲上加亲，这也是天公地道，到处都有的事。
曾文彩　（老老实实）不，我说也该问问愫表妹的意思吧。
曾思懿　（尖刻地笑出声来）嗬，这还用的着问？她还有什么不肯的？我可是个老实人，爱说个痛快话，愫表妹这番心思，也不是我一个人看得出来。表妹道道地地是个好人，我不喜欢说亏心话。那么（对文清，似乎非常恳切的样子）"表哥"，你现在也该说句老实话了吧？亲姑奶奶也在这儿，你至少也该在妹妹面前，对我讲一句明白话吧。

曾文清　（望望文彩，仍低头不语）

曾思懿　（追问）你说明白了，我好替你办事啊！

曾文彩　（仿佛猜得出哥哥的心思，替他说）我看这还是不大好吧。

曾思懿　（眼珠一转）这又有什么不大好的？妹妹，你放心，我决不会委屈愫表妹，只有比从前亲，不会比从前远！（益发表现自己的慷慨）我这个人最爽快不过，半夜里，我就把从前带到曾家的首饰翻了翻，也巧，一翻就把我那副最好的珠子翻出来，这就算是我替文清给愫表妹下的定。(说着由小桌上拿起一对从古老的簪子上拆下来的珠子，递到文彩面前)妹妹，你看这怎么样？

曾文彩　（只好接下来看，随口称赞）倒是不错。

曾思懿　（逐渐说得高兴）我可急性子，连新房我都替文清看定了，一会袁家人上火车一走，空下屋子，我就叫裱糊匠赶紧糊。大家凑个热闹，帮我个忙，到不了两三天，妹妹也就可以吃喜酒啦。我呀，什么事都想到啦，——（望着文清似乎是嘲弄，却又象是赞美的神气）我们文清心眼儿最好，他就怕亏待了他的愫表妹，我早就想过，以后啊，（索性说个畅快）哎，说句不好听的话吧，以后在家里就是"两头大"，（粗鄙地大笑起来）我们谁也不委屈谁！

曾文彩　（心里焦烦，但又不得不随着笑两声）是啊，不过我怕总该也问一问爹吧？

〔张顺由书斋小门上，似乎刚从床上被人叫起来，睡眼朦胧的，衣服都没穿整齐。

张　顺　（进门就叫）大奶奶！

曾思懿　（不理张顺，装作没听清楚彩的话）啊？

曾文彩　我说该问问爹吧？

曾思懿　（更有把握地）嗤，这件事爹还用着问？有了这么个好儿媳妇，（话里有话）伺候他老人家不更"名正言顺"啦吗？(忽然)不过就是一样，在家里爱怎么称呼她，就怎么称呼。出门在外，她还是称呼她的"愫小姐"好，不能也"奶奶，太太"地叫人听着笑话。——（又一转，瞥了文清一眼）其实是我倒无所谓，这也是文清的意思，文清的意思！（文清刚要说话，她立刻转过头来问张）张顺，什么事？

张　顺　老太爷请您。

曾思懿　老太爷还没有睡？

张　顺　是，——

曾思懿　（对张）走吧！唉！

〔思懿急匆匆由书斋小门下，后面随着张顺。

曾文彩　（望着思走出去，才站起来，走到文清面前，非常同情的声调，缓缓地）哥哥，你还没有吃东西吧？

曾文清　（望着她，摇摇头，又失望地出神）

曾文彩　我给你拿点枣泥酥来。

曾文清　（连忙摇手，烦躁地）不，不，不，（又倦怠地）我吃不下。

曾文彩　那么哥哥，你到我屋里洗洗脸，睡一会好不好？

曾文清　（失神地）不，我不想睡。

曾文彩　（想问又不好问，但终于——）她，她这一夜晚为什么不让你到屋子里去？

曾文清　（惨笑）哼，她要我对她赔不是。

曾文彩　你呢？

曾文清　（绝望但又非常坚决的神色）当然不！（就合上眼）

曾文彩　（十分同情，却又毫无办法的口气）唉，天下哪有这种事，丈夫刚回来一会儿，好不到两分钟，又这样没完没了地——

〔外面西风呼呼地吹着，陈奶妈由书斋小门上，她的面色也因为一夜的疲倦而显得苍白，眼睛也有些凹陷。她披着一件大棉袄，打着呵欠走进来。

陈奶妈　（看着文清低头闭上眼靠着，以为他睡着了，对着文彩，低声）怎么清少爷睡着了？

曾文彩　（低声）不会吧。

陈奶妈　（走近文，文依然合着眼，不想做声。陈看着他，怜悯地摇摇头，十分疼爱地，压住嗓子回头对彩）大概是睡着啦。（轻轻叹一口气，就把身上披的棉袄盖在他的身上）

曾文彩　（声音低而急）别，别，您会冻着的，我去拿，（向自己的卧室走）——

陈奶妈　（以手止住文彩，嘶着声音，匆促地）我不要紧。得啦，姑小姐，您还是到上屋看看老爷子去吧！

曾文彩　（焦灼地）怎么啦？

陈奶妈　（心痛地）叫他躺下他都不肯，就在屋里坐着又站起来，站起来又坐下，直问姑老爷回来了没有，姑老爷回来了没有。

曾文彩　（没有了主意）那怎么办？怎么办呢？江泰到现在一夜晚没有个影，不知道他跑到——

陈奶妈　（指头）唉，真造孽！（把彩拉到一个离文清较远的地方，怕吵醒他）说起可怜！白天说，说把寿木送给人家容易；到半夜一想，这守了几十年的东西一会就要让人拿去，——您想，他怎么会不急！怎么会不——

〔张顺由书斋小门上。

张　顺　姑奶奶！

陈奶妈　（忙指着似乎在沉睡着的文清，连连摇手）

张　顺　（立刻把声音放低）老太爷请。

曾文彩　唉！（走到两步，回头）愫小姐呢？
陈奶妈　刚给老爷子捶完腿。——大概在屋里收拾什么呢。
曾文彩　唉。
　　　　〔文彩随着张顺由书斋小门下。
　　　　〔外面风声稍缓，树叶落在院子里，打着滚，发出沙沙的声音，更锣声渐渐地远了，远到听不见。隔巷又传来卖"硬面饽饽"苍凉单沉的叫卖声。
　　　　〔陈奶妈打着呵欠，走到文清身边。
陈奶妈　（低头向文清，看他还是闭着眼，不觉微微叫出，十分疼爱地）可怜的清少爷！
　　　　〔文清睁开了眼，依然是绝望而厌倦的目光，用手撑起身子，——
陈奶妈　（惊愕）清少爷，你醒啦？
曾文清　（仿佛由恹恹的昏迷中唤醒，缓缓抬起头）是您呀，奶妈！
陈奶妈　（望着清，不觉擦着眼角）是我呀，我的清少爷！（摇头望着他，疼惜地）可怜，真瘦多了，你怎么在这儿睡着了？
曾文清　（含含糊糊地）嗯，奶妈。
陈奶妈　唉，我的清少爷，这些天在外面真苦坏啦！（擦着泪）愫小姐跟我没有一天不惦记着你呀。可怜，愫小姐——
曾文清　（忽然抓着陈奶妈的手）奶妈，我的奶妈！
陈奶妈　（忍不住心酸）我的清少爷，我的肉，我的心疼的清少爷！你，你回来了还没见着愫小姐吧？
曾文清　（说不出口，只紧紧地握住陈奶妈干巴巴的手）奶妈！奶妈！
陈奶妈　（体贴到他的心肠，怜爱地）我已经给你找她来了。
曾文清　（惊骇，非常激动地）不，不，奶妈！
陈奶妈　造孽哟，我的清少爷，你哪象个要抱孙子的人哪，清少爷！
曾文清　（惶惑）不，不，别叫她，您为什么要——
陈奶妈　（看见书斋小门开启）别，别，大概是她来了！
　　　　〔愫方由书斋小门上。
　　　　〔她换了一件黑毛巾的袍子，长长的黑色，苍白的面容，冷静的神色，大的眼睛里稍稍露出难过而又疲倦的样子，象一个美丽的幽灵轻轻地走进房来。
　　　　〔文立刻十分激动地站起来。
愫　方　陈奶妈！
陈奶妈　（故意做出随随便便的样子）愫小姐还没睡呀？
愫　方　嗯，（想不出话来）我，我来看看鸽子来啦。（就向搁着鸽笼的桌子走）
陈奶妈　（顺口）对了，看吧！（忽然想起）我也去瞅瞅孙少爷孙少奶奶起来没有？大奶奶还叫他们小夫妻俩给袁家人送行呢。（说着就向外面走）
曾文清　（举起她的棉袄，低低的声音）您的棉袄，奶妈！
陈奶妈　哦！棉袄，（笑对他们）你们瞧我这记性！

〔陈拿着棉袄，搭讪着由书斋小门下。

〔天未亮之前，风又渐渐地刮大起来，白杨树又象急雨一般地响着，远处已经听见第一遍鸡叫随着风在空中缭绕。

〔二人默对半天说不出话，文清愧恨地低下头，缓缓朝卧室走。

愫　方　（眼睛才从那鸽笼移开）文清！
曾文清　（停步，依然不敢回头）
愫　方　奶妈说你在找——
曾文清　（转身，慢慢抬头望愫）
愫　方　（又低下头去）
曾文清　愫方！
愫　方　（不觉又痛苦地望着笼里的鸽子）
曾文清　（没有话说，凄凉地）这，这只鸽子还在家里。
愫　方　（点头，沉痛地）嗯，因为它已经不会飞了！
曾文清　（愣一愣）我——（忽然明白，掩面抽咽）
愫　方　（声音颤抖地）不，不——
曾文清　（依然在哀泣）
愫　方　（略近前一步，一半是安慰，一半是难过的口气）不，不要这样，为什么要哭呢？
曾文清　（大恸，扑在沙发上）我为什么回来呀！我为什么回来呀！明明晓得绝不该回来的，我为什么又回来呀！
愫　方　（哀伤地）飞不动，就回来吧！
曾文清　（抽咽，诉说）不，你不知道啊，——在外面——在外面的风浪——
愫　方　文清，你（取出一把钥匙递给文清）——
曾文清　啊！
愫　方　这是那箱子的钥匙。
曾文清　（不明白）怎么？
愫　方　（冷静地）你的字画都放在那箱子里。（慢慢将钥匙放在桌子上）
曾文清　（惊惶）你要怎么样啊，愫方！——
　　　　〔半晌。外面风声，树叶声，——
愫　方　你听！
曾文清　啊？
愫　方　外面的风吹得好大啊！
　　　　〔风声中外面仿佛有人在喊着："愫姨！愫姨！"
愫　方　（谛听）外面谁在叫我啊？
曾文清　（也听，听不清）没，没有吧？
愫　方　（肯定，哀徐地）有，有！

〔思懿由书斋小门上。

曾思懿　（对愫，似乎在讥讽，又似乎是一句无心的话）啊，我一猜你就到这儿来啦！（亲热地）愫表妹，我的腰又痛起来啦，回头你再给我推一推，好吧？嗐，刚才我还忘了告诉你，你表哥回来了，倒给你带了一样好东西来了。
曾文清　（窘极）你——
曾思懿　（不由分说，拿起桌上那副珠子，送到愫方面前）你看这副珠子多大呀，多圆哪！
曾文清　（警惕）思懿！
　　　　〔张顺由通书斋小门上，在门口望见主人正在说话，就停住了脚。
曾思懿　（同时——不顾文清的脸色，笑着）你表哥说，这是表哥送给表妹做——
曾文清　（激动地发抖，突然爆发，愤怒地）你这种人是什么心肠呕！
　　　　〔文清说完，立刻跑进自己的卧室。
曾思懿　文清！
　　　　〔卧室门砰地关上。
曾思懿　（脸子一沉，冷冷地）哎，我真不知道我这个当太太的还该怎么做啦！
张　顺　（这时走上前，低声）大奶奶，杜家管事说寅时都要过啦，现在非要抬棺材不可了。
曾思懿　好，我就去。
　　　　〔张顺由通大客厅的门下。
曾思懿　（突然）好，愫表妹，我们回头说吧。（向通书斋的小门走了两步，又回转身，亲热地笑着）愫表妹，我怕我的胃气又要犯，你到厨房给我炒把热盐煜煜吧。
愫　方　（低下头）
　　　　〔思懿由书斋小门下。
愫　方　（呆立在那里，望着鸽笼）
　　　　〔外面风声。
　　　　〔瑞贞由通大客厅的门上。
曾瑞贞　愫姨！
愫　方　（不动）嗯。
曾瑞贞　（急切）愫姨！
愫　方　（缓缓回头，对瑞，哀伤地惋惜）快乐真是不常的呀，连一个快乐的梦都这样短！
曾瑞贞　（同情的声调）不早了，愫姨，走吧！
愫　方　（低沉）门还是锁着的，钥匙在——
曾瑞贞　（自信地）不要紧！"北京人"会帮我们的忙。
愫　方　（不大懂）北京人——？
　　　　〔外面的思懿在喊。

〔思懿的声音：愫表妹！愫表妹！

曾瑞贞　（推开通大客厅的门，指着门内——）就是他！

〔门后屹然立着那小山一般的"北京人"，他现在穿着一件染满机器上油泥的帆布工服，铁黑的脸，钢轴似的胳膊，宽大的手里握着一个钢钳子，粗重的眉毛下，目光炯炯，肃然可畏，但仔细看来，却带着和穆坦挚的微笑的神色，又叫人觉得蔼然可亲。

〔思懿的声音：（更近）"愫表妹！愫表妹！"

曾瑞贞　她来了！

〔瑞贞走到通大客厅的门背后躲起。"北京人"巍然站在门前。

〔思懿立刻由书斋小门上。

曾思懿　哦，你一个人还在这儿！爹要喝参汤，走吧。

愫　方　（点头，就要走）

曾思懿　（忽然亲热地）哦，愫表妹，我想起来了，我看，我就现在对你说了吧？（说着走到桌旁，把放在桌上的那副珠子拿起来。忽然瞥见了"北京人"，吃了一惊，对他）咦！你在这儿干什么？

"北京人"（森然望着她）

曾思懿　（惊疑）问你！你在这儿干什么？

"北京人"（又仿佛嘲讽而轻蔑地在嘴上露出个笑容）

愫　方　（沉静地）他是个哑巴。

曾思懿　（没办法，厌恶地盯了"北京人"一眼，对愫）我们在外面说去吧。

〔思懿拉着愫方由书斋小门下。

〔瑞贞听见人走了，立刻又由通大客厅的门上。

曾瑞贞　走了？（望望，转对"北京人"，指着外面，一边说，一边以手做势）门，大门，——锁着，——没有钥匙！

"北京人"（徐徐举起拳头，出人意外，一字一字，粗重而有力地）我——们——打——开！

曾瑞贞　（吃一惊）你，你——

"北京人"（坦挚可亲地笑着）跟——我——来！（立刻举步就向前走）

曾瑞贞　（大喜）愫姨！愫姨！（忽又转身对"北京人"，亲切地）你在前面走，我们跟着来！

"北京人"（点首）

〔"北京人"象一个伟大的巨灵，引导似的由通大客厅门走出。

〔同时愫方由书斋小门上，脸色非常惨白。

曾瑞贞　（高兴地跑过来）愫姨！愫姨！我告——（忽然发现愫方惨白的脸）你怎么脸发了青？怎么？她对你说了什么？

愫　方　（微微摇摇头）

曾瑞贞　（止不住那高兴）愫姨，我告诉你一件奇怪的事！哑巴真地说了话了！

愫　方　（沉重地）嗯，我也应该走了。

　　　　〔外面忽然传来一阵非常热闹的，吹吹打打的锣鼓唢呐响，掩住了风声。

曾瑞贞　（惊愕，回头）这是干什么？

愫　方　大概杜家那边预备迎棺材呢？

曾瑞贞　（又笑着问）你的东西呢？

愫　方　在厢房里。

曾瑞贞　拿走吧？

愫　方　（点首）嗯。

曾瑞贞　愫姨，你——

愫　方　（凄然）不，你先走！

曾瑞贞　（惊异）怎么，你又——

愫　方　（摇头）不，我就来，我只想再见他一面！

曾瑞贞　（以为是——不觉气愤）谁？

愫　方　（恻然）可怜的姨父！

曾瑞贞　（才明白了）哦！（也有些难过）好吧，那我先走，我们回头在车站上见。

　　　　〔外面文彩喊着："江泰！江泰！"瑞贞立刻由通大客厅的门下。

　　　　〔愫方刚向书斋小门走了两步，文彩忙由书斋小门上，满脸的泪痕。

曾文彩　（焦急地）江泰还没有回来？

愫　方　没有。

曾文彩　他怎么还不回来？（说着就跌坐在沙发上呜咽起来）我的爹呀，我的可怜的爹呀！

愫　方　（急切地）怎么啦？

曾文彩　（一边用手帕擦泪，一边诉说着）杜家的人现在非要抬棺材，爹"一死儿"不许，可怜，可怜他老人家象个小孩子似地抱着那棺材，死也不肯放。（又抽咽）我真不敢看爹那个可怜的样子！（抬头望着满眼露出哀怜神色的愫方）表妹，你去劝爹进来吧，别再在棺材旁边看啦！

愫　方　（凄然向书斋小门走）

　　　　〔愫方由书斋小门下。

曾文彩　（同时独自——）爹，爹，你要我们这种儿女干什么哟！（立起，不由得）哥哥！哥哥！（向文清卧室走）我们这种人有什么用，有什么用啊！

　　　　〔忽然外面爆竹声大作。

曾文彩　（不觉停住脚回头望）

　　　　〔张顺由书斋小门上，眼睛也红红的。

曾文彩　这是什么？

张　顺　（又是气又是难过）杜家那边放鞭迎寿材呢！我们后门也打开啦，棺材已经抬起来了。

〔在爆竹声中，听见了许多杠夫抬着棺木，整齐的脚步声，和低沉的"唉喝，唉喝"的声音，同时还掺杂着杜家的管事们督促着照料着的叫喊声。书斋窗户里望见许多灯笼匆忙地随着人来回移动。

〔这时陈奶妈和愫方扶着曾皓由书斋小门走进。曾皓面色白得象纸，眼睛里布满了红丝。在极度的紧张中，他几乎象颠狂了一般，说什么也不肯进来。陈奶妈一边擦着眼泪，一边不住地劝慰，拉着，推着。愫方悲痛地望着曾皓的脸。他们后面跟着思懿。她也拿了手帕在擦着眼角，不知是在擦沙，还是擦泪水。

陈奶妈　（连连地）进来吧，老爷子！别看了！进来吧，——
曾　皓　（回头呼唤，声音喑哑）等等！叫他们再等等！等等！（颤巍巍转对思，言语失了伦次）你再告诉他们，说钱就来，人就来，钱就拿人来！等等！叫他们再等等！
愫　方　姨父！你——

〔愫方把皓扶在一个地方倚着，看见老人这般激动地喘息，忽然想起要为他拿什么东西，立刻匆匆由书斋小门下。

陈奶妈　（不住地劝解）老爷子，让他们去吧，（恨恨地）让他们拿去挺尸去吧！
曾　皓　（几乎是乞怜）你去呀，思懿！
曾思懿　（这时她也不免有些难过，无奈何地只得用仿佛在哄骗着小孩子的口气）爹！有了钱我们再买副好的。
曾　皓　（愤极）文彩，你去！你去！（顿足）江泰究竟来不来？他来不来？
曾文彩　（一直在伤痛着——连声应）他来，他来呀，我的爹！

〔外面爆竹声更响，抬棺木的脚步声仿佛越走越近，就要从眼前过似的。

曾　皓　（不觉喊起来）江泰！江泰！（又象是对着文彩，又象是对着自己）他到哪儿去啦？他到哪儿去啦？

〔这时通大客厅的门忽然推开，江泰满脸通红，头发散乱，衣服上一身的皱褶，摇摇晃晃地走进来。
〔爆竹声渐停。

曾　皓　（几乎不相信自己的眼睛）江泰，你来了！
江　泰　（小丑似的，似笑非笑，似哭非哭，不知是得意还是懊丧的神气，含糊地对着他点了点头）我——来——了！
曾　皓　（忘其所以）好，来得好！张顺，叫他们等着！给他们钱，让他们滚！去，张顺。

〔张顺立刻由书斋小门下。

曾文彩　（同时走到江泰面前）借，借的钱呢？（伸出手）
江　泰　（手一拍，兴高采烈）在这儿！（由口袋里掏出一卷"手纸"，"啪"一声掷在

　　　　　她的手掌里）在这儿！
曾文彩　你，你又——
江　泰　（同时回头望门口）进来！滚进来！
　　　　〔果然由通大客厅的门口走进一个警察，后面随着曾霆，非常惭愧的颜色，手里替他拿着半瓶"白兰地"。
江　泰　（手脚不稳，而理直气壮）就是他！（又指点着，清清楚楚地）就——是——他！（转身对曾家的人们申辩）我在北京饭店开了一个房间，住了一天，可今天他偏说我拿了东西，拿他们的东西——
曾　皓　这——
警　察　（非常懂事地）对不起，昨儿晚上委屈这位先生在我们的派出所——
江　泰　你放屁！北京饭店！
警　察　（依然非常有礼貌地）派出所。
江　泰　（大怒）北京饭店！（指着警察）你们的局长我认识！（说着走着，一刹时怒气抛到九霄云外）你看，这是我的家，我的老婆！（莫名其妙地顿时忘记了方才的冲突，得意地）我的岳父曾皓先生！（忽然抬头，笑起来）你看哪！（指屋）我的房子！（一面笑着望着警察，一面含含糊糊地指着点着，仿佛在引导人家参观）我的桌子！（到自己卧室门前）我的门！（于是就糊里糊涂走进去，嘴里还在说道）我的——（忽然不很重的"扑通"一声——）
曾文彩　泰，你——（跑进自己的卧室）
警　察　诸位现在都看见了，我也跟这位少爷交待明白啦。（随随便便举起手行个礼。）
　　　　〔警察由通大客厅的门下。
　　　　〔外面的人：（高兴地）"抬罢！"（接着哄然一笑，立刻又响起沉重的脚步声）
曾　皓　（突又转身）
陈奶妈　您干什么？
曾　皓　我看，——看，——
陈奶妈　得啦，老爷子，——
　　　　〔曾皓走在前面，陈奶妈赶紧去扶，思懿也过去扶着。陈与皓由书斋小门下。
　　　　〔外面的喧嚣声，脚步声，随着转弯抹角，渐行渐远。
曾思懿　（将皓扶到门口，又走回来，好奇地）霆儿，那警察说什么？
曾　霆　他说姑爹昨天晚上醉醺醺地到洋铺子买东西，顺手就拿了人家一瓶酒。
曾思懿　叫人当面逮着啦？
曾　霆　嗯，不知怎么，姑爹一晚上在派出所还喝了一半，又不知怎么，姑爹又把自己给说出来了，这（举起那半瓶酒）这是剩下那半瓶"白兰地"！（把酒放在桌子上，就苦痛地坐在沙发上）
曾思懿　（幸灾乐祸）这倒好，你姑爹现在又学会一手啦。（向卧室门走）文清，（近门口）文清，刚才我已经跟你的愫表妹说了，看她样子倒也挺高兴。以后好啦，你也舒服，我也舒服。你呢，有你的愫表妹陪你；我呢，坐月子的时候，也有个人伺候！

曾　霆　（母亲的末一句话，象一根钢针戳入他的耳朵里，触电一般蓦然抬起头）妈，您说什么？

曾思懿　（不大懂）怎么——

曾　霆　（徐徐立起）您说您也要——呃——

曾思懿　（有些惭色）嗯——

曾　霆　（恐惧地）生？

曾思懿　（脸上表现出那件事实）怎么？

曾　霆　（对他母亲绝望地看了一眼，半晌，狠而重地）唉，生吧！

〔霆突然由通大客厅的门跑下。

曾思懿　霆儿！（追了两步）霆儿！（痛苦地）我的霆儿！

〔彩由卧室匆匆地出来。

曾文彩　爹呢？

曾思懿　（呆立）送寿木呢！

〔彩刚要向书斋小门走去，陈奶妈扶着曾皓由书斋小门上。皓在门口不肯走，向外望着喊着。彩立刻追到门前。外面的灯笼稀少了，那些杠夫们已经走得很远。

曾　皓　（脸向着门外，遥遥地喊）不成，那不成！不是这样抬法！

陈奶妈　（同时）得啦，老爷子，得啦！

曾文彩　（不住地）爹！爹！

曾　皓　（依依瞭望着那正在抬行的棺木，叫着，指着）不成！那碰不得呀！（对陈奶妈）叫他别，别碰着那土墙，那寿木盖子是四川漆！不能碰！碰不得！

曾思懿　别管啦，爹，碰坏了也是人家的。

曾　皓　（被她提醒，静下来发愣，半晌，忽然大恸）亡妻呀！我的亡妻呀！你死得好，死得早，没有死的，连，连自己的棺木都——。（顿足）活着要儿孙干什么哟，要这群象耗子似的儿孙干什么哟！（哀痛地跌坐在沙发上）

〔訇然一片土墙倒塌声。
〔大家沉默。

曾文彩　（低声）土墙塌了。

〔静默中，江泰由自己的卧室摇摇晃晃地又走出来。

江　泰　（和颜悦色，抱着绝大的善意，对着思懿）我告诉过你，八月节我就告诉过你，要塌！要塌！现在，你看，可不是——

〔懿厌恶地看他一眼，突然转身由书斋小门走下。

江　泰　（摇头）哎，没有人肯听我的话！没有人理我的哟！没有人理我的哟！

〔江泰一边说着，一边顺手又把桌上那半瓶"白兰地"拿起来，又进了屋。

曾文彩　（着急）江泰！（跟着进去）

〔远远鸡犬又在叫。

陈奶妈　唉！

〔这时仿佛隔壁忽然传来一片女人的哭声。愫方套上一件灰羊毛坎肩，手腕上搭着自己要带走的一条毯子，一手端了碗参汤，由书斋小门进。

曾　皓　（抬头）谁在哭？

陈奶妈　大概杜家老太爷已经断了气了，我瞧瞧去。

〔皓又低下头。

〔陈奶妈匆匆由书斋小门下。

〔鸡叫。

愫　方　（走近皓，静静地）姨父。

曾　皓　（抬头）啊？

愫　方　（温柔地）您要的参汤。（递过去）

曾　皓　我要了么？

愫　方　嗯。（搁在皓的手里）

〔圆儿突然由通大客厅的门悄悄上，她仍然穿着那身衣服，只是上身又加了一件跟裙子一样颜色的短大衣，领子上松松地系着一块黑底子白点子的绸巾，手里拿着那"北京人"的剪影。

袁　圆　（站在门口，低声，急促地）天就亮了，快走吧！

〔圆笑嘻嘻的，立刻拿着那剪影缩回去，关上门。

曾　皓　（喝了一口，就把参汤放在沙发旁边的桌上，微弱地长嘘了一口）唉！（低头合上眼）

愫　方　（关心地）您好点吧？

曾　皓　（含糊地）嗯，嗯——

愫　方　（哀怜地）我走了，姨父。

曾　皓　（点头）你去歇一会儿吧。

愫　方　嗯，（缓缓地）我去了。

曾　皓　（疲惫到极点，象要睡的样子，轻微地）好。

〔愫转身走了两步，回头望望那衰弱的老人的可怜的样子，忍不住又回来把自己要带走的毯子轻轻地给他盖上。

曾　皓　（忽然又含糊地）回头就来呀。

愫　方　（满眼的泪光）就来。

曾　皓　（闭着眼）再来给我捶捶。

愫　方　（边退边说，泪止不住地流下来）嗯，再来给您捶，再来给您捶，再——来——（似乎听见又有什么人要进来，立刻转向通大客厅的门走）

〔怿方刚一走出，文彩由卧室进。

曾文彩　（看见皓在打瞌睡，轻轻地）爹，把参汤喝了吧，凉了。

曾　皓　不，我不想喝。

曾文彩　（悲哀地安慰着）爹，别难过了！怎么样的日子都是要过的。（流下泪来）等吧，爹，等到明年开了春，爹的身体也好了，重孙子也抱着了，江泰的脾气也改过来了，哥哥也回来找着好事了，——

〔文清卧室内忽然仿佛有人"哼"了一声，从床上掉下的声音。

曾文彩　（失声）啊！（转对皓）爹，我去看看去。

〔彩立刻跑进文清的卧室。

〔陈由书斋小门上。

曾　皓　（虚弱地）杜家——死了？

陈奶妈　死了，完啦。

曾　皓　眼睛好痛啊！给我把灯捻小了吧。

〔陈把洋油灯捻小，屋内暗下来，通大厅的纸隔扇上逐渐显出那猿人模样的"北京人"的巨影，和在第二幕时一样。

陈奶妈　（抬头看着，自语）这个皮猴袁小姐，临走临走还——

〔彩慌张跑出。

曾文彩　（低声，急促地）陈奶妈，陈奶妈！

陈奶妈　啊！

曾文彩　（惧极，压住喉咙）您先不要叫，快告诉大奶奶！哥哥吞了鸦片烟，脉都停了！

陈奶妈　（惊恐）啊！（要哭，——）

曾文彩　（推着她）别哭，奶妈，快去！

〔陈奶妈由书斋小门跑下。

曾文彩　（强自镇定，走向皓）爹，天就要亮了，我扶着您睡去吧。

曾　皓　（立起，走了两步）刚才那屋里是什么？

曾文彩　（哀痛地）耗子，闹耗子。

曾　皓　哦。

〔文彩扶着皓，向通书斋小门缓缓地走，门外面鸡又叫，天开始亮了，隔巷有骡车慢慢地滚过去，远远传来两声尖锐的火车汽笛声。

——幕徐落

提示

三幕剧《北京人》发表于1941年，是曹禺继《雷雨》《日出》之后创作的又一个优秀话剧。《北京人》取材于作者所熟悉的封建大家庭的生活，描写的是旧北京城里一个姓曾的封建家庭的没落。剧本虽然也写到了封建阶级的罪恶，如曾皓的自私、曾思懿的阴险，也写到了这个封建家庭政治、经济上正在走向衰落，但它着重描写的是封建家族制度和封建文化对于人们精神的摧残和毒化，这个家庭中那些用封建文化养育出来的人，是一些连站立起来的力气都没有的"废物"，除了没落，他们不配有好的命运。曹禺从思想文化的角度揭示了封建阶级必然覆灭的历史命运。

曾皓是曾家的最高统治者，他眼睁睁地看着这个曾经显赫一时的大家庭正在走向没落却无可奈何，他现在只能哀叹儿孙不孝、家运不昌。除了拼命拖住姨侄女愫方照顾他外，他最关心的是那买了十多年、已上了一百多道漆的棺材。他的儿子曾文清则是封建家庭培养出来的徒有生命空壳的"多余人"，他外表温文儒雅，清奇飘逸，深受士大夫文化的熏陶，会下棋、赋诗、作画、品茶，喜欢养鸽子、抽大烟。他厌恶妻子曾思懿，爱恋着表妹愫方，但他"爱不敢爱，恨不敢恨，哭不敢哭，喊不敢喊"，他也曾下过决心，要摆脱家庭桎梏，去闯一条新的人生道路，但他毫无谋生的本领，像在笼中关久了的小鸟，翅膀已不会飞了，离家一个多月后他又回来了。在生活中他找不到自己的位置，他在绝望中自杀了。曾皓的女婿江泰是个学理工的留学生，他也曾有过一番雄心，有时候他也比较清醒。可事业上的一再失败，使他沦为岳父家遭人厌恶的寄食者。他牢骚满腹，对谁都看不惯，但丝毫不能改变他失败的命运。正如曾文清所批评的："我不说话，一辈子没有做什么，他吵得凶，一辈子也没有做什么。"跟曾文清、江泰相比，曾思懿在这个家庭里是一个有才干的人。这是个王熙凤式的女人，精明能干，虚伪残忍。在这条即将沉没的船上，她考虑的是如何救出自己。但她的才干既救不了家庭，也救不了自己。

曹禺也在剧本中给这个发霉的家庭射入一线光明。作者描写了愫方和瑞贞从这个家庭中分化出来。瑞贞属于曾家最年轻的一代，她和曾霆没有爱情的婚姻，使她痛苦；这个大家庭里繁缛的礼节和凶恶的婆婆，使她厌恶。进步的朋友和革命书籍给她指出了新的道路，她毫不犹豫地与这个封建家庭作了彻底的决裂。愫方的觉醒比瑞贞要艰难。她父母双亡，长期寄居曾家，与这个家庭有着千丝万缕的联系。她爱恋着曾文清，为了她的所爱，即使为这个家庭牺牲自己，她也心甘情愿。随着她对曾文清幻想的破灭，在瑞贞的劝说下，她终于从这个家庭中出走了。另外，剧本中多次出现北京人头像的投影，并通过人类学家袁任敢之口，说明人类曾有过令人向往的"北京人时代"——"那时候的人……他们自由地活着，没有礼教来拘束，没有文明来捆绑，没有虚伪，没有欺诈，没有陷害……"剧本的结尾还描写了这样一个被称为"北京人"的修理工人，带领愫方、瑞贞她们砸开锁住曾家大门的铁锁，引导她们走向光明。

《北京人》具有一种平淡自然的艺术风格，全剧没有曲折离奇的情节，而是在日常的家庭生活的描述中表现人们之间的勾心斗角、唇枪舌剑的尖锐冲突，具有一种扣人心弦的艺术力量。人物的性格刻画得细腻、精致。如剧本两次写曾皓按住愫方的手，而愫方偷偷地把手抽掉，这一情节很细腻地写出了曾皓及愫方的心理；又如曾思懿把愫方视为情敌，又要装出恪守封建伦理的贤惠之态，剧本把这种矛盾心态刻画得十分细致。全剧自始至终充满了浓郁的抒情意味，一些具有象征意义的物象，如曾家与暴发户杜家争夺的"棺材"、"北京人"的头像等，使剧本呈现出丰富的内涵。

夏 衍

上海屋檐下（节选）

第二幕

同日下午。

客堂间，——杨彩玉伏在桌上啜泣，匡复反背着手，垂着头，无目的地踱着，二人沉默。

客堂楼上，——小天津躺在施小宝的床上，脸上浮着不怀好意的微笑，抽着烟。施小宝哭丧着脸，在梳妆台前打扮，沉默。

亭子间，——夹在小孩哭声里面，黄家楣大声地在和他父亲谈话，言语不很清楚。不一刻，桂芬带着紧张的表情，拿了热水瓶慢慢地下楼来，她耸着耳朵在听他们父子间的谈话，开后门出去。

灶披间，——赵妻在缝衣服，无言。

一分钟之后。

太阳一闪，灿然的阳光斜斜地射进了这浸透了水汽的屋子，赵妻很快地站起身来，把湿透了的洋伞拿出来撑开，再将一竹竿的衣服拿出来晒。

黄　父　（声）瞧，不是出太阳了吗？（一手推开窗）
黄家楣　（声）爸，再住几天，晚上天晴了去看《火烧红莲寺》……（咳嗽）
黄　父　（声）下了半个月的雨，低的几亩田，怕已经氽掉啦，不回去补种，今年吃什么？
　　　　（赵妻好容易将衣服晒好，回到室内坐定，拿起针线，太阳一暗，又是一阵大点子的骤雨，连忙站起来，收进。）
赵　妻　（怨恨之声）唧！
匡　复　（踱到彩玉面前站定）那么你说……你跟志成的同居……
杨彩玉　（无语）……
匡　复　（独白似的）你跟他的同居，单是为着生活，而并不是感情上的……
杨彩玉　（无言，不抬起头来，右手习惯地摸索了一下手帕。）……（匡复从地上拾起手帕，无言地交给她，沉默。门外卖物声，阿香悄悄地从后门推门进来，好像耽心着踏湿了的鞋子似的，不敢进来。）
匡　复　唔，生活，为了生活！（点头，颓然地坐下，一刻。又像讥讽，又像在透漏他蕴积了许久的感慨。）短短的十年，使我们全变啦，十年之前，为着恋爱而抛弃了家庭，十年之前，为着恋爱而不怕危险地嫁了我这样一个穷光蛋。可是，十年之后……大胆的恋爱至上主义者，变成了小心的家庭主妇了！

杨彩玉　（无言，揩了一下眼泪，望着他）……

匡　复　彩玉！怕谁也想不到吧，你能这样的……（不讲下去）

杨彩玉　（低声）你，还在恨我吗？

匡　复　不，我谁也不恨！

杨彩玉　那么，你一定在冷笑，……一定在看不起我吧。当自己爱着的丈夫在监牢里受罪的时候，将结婚当做职业，将同情当做爱情，小心谨慎地替人管着家。……

匡　复　彩玉！

杨彩玉　（提高一些声调）但是，在责备我之前，你得想像一下，这十年来的生活！我跟你结婚之后，就不曾过过一日平安的生活，贫穷，逃避，隔绝了一切朋友和亲戚。那时候，可以说，为着你的理想，为着大多数人的将来，我只是忍耐，忍耐，……可是你进去之后，你的朋友，谁也找不到，即使找到了，尽管嘴里不说，态度上一看就知道，只怕我连累他们。好啦，我是匡复的妻子，我得自个儿活下去，我打定了主意，找职业吧，可是葆珍缠在身边。那时候她才五岁，什么门路都走遍，什么方法都想尽啦，你想，有人肯花钱用一个带小孩的女人吗？在柏油路粘脚底的热天，葆珍跟着我在街上走，起初，走了不多的路就喊脚痛，可是，日子久了，当我问她，"葆珍，还能走吗"的时候，她会笑着跟我说："妈！我走惯啦，一点也不累。"……（禁不住哭了）这是——生活！

匡　复　（痛苦地走过去抚着她的肩膀）彩玉，我一点也没有责备你的意思，我只是说……

杨彩玉　你说，这世界上有我们女人做事的机会吗？冷笑，轻视，排挤，轻薄，用一切的方法逼着，逼着你嫁人！逼着你乖乖的做一个家庭里的主妇！……

匡　复　彩玉！过去的事，不用讲啦，反正讲了也是没有法子可以挽回来，你得冷静一下，我们倒不妨谈谈别的问题。

杨彩玉　……（一刻）别的问题？（回转身来）

匡　复　唔……（沉默，踱着）

　　　　（桂芬泡了开水回来，手里托着几个烧饼。阿香艳美地跟着进来，桂芬上楼去。一刻，黄家楣与桂芬出来，站在楼梯上，黄家楣带怒地。）

黄家楣　方才我出去的时候，你跟爸爸说了些什么？

桂　芬　（摇头）

黄家楣　没有说？那为什么上半天还是高高兴兴的，一会儿就会要回去呢？他说今晚上要回去了！

桂　芬　今晚上？（吃惊）不是讲过了去看戏吗？

黄家楣　（恨恨地）已经自个儿在收拾行李啦，还装不知道。

桂　芬　装不知道？你说什么？

黄家楣　我说你赶他走的！

桂　芬　我……赶……他……走！家楣！你讲话不能太任性，我为什么要赶走他？我用什么赶走他？

黄家楣　（冷冷地）为什么，为着我当了你的衣服；用什么，用你的眼泪，用你那副整天皱着眉头的神气。他聋了耳朵，但是他的眼睛没有瞎，你故意的愁穷叹苦，使他……使他不能住下去！……

桂　芬　我故意的？……

黄家楣　我爸爸老啦，你，你，你……

桂　芬　（被激起了的反驳）你不能这样不讲理！你别看了别人的样，将我当作你的出气洞。你希望你爸爸多住几天，我懂得，这是人情，可是我问你，这样多住了几天，对他，对你，有什么好处？你这样只是逼死大家，大家死在一起，……我，（带哭声）我为什么要赶走……他……

黄家楣　……（无言，以手猛抓自己的头发）

桂　芬　（委婉地）家楣！你自己的身体……

（亭子间小儿哭声）

黄　父　噢，别哭别哭，我来抱，好，好……

（桂芬用衣袖揩了一下眼泪，黄家楣很快地拿自己的手帕替她揩干，让桂芬回房间去。黄家楣垂着头，跟在后面。）

匡　复　（听完了他们的话）那么——你们现在的生活……

杨彩玉　（苦笑）你看！

匡　复　我看，志成也很苍老了。也许，我今天来得太意外，方才看见他的时候，觉得在他从小就有的忧郁症之外，现在又加了焦躁病啦。……

杨彩玉　……

匡　复　他在厂里的境遇？

杨彩玉　（摇头）……

匡　复　依旧是不结人缘？

杨彩玉　（点头，一刻）你看，我呢？我老了吧！

匡　复　（有点难以置答）唔……

杨彩玉　老啦？

匡　复　（望着她）

杨彩玉　你说啊，我——

匡　复　……

杨彩玉　（佯笑）不说，唔，已经不是十年前的彩玉啦！

匡　复　（仓皇）不，不，我在想……

（沉默）

杨彩玉　想？唔，那么你看，我幸福吗？

匡　复　我希望！

杨彩玉　你讲真话！你看，他能使我幸福吗？

匡　复　我希望，他能够。

杨彩玉　（冷笑，避开他的视线）你说我变了，我看，你也变啦，你已经没有以前的天真，没有以前的爽快啦。

匡　复　什么？你说……

杨彩玉　（很快地接上去）假使我现在告诉你，志成不能使我幸福，我现在很苦痛，葆珍跟我一样的也是受着别人欺负，那你打算……（凝视着他）

匡　复　……

杨彩玉　他在厂里不结人缘，受人欺负，被人当作开玩笑的对象，他的后辈一个个地做了他的上司，整天地耽忧着饭碗会被打破，回到家里来，把外面受来的气加倍地发泄在我的身上，一点儿不对，嘟着嘴不讲话，三天五天地做哑巴，……复生！你以为这样的生活，——可以算幸福吗？

匡　复　（痛苦地）彩玉，我对不住你……

　　　　（后门推开，葆珍很性急地回来，赵妻看见她，很快地对她招手，好像要报告她一些什么消息；可是葆珍好像全不注意，大踏步地闯进客堂间里，二人的谈话中断，匡复反射地站起身来。）

杨彩玉　葆珍，过来，这是……（碍口）

匡　复　（抢着）是葆珍吗？（以充满了情爱的眼光望着）

葆　珍　（吃惊）认识我？先生尊姓？

杨彩玉　葆珍！……（语阻）

匡　复　（笑着）我姓匡……

葆　珍　（很快）Kuan？怎么写？（天真烂漫）

匡　复　（用手指在桌上写着）这样一个匚里面，一个王字。

葆　珍　匡？（做着夸大的吃惊的表情）有这样奇怪的姓吗？这个字作什么解释？

匡　复　（给她一问便问住了）那倒——

葆　珍　（很快地跑到桌子边去找出一本小小的字典，翻着）匚部，一，二，三，四，有啦，喔，kuang，匡正，改正的意思，可是匡先生，这样的字，现在还有人用吗？

匡　复　（始终以惊奇而爱情的眼光望着她）唔，用是用，可是已经很少啦。

葆　珍　没有用的字，先生说，就要废掉，对吗？

杨彩玉　葆珍！

匡　复　唔！你很对！（笑着）我今后就废掉它。

葆　珍　那好极啦，妈，为什么老望着我？快，给我一点儿点心，我要去上课啦。

匡　复　为什么，不是才下课吗？

葆　珍　不，（骄傲地）方才先生教我，此刻我去教人，我是"小先生"，教人唱歌，识字。

匡　复　"小先生？"

（彩玉拿了几块饼干给她，她接着边吃边说。）

葆　珍　"小先生"，不懂吗？小先生的精神，就是"即知即传人"，自己知道了，就讲给别人听……啊，时候不早啦，再会！（跳跑而去，至门口，嘴里唱着）"走私货，真便宜！"

赵　妻　（低声而有力地）葆珍！……
（葆珍不理而去）

匡　复　（不自觉地，跟了一两步，望她出去之后才回头来）唔，日子真快！

杨彩玉　（怀旧之感）你看，她的脾气，不是跟你年青的时候完全一样吗？你做学生的时候，不是为了一门代数，几晚上不睡觉，后来弄出了一场病吗？她也是一样，什么事，都要寻根究底的！

匡　复　可是现在我已经没有这种精神了。……（沉吟了一下，想起似的）彩玉！我此刻倒觉得安心了。当我在里面脚气病厉害的时候，我已经绝望，在这一世，怕总不能再和你们见面啦，可是现在，我亲眼看见了葆珍，居然跟我年青的时候一样……

杨彩玉　你安心啦？你以为葆珍很幸福吗？

匡　复　不，我不是这意思……

杨彩玉　（忧郁地）在她洁白的记忆里面，也已经留下了一点洗刷不掉的黑点了，别的小孩子叫她……（望着匡复）

匡　复　什么？连她也有——
（这时候后门口小孩子争吵之声，赵妻望着门外。）

阿　牛　（声）拿出来！拿出来！

阿　香　（声）这是我的！姆妈（大声地叫）

赵振宇　（从学校里回来的模样，两手拦着两个孩子进来）到里面去！到里面去！（见阿牛和阿香扭在一起）哈哈……

阿　牛　拿出来！（回头对他爸爸）这是我的"劳作"，她把我弄掉了，拿出来！

阿　香　妈给我玩的！是我的！
（二人扭打，赵振宇始终不加干涉，带笑地望着。赵妻连忙放下了针线出来。）

赵　妻　阿牛！（看见赵振宇的那副神气，虎虎地）尽看！打死了人也不管！（去扯阿牛）

赵振宇　（神色自若）不会不会，黄梅天，让他们运动运动也好！

赵　妻　不许打，阿牛你这死东西！（阿牛一拳将阿香打哭了）

赵振宇　哈哈哈……

赵　妻　（死命地将阿牛扯开）你还笑！（赵振宇机械地，有点儿做作，忍住了笑，这时候阿牛猛扑过去，从阿香手里夺回了一张纸板细工）什么，你抢，抢，……
（扯着阿牛进房去）

赵振宇　（蹲下来，拿出手帕来替阿香揩眼泪，一边用教员特有的口吻）别哭啦，我跟你讲过的，打胜了不要笑，打败了不许哭，哭的就是脓包！（顾虑着他妻子听见，低声地）明天再来过！（带着阿香进房间去）我跟你哥哥讲的故事你也听过的，拿破仑充军到爱尔伐岛去的时候，他怎么说？唔，唔……啊，你瞧！阿牛已经在笑啦。（大声地）哈哈哈……（前楼，——施小宝已经打扮好了，听见赵振宇的笑声，想起了什么似的往楼下走。）

小天津　（狠狠地）哪儿去？

施小宝　（举起她穿着拖鞋的脚）我又不会逃，急什么？（下楼，走到灶披间门口，对赵振宇悄悄地招手）

　　　　赵先生！

赵振宇　喔，你在家？（走过去，赵妻怒目而视，望着。）

施小宝　（低声地）请你替我查一查这几天报……

赵振宇　什么事！（赵妻起身站在灶披间门口。）

施小宝　请你替我查一查，Johnie——那死胚的船什么时候回到上海来？

赵振宇　喔喔，（回身去拿报，又想起了似的）那船叫什么名字啊？

施小宝　那倒……唔，有个丸字的。

赵振宇　哈哈……有个丸字的船可多得很呐，譬如说……

施小宝　那么——

赵　妻　（故意使她听见）不要脸的！

赵振宇　你们先生快回来啦？

施小宝　（回身，忧郁地）能回来倒好啦！（上楼去，一想，又回下来，走向客堂间，看见有客，踌躇）喔，对不住，林先生不在家？

杨彩玉　嗳，有什么事吗？

施小宝　（难以启口）林师母！我跟你讲一句话。

杨彩玉　（走到门边）什么？

施小宝　林先生就回来吗？

杨彩玉　有什么事吗？……可以跟我说。

施小宝　（迟疑了一下，决然，但是低声地）您可以替我把我房间里的那流氓赶走吗？

杨彩玉　什么？流氓？（匡复站起来）

施小宝　他，他要我，……我不高兴去，过一天我那死胚回来了会麻烦……

杨彩玉　我不懂啊，那一位是你的……

小天津　（有点怀疑，站起来，走到楼梯口）小宝！

施小宝　（吃惊，很快地）他是白相人，他逼着我到——

小天津　（大声）小宝！

施小宝　（回身，上楼去，哀求似的）假使林先生回来啦，请他……（上去）

匡　复　（看她走了之后）什么事？

杨彩玉　我也不知道啊！（二人仰望着楼上）

施小宝　急什么，又不去报死！
小天津　人家等着，走啦！
施小宝　（勉强地坐下，穿高跟鞋）烟卷儿。
小天津　（摸出烟盒，已经空了，随手将自己吸着的一支递给她。）
施小宝　（接过来深深地吸了一口，就将它丢了，故示悠闲地）你可知道，Johnie 明天要回来啦。
小天津　（若无其事）
施小宝　你不怕他找麻烦？
小天津　（不理会，突的站起来）走！
施小宝　（做个媚眼）可是，这也要把话讲明白了再走啊！（接近他，做个媚态）
小天津　你要我动手吗？（虎虎地将她拉开）
施小宝　（掩饰内心的狼狈）那么我明天会一五一十地告诉他，反正你是有种的。（起身，被小天津威胁着下楼。）
小天津　（在楼梯上）告诉你，Johnie 此刻在花旗，懂吗？
　　　　（施小宝不语，二人出去。赵妻怒目送之，回头来要发话，但是没有对手，只能罢了。）
　　　　（门外卖物声，天骤然阴暗。桂芬走到平台上，叫。）
桂　芬　林师母！请您把电灯的总门开一开！
　　　　（彩玉无言地去开了电灯总门，亭子间骤然明亮。远远的雷声。以下在匡复与彩玉讲话间，亭子间与灶披间的住户们开始作晚餐的准备。）
杨彩玉　你还没有回答我方才的话啊，你看，我们现在的生活，过得很幸福吗？
匡　复　……
杨彩玉　假使，你真心说，假使你以为我跟葆珍的生活都很不幸，那么……
匡　复　……
杨彩玉　你能安心吗？
匡　复　（痛苦无言）……
杨彩玉　（走近一步）你为什么不讲话呀？你当初不是跟我说，你要用你一切的力量使我幸福吗？——
匡　复　（痛苦地）彩玉，你别催逼我！我的头脑混乱了，我不知应该怎么办，我，我……（站起来无目的地踱着）
杨彩玉　（沉默了片刻之后）唔，复生！你记得黛莎的事吗？
匡　复　（站住）黛莎？
杨彩玉　唔，我们在小沙渡路的时候，我害了伤寒，你坐在我床边跟我讲的一个故事，小说里的那女人不是叫黛莎吗？
匡　复　啊啊，……
杨彩玉　那时候你嫌我软弱，讲到黛莎的时候，你总说，彩玉，要学黛莎，黛莎多勇敢啊！那叫什么书？我记不起啦！
匡　复　唔，那是，……那书的名字是叫做《水门汀》吧。
杨彩玉　对啦，《水门汀》，你现在觉得黛莎那样的女人怎么样？
匡　复　（不语）
杨彩玉　你跟我讲的许多故事里面，不知怎么的，我老也忘不了黛莎，也许——
匡　复　（拦住她）彩玉，你别说啦，我懂得你的意思，可是……
杨彩玉　我当然不能比黛莎，可是你不是说，永远永远地要使我幸福吗？只要你活着。
匡　复　……
杨彩玉　（进一步地）你说，我不能学黛莎吗？像那小说里面一样，当她丈夫回来的时候，……
匡　复　（惨然）可是，你可以做黛莎，而我早已经不是格莱普啦。黛莎再遇见她丈夫的时候，她丈夫是一个战胜归来的勇士，可是我（很低地）已经只是一个人生战场的残兵败卒啦。
杨彩玉　复生！
匡　复　方才你说，我也变啦，对，这连我自己也知道，我也变啦，当初我将世上的事情件件看得很简单，什么人都跟我一样，只要有决心，什么事情都可以成就，可是，这几年我看到太多，人事并不这样简单，卑鄙，奸诈，损人利己，像受伤了的野兽一样的无目的地伤害他人，这全是人做的事！……（突然想起似的）喔，可是你别误会，这，我绝不是说志成，他跟我一样，他也是弱者里面的一个！
杨彩玉　（感到异样）复生，这是你讲的话吗？弱者，你现在已经承认是一个弱者了吗？你当初不是几次几次地说……
匡　复　所以，我坦白地承认我已经变啦，你瞧我的身体，这几年的生活，毁坏了我的健康，沮丧了我的勇气，对于生活，我已经失掉了自信。……你看，像我这样的一个残兵败卒，还有使人幸福的资格吗？
杨彩玉　那么你说……我们之间的……
匡　复　（绝望地）我方才跟志成说，我反悔不该来看你们，我简直是多此一举啦。
杨彩玉　复生！这是你的真心话吗？以前，你是从来也不说谎话的！
匡　复　……
杨彩玉　（含着怒意）那么，你太自私，你欺骗我！从你和我结婚的那时候起。
匡　复　什么？（走近一步）
杨彩玉　问你自己！
匡　复　彩玉！我没有这意思，我只是说对于生活，我已经失掉了自信，我没有把握，可以使你和葆珍比现在更——……
杨彩玉　那么我问你，很简单，假定，这八年半里面，你没有志成这么一个朋友，我跟他也没有现在一样的关系，那么很当然，假定我跟葆珍现在已经沦落在街头，也许，两个里面已经死了一个，假定，在那样的情形之下，你找到了我，我要求你帮助，那时候，你也能跟方才一样地说："我已经没有使你们幸福的自信，我只能让你们饿死在街上"吗？

匡　复　（一句话被问住了，混乱）那……那……

杨彩玉　那么我只能说，要不是你太残酷，那就是你在嫉妒！

匡　复　（茫然自失）彩玉！

杨彩玉　要是在别的情形之下，你一定会对我说，彩玉，我回来啦，别怕，我们重新再来过，可是现在，——你，你已经厌弃我了！——为着我要生活……

匡　复　彩玉，别这么说，我应该怎么办呢？我简直不能再想啦！（焦躁苦痛）

（弄内性急地叫喊着的《大晚夜报》的呼声，赵振宇急忙忙地买报。）

杨彩玉　（央求地）复生！你不能再离开我，不能再离开那被人看作没有父亲的葆珍，为着葆珍，为着我们唯一的……

匡　复　（吟沉了一下）这，这不使志成……不使志成更苦痛吗？

杨彩玉　（沉默了一下）可是，我早就跟你说，这只是为着生活……

匡　复　（垂头，无力地）彩玉！……

杨彩玉　（捏着他的手）打起勇气来，……从前你跟我讲的话，现在轮着我对你讲啦。（笑，扶起他的头）你还年青呐，（摸着他的下巴）好啦，把胡子剃一剃！……（一边说，一边从抽斗里找出林志成的安全剃刀等等。）复生！别多想啦，今天是应该快活的，对吗？

匡　复　（充满了蕴积着的爱情，爆发般的）彩玉！（将头埋在她的胸口）

杨彩玉　（抚着他的头发）复生！你，你……（感极而泣，二人依偎着）（天色渐暗，沙嗓子的老枪没气力地喊着《大晚夜报》《新闻夜报》"无线电节目"……从前门外经过，尖喉咙的女人喊着《夜报》等等。）

（灶披间点了电灯。）

（突然，前门猛烈地敲门声，匡复和彩玉反射地分开。）

杨彩玉　谁？（一边去开门）

（厂里的一个青年职员，带着一个工头模样的人进来，满头大汗。）

青　年　快，叫林先生快去！

杨彩玉　他没有回来啊。

青　年　（差不多要闯进来搜寻似的姿势）林师母，您帮帮忙，工务课长已经在发脾气啦，这不干我的事啊。（大声地）林先生！

杨彩玉　（惊奇）真的他没有回来啊，上半天出去了，就没有回来过！有什么事吗？

青　年　（焦躁地）事可多呐，……林师母，当真……那么您知道他到哪儿去吗？

杨彩玉　（着急）我怎么知道，……他什么时候走的？有什么事吗？……

青　年　（不回答她，回头对工头）那您赶快到二厂去看一看。（工头将匡复上下地望了一下，下场。）林师母，事情很要紧，要是他不去，……（揩一揩额上的汗）

	好啦，他回来，立刻请他来，大老板也在等他。（匆匆而下）
杨彩玉	喂喂，……（看见他走了，关了门，担忧地望着匡复。）
匡　复	（紧张地）什么事？
杨彩玉	近来厂里常常不安静，可是……
匡　复	他到哪儿去啦？……（不安地）他不会做出……
杨彩玉	（低头）不会吧，可是……（也感到不安）
	（后门外一阵笑声，骂声，门推开，李陵碑喝醉了酒，带跌带撞地进来，嘴里哼着。后门好像跟了一大群看热闹的小孩和妇女，阿香夹在里面，匡复耸耳听；但是杨彩玉却早知道这是李陵碑的日常功课了，看了一看方才拿出了的安全剃刀，去替他倒水。）
李陵碑	（醉了的声音）要我唱，我就唱，这有什么……（唱）"金乌坠，玉兔升，黄昏时候……盼娇儿，不由人，珠泪双流……"
门外人声一	好！马连良老板差不多！
门外人声二	再来一个！
门外人声三	李陵碑你的娇儿死啦！死啦！
李陵碑	（突然旋转身来）妈的，谁说，谁说，咱们阿清在当司令也许是师长，督办，也许，……也许……
门外人声一	也许已经是炮灰！
门外人声二	别打岔，让他唱下去！
李陵碑	（用拳头威胁门旁的小孩）妈的，你们也敢欺负我！（小孩们一哄而走，笑声，但是一下又重新集合起来。）阿清当了司令回来，我就是……（舌头不大灵便）老太爷啦，妈的……（走近赵振宇身边，不客气地将他在看的报纸夺来，指着）赵……赵……赵先生，报上有李司令，李阿清司令到上海来的消息吗？（赵振宇带笑地望着他）登出来的时候，你……你告诉我，我，我请你喝酒！（将报纸还给他）妈的，有朝一日，阿清回来……（跌跌撞撞地上楼去，苍凉地唱）"含悲泪，进大营，双眉愁皱，腹内饥，身又冷，遍体飕飕……"
赵振宇	（起身来将闲人遣走）没有什么好看……（回头来见阿香，一把抓住）你也看，我跟你说过，李陵碑来的时候，不准笑，你……你，（不管阿香懂不懂地）你简直是幸灾乐祸啦，这，这……
	（天气愈暗，杨彩玉开电灯，给匡复倒了洗脸水，望着他。）
匡　复	怎么回事？
杨彩玉	阁楼上的房客，怪人，他有一个单生子，在"一二八"打仗的时候去投军，打死啦，找不到尸首，可是他一定说，儿子还活着，在当司令，有点儿神经病啦。
匡　复	唔……（感慨系之，剃须。）
李陵碑	（声）（苍凉的歌声）"……不由人，珠泪双流……"
	（黄父抱了小孩下来。远雷。）

－579－

桂　芬　（从亭子间门口）爸爸，晚啦，别抱他出去！
黄　父　（根本不曾听见，看见赵振宇殷勤地和他招呼。）
赵振宇　老先生！天要下雨啦！
黄　父　（依旧是答非所问）今晚上要回去啦，多抱一抱，哈哈……
　　　　（多少的在态度上已经有一点忧郁了。）
赵振宇　什么，回乡下去？不是说，（回头问他妻子）今晚上去看戏吗？（家楣从窗口探出头来）
黄　父　今年雨水太多，低的田春苗要补种了……
赵振宇　多玩几天呐，上海好玩的地方还多呐。
黄　父　（哄着小孩，自言自语地）好，好，外面去买东西给你吃。……（正要出门的时候，电光一闪，一个响雷，他只能回转，望了望天，对赵振宇）所以说，这个世界是变啦，咱们年纪轻的时候，天上打闪，总有雷的声音的，可是变了民国，打闪也没有声音啦，对吗？有人说：雷公敲的鼓破啦。
赵振宇　什么，方才不是……（一想就明白了）哈哈！……（大声地）老先生！雷公的鼓没有破，还是很响的，你老先生的耳朵不便啦，所以听不见啦，哈哈哈……
黄　父　什么，我说，不打雷，地上的春花就要……
赵振宇　（好容易制止了笑，对他妻子）你听见吗？他说变了民国，天就不打雷啦，哈哈哈……（又诚恳地对黄父）天上的雷，是电气，换了朝代也要响的……（又听见远雷声）诺诺，又响啦。
黄　父　（摸不着头脑）什么？天上……
赵振宇　（大声）天上的雷，不是菩萨，是电气，（对他耳朵）电气……
黄　父　（还是不懂）生气？我……我不生气。
赵振宇　（大声）电气，电灯的……
赵　妻　酱油没有了，去买！
赵振宇　（大声地）天上的云里面，有一种电气，电……
赵　妻　（将酱油瓶拿到他的鼻子前面）去买酱油！
赵振宇　（忘其所以，用更大的声音对他妻子）叫阿牛去买！
赵　妻　（一惊，狠狠地）我又不聋！
　　　　（始终忧郁着的黄家楣，这时候也不禁破颜一笑。）
赵振宇　（省悟）啊，对啦，（低声）叫阿牛去买吧！（又回头对黄父，同样低声地）天上有一种电气，……
赵　妻　（狠狠地）阿牛在念书。（把酱油瓶塞在他手里）
赵振宇　（无法可想，对黄父大声地）等一等，我就来。（出去）
黄　父　（莫名其妙，对赵妻）他说什么？唔，耳朵不方便……（回身上楼去）
桂　芬　（正拿了铅桶下来，在楼梯上）爸爸，当心。（开了楼梯上的电灯）
黄　父　（一怔）唔，……（望着电灯，上楼去）

赵　妻　（看见桂芬下来）喂，为什么老先生今晚上要回去了？
桂　芬　（点头无言）
赵　妻　有了什么要紧的事？家里……
桂　芬　老年人多有点儿怪！说起要走，今晚上就要走啦。
赵　妻　（鬼鬼祟祟）你知道，（指着客堂间低声）林师母从前的男人……
赵振宇　（回来，看见那种神气）改不好的脾气，我跟你说，人家的事，不要管，人家的丈夫也好……
赵　妻　（狠狠地制止了他）嘘，（低声地）那你为什么要来管我呐？
赵振宇　（搔着头进去，忽然想起）啊，楼上的老先生呢？方才的话没有讲完呐。
赵　妻　（依旧鬼鬼祟祟地对桂芬）方才我听见姓林的跟他说，葆珍怎么怎么样……（见阿香走过来听，狠狠地）听什么？小鬼！（继续对桂芬）姓林的跑走啦，方才我听见女的在哭，啊哟，这事情真糟糕吗！那男的你看见过没有？
桂　芬　（摇头）还在吗？
赵　妻　（点头）唔，穿得破破烂烂的，像戏里做出来的薛平贵……
　　　　（正要讲下去的时候，林志成带着兴奋的表情，从后门进来。她很快地将要讲的话咽下，若无其事。）
　　　　（林志成手里拿了一瓶酒和一些熟食之类的东西，照旧谁也不理会地往里面走。）
赵振宇　（看见他）噢，林先生！（站起来，用手指着晚报上的记事）你们厂里今天——
　　　　（林好像不听见似的走过，赵振宇只能重新坐下，赵妻兴奋地望着林志成的背影。）
杨彩玉　（望着修好了面的匡复）瞧，不是年青了很多吗？
　　　　（林志成无言地进去，杨彩玉和匡复离开了一步，匡复多少的觉得有点狼狈。）
杨彩玉　方才厂里的小陈来过啦，说要你——
林志成　（沉重地）我知道。（将酒瓶和熟食交给杨彩玉）
杨彩玉　厂里有什么事吗？说要你立刻就去……
林志成　我知道，家里没有什么菜，到弄口的小馆子里去叫几样。（对匡复）今晚上喝一点儿酒吧。
匡　复　志成，您——
林志成　（强自振作，态度很不自然）复生！咱们已经很久不在一块儿吃饭啦，你不喝酒，可是今晚上也得喝一杯，我也很久不喝啦，我今天很愉快，你要替我欢喜，我解放啦。
匡　复　（苦痛）志成，你别这么说……
林志成　不，不，今天真痛快，我从一方面受人欺负，一方面又得欺负人的那种生活里面解放出来啦。（大声）我打破了饭碗。可是从今以后，我可以不必对不住自己良心地去欺负别人啦。
匡　复
杨彩玉　（差不多同时地）什么，你……

林志成　笑话，要我去收买流氓，打人，哼，我为什么要这样下流，我可以不干！哼，真痛快，什么工务课长，平常那么威风，（渐渐兴奋）今天又给我看到了！（对杨彩玉）你去预备饭吧。

匡　复　（关心地）志成，你休息一下，我看你很倦了！

林志成　不，不，我很高兴，压在心上的一块石头，今天才拿掉啦！复生！这不是很奇怪吗？以前，我尽是害怕着丢饭碗，厂里闹着裁人的时候，每天进厂，都要看一看厂务主任的脸色；主任差人来叫的时候，全身的血，会奔到脸上来。可是今天，当他气青了脸，拍着桌子说"你给我滚蛋"的时候，我一点也不怕，我很镇静，这差不多连我自己也不相信。……

杨彩玉　（端了一盆水给他）你……

林志成　（兴奋未退）工场管理本来不是人做的，上面的将你看成一条牛，下面的将你看做一条狗。从朝到晚，上上下下没有一个肯给你看一点好脸色，可是现在，我可以不必代人受过，可以不必被人看做狗啦，（歇斯底里地）哈哈哈！

匡　复　志成，你别太兴奋！……

林志成　可是，第一，你得先替我高兴啊，我从这样的生活里面逃出来……

杨彩玉　（不自禁地）那么你今后……

林志成　今后，唔。（不语，洗脸）

　　　　（这时候赵妻偷一个空，又来窥探，一方面阿香看见母亲不在，便一溜烟地往门外跑出。）

赵振宇　阿香，阿香（赵妻回头看了一眼）

　　　　（送包饭的拿了饭篮从后门进来，一径往楼上走，到前楼门外叩门，不应，偷偷地从门缝里张了一下，将饭篮放在门口，下。）

林志成　（洗了脸，彩玉去预备夜饭。林志成走到匡复面前，欲言又止）唔，复生！

匡　复　什么？

林志成　我们还能跟从前一样的……做朋友吗？

匡　复　那当然……可是，这事情，我还得跟你……不，嗳，我不知怎么说才好！……

　　　　（林志成颓然地坐下。赵妻回来，看见阿香不在，跑到门口。）

赵　妻　阿香，阿香！（出门去，一会儿就扯着阿香进来）死东西！整天的野在外面，你不要吃饭吗？

　　　　（桂芬在平台上用打气炉烧饭。杨彩玉拿了钱出去买菜。）

林志成　（习惯地）什么，葆珍还没有回来吗？彩玉，去找一找葆珍！

　　　　（门外卖物声，静静地。）

——幕——

提示

夏衍的《上海屋檐下》创作于 1937 年，1940 年由现代戏剧出版社出版。三幕话剧《上海屋檐下》所展示的是上海弄堂里普通的两层楼房里每天都在静静地发生着的人生世界：琐碎的争吵，隐忧、痛苦、窘困、悔恨、不平、牢骚、企望……剧作家却从市民家庭司空见惯的感情摩擦和人事纠纷中有了痛苦的发现：在这黄梅天气里，不仅生活发霉，连人们的灵魂深处也长着霉；同时产生冲破这沉重的阴霾，走向光明的热望。作品以林志成、杨彩玉、匡复三人间复杂的爱情关系为主线。十年前，匡复被捕入狱，把妻女彩玉、葆珍托付给好友林志成照顾。由于匡复长期杳无音信，在生活与感情的双重压迫下，林志成与杨彩玉同居了。十年后，匡复出狱归来，三人都陷入极为尴尬的痛苦之中。林志成在良心的谴责下悔恨不已，无地自容；杨彩玉在两个丈夫之间痛苦地挣扎；饱经磨难、身心俱惫的匡复，找到旧友，却发现妻女已属他人，因而混乱、颓然，心绪翻腾不能自已。剧本匠心独运地处理了结构主线、副线的关系，在展开主线的同时，将其余四户人家的悲喜剧穿插其间。这里有摩登少妇施小宝，因生活所迫，不得不出卖色相。报贩老头李陵碑，因儿子在上海"一·二八"抗战中阵亡，精神失常，每天唱着"盼娇儿，不由人，珠泪双流"的戏词，晚景十分凄凉孤苦。洋行职员黄家楣，老父卖田典房借债，供他大学毕业，但他在偌大的上海却找不到一份职业，只有靠典当妻子桂芬唯一的出客衣服来孝敬父亲，他贫病交加，处境艰难。小学教员赵振宇关心时事，好发议论，主张"做人但求问心无愧"，他理解黄家楣，同情施小宝，面对贫穷的生活乐天知命，剧作者在展示他善良心地的同时，对他那与世无争的庸人哲学予以了善意的嘲讽。

夏衍剧作以紧张激烈的戏剧冲突、跌宕曲折的故事情节取胜，他善于描写普通知识分子、小市民平凡的人生，着意通过日常生活琐事，真实准确、细致入微地再现人物潜藏的心理矛盾冲突，以简洁的笔力向人物心灵的纵深层次推进。如剧本对匡复心理活动的描写很见功力。匡复是结构主线的中心，在短短的一天中，他经历了最激烈、最复杂的感情变化。第二幕他和彩玉单独相对一场戏，集中而又充分地写出了他内心情感的发展过程。他痛苦地倾听着彩玉的泣诉，真诚地关心着志成的健康，充满柔情地注视着不相认的亲生女儿……他内心情感的发展在剧作中写得环环相应、丝丝入扣。其次，剧作艺术结构匠心独具。全剧始于林家，终于林家；始于梅雨，终于梅雨。每一幕的重场戏都落在林、杨、匡三人身上，但又巧妙地兼顾其他四家。整个剧情发展脉络分明，层次清晰，构成了一幅富于声色的社会风俗画，寄寓着作家深沉的感情与深刻的思想。

郭沫若

屈　原（节选）

第五幕
第二场

　　东皇太一庙之正殿。与第二幕明堂相似，四柱三间，唯无帘幕。三间靠壁均有神像。中室正中东皇太一与云中君并坐，其前左右二侧山鬼与国殇立侍，右首东君骑黄马，左首河伯乘龙，均斜向。马首向左，龙首向右。左室为一龙船，船首向右，湘君坐船中吹笙，湘夫人立船尾摇橹。右室一片云彩之上现大司命与少司命。左右二室后壁靠外侧均有门，左者开放，右者掩闭。各室均有灯，光甚昏暗，室外雷电交加，时有大风咆哮。

　　靳尚带卫士二人，各蒙面，诡谲地由右侧登场。

靳　尚　（命卫士乙）你去叫太卜郑詹尹来见我。
卫士乙　是。（向湘夫人神像左侧门走入。）
　　〔俄顷，一瘦削而阴沉的老人，左手提灯，随卫士乙由左侧门入场。靳尚除去面罩，向郑詹尹走去。
靳　尚　刚才我叫人送了一通南后的密令来，你收到了吗？
郑詹尹　（鞠躬）收到了。上官大夫，我正想来见你啦。
靳　尚　罪人怎样处置了？
郑詹尹　还锁在这神殿后院的一间小屋子里面。
靳　尚　你打算什么时候动手？
郑詹尹　（迟疑地）上官大夫，我觉得有点为难。
靳　尚　（惊异）什么？
郑詹尹　屈原是有些名望的人，毒死了他，不会惹出乱子吗？
靳　尚　哼，正是为了这样，所以非赶快毒死他不可啦！那家伙惯会收揽人心，把他囚在这里，都城里的人很多愤愤不平。再缓三两日，消息一传开了，会引起更大规模的骚动，待消息传到国外，还会引起关东诸国的非难。到那时你不放他吧，非难是难以平息的。你放他吧，增长了他的威风，更有损秦、楚两国的交谊。秦国已经允许割让的商於之地六百里，不用说，就永远得不到了。因此，非得在今晚趁早下手不可。你须得用毒酒毒死了他，然后放火焚烧大庙。今晚有大雷电，正好造个口实，说是着了雷火。这样，老百姓便只以为他是遭了天灾，一场大祸就可以消灭于无形了。
郑詹尹　上官大夫，屈原不是不喝酒的吗？

靳　　尚　你可以想出方法来劝他。你要做出很宽大、很同情他的样子。不要老是把他锁在小屋子里。你可让他出来，走动走动。他戴着脚镣手铐，逃不了的。

郑詹尹　（迟疑地）你们是不是有点小题大做呢？

靳　　尚　（含怒）你这是什么话？

郑詹尹　我觉得你们把屈原又未免估计得过高。他其实只会作几首谈情说爱的山歌，时而说些哗众取宠的大话罢了，并没有什么大本领。只要你们不杀他，老百姓就不会闹乱子。何苦为了一个夸大的诗人，要烧毁这样一座庄严的东皇太一庙？我实在有点不了解。

靳　　尚　哈哈，你原来是在心疼你的这座破庙吗？这烧了有什么可惜？国王会给你重新造一座真正庄严的庙宇。好了，我不再和你多说了。你烧掉它，这是南后的意旨。你毒死他，这是南后的意旨。要快，就在今晚，不能再迟延。南后的脾气，你是知道的。你尽管是她的父亲，但如果不照着她的意旨办事，她可以大义灭亲，明天便把你一齐处死。（把面巾蒙上，向卫士）走！我们从小路赶回城去！

〔靳尚与二卫士由左首下场。

〔郑詹尹立在神殿中，沉默有间，最后下定了决心，向东君神像右侧门走入。俄顷，将屈原带出。

郑詹尹　三闾大夫，请你在这神殿上走动走动，舒散一下筋骨吧。这儿的壁画，是你平常所喜欢的啦。我不奉陪了。

〔屈原略略点头，郑詹尹走入左侧门。

〔屈原手足已戴刑具，颈上并系有长链，仍着其白日所着之玄衣，披发，在殿中徘徊。因有脚镣行步甚有限制，时而伫立睥睨，目中含有怒火。手有举动时，必两手同时举出。如无举动时，则拳曲于胸前。

屈　　原　（向风及雷电）风！你咆哮吧！咆哮吧！尽力地咆哮吧！在这暗无天日的时候，一切都睡着了，都沉在梦里，都死了的时候，正是应该你咆哮的时候，应该你尽力咆哮的时候。

　　尽管你是怎样的咆哮，你也不能把他们从梦中叫醒，不能把死了的吹活转来，不能吹掉这比铁还沉重的眼前的黑暗，但你至少可以吹走一些灰尘，吹走一些砂石，至少可以吹动一些花草树木。你可以使那洞庭湖，使那长江，使那东海，为你翻波涌浪，和你一同地大声咆哮呵！

　　啊，我思念那洞庭湖，我思念那长江，我思念那东海，那浩浩荡荡的无边无际的波澜呀！那浩浩荡荡的无边无际的伟大的力呀！那是自由，是跳舞，是音乐，是诗！

　　啊，这宇宙中的伟大的诗！你们风，你们雷，你们电，你们在这黑暗中咆哮着的，闪耀着的一切的一切，你们都是诗，都是音乐，都是跳舞。你们宇宙中伟大的艺人们呀，尽量发挥你们的力量吧。发泄出无边无际的怒火把这黑暗的宇宙，阴惨的宇宙，爆炸了吧！爆炸了吧！

雷！你那轰隆隆的，是你车轮子滚动的声音！你把我载着拖到洞庭湖的边上去，拖到长江的边上去，拖到东海的边上去呀！我要看那滚滚的波涛，我要听那鞺鞺鞳鞳的咆哮，我要飘流到那没有阴谋、没有污秽、没有自私自利的没有人的小岛上去呀！我要和着你，和着你的声音，和着那茫茫的大海，一同跳进那没有边际的没有限制的自由里去！

啊，电！你这宇宙中最犀利的剑呀！我的长剑是被人拔去了，但是你，你能拔去我有形的长剑，你不能拔去我无形的长剑呀。电，你这宇宙中的剑，也正是，我心中的剑。你劈吧，劈吧，劈吧！把这比铁还坚固的黑暗，劈开，劈开，劈开！虽然你劈它如同劈水一样，你抽掉了，它又合拢了来，但至少你能使那光明得到暂时间的一瞬的显现，哦，那多么灿烂的、多么眩目的光明呀！

光明呀，我景仰你，我景仰你，我要向你拜手，我要向你稽首。我知道，你的本身就是火，你，你这宇宙中的最伟大者呀，火！你在天边，你在眼前，你在我的四面，我知道你就是宇宙的生命，你就是我的生命，你就是我呀！我这熊熊地燃烧着的生命，我这快要使我全身炸裂的怒火，难道就不能迸射出光明了吗？

炸裂呀，我的身体！炸裂呀，宇宙！让那赤条条的火滚动起来，象这风一样，象那海一样，滚动起来，把一切的有形，一切的污秽，烧毁了吧，烧毁了吧！把这包含着一切罪恶的黑暗烧毁了吧！

把你这东皇太一烧毁了吧！把你这云中君烧毁了吧！你们这些土偶木梗，你们高坐在神位上有什么德能？你们只是产生黑暗的父亲和母亲！

你，你东君，你是什么个东君？别人说你是太阳神，你，你坐在那马上丝毫也不能驰骋。你，你红着一个面孔，你也害羞吗？啊，你，你完全是一片假！你，你这土偶木梗，你这没心肝的，没灵魂的，我要把你烧毁，烧毁，烧毁你的一切，特别要烧毁你那匹马！你假如是有本领，就下来走走吧！

什么个大司命，什么个少司命，你们的天大的本领就只有晓得播弄人！什么个湘君，什么个湘夫人，你们的天大的本领也就只晓得痛哭几声！哭，哭有什么用？眼泪，眼泪有什么用？顶多让你们哭出几笼湘妃竹吧！但那湘妃竹不是主人们用来打奴隶的刑具么？你们滚下船来，你们滚下云头来，我都要把你们烧毁！烧毁！烧毁！

哼，还有你这河伯……哦，你河伯！你，你是我最初的一个安慰者！我是看得很清楚的呀！当我被人们押着，押上了一个高坡，卫士们要息脚，我也就站立在高坡上，回头望着龙门。我是看得很清楚，很清楚的呀！我看见婵娟被人虐待，我看见你挺身而出，指天画地有所争论。结果，你是被人押进了龙门，婵娟她也被人押进了龙门。

但是我，我没有眼泪。宇宙，宇宙也没有眼泪呀！眼泪有什么用呵？我们只有雷霆，只有闪电，只有风暴，我们没有拖泥带水的雨！这是我的意志，宇宙的意志。鼓动吧，风！咆哮吧，雷！闪耀吧，电！把一切沉睡在黑暗怀里的东西，毁灭，毁灭，毁灭呀！

〔郑詹尹左手提灯，右手执爵，由湘夫人神像左侧之门入场。

郑詹尹　三闾大夫，你又在做诗了吗？你的声音比风还要宏大，比雷霆还要有威势啦。啊，象这样雷电交加的深夜，实在可怕。我连庙门都不敢去关了。你怎么老是不去睡呢？是的，我看你好象朗诵了好长的一首诗啦。你怕口渴吧。我给你备了一杯甜酒来，虽然没有下酒的东西，请你润润喉，也好啦。

屈　原　多谢你，请你放在那神案上，手足不方便，对你不住。

郑詹尹　唉，真是不知道要闹成个什么世界了。本来是"刑不上大夫，礼不下庶人"的，这个体统也弄得来扫地无存了。连我们的三闾大夫，也要让他戴脚镣手铐。三闾大夫，这脚镣手铐假如是有钥匙，我一定要替你打开的啦。可恨的是他们把钥匙都带走了啊。

屈　原　多谢你，这脚镣手铐我倒并不感觉痛苦，有这些东西在身上，倒反而增加了我的力量，不过行动不方便些罢了。

郑詹尹　我看你的喉嗓一定渴得很厉害的，这酒我捧着让你喝。还要睡一睡才能天亮呢。

屈　原　多谢你，我现在口不渴。我本来也是不喜欢喝酒的人。回头我口渴了，一定领你的盛情好了。请你不要关照。

郑詹尹　（将爵放在神案上）慢慢喝也好。其实酒倒也并不是坏东西。只要喝得少一点，有个节制，倒也是很好的东西啦。

屈　原　是的，我也明白。我的吃亏处，便是大家都醉而我偏不醉，马马虎虎的事我做不来。

郑詹尹　真的，这些地方正是好人们吃亏的地方啦。说起你吃亏的事情上来，我倒是感觉着对你不住呢！

屈　原　怎么的？

郑詹尹　三闾大夫，你忘记了吧，郑袖是我的女儿啦。

屈　原　哦，是的，可是差不多一般的人都把这事情忘记了。

郑詹尹　也是应该的喽。她母亲早死，我又干着这占筮卜卦的事体，对于她的教育没有做好。后来她进了宫廷，我更和她断绝了父女的关系。她近来简直是愈闹愈不成个体统，她把你这样忠心耿耿的人都陷害成这个样子了。

屈　原　太卜，请你相信我，我现在只恨张仪，对于南后倒并不怨恨。南后她平常很喜欢我的诗，在国王面前也很帮助过我。今天的事情我起初不大明白，后来才知道那是张仪在作怪啦。一般的人也使我很不高兴，成了张仪的应声虫。张仪说我是疯子，大家也就说我是疯子。这简直是把凤凰当成鸡，把麒麟当成羊子啦。这叫我怎么能够忍受？所以别人愈要同情我，我便愈觉得恶心。我要那无价值的同情来做什么？

郑詹尹　真的啦，一般的老百姓真是太厚道了。

屈　原　不过我的心境也很复杂，我虽然不高兴他们的厚道，但我又爱他们的厚道。又如南后的聪明吧，我虽然能够佩服，但我却不喜欢。这矛盾怕是不可以调和的吧？我想要的是又聪明又厚道，又素朴又绚烂，亦圣亦狂，即狂即圣，个个老百姓都成为绝顶聪明，你看我这个见解是不是可以成立的呢？

郑詹尹　这是所谓"大智若愚，大巧若拙"的话啦。

屈　原　不，不是那样。我不是要人装傻，而是要人一片天真。人人都有好脾胃，人人都有好性情，人人都有好本领。可是我自己就办不到！我的性情太激烈了，我自己也觉得有点偏，要想矫正却不能够。你看我怎样的好呢？我去学农夫吧？我又拿不来锄头。我跑到外国去吧？我又舍不得丢掉楚国。我去向南后求情，请她容恕我吧？她能够和张仪合作，我却万万不能够和张仪合作。你看我怎样办的好呢？

郑詹尹　三闾大夫，对你不住。你把这些话来问我，我拿着也没有办法。其实卜卦的事老早就不灵了。不怕我是在做太卜的官，恐怕也是我在做太卜的官，所以才愈见晓得它的不灵吧。古时候似乎灵验过来，现在是完全不行了。认真说：我就是在这儿骗人啦。但是对于你，我是不好骗得的。三闾大夫，象我这样骗人的生活，假使你能够办得到，恐怕也是好的吧。我们确实是做到了"大愚若智，大拙若巧"的地步，呵哈哈哈哈……风似乎稍微止息了一点，你还是请进里面去休息一下吧，怎么样呢？

屈　原　不，多谢你，我也不想睡，请你自己方便吧。

郑詹尹　把酒喝一点怎么样呢？

屈　原　我回头一定领情的啦，太卜。

郑詹尹　你该不会疑心这酒里有毒的吧？

屈　原　果真有毒，倒是我现在所欢迎的。唉，我们的祖国被人出卖了，我真不忍心活着看见它会遭遇到的悲惨的前途呵。

郑詹尹　真的啦，象这样难过的日子，连我们上了年纪的人，都不想再混了。

屈　原　大家都不想活的时候，生命的力量是会爆发的。

郑詹尹　好的，你慢慢喝也好，我还想去躺一会儿。

屈　原　请你方便，怕还有一会天才能亮呢。

〔郑詹尹提着灯笼由原道下场。

〔大风渐息，雷电亦止，月光复出，斜照殿上。

屈　原　啊，宇宙你也恬淡起来了。真也奇怪，我现在的心境又起了一个不可思议的变换。我想，毕竟还是人是最可亲爱的呵。不怕就是你所不高兴的人，在你极端孤寂的时候和他说了几句话，似乎也是镇定精神的良药啦。（复在殿中徘徊）啊，河伯！（徘徊有间之后，在河伯前伫立）请让我还是把你当成朋友，让我再和你谈谈心吧。你知道么？现在我所最担心的是我的婵娟呀！她明明是被人家抓去了的。她是很尊敬我的一个人，她把我当成了她的父亲、她的师长，她把我看待得比她自己的性命还要贵重。（稍停）她最能够安慰我。我也把她当成了我自己的女儿，当成了我自己最珍爱的弟子。唉，我今天实在不应该抛撇了她，跑了出来。她虽然在后园子里面看着那些人胡闹，她虽然把我的衣裳拿了一件出去，但我相信那一定是宋玉要她做的，宋玉那孩子，他是太阴柔了。（将神案上的酒爵拿起将饮，复搁置）唉，这酒的气味，我终竟是不高兴。河伯，你是不是喜欢喝酒的呢？你现在的情形又是怎样？我也明明看见，别人也把你抓去了。你明明是为我而受难，为正义而受难呀。啊，我真不知道该怎样报答你的好呵！（复在神殿中徘徊。）

〔此时卫士甲与婵娟由右首出场。屈原瞥见人影，顿吃一惊。

屈　原　是谁？

婵　娟　啊，先生在这儿啦，我婵娟啦！（用尽全力，踉跄奔上神殿，跪于屈原前，拥抱其膝，仰头望之，似笑，又似干哭。）

屈　原　（呈极凄绝之态）啊，婵娟，你怎么来的？你脸上怎么有伤呀？你怎么这样的装束？

婵　娟　（断续地）先生，我高兴得很。……你请……不要问我。……我……我是什么话都不想说。我只想……就这样……就这样抱着先生的脚，……抱着先生的脚，……就这样……死了去吧。

〔屈原不禁潸然，两手抚摩着婵娟的头，昂头望着天。如此有间。婵娟始终仰望屈原，喘息甚烈。

屈　原　（俯首安慰）婵娟，我没有想到还能够看见你，你一定是逃走出来的，你是超过了死线了。你知道宋玉是怎样吗？

婵　娟　（仍喘息）他……他跟着公子子兰……搬进宫里去了。

屈　原　那也由他去吧。谁能够不怕艰险，谁才可以登上高山。正义的路是崎岖的路，它只欢迎勇敢的人。……那位钓鱼的人呢？

婵　娟　听说丢进监里去了。

屈　原　（沉默一忽之后）婵娟，你口渴吧？

〔婵娟点头。

屈　原　（两手移去，将案上酒爵取来）这儿有杯甜酒，你喝了它吧。

〔婵娟就爵，一饮而尽，饮之甚甘，自己仍跪于地，紧紧拥抱着屈原的两膝，昂首望之。屈原以两手置爵于神案上之后，仍抚摩其头。俄而，婵娟脸色渐变，全身痉挛。

屈　原　（屈膝俯身，以两手套其颈，拥之于怀）啊，婵娟，你怎样？你怎样？

婵　娟　（凝目摇头）先生，……那酒……那酒……有毒。……可我……我真高兴……我……真高兴！（振作起来）我能够代替先生，保全了你的生命，我是多么地幸运呵！……先生，我是一个普通人家的女儿，我受了你的感化，知道了做人的责任。我始终诚心诚意地服侍着你，因为你就是我们楚国的柱石。……我爱楚国，我就不能不爱先生。……先生，我经常想照着你的指示，把我的生命献给祖国。可我没有想到，我今天是果然做到了。（渐渐衰弱）我把我这微弱的生命，代替了你这样可宝贵的存在。先生，我真是多么地幸运呵！……啊，我……我真高兴！……真高兴！……

屈　原　（紧紧拥抱着婵娟）婵娟！你要活下去呵！活下去呵！婵娟！婵娟！……

婵　娟　（更衰弱）……啊，我……真高兴！……（喘息与痉挛愈烈。终竟作最大痉挛一次，死于屈原怀中，殿上灯火全体熄灭，只余月光。）

〔屈原无言，拥着婵娟尸体，昂首望天，眼中复燃起怒火。

〔卫士甲在前直静立于殿下，至此始上殿至屈原之前。

卫士甲　三闾大夫，请你告诉我，那酒是谁个送给你的？

屈　原　（回顾，含怒而平淡地）是这儿的太卜郑詹尹。（说罢复其原有姿态。）

卫士甲　哼，就是那南后的父亲吗？我是认识他的。（急骤地向左侧房屋走入。）

〔屈原仍如塑像一般，寂立不动。

〔少顷，卫士甲复急骤而出。

卫士甲　三闾大夫，请你容恕我，我把那恶人郑詹尹刺杀了。在他的身上还搜出了一通密令，我念给你听。"太卜执事：比奉南后意旨，望执事于今夜将狂人毒死，放火焚庙，以灭其迹。上官大夫靳尚再拜。"密令是这样，因此我也就照着南后的意旨，在郑詹尹的床上放了一把火。这罪恶的神庙看看也就要和那罪恶的尸体一道消灭了。

屈　原　那很好。我还希望你帮助我，把婵娟安放在神案上，我们应该为她举行一个庄严的火葬。

卫士甲　等我先解除先生的刑具。（解除其刑具）婵娟姑娘穿的还是更夫的衣裳，应该给她脱掉啦。

屈　原　（起立先解婵娟之衣）哦，戴得有这样的花环。（更进行其他动作。）

卫士甲　（一面帮助，一面诉说）先生，这还是你编的花环呢。在东门外被南后给你要去了，后来南后又给了婵娟姑娘。她一身都是挨了鞭打的，你看这手上都有伤，脸上都有伤，鞭打得很厉害。南后更打算明天便处死她，把她装在囚槛里，由我看守。……夜半将近的时分，你的两位弟子宋玉和公子子兰走来劝婵娟，要她听从公子子兰的要求，做他的侍女，他们便搭救她。但是婵娟始终不肯。……她所说的话和她的精神太使我感动了，因此我就决心救她。从宋玉口中听说先生今晚上也有生命的危险，所以我也就决心陪着她来救你。……我们是从宫中逃出来的，就是用了一点诡计把一个更夫来顶替了婵娟。在我替她换上更衣装束的时候，婵娟姑娘她还坚决地不肯把你这花环丢掉呢！

〔二人已经将婵娟妥置于神案，头在左侧。

屈　原　（整理婵娟胸部，自其怀中取出帛书一卷，展视之）哦，这是我清早写的《橘颂》啦。我是写给宋玉的，是宋玉又给了你吧！婵娟，你倒是受之而无愧的。唉，我真没有想出，我这《橘颂》才完全是为你写出的哀辞呀。

卫士甲　先生，那么，你写好就拿给我念，我们来向婵娟姑娘致祭。
屈　原　好的，你就请从这后半读起。（授书并指示）一首一尾你要加些什么话，也由你斟酌好了。

〔屈原移至婵娟脚次，垂拱而立，左翼已有火光及烟雾冒出。

卫士甲　（立于屈原之右，在神案右后隅，展读哀辞）维楚大夫屈原率其仆夫致祭于婵娟之前而颂曰：

呵，年青的人，你与众不同。
你志趣坚定，竟与橘树同风。
你心胸开阔，气度那么从容！
你不随波逐流，也不故步自封。
你谨慎存心，决不胡思乱想。
你至诚一片，期与日月同光。
我愿和你永做个忘年的朋友。
不挠不屈，为真理斗到尽头！
你年纪虽小，可以为世楷模。
足比古代的伯夷，永垂万古！——哀哉尚飨。

〔屈原再拜，卫士甲亦移至其后再拜。礼毕，卫士甲将帛书卷好，奉还屈原。

屈　原　现在一切都完毕了，请问你叫什么名字？
卫士甲　先生，你不必问我的姓名，我要永远做你的仆人，你就叫我"仆夫"吧。
屈　原　你今后打算要我怎样？
卫士甲　先生，你怎么这样问我呢？
屈　原　因为我现在的生命是你和婵娟给我的，婵娟她已经死了，我也就只好问你了。
卫士甲　先生，我们楚国需要你，我们中国也需要你，这儿太危险了，你是不能久呆的。我是汉北的人，假使先生高兴，我要把先生引到汉北去。我们汉北人都敬仰先生，受了先生的感召，我们知道爱真理，爱正义，抵御强暴，保卫楚国。先生，我们汉北人一定会保护你的。
屈　原　好的，我遵从你的意思。我决心去和汉北人民一道，就做一个耕田种地的农夫吧。你赶快把服装换掉啦。那儿有现成的衣帽。（指示更夫衣帽。）
卫士甲　哦，我真糊涂，简直没有想到，幸好有这一套啦。（换衣。）

〔火光烟雾愈燃愈烈。

屈　原　（高举手中帛书）啊，婵娟，我的女儿！婵娟，我的弟子！婵娟，我的恩人呀！你已经发了火，你把黑暗征服了。你是永远永远的光明的使者呀！（执帛书之一端向婵娟抛去，帛书展布于尸上。）

——幕徐徐下

幕后唱《礼魂》之歌：

　　唱着歌，打着鼓，
　　手拿着花枝齐跳舞。
　　我把花给你，你把花给我，
　　心爱的人儿，歌舞而婆娑。
　　春天有兰花，秋天有菊花，
　　馨香百代，敬礼无涯。

1942年1月11日夜

☞ 提示

　　郭沫若的历史剧《屈原》共五幕六场，创作于1942年1月。当时的国民党重庆当局正在加紧反共，制造分裂，制造了震惊中外的"皖南事变"。郭沫若要"把这时代的愤怒复活在屈原的时代里"。《屈原》通过以屈原为代表的爱国力量和以南后、靳尚为代表的卖国势力之间的尖锐的矛盾冲突，在一场光明与黑暗、正义与邪恶的交战中，塑造了一个伟大的爱国诗人、政治家屈原的形象，并愤怒地鞭挞和揭露了卖国求荣，为了个人利益不惜陷害忠良的南后、靳尚之类的鬼蜮。剧本对现实的影射和讽喻意义是十分明显的。

　　深切的爱国爱民思想和英勇无畏的斗争精神，是剧作赋予屈原这个伟大的爱国诗人和政治家的主要性格特征。他时时系念的是祖国的前途和人民的利益，他力主联齐抗秦，由楚国来完成统一中国的大业。南后之流采取卑鄙无耻的手段陷害他，楚怀王将他罢官、赶出官廷，在含冤莫白的情况下，他所关注的仍然是祖国和人民，他对南后说："你陷害的不是我，是我们整个儿的楚国啊！"他沉痛地劝诫楚怀王，千万不要改变联齐抗秦的正确路线："大王，我可以不再到你官廷里来，也可以不再和你见面。但你以前听信了我的话一点也没有错。你要多替楚国的老百姓设想，多替中国的老百姓设想。"正如他所赞赏的橘树有"独立不倚，凛冽难犯"的风格一样，他也具有坚贞不屈的斗争精神，能"不挠不屈，为真理斗到尽头"。他痛斥南后的陷害、张仪的阴谋，面对正在沉入黑暗的祖国，他的满腔怨愤，以《雷电颂》的形式迸发出来。他呼唤风"吹掉这比铁还沉重的眼前的黑暗"；他呼唤雷把他载到一个"没有阴谋、没有污秽、没有自私自利"的地方去；他要将闪电化为自己心中无形的长剑，"把这比铁还坚固的黑暗，劈开，劈开，劈开"！《雷电颂》是屈原斗争精神和爱国、爱民思想的集中体现。剧本通过对屈原形象的塑造，表现了中国人民坚守民族气节、坚决抵御侵略和反抗暴政的斗争精神，也通过屈原之口，倾泻了作者对国民党统治的愤懑之情，反映了特定历史时期的时代情绪。

　　《屈原》还刻画了两个性格迥异的女性形象——南后和婵娟。南后郑袖为了固宠求荣，不惜与敌对势力相勾结，陷害屈原这样的忠良，而且所用的手段又是那样卑鄙。南后的卖国、自私与阴险，对于屈原的爱国爱民、正直无私是一个绝好的反衬。而婵娟对屈原形象起着烘托、补充作用。她由衷地敬爱屈原,对屈原品质的高尚坚信不疑,决不背叛先生去投靠南后,相反在得知南后陷害屈原的真相后,她勇敢地揭露南后的阴谋,维护屈原的声誉。她认识到屈原"是楚国的柱石","我爱楚国,我就不能不爱先生",因此,她无意中喝了南后送来的毒酒后,反而为能代替屈原去死而感到庆幸。婵娟这一形象是屈原精神的体现,是"道义美的形象化"。

跟郭沫若的其他历史剧一样,《屈原》具有浪漫主义的艺术特色。首先,《屈原》表现了作者对历史的丰富的艺术想象力。郭沫若曾提出过"失事求似"的历史剧创作原则,在《屈原》中,根据主题的需要以及根据自己对历史的独特理解,他对史实进行了再处理。如通过屈原的一天来表现屈原的一生,戏剧冲突十分集中。又如虚构了一些人和事,婵娟就是根据屈原诗意创造出来的形象。南后陷害屈原、宋玉背叛恩师、屈原与卫士一起逃到汉北人民中去等,都有着作者大胆的艺术想象。其次,《屈原》具有浓郁的诗意。剧中穿插了相当数量的抒情诗和民歌,剧本以《橘颂》开始,又以《橘颂》结束,首尾呼应。作者常常让剧中人物直抒胸臆,以内心独白式的语言,充分暴露自己的内心世界。《雷电颂》气势磅礴,诗意浓郁,它不仅是刻画屈原性格的重要一笔,也是郭沫若在屈原身上找到的自己感情的喷火口,是借屈原之口作自我激情的喷发。

丁　毅　贺敬之

白毛女（故事梗概）

《白毛女》的故事发生在1935年冬的河北省某县杨格村。佃户杨白劳因欠地主黄世仁一石五斗租子,二十五块半驴打滚的账,在外躲债七天,大年三十晚上才回到家里,但还是被黄世仁的狗腿子穆仁智抓到黄家,并被逼迫卖掉独生女儿喜儿抵债。杨白劳觉得对不起女儿,喝卤水自杀了。

喜儿被抢入黄家做丫头,不仅受尽打骂凌侮,而且被黄世仁奸污。后来黄世仁娶亲,因害怕喜儿揭露黄家的丑事,要把已怀孕的喜儿卖给人贩子。在女工张二婶的帮助下,喜儿逃出黄家。

到抗战后的1938年,在山洞里过了三年多非人生活的喜儿,因长期见不到阳光,吃不到盐,所以全身毛发变白,加上晚上到奶奶庙偷供果,被相信鬼神的群众误认为是"白毛仙姑"。地主黄世仁也趁机造谣,破坏减租减息政策。八路军的干部经过侦察,终于弄清了真相,从山洞里救出了喜儿。地主黄世仁得到应有的惩罚,喜儿和广大人民群众一起,获得了翻身解放。

陈白尘

升官图（故事梗概）

陈白尘的《升官图》作于1945年10月，是一部三幕讽刺喜剧。三幕前有"序幕"，三幕后有"尾声"。"序幕"写在民国初年一个凄风苦雨之夜，两个强盗为躲避追捕，逃入一所古老的院子里，睡着后做了一个升官发财的黄粱美梦。"尾声"写两个强盗被梦中暴动群众的口号声所惊醒，此时天亮了，追捕强盗的群众包围了这座古宅，他们束手就擒。

中间三幕描写的就是他们的梦境。他们梦见有个地方的群众暴动，打死了县里的秘书长，打伤了知县，因为其中一个强盗的外貌与知县相像，于是他们趁混乱之机分别冒充知县和秘书长。真知县太太和各个局的局长们，在进行了一番交易之后竟承认了这两个冒牌货。县衙会上，假知县、假秘书长和局长们相互勾结，以惩治暴动群众为名，大肆搜刮民脂民膏。同时他们又互相倾轧，假知县和假秘书长要独吞，真知县太太和她的情人财政局艾局长要分成……此时省长大人前来考察，省长口里大讲廉洁简朴，却得了一种奇怪的头痛病，要治头痛必须用金条作偏方。于是他收受了金条及钻戒、洋房、汽车等大批礼物，并宣布与知县太太订婚。艾局长不甘心失去情人，和卫生局长找来真知县要戳穿骗局。省长叫局长们辨别真假，但除卫生局长外，其他各局的局长们为了自己的利益不敢相认，知县太太为了当省长夫人也拒绝承认自己的丈夫。最后省长下令枪毙了真知县和不识时务的卫生局长，把假知县提升为道尹，把艾局长提升为知县，于是大家握手言欢。在省长和新道尹的欢送会也是他们的婚礼上，老百姓高呼"打倒省长""打倒知县"的口号，并抓住这些贪官污吏，准备对他们进行审判。

后 记

《中国现代文学作品选读》是与肖百容教授、凌宇教授主编的"普通高等学校汉语言文学专业21世纪课程国标教材"《中国现代文学史》（湖南师范大学出版社2025年修订版）配套的教学用书，供高等学校文科师生和广大文学爱好者使用。本书旨在以新的文学史观重新遴选中国现代文学经典作品，做到既拓宽入选作家面，注意不同流派和风格，又突出重点，力求把现代文学史上有重要影响的作家的代表作选编进来。

全书以小说、诗歌、散文、戏剧为基本分类。所选篇幅较长的中长篇小说和戏剧，采用节选和介绍故事梗概的办法，帮助读者了解原著。为了帮助读者有效阅读作品，开拓思维，提高分析与鉴赏能力，我们对所选作品还作了简单的提示。所选作品尽量采用初版，如初版难以找到，或初版与重版的文字无变化的，则采用通行的重要版本。

虽说这部作品选读不能将现代文学时期的经典作品一一囊括，但从某种意义上来说，它无疑是中国现代文学创作、发展的一个缩影。我们所期望的是，读者不仅仅将中国现代文学的内涵当作客观的"知识"，而是借由阅读经典作品将个人经验与中国现代文学的精神追求勾连起来，在阅读的过程中体察生命，理解人生，获得智慧。

本书的出版，得到了湖南师范大学出版社的大力支持，湖南师范大学出版社编辑部主任李阳博士亦倾注了大量心血，在此，我们表示深切的谢意！

肖百容
2025年3月于湖南师范大学文学院